भर्तृहरि

काया के वन में

प्रेम और आसक्ति से जीवन मुक्ति
की ओर बढ़ने की कथा

भर्तृहरि
काया के वन में

महेश कटारे

राजकमल प्रकाशन

2012 में प्रकाशित 'कामिनी काय कांतारे' नामक वृहत् उपन्यास का संशोधित संस्करण।
अब यही पाठ अंतिम रूप से मान्य।

ISBN : 978-81-939692-4-3

मूल्य : ₹899

पहला संस्करण : 2019

प्रकाशक : राजकमल प्रकाशन प्रा. लि.
1-बी, नेताजी सुभाष मार्ग, दरियागंज
नई दिल्ली-110 002

शाखाएँ : अशोक राजपथ, साइंस कॉलेज के सामने, पटना-800 006
पहली मंजिल, दरबारी बिल्डिंग, महात्मा गांधी मार्ग, इलाहाबाद-211 001
36 ए, शेक्सपियर सरणी, कोलकाता-700 017

वेबसाइट : www.rajkamalprakashan.com
ई-मेल : info@rajkamaiprakashan.com

मुद्रक : बी.के. ऑफसेट
नवीन शाहदरा, दिल्ली-110 032

BHARTRIHARI : Kaya Ke Van Mein
Novel by Mahesh Katare

संशोधित संस्करण की भूमिका

यह उपन्यास 'कामिनी काय कांतारे' का संशोधित रूप है। संशोधन से आशय त्रुटि मार्जन एवं कुछ जोड़ने-घटाने का है। यहाँ ऐसे ही नोक-पलक दुरुस्त करते हुए नाम भी बदलकर 'भर्तृहरि : काया के वन में' रखा गया है। यह सब करना इसलिए महसूस किया गया कि सन् 2012 में प्रकाशित 'कामिनी काय कांतारे' के साथ पाठकों की प्रतीति का तो मुझे भरोसा था किन्तु आकार बड़ा (दो खंडों में) होने से मूल्य सामान्य पाठक की पहुँच से किंचित् ऊपर लगता था। बावजूद इसके साहित्यानुरागियों ने इसे ललक के साथ अपनाया तो यह किसी लेखक के लिए इनाम की तरह है। देश के सुदूर अंचलों तक इसके पढ़े जाने की जानकारी मिली है,...फोन आए हैं कि उपन्यास कहाँ से प्रकाशित है व कैसे उपलब्ध होगा? सुखद यह भी कि इनमें बड़ी संख्या युवा पीढ़ी की है जो महाकवि भर्तृहरि के व्यक्तित्व, रचनाशीलता का प्रत्यवलोकन कर अनुभव पर पुनर्विचार हेतु समुत्सुक है।

व्यक्तिगत जानकारी यह भी है कि कुछेक स्थानों पर अनुपलब्धता के चलते उपन्यास की फोटोप्रतियाँ बाँटी व सहेजी गई हैं। केन्द्रीय नगरों के प्रमुख किताबघरों पर भी ऐसी अनुपलब्धता खिन्न भी करती ही है। लोग मुझे सीधे फोन करके पूछते हैं। भर्तृहरि के प्रति पाठकों की जिज्ञासा इतनी प्रबल है कि मुझे लेखक होने के नाते बहुधा प्रश्नों का सामना करना पड़ता है। पाठकों ने मेरी त्रुटियाँ भी बताईं...हाँ सहृदयता से, और मैंने उन्हें दूर करने का प्रयास भी इस संस्करण में किया है।

प्रश्न कौतुक व तलाश के परिचायक हैं जैसे—उपन्यास की नायिका रानी पिंगला है या दासी वयसिका? केलिवास से भागते हुए भग्नहृदय भर्तृहरि अश्व पर क्यों गए, पैदल क्यों नहीं? एक विद्वान् पाठक ने इसका उत्तर खोजने में सहायता की तथा अश्व का दार्शनिक अर्थ बताया जो मैं नहीं जानता था कि अश्व अर्थात् अ + श्व यानी आगे की ओर वाहित होना। जो रुकता न हो मन की तरह। वह अश्व भर्तृहरि की कामना है, जो उन्हें प्रिय है, जिस पर सवार होकर दौड़ते हैं वह।

बहरहाल उपन्यास तक पाठकों की पहुँच सरल बनाने के लिए ही इसे संशोधित रूप में लाते हुए मैंने राजकमल प्रकाशन समूह के प्रबन्ध निदेशक महोदय से प्रकाशित करने की चर्चा की। वह सहमत हुए इसके लिए मैं उनका आभारी हूँ...आश्वस्त भी कि अब यह किताब अधिकाधिक पाठकों तक पहुँच सकेगी। किसी कृति की कसौटी और निर्णायक अन्ततः पाठक ही तो है। आपके सुझाव और संवाद की प्रतीक्षा रहेगी।

—महेश कटारे

ग्वालियर
15 जुलाई, 2018

लेखनहार का उपाख्यान

पहले संस्करण की भूमिका

वह फरवरी महीने की ठंडी रात थी। एक दिन का किराया बचाने की जुगत में रात को ही दिल्ली से लौटने को था कि कथाकार कर्मेन्दु शिशिर ने रोक लिया। वहीं देश निर्मोही आ गए और जाने कैसे बात आ निकली भर्तृहरि की। भर्तृहरि हमारे गाँवों में अपनी छोटी-सी कहानी और सूक्तियों के साथ बसे हैं, जैसे—त्रियाश्चरित्रं पुरुषस्य भाग्यं..., सर्वेगुणाकांचनमाश्रयंति आदि। गाँवों में भरथरी गाने वाले आते थे...भरथरी का खेला अर्थात् नौटंकी होती। 'माच' नाम से एक लोकनाट्य बहुत प्रसिद्ध था—वह ग्वालियर में होता था जिसमें 'भरथरी' की लीला होती। धुँधली...बहुत अस्पष्ट स्मृति है इन सबकी।

भरथरी गानेवालों की कथा में बीवी की बेवफाई से दुखी राजा भरथरी जोगी बनकर महल, हवेली, राजपाट छोड़कर निकल गए। गुरु गोरखनाथ के कहने पर वह अपनी उसी पत्नी रानी पिंगला से भीख माँगने द्वार पर पहुँचे तो राजा को जोगी के भेष में देख रानी पछाड़ खाकर गिर पड़ी।

'भरथरी' सुनती स्त्रियों की भीड़ राजा के घर से निकलते ही आँसू बहाने लगती और रानी के पछाड़ खा गिरने पर तो अनेक की 'कीक' फूट जाती।

इस भर्तृहरि से मेरा बचपन का परिचय था। बाद में सरसरी दृष्टि से 'शतकत्रय' भी पढ़े थे तो उस रात मैंने दोनों मित्रों को दो-तीन श्लोक सुना डाले। कर्मेन्दु शिशिर ने प्रस्ताव रखा कि 'भर्तृहरि बहुत बड़ा कवि है। हमारे यहाँ ऐसे लोगों पर बहुत कम काम हुआ है। महेश, तुम इस पर एक उपन्यास लिखो।'

इधर मेरी नौकरी छूटे तीन-चार वर्ष हो गए थे। नोन-तेल-लकड़ी के चक्कर में अनेक काम छूटे हुए थे, अतः यही कहा कि कोशिश करूँगा। तब अहसास नहीं हुआ कि बात कहीं खूँटी की तरह गड़ गई है। खलिहान के बाद कुछ रुपये हाथ आए तो उज्जैन का टिकिट कटा लिया। वहाँ चित्रकार मित्र मुकेश बिजोले एक दिन का अवकाश लेकर मुझे अपनी एम-80 पर लादे फिरे...फिर दो दिन अपने बूते बिताए। भर्तृहरि के लिए उज्जयिनी को मन-मस्तिष्क में भरना आवश्यक था मेरे लिए...

भर्तृहरि पर सामग्री एकत्र करने के लिए भटकना आरम्भ किया। मालवा, राजस्थान, गुजरात में थोड़े से फेर-बदल के साथ एक ही कथा है पर छत्तीसगढ़ में बदल गई है। बंगाल में उससे भी अलग है। भर्तृहरि की बहन मयनावती बंगाल के पालवंशी राजा मानिक चन्द्र को ब्याही थी। उनके पुत्र की ससुराल साभार (वर्तमान ढाका) कही जाती है। मयना की पुत्री चन्द्रावली का विवाह सिंहल द्वीप के राजा उग्रसेन से होने का उल्लेख मिलता है। छत्तीसगढ़ी में वह सुरतिरमा योगी भी हैं :

'कलपी कलप भरथरी ये
सुरता करत हे राम।'

कामरूप कामदेश में उनकी उपस्थिति मिलती ही है तो पेशावर में पागलनाथ व अफगानिस्तान में रावल तक उनका पहुँचना मिलता है। कठिनाई आ पड़ी कि भर्तृहरि को कैसे कहाँ से पकड़ा जाए? काल की दृष्टि से वह ढाई सदी से अधिक में फैले हैं। चीनी यात्री इत्सिंग उल्लेख करता है कि 'भर्तृहरि सात बार योगी बना और सात बार गृहस्थी में आया।' गोरखनाथ नवीं सदी के अन्त व दसवीं के मध्य तक माने जाते हैं। पालवंश का शासन दसवीं सदी के अन्त से ग्यारहवीं में जा धँसता है। मेरा सोचना है कि किसी यात्री के कहे को 'अंतिमेत्थम्' न मानना चाहिए। उनकी पुस्तकों में बहुत-सी सुनी हुई तथा अनुमानित बातें होती हैं। इब्ने बतूता जैसों ने बहुत-सी बातें मन से या दाता की प्रशंसा में गढ़ी हैं। यों भी लेखक इतिहासकार नहीं होता, न उपदेशक—वह तो जीवन की सम्भावनाओं का अन्वेषक होता है।

भर्तृहरि के साथ दो बातें और जुड़ी हैं—एक जादू-टोना और दूसरी तंत्र-साधना। उस काल में कौल मार्ग अपने शास्त्रोक्त व विकृत, दोनों रूपों में प्रचलित था। कुल का अर्थ है शक्ति और अकुल का शिव, इसलिए कुल और अकुल को समरस बनाना ही कौल-साधना का लक्ष्य है। शिव अनन्य अखंड, अविनश्वर और निरंग (अंगहीन) हैं, अत: शक्ति समस्त जगतरूपी प्रपंच की प्रवर्तिका है। शक्ति के बिना शिव कुछ भी करने में असमर्थ हैं, शक्ति ही उपास्य है और वही शिव तक पहुँचने का माध्यम भी मानी गई।

उज्जयिनी में शिव और शक्ति साथ-साथ उपस्थित हैं। कर्क रेखा पर स्थित होने से यह स्थान तंत्र और ज्योतिष का विख्यात केन्द्र रहा है। अन्तरराष्ट्रीय व्यापारिक केन्द्र भी था इसलिए अवन्तिका को कनकशृंगा भी कहा गया। अवन्ति नाम भी यों पड़ा कि भार्गवों द्वारा पराजित होने पर हैहयों की अनेक शाखाएँ माहिष्मती से भारत के विभिन्न भागों की ओर पलायन कर गई थीं। इन्हीं में से एक हैहयकुमार 'अवन्ति' ने ईसा से कई शताब्दियों पूर्व जिस स्थान को शरण-स्थली चुनकर बसाया था, वहीं अवन्तिका या उज्जयिनी नगर विकसित हुआ। कालान्तर में यहाँ प्रतिहार शासक बने। भर्तृहरि इसी कुल से थे।

माच या माचा लोकनाट्य की कुछ पंक्तियाँ अब तक स्मरण में हैं :

'कागद होवे वो राणी वांचला जी
करम वाँचो नी जावे
...राणी पिंगला जी।'

राजा भर्तृहरि, प्रेमी भर्तृहरि, कवि भर्तृहरि, वैयाकरण भर्तृहरि और योगी भर्तृहरि। अनेक आयाम...बहुत-सी पुस्तकें। समय और देश का इतना विस्तार। मेरा चित्त अस्थिर था। कथा के प्रति आकर्षण बढ़ता और भय भी कि ये तंत्र-मंत्र, जादू-टोने कैसे समेटे जाएँगे? भाषा भी बहुत बड़ी समस्या थी कि वह ऐसी तो हो जिसमें उस समय की ध्वनि हो।

थोड़ी-सी तैयारी के साथ एक वर्ष पश्चात् मैं फिर उज्जैन पहुँचा। वहाँ प्रो. (स्व.) लक्ष्मीनारायण अग्रवाल ने बहुत सहयोग किया। भोजन, आवास के साथ उज्जैन के साहित्यकारों, विद्वानों—डॉ. श्यामसुन्दर निगम, डॉ. भगवती प्रसाद राजपुरोहित, डॉ. शिव चौरसिया—से मिलवाया, चर्चा कराई। डॉ. रविकांत व्यास से कुछ पुरानी पत्रिकाएँ देखने को मिलीं। डॉ. सन्तोष व्यास, शिवमंगल जी कुलश्रेष्ठ से भेंट हुई। इन सबसे उज्जैन व भर्तृहरि को और जाना-समझा।

प्रो. श्रीनिवास रथ ने एक अत्यन्त महत्त्वपूर्ण बात कही—भर्तृहरि जो भी हैं, वह लोक और अपने कृतित्व में हैं। तुम्हें इतिहास नहीं, उपन्यास लिखना है, तो अपना भर्तृहरि खोजो। मुझे लगा कि इस कुंजी से ताला खुल सकता है। मन में कहीं यह भी रहा कि स्वतंत्रता-प्राप्ति के पश्चात् सामाजिक जीवन के व्यापक परिप्रेक्ष्य तथा उसमें क्रियाशील शक्तियों को देखने के नये-नये आयाम जुड़े हैं। गतिशील जीवन के विविध रूपों को प्रमेय बनाकर नई दृष्टि से देखने की अभिलाषा और आग्रह से शिल्प-विधान बदले हैं अथवा यह धारणा भी पुष्ट की गई है कि भारतीय रूपक, बिम्ब और वस्तु पुरातन या पीछे की ओर लौटना है। इस धारणा के बरक्स मुझे भारतीय उपन्यास का रूपांक प्रस्तुत करना आवश्यक लगता रहा कि उसकी सामाजिक आधुनिकता को खँगाला जाए।

भर्तृहरि के जीवन में एक ओर प्रेम और कामिनियों के आकर्षण हैं तो दूसरी ओर वैराग्य की शान्ति का संघर्ष। वह संसार से बार-बार भागते हैं...बार-बार लौटते हैं। इसी के साथ उनके समय की सामाजिक, धार्मिक उथल-पुथल जुड़ी है। नाथ और सिद्धों के आचार व चिन्तन, विशेषत: तंत्र पर बौद्ध प्रभाव स्पष्ट है। उज्जयिनी में चौबीसवें जैन तीर्थंकर के आने व उपदेशन के प्रमाण भी हैं। गोरखनाथ की बानी से स्पष्ट है कि उस काल में जीव-हिंसा का विरोध इसी चिन्तन से प्रभावित है।

भर्तृहरि का द्वन्द्व सीधा गृहस्थ व वैराग्य का न होकर तिर्यक है...विशेष है। इसलिए कि वह कवि और वैयाकरण हैं। काव्य के प्रति उनकी मान्यता—

'सुकविता यद्यास्ति राज्येन किम्' (यदि कोई अच्छी कविता करता है तो राजपाट व्यर्थ है) तथा 'वाक्य पदीयम्' जैसा पंडित-पछाड़ ग्रन्थ रचना उन्हें अत्यन्त विशिष्ट स्थान पर खड़ा करते हैं। सुकवि अनेक होते हैं तथा विद्वान भी किन्तु सुकवि व विद्वान एक साथ कोई-कोई ही होता है।

भर्तृहरि को जानने के लिए मैं अनेक स्थानों पर पहुँचा...कुछ स्थानों पर न पहुँच पाया। यह मेरी अक्षमता और शायद हिन्दी लेखक की विडम्बना भी है। जतन, जुगाड़ जुटाने में जो समय और श्रम हुआ, वह बचता तो उपन्यास कहीं अधिक चोखा हो सकता था।

इस उपन्यास में जितना मेरा है, उससे कहीं अधिक सहयोग करनेवालों का है—डॉ. दाताराम जी से सुनी कथा-कहानियों में से व हरदेव जी से सुने छन्दों से कुछ उपयोग में लिये हैं। श्रीमती चेतराम जैन, श्री महेश जैन ने जैन दर्शन व आचार से परिचय कराने में मुझे उपकृत किया है। अपने कमांडर प्रो. कमला प्रसाद का चेहरा बार-बार सामने आता है जो मिलने पर सदैव ही पूछते—'तुम्हारा उपन्यास कहाँ पहुँचा महेश?' डॉ. सन्तोष भदौरिया का लिखने के लिए कोंचना व पवन करण की उत्सुकता ने मुझे लगाए रखा। मेरे दोनों भाई दिनेश व प्रदीप ने बिना माँगे और पूछे ही भोजन, भजन, दवादारू की आवश्यकताएँ निरन्तर पूरी कीं और पत्नी... ? वह तो मेरी ही नींदों के साथ सोई-जागी है। अंतिका प्रकाशन से भरोसा मिलता रहा, सो भी कुछ कम नहीं। इस उपन्यास में ज्ञात-अज्ञात बहुतेरों का सहयोग है और उम्मीद भी। पता नहीं, ऐसा उधार कैसे चुकेगा?

बस, इतना ही...!

2012, ग्वालियर

—महेश कटारे

अनादिरेष भगवान कालोऽनन्तोऽजरोऽमरः ।
सर्वगत्वात् स्वतंत्रत्वात् सर्वात्मासौ महेश्वरः ॥

[यह काल भगवान है । अनन्त, अजर, अमर और अनादि है ।
सर्वव्यापी, स्वतंत्र, सर्वात्मा होने से यह 'महाईश्वर' कहलाता है ।]

पूर्वपदी

1

मनुष्य का अतीत वह भयानक पिशाच है
जो उसके भविष्य में वर्तमान का
पत्थर बनकर पड़ा रहता है।

आह! यह कथन सत्य ही प्रतीत होता है कि 'गर्त में गिरती नदी और पतन की ओर बढ़ती स्त्री को रोका नहीं जा सकता।'

वायुगति से दौड़ता अश्व एकाएक लड़खड़ाकर गिरते-गिरते बचा और तुरन्त सँभलकर दुलकी चाल पर आ गया। गिरते-उठते टापों के नीचे छपर-छपर की ध्वनि हो उठी थी। निश्चय ही अभी-अभी हुई बरसात का पानी मार्ग में बह रहा होगा।

अश्वारोही के वस्त्र भीगकर देह से चिपक गए थे तथा घने केशों के बीच अब भी यहाँ-वहाँ कुछ बूँदें ठहरी थीं, जो कभी एकत्रित हो धार बन ढुलक उठतीं तो कभी केशों के घनेपन में छिप जातीं। थोड़े-थोड़े अन्तराल से फुहारों के झोंके आकर शीतलता छिड़कते हुए आगे बढ़ जाते।...किन्तु वह तो जैसे अवसन्न हो विदेह बन गया था। मस्तिष्क में मात्र स्मृतियों के हहराते झंझावात थे—एक के ऊपर एक लहरों की भाँति चढ़ती-कूदती, डूबती-उतराती स्मृतियाँ!...न कोई दृश्य स्थिर, न चित्र, जैसे काल के पटल पर भिन्न-भिन्न रंगों की तूलिका फेरी जा रही हो! हर स्थिति अस्थिर, हर अस्तित्व ओट पकड़ ओझल होता हुआ।

लड़खड़ाते अश्व ने उसकी चेतना की लगाम खींची तो ज्ञानेन्द्रियाँ सक्रिय होने लगीं। उसे लगा कि वह अब भी कोई जीवित पिंड है। उसकी जाँघों के बीच कसा हुआ भी कोई जीवित आकार है जिसने अभी-अभी अँधेरे में ठोकर खाई है, लड़खड़ाया है, सँभला है। आसपास अँधेरे का धुँधलापन है, बूँदों के फाहे, वायु के थपेड़े हैं।

टापों के आघात से उछलता-छितराता पानी अपने बोल जगा रहा है—किट तक...धिट धिट धागेतिट, तोगेतिट धड़ान। जैसे प्रकृति अपने महाशून्य में किसी नृत्य की परन के बोल बुदबुदाने लगी हो!

बहते पानी से साम्य करती दुलकी चाल से बढ़ता अश्व आगे के पैर सीधा अड़ाकर एकाएक ही थमा तो आरोही भी पीठ से उछलकर गिरते-गिरते रह गया। पायरों पर कसे पैर पानी और पसीने से चिपचिपे अश्व के पेट से रगड़ खाते हुए काठी से टकरा गए।

'क्या हो गया है तुझे नीलमणि?' झुँझलाए स्वर में अश्व का नाम उसके ओठों पर आ गया। अश्व अपनी अयाल में थरथरी भरते हुए ग्रीवा तानकर हिनहिनाया तो आवाज अँधेरे को बेधती हुई सी दूर तक जाती सुनाई पड़ी। उसने भी आँखों से अँधेरे के बीच देखने का प्रयास किया—घनी कालोंछ के मध्य मात्र सफेद रेखा का आभास देता कुछ आगे तक जाता दिखाई

पड़ रहा था। टापों की आवाज के ठहरने पर झींगुरों, दादुरों के साथ फुसफुसाने जैसा आभास कराती कुछ अजानी आवाजों की संकार-सी खिंच रही थी। अश्व के रुकने का कोई स्पष्ट कारण न पाकर उसने वल्गा खींचते हुए एड़ लगाई। नीलमणि अब पिछले पैरों पर खड़ा हो गया, फिर अगली दोनों टापें छप्प से पानी में पटकते हुए ग्रीवा हिलाकर फुरहरी भरी।

'अवश्य ही कुछ बात तो है,' उसने सोचा। अति विश्वसनीय नीलमणि उसके संकेत या आदेश की यूँ ही अवज्ञा नहीं करता। उसकी आँखें फिर से अँधेरा खखोलने लगीं।

'अगला डग बढ़ाने से पहले दूर सामने देखने के साथ-साथ नीचे भूमि पर भी दृष्टि डाल लेनी चाहिए राजन्! इस बारे में तुम्हारा अश्व पशु होकर भी अधिक सावधान है!'

'राजन्' सम्बोधन सुनकर वह चौंक गया—काल रात्रि के निविड़ अन्धकार में भागते-दौड़ते वह कहाँ आ पहुँचा है तथा यह किसकी आवाज है? अनिष्ट की स्वाभाविक आशंका के साथ ही उसका हाथ खड्ग की मूठ पर पहुँच गया।

'हा-हा-हा...हा-हा-हा...डर गए?' प्रश्न के पश्चात् का अट्टहास और भी कटु था।

'महाकाल का अनुग्रह रहने तक मुझे कोई भय नहीं।' उसने अपने स्वर में राज्ञोचित दर्प समेटा। 'किन्तु इस निर्जन निशा और दुष्काल में तुम यहाँ कौन हो और मुझे कैसे पहचान रहे हो?...मेरे मार्ग में क्यों आए?'

उत्तर में फिर से वही अट्टहास था, जैसे पत्थरों को आपस में रगड़कर कोई लय बुनी जा रही हो! मार्ग के भूरे अँधेरे में कोई आकृति धरती से उठती हुई खड़ी होने लगी तो उससे रुका पानी हहराकर बहने लगा। स्पष्ट था कि आकृति मार्ग में तिरछी लेटकर प्रवाह को रोके हुए थी। उसके शरीर में हल्का-सा भय कौंध गया। नीलमणि विचलित हो रहा था। वह नथुने फुरफुराकर ग्रीवा मोड़ने लगा, जैसे लौट पड़ने का संकेत पाना चाहता हो!

'आगे मार्ग बन्द है राजन्! वन की सूखी नदी में इस समय भरपूर बाढ़ है। वर्षा बन्द होने पर भी प्रातः तक मार्ग न खुल पाएगा। सत्य तो यह है कि यह बाढ़-प्रवाह तुम्हारे ऊपर महाकाल की कृपा का ही रूप है।' हँसी पुनः खड़खड़ बजी।

'किन्तु तुमने मेरे प्रश्नों का उत्तर नहीं दिया?'

'सब प्रश्नों का उत्तर सदैव नहीं मिलता...आवश्यक भी नहीं। सबसे प्रथम और अंतिम प्रश्न जीवन का है और तुम्हारे जीवन पर संकट उपस्थित है, इस समय। तुम वृकवन में प्रवेश कर आए हो भर्तृहरि!...कुछ ही दूरी पर ये आसपास चमकने वाले जुगनू नहीं हैं, न आकाश से झरने वाले नक्षत्र खंड। ये इस ओर दौड़ते चले आ रहे भेड़ियों की आँखें हैं। सुन पा रहे हो इनका हड़हड़ नाद... ? मुहूर्त भर में ही ये सैकड़ों की संख्या में एकत्र हो तुम पर टूट पड़ेंगे।'

'हाथ में खड्ग रहते कोई भर्तृहरि की छाया भी नहीं छू सकता अपरिचित मित्र!...हाँ, सावधान करने के लिए धन्यवाद।'

इस बार की हँसी अधिक ऊँची और उपहास-भरी थी, 'आत्मविश्वास बहुत श्रेष्ठ सहयोगी है मनुष्य का किन्तु आत्मदम्भ बन जाए तो किस काम का! उसके भार से कन्धे ही टूटेंगे। सब चारों ओर से घेर टूट पड़ेंगे तब कितनों को मारोगे? यों भी स्पष्ट है कि कहीं तुम स्वयं से भी युद्धरत हो अन्यथा पथ-दिशा और काल की विस्मृति में इस ओर क्यों आते? भर्तृहरि! शीघ्र उद्योग करो अन्यथा कुछ ही देर में ये वृकदल तुम्हारा अस्तित्व चट कर जाएँगे।

मेरे सिवा कोई यह बतानेवाला भी न होगा कि स्वर्णशृंगा कुशस्थली का अधिराज कहाँ विलीन हो गया। सुनो, अब विलम्ब का किंचित् भी अवकाश नहीं। मैं तुम जैसे प्रजावत्सल नरेश की दयनीय मृत्यु का साक्षी नहीं होना चाहता।'

'तो मैं...'

'कुछ भी पूछने का समय नहीं है। तुम्हारी बाईं ओर पाँच पग की दूरी पर बबूल का विशाल वृक्ष है, तुरन्त चढ़ जाओ उस पर। काँटे चुभेंगे पर उनकी अनदेखी करते हुए सुरक्षित ऊँचाई पर पहुँचना आवश्यक है।'

'और मेरा नीलमणि... ?' आकुल हो भर्तृहरि ने पूछा।

'महाकाल ने चाहा तो वह किसी जनवास तक पहुँच ही लेगा। प्रकृति ने उसे अलग प्रकार की पशुशक्ति से सम्पन्न किया है।'

वह आकृति किसी वनमानुष की भाँति अपने स्थान से उछली और भर्तृहरि को लिये-दिये दूसरी ओर गीली किचकिची भूमि पर आ गिरी। लगभग घसीटते हुए उसने राजा को बबूल के तने से सटा दिया, 'तुरन्त चढ़ लो! भैरव तुम्हारी रक्षा करें।'

अगले ही क्षण वह आकृति उछलकर नीलमणि पर सवार हो गई तथा उसका मुँह पीछे की ओर मोड़ दिया। भूरे अँधेरे में नीलमणि तीर की भाँति दौड़ पड़ा।

भर्तृहरि के आसपास सैकड़ों आँखें घूरती हुई बढ़ी चली आ रही थीं। छिपकली की तरह कँटीले तने को बाँहों में लेकर किसी अज्ञात शक्ति से प्रेरित हो वह धनुष भर की ऊँचाई पर पहुँच गए। कन्धे के ऊपर एक पतली टहनी चुभी तो लगा कि इसका सहारा लेकर और भी ऊँचे की ओर बढ़ा जा सकता है।

नीचे एक वृकदल आ पहुँचा। उनकी संख्या क्रमशः बढ़ने लगी। उनमें से अनेक तीक्ष्ण दाँतोंवाले लार टपकाते, मुँह ऊपर उठाकर चटके हुए शंख जैसी आवाज निकालने लगे। कदाचित् यह भेड़ियों का कोई पारम्परिक सन्देश था कि चरर-चरर के साथ कूक निकालती अनेक ध्वनियाँ बबूल के आसपास सिमटने लगीं। झींगुरों, झाइयों, दादुरों के स्वर चलते-फिरते वृकदलों की हड्डियों के चटकने से उपजे चर्र-चर्र-खट तथा ऊपर की ओर जबड़े फाड़ 'कों-ओं-ओं...खों-ओं-ओं' की आमंत्रण-टेर में दबकर रह गए। कहीं कोई उलूक भी 'घू ऊ ऊ ऊ उऊ' बोलने लगा। बूँदों की फुहार थम गई। भेड़िये उचक-उचककर अपने आखेट तक पहुँचने का उपक्रम करने लगे किन्तु राजा उनकी पहुँच से ऊपर हो चुका था। कुछ भेड़िये एक- दूसरे की देह को सीढ़ी बनाकर ऊपर उठते और लद्द से लुढ़क पड़ते। सैकड़ों जोड़ी जलते अंगारे राजा को अपनी ओर ताकते प्रतीत हो रहे थे। आखेट की गन्ध उन आँखों में उत्तेजना भर रही थी। इसी मध्य राजा एक हाथ और ऊँचाई पर हो गया।

वृक्ष के चारों ओर आवेश-भरी हलचलें और आवाजें सनसनाने लगीं। भर्तृहरि की आँखें अब अँधेरे में भी कुछ सूझने लगी थीं। आकार और गति से चेष्टा का अनुमान लगाना उनके लिए नितान्त नया अनुभव था। जिस नृपति के खड्ग की छाया में सजे सैन्यबल से बड़े-बड़े पराक्रमी भय खाते हैं, वह आज हिंस्र पशुबल के आगे असहाय बना एक उपेक्षणीय वृक्ष के आश्रय से सुरक्षा पा रहा है। नीचे मृत्यु के सहस्रों उतावले नख-दंत उसे उदरस्थ करने को कसमसा रहे हैं। कटकटाती हुई कुछ आकृतियाँ वृक्ष के तने और मूल पर प्रहार

करने लगीं। चर्र-चर, कट-कट, चट-चट, रगड़ और घुर्राहटों में अँधेरे के स्वर दबकर दुबक गए। नीचे धरती पर कोलाहल मचा था और ऊपर अम्बर में स्तब्ध मौन प्रकृति का अबूझ कार्य-व्यापार, जिसमें भर्तृहरि मात्र एक नगण्य-सी उपस्थिति भर हैं—वायु के बवंडर में किसी तृण की नोक पर अटके सूखे पात की भाँति।

एकाएक यह भाव मन में जगा कि अभी कुछ समय तक इस संकट से उबरने का कोई उपाय नहीं है तो क्यों न इसी स्थिति के मध्य कुछ मोद का साधन किया जाए? यद्यपि अभी वह जैसे-तैसे एक सुरक्षित ऊँचाई पर अटके भर हैं। थोड़ी भी असावधानी अथवा किसी अन्य कारण से किंचित् फिसले तो दृश्य ही बदल जाएगा। मोद-प्रमोद के लिए भी यत्किंचित् सुरक्षा व अवकाश आवश्यक हैं। राजा ने अपनी फेंट खोली। फेंट से नीचे खड्गबंध है जिसके सहारे तीक्ष्ण खड्ग चपटे सर्प की भाँति नीचे की ओर झूल रहा है। दो डालों की संधि पर बैठ राजा ने पुट्ठे टिकाने योग्य स्थान टटोला। पगतरी उतार डाल पर रगड़ते हुए काँटे साफ किए तथा दोनों डालों से फेंट की गाँठ लगाकर स्थान बना लिया। नीचे के क्रूर कोलाहल से ध्यान हटा आकाश की ओर ताका जहाँ तिरके हुए मेघों के मध्य से तारे झाँकने लगे थे। सिर के ठीक ऊपर झीनी परत के पीछे चन्द्रिका अवगुंठन खोल रही थी। स्मरण आया कि आज अष्टमी की रात्रि है। श्रावण कृष्ण पक्ष की। दूसरा प्रहर बीतते-बीतते चन्द्रिका का प्रकाश फैलना चाहिए। मेघ बरसकर झीने हो चुके हैं तो शीघ्र घने होने की सम्भावना नहीं बनती। नरेश ने सावधानी से पहलू बदलते हुए नीचे की ओर झाँका जहाँ चौगिरही में भेड़ियों का रव आकाश गुँजाने लगा था।

पारदर्शी आवरण के पीछे से धुली-धुली ज्योत्स्ना वन-प्रान्तर पर पसरी तो वह सिहर गए। दृष्टि के विस्तार तक मात्र यही एक ऊँचा वृक्ष है...शेष भूमि में तो झाड़ियाँ ही झाड़ियाँ हैं—क्षीणकाय अक्षम तनों वाली, जो मात्र चिड़ियों का भार सह पाएँ। क्या यह संयोग मात्र है कि अश्व इस सुदृढ़, ऊँचे वृक्ष के निकट पहुँचकर ही आ ठहरा?...अथवा वह अपरिचित ही भर्तृहरि को बचाने के लिए पथ के बीच आ लेटा था?

भर्तृहरि के मस्तिष्क में कसैली स्मृतियों की वही लहरें पछाड़ खाने लगीं जिनकी श्वास घोंटनेवाली गुंजलक से उत्तप्त होकर वह बावले की भाँति भाग पड़े हैं : भर्तृहरि! तू क्यों बचा? क्यों बचाया गया तुझे?...और क्यों जीना चाहता है? राजभवन को छोड़ते हुए तूने पीछे मुड़कर भी न देखा। अपनी देह और प्राण का भान ही कहाँ था तब जिसे सहेजने, बचाने की कामना होती। जो घटा, वह अकल्पनीय ही तो है। तेरे प्रदेय में कहाँ कमी रही? राजन्य-जीवन के अनुरूप ही तो जीता आया है तू...उससे विलग आचरण रहा, न इच्छा...फिर इतना दारुण आघात क्यों पहुँचाया गया?

देह की भूख क्या इतनी प्रबल है कि भक्ष्य-अभक्ष्य का विवेक ही भुला दिया जाए? मनुष्य पशु तो नहीं जिसे आहार और मैथुन ही काम्य हो? अनेक बार पशु भी जूठन स्वीकार नहीं करते, सूँघकर मुँह फेर लेते हैं। आह!

राजा के मुँह से निकली कराह सुनकर वृक समूह और भी उत्साहित हो उठा। कड़-कड़ खों-खों के कोलाहल से दिशाएँ भर उठीं। लगा कि उसके कर्णपट फट जाएँगे। वह चेतना-शून्य हो नीचे गिर पड़ेगा।

राजा स्वयं को सँभाल ही रहा था कि आँधी के झोंके की भाँति कोई विशाल पक्षी ऊपर से तिरछा होता हुआ टूटा तथा एकाएक खिली चन्द्रिका में भर्तृहरि ने देखा कि पक्षी ने डुबकी मारकर एक वृकशावक को पंजों में दबाया और आकाश की ओर उड़ गया। 'ओह! प्रकृति सुन्दर है तो क्रूर भी। सौंदर्य और क्रूरता स्यात् परस्पर पूरक हैं—फूल और काँटे की तरह।' राजा के मन में जगे मोह की इच्छा आहत-सी किसी कोने की ओर सरक गई।

स्तंभित वृकसैन्य का शोर क्षण-भर के लिए ठहर गया। मृत्यु का भय वधिक को भी रहता है। इस औचक काल-शान्ति में प्राण-भय से विकल खें-खें की कातर चीख महाकाय पाखी के पंजों में छटपटाती हुई दूर होती गई। बबूल के वृक्ष पर आँखें जमाई हुई वृकसेना की दृष्टि अब पक्षी की ओर थी जिसके ओझल होते ही वे फिर से खों-खों, कट-कट का विषम नाद करते हुए वृक्ष पर टूट पड़े।

लगता था, यह विशुद्ध कालरात्रि है जिसमें हस्तक्षेप कर पाने की कोई क्षमता भर्तृहरि के पास नहीं। हस्तक्षेप का प्रयास भी उन्हें कालकुंड की आहुति बना डालेगा। उन्हें केवल भोर की प्रतीक्षा करनी है।

चन्द्र मेघकुंड में स्नान कर शुभ्र हो आकाश मार्ग में आ पहुँचा है। चीजें अब अधिक स्पष्ट हैं। भेड़िये रह-रहकर उनके आश्रय पर प्रहार कर रहे हैं। भर्तृहरि को लगा कि उन्हें कुछ पल, कुछ दूरी पर उद्यत मृत्यु की ओर से ध्यान हटाकर उदासीन हो जाना चाहिए क्योंकि यह मृत्यु अब उनकी इच्छा पर निर्भर है। चाहें तो नीचे उतर उसका ग्रास बन जाएँ, न चाहें तो ऊँचाई पर ठहरे रहें। भोर होने पर हिंस्रवाहिनी के निस्तेज होने के साथ ही साथ काल देवता जीवन की जाने कौन सी चौसर रच देगा? वह सावधान हो सूर्य की प्रतीक्षा करने लगे।

2

तुम स्त्रियों को सान्त्वना देकर सन्तुष्ट तो रखते हो न?
क्या वे तुम्हारे यहाँ पूर्णरूप से सुरक्षित हैं?
तुम उन पर पूरा विश्वास तो नहीं करते?
और विश्वास करके उन्हें कोई गुप्त बात तो नहीं बता देते?

'आकाशे तारकं लिंग पाताले हाटकेश्वरम्।
भू लोके च महाकालौः लिंगत्रयः नमो स्तुते॥'

झाँझ, शंख और नक्कारे के साथ गुंजित महाकाल की स्तुति की दिशा में स्थित महाकाल के विग्रह का मनसा स्मरण करते हुए प्रणाम निवेदित कर महामात्य व्यग्रता के साथ रथ पर चढ़ गए। संकेत पाते ही अश्वों की गति व रथचक्रों की घरघराहट बढ़ चली। महामात्य का गंतव्य महालय है जो राजमार्ग के पश्चिमी छोर पर पूर्वाभिमुख निर्मित किया गया है ताकि भुवन भास्कर की पहली किरणें महाकाल मन्दिर के कलश के साथ-साथ राजभवन के शिखर पर भी उतरें। दूसरे छोर पर महामात्य का आवास है एवं उसके ठीक सामने महामति का प्रासाद।

महामति नीति, न्याय और राज्य-सम्बन्धों में महाराज को सलाह देते हैं पर कार्यकारी, व्यवस्थापक शक्तियाँ महामात्य के अधीन हैं। दोनों ही राज्यव्यवस्था के दृढ़ पहिये ठहरे

तो दोनों के तालमेल से ही व्यवस्था को सुचारु गति मिलती है। वय में अधिक होने के साथ ही महामति नीति, दर्शन, अध्यात्म के सुधीवेत्ता भी हैं। इन्हीं से मंत्रणा कर महामात्य ने राजमहिषी पिंगला से भेंट करने का निश्चय किया था। महाराज को गए पूरे सात दिवस बीत गए हैं।...तीन दिन से राजसभा स्थगित करनी पड़ रही है। सभासद-सामन्त महाराज की अनुपस्थिति का कारण जानने को व्यग्र हैं।

दैनन्दिन व्यवस्था तो यथाविधि सुसंगत है किन्तु न्याय पाने की आशा में विभिन्न ग्राम, पुरों, हाटनगरों से आए ग्रामीणों, कृषकों, व्यवहारी, वणिकों को अब या तो लौटना पड़ रहा है या आजकल-आजकल की प्रत्याशा में ठहरे हुए लोगों से अतिथिगृहों, पांथागारों में भीड़ बढ़ती जा रही है। ग्राम श्रमिक, कृषकों ने आहार भोजन के लिए मन्दिरों, धर्मावलयों की शरण लेना आरम्भ कर दिया है। नागर बोध व व्यवहार कौशल से अनभिज्ञ ये अनाहूत ग्रामीण, वनवासी हाट, वीथि, वन, उपवन कहीं भी नंगी भूमि पर पसरकर सो जाते हैं। स्नान, शौचादि के लिए महावन की भूमि, पवित्र क्षिप्रा, गन्धवती के तट, मनोहर घाट सबका मनमाना उपयोग कर लेते हैं। कनक-शृंगा अवन्तिका का भद्रलोक दो-तीन दिन तक तो इनका गँवारपन सह गया पर अब इनका भदेस, असंस्कृत, अपरिष्कृत रहन-सहन खीझ उत्पन्न करने लगा है। व्यवस्थागत उपालम्भ, उलाहने दंडपाशिक से होते हुए प्रधान कुमारामात्य और महामात्य तक आ पहुँचे हैं।

आँख-कान से दूर अंचल की कोई बड़ी घटना भी प्रशासन के लिए उतनी चिन्तनीय नहीं होती जितनी नगर की छोटी-सी भी बात होती है। राजधानी की तो सामान्य असुविधा तक चर्चा का विषय बन जाती है। लोकपवाद लोक से कम सत्ताकेन्द्रों से अधिक फैलता है। इस तथ्य से महामात्य पूर्णरथ भली भाँति अवगत हैं कि भद्र नागरिकों का रोष उनकी स्वयं की छवि को भी प्रभावित, मलिन कर सकता है। अपने सुदीर्घ अनुभव तथा पारम्परिक इतिहास-बोध से यह भी जानते हैं कि अधिराज अपने अस्तित्व के लिए किसी को भी बलि चढ़ा सकता है...भले ही वह महामात्य क्यों न हो। यह भी तो है कि उनके वृद्ध होने का तर्क साथ लेकर दसियों अमात्य महामात्य का पद पाने की आकांक्षा पाले हुए हैं। अवसर पाते ही वे चूकेंगे नहीं।

महामात्य का रथ आवास परिसर के उद्यान व सन्तरण-ताल के मध्य से निकास लेकर सिंहद्वार पार करते हुए वाम दिशा में मुड़ गया। सिंहद्वार के प्रहरी रथ चक्रों की घरघर सुन पहले ही चौकन्ने थे।

राजमार्ग के दोनों ओर महामात्य, महामति, सेनापति के भवनों के साथ-साथ सभी शीर्ष राजन्य के आवास हैं। इस मार्ग के प्रत्येक महालय परिसर के साथ उपमार्ग जुड़ा है जो पीछे की पंक्ति में बने प्रासादों, हवेलियों वाले प्रवर पथ से जुड़ता है जहाँ श्रेष्ठि, सामन्त, आस्पद आदि उच्चवर्गीय के आवास हैं। कोस भर का विस्तार लिये यह क्षेत्र अवन्ति नगर का विशिष्ट भूमि-मंडल है जहाँ जनसामान्य की आवाजाही वर्जित न होते हुए भी अत्यन्त सीमित रहती है। एक किस्म के भद्र आतंक से सहमा सामान्य व्यक्ति इधर से जाने का साहस ही नहीं सँजो पाता। हाँ; रक्षक, प्रतिहार, विट, विदूषक और दास-दासियों के अबाध संचरण व द्वारों पर खड़े प्रहरियों की सावधान हलचल से इस मार्ग पर जीवन दिखाई देता रहता है।

बहुमूल्य पत्थरों से सुचित्रित पाटल राजमार्ग पर रथ तीव्र गति से दौड़ पड़ा। महामात्य का चेहरा शुष्क और भावहीन होने के साथ-साथ कुछ निरपेक्ष-सा बना रहता है। वर्षों से राजकाज देखते-भालते यह उनका स्थायी भाव बन गया है। वह सहज में भी देखें तो लगता है कि कोई अप्रसन्नता या रोष प्रकट करनेवाले हैं। ओठों पर मुस्कान लाने के लिए स्यात् प्रयास करना पड़ता हो उन्हें। माथे की रेखाओं का संकुचन तथा भौंहों का तनाव प्राय: ढीला नहीं पड़ता।

उनके सिर की भूरी केशराशि का दोहरी गाँठवाला बंध काले मोतियों की झालर वाली पगड़ी से ढँका हुआ था। जरीदार रेशमी कायबँध से कसकर बाँधे गए स्वर्णखचित रेशमी कंचुक के ऊपर कन्धे पर होकर अस्त-व्यस्त उत्तरीय का छोर वायुवेग में पताका-सा फहराने लगा। किन्तु महामात्य पूर्णरथ का ध्यान न वस्त्रों पर था, न आसपास के पथ, उपवनों पर जो अनेक दुर्लभ पुष्प, प्रसून, पादप, दूर्वादल व लताओं से सुसज्जित रहते हैं। वह सामान्यत: आसपास अन्वेक्षकीय दृष्टि डालते हुए ही चलते हैं। मार्ग के दीपस्तम्भों पर पक्षियों की बीट देखकर भी वह 'नगर संधारक' को बुला लेते हैं। सेवा में तत्परता को आवश्यक मानते हैं वह। सेनापति के प्रासाद तक पहुँचते ही उन्होंने रथवाह के कन्धे पर हाथ रखा तो उसने मुड़कर स्वामी की मुखाकृति पढ़ते हुए रास खींच रथ रोक लिया :

'सेनापति के यहाँ चलें आर्य ?'

'हाँ... ! नहीं... ! इस समय वह कदाचित प्रात:क्रिया में व्यस्त हों क्योंकि उनसे भेंट करने का सन्देश नहीं भेजा गया है। आवश्यकता पड़ी तो वहीं राजमहालय में बुला लेंगे।'

'उचित है आर्य!' कह रथवाह ने रथ पुन: राजमार्ग पर दौड़ा दिया।

रात्रि-प्रमोद का अभ्यासी राजवर्ग अलसभोर की निद्रा का आदी रहता है अत: राजपथ पर भी उनिद्र सूनापन था। हाँ, इसके आकाश पर अवश्य मन्दिरों से उठती प्रार्थना, स्तुति, शंख, घंटा आदि के स्वर तथा पक्षियों का कलरव छाया हुआ था फिर भी अश्वों की टापों व रथचक्रों की गूँज दूर तक पहुँच रही थी।

राजमहालय के सिंहद्वार से आगत राजध्वज दूर पर ही दिखाई दे जाता है। प्रहरी सावधान मुद्रा में हुए तो दौवारिक प्रणत मुद्रा में। पाँवरियों तक रथ पहुँचने का समय बूझते हुए लौह-जड़ित शीशम के भारी कपाट खुले जिनके खुलने-बन्द होने का अनुमान आवाज से ही अन्त:पुर तक हो जाता है।

राजमहालय के अन्त:पथ पर रथ की गति धीमी हो गई। इसके विस्तृत परिसर में दर्शनीय उद्यानों, उपवनों, सन्तरणतालों का अनूठा संयोजन है जहाँ राजरमणियों के अंगरागों, प्रसाधनों, अगरु धूम्र की गन्ध व्याप्त रहती है। पग-पथ पाँवों के महावर की छापों, पुष्पाभूषणों की पँखुरियों से चित्र विचित्र हो जाते हैं। वंशी, वीणा, ताल, घुँघरू तथा खनखनाती मधुसिक्त हँसी की अनुगूँज से भरा प्रासाद स्वर्ग से विलग हुआ दीप्तिमान खंड दिखाई देता है।

महालय का कार्मिक वर्ग अत्यधिक सजग, तत्पर हो उठा। महामात्य सेवा में भूल को क्षमा नहीं करते। रक्षकों, प्रतिहारों, दास-दासियों के विनीत अभिवादन को स्वीकारते महामात्य पूर्णरथ अलंकृत स्तम्भोंवाले बरामदे को पार कर राजप्रांगण में पहुँच गए। यहाँ से आगे नरेश को छोड़ किसी भी अन्य पुरुष का प्रवेश वर्जित है। हाँ, राजमहिषी की इच्छा अथवा राजकीय

आवश्यकता के अनुसार विशिष्ट पदाधिकारी, सन्देशवाहक, कवि कोविद, गुणीजन तथा व्यापारी अन्त:पुर के बाह्य प्रभाग में स्थित बासन्ती कक्ष तक पहुँच सकते हैं।

महामात्य सीधे बासन्ती कक्ष की ओर मुड़ गए। उनकी तेजगति को देख दो परिचारिकाएँ लगभग दौड़ती हुई पीछे-पीछे हो लीं और महामात्य के प्रवेश करने से पूर्व ही आगे बढ़ द्वारचीर उठा स्वागत में प्रस्तुत हुईं।

'महामन् महामात्य, आसन ग्रहण करने की कृपा करें!'

यह वयसिका थी। राजमहिषी की विश्वस्त अनुचरी।

महामात्य ने एक उचटती सी दृष्टि वयसिका पर फेंकी जो वय में राजमहिषी से कुछ कम किन्तु लावण्य में कहीं अधिक थी, जिसे छिपाने के लिए वह प्राय: साधारण वेषभूषा में रहती थी। महामात्य उसे अन्त:पुर की रहस्यकुंजिका मानकर यदाकदा उससे चर्चा कर लेते हैं।

'वयसिका... !'

'आज्ञा आर्य... !'

'मेरी ओर देखो।'

'धृष्टता होगी देव!' नतशिर, नतनेत्र वयसिका बोली।

'इतनी धृष्टता आवश्यक है।'

वयसिका ने सिर ऊँचा करते हुए पलकें उठाईं तो उसकी आँखें महामात्य की आँख से मिल गईं। उसे लगा कि वह आँखों के रंध्र से मन तक झाँक रहे हैं। महामात्य से भेंट के समय प्राय: सदैव यही होता है, फिर वह तुरन्त ही अपने अन्त:पटल पर एक परदा तान लेती है, जिसके पार झाँकने में असफल महामात्य अपनी असफलता को मन्दहास्य की कूटस्मित में बदल लेते हैं।

'महादेवी से निवेदित करो कि हम उनके दर्शन करना चाहते हैं।'

'महादेवी स्वयं आर्य की प्रतीक्षा में हैं...' कह वयसिका अन्त:वास की ओर चल पड़ी।

एक गहरी साँस लेकर महामात्य पूर्णरथ पीठिका से टिक गए।

वासन्ती कक्ष ताजा पुष्पों की मालिकाओं, झालरों, हाथीदंत की खूटियों पर टँगी मुक्तामणियों, विस्तृत चित्र-पटलों से सज्जित था। कदाचित यह सज्जा वयसिका की देखरेख में ही हुई होगी, उन्होंने सोचा।

एकाएक ही उन्होंने सिर झटक लिया—इस वयसिका और मेरी वय में दोगुने से अधिक का अन्तर होते हुए भी मुझे इसके प्रति आकर्षण का अनुभव क्यों होता है? नहीं, पूर्णरथ! तुम वानप्रस्थ के आँगन में खड़े विधुर हो...परम प्रतिष्ठित समादरणीय उच्चतर दायित्व व अधिकार सम्पन्न राजपुरुष हो। आकर्षण की दुर्बलता तुम्हें शोभा नहीं देती। लगता है, वयसिका भी तुम्हारे आकर्षण को भाँप गई है। तुम्हारी एकान्त उपस्थिति में उसकी विनम्र चंचलता क्या यही प्रमाणित नहीं करती? तुम्हारी कुलीन स्वर्णकाया मृत्तिकामूर्ति के साथ तुलनीय नहीं है, चाहे वह कितनी भी सुघड़, सुरेख क्यों न हो।

इसी समय अन्त:पुर की ओर से भागकर आता मयूर कक्ष में प्रविष्ट हुआ। उसके पीछे दौड़ती-हाँफती वयसिका थी। ढीठ मयूर वयसिका की पकड़ से बचने के लिए महामात्य की पीठ का चक्कर लगाने लगा।

'क्षमा करें आर्य! महादेवी के लाड़-प्यार ने इसे बहुत उद्धत बना दिया है। अन्त:पुर में कहीं भी कभी भी घुस जाता है। बेला-कुबेला का भी ध्यान नहीं रखता दुष्ट। कभी-कभी तो ऐन...!'

वयसिका ने दाँतों तले जीभ दबा ली, जैसे उसके मुँह से कुछ अशोभन, अश्लील निकलते-निकलते बचा हो!

महामात्य की दृष्टि पुन: वयसिका की ओर उठ गई। मयूर को पकड़ने के श्रम में उसके माथे पर स्वेद कण चमक उठे थे। चुनरिका भागते में कहीं गिर गई थी। लम्बी-लम्बी आस्तीनों के चोलक में कटिपर्यन्त कसा वक्ष साँस के साथ उठ-गिर रहा था जिसके पीछे की पुष्ट गोलाई स्पष्ट उभर रही थी। चोटी के चारों ओर लिपटा पुष्पबंध बिखरकर लटक गया था। उन्होंने वयसिका की आँखों में वही कूटभाव देखा जो स्मित बनकर अधरों पर आ बैठता है।

महामात्य पूर्णरथ अचकचाकर खड़े हो गए, 'प्रतिहारी-ई-ई...'

महामात्य की कम्पनभरी, गम्भीर आवाज महालय की भित्तियों से टकराती हुई दूर तक गूँजी तो बाहर लगा कि जाने क्या अघटनीय घट गया? जाने क्या घटने वाला है?...आशंका में अकुलाती रक्षिकाएँ बासन्ती कक्ष की ओर दौड़ पड़ीं तथा भीतर का दृश्य देख किंकर्तव्यविमूढ़-सी खड़ी रह गईं।

महामात्य से दंड भर की दूरी पर वयसिका अवसन्न खड़ी थी। लहंगा शैली के अन्तरीय के ऊपर पहने गए चोलक के ऊपरी बंध खुल जाने से झाँकते हुए स्तन साँस के संग थिरक रहे थे। अंग चुनरिका न वक्ष पर थी, न कन्धों पर।

चारों ओर से दौड़कर आती सशस्त्र रक्षिकाएँ, चेटियाँ, किंकरी अन्त:द्वार पर पहुँच ठिठकी रह गईं। अब तक अपनी चपलता से खिझाता आ रहा उद्दंड मयूर भी सहमकर ठहर गया। कक्ष के भीतर अभी तक महामात्य के पुकारे जाने की घनगूँज व्याप्त थी...।

'आज्ञा देव!' आँखें नीचे किए खड़ी वरिष्ठ परिचारिका ने पूछने का साहस जुटाया।

'इस...इस मयूर को उपवन के पिंजरे में बन्द कर दो...और महादेवी से निवेदन करना कि हम उनके दर्शन पाने बाद में उपस्थित होंगे।' कह बिना किसी ओर देखे महामात्य पूर्णरथ बासन्तीकक्ष से बाहर हो गए।

3

कुम्हार के घूमते हुए चाक पर भी
चींटी अपनी इच्छित दिशा में
चलती रहती है।

अवन्ति से एक मार्ग नलवा तक जाता है जो मालव का दूसरा दशपुर है। वहीं से सारंगपुर होते हुए विदिशा का पथ खुलता है। अवन्ति से नलवा के प्रमुख मार्ग से ग्रामांचल की ओर निकलते उपमार्ग पर स्थित आश्रम के तरुण परिचारक ने एक घायल अश्व को द्वार की लता से बँधा हुआ देखा। अश्व के घुटने, टखने, पिंडलियों के स्पष्ट दिखते घावों से बहा रक्त सूखकर जम चुका था। घावों पर मक्खियाँ मँडरा रही थीं।

सुसज्जित चर्म-काठी पर कौशेय पट की कलात्मक सीबन, उसी के अनुरूप शोभन दृढ़ पायँचे व मुक्ता-जटित वल्गा के सिरे पर रह-रह चमकता प्रवालमणि। आहत व श्रांत होने पर भी उमगती अश्व की चपलता से स्पष्ट था कि इस असाधारण अश्व का स्वामी कोई ऐश्वर्य-पुरुष ही होगा।

'मित्र! इस अश्व के घावों पर मृत्तिका-लेप होना चाहिए ताकि पावस ऋतु की कठिन, कुटिल मक्खियों से बचाव हो सके।' तरुण के पास आए एक आश्रमवासी ने राय दी।

'लेप से पूर्व घाव कर्पूरजल से धोकर अकलुष भी करने होंगे। वर्षाकाल में घाव शीघ्रता से सड़ता है। घावों पर मक्खियाँ कीट लार छोड़ देती हैं।' दूसरे ने जोड़ा।

'इसका स्वामी भी कैसा निर्द्वंद्व होगा जिसने न उपचार किया, न अश्व की सुधि ली? देखो, घाव दो-तीन दिन पुराने प्रतीत होते हैं...स्थान-स्थान पर रक्त की पपड़ी जम गई है।' अभी-अभी आया तीसरा घावों को तोलते हुए बोला।

'पर बन्धु! इतना तो देख ही रहे होगे कि बहुत मूल्यवान अश्व है यह।...रास और काठी तक में रत्न जड़े हैं। इसे कोई यों ही नहीं छोड़ देगा। मुझे तो लगता है कि इसका सवार या स्वामी या तो कहीं संकट में है या किसी शत्रु अथवा हिंस्र पशु द्वारा...।' पहला अब गम्भीर हो गया।

'तो.. ?'

'हममें से कोई जाकर आश्रम में सूचित करे, शेष अश्व के निकट धूम्र की व्यवस्था, ताकि मक्खी, डांस आदि इसके घावों में न काटें। तब तक सम्भव है, कोई अश्व का चालक, पालक आ पहुँचे।' पहले ने सुझाव रखा।

'यही उचित है चन्द्रसेन!...तुम यहाँ ठहरो। हम दो घड़ी में लेप-मृत्तिका लेकर आते हैं। घाव की बूटी आश्रम में है ही।'

उनमें से एक ने हँसकर, बोलने वाले की पीठ पर धौल मारी, 'मित्र, तुम भी एक ही हो। आश्रम में मनुष्य के उपयोग की औषधियाँ हैं, उनका पशु पर प्रयोग प्रभावी होगा... ?'

'वह सब देखेंगे...पहले चलो तो। मृत्तिका लाते-लाते धूप और तीक्ष्ण होती जाएगी। मेघनी धाम यों भी प्राणलेवा होती है।'

उनमें से दो उपमार्ग फलाँगते हुए पगडंडी पर उतर गए। चन्द्रसेन द्वार लता के और भी निकट होकर अश्व की गठन देखने लगा—ऊपर की ओर तनकर मिलती हुई कनौतियाँ, लम्बी ग्रीवा पर सुगहन रेशमी अयाल, सुचिक्कन नीलदेह पर छोटे-छोटे श्वेत पीत वलय, किसी वृहद् चँवर-सी पुच्छ तथा सामान्य से लगभग ड्योढ़ी कदकाठी।...तभी उसने अनुभव किया कि अश्व में कोई आर्तविकलता भर रही है। वह निरन्तर अपनी टापें उठा-गिरा रहा है, जैसे पीड़ा झटकारने के प्रयास में हो!

स्वभाव से सदय चन्द्रसेन किसी की पीड़ा नहीं देख पाता। सोचा कि कदाचित् सेवाश्रम के भेषज्ञ कुछ उपाय कर पाएँ किन्तु बात तो वही है कि वह मनुष्य के रोगों का उपचार जानते-करते हैं, फिर भी। प्रयास में क्या हानि है?

वह शीघ्रतापूर्वक चिकित्सा कुटीर की ओर बढ़ चला। कुटीर के आगे सघन आम्रवृक्षों की छाँव में बिछे कुशासनों पर कुष्ठरोगी आ-आकर बैठते जा रहे थे। वहीं बाएँ कोने पर

तीन नेत्रहीन जल में पकाई हुई कुशा की रस्सी बँटने आ बैठे थे। चन्द्रसेन ने विलम्ब न करते हुए भीतर पहुँचकर खरल में कोई औषधि घोंटते हुए, रोगी से बात करते चिकित्सक को प्रणाम किया।

चिकित्सक ने बिना दृष्टि फेरे कहा, 'इतनी शीघ्र लेप-मृत्तिका ले आए चन्द्र ? आओ... !'

'क्षमा करें मान्यवर !...मृत्तिका लेने दो लोग गए हैं, मुझे आवश्यक कारण से रुकना पड़ा है। प्रवेशद्वार की लता से एक तेजस्वी किन्तु आहत अश्व बँधा है...जाने कौन बाँध गया ! उसके चारों पैर क्षत-विक्षत हैं। पेट के नीचे भी गहरी खरोंचें हैं। पीड़ा से व्याकुल है वह। उसके उपचार की कोई तात्कालिक व्यवस्था हो तो...'

चिकित्सक मुस्कुराए। पूरा आश्रम जानता है कि चन्द्र सुकुमार है।...तन-मन दोनों से। किसी का भी कष्ट उसे विचलित कर देता है। अत: उसे आश्वस्ति देते हुए चिकित्सक बोले :

'तुम क्यों चिन्तित होते हो ? अश्व का स्वामी स्वयं व्यवस्था कर लेगा। इधर-उधर ध्यान बाँटने की अपेक्षा हमें उस कर्तव्य का निर्वहन करना चाहिए जिसके लिए हमें नियत किया गया है, अथवा जो हमने स्वेच्छाव्रत लिया है।'

'सत्य कह रहे हैं श्रीमन् ! किन्तु कुछ आपात् कर्तव्य भी तो होते हैं। जीवदया भी तो मनुष्य का सहज कर्तव्य है। प्रवाह में बहते अथवा डूबते जीव को यदि किंचित् प्रयास से उबारा जा सके तो क्या इसके लिए दैनन्दिन दायित्व कुछ समय के लिए स्थगित नहीं किया जा सकता ?' चन्द्र ने विनम्रता से कहा।

'अवश्य किया जा सकता है बन्धु, और हम करेंगे भी; किन्तु हर उद्योग की अपनी विशेष कार्यविधि होती है, अनुशासन होता है। पशु-चिकित्सा का भी है, और हम उससे अनभिज्ञ हैं। फिर भी जो बन सकेगा, करेंगे। तुम जाकर देखो ! स्यात् उसका स्वामी आ पहुँचा हो ! ज्ञात हो सके कि अश्व क्योंकर आहत हुआ ?...मैं शीघ्र ही आ रहा हूँ।' भेषज्ञ अपने सहायक को कुछ निर्देश देते हुए खरल पर झुक गए।

चन्द्र ने लौटते हुए अपनी कुटिया से कुछ सूखी लकड़ियाँ लीं, गोशाला से गोबर के उपले उठाए तथा पाकशाला से एक उपले पर अग्नि धरकर द्वार पर आ गया। इस बीच हाट की ओर जा रहे कुछ ग्रामीण वहाँ ठिठक गए थे और अश्व की बनक देखते हुए उसके घावों के प्रति आर्द्र हो, उसके स्वामी की चर्चा में थे। आश्रम से चन्द्र को आते देख चारों ने एक साथ प्रणति की।

'महाप्रभु आपको प्रसन्न रखें।' चन्द्र ने श्रमणोचित असीस देते हुए अंगपट में बँधे उपले व काँख में दबाकर लाई लकड़ियाँ भूमि पर रख दीं। अग्नि का उपला भी सुलगकर धुआँ छोड़ने लगा था।

'आप लोग अँगीठी बनाने में थोड़ा सहयोग करें। इसका धुआँ अश्व को मच्छर-मक्खी, डांस आदि के दंश से बचाने में सहायक होगा।'

'आप रुकें ब्रह्मचारी !...यह कार्य हम सहज ही कर लेंगे। घर के चौपायों को हम इसी भाँति बचाते हैं।...किसका अश्व है यह ?' एक ग्रामीण ने आगे बढ़ उपले उठाते पूछा।

'पता नहीं ! जाने कौन इसे यहाँ लता से बाँध गया !' चन्द्र ने बताया।

'घाव बताते हैं इसके कि कहीं न कहीं द्वन्द्व हुआ है। किसी शत्रु या दस्युदल का कार्य हो सकता है किन्तु एक बात यह भी है कि सारे के सारे घाव शरीर के निचले भाग में ही हैं; मुँह, ग्रीवा, पुष्ट पर खरोंच भी नहीं। जो हो, पर अश्वारोही भी घायल हुआ होगा।' काम करने के संग-संग ग्रामीण अनुमान प्रकट करता जा रहा था।

'किन्तु यहाँ बाँधकर कहाँ चला गया?'

'बाँध गया है तो लौटेगा भी। यह निश्चित है कि इसे यहाँ बाँधने वाला जीवित अवश्य है। इतना सुन्दर, हृष्ट-पुष्ट अश्व कोई यों ही नहीं छोड़ सकता। इसकी रास पर ये श्वेत मोती ही टँके हैं न! काठी भी बहुत मूल्यवान प्रतीत होती है।'

'यह तो स्पष्ट है कि इसके घाव दस्युओं वाले नहीं। वे इतना बहुमूल्य अश्व तथा मोती, माणिक से सज्जित रास, जीन छोड़ते ही क्यों?' कहते हुए इस ग्रामीण की आँखों में लालच-सा भर आया।

शनैः-शनैः अश्व का समाचार पूरे आश्रम में फैल गया तो द्वार की ओर आ पहुँचने वालों की संख्या बढ़ चली। कोढ़ी, अन्धे, वृद्ध, लँगड़े तक उत्सुक कौतूहल के साथ सिमटने लगे। भेषज्ञ की कुटीर तक सूनी हो गई। कुछ औषधि लिये बिना उठ आए तो कुछ का व्रणलेप भी धरा रह गया। खाली हुए उपचार सहायक भी अश्व देखने को कसमसाए तो झुँझलाते भेषज्ञ उठ खड़े हुए। कार्य-समय में वह अध्यक्ष की अनुमति से ही स्थान छोड़ सकते हैं। भंडार, पाकशाला, कार्मिक आदि सभी व्यवस्था प्रमुखों के लिए यह अनुशासन लागू है।

अध्यक्ष की पर्णशाला चिकित्सा-कुटीर से कुछ दूर किन्तु द्वार की ओर ही है। पाटल की क्यारियों से होकर पुष्करिणी के किनारे का पगपथ पकड़ दाड़िम कुंज पार करते ही वहाँ शीघ्र पहुँचा जा सकता है। यह सार्वजनिक मार्ग नहीं है, प्रायः आश्रम के कार्मिक ही इसका उपयोग करते हैं। वैसे भी यह थोड़ा सँकरा और ऊँचा-नीचा है।

अध्यक्ष नागदत्त अभी पर्णशाला में ही थे। पावस में आश्रम के लिए अन्न, औषधि, वस्त्र, काष्ठादि का विशेष संग्रह करना होता है क्योंकि नदी-नाले तो आवागमन दूभर करते ही हैं; पानी के प्रवाह से भी मार्ग पंकिल, ऊबड़-खाबड़ हो सुगम नहीं रहता। इस वर्ष आर्द्रा के साथ ही झमाझम वर्षा चली आई है। मालव प्रदेश की सभी नदियाँ किसी मत्त यौवना-सी हरहरा उठी हैं। उनकी चिन्ता है कि पावस काल कहीं लम्बा खिंच गया तो शकटिका मार्ग मार्गशीर्ष माह से पूर्व नहीं खुल पाएँगे। तब भार वहन के लिए मात्र गदह या खेसर ही शेष रहते हैं जिनसे वस्तुओं का वहन अकरा होता है।

नागदत्त ब्रह्ममुहूर्त में शैया त्यागकर प्रहर रात्रि बीतने पर ही शैया तक पहुँच पाते हैं। कृषकों जैसी फेंट मारकर कसी अन्तरीय, बंडी और फेंटा ही उनका बारहमासी परिधान है। रज्जु बुनने से ब्रण साफ करने तक में एक समान गति है उनकी। कहीं संकोच नहीं—न दम्भ, न अनख। निरन्तर सहज भाव।

भेषज्ञ त्रिलोचन ने पर्णशाला के भीतर झाँका, 'प्रणाम करता हूँ आर्य!'

'हाँ, सुशान्त रहें!...असमय कैसे आना हुआ?...बिराजें।' नागदत्त ने एक कठपाटे की ओर संकेत किया। वह स्वयं भी एक वैसे ही कठपाटे पर बैठे हुए सामने चौकी के ऊपर रखी पंजिका में आँखें गड़ाये थे।

'उपचार हेतु कम लोग आए आज। जो पहुँचे, वे भी उस अश्व को देखने उत्सुक थे जिसे कोई आश्रम के द्वार पर बाँध गया है। सुना है, दुर्लभ अश्व है—घायल। चन्द्र मुझे उसके उपचार हेतु बुलाने आया था... । प्रायः सभी उसे देखने चले गए।' त्रिलोचन ने अपने आने का प्रयोजन तथा असमय कार्यस्थल छोड़ने का कारण—दोनों बता दिये।

नागदत्त की मुखाकृति पर हास्य की किरणें फूट आईं, 'जानते हो भेषज्ञ त्रिलोचन! यहाँ जो रोगी, दुखी, वृद्ध, वंचित आश्रम के आश्रय में हैं, वे भी हैं तो मनुष्य ही। महीनों, वर्षों से अपने परिवार, समाज से दूर इस एकान्त स्थान पर समय या आयु बिता रहे हैं, क्यों?

'कीड़ों से बिलबिलाते गलित कुष्ठ का रोगी भी मरना नहीं चाहता। विवश लोग ही यहाँ रहना स्वीकार करते हैं। मैं व्रतीजनों की बात नहीं कर रहा—जैसे इस आश्रम के सेवक, परिचारक हैं, आप जैसे व्यवस्था-प्रमुख हैं। वेतन-भोगी सेवकों को भी मैं व्रती ही मानता हूँ क्योंकि उनके श्रम के अनुरूप हम उन्हें दे ही कब पाते हैं!

'मेरी बात समझ रहे हो न! रोगी, हीन, अशक्त अपनी तरह से विवश हैं तो हम ब्रती भी विवश ही हैं, अपने संकल्प से बँधे।...फिर भी सब मनुष्य ही तो हैं। सबको एकरस जीवन से ऊब होती है—सबमें कुछ नया पाने, नया करने की इच्छा होती है। जीवन में रंजन का भी स्थान है। मुझे लगता है कि धर्मचर्या के साथ-साथ आश्रम में मनोरंजन के भी अवसर जुटाने चाहिए कुछ, ठीक है न?'

'मैं समझा नहीं आर्य?'

'समझ जाओगे। मुझे सूचना मिली है कि मुनि अनन्त सागर जी महाराज अपने सेवाश्रम की ओर चल दिये हैं। उन्हें अब तक पहुँच जाना चाहिए था किन्तु सम्भवतः मार्ग अवरुद्ध होने से उन्हें कहीं रुकना पड़ा हो। तुम्हें तो ज्ञात ही है कि सेवाश्रम के प्रेरक वही हैं।' नागदत्त ने नेत्र बन्द कर कुछ स्मरण-सा करते हुए मुनि को नमन किया।

'क्षमा करें आर्य! जैन मुनि तो प्रायः चातुर्मास में संचरण नहीं करते?'

श्रद्धा से नागदत्त का मुखमंडल और भी दीप्त हो गया, 'वह रूढ़िवादी मुनि नहीं हैं भद्र, न शुष्क मोक्षवादी। कोई विशेषण देना ही हो तो उन्हें परोपकारवादी कह सकते हैं। अपना कोई संघ भी नहीं है उनका...बस, यही समझ लो कि वह सेवा को ही तपश्चर्या कहते हैं। तुम स्वयं जान जाओगे, कुछ दिन उनके सान्निध्य में रहकर। जाओ, तुम भी उस अश्व को देखो। जीव है वह इसलिए हमारी सेवा का अधिकारी भी। मैं तो इस चिट्ठा की संख्याओं में उलझा हूँ।' कह नागदत्त पुनः पंजिका पर झुक गए।

भेषज्ञ त्रिलोचन असमंजस में उसी कठपाटे पर बैठे रहे। वह छह मास पूर्व ही आयुर्वेद शिक्षालय से उत्तीर्ण हुए युवा चिकित्सक हैं एवं तभी से आरोग्यशास्त्र व भेषजीय प्रभावों के व्यावहारिक अभ्यास हेतु इस आश्रम से आ जुड़े हैं। वैसे तो उनकी योग्यतानुसार कहीं भी सम्मानित लाभप्रद पद मिल सकता है किन्तु उनके आचार्य का सुझाव था कि वह यह भी अनुभव कर देखें कि सुख और शान्ति धन व सम्मान में अधिक है या सेवा में?

धन की गति उन्होंने धरा पर आँखें खोलने से लेकर तरुणाई तक देखी-भोगी है। सत्ता के शिखरों की लिजलिजी लालसा का कपट आचरण व अधिकार का दम्भ भी देखा है।

आचार्य को अपनी पूरी कथा सुनाकर ही उन्होंने आचार्य से मार्गदर्शन चाहा था कि कहाँ जाएँ? आचार्य ने उन्हें नागदत्त के नाम पत्र लिख दिया था और वह अपनी जननी, जन्मभूमि, सहोदरा की करुण स्मृतियों के साथ यहाँ आ पहुँचे हैं।

नागदत्त ने पंजिका से सिर उठाया तो त्रिलोचन को कहीं डूबा-सा देखा, 'तुम गए नहीं वत्स?'

'क्षमा करें आर्य! जिज्ञासा के चलते मैं यहाँ बैठे रहने की धृष्टता कर गया। आश्रम में मैंने यदाकदा मुनि अनन्त सागर जी का नाम सुना है, पर आप तो... ?...स्पष्ट कहूँ आर्य, तो मुझे यह भी ज्ञात नहीं कि आप कौन हैं, कहाँ से हैं। इस आश्रम की स्थापना कैसे हुई। जीवन में बहुत ऐश्वर्य देखा है मैंने, उसकी सुविधाएँ भोगी हैं और उसके फलित भी। कदाचित् धन ही वह कारण है जिसके चलते मैं आज निपट अकेला हूँ।...मेरी माँ, मेरी भगिनी...दस वर्ष बीत गए...।' त्रिलोचन की आँखों से बिन्दु चू पड़े।

'त्रिलोचन! क्या हुआ तुम्हें... ?' नागदत्त ने सामने की पंजिका बन्द कर दी, 'तुम जब इतने कठिन जीवन-मार्ग से गुजरे हो तो समझ जाना चाहिए कि जीवन के मूल में ही दुख है...मनुष्य इन्हीं दुखों के बीच अपना सुख-संसार रचता है। सुख की इच्छा उसमें संकल्प जगाती है—दुख से लड़ने का, उसे पराजित करने का। सुख की यही खोज उसे अपने आसपास का दुख कम करने, बाँटने की प्रेरणा देती है।' कहते-कहते हँस उठे नागदत्त, 'अरे, मैं मूढ़मति तो आचार्य की भाँति उपदेश कर बैठा! तुमने अभी कहा है न कि मेरे बारे में कुछ नहीं जानते, तो जान जाओगे। अवकाश मिलते ही मैं स्वयं बताऊँगा तुम्हें। मेरे पास छिपाने योग्य कुछ नहीं, प्रदर्शन योग्य भी नहीं है—पाप-पुण्य, धर्म-अधर्म, कर्म-कुकर्म। तुम्हारे बारे में जानकर भी मुझे अच्छा लगेगा। एक बात और कहूँ—यहाँ आश्रम में जितने भी दीन-हीन, उपेक्षित, व्यथित हैं न, सबकी अपनी-अपनी कथा है। कुछ की त्रासदी तो बहुत रोचक भी है। अच्छा, चलो, मैं भी चलता हूँ तुम्हारे साथ।'

नागदत्त ने खड़े होकर बंडी के ऊपर दुकूल डाला और नंगे पाँव ही द्वार की ओर चल पड़े। आश्रम में वह प्रायः इसी भाँति रहते हैं। चिकित्सक के साथ अध्यक्ष को आते देख सभी मार्ग छोड़कर खड़े होने लगे। कार्मिक कुछ विचलित हुए कि उन्हें यहाँ न होकर अपने कार्य पर होना चाहिए। सबके अभिवादन का उत्तर देते नागदत्त द्वार पर पहुँचे। सर्वप्रथम उनकी दृष्टि चन्द्र पर पहुँची जो अश्व के दोनों ओर ढूह बनाकर धुआँ फैलाने में जुटा था और अपने उद्योग पर सन्तुष्ट भी दिख रहा था कि कीट-पतंग भागने से अश्व की विकलता कम हुई तथा वह पूर्वापेक्षा कुछ शान्त हुआ। मुँह के आगे से धूम्र का गुबार हटाते नागदत्त अश्व को देखते ही चौंक पड़े, 'अरे, यह!...नीलमणि!...कैसे आ पहुँचा यहाँ?'

अपना नाम सुन अश्व भी नागदत्त की ओर देखने लगा।

'आप जानते हैं इसे?' त्रिलोचन ने पूछा।

'मैं... ? इसे तो पूरी उज्जयिनी नगरी जानती है...राज्य का रत्न है यह। महाराज भर्तृहरि का अत्यन्त प्रिय। किन्तु यह यहाँ, वह भी इस अवस्था में...हे प्रभु! जाने क्या घटित हुआ है? त्रिलोचन, इसे हमारी पर्णशाला तक ले चलो।'

नागदत्त तेजी से लौट पड़े। उनकी आवाज में कोई आशंका काँप रही थी।

4

आनन्द या प्रेम के कारण उपजे आँसू
शीतल तथा शोक से आए
उष्ण होते हैं।

प्रतीक्षा सदैव वह भार होती है जिसे न उतारते बनता है, न ढोते। समय बहुत धीरे-धीरे सरक रहा था। थकन व अवसाद से आँखें झपने को होतीं तो भर्तृहरि बलपूर्वक उन्हें रोक लेते। इस समय उनको केवल स्वयं पर ही विजय पानी है कि आलस्य अथवा प्रमाद के वश न हो जाएँ। मेघों के पूरी तरह छँट जाने से चाँदनी दलदली भूमि पर झाड़ियों के बीच लुकाछिपी खेलने लगी। हवा शान्त हुई तो भिनभिनाता मशक दल टूट पड़ा। दलदली मशक का दंश असह्य होता है किन्तु नीचे धूनी रमाए बैठे भेड़ियों के दाँतों से बचने के लिए उन्हें सहना अपरिहार्य है। यों कभी-कभी प्रकृति का शाप भी वरदान बन जाता है। मच्छरों की मार ने आलस, नींद को मार भगाया।

अब राजा झाड़ियों के ऊपर-नीचे दौड़ती-भागती ज्योत्स्ना के खेल में शामिल हो गया। इसी खेल में पौ फटने लगी।

भेड़ियों ने एक बार पुनः आक्रमण की हुंकार भरी। सामूहिक आक्रमण से इस बार बबूल-सा कठोर वृक्ष भी हिल गया किन्तु उसे धराशायी करना वृक सेना के वश की बात न थी। खों-खों-खों के कर्णकटु कोलाहल में सबसे पहले पंडुरी बोली।

पक्षियों का जागना भोर की अगवानी है। सारस की आवाज आई तो टिटियाती टिटहरी भी सिर ऊपर होकर निकल गई।...इसके पश्चात् तो क्रौंच, खेजन, पनतिरी, फुदकी, गलगलिया, परेबा आदि सब जाग उठे। पहले इक्का-दुक्का पुकार...आवाजें...फिर घोर बँध गई तो प्राची के क्षितिज पर रक्त पिंड उभरने लगा। भर्तृहरि ने करबद्ध हो पिंड को नमन किया, 'त्वं कालः सृष्टिकर्ता च हर्ता त्राता प्रभुस्तथा।'

भेड़ियों के दल दो-दो, तीन-तीन की संख्या में क्रमशः झाड़ियों के पीछे ओझल होने लगे। मशकसेना भी विदा हुई व मक्खियों ने स्थान लेना आरम्भ कर दिया। रात को जिन बाधाओं ने एक-एक कर घेरा था, वे उसी भाँति छँटने लगीं। राजा ने दो तनों के बीच बाँधी गई फेंट की गाँठ खोली, खड्गबंध कसा। कुशिक से खड्ग खींच आकाश की ओर उठाया तो तीक्ष्ण धार पर किरणें नाच उठीं। 'अब कोई भय नहीं।' राजा अपने-आपसे बोला।

उतरने को थे कि रात वाले अपरिचित की हँसी और शब्द कानों में बजे : 'अस्त्र-बल का इतना दम्भ राजन्? सब चारों ओर से टूट पड़ेंगे तो कितनों को मारोगे?'

'सत्य है। कुछ देर और ठहरना चाहिए। क्या पता, भेड़िए कहीं निकट ही हों और लौट पड़ें!' किन्तु अब समय काटना असह्य होने लगा तो स्मरण आया कि अकेलापन बिताने में गीत सदैव सहायक बनता है। भर्तृहरि ने अपना ही पद गुनगुनाते हुए स्वर ऊँचा कर दिया, जैसे वन व वनवासियों को सम्बोधित हों :

यदा किंचिज्ज्ञोऽहं द्विप इव मदांध समभवम्।
तदा सर्वज्ञोऽ स्मीत्यभवदवलिप्तं मम मनः॥

यदा किंचित् किंचिद्बुधजन सकाशादवगतम्।
तदा मूर्खोऽ स्मीति ज्वर इव मदो मे व्यपगतः॥

[हाँ, वन वनचर वनवासियो ! मैं तुम्हें ही बता रहा हूँ कि जब मुझे थोड़ा-सा ज्ञान मिला तब मैं हाथी की तरह मद से अन्धा हो गया और समझने लगा कि ज्ञान में मुझसे अधिक कोई नहीं है परन्तु जब विद्वानों की संगति से मुझे अधिक ज्ञान प्राप्त हुआ तो मुझे ज्ञात हो गया कि मैं मूर्ख हूँ और मेरा मद ज्वर के समान उतर गया।]

और सुनो :

वरं पर्वत दुर्गेषु भ्रान्तं वन चरैः सह।
न मूर्खजन सम्पर्कः सुरेन्द्रभवनेष्वपि॥

[पर्वतों, वनों में वनचरों के संग विचरना श्रेष्ठ है परन्तु मूर्ख मनुष्य का संग स्वर्ग में भी बुरा है।]

अपने काव्य की प्रतिक्रिया जानने भर्तृहरि क्षण-भर रुके।...धीमे पवन में झाड़-झाड़ी सिर हिलाते से प्रतीत हुए। भाँति-भाँति के पक्षियों के स्वर प्रशंसा करते से लगे। इसके पश्चात् तो वह एक के बाद एक काव्य-पंक्तियाँ सुनाते गए। तीक्ष्ण घाम की चुभन पर काव्य प्रवाह थमा तो पहले वृक्ष के नीचे, फिर दूर-दूर तक दृष्टि फेंकी। कहीं किसी हिंस्र जीव की उपस्थिति दिखी, न आहट मिली। अब उनका ध्यान अपनी ओर गया—देह में दसियों ठौर रक्त की बूँदें जमी थीं। वस्त्रों में बबूल के काँटे उलझे थे तथा कुछ कंटक टूटकर कसक रहे थे। जिस डाल से टिककर उन्होंने रात्रि बिताई थी, वह भी काँटों से भरी हुई। अब इस उजाले में भी उन्हें बबूल काँटों से बचते हुए वृक्ष से उतर पाना कठिन लगने लगा जब कि रात्रि में प्राण-भय से वह पलक झपकते ऊपर जा चढ़े थे। कोई पथ कठिन या सुगम नहीं होता। कठिन, सुगम तो समय होता है।

भर्तृहरि वृक्ष से उतर नीचे खड़े हो गए। कहाँ जाएँ... ? वहीं, जहाँ से आघात पाकर विकल, विस्मृत भागे थे, अथवा कहीं और... ? और जाएँ तो कहाँ, किस ओर ? इस समय तो उन्हें यह भी ज्ञात नहीं कि वृक वन के किस भाग में हैं। वैसे यह वन अवन्ति के दस योजन दक्षिण में बैठता है। वह उत्तर दिशा में बढ़ें तो अवन्ति की ओर होंगे किन्तु रवि के अनुमान से पथरेखा पूर्व-पश्चिम है।

रात्रि का वह अपरिचित सहायक मेरे नीलमणि पर सवार हो पश्चिम की ओर गया तो पूर्व में नदी होगी।

अपने प्रिय अश्व का स्मरण आते ही कोई स्नेह-तरंग जाग उठी, 'नीलमणि ! जिसने मेरे प्राण बचाये हैं, वह तुम्हारे प्रति भी अवश्य ही न्याय करेगा। जीवन शेष रहा तो सम्भव है कि हम मिलें।

...न भी मिलें। मिलन और बिछोह हम कहाँ निर्धारित कर पाते हैं प्रिय !...और विडम्बना यह कि निर्धारक का दम्भ पाल लेते हैं। ओह, इस दम्भ से विरत मैं भी कहाँ था। मैं उज्जयिनी का शासक जहाँ रोम, यूनान, चीन, सुमेरु आदि अनेक देशों के कुबेर समान धनिक वणिज् विश्राम व सुरक्षा के लिए राजाज्ञा का मुँह जोहते हैं।

तुम तो साक्षी हो नीलमणि। जान गए होगे राजशक्ति की दुर्बलता। जिस अपरिचित ने तुम्हारे नरेश के प्राण बचाये हैं, कदाचित् उसके पास फूटी कौड़ी भी न हो। राजन्य तो

नहीं ही था वह।...पर देखा है न तुमने कि वह साम्राज्य के वैभव, बल पर हँस लेता है...उसकी तुच्छता को जानता है। मैं तुम्हारे लिए चिन्तित हूँ प्रिय...।'

मन-ही-मन सोचते भर्तृहरि ने पूर्व की दिशा पकड़ ली। नदी का प्रवाह उतर गया होगा, क्योंकि इस प्रकार की नदियों में पानी जितनी शीघ्रता से बढ़ता है उतनी ही शीघ्रता से उतरता भी है। भर्तृहरि को अवन्ति से दूर रहना है। वह अवन्ति की स्मृति को मस्तिष्क से झटकना चाहते थे किन्तु स्मृतियाँ इतनी सरलता से पीछा कहाँ छोड़ती हैं। परिजन, पुरजन, गृह, राज्य से जुड़ी अनेकानेक आवश्यकताएँ...। अनेक कार्य जो महीनों से स्थगित थे, उन्हें आवश्यक प्रतीत होने लगे। वे निर्णय, जो प्रजा के हित में हैं; वे, जो राज्य के हित में हैं; वे अनुष्ठान, पर्व, जो राज्य की कीर्तिपताका हैं—सभी कुछ तो उनकी प्रतीक्षा में थमा रहेगा। राज्य का दायित्व बहुत कठिन होता है। इसमें स्वयं के लिए नहीं, राज्य के लिए सोचा जाता है। शासक को राज्य के हित में मरना ही नहीं, जीना भी पड़ता है।

एक क्षण के लिए ठहर गए भर्तृहरि के पाँव। मस्तिष्क में विचारों का द्वन्द्व उन्हें असमंजस में धकेलने लगा। राज्य और प्रजा के लिए वह लौट भी चलें तो भी पहुँचना राजमहल में ही होगा।...तब क्या वह महारानी का सामना कर पाएँगे? यह भी कहाँ ज्ञात है कि रानी पिंगला उन्हें महल में ही मिल जावेंगी! सम्भव है, ग्लानि में उन्होंने विष पीकर आत्महत्या कर ली हो? बाढ़ से हहराती नदी में कूद गई हों? अज्ञातवास चुन लिया हो? अज्ञातवास में तो वयसिका अवश्य ही उनके साथ रहेगी।

'वयसिका? मैंने ही तो क्रय किया था इसे राजमहिषी की सेवा के लिए। महामात्य साथ थे। हम भेष बदलकर मकररथ्या में भ्रमण कर रहे थे...।'

स्मृतियों को साथ लिये भर्तृहरि फिर से आगे बढ़े।...यहाँ भृगुकच्छ आदि पत्तनों से उतरकर आए शक, यवन, पारसीक, पांड्य व्यापारी मूल्यवान द्राक्षसुराओं, अस्त्र-शस्त्र, अश्वादि सहित अनेक जिंसों के साथ-साथ देश-देशान्तर से लाई गई स्त्रियों का विक्रय करते हैं। यहीं के एक चौतरे पर अरुण-श्वेत प्रलम्ब स्त्रियों के साथ भयभीत हिरनी-सी सिमटी एक तरुणी भी दिखी जिसने अभी-अभी यौवन की देहरी पर पाँव रखे होंगे। उसमें न प्रशिक्षित हाव-भाव थे, न सधा अंग-प्रदर्शन। वह जब- तब व्याकुल दृष्टि पण्य की ओर फेंक अपनी दीनता में डूब जाती थी।

'महाराज, उस तरुणी को देख रहे हैं?' महामात्य कान में फुसफुसाए, 'वह तरुणी न सुदूर पश्चिम से है, न मरुदेश की। निश्चय ही भरत खंड की और कदाचित् दक्षिण से है। मलिनमुख के पीछे भी उसका शील स्पष्ट दिखाई दे रहा है। मेरे मत में महालय की सेवा के लिए उचित ठहरेगी।'

'आप जैसा ठीक मानें...हाँ, मूल्य भी तो ज्ञात करें।' मैंने यों ही कहा।

'रत्न का मूल्य नहीं देखा जाता महाराज!...वह मात्र ग्रहणीय होता है।'

इस बीच एक भंड आकर वयसिका के अंगों से छेड़छाड़ करते हुए हँस-हँसकर दर्शकों, दलालों, ग्राहकों को आकर्षित करने लगा। इन भंडों को बहुधा व्यवसायी, दलाल या दर्शक उनकी भोंडी, अश्लील, कामुक चेष्टाओं के बदले कुछ सिक्के दे देते हैं—धमड़ी, धेलचा,

टका। कोई बड़ी बिक्री हो जाए तो स्वर्णमुद्रा भी मिल जाती है। इन भंडों की जीविका ही अभागिनों के उपहास व आत्मवंचना पर आश्रित है।

महामात्य ने एक ओर जाकर गूढ़ भेष में ही पीछे-पीछे आ रहे उच्चस्तरीय राज अधिकारी (आस्पद) को बुलाकर कुछ निर्देश दिये तो वह चौतरे की सीढ़ियाँ चढ़ विपणक के पास पहुँच गया।

विपणक ने आगंतुक को देख आँखों ही आँखों में तौला। वेशभूषा से वह नितान्त सामान्य वर्ग का लगा। ऐसे व्यक्ति प्राय: कुतूहलवश ही पूछताछ, मोलभाव करते हैं। क्रेता तो कोई एकाध ही होता है। फिर भी व्यावसायिक विनम्रता के साथ विपणक अपने स्थान पर खड़ा हो गया :

'कौन-सी ग्राह्य, रुचिकर लगी महोदय?'

'वह जो मलिन...विक्षिप्त सी खड़ी है...छठे क्रम पर।'

'वह... ? उसे श्रीमान विक्षिप्त कह रहे हैं ?...मलिन भी ? वह तो माणिक है महोदय, माणिक ! वैसे आपकी दृष्टि है बहुत पारखी... । बहुत पहुँचे हुए हैं श्रीमान ! है न ?' विपणक निर्लज्ज प्रगल्भता से हँसा, फिर और भी निकट आकर आँखें नचाते हुए पूछा, 'स्वयं के लिए या स्वामी के लिए ?'

आस्पद नया-नया राजकीय सेवा में आया था। एक प्रकार का स्वेच्छाचारी दम्भ उसमें प्रशिक्षण के बीच ही भर गया था कि बुद्धि, विचार और बल में सर्वश्रेष्ठ होने के कारण ही राज-कर्म के लिए चयन हुआ है उसका। राजा ईश्वर का प्रतिनिधि है तो वह राजा का; अर्थात् छोटा ईश्वर वह है, अत: विपणक की प्रगल्भता उसे चुभी पर अवसर न देख अपनी तमक रोक ली।

'मूल्य तो बताइए!'

'और कितनी चाहिए ? सार्थवाह बस दो या तीन दिवस ठहरेगा। वैसे मेरे पास इससे भी कम वय की हैं जो कुछ-कुछ समझती हैं, कुछ-कुछ नहीं समझतीं।' विपणक ने अश्लील ढंग से आँख की कोर दबाई।

आस्पद जान रहा था कि महाराज भले पण्य के दृश्यों में उलझे हों पर महामात्य की दृष्टि उसी पर ठहरी होगी।

'तुम तो पहले इसका निश्चित करो, कल देखेंगे कि और कितनी...'

'लेना है न ?'

'तो क्या... !'

'हाथ दीजिए।'

'हाथ... ?'

'हाँ-हाँ, लाइए, और मेरी हथेली पर रखिए श्रीमान ! हथेली तभी तो पसीजती है। हाँ, आप उसे टटोलकर देखिए—गढ़न, सौष्ठव, सुकुमारता ।...ऐ भंड, हटो। श्रीमान को परीक्षण करने दो।'

भंड आस्पद का हाथ पकड़ वयसिका की ओर खींचने लगा, 'चलो, राजा, देख लो, छू लो...हाँ-हाँ, कहो तो उघाड़कर बता दूँ ? अक्षत है नितान्त ! अभी मलिन दिख भले रही हो, स्नानादि उपचार होते ही केतकी-सी खिल जाएगी। शयनपीठ पर स्मरण करोगे इस भंड का। चाहेंगे तो मैं उपचारिका भी उपलब्ध करा दूँगा।'

आस्पद दिखावा करने वयसिका तक पहुँचा तथा उचटती-सी दृष्टि फेंक विपणक के निकट आ गया। महामात्य आदेश-पालन में विलम्ब नहीं चाहते। जानता था कि उनकी टेढ़ी-तिरछी दृष्टि उसी पर ठहरी होगी। उसने टाँची से स्वर्णमुद्रा निकाल विपणक की हथेली पर धर दी।

'बोलो।'

'आपके लिए शतमुद्रा।'

'बहुत अधिक नहीं है... ?'

'पण्य में बूझ लीजिए...और भी विपणक हैं, क्रेता हैं।'

'न्यूनाधिक!'

'नहीं...।'

आस्पद ने पाँच स्वर्णमुद्राएँ उसकी हथेली पर रख आवाज में अधिकार भर लिया, 'सुनो! मुहूर्तभर में इसे राजद्वार के प्रतीक्षा कक्ष तक पहुँचा दो। शेष राशि तुम्हें कल ही राजकोष से मिल जाएगी। स्मरण रहे—न विलम्ब हो, न अवमानना।'

विपणक सकपका गया। अवाक्। भयभीत हुए चेहरे पर दीनता आ बैठी। झुरझुरी भरते मुँह से इतना ही निकल सका :

'क्षमा करें आर्य!...मैं मूर्ख...नीच। मुझे समझ जाना चाहिए था कि श्रीमान राजन्य हैं...और मैं मोलतोल करने लगा। राजन्य से कहीं मोलभाव किया जाता है ? मूल्य की बात करते हैं ? और क्यों रे दुष्ट भंड!' विपणक छलाँग-सी मार, वयसिका के निकट मुँह बाए खड़े भंड के पास पहुँच दोहत्थड़ के संग-संग पदाघात करते हुए बड़बड़ाने लगा—

'मैं तो बिलकुल नया हूँ इस पण्य में। व्यवसाय आरम्भ किये चार दिन हुए हैं। तू तो पुराना है...निवासी भी यहीं का। मुझे संकेत नहीं कर सकता था कि यह श्रीमान हैं—ऐं?' विपणक फिर आस्पद के पास पहुँच रिरिआने लगा, 'अपराध हो गया आर्य!...अब जो चाहे दंड सुना दें।...और इस छुद्र दासी का मूल्य माँगूँगा आपसे ? आज्ञा करें तो ऐसी दस दासियाँ स्वामी की सेवा में पहुँचा दूँ!...और यहाँ तक आने का कष्ट उठा ही चुके हैं तो और चुन लें कुछ—हें-हें-हें!'

'इसे पहुँचा दो तथा कल मध्याह्न में आकर मूल्य ले जाना, समझे ?' आस्पद सीढ़ियाँ उतरकर पण्य के एक कोने में खड़े महामात्य की ओर निकल गया।

'क्या वयसिका भी चिन्तित होगी मेरे लिए ?' भर्तृहरि स्मृति के पुलकभरे अतीत से तपते-चुभते वर्तमान में लौटे।

पाटम्बर का पिंडली छूता चोगा, जिसकी झालरवाली कंकणियाँ स्वर्णतारों से गुँथी हैं, अब उन्हें भारी पड़ने लगा। पगतरियों का चर्म पानी में फूल जाने से वह फसर-फसरकर पैरों से सरक जातीं। उमस के चलते ढीला किये गए कटिबंध के हिलने-डुलने से खड्गकोष टखनों, पिंडलियों से टकराने लगा। एक बार तो मन हुआ कि सब कुछ उतार फेंक दिगम्बर बन दौड़ लगा दी जावे।

हाँ, यह राजसी वेश जंजाल ही है। यह बहुमूल्य परिधान, रत्नजटित खड्ग। कोई भी पहचान सकता है उन्हें। न पहचानें तो मोती, माणिक, स्वर्ण के लोभ में दस्युदल घेर सकता

है। वह एक प्रकार से आत्महत्या का सौदा शरीर पर पहनकर चल रहे हैं। धीरे-धीरे उनका यह निश्चय दृढ़ होने लगा कि राजसी आवरण त्यागना ही होगा। वस्त्र तो ठीक किन्तु अपने खड्ग के प्रति उन्हें विशेष मोह है। पूर्वजों से प्राप्त यह खड्ग अवन्ति राज्य की शक्ति का प्रतीक है। पूर्वजों की परम्परा का प्रसाद। आह, कितना कठिन है इससे मुँह फेरना! हे परम समर्थ महाकाल!—इन शब्दों के साथ जैसे उन्होंने अपनी पीड़ा उलीची।

पीछे साथ-साथ चल रही परछाईं क्षीण होकर शरीर की लम्बाई भर रह गई। दिन दूसरे चरण से आगे जा पहुँचा था और कल सांध्य से पेट में अन्न पहुँचा है, न जल। अवकाश नहीं मिला तो उसकी आवश्यकता भी न अनुभव हुई, जैसे मन के साथ इन्द्रियों को भी अवसाद ने विस्मृति की चादर ओढ़ा दी हो! स्मृति लौटी तो इन्द्रियाँ भी जागने लगीं। राजा को लगा कि उद्वेग, भय और क्लान्ति से थककर सोई प्यास पंख फड़फड़ाकर जागने लगी है। आँतों में भूख का भभूका उठकर बैठ गया है।

इधर-उधर दृष्टि घुमाई तो चारों ओर वही निर्जन एकान्त, सामने ऊबड़-खाबड़ दलदली मार्ग। मार्ग से इधर-उधर होते ही भटकने की भयावह सम्भावना। अब धूप के ताप से त्रस्त पखेरू भी हरे पत्तों की झुरमुट में जा बैठे थे—मात्र उनकी चहचहाहट, टेर अथवा फरफराहट ही सुनाई देती है। वन अब भी उतना ही संकुल था। झाड़-झंखाड़ वृक्षों में अवश्य बदल गए थे सो छाँव के नीचे से गुजरने पर क्षणभर ठहर विश्राम पाने का मन होता।

चलते-चलते एक पथहारी युक्ति सूझी भर्तृहरि को। उन्होंने फेंट खोलकर छोटे गड्ढे में भरा पानी मचमचाया तो मिट्टी से मिलकर वह पंक में परिवर्तित हो गया। कटिबंध पानी में डुबोकर फरफराया तो उसकी कौशेय कोंध, कोमलता, कला—सब पर मिट्टी चढ़ गई। कौशेय और गाढ़े का अन्तर छिप गया।

यह विचित्र और नूतन प्रयोग था जो स्थिति की आवश्यकता में घटित हुआ था। वे स्वर्णतार जो वैभव के ढोल रहे हैं, माटी के घोल में डूब गए। नीतिशतक के चमत्कारी श्लोक रचने वाला कवि आज माटी, पानी की शक्ति का रहस्य जान पाया था। उसने अपना बहुमूल्य चोगा भी उसी पंक-प्रक्रिया की कसौटी पर कसा तो भर्तृहरि की आँखों में विस्मय भर गया। चोगे में टँके मणि, माणिक्यों की चमक मिट्टी ने छिपा दी।

चोगे को लिथड़ने के पश्चात् दुकांछी पर भी मटीला पानी पोत लिया। पगतरियाँ यों भी अपना रूप, वैभव गँवा चुकी थीं। कंठा और भुजबंध उतारकर दिशाओं में उछाल दिये, 'मैं धरती की धरोहर तुम्हें सौंपता हूँ। अभी तक वृथा अभिमान से भरा रहा कि यह मेरा है, किन्तु ये बस मेरा अभिमान बढ़ाने के निमित्त ही रहे। जो शरीर वर्षों से इनका भार सहता, ढोता रहा है, उसे भेड़ियों से बचाने के काम भी न आ सके ये आभूषण। इस समय भी ये न मेरी प्यास बुझाने में सहायक हैं, न भूख-शमन में। ऊपर से भय का कारण ही बने हुए हैं।'

अब भर्तृहरि मात्र कोपीन में रह गए। दिशाएँ ही वसन हो गईं। पार्श्व में झूलता तीक्ष्ण खड्ग व खड्गकोष अवश्य बचा था। राजा अपने निविड़ एकाकीपन में ठठाकर हँसने लगा। धूप की चटक बादलों के संग हो ली।

राजा हँस रहा था—कोपीन पर शोभित खड्ग—हा-हा-हा! कीचड़ में सना राजत्व—हा-हा-हा! असहाय, अपमानित, अकिंचन नरेश—हा-हा-हा! अभिमान- भरी स्मृतियाँ—

हा-हा-हा! राजा अब अपने शरीर पर भी पंक मलने लगा। उसे अनुभव हुआ कि अब वह जो भी, जैसा भी बना हो, राजा भर्तृहरि नहीं रह गया है—न पिंड, में, न पहचान में।

स्वयं अपने हाथों चीखल चढ़ाकर ढाँपे गए राजत्व की पोटली बाँध राजा ने कन्धे से लटका ली और अघोरी-सी धज में मार्ग पकड़ लिया। मिट्टी के इस खेल में भूली हुई भूख-प्यास मार्ग में आते ही साथ लगी तो वह भूख-प्यास के साथ भी खिलंदड़ेपन पर आ गए।

अलसायी दुपहरी में राजा एक वनग्राम के निकट पहुँच गया। गाँव के गैल की घूम पर वहाँ बूढ़े और विशाल वटवृक्ष के नीचे खूब विस्तृत कच्चे चौतरे पर कुछ नंगे, अधनंगे बालक-बालिकाएँ खेल में मग्न थे। कुछ वयस्क खरहरी भूमि पर अलसायी नींद में यत्र-तत्र बिखरे दिखे तो वह चत्वर की ओर मुड़ लिये। चत्वर की सीढ़ियाँ भी मिट्टी के लोंदों को छींटते हुए जमाकर बनाई गई थी। बरसात के कारण उसके गोबर की लीपन जहाँ-तहाँ से उखड़ गई थी। चत्वर पर सीलन होने से वातावरण जल, छाँह, वृक्ष और घाम के मिश्रण की मटीली गन्ध से आवेष्टित था।

आगंतुक की अगवानी पंजों पर मुँह रखकर ऊँघते ग्राम-सिंहों ने की। पता नहीं, कोई अनजानी गन्ध उनके नथुनों तक पहुँची या अपरिचित पैरों की धमक ने उन्हें सावधान किया कि प्रथम तो उन्होंने अगले पाँवों पर उठंगे होकर आनेवाले को कूता, फिर चारों पैर खड़े हो पीठ तान गला फाड़कर भौंक उठे।

बाल-बालिकाएँ अपने खेल में रमे रहे तो झपकी लेनेवाले थोड़ा-सा हिल-डुलकर पूर्ववत् हो गए। सबको जैसे आश्वस्ति थी कि ग्राम तक पहुँचने वाले किसी भी जीव-जन्तु से उनके ग्राम-सिंह निपट लेंगे।

भर्तृहरि ने पहली ही सीढ़ी पर पाँव रखा था कि दो श्वान सोने, झपकी लेने वालों को फलाँगते हुए छलाँग लगा सीढ़ियों तक पहुँच गए और कटखनों से दाँत निकाल जोर-जोर से भूँकने लगे। शेष दो कुछ लेंदों-पेंदों के साथ दाँत काढ़ खीखियाते हुए, व्यूह-सा बना आगे बढ़ने लगे। श्वान सेना के असमाप्य अभियान से बालवृन्द की क्रीड़ा बाधित हुई तो उन्होंने श्वान-आक्रमण की दिशा की ओर मुँह फेरा।

वहाँ सीढ़ियों के नीचे कोई विचित्र दोपाया खड़ा दिखा। कीचड़-सना शरीर, बाल, भौंहें, बरौनियाँ, कन्धे से लटकी पंक की पोटली। कटिप्रदेश में भी मिट्टी के रंग का कुछ दंड जैसा झूलता हुआ। लगा, जैसे कोई मृत्तिका प्रेत वहाँ आ पहुँचा है! भयभीत बालक अपनी क्रीड़ा भूल छाँह में सोते हुओं को जगाने लगे। वट की छाँह में पुरुष ही नहीं, शिशुओं को वक्ष से लगाये दो-तीन स्त्रियाँ भी थीं। आगंतुक को देख उनकी चीख निकल गई, 'भूत...भूत...'

बच्चों ने भूत का नाम भर सुन रखा था, अभी तक देखा नहीं था। वे बड़ों के पीछे सुरक्षा की ओट लेकर भूत का हुलिया हेरने लगे। पूरे आवेग में आक्रमण को उद्यत श्वानदल को रोकने भर्तृहरि ने खड्गकोष को दंड की भाँति दिखाया तो आक्रमण का वेग किंचित् थम गया। कुकुर तीर, तलवार, तोप से नहीं, काष्ठ के दंड से डरता है। अब तक यहाँ की पुकार ग्राम तक भी जा पहुँची तो उधर से भी कुकुर-सहयोग के स्वर आते सुनाई पड़ने लगे।

चत्वर पर के स्त्री-पुरुष झुंड बनाकर सीढ़ियों के नीचे खड़ी आकृति तौलने लगे, 'भूत ही है, पर मनुष्य का है।' एक पुरुष ने मत प्रकट किया।

'पर यहाँ क्यों आया है ?'

'मैं क्या जानूँ...उसी से पूछना पड़ेगा।'

'तो पूछ लो!'

'अच्छा, मैं पूछूँ ?...मरूँ अकेला... ?'

'तुम सब एक साथ चले जाओ न! पूछो, क्यों आया है यहाँ। भूखा, प्यासा भी हो सकता है। उसे अपकार करना होता तो झपट पड़ता अब तक...।' एक स्त्री ने कहा।

'वृन्दा भौजी! तुम्हीं क्यों न पूछ लो उससे ? पुरुष भूत स्त्रियों को हानि नहीं पहुँचाता। तुम चतुराई से थाह भी सकती हो।' पुरुष ने सुझाव दिया।

'हाँ-हाँ, अवश्य। रण-क्षेत्र में भी अब स्त्रियाँ ही आगे उतरेंगी और तुम पुरुष चूल्हा-चक्की सँभालोगे। टिकुली, महावर लगाकर मंगलसूत्र भी पहन लेना।...कापुरुष कहीं के!' शिशु वाली अपनी एक साथिन का हाथ पकड़ वृन्दा आकृति की ओर बढ़ी, 'ऐ, हटो...दूर ...चुप!' उसने श्वानों को डाँटा।

क्षण-भर के लिए चुप होकर कुकुर अब दुगुने वेग से भूँक उठे। उन्हें अपने आदमी का सहारा जो मिल गया। तब वृन्दा की साथिन ने भी उन्हें फटकारते हुए शान्त होने को कहा। वृन्दा ने आकृति के सम्मुख खड़े हो हाथ जोड़ लिये, 'देवता! आप कौन हैं, कहाँ से पधारे हैं ? हम अकिंचन ग्रामवासियों पर दया करें प्रभु! आपके कोप योग्य हम नहीं हैं, जाने-अनजाने कोई अपराध हो गया हो, उसे क्षमा करें।' दोनों स्त्रियाँ हाथ जोड़ सिर झुकाये खड़ी थीं।

'नहीं देवी! तुम निर्मल जन किसी के प्रति क्या अपराध करोगे कि मैं क्षमा करने का गौरव ओढ़ूँ। रहा मेरा परिचय! सो मैं स्वयं ही भूला हूँ कि कहाँ से चला...। नहीं जानता कि कहाँ आ पहुँचा हूँ। बस, विश्राम पाने की इच्छा से इधर मुड़ आया।'

'तो पधारें देवता! जो सेवा-पूजा बन पाएगी, करेंगे हम।' वृन्दा कुकुरों को दुत्कारते हुए चत्वर से नीचे उतर आई।

'यह क्या भूत को बसाना चाहती है यहाँ ?...कैसी सिर झुकाए खड़ी है!' कोई पुरुष धीरे से बोला।

'चुप कर! बहुत चतुर है वृन्दा भौजी। देखा नहीं, भूत को एक ही मंत्र में वश कर लिया ? ग्राम का कुछ भी अनिष्ट न होने देगी वह।'

दोनों स्त्रियाँ तब तक आकृति को सीढ़ियाँ चढ़ा लाई थीं। चत्वर के दूसरे छोर पर बैठने के लिए काष्ठ का गोल कुन्दा पड़ा है,

'बिराजें देवता!' वृन्दा ने बैठने का आग्रह किया।

'जल मिलेगा देवी ?' भूतभेषी भर्तृहरि ने इच्छा प्रकट की।

'कन्द, तुम जाओ! बीजा के घर मृदुकूप का जल होगा। शीघ्र लौटना, जैसे गए ही नहीं। मैं अपने घर देखती हूँ कि स्यात् कोई गुड़-खंड शेष हो! निर्लज्ज कपिशा बनाकर पी जाते हैं गुड़ के रस से।' वहाँ उपस्थित पुरुषों पर खिन्न दृष्टि फेंकती वह तेजी से पैरी उतर ली।

भर्तृहरि उस ग्राम स्त्री की निर्ब्याज तेजस्विता देख आश्चर्य में थे। प्रभाव उतरा तो कुन्दे पर बैठे-बैठे उन्होंने सिर घुमाकर देखा कि पुरुष, स्त्री, बालवृन्द सहित बारह चौदह मनुजात

होंगे तथा इनसे कुछ ही कम रक्तजिह्वा वाली सारमेय सन्तति जो अब भौंकना बन्द कर चुकी थी तथा इस मुद्रा में आ पहुँची थी, जैसे कुछ निश्चय न कर पा रही हो कि क्या करना है।

चत्वर पर कुन्दे के निकट ही छोटी-सी मढ़िया है जिसके आगे होम की राख तथा भीतर कुछ टूटे-फूटे मिट्टी के दीपक पड़े हैं। वटवृक्ष पर्याप्त विस्तार लिये हुए, जिसके झुरमुटों में मध्याह्न होने पर भी कलरव की गूँज। उसकी गोद में जाने कितने बसेरे, छत्ते, छिद्र और कोटर होंगे। जाने कितने रहवास और जाने कितनी बोलियाँ। अनेक डालियाँ सूखी, निर्जीव होकर भी उसी वृक्ष से अटकी थीं। नीचे बमीठे भी दिखे—सर्पों के आवास। कुछ नुचे हुए पंख भी पवन के झोंके में इधर-उधर सरक रहे थे। इस अलस मध्याह्न में मनुष्य मौन था, प्रकृति मुखर।

भर्तृहरि ने मौन तोड़ने का आरम्भ किया, 'इस ग्राम का नाम क्या है?'

वहाँ खड़े हुओं को लगा, जैसे पंक की पपटियों वाले ओठों से आवाज निकली हो! आपस में एक-दूसरे को देखने के पश्चात् एक ने बताया :

'पैठार है ग्राम का नाम (अ)वधूत महाराज! मेरा नाम जीव...निषाद हूँ। यह किरात या मातंग है। शबर भी हैं यहाँ। वह जो वृन्दा भौजी है न, मातंगी है—किरात!'

'राजा कौन है यहाँ का?'

'राजा का नाम तो भरथरी सुनते हैं महाराज, पर उन्हें देखा किसी ने नहीं है। वैसे सबका राजा तो महाकाल बाबा है।...फिर यहाँ अस्त्र-शस्त्र से सजकर जो आ पहुँचे, वही राजा है। किसी दिन सैनिक आकर राजा बन जाते हैं तो कभी कुछ समय के लिए दस्यु राजा हो लेते हैं।' अब तक अपने मौन में कसमसाता जीव मुखर हुआ।

इसी बीच वृन्दा लौट आई। उसी के पीछे माँज-माँजकर चमकाए गए कांस्यझारी में जल लिये कन्द भी आ पहुँचा। वृन्दा ने जीव को बात करते देख लिया था। उसके चेहरे पर आँखें गड़ाकर बोली :

'कहो नारद जी! सुना दिये धरती, पाताल के समाचार?'

जीव सिकुड़ गया, 'नहीं भौजी! इन (अ)वधूत महाराज ने जो पूछा...'

'उससे मात्र चौगुना बताया, यही न?'

चौतरे पर खड़े बालवृद्ध सभी खी-खी कर हँसने लगे। वृन्दा ने हाथ का दोना भूमि पर रख कन्द के हाथ से कांस्य की झारी ले ली, 'देवता! किंचित् मुँह जूठा करके ही जल ग्रहण करें।'

भर्तृहरि ने दोने से गुड़-खंड मुँह में डाल वृन्दा की ओर देखा तो उसने जलपात्र हाथ में दे दिया। जल सचमुच ही स्वादिष्ट था। प्यास ने उसे और भी मधुर बना दिया था। बस, ओठों पर गहरी मिट्टी की पपड़ी से कुछ किसकिसा अवश्य लगा।

'गुड़खंड और लें देव!' वृन्दा ने दोना उठाकर सामने कर दिया।

थोड़ा-सा खंड मुँह में डालकर भर्तृहरि ने शेष छोड़ दिया, 'तुम्हारी आत्मीयता से अभिभूत हूँ देवी।'

'...अपनी कृपा बनाए रखें। हमारा ग्राम धन्य हुआ कि आपके चरण पड़े यहाँ। स्वस्ति बोलें...असीस दें महाराज कि इस ओर कभी अकाल का फेरा न हो। हम सब रोग-व्याधि से बचे रहें।' श्रद्धा के साथ वृन्दा चरणों में झुक गई।

'ना देवी !...यह नहीं। अपना मस्तक उठाओ। मैं कोई ऋषि-मुनि, देवता नहीं, तुम सबकी भाँति साधारण मनुष्य हूँ। मुहूर्त्त भर विश्राम कर चला जाऊँगा। हाँ, मेरी शुभकामना सदैव रहेगी कि यह ग्राम सुखी-सम्पन्न, व्याधि मुक्त रहे।'

कहते हुए भर्तृहरि अटक रहे थे। भद्र जनोचित व्यवहार, वार्ता में सदैव से निपुण हैं वह। यह व्यवहार राज्य संचालन के लिए सीखना, अपनाना ही पड़ता है। वृद्ध जनों, विद्वानों, गुणी--यहाँ तक कि गणिका, गणवधुओं से भी भद्रोचित औपचारिकता सीखी जाती है किन्तु इस नितान्त आडम्बर आवरणहीन जीवन के साथ उस कौशल की संगति नहीं बैठ पा रही। तिस पर स्वयं को गोपन बनाये रखने हेतु सहज भी रहना है।

तब तक एक व्यक्ति टाट-पट की बिछावन ले आया जिसे बिछाकर अवधूत महाराज से विश्राम करने का निवेदन किया गया। भर्तृहरि को किंचित् क्लान्ति भी अनुभव हो रही थी, वह बिछावन पर बैठ कुन्दे से पीठ टिका पौढ़ से गए...पोटली सरकाकर पार्श्व में रख ली। खड्ग असुविधाजनक लगा तो वह भी कटि से खोल लम्बवत् पौढ़ा लिया।

ग्राम की ओर से नर-नारी, बालवृन्द चत्वर की ओर आने लगे। पुरुषों सहित प्राय: सभी स्त्रियाँ भी एकवस्त्रा। स्त्रियाँ आरंजित अम्बरी के आधे भाग को नीवी से कसकर काँछ लगा शरीर को लपेटते हुए वक्ष के ऊपर से कन्धे पर ले जाकर कटि पर कसे हुए तो पुरुषों के अधोवस्त्र मात्र घुटनों तक। तरुण होती बालिकाएँ अपनी माताओं, भगिनियों की उतरन से सज्जित थीं। कम वय वाले बालक-बालिका भर्तृहरि की भाँति मात्र कोपीन धारण किये हुए थे। वेशभूषा से बालक-बालिका में भेद चीन्ह पाना कठिन था।

कुछ आँखों को अपने कटिप्रान्त पर टिकी देख भर्तृहरि का भी ध्यान गया तो पाया कि वहाँ खड्गकोष की पट्टिका हट जाने से चार अंगुल की चौड़ाई में गौरवर्ण खुल आया है जिसे ढकने के लिए उन्होंने बैठने का कोण बदल लिया। शरीर पर पुते पंक के सूखने से त्वचा में ऐंठन भरने लगी। पपड़ाती, रोम खींचती मिट्टी की ऐंठन भुलाने के लिए उन्होंने आँखें बन्द कीं। अपरिचित-सी मधुर पीड़ा के साथ कोमल निद्रा उन्हें अपने अंक में समेटने लगी।

5

क्षण-भर का विराम मिलते ही मनुष्य
अपने-आपको सुखी करने में जुट जाता है।
और सुख ? उसे कभी नहीं मिलता।

बासन्ती कक्ष की ओर आती महारानी पिंगला को वातावरण कुछ भारी, असहज प्रतीत हुआ। वयसिका महामात्य के आने की सूचना देकर जाने कहाँ निकल गई, इसलिए चम्पा ही मार्ग दिखा रही है। यों चम्पा पिंगला के नैहर से साथ ही आई है—दायज के रूप में। उसका हित-अनहित, जीवन-मरण, सुख-दुख—सब कुछ पिंगला के भाग्य से नाभिनालबद्ध है। आकर्षक देहयष्टि वाली चम्पा कुशल, कुशाग्र भी है।...उसे यदाकदा नरेश के साथ उपपत्नी योग्य सुख-शयन की भी अनुमति है। यद्यपि सन्तान पाने की अधिकारिणी नहीं वह। अन्त:पुर में देवोपम सुख होते हैं तो यंत्रणा भी वक्ष से सटी रहती है।

'चम्पा! ये रक्षिकाएँ स्थान पर क्यों नहीं ?...और क्या तुमने अभी-अभी महामात्य की ऊँची आवाज सुनी... ?' पिंगला ने एक पग पीछे आ रही चम्पा से पूछा।

'महादेवी! महामात्य की आवाज का आभास तो मुझे हुआ है किन्तु रक्षिकाएँ ?... महामात्य स्यात् रक्षिकाओं पर ही अप्रसन्न हुए होंगे।...वयसिका भी वहीं हो सकती है।'

'हूँ...।'

दोनों बासन्ती कक्ष में प्रवेश करते ही चौंक पड़ीं। कक्ष के भीतर सब प्रस्तर की मूर्ति बने खड़े थे—रक्षिकाएँ, परिचारिकाएँ भी। कक्ष के बाहरी द्वार पर भी रक्षकों, दंडधरों का सकपकाया झुंड था। कक्ष के मध्य वयसिका...अप्सरा की मूर्ति-सी स्खलितवसना... अवनतमुख। वक्ष पर पहने अंगवस्त्र से झाँकते उरोज तथा उच्छन्न, विक्षुब्ध वय-बसन्त का ज्वार ढाँपे भुजवल्लरी। सलज्ज मौन...।

'सब कक्ष से बाहर हों। तुम भी चम्पा।...वयसिका रहे मात्र...।' राजमहिषी ने आदेशित किया।

सबके निकल जाने पर रानी पिंगला ने वयसिका की बाँह गही, 'यहाँ बैठो!'

आरंजित पाँव के अँगूठे से स्फटिक तल खुरचती वयसिका की आँखें बरस पड़ीं—छल-छल। पिंगला कुछ क्षण उसे देखती रहीं।

'तुम अकेली थीं ?'

'नहीं...।' रोते कंठ से उत्तर मिला।

'दूसरा कौन था ?'

'आपका मयूर...।'

पिंगला खिलखिलाकर हँस पड़ीं। सुनने वालों के लिए यह और भी विस्मयजनक था। महाराज की अनुपस्थिति में राजमहालय यों भी उदास है, उस पर राजमहिषी इतने ऊँचे स्वर में हँस रही हैं कि ध्वनि प्रांगण फलाँग बाह्य आवास तक जा पहुँची। महालय में क्या घटने को है आज ? बिलकुल अलग, अकल्पित...।

'अरे-रे! मयूर ने यह दशा कर दी तेरी ?...सचमुच ? हा देव, मयूर के स्थान पर कोई मनुष्य होता तो ?' राजमहिषी ने ताली पीट ली...हँसी थम ही न पा रही थी।

'और सुन! आगे से सावधान रहना। राजमहालय में पशु भी पाले जाते हैं।' कहते हुए रानी पिंगला एकाएक गम्भीर हो गईं, 'मैंने तुम्हें पीठिका पर बैठने को कहा था...।'

वयसिका स्वयं को समेटकर बैठ गई। झरते आँसू अब कोरों से झाँकते रह गए थे।

'वक्ष से हाथ हटाओ अपने!'

वयसिका ने हाथ नीचे कर लिये।

'ये ऊपरी बंध कैसे खुले ?'

'कदाचित् मयूर के पीछे भागते में खुल गए हों!'

'चोलक के सभी बंध खोलो।'

'महादेवी!...' वयसिका के स्वर में खिन्न रोष झलक आया।

'अच्छा, तो चोलक ही उतार दो... इसके पूर्व कि तुम्हें कटिवस्त्र उतारने को कहूँ।'

क्षोभ से वयसिका का मुख पीला हो गया।

'दासी हूँ न देवी! अत: कर सकती हैं—अपमान। कैसा भी...कहीं भी।...तो लीजिए!' एक झटके में वयसिका ने सभी बंध चट्-चट् तोड़ दिये और दाँतों से ओठ दबाकर पीड़ा पीते हुए किसी भूचाल की प्रतीक्षा में तनकर खड़ी हो गई।

पिंगला ने वयसिका को हृदय से लगा लिया, 'कुपित न हो वयसिके! मैं तुझमें अपना ही अन्तरात्म अनुभव करती हूँ।...उसे छूना, सहलाना, जीना चाहती हूँ। तेरे पवित्र कौमार्य में अपनी आश्वस्ति खोजती हूँ मैं।'

वयसिका को लगा कि महारानी रोने लगी हैं। उसने सचेत हो स्वयं को अलग कर अपना वक्ष ढँका, फिर महारानी को अंकवार में ले आलम्ब देती हुई अन्तर्वास की ओर चल पड़ी। उसका क्षोभ, कोप, दैन्य सब व्यतीत हो गया। दायित्व देह, मन पर सक्रिय हुआ।

धीमे से स्वर में वह कहने लगी, 'स्वस्थ हों देवी! नीची दृष्टि किये बीसियों सिरों के कान इस कक्ष की ओर लगे हैं। मेरी बात अलग है...दासी हूँ...आपको रोते देख जाने क्या-क्या अनुमान लगाये जाने लगेंगे! महाराज की चिन्ता में यों भी उद्विग्न हैं आप। स्वयं को सँभालना आवश्यक है। बासन्ती कक्ष में एकान्त नहीं है, यहाँ से अपने एकान्त तक पहुँचने के लिए स्वस्थ होने, दिखने का अभिनय भी करना पड़े तो कीजिए।...हाँ, देवी, चलिए, राजमहिषी की तरह!'

प्रांगण की अन्तरिका से घूमती हुई दोनों अन्तर्वास के श्रीभवन की ओर बढ़ गईं और कक्ष में पहुँचते ही पिंगला कोमल तल्प पर ढह गईं। वयसिका ने लक्ष्य किया कि छह दिन में ही रानी का मुख पीला पड़ गया है, आँखें कहीं महाशून्य में कुछ देखने की चेष्टा करती लगती हैं, जैसे कोई अत्यन्त मूल्यवान वस्तु कहीं धरकर भूल गई हों! द्वार के चन्दन कपाट उढ़काकर वयसिका तल्प के नीचे बैठ गई।

'यहाँ बैठ वयसिके!' पिंगला ने तल्प का खाली स्थान हथेली से थपथपाया।

वयसिका उठंगी-सी बैठ गई।

'मैं अपराधिनी हूँ वयसिका।'

'ऐसा क्यों सोचती हैं महादेवी... ?'

'नरेश को मुझ पर सन्देह है...सन्देह का कारण भी है।' बीमार स्वर में बताया पिंगला ने, 'कोई सूचना मिली, महाराज की?'

'अभी तक तो उनके जाने की दिशा तक का पता नहीं चला।'

'महामात्य को सूचना मिली हो कदाचित्...पर वह तो जैसे आए, वैसे ही लौट गए! उनके इस तरह जाने के पीछे भी तो कुछ कारण होगा वयसिका?'

'इतना हुआ देवी कि आपका मदन-मयूर बासन्ती कक्ष की ओर जा रहा था। उसके पंजे मलिन दिखे मुझे...। अन्तेवास में किसी का भय मानता नहीं, महाराज के भी अंक में आकर बैठ जाता है। मुझे लगा कि वह कहीं महामात्य के शुभ्र वस्त्रों पर कलुष न लगा दे। मैंने रोकना चाहा तो वह धृष्ट हो उठा। उसे पकड़ने के प्रयास में मेरी चुनरिका सरक गई...चोलक बंध भी कदाचित् इसी भागमभाग में टूटे हों। मुझे छकाता मदन बासन्ती कक्ष में प्रविष्ट हुआ...पीछे-पीछे मैं। तब तक महामात्य आ खड़े हुए और उनके ठीक सामने मैं। सच कहती हूँ देवी, मुझे किंचित् भी भान नहीं था कि मेरी चुनरिका स्खलित है तथा

चोलक के बंध...। महामात्य को अपनी ओर दृष्टि लिये देख मेरी भी दृष्टि वक्ष की ओर गई...फिर तो मैं न कुछ देख सकी, न सुन पाई। चेतना में लौटी तब तक महामात्य जा चुके थे। अपराधिनी मैं हुई न देवी!' वयसिका दीन हो आई।

'ना।...कोई दोष नहीं तुम्हारा। रहा मयूर तो वह नृत्यप्रिय, कौतुकी है।...स्वभाव है उसका रंग में डूब जाना। उसे दोष कैसे धरा जाए?' महारानी ने गहरी साँस खींचकर छोड़ी, 'दोष तो महालय का है कि यहाँ बसने वालों के कौतुक भी कभी-कभी क्लेश का कारण हो जाते हैं। महामात्य को तो मैंने बुलाया था अर्थात् महारानी ने। वह न अबोध हैं, न अशिष्ट, न अधीर। होते तो न महामात्य बन पाते, न रह पाते। उनका हमसे भेंट किये बिना जाना किसी-न-किसी कारणवश ही है।' आँखें बन्द किए पिंगला बोलती गईं।

वयसिका राजमहिषी की मुँदी पलकों के भीतर काँपती तस्वीरों, दृश्यों में धँसकर, हृदय की ऊभचुभ तरंगों को छूकर उनका भेद जानने को उत्सुक थी कि रानी ने आँखें खोल दीं, 'महामात्य ने तुझसे कुछ कहा?'

वयसिका सँभलकर बोली, 'उन्होंने मुझे उनकी ही ओर देखने को कहा था।'

'तुम अभी निर्भय निस्संकोच नहीं हो जब कि मैंने तुम्हें अभी-अभी तो बताया कि तुम मेरा अभिआत्म हो। तुम्हें दुर्बल पाते ही मैं ढह जाऊँगी। स्मरण रखो कि हम दोनों स्त्री हैं—पुरुष की चौसर पर गोटियाँ। संयोग कहो या भाग्य कि मैं रानी के घर में हूँ, तुम सेविका के खाने में, पर गति हमारी पाँसों की करवट के संग बँधी है। और पाँसे...? पुरुष के हाथ में हैं वयसिका। पता नहीं, कौन-सी चाल पर कब कहाँ किसके हाथों पिटना पड़े! न मैं अपनी कह पाऊँगी, न तुम अपनी। इसलिए अभय होकर कहो कि महामात्य तुमसे क्या चाहते थे?' वयसिका की आँखों में रानी ने अपनी आँखें डाल दीं।

'उन्होंने कहा—'मेरी ओर देखो'। वयसिका का स्वर दृढ़ हुआ।...'होना हो सो हो ले'।

'फिर...?'

'मैंने कहा—'यह धृष्टता होगी'।'

'वह बोले—'तुम यह धृष्टता करो'।'

'तब...?'

'कुतूहलवश या जाने क्यों, मैंने धृष्टता की...फिर महादेवी को बुलाने लौटी...इसके पश्चात् मदन मयूर का प्रसंग।...शेष महादेवी को ज्ञात ही है।'

महारानी पिंगला ने तल्प के सिरे की ओर लटकती रजत रज्जु खींची तो कक्ष के बाहर जलतरंग बजने लगी। उढ़के हुए किवाड़ खोल चम्पा दौड़ आई, 'आज्ञा देवी!...'

'शीतल पेय...दो कोशक। अभिचर से कहो, शिविका प्रस्तुत रहे। मुहूर्त अनन्तर हम राजपुरोहित से भेंट करने जाएँगी। विभावक स्वयं जाकर महामात्य से निवेदन करे कि हम महाकाल ज्योतिष पीठ में उनकी प्रतीक्षा करेंगी।'

चम्पा के पीठ फेरते ही पिंगला ने फिर पलकें मूँद लीं, 'वयसिका! तुम्हें हमारे संग चलना है।'

'जैसी आज्ञा महादेवी...किन्तु साथ चम्पा का ही जाना उचित होता।'

'महामात्य के सामने पड़ने से बचना चाहती हो?'

'चम्पा की करक से बचना चाहती हूँ। आपकी मेरे लिए सहृदयता से उसे क्लेश होगा। स्मरण दिलाने के लिए क्षमा करें कि वह आपकी छाया बनाकर साथ भेजी गई है।'

'या जूठन की भोग्या बनाकर... ?'

'विवश दायित्व का स्वीकार व निर्वाह दोनों दुर्वह हैं देवी। मैं क्रीता हूँ। यह तो अनुकम्पा है आपकी कि मेरा सम्मान बचाये रखा है पर जाने क्यों लगता है कभी-कभी कि सम्मान बनाये रखने के उपक्रम की निरन्तर आँस से इसका टूटना अधिक निरापद है, कम-से-कम एक भय से मुक्त तो होता है आदमी। अकिंचन को सम्मान में आदर कम, ईर्ष्या और उपहास अधिक मिलता है।' रोकते-रोकते भी वयसिका की आँखों में अश्रु छलछला आए।

बैठ गईं रानी पिंगला, 'महाकाल तुम्हें शतायु करें!...सारा जीवन है रोने के लिए। स्वामिनी से सेविका तक सबकी जन्मकुंडली में बैठे ग्रहों का यहाँ फलादेश लिखा गया है। अस्तु! आँसू पोंछो! लो, चम्पा आ गई।'

रजत-सरवक से शीतल पेय का कोशक उठा घूँट भरते हुए पिंगला ने दूसरा कोशक लेने के लिए वयसिका को संकेत किया, 'अस्वस्थ हो। यह अर्क पी लो। चित्त का उत्ताप कम होगा।'

चम्पा ने अनुमान किया था कि महारानी स्वयं ही दो कोशक पेय ग्रहण करेंगी। किन्तु यह क्या ? दासी राजपात्रों को जूठा करेगी ?...क्या होने लगा है इस गहालय में ? अनुपस्थित नरेश...उद्विग्न महारानी...आवेश में महामात्य और अब क्रीता की प्रतिष्ठा ?

चम्पा के इस अमर्ष के प्रति पूर्व से ही आशंकित, सजग है वयसिका। दास अपने स्वामी द्वारा दलन सह जाता है पर अपने सवर्गीय का मान नहीं सह पाता। मन से बुरी नहीं चम्पा किन्तु महालयों की कुटिल अनख के मध्य पली-बढ़ी है। वयसिका अपनी सामर्थ्य भर उसे अपने प्रति अप्रसन्नता का अवसर नहीं देती।

महादेवी की आज्ञा के पालन में रजत सरवक से कोशक उठाते हुए उसने चम्पा की भौंहों का स्फुरण व मस्तक का संकुचन भाँप लिया, 'चम्पा दीदी! अस्वस्थता तो आप पर भी प्रकट है, भले आप इसे सप्रयास छिपाए हों। और क्यों न हो, महादेवी भी कहाँ प्रकट होने दे रही हैं अपना चिन्ता! ताप हो या शीत, सर्वप्रथम शीश ही तो धारण करता है...।'

वयसिका क्षिप्र गति से बाहर हो उसी तीव्रता के साथ लौटी। उसके बाएँ हाथ में दो कांस्य कोशक थे! रजत कोशक का अर्क दोनों कांस्य कोशकों में उड़ेल एक चम्पा की ओर बढ़ा दिया, 'महादेवी की आज्ञा को तुम्हारे साथ बाँटने का सुख पाना चाहती हूँ तुमसे। दोगी... ?'

इस विनीत-चातुर्य के आगे चम्पा की असूया पिघलने लगी। भौंहें स्थिर और मस्तक की रेखाएँ सम हुईं। आँखों में पनीली लहर उछाल भरकर आ गई। आतुर सी वह पिंगला के पैरों पर झुक गई, 'देवी, मैं आज से...अभी ही इस वयसिका को अपनी बहनी स्वीकार करती हूँ। इससे कहें कि यह मुझे मेरी दुष्ट चिन्ता के लिए क्षमा करे।'

रानी पिंगला स्पष्ट तो कुछ न समझ पाईं पर वयसिका द्वारा अर्क बाँटने का चातुर्य उन्हें भी भला लगा था, 'अच्छा, अब तुम दोनों अपने कोशक खाली कर इस नये सम्बन्ध का उत्सव मनाओ!...हाँ, शिविका... ?'

'विभावक को महादेवी की इच्छा बता दी गई है। अति शीघ्र दो शिविकाएँ महालय की पौर के द्वार पर आ ठहरेंगी।'

'दो शिविकाएँ... ?'

'मेरा अनुमान था कि आप वयसिका को साथ ले जाना चाहेंगी। अनुमान विसंगत, अयुक्त हो तो भी मेरी प्रार्थना स्वीकार कर उसे साथ लें। और हाँ, वयसिका! तुम सज्जा कक्ष में महादेवी को साथ ले जाकर उनके साथ स्वयं को भी सँवार लो। महालय वाले औरों के सामने विवर्ण बदन नहीं जाते।'

एक दृष्टि चम्पा और दूसरी वयसिका पर डालती महादेवी उठ खड़ी हुईं, 'चलो...।'

सज्जा कक्ष से बाहर आते ही पिंगला की गति व दृष्टि में ऐश्वर्य की गरिमा आ गई। तत्पर वयसिका एक पग पीछे चल रही थी। प्रणत अभिवादन करती परिचारिकाओं, रक्षिकाओं के बीच से प्रांगण, सौध पार करते हुए दोनों पौर द्वार पर पहुँच गईं। यहाँ तातारी रक्षिकाओं का पहरा है जो महारानी को आते देख अपने जुड़े हुए फलक वाले भाले अलग कर मार्ग देती हुई सिर झुका सावधान हो गईं। एक सेविका ने शिविका के झीने पट सरका दिये और दोनों के बैठते ही तूर्यनाद की ध्वनि के बीच शिविकाएँ कन्धों पर उठ गईं।

राजपुरोहित का प्रासाद दर्दुरेश्वर की ओर उत्तर द्वार के मार्ग में है। तीव्रगति शिविका महालय से वहाँ तक घड़ी भर में पहुँचा देती है। शिविकाओं के आगे-आगे दो दंडधर दौड़ते चल रहे थे। विशेष अवसरों को छोड़ सैनिक टुकड़ी राज-परिवार के साथ नहीं चलती। मान्यता यह है कि शस्त्र सुरक्षा की ओट शासक को प्रजा से अलग या दूर तो रखती ही है, इसमें प्रजा के प्रति अविश्वास भी प्रकट होता है। अपना सुख-दुख कहने के लिए सामान्य जन शस्त्र का अवरोध पार करने का साहस नहीं जुटा पाता। यह भी सर्वमान्य है कि अपने भय का कारण राजा स्वयं होता है, प्रजा नहीं। भीरु शासक शासन का अधिकारी नहीं माना जाता। प्रचलित है—वीर भोग्या वसुन्धरा।

पण्य का कोना छूती हुई शिविकाएँ दर्दुरेश्वर द्वार की दिशा पकड़ गईं। धूप खिलने से तपन बढ़ गई थी तथा पण्य-वीथि में चहल-पहल भी। धोतिका, अँगरखा, पगड़ी में सजे उँगलियों में मूल्यवान नगों की अँगूठियाँ चमकाते वणिक अपनी गद्दियों पर बैठने लगे थे। अश्व पर सवार एक विदेशी व्यवसायी शकटिकाओं पर माल लादे पण्य-पत्तन या मंडी की ओर जा रहा था। दंडधर ने आवाज लगाई, 'कृपया मार्ग दें। राज राजेश्वरी महादेवी पिंगला आ रही हैं।'

तेज चलने में उसकी आवाज टूट-टूट जाती थी। पण्यपथ की ओर आवाजाही के चलते उसे निरन्तर आवाज देनी पड़ रही थी।

पण्य पीछे छूटते ही सघन वृक्षों की छायावाला मार्ग आरम्भ हुआ। पुरोहित का आवास अब अधिक दूर नहीं। छतनार छायातरु, वानस्पतिक, शाखी, कदली, खजूर, अमरूत, मधूक की छायाओं में होकर चलती शिविकाएँ राजपुरोहित आवास के द्वार जा लगीं।

पूर्व सूचना प्राप्त होने के कारण पुरोहित कुमार स्वयं स्वागत के लिए उपस्थित थे, 'महादेवी का स्वागत है। हम आपकी निरभिमान उदारता के ऋणी हैं। शिविकाएँ सीधे दैवज्ञ-कक्ष की ओर ले चलें, वहाँ राजपुरोहित प्रतीक्षारत हैं।'

पुरोहित कुमार आगे हुए तो दंडधर द्वार से हट अलग जा खड़े हुए। शिविकाएँ पुरोहित कुमार के पीछे हो लीं।

दैवज्ञ-कक्ष सदैव अपना भविष्य जानने को उत्सुक जिज्ञासुओं से भरा रहता है। राजपुरोहित ने जब से ज्योतिष के सुबोध ग्रन्थ 'दैवज्ञ-कल्पद्रुम' का संयोजन किया है तब से उनकी ख्याति देश-देशान्तर तक फैल गई है। उनके 'ब्रह्म मार्तंड पंचांग' की प्रति पाने के लिए स्वर्णमुद्रा का ढेर लगाने वाले भी हैं पर वह पात्र की परीक्षा करके ही पंचांग की प्रति देते हैं—निःशुल्क...। राजमहालय भी यदा-कदा अवसर विशेष पर ही जाते हैं इसलिए लोग उन्हें मनोग्रस्त, झक्की भी मानते हैं। वृद्ध राजपुरोहित पीठिका से टिके बैठे थे। वात-प्रकोप के कारण उन्हें चलने-फिरने में कठिनाई होती है। महामति के सहपाठी रहे हैं वह। उन्होंने बैठे ही बैठे कुछ आगे की ओर झुककर स्वागत, अभिवादन किया :

'आसन ग्रहण करें महादेवी।...महाकाल के इस क्षुद्र सेवक को एकाएक पधारने का प्रयोजन अभी बताएँगी या महामात्य के आ जाने पर?'

'प्रथम तो राजपरिवार की ओर से प्रणाम स्वीकार करें आचार्य श्रेष्ठ!' सादर कहा पिंगला ने।

'अखंड सौभाग्यवती भव!' पुरोहित ने हाथ उठा आशीष दिया। तभी उनकी दृष्टि कोने में खड़ी हुई वयसिका पर पड़ी।

राजपुरोहित को देखते पाकर वयसिका ने भी करबद्ध हो शीश झुकाकर मूक प्रणाम किया तो वृद्ध पुरोहित ने फिर से आशीष की मुद्रा में हाथ उठाया।

'तुम महादेवी की सेविका हो पुत्री?' पूछा पूरोहित ने।

'यह मेरा सौभाग्य है आर्य!' वयसिका विनयपूर्वक बोली।

'यहाँ आकर बैठो!' राजपुरोहित ने एक आसन की ओर हाथ का संकेत किया।

'आर्य, मैं उचित स्थान पर हूँ...।'

'यह दैवज्ञ-भूमि है पुत्री। प्रासाद के परिभार से मुक्त। भावमुक्त भी, भारमुक्त भी। ज्योतिषी को सुस्थिर मन होना चाहिए। तुम वहाँ खड़ी रहोगी तो ध्यान बँटने की सम्भावना है...। अतः आसन पर आ जाओ।'

'किन्तु, मैं...देव...।'

'बैठ जाओ वयसिका। आचार्य का प्रसाद स्वीकार करो।' रानी पिंगला ने अनुमति दी।

वयसिका संकोच में लिपटी आ बैठी।

तभी एक शिष्य शीतल जल का पात्र लिये आ पहुँचा।

'यह ज्योतिष पीठ का छात्र है महादेवी। गोपाचल से आया है। आज की सेवा के लिए इसी का क्रम है।' आचार्य ने बताया।

'ज्योतिष पीठ को कोई अभाव तो नहीं आचार्य? हमें सहयोग करने में प्रसन्नता होगी।' रानी पिंगला ने पूछा।

'भाव-अभाव का कारण तो काल है...। हम सब महाकाल के चरणों में पड़े हैं। यहाँ, इस पीठ पर आनेवाले महाधनिक भी किसी-न-किसी अभाव में होते हैं और धन देकर बदले में भविष्य का भाव पाना चाहते हैं, किन्तु काल तो निरवधि निर्बाध है न देवी!

और यह ज्योतिष विद्या क्या है ?...काल गति का प्रभाव आँकना भर ही तो है—

सर्वे कालस्य वशगा न कालः कश्चित् वशे।
तस्मात् तु सर्वभूतानि कालः कलयते सदा॥

—अर्थात् सभी काल के वश में हैं, काल किसी के वश में नहीं। इसलिए... ! ध्यान से सुनिए यह बात कि काल ही सब प्राणियों का अनुशासन करता है।

'पेच या मुरक तो यह है कि चराचर में मनुष्य ही मात्र ऐसा प्राणी है जो काल के अनुशासन का अतिक्रमण करता है। इसलिए वह काल-गति का परिणाम पढ़कर उसकी काट के लिए कूटयुक्ति खोजना चाहता है—साधन और साध्य। यों समझो कि आत्मरक्षा और आक्रमण के लिए मनुष्य ने अस्त्र-शस्त्र खोजे। रोग, पीड़ा को दूर रखने आयुर्वेद का शोधन किया तो काल को वश करने के उपक्रम में ज्योतिष विज्ञान की खोज कर ली। मनुष्य भूलता है कि काल तो अनन्त है। कोई क्षण मुट्ठी में आ गया तो वह स्वयं को कालजयी मानने लगता है।'

तभी पुरोहित कुमार आए और पिता के कान में कुछ बुदबुदाकर सम्मान के साथ किंचित पीछे हट खड़े हो गए।

'ओ-हो-हो!' हँसने लगे आचार्य, 'मुझे सावधान करने आया है कि सामने महादेवी बैठी हैं, कोई छात्र नहीं ?...हाँ, मैं भूलने लगा हूँ, यह भी काल का प्रभाव है। तो बात यह है कि गतरात्रि मैं भौम की प्रत्यंतर गति का अवलोकन कर रहा था कि कोई मेघ खंड उड़ता चला आया। लो, ग्रह ओझल! मेघ खंड हटते ही पुनः दृष्टि जमाई तो आँखों में ही धुन्ध भर आई। नहीं हो पाई प्रत्यंतर गति की गणना। विडम्बना यह भी तो है कि संन्यास की वय में पहुँचकर भी काल से आँख मिलाने का दुस्साहस कर रहा हूँ। इस होड़ को क्या कहेंगे ?...बूँद समुद्र से होड़ ले तो... ? समुद्र का तो कुछ न बिगड़ेगा, बूँद ही बिला जाएगी...हो-हो-हो!'

महामात्य ने दैवज्ञ कक्ष में प्रवेश कर ज्योंही राजपुरोहित को प्रणाम किया त्योंही उनकी दृष्टि महादेवी के पार्श्व-आसन पर सिकुड़ी बैठी वयसिका पर जा पड़ी। निमिष भर को जैसे उनकी धमनियों का रक्तप्रवाह थम गया। हचके को उन्होंने महादेवी को अभिवादन करने में छिपाया।

'आसन ग्रहण करें महामात्य!' आचार्य ने वयसिका के पार्श्व में बिछे आसन की ओर इंगित किया।

महामात्य बीच में एक आसन खाली छोड़कर बैठ गए तो महारानी ने कहना आरम्भ किया, 'देव! एक गोपनीय प्रश्न के साथ आई हूँ...।'

'प्रश्न अकेले महारानी का है अथवा दो का...या तीनों का ?' आचार्य ने नेत्र बन्द कर जानना चाहा।

'यों तो राज्य भर का है देव!...किन्तु महारानी के साथ वही प्रश्न मेरा भी मान लें।' महामात्य ने स्पष्ट किया।

'महामात्य! महादेवी के संग आई युवती के माथे पर भी मैंने वही प्रश्न-भंगिमा देखी है। यदि वह प्रश्नकर्ताओं में सम्मिलित नहीं है तो उसे कक्ष से बाहर बैठने के लिए कहिए।' आचार्य आँखें मूँदे ध्यान में डूबते से बोले।

'वयसिका, तुम प्रज्ञ हो...।' यह महामात्य की ओर से वयसिका को बाहर जाने का शिष्ट संकेत था।

'महामात्य महामन्! मैं वयसिका को इसीलिए साथ लाई हूँ कि उसकी प्रज्ञा प्रखर हो। आप उसे समागत मानें तो मुझे प्रसन्नता होगी।' कहते हुए रानी पिंगला ने महामात्य की ओर देखा।

'जैसी महादेवी की इच्छा।' धीरे से बोले महामात्य।

'अब प्रश्न करें महामात्य!' आचार्य के स्वर में कम्पन भर आने की गूँज अनुभव हुई।

'महादेवी, आप...!' महामात्य फुसफुसाए।

'आज सातवाँ दिन है देव, महाराज नहीं लौटे हैं। कहाँ किस दिशा में गए हैं, यह भी समाचार नहीं मिला। किसी अन्य पर प्रकट नहीं है यह ताकि नगर और राज्य में संशय, प्रवाद न फैले। अनेक निर्णय स्थगित पड़े हैं। न्याय की प्रत्याशा में राज्य भर से आए लोगों को प्रतीक्षा में रुकना पड़ रहा है। पथ, पंथवास, पण्य जनाकीर्ण होने से नागरिक असुविधा का अनुभव करने लगे हैं। सबसे प्रमुख चिन्ता स्वयं महाराज को लेकर है।'

'महादेवी की नासिका का कौन-सा स्वर चल रहा है, इस समय...?' आचार्य ने पूछा।

रानी ने नासिका रंध्रों के आगे हथेली घुमाकर स्वर पहचाना, 'वाम है आर्य!'

'वाम अर्थात् ईड़ा नाड़ी...पृच्छक का स्वर चन्द्र और उत्तर दाता का, ज्योतिषी का स्वर है दक्षिण—पिंगला नाड़ी अर्थात् सूर्य स्वर। महादेवी! स्वर-विचार के अनुसार पहले हानि, फिर लाभ का योग बनता है। सात दिवस पूर्व अश्लेषा नक्षत्र रहा...यह मध्यलोचन है। चन्द्र व सूर्य दोनों का संचरण भी अश्लेषा में है। श्रावण का सूर्य दक्षिणायन हुआ अत: प्रबल सम्भावना यही है कि प्रवासी दक्षिण दिशा की ओर निकला है। लौटना अवश्य है उसे किन्तु विलम्ब होगा। प्रश्न लग्न के समय सप्तम भाव में राहु और भौम की युति होने से वह वाहन, शस्त्रहीन है। हाँ, उसे प्राणभय कोई नहीं।' आचार्य ने आँखें खोल दीं।

'और कोई प्रश्न है?' आचार्य ने क्रमश: पिंगला, वयसिका, पूर्णरथ की ओर देखा।

'महाराज यहाँ कैसे लाये जा सकते हैं, शीघ्र...?' महामात्य ने जानना चाहा।

'नक्षत्र गति यही कहती है कि प्रवासी स्वत: लौटेगा।'

'तब राज्य कैसे चल पाएगा?' चिन्तित रानी ने प्रश्न किया।

'अवन्ति राज्य तो महाकाल की कृपा दृष्टि में है महादेवी!'

'और महादेवी किसकी कृपादृष्टि में रहेंगी देव?' सिर नीचे किये बैठी वयसिका ने पूछा।

सीधे व अप्रत्याशित से प्रश्न ने तीन जोड़ी आँखें वयसिका की ओर घुमा दीं।

'हम राज्य की चिन्ता में यहाँ आए हैं, वयसिका!' महामात्य के स्वर में अधिकार व वर्जना शामिल थी।

'क्षमा चाहती हूँ आर्य! आप स्त्री नहीं हैं और मेरी स्वामिनी स्त्री होकर राजमहिषी के दायित्व-भार में हैं। उनका दायित्व-बोध स्त्री की स्वाभाविक आकुलता को दबा रहा है। मुझे तो लगता है कि क्रीता सेविका होकर भी मैं कहीं अधिक स्वतंत्र तो हूँ कि स्वामिनी की इच्छा को प्रकट कर सकूँ।'

महामात्य वयसिका को देखते हुए सोचने लगे कि उसके उद्धत वक्तव्य को किस प्रकार लिया जावे ? महादेवी चौंककर देख रही थीं कि उनके मनोभावों को यह कैसे तथा क्योंकर प्रकट कर सकी। आचार्य एक बार फिर से हो-हो कर हँस पड़े।

'प्रगल्भ होकर भी तुम्हारा प्रश्न विचारणीय है पुत्री !...मुझ वृद्ध की सहज जिज्ञासा हुई है कि क्रीता सेविका होकर भी तुम राजमहिषी से अधिक स्वतंत्र किस प्रकार हो ?...बहुत रोचक है उस स्त्री को देखना-सुनना जो राज्य में स्वयं को महारानी से भी अधिक स्वतंत्र मानती है, तो बताओ मुझे...।'

'प्रगल्भ हूँ तो अपराध है मेरा...आर्य, क्षमा चाहती हूँ। विगत सात वर्षों में मैंने पहली बार स्वयं के लिए पुत्री का सम्बोधन सुना है। इस वैभव को सँभाल नहीं पा रही हूँ। कदाचित् इसी कारण मुझे साहस बना हो। वैसे वास्तविकता यही है कि मैं एक दासी हूँ। दासी का एक ही भय है—स्वामी या स्वामिनी की अप्रसन्नता का। मेरे पास अपना कुछ नहीं है...शरीर तक स्वामी का है तो कुछ भी छिनने का भय नहीं मुझे। जबकि मेरी स्वामिनी के साथ गौरव जुड़ा है, मर्यादा जुड़ी है, दायित्व जुड़ा है। वह महारानी हैं, राजलक्ष्मी हैं तथा पत्नी भी हैं। इतने बन्धनों की मर्यादा में लिपटी स्त्री को सच बोलने से पहले बहुत सोचना होता है...वह बस, सोचती रहती है।—खुलकर न हँस पाती है, न रो सकती है। मेरा कहने का आशय यही कुछ है देव!'

तीनों की दृष्टि अपनी ओर पा वयसिका ने ग्रीवा झुका ली।

गोपाचल से आया छात्र ताम्रकोशकों में मिष्टअर्क ले आया। महादेवी, महामात्य के पश्चात् जब उसने वयसिका के आगे अर्क प्रस्तुत किया तो वयसिका ने हाथ जोड़ते हुए लेना अस्वीकार कर दिया।

'देवी, यह औषधीय अर्क है—पुष्य और अभिजित नक्षत्र के संयोग में निर्मित। इसके सेवन से दैहिक, दैविक, भौतिक—त्रय तापों का शमन होता है, अतः तुरन्त पी लीजिए। आचार्य महोदय का यह प्रसाद है...सबको प्राप्त नहीं होता।'

नये आए और बातूनी गोपांचली शिष्य को ज्ञात नहीं था कि राजमहिषी के साथ शिविका पर चढ़कर आने वाली स्त्री कोई भट्टारिका नहीं, क्रीत किंकरी है।

राजपुरोहित ने हाथ बढ़ाकर अर्क-कोशक उठा अपने आगे रख लिया और कुछ कठोरता से बोले, 'वामदेव, तुम जाओ।'

'जो आज्ञा देव!'...कहता वाम हड़बड़ा गया कि सब कुछ इतनी सतर्कतापूर्वक किए जाने पर भी जाने कहाँ त्रुटि हो गई ? राजपुरुषों के साथ व्यवहार करते यही तो झंझट है कि जाने किस व्यवहार में त्रुटि हो जाए अथवा न होने पर भी मान ली जाए। चिन्तित-सा वह कक्ष से निकल गया।

'तो हम दक्षिण दिशा में खोज करें आचार्य ?' महामात्य ने बात का सूत्र पकड़ा।

'ग्रह गति के अनुसार तो प्रवासी को स्वयं ही लौटना है, तब भी प्रयास करना चाहिए।'

'देव, आपने जो बताया कि महाराज वाहनहीन हैं तो उनके प्रिय अश्व नीलमणि का क्या हुआ ? उनका खड्ग भी उनके साथ है—तो शस्त्रहीन कैसे हुए ?...इसीलिए आचार्य, मैं आशंकित हो रही हूँ...।' पिंगला के आँसू टपकने लगे।

आचार्य ने कुछ न कहा। महादेवी को देख वयसिका की आँखें भी झरने लगीं। महामात्य ने अपना मुँह फेर लिया कि कहीं उनके आँसू न देख लिये जाएँ। दोनों स्त्रियाँ रोती रहीं और आचार्य द्वार की ओर देखते रहे।

महारानी ने आँखें पोंछीं तो आचार्य ने पूछ लिया, 'देवी! नरेश के इस प्रकार प्रवास करने का कारण आपको तो ज्ञात होना चाहिए!'

'स्पष्ट कोई कारण समझ में नहीं आता। यों तो अन्तेवास में प्रतिदिन कुछ न कुछ घटता ही रहता है।' सुबकते हुए बताया।

'मेरा आशय गृह-कलह से है। कभी-कभी गृहगति ग्रहों की गति से अधिक भारी हो जाती है। ऐसा कहीं कुछ हो तो महामात्य से न छिपाइएगा।...रोग का कारण ज्ञात हो तो निदान कुछ सहज हो जाता है। मेरा कहना अनुचित तो नहीं महामात्य?'

आचार्य यह सब विचारपूर्वक ही कह रहे होंगे। महादेवी मुझे जो आज्ञा देंगी, जो अपेक्षा करें...मैं सदैव प्रस्तुत हूँ।' महामात्य ने आचार्य को आश्वस्त किया।

अबकी बार राजपुरोहित की दृष्टि वयसिका के चेहरे पर पहुँची, 'मेरी ओर देखो पुत्री! महादेवी की सँभाल तुम्हें रखनी होगी। महामात्य के आगे जो प्रकट न कर सकें महादेवी, वह तुम्हें पूछकर महामात्य को बताना होगा। दायित्व कोमल है...गम्भीर भी। समझो, आज से तुम राजदायित्व के बन्धन में आ पहुँचीं। अभी तक तुम्हारे पास छिनने को कुछ न था...अब हो गया।' आचार्य वही हो-हो वाली हँसी हँसने लगे।

महामात्य पूर्णरथ राजपुरोहित का अभिवन्दन कर खड़े हो गए। पिंगला ने सादर प्रणति की, वयसिका ने भी।

महादेवी लौटने को हुईं तो आचार्य ने टोक दिया, 'मैं पुरोहित हूँ देवी! अपने यजमान के सुख-दुख से बँधा हूँ...। यजमान के पाप-पुण्य में भी मेरा अंश माना जाता है अत: राजवंश का शुभाकांक्षी हूँ—हितचिन्तक। शुभ-अशुभ जो भी हो, अपने इस वृद्ध पुरोहित से छिपाना मत। पवित्र-अपवित्र भी। और मैं तुम्हारा तो नाम भी नहीं पूछ पाया...।' वयसिका की ओर उन्मुख हो वह फिर से हो-हो कर हँस पड़े।

'वह तो वार्तालाप में ही ज्ञात हुआ था—वयसिका कहा था न!'

'वह यों है कि वृद्ध हूँ...स्मृति-भंग हो जाता है। बालपन, यौवन, जरठता—सब काल की केलि है। तो तुम्हारा नाम...?'

'सेविका को वयसिका के नाम से पुकारते हैं देव!'

'सेविका? हो-हो-हो!...राजपुरोहित की पुत्री राजमहालय की सेविका।...कितनी कुटिल गति है काल की! कोई दैवज्ञ कालपुरुष के किस पग, किस गति की कितनी गणना कर पाएगा?

'सहस्रशीर्षापुरुष: सहस्राक्षो सहस्रपाद।...पर पुत्री, इतना सुन लो कि इस वृद्ध, अशक्त पिता के इस गृह में तुम किसी भी समय, किसी भी दशा में आ सकती हो—हाँ...।'

महामात्य पूर्णरथ की व्यवस्थानुसार राजपुरोहित की दक्षिणा के लिए एक उपमहास्पद रजत-स्थाली में स्वर्णमुद्राओं की भेंट लाया था। राजमहिषी के हाथ से स्पर्श करा स्थाली उसने आचार्य के आगे रख दी। आचार्य ने उसमें से एक स्वर्णमुद्रा उठा ली और पूछा, 'तुम नागदत्त को जानते हो—श्रेष्ठि नागदत्त?'

उपमहास्पद इस अयाचित असमय प्रश्न से हड़बड़ा गया, 'पता लगा लिया जाएगा देव! आप कार्य बताएँ...!'

'वैसे तुम्हें नागदत्त जैसों के बारे में ज्ञात होना चाहिए। यह तुम्हारा प्रशासनिक दायित्व ही नहीं, धर्म भी है। ये स्वर्ण-मुद्राएँ उसके सेवाश्रम तक पहुँचा देना। महाकाल आप सबका कल्याण करें,' कह राजपुरोहित ने आशीष मुद्रा में हाथ उठा दिया।

6

जितने से पेट भर जाए, उससे अधिक को अपना मानने वाला चोर है और दंड का पात्र है।

नागदत्त ने चन्द्रसेन को ही नीलमणि की परिचर्या के लिए नियत कर दिया। त्रिलोचन दो दिन पश्चात् घावों पर वही लेप प्रयोग करने लगे जो मनुष्य के उपयोग में लाते हैं। बस, मात्रा और घनत्व बढ़ा दिया था। सबसे अधिक सतर्कता हरित मक्षिका से बरतनी है जो अपनी शुंड में सड़ाँध का कीट-कोष लेकर चलती है। अत: श्वेता या फिटकरी के साथ कर्पूर पीसकर बनाए गए घोल से घाव धोए जाते, घाव के आसपास लहसुन का तेल चुपड़ा जाता, तब लेप किया जाता। हित-अनहित पशु-पक्षी भी जानते हैं—अपने स्वामी भर्तृहरि को छोड़ किसी को पाँयरे पर पाँव न धरने देनेवाला नीलमणि चन्द्रसेन की डपट, दुत्कार भी प्रीतिपूर्वक सह रहा था।

त्रिलोचन कुटीर में बैठ बाबची, मेहँदी के बीज तथा चित्रक की जड़ को खरल में कूट रहे थे तथा एक सहायक वस्त्रछन कर इस चूर्ण को काष्ठ-आधानी में एकत्र करता जा रहा था। यह श्वेत कुष्ठ की औषधि के रूप में प्रयुक्त होना है। कुष्ठ के घावों पर लेप के लिए एक अन्य सहायक जायफल, गेरू, बाबची चूर्ण तथा कालीमिर्च के मिश्रण को चूने के निथरे जल में घोंट रहा था ताकि चिकित्सा कुटीर के बाहर प्रतीक्षारत रोगियों में वितरित हो सके।

कुटीर के भीतर औषधियों के कुप्पे, कलश, तेलभांड, दधिघट, दुग्धघट, मूत्रघट, मंजूषा, छागल, हंडिका, पीपा आदि विशेष क्रम से जमाए हुए थे। झाबा, झल्ली, टोकरा, डलिया, पिटारी आदि में सूखी, अधसूखी वनस्पतियाँ, पत्र, मूल, छाल भरे हुए रखे हैं। युवा भेषज्ञ त्रिलोचन स्वयं कार्य कर रहे हैं व सतर्क पर्यवलोकन भी।

तभी एक श्वेत-श्याम बालों वाले वृद्ध ने प्रवेश किया, 'प्रणति महोदय!'

सुनकर त्रिलोचन अपने आसन से खड़े हो गए, 'ओह, आप? प्रणति आपको है पूज्य! आसन ग्रहण करें। आपने क्यों कष्ट किया, मुझे बुला लिया होता! क्या रोग पुन: उभर आया?'

'हाँ, वही बात है। देखो न, मैं इस आश्रम पर भी भार बना हूँ। मुझ जैसे लुंजे रोगी को महाकाल के द्वार से उठा लाए नागदत्त!...बताओ, जिसे पुत्र कलत्रादि ने मरने के लिए छोड़ दिया, उसका भार तुम सब ढो रहे हो।' बैठते-बैठते वृद्ध ने कहा।

'क्या कह रहे हैं चन्दन राय जी! हम क्या आपको पूरी तरह निचोड़े बिना संसार से चले जाने देंगे? माना कि वहाँ स्वर्ग में सुदर्शना, शुभांगी अप्सराएँ आपकी प्रतीक्षा में व्याकुल

हैं और आप भी उनकी स्मृति में आतुर हैं। किन्तु जब तक आप इस धरती की साज-सँभार के सारे मंत्र उगल न देंगे, तब तक हम भी न जाने देंगे।' त्रिलोचन हँसते हुए बोले।

'एक बात कहूँ बन्धु? नहीं जानता कि आप किस वर्ण, जाति से हैं पर चिकित्सक हैं तो अनुमान लगा सकता हूँ कि द्विज ही होंगे।' चन्दन राय इतस्तत: देखते हुए बोले।

'आदरणीय, वर्ण और जाति देह की अपेक्षा गेह से निर्धारित होती है और नृप किसी भी वंश, जाति से हो, कहा क्षत्रिय ही जावेगा। आर्यावर्त में अनेक असुर शासक हुए, शूद्र शासक बने और सभी क्षत्रिय मान्य हो गए। तो जिसके हाथ में शक्ति का दंड, वही क्षत्रिय। मैं विद्या से जुड़ा वैद्य हूँ तो द्विज मान लें। गेह तो अब मात्र मेरी स्मृति में है और मैं बस त्रिलोचन।

एक और बात बताऊँ!—त्रिलोचन अर्थात् शिव भी शूद्र देवता हैं...ठौर न ठिकाना, असन-वसन भी हीन कोटि के। इस प्रकार नाम साम्य से शूद्र हुआ मैं भी।...फिर आप जो भी मानें, मैं काम अपना ही करूँगा।' त्रिलोचन परिहास मुद्रा में थे।

'अरे, अन्यथा न लें आप! मैंने तो इस कारण जानना चाहा था कि अपने बारे में स्पष्ट कर दूँ।...क्योंकि श्री नागदत्त के अतिरिक्त यहाँ कोई नहीं जानता कि मैं शूद्र के घर जन्मा हूँ, इसलिए इतने आदर-सम्मान का अभ्यास नहीं है मुझे। आदरणीय सम्बोधन पर चौंक जाता हूँ कि कहीं इस आदर में व्यंग्य, उपहास तो नहीं? फिर स्मरण आता है कि सेवाश्रम में अधिकांश मुझसे कहीं बहुत अधिक निरीह हैं—त्यक्त, पराश्रित। स्वयं उपहासास्पद हैं तो किसी अन्य का क्या उपहास करेंगे! आप जैसे लोग तो निज के अपमान का उत्तर भी सेवा से ही देते हैं।...मैं तो अपना वंश छिपाए-छिपाए अशान्त हूँ इसीलिए बताना चाहा कि शूद्र हूँ।' चन्दन राय मौन हो गए।

'व्यर्थ ही इतना विकलन सहा आपने। मुझे बता देते...आज्ञा दें तो आज ही पूरे आश्रम में सबसे कह दूँ।...पर इससे आपका गुण भोंथरा नहीं पड़ जाएगा।' त्रिलोचन ने चन्दन राय के वृक्ष की निर्जीव शाखा की भाँति लटकते हाथ थाम लिये, 'ये सूखे हाथ जिनकी छुअन से मिट्टी में प्राण का संचार हो जाता है...ये आँखें जो वृक्षों, वनस्पतियों में रंग, रस भरती हैं। कान जो ऋतुओं की पदचाप पहचानते हैं। आप न होते तो जीवन ही न होता इस आश्रम में। आर्य नागदत्त ही तो कहते हैं कि यहाँ की ऊसर, कंकरीली, मुरझाई भूमि आपके गुण और समर्पण से ही सम्पन्न हुई है।

यह तो मैंने भी नहीं सोचा था कि कुछ औषधीय वनस्पतियाँ क्यारियों में उगाई, पाली-पोसी जा सकती हैं। जोड़ों की पीड़ा के लिए जोंक-उपचार आपने ही सिखाया मुझे। मैंने तो बस पढ़ा-सुना भर था। जोंक पालने और प्रयुक्त करने का ज्ञान आपने ही तो दिया। हों शूद्र आप, मेरे तो गुरु हैं। हाँ, अब बताएँ कि अस्थमा की कैसी, कितनी कृपा है आप पर?'

'उसी के लिए तो आया हूँ। उधर दाड़िम कुंज की ओर प्रवाह मुड़वा दिया है। काम करनेवाले तीनों वृद्ध बावरे हैं। कहो, जलधारा फूटकर कहीं और दिशा में बहने लगे और ये महामना पेड़ों, गुल्मों, क्यारियों से संवाद करते रहें, तो बात यह कि आज अर्धरात्रि के पश्चात् श्वासकष्ट अत्यधिक बढ़ गया था...।'

'ऐसे में तात्कालिक उपचार सुझा तो दिया है आपको।

...आप करते नहीं। सदैव कहते हैं—भूल गया। पौधों में जल सींचना नहीं भूलते। मिट्टी की गन्ध और यह नहीं भूलते कि कब वह ठंडी है व कब तप्त होकर बीज धारण करने योग्य होगी।'

'अरे बन्धु, मैं अनपढ़ भूमिया...। रोपन, सिंचन, वपन, दँवरी, ओसाई मेरे हाथ की रेखाएँ...। बस, जब से ये हाथ सूखे, तब से सब कुछ सूखता चला गया। पत्नी जीवित रही तो पेट भरती रही, उसके मरने पर पुत्र क्यों मेरा बोझ ढोते? आह, गन्धवती किनारे की मेरी वह कृषि-भूमि, वह गाछी—रसाल, मधूक, कदम्ब, अशोक, शंपाक, अड़हुल, चन्द्रिका, मल्लिका, रजनीगन्धा...! अपनी भूमि का राजा था मैं, अपने संसार का प्रजापति। ये हाथ शिथिल हुए तो संसार ही ठहर गया मेरा। पुत्रों ने पहले अनदेखी की, फिर अपमान करने लगे। अन्त में उन्होंने वह गाछी, वे क्षेत्र एक श्रेष्ठि को आमोद उद्यान के लिए विक्रय कर दिये। जो भूमि अन्न को सौ गुना कर लौटाती थी, अब उसमें रंगमंडप हैं, पानकुंज हैं, केलिकुटीर हैं। मेरे पुत्र अब उसी श्रेष्ठि के भृत्य बनकर जी रहे हैं।

यह भूमि का श्राप है बन्धु! जो धरती अपनी देह फोड़कर भोजन, जीवन देती है; माँ की भाँति मल-मूत्र अगोरती है, उसका व्यवसायी को विपणन...। भूमि का शाप छूँछा नहीं जाता।' चन्दन राय ने मुँह फेर लिया। लगा कि दुकूल से आँसू पोंछ रहे हैं पर उनके हाथ तो उठते ही नहीं, हिलते-डुलते भर हैं।

त्रिलोचन मूर्तिवत् बैठे रह गए। कैसी विडम्बना-भरी कथा है चन्दन राय की! वैसे यहाँ तो हर कोई चलती-फिरती, साँस भर-भरकर छोड़ती वृहत्कथा का करुण पात्र है। वह स्वयं भी तो इस कथा का करुण-क्षेपक ही हैं।

'एक बात तो है मान्यवर! विधि का विधान सहज ही समझ में नहीं आता। यही देखिए कि आप अपनी गृहस्थी में रमे होते तो इस बंजर भूमि में प्राण कैसे उगते। वंध्या भूमि इतने सुदर्शन, सप्राण वृक्ष, वनस्पतियाँ पुष्प, फल, फसल जन पाती?...यह भी तो है कि मुझ जैसे अभागे अनाथ को अभिभावक कैसे मिलता? आप भी टोटे में नहीं हैं, छोटा-सा घर छूटा और इतना बड़ा परिवार मिल गया। काल बहुत कौतुकी है मान्यवर!

हाँ, एक औषधि और तैयार की है हमने! वनपीपल के पत्ते और छाल, अडूसा की छाल, पत्ते, भटकंटकी, तेजपात और मुलहठी के योग से। आपको देता हूँ, सेवन करके परिणाम बताइएगा...देखें, कितनी प्रभावकारी बनती है!'

चन्दन राय त्रिलोचन की ओर मुड़े, 'ओहो, तो परीक्षण भी मुझ पर ही करोगे?...उचित ही है...दुष्प्रभाव से मृत्यु भी हो गई तो रोगग्रस्त विकलांग वृद्ध का भार ही तो कम होगा भूमि पर।' चन्दन राय मोद में भर आए।

'अरे, सो बात नहीं। एक कवि ने कविता लिखी है कलाकारों पर। काव्य जानते हो?' त्रिलोचन परिहास पर उतरे।

'क्यों नहीं जानते...अवन्ति में प्रतिदिवस समाज जुटते हैं। राजभवन ही नहीं, चौक-चौपथों पर भी। लोकनाट्य की ऐसी ही सार्वजनिक प्रस्तुति होती है—कभी देखी है अवन्तिका?'

'देखी भर है, जान नहीं पाया।'

'तो कुछ मुझसे जान लो... । मेरी शिराओं में रक्त नहीं, शिप्रा, गन्धवती का जल बहता है। अवन्ति यहाँ है मेरे।' चन्दन राय ने वक्ष की ओर अपना सिर झुकाया। उनके चेहरे पर उत्साह आ गया! अवसाद भी, 'कभी हमारा कालिदास देखो! शूद्रक देखो। भवभूति देखो। काव्य सुनो। उत्तर-रामचरित। मैं सुनाता हूँ। देखो, सिय को त्यागकर राम वियोग और पश्चात्ताप में कैसे विकल हैं! अपने-आप ही बातें करते हैं...प्रलाप कहो। उनकी दशा सुनो :

प्रिय-वियोग छाती फटै, आवति पै न दरार।
काया तजै न चेतनहि, बेसुधि बिकल अपार॥
जरति करति पै भसम ना, दौ लागी तन माहिं।
हृदय बिदारत निरत बिधि, निरदय मारत नाहिं॥

हाँ, समझे? अपढ़ हूँ मैं, पर काव्य से दूर नहीं हूँ, यह जान लो! अब सुनाओ, तुम्हारे कवि ने क्या कहा है कलाकार के लिए?...व्याख्या भले न जानूँ पर यह तो निश्चित है कि आशय जान लूँगा।'

'तो सुनें आप भी!' त्रिलोचन आस-पास बिखरी सामग्री को एक ओर करते हुए प्रस्तुत हुए :

पत्थरों पर जीवनी की दूब रोपी
हम सृजन का वेग हैं आकार हैं हम,
शीश ताने ही रहो सम्भावनाओ,
सब प्रयोगों के लिए आधार हैं हम?

मैं आपको यही सुनाना चाहता हूँ कि सब प्रयोग धरती को सजाने-सँवारने को कटिबद्ध कलाकार पर ही होते हैं, फिर वह जिए या मरे।'

'करो, करो। तुम भी प्रयोग करो, पर अभी मेरे पास समय नहीं है... । पानी बह जाएगा।'

'तो स्मरण रहेगा न—दस सीप गोघृत, पाँच सीप आर्द्रक... ?'

'हाँ, बन्धु! तप्त करके मिलाना, कांस्य पात्र से ढाँकना और कड़कड़ बन्द होने पर दो सीप। सब कर लूँगा अपने इन लुंज हाथों से। अभी तो वह दे दो—सब प्रयोगों का आधार। और हाँ, यह भी बता दूँ कि भले ही छिपाओ पर मैं तुम्हारी जाति, वर्ण जानकर ही मरूँगा।'

हँसते हुए चन्दन राय बंसनलिका में औषधि लेकर चले गए तो कुष्ठ की औषधि का पात्र ले त्रिलोचन भी बाहर निकल आए। सहयोगी ने हरिद्रा व नीम पत्रों के घोल का कुंडा ले लिया। यह व्रण धोने में उपयोग किया जाता है। आश्रम में सूत्रपुष्प उगाने के लिए भी सौ दंड विस्तृत क्षेत्र है। उपचार में तूलपाटिका की आवश्यकता यहीं से पूरी होती है।

कोई आवश्यक या विशेष कार्य न हो तो नागदत्त भी इधर ही आ पहुँचते हैं। कुष्ठ के व्रण धोने, कृमि निकालने से लेकर औषधि लेप व तूलपटिका बाँधने तक का कोई भी कार्य कर लेते हैं। कहते हैं—मैं यह सब अपने स्वार्थ के लिए करता हूँ क्योंकि सेवा जैसा सुख स्वर्ग में भी न होगा। मैं मोक्ष भी इसलिए नहीं चाहता कि वहाँ किसी को सेवा की आवश्यकता ही न होगी। हँसकर यह भी कह देते कि—लोगों की आत्मा अभाव के ऐसे क्षेत्र में कैसे रह पाती होगी जहाँ न किसी को किसी की आवश्यकता हो, न उठना-बैठना हो, न लेना-देना? खाते-पीते ऊबती रहती होगी आत्मा वहाँ।

त्रिलोचन और सहयोगियों ने रोगियों के व्रण धोना आरम्भ ही किये थे कि नागदत्त आते दिखे। पहुँचकर वह भी त्रिलोचन के संग एक रोगी की पट्टिका उतारने लगे। गलित कुष्ठ का यह रोगी आठ दिवस पूर्व ही सारंगपुर से दो अन्य रोगियों के संग पहुँचा है जिनमें एक मध्यवय विक्षिप्त महिला भी है। उसके पेट में आठ माह का गर्भ है जिसे पुरुष-पशुता के प्रमाण की भाँति ताने वह सारंगपुर में नंगी-अधनंगी फिरती रहती थी। सारंगपुर के वणिक सुधर्मा ने सेवा आश्रम की ख्याति सुनी थी, अतः इन तीनों रोगियों को वर्ष भर की अन्न, वस्त्र, पोषण सामग्री के साथ यहाँ पहुँचा गया था।

पट्टियाँ परिवर्तन होते समय कुछ रोगी कूँखते, चीखते तो कुछ दाँत पर दाँत जमाकर पीड़ा सह जाते हैं—आँखों से अश्रु भले बह पड़ें किन्तु मुँह से आवाज नहीं निकलने देते। सर्वाधिक कष्ट कृमि बीनने के बीच होता है। कुछ कृमि शरीर में जीवित मांस पिंड तक धँस जाते हैं, उन्हें खंड-खंड चुनना पड़ता है।

'औषधियाँ प्रभाव दिखा रही हैं, है न त्रिलोचन? वह कितना शुभ दिन होगा जब ये स्वस्थ होकर अपने गृह परिवार में लौटेंगे!' नागदत्त ने यों ही आश्वस्ति-सी प्रकट की।

सुनते ही एक रोगी तुनक पड़ा, 'मैं तो कभी न लौटूँगा अपने नीचमति बांधवों के बीच। हाँ, एक बार जाऊँगा अवश्य। अपना शरीर दिखाने कि देखो, यही है वह देह, जिस पर कभी अनेक यौवनाएँ मोहित रहती थीं।...मैं जिसे इत्र, चन्दन, पुष्प की गन्ध में सराबोर रखता था। वारांगनाएँ जिसे निःशुल्क निमंत्रण देतीं और युवतियाँ जिसमें अपना सहचर खोजती थीं।

वही शरीर पहले अशोभन हुआ, फिर अस्पृश्य और अन्त में अशुभ। मुझे देखकर कौन कहेगा कि अभी मैंने पैंतीस मात्र बसन्त भी नहीं देखे हैं? कौन मानेगा कि मैंने मल्लयुद्ध में अनेक प्रख्यात मल्लों को भूमि सुँघाई है?...अब कौन पहचानेगा कि मैं कर्णकुंडल हूँ?'

'आप...कर्णकुंडल...? दक्षिणापथ चालुक्य राज्य के प्रसिद्ध मल्ल?...इस दशा में?...ओह!' एकाएक त्रिलोचन के मुँह से निकल गया।

सभी कुष्ठ रोगी, परिचारक व श्रेष्ठि नागदत्त भी हाथ का कार्य रोक त्रिलोचन की ओर ताक उठे।

'तुम कर्णकुंडल को कैसे जानते हो?...स्वयं दक्षिणापथ से हो क्या? यद्यपि तुम्हारे आचार्य के पत्र में स्पष्ट उल्लेख है कि तुम्हारे अतीत के विषय में कोई जिज्ञासा न रखी जाए। वंश, गोत्र, ग्राम—कुछ न पूछा जाए, पर तुम्हें देखकर मैं उत्सुक हुआ हूँ कि कहीं तुम भी तो दक्षिणापथ से नहीं?...उचित लगे तो कभी बता देना कि कहाँ से यहाँ तक पहुँचे। हाँ, मैं भी तुम्हें अपनी कहानी सुनाऊँगा।...छोटी-सी है। कोई बड़ा उतार-चढ़ाव, नाटकीयता नहीं है। उस दिन तुमने मुनि अनन्त सागर के बारे में जानना चाहा था न—बस, उनसे भेंट और आज के बीच ही मेरा घर-द्वार और बीते हुए दिन हैं। मध्याह्न भोजन के पश्चात् बताऊँगा—संक्षेप में। पर्णशाला पर आ जाना।...और भाई कर्णकुंडल! तुम निश्चय ही आरोग्य लाभ करोगे। उसके बाद इसी आश्रम में तुम्हें औरों की सेवा भी तो करनी है।' नागदत्त व्रण धोने लगे।

कुष्ठ रोगियों से निवृत्त हो—कर्पूर व नीम के जल से हाथ धोकर नागदत्त चले गए तो हाथ स्वच्छ कर त्रिलोचन अब अन्य रोगों की औषधि वितरित करने लगे। आसपास के अंचल से भी एक-दो रोगी प्रतिदिन आ जाते हैं, जिनमें अधिकांश तो वन्यपशुओं से आहत

व सर्पदंश-पीड़ित रहते हैं। अंचल के ग्रामीण छोटे-मोटे रोग को यों भी गिनती में नहीं लेते अथवा परम्परागत उपचार से काम चला लेते हैं।

इस वृक बहुल भूमि पर व्याघ्र परिवार भी भ्रमण करते हैं। यदा-कदा दक्षिण पथ से आए कुंजर उत्पात मचा जाते हैं। वनवराह कृषि के शत्रु हैं। यही हाल नीलगायों का है। कृषकों को रात भर रखवाली करनी पड़ती है। वराह बीघों फसल की जड़ें खोद डालते हैं तो नीलों के दल खेत का खेत ऊजर बना देते हैं। इन सबके ऊपर राजा, जिसे उपज का पंचम भाग देना होता है। सैनिक, चाट, भट—सभी अपना स्वागत चाहते हैं।

भल्लूक प्राय: मनुष्य पर आक्रमण नहीं करता पर निकट के ग्राम की एक महिला यहाँ हर दूसरे दिन लेप व औषधि के लिए आती है। भल्लूक ने आक्रमण किया था उस पर। रात्रि में वह अपनी खपरैल में सो रही थी कि उढ़काऊ कपाट सरकाकर भल्लूक उसकी खटपाई पर पहुँच गया और मुँह चाटने लगा। तीव्र गन्ध के भभके व लिसलिसी लार से उस ग्राम-बाला की आँख खुली तो देखा कि कोई वनमानुष-सा उसके ऊपर झुका हुआ है।

उसने त्रिलोचन को बताया था, 'मैं भयभीत हो गई देव! पति खेत पर तथा वृद्ध सास-ससुर पशुओं वाले बेड़े की कुटिया में। हमारा श्वान भी खेत पर ही चला गया था पति के साथ। मेरी कीक छूट गई—दइया-आ-आ!

वृद्धजन को नींद नहीं आती। हर खटके पर कान लगे रहते हैं उनके। वृद्धा तो यों भी मुझ पर आँखें गड़ाए रखती है। यदा-कदा सुनाकर कहेगी—यौवन सभी पर आता है, हम पर भी आया था। रूप की हम पर भी कमी न थी, किन्तु मर्यादा में रहते थे। पथ, वीथियों पर ठमक-ठमककर इठलाते नहीं थे।...तो वो सब।...हाँ, मेरी कीक पर सब अपने-अपने खदिर-दंड उठा दौड़े चले आए। संयोग से मेरे एक हाथ में भल्लूक की कलाई पकड़ में आ गई। मेरी कलाइयों में यही काँसे के कड़े थे, मैं दूसरे हाथ का कड़ा उसकी थूथन पर मारने लगी। ऊपर से वृद्ध-वृद्धा ने पूरी शक्ति से दंड प्रहार आरभ कर दिये। वृद्धा उस भल्लूक को मेरे ऊपर कामली ओढ़े झुका कोई परपुरुष समझ अपशब्द भी कहे जा रही थी—कलंकिनी आँगन तक ले आ पहुँची संगतिया को। कामली ओढ़ भल्लूक का भेष बनाकर आता है कृष्णमुख!... दोनों का कृष्णमुख सचमुच बनाकर ग्राम में चकफेरी न लगवाई तो अपने बापा की बिन्द नहीं।'

स्त्री साँस लेने रुकी थी। आगे बताया :

'वृद्धा ने भल्लूक पर दंड चलाते हुए कुछ मेरी देह पर भी हेल दिये। वह तो पीठ पर हुए औचक आक्रमण से भभरकर भल्लूक ने घुरघुराते हुए वृद्धा पर ही आक्रमण कर दिया सो प्रमाणित हो गया कि वह मेरा कोई संगतिया परपुरुष नहीं, भल्लूक था, अन्यथा वृद्धा मुझे कुलटा सिद्ध करके ही मानती। वृद्धा को खरोंट, खरोंचता भल्लूक भाग गया तो वृद्ध ने दो प्रहार वृद्धा की पीठ पर ठोंक दिये कि वधूटी को व्यर्थ ही लांछन देकर कलंक का टीका लगाती है।' सुनाते हुए स्त्री हँस पड़ी थी।

'तो तुम्हारी साश्रुधी क्यों नहीं आतीं, उपचार हेतु? विक्षत तो वह भी हैं न?' त्रिलोचन ने पूछा।

'उसे मेरे श्वसुर साथ नहीं लाते। कहते हैं कि वधूटी पर लांछन लगाने का फल भोग। वैसे भी उसे खरोंचें हैं, घाव नहीं।'

'फिर भी सावधानी रखनी होगी बहन। तुम्हारे श्वसुर ने तुम्हारा मान रखा है तो तुम्हें उनकी पत्नी अर्थात् अपनी साश्रुधी का ध्यान रखना चाहिए। कभी-कभी खरोंच का छोटा-सा घाव भी दुष्ट व्रण में बदल जाता है। कुछ लेप ले जाकर उनकी छिलन अथवा घाव पर भी लगाना। वृद्धा शीघ्र लाभ तो पाएगी ही, तुम्हारे प्रति उसका कोप भी कम होगा। मन में कहीं पश्चात्ताप भी होगा, भले प्रकट न करे। यही नहीं, श्वसुर तथा पति को भी प्रसन्नता होगी।'

'वह तो अब बात तक नहीं करती मुझसे...।'

'लज्जित है वृद्धा अपने किए पर...ऐसे में तुम उसे सहेज लोगी तो वह साश्रुधी से माता बन जाएगी तुम्हारी।'

'तो दे दीजिए उसके लिए औषधि...।'

रोग-रोगी साधते हुए आज का कार्य पूरा करते-करते रवि का तेज अभिजित पर आ गया और इसी समय चन्द्र भी।

'जय जिनेश!' चन्द्र सदैव बड़ों का इसी प्रकार अभिवादन करता है। जैनचर्या में विशेष रुचि है उसकी। जल को कपड़छन करके पीता है। रात्रि भोजन नहीं करता। प्रस्तर शय्या पर शयन के नियम का अभ्यास कर रहा है। वह भविष्य में जैन आचार्य, उपाध्याय से होकर मुनिपद धारण करने की इच्छा पाले है, पर मुनि अनन्त सागर महाराज उसे इस आश्रम पर पहुँचा गए कि प्रथम तो सेवा-पद धारण करो।

यहाँ भी प्राय: स्नान के पश्चात् वह जाप करने के उपरान्त ही सेवाकार्य में प्रवृत्त होता है। त्रिलोचन का उसके प्रति स्नेह तो है ही, उससे मोद भी मना लेते हैं, 'चन्द्रदेव! इन दिनों आपका जपकार्य तो स्थगित होगा?'

'सो क्यों होगा देव? वह तो प्रथम कर्तव्य है।'

'आप पर नीलमणि की सुश्रूषा का दायित्व जो है—इसमें प्रात: से सायं तक आपके पास समय कहाँ रहता है?'

'समय तो निकालना होता है देव! यों तो सांसारिक कार्यों के मध्य कभी समय नहीं निकलेगा! स्त्री, पुत्र, बान्धव, कृषि, व्यवसाय, रोग-शोक—समय कुतरने वाले कारणों की अनन्त श्रृंखला है।'

'आप मंत्र भी शुद्ध जाप करते हो या यों ही जैसा पाए... ?'

'आपका आश्रम में आगमन अभी नया है, मैं पूर्व से हूँ यहाँ पर...। मुनिश्री अनन्त सागर महाराज ने यहाँ पूरे पाख भर वास किया था, मैंने उन्हीं से सीखा है मंत्र-जाप।' चन्द्र के माथे पर श्रद्धा के साथ गौरव झलक आया।

'तो हमें भी बताइए कि क्या सिखाया था?'

चन्द्रसेन संकोच में आ गया, 'देव! आप वय, बुद्धि, पद—तीनों में बड़े हैं मुझसे। मैं आपकी अवज्ञा नहीं करना चाहता किन्तु जाप करने के साथ ही सुनने व सीखने वाले के लिए भी पहले पवित्रता धारण करने का विधान है। अभी बता सकता हूँ पर मुझे व आपको भी आचमन प्राणायाम करके पवित्र होना होगा। अभी आपके पास समय हो तो कहें...।'

'हाँ, अभी मेरे पास भोजन का समय शेष है।'

'अस्तु।' कह चन्द्रसेन कुटीर के भीतर से दो कुशासन उठा लाया और बिछा लिये, 'नख, शिख, मुख का प्रक्षालन कर लें देव, जैसे मैं कर रहा हूँ।' चन्द्र ने त्रिलोचन को जल का ताम्रपात्र पकड़ाया।

दोनों ने प्रक्षालन क्रिया की। अब चन्द्र पद्मासन बैठा, 'आप पद्मासन या अभी सुखासन ही बैठकर ध्यानपूर्वक देखें, सुनें। सर्वप्रथम मंत्र का शुद्ध उच्चारण करना जान लें—ॐ जय जय जय नमोस्तु नमोस्तु नमोस्तु। णमो अरिहंताणं, णमो सिद्धाणं, णमो आयरियाणं, णमो उवज्झायाणं, णमो लोए सब्ब साहूणं।...यह मंत्र हुआ।

इसके पश्चात् यह क्रम देखें, समझें—श्वास खींचते समय 'णमो अरिहंताणं' उच्चारें एवं श्वास छोड़ते हुए 'णमो सिद्धाणं।' पुनः श्वास खींचने के साथ 'णमो आयरियाणं' व छोड़ने के साथ 'णमो उवज्झायाणं' बोलें। पश्चात् में भीतर श्वास लेते हुए 'णमो लोए' और त्यागते हुए 'सव्व साहूणं' उच्चारण करना चाहिए। इस प्रकार... ।'

'बस-बस, मेरे लिए आज का इतना पाठ पर्याप्त है आचार्य!' त्रिलोचन हँस पड़े।

'नहीं देव! एक बार या एक दिन में क्रिया सिद्ध नहीं होती...अभ्यास से सिद्ध होती है। पुनि-पुनि कीजिए...चित्त को सांसारिक विषयों की ओर से मोड़कर ध्यान में लगा दीजिए। मुनिश्री अनन्तसागर जी महाराज का कथन है कि अहिंसा ही धर्म है—परोपकार ही साधना है।'

'अरे बन्धु! मुझमें उपाध्याय और मुनि होने की सामर्थ्य नहीं है। अच्छा-सा चिकित्सक बन जाऊँ तो पर्याप्त है। चलिए, अब पाकशाला की ओर चला जाए। भोजन भी साधना से ही प्राप्त होता है... ।' त्रिलोचन मुस्कुराते हुए आसन से खड़े हो गए।

चन्द्र भी अधूरे से मन के साथ पाकशाला की ओर संग चल पड़ा। चन्द्र आश्रम में नंगे पैर रहकर शीत, ताप, कंट, कठोरता सहने का अभ्यास भी कर रहा है।

पाकशाला में पाककर्मियों के साथ 'वासी' भी सहयोग करते हैं। किसी कार्य में लग या जुड़ जाने पर उनका ध्यान बँटा रहता है, समय भारी नहीं पड़ता तथा सबसे बड़ी बात यह कि उनमें अपने प्रति विश्वास उत्पन्न होता है कि वे किसी पर 'भार' नहीं हैं। वे हीनता-बोध से उबरते हैं।

पाकशाला पहुँच दोनों ने अपने-अपने भोजन पात्र उठाए और विशाल खपरैल वाले अन्न-क्षेत्र में जा बैठे। अध्यक्ष नागदत्त सबके पश्चात् ही भोजन ग्रहण करते हैं। सुपथ्य आहार का प्रचलन है यहाँ। पक्वान्न पर्व-त्योहार पर होता है। दैनिक आहार में रोटिका, भात व साग के साथ दलहनी अथवा किसी कन्द का भुरता भूजी शामिल है। रात्रि आहार में खिचड़ा तो परोसा ही जाता है, दुग्ध का भी समावेश है। श्रमकर्मियों व रोगियों के उपाहार हेतु भुजैना, खील अथवा कुरमुरा की भी व्यवस्था की जाती है।

भोजन प्राप्त करने के उपरान्त घड़ी भर के भीतर ही त्रिलोचन पर्णशाला पहुँच गए। नागदत्त अभी लौटे न थे इसलिए प्रतीक्षा में आम्रवृक्ष के तने से पीठ टिकाकर गुनगुनाने लगे :

अस्त्युत्तरस्यां दिशि देवतात्मा हिमालयो नाम नगाधिराजः ॥
पूर्वापरौ तोयनिधि वगाह्य स्थितः पृथिव्या इव मानदंडः ॥
उत्तरस्यां दिशि देवतात्मा हिमालयो नाम नगाधिराजः पूर्वापरौ तोयनिधी वगाह्य पृथिव्याः मानदंडः इव स्थितः अस्ति... ।

'बहुत सरस पदपाठ करते हो त्रिलोचन। चिकित्सा के संग ही काव्य में भी इतना अन्त:प्रवेश है तुम्हारा, यह पहली बार ज्ञात हुआ है। क्यों न इस श्रावण के किसी मेघ मंडित दिवस को आश्रमवासी तुमसे 'मेघदूतम्' का श्रवण करें!...हाँ, यह न समझ सका, पद के साथ इसका गद्य अन्वय भी गाया सो क्यों?'

त्रिलोचन सम्मान में खड़े हो गए, 'महाकवि कालिदास मेरे अत्यन्त प्रिय हैं आर्य! अपनी रचनाओं में अद्वितीय तो स्वयं भी अनुपम। उनके काव्य का गद्यान्वय भी 'काव्योपम काव्य' है।...अरे, मैं क्या ले बैठा? मैं तो आर्य के अतीत से अपने भविष्यत् का कुछ पाथेय जुटाने आया हूँ। आश्वासन दिया है आपने, स्वयं के बारे में बताने का...!'

'अच्छा, हाँ, दिया है। आओ! यहीं इन काष्ठ पीठिकाओं पर बैठते हैं। यहाँ शीत मन्द संचरण है न वायु का...।' बैठते हुए नागदत्त ने त्रिलोचन को भी बैठने का संकेत किया।

कुछ क्षण नागदत्त आम्र पल्लवों के बीच-बीच होकर ऊपर छाये आकाश में आँखें गड़ा कुछ छानते-बीनते रहे, जैसे स्मृति पिटक खोल खँगाल रहे हों, फिर गहरे कूप में जल के भीतर डूबते घड़े की सी बँधी-बँधी आवाज में बोले :

'त्रिलोचन! वय में तुम मेरे पुत्र से बड़े हो और भ्राता से छोटे। इस प्रकार मेरी पीढ़ी व मेरी अगली पीढ़ी बीच संवाद-सेतु की भाँति हो। इसलिए तुम्हें अपनी जीवन-कथा कहने पर मुझे भीतर कहीं तृप्ति होगी और तुम्हें कदाचित् एक अलग अनुभव से परिचय होगा।

मेरे मध्यवित्त वणिक् परिवार में न दुख था, न दैन्य। लोग जन्म लेते, बड़े होकर विवाह करते, व्यवसाय में व्यस्त रहने के साथ सन्तान उत्पन्न करते और परिवार की उसी स्थिति में मरते जाते, जिसमें पूर्वज मरते आए थे। परम्परागत रूप से उनके रूप-गुणों का वर्णन करते उन्हें श्मशान ले जाकर फूँक दिया जाता। अपने वंश की तीन पीढ़ियों में मैंने जन्म-मृत्यु का यही क्रम देखा है।

परिवार में पूजा-अनुष्ठान प्राय: होते रहते। भोजन-शयन की भाँति यह भी समय-चर्या का अंग था—स्थान देवता, ग्राम देवता, कुल देवता सहित महादेव शिव का अर्चन होता। सबमें अभीप्सित यही था कि धरती पर रहते हुए हमें धन की प्रचुरता प्राप्त हो तथा मृत्यु उपरान्त स्वर्ग। तब तो न समझ पाता था पर अब जान गया हूँ कि 'धनात् धर्म ततोसुखम्' क्यों कहा गया है। मेरे पिता एक पद सुनाते थे जो मुझे शब्दश: स्मरण में नहीं, पर उसका आशय स्मरण में है। वह है कि जिसके पास धन है वही मनुष्य कुलीन, पंडित, गुणी, वक्ता और दर्शनीय होता है। सब गुण धन के ही आश्रित हैं।

व्यवहार में मैंने पाया कि पिता तो वैश्य थे जिसका आदि धन से है और अन्त भी किन्तु धन को माया कह उसकी भर्त्सना करनेवाले, उसके त्याग का उपदेश देनेवाले बड़े-बड़े सन्त, उपदेशक, पौराणिक, आचार्य—सभी धन के घमासान में अपने-अपने दाँव खेल रहे हैं। धर्म भी धन से सम्भव होता देख मैं पूरी शक्ति के साथ धनार्जन में जुट गया। विपणक से सार्थक बना फिर सार्थपति। सामुद्रिक भागीदारी भी कर ली। छह-छह मास गृह न लौटता। अनुचर, परिचर, रक्षक, दास और दासियाँ...।

मैं सफल व्यक्ति था। महीनों पश्चात् सार्थ के साथ लौटता तो अवन्ति का पण्य मेरे स्वागत में आँखें बिछा देता। चारण पूर्व से ही मेरे विरुद गढ़कर रखते और स्वागत-मंचों

पर पूरे नाटकीय अभिनय से सुनाते। मैं राज्य के भीतर ही नहीं, राज्य से बाहर भी 'विशिष्ट' व्यक्ति था।...विशिष्टता अपने साथ-साथ एक अपसंस्कृति बुनती चलती है और सम्पन्न युवा विशिष्टता सामाजिक परम्परा के तटबंध भी तोड़ देती है।...पूर्व के पर्वतों से लेकर पश्चिम के सागर तक किसी देश की कोई प्रधान रूपा जीवा ऐसी नहीं जो श्रेष्ठि नागदत्त से उपकृत न हुई हो।...कलावन्त अपने प्रदर्शन के लिए राजा से भी अधिक मेरी प्रतीक्षा करते थे...मैं नरेशों के पार्श्व में बैठकर नायिकाओं के कटाक्ष का सुखोपभोग करता।'

क्षण-भर के लिए थमे नागदत्त। मन्द पवन के बीच भी मस्तक पर स्वेद चुहचुहा आया था जिसे पोंछ वह बताने लगे :

'ग्यारह वर्ष पूर्व वैशाख शुक्ल पूर्णिमा को मैं अवन्ति लौटा था—विपुल धन, वैभव के साथ। सदैव नगर-द्वार पर मेरी अगवानी करनेवाली मेरी पत्नी इस बार नहीं पहुँची। मैं उसे और विशेषत: अपने पुत्र को देखना चाहता था। गजारूढ़ मैं, ऊँची ग्रीवा कर उन्हें खोज रहा था और वे नहीं थे।

राज्यकर्मियों को पुरस्कार, उत्कोच बाँटने के लिए अपने वित्त-प्रबन्धक को वहीं छोड़ मैंने द्वार पार ही किया था कि दक्षिण पार्श्व में एक जमघट देखा जिसके बीचोबीच अधपके बढ़े बालों, चीकट फटे वस्त्रों वाले एक व्यक्ति को तालियों की ताल पर नाचते देखा। बाल, वृद्ध, नर-नारी—सब उसके फूहड़ नृत्य व कनसुरे गायन पर हो-हो हँसते हुए तालियाँ बजा रहे थे। मुझे वह कुछ-कुछ पहचाना-सा लगा। तुम अनुमान भी नहीं लगा सकते कि वह कौन था!'

'कौन था?' डूबे से त्रिलोचन ने पूछा।

नागदत्त ने दीर्घ नि:श्वास छोड़ा, 'वह अवन्ति में जन्मा आर्यावर्त्त का महाश्रेष्ठि ऋतुपर्ण था—महाराज गर्दभिल्ल के समय का धनकुबेर जिसे स्वयं अपने धन का अनुमान नहीं था। अवन्ति या वहाँ से निकट होकर भी गुजरने वाले सार्थपति, विदेशी ताजिर, सौदागर ऋतुपर्ण से भेंट करना गौरव का विषय मानते थे। मैं स्वयं ऋतुपर्ण होने का स्वप्न लिये था...।

बन्धु त्रिलोचन! धन बहुत अस्थिर होता है—सफलता भी स्थायी नहीं होती। ऐश्वर्य का चंचल अश्व धन का अँगरखा पहन यश का मुकुट बाँधे सरपट दौड़ते सवार को कालसिंह के मुँह में फेंककर भाग जाता है।...मेरा आदर्श, मेरा स्वप्न सामने था—विवर्ण, विक्षिप्त, विद्रूप ऋतुपर्ण!

भीतर ही भीतर कहीं भयभीत हो उठा था मैं, फिर दुश्चिन्ता को झटक दिया। मैं गजारूढ़ था न, जिससे स्वर्ण की झालर लटक रही थी। सोचा—ऋतुपर्ण ने कहीं न कहीं कोई बड़ी भूल की होगी कि पोत समुद्र की सतह में समा गए...शक्तिशाली सार्थवाह को लूट लिया गया...पत्नी दुर्लभ मणि-माणकों का पिटक लेकर प्रेमी के संग भाग गई। मैं कहीं कोई चूक न रखूँगा।

गृह-प्रवेश करते ही मैंने अपनी पौर पर पत्नी को खोजा। स्वागत तोरण के निकट वह अनुचरी, चेटियों से घिरी खड़ी थी। पुत्र वहाँ कहीं न था। पत्नी ने मौन, यांत्रिक स्वागत किया—उसके मस्तक की रेखा पर मेरा सिन्दूर था पर वह ललक नहीं थी जो छह माह पश्चात् लौटने वाले पति के लिए होनी चाहिए। अभ्यर्थना में आवेग नहीं था उसके।

मुझे सीधे अपने महाकक्ष में पहुँचना था जहाँ अनेक व्यापारी, प्रतिनिधि, पंडित, राजन्य मेरी सफल यात्रा पर बधाई देने एकत्र थे। मैं किसी की अवहेलना नहीं कर सकता था। सभी

कहीं न कहीं मेरे लाभ में सहायक थे, अथवा कभी न कभी हो सकते थे। पत्नी व पुत्र से भेंट दो दिवस पश्चात् ही हो सकी थी मेरी..।

—मैं नगर-द्वार पर खोज रहा था तुम्हें।—मैंने उलाहना दिया।

—मैं अस्वस्थ थी।—पत्नी ने अनासक्त उत्तर दिया।

—जय को पहुँचा सकती थीं..।

—वह तरुणाई में प्रवेश कर जाने से समझने लगा है।

—कहना क्या चाहती हो?—मैं खिन्न हुआ।

'जिस पिता का पुत्र युवा होने लगे, उसे करणीय-अकरणीय का विचार करना चाहिए। आपके बारे में उत्सुकता से सुनता रहता है वह...विशाला में आपके उद्योग व कौशल की प्रशंसा होती है तो स्खलन की चर्चा भी।

—यह लोकापवाद मेरे शत्रु फैलाते हैं...ईर्ष्या रखते हैं मुझसे। मेरी आश्चर्यपूर्ण उन्नति का साल है उन्हें।...फिर व्यवसाय में कुछ-कुछ वह भी करना पड़ता है जो अनुचित कहा जाता है, जैसे—उत्कोच देना, चाटुकारिता, श्लाघा, निन्दा...।

मदाचार...स्वैराचार...अपचार...व्यभिचार...।—पत्नी ने जोड़ा।

—ओ!...तुम इसलिए कुपित हो? अस्वस्थता तो बहाना है?...तो सुनो! इतने दिनों अकेला रहना, अनेक दुश्चिन्ताओं से जूझना—मनुष्य को कुछ मनोरंजन, कुछ मानसिक, शारीरिक विश्राम भी चाहिए होता है। तुम साक्षी तो हो मेरी प्रगति की कि कैसे नगर की एक संकीर्ण अन्तरिका के छोटे से गृह से उठकर राजपथ के ऐन पार्श्व में स्थित पथ के प्रशस्त प्रासाद में आ पहुँची हो। जिन श्रेष्ठियों, सामन्तों, कुमारामात्यों, आस्पदों से भेंट के लिए कितने ही दिन भटकता था, आज उनसे मिलने का समय नहीं निकाल पाता, सो अकेलेपन की ऊब से उबरने के लिए कहीं कुछ...। तुम्हें इस पर ध्यान नहीं देना चाहिए।

—अकेले तो मैं भी ऊबती हूँ...।

मेरी पत्नी वसुंधरा ने यह छोटा-सा वाक्य धीरे से कहा था जो मेरे मस्तिष्क पर वज्र की भाँति लगा। निमिष भर के लिए मतिशून्य-सा हो गया मैं। विक्षुब्ध हो गरज पड़ा—अर्थात्... ?...कहना क्या चाहती हो तुम?

—आप समझना नहीं चाहते तो मैं कुछ न कहूँगी। आज्ञा दें कि शयनागार में मैं पहुँचूँ या...।

वसुंधरा कुछ क्षण मेरी ओर ताकती रही फिर बिना उत्तर पाए लौटकर चली गई।

मैं खड़ा रह गया। सोचा—पुकारूँ, फिर ध्यान आया कि स्त्री और पतंग को अधिक ढील नहीं देनी चाहिए अन्यथा वह दूर होती हुई नीचे की ओर उतरती जाती है। मैं अपने बरोठा में लौट सुखतल्प पर अधलेटा हो क्लान्ति से उबरने का प्रयास करने लगा। उन दिनों मेष का सूर्य कुछ अधिक प्रखर होने से लगता था कि वृष के घर पहुँच गया है। अभी गवाक्षों में कक्षों को शीतल रखने वाली शीत पट्टिकाएँ नहीं टाँगी गई थीं। सेवक ने छत के शहतीर के कुन्दे से झूलते व्यजन की रज्जु खींचकर झलना आरम्भ किया तभी कुछ अनुतोष मिला। बुलाने पर सेवक आ खड़ा हुआ :

—महाश्रेष्ठि की क्या आज्ञा है?—सिर झुका पूछा उसने।

—जय को बुलाकर लाओ, तुरन्त। जहाँ भी हो।

आदेशित कर नेत्र मूँद मैं जय की प्रतीक्षा करने लगा।...प्रहर रात बीतने तक न पुत्र आया, न वह सेवक। मैं अर्धनिद्रा में उनींदा पड़ा रहा—उसी भाँति। समृद्धि के सरोवर में भीगता, काँपता, अकेला...। एक अन्य सेवक ने आकर सूचना दी कि देवी वसुंधरा आहार कक्ष में प्रतीक्षा कर रही हैं...।

मैंने सेवक से पूछा—वहाँ जय है?

—वह मध्याह्न विश्राम के पश्चात् ही मित्रों के साथ विहार के लिए निकल गए हैं। उन्हें खोजा जा रहा है।—सेवक ने आशंकित दयनीयता से कहा था।

—क्या वह अपनी माँ से आज्ञा लेकर नहीं गए?...बताकर नहीं जाते?—मैंने पूछा था।

सेवक चुप रहा। मैं जान गया कि वह मुझे असत्य उत्तर नहीं देना चाहता और सत्य बताने की सामर्थ्य नहीं है उसके पास। जानता है, सच का कोई पुरस्कार न मिलेगा, उलटे जीविका पर आँच आ सकती है।

—हूँ...।—कह मैं कुछ सोचने लग गया था। सेवक कुछ हटकर सिर नवाए खड़ा था—आदेश या सन्देश की प्रतीक्षा में।

मैंने स्वयं को उसके साथ तोला—यह भी मनुष्य है...मेरी ही भाँति अस्थि-मज्जा से बना, जो मुझ-सा होकर भी मेरे समक्ष अस्तित्वहीन बनकर खड़ा है। मेरे प्रति क्या भावना होगी इसकी? मैं इसके सेवक होने व अपने स्वामी होने के तर्क गढ़ सकता हूँ...गढ़वा सकता हूँ। तर्क जो वास्तविक न होने पर भी सही प्रतीत हों। वे तर्क जो इस सेवक का सच अवास्तविक प्रमाणित कर दें अथवा उस पर सन्देह का ऐसा प्रश्नचिह्न लगा दें जो सच से भी बड़ा दिखे। मैं और भी जाने क्या-क्या सोचता रहा...खीझता रहा...कभी-कभी हँस भी लेता...कभी रो लेता मन-ही-मन।

सफल व्यक्ति की विडम्बना जानना चाहोगे त्रिलोचन?...विडम्बना यह कि वह किसी के सामने रो नहीं सकता। मेरे निकट प्रस्तर प्रतिमा-सा खड़ा वह सेवक न होता तो स्यात् अवसाद के उस एकान्त में मुझे रोने का अवसर मिल जाता पर उसकी उपस्थिति तथा अपनी स्थिति के संज्ञान-दम्भ ने मुझसे मन निर्मल करने का वह अवसर भी छीन लिया।

सुनते जाना त्रिलोचन! ग्यारह वर्ष हो गए, मुझे पीड़ा की इस गाँठ को विस्मृति की खूँटी पर टाँगे हुए। मुनिश्री अनन्त सागर के आगे खोलने की इच्छा थी पर न खोल सका। क्यों...? नहीं जानता। अवसर मिला तो सोचूँगा इस पर अथवा अवसर मिला तो मुनिश्री से ही पूछूँगा।

स्यात् उत्तर मिल जाए...स्यात् न मिले। सृष्टि अपनी गति, निर्मिति में प्रश्न तो पैदा करती है पर उत्तर की प्रतीक्षा में ठहरती नहीं है।

हाँ, तो मैंने अविचल प्रतिमा की भाँति खड़े उस सेवक से कहा—कहो, हम आ रहे हैं।—इसके पश्चात् मैं आहार कक्ष में पहुँचा। मेरी पत्नी वसुंधरा मेरी प्रतीक्षा में बैठी थी—कुछ वैसे ही, जैसे कुछ देर पहले मेरा वेतन-भोगी भृत्य खड़ा था।

अरे रे, यह तो बूँदा-बाँदी आरम्भ हो गई! अच्छा, तुम देखो कि चन्द्रसेन नीलमणि के घावों को भीगने न दे। मेरी चिन्ता उचित है न...? वैसे चिकित्सा तुम्हारा विषय है।' नागदत्त मुस्कुराने लगे।

7

जो ज्ञान दृढ़ नहीं होता
वह नष्ट हो जाता है।

वायु के शीतल झोंके के साथ भर्तृहरि की निद्रा टूटी। शरीर बुरी भाँति चचेंड़ रहा था। देह पर मला गया पंक पूर्ण रूप से पपड़ाकर त्वचा को ऐंठने लगा था। चत्वर पर तीन पुरुष थे तथा वृन्दा सहित दो स्त्रियाँ। बालक-बालिकाएँ कदाचित् हँकाल दिये गए थे कि उनकी क्रीड़ा और कोलाहल से अवधूत महाराज की निद्रा भंग न हो।

प्यास-सी अनुभव होने पर वह उठकर बैठ गए, 'जल मिलेगा देवी?'

'लीजिए देवता!' वृन्दा हाथ में झारी लिये तत्परता से खड़ी हो गई।

पपड़ियों की रेखाओं में भर्तृहरि की गौर त्वचा झाँकने लगी थी। पोटली यथास्थान कर उन्होंने खड्ग को व्यवस्थित किया। देखा कि सभी स्त्री-पुरुषों की विनत दृष्टि उन्हीं पर ठहरी है।

'मैं अब प्रस्थान करूँगा। मात्र इतना बताएँ कि किस पथ से किस दिशा की ओर चलूँ जिससे सूर्यास्त तक किसी अधिवास के निकट पहुँच लूँ?'

प्रश्न किसी को सम्बोधित नहीं था। जो चाहे उत्तर दे दे या जिसे अधिक जानकारी हो, वह दे। सभी एक-दूसरे की ओर देखने लगे तो जीव ने ही मुँह खोला :

'अवधूत महाराज! जिस ओर से आए हैं आप, उधर वृक वन है। उस ओर रात्रि में कोई नहीं जाता क्योंकि वृक-दल कभी-कभी दिन में भी आक्रमण कर देते हैं। सैनिक और व्याघ्र भी वहाँ से सुरक्षित नहीं निकल पाते। आप रात्रि में वहीं होकर आए हैं... आश्चर्य है!'

'नहीं, मैं रात्रि को ठहरा था वहाँ।'

'ठहरे थे...?' आश्चर्य में जीव का मुँह खुला रह गया। सँभलते हुए बोला, 'पर वहाँ से तो अकेला कोई भी जीवित नहीं लौटता। वृक-दल अस्थियों के अवशेष भी नहीं छोड़ते...।'

'मैं भी कहाँ जीवित हूँ?' भर्तृहरि के मुँह से निकला।

'तो आप प्रेत हैं?' भय के कारण जीव की साँस जोर-जोर से चलने लगी।

'नहीं, मैं तुम सब की तरह मनुष्य हूँ।'

'हम तो कोल किरात हैं देवता!' यह वृन्दा थी। आश्चर्य, असमंजस व उत्सुकता उसके स्वर में भी थी।

'किरात तो देवाधिदेव शंकर भी हुए हैं...।'

'हाँ, सुना है मैंने कि महादेव ने हम वनवासियों को यह सम्मान देकर कृपा की है पर मुझे पूरी कथा ज्ञात नहीं। आप जानते हैं यह कथा?...ओह, मैं ठहरी न वही मातंगी!' वृन्दा ने अपना माथा ठोका, 'आप तो देवता हैं, जानते ही होंगे पूरी कथा!...हमें बताएँगे? आज रात्रि महाराज यहीं विश्राम करें। हमसे जो सेवा बन पाएगी, करेंगे। मेरे घर में कुछ जौ और गन्दुम का चूर्ण है। कुटज, कोदों, मकई तो सब घरों में है। जैसी इच्छा होगी देवता की, वैसा आहार बन जावेगा। किसी के घर एकाध डेला रसखंड भी मिल सके कदाचित्।...मद बनाने के लिए पुरुष छीन, चुरा लेते हैं न!' वृन्दा का उत्साह शिथिल हुआ।

'आपके स्नेह में पगा पत्र-पुष्प भी अमृत तुल्य है। मुझे बस, एकान्तवास चाहिए...रात्रि विश्राम यहीं कर लूँगा। भगवान शंकर की किरात-कथा भी सुना दूँगा।'

वृन्दा ने अवधूत के चरणों में सिर टिका दिया, 'देवता, लगता है, महाकाल ने आपको हम पर कृपा करने यहाँ भेजा है। आपके आगमन से पूर्व अंचल पर प्रसन्न हुए इन्द्रदेव ने नदी, नद, पोखर, ताल सब पूर दिये। खेतों से वन तक सबका ताप हर लिया, प्यास बुझा दी। जल तो धरती का प्राण है। अब अन्न होगा, धान्य होगा, दूध, फूल, फल से धरा का आँचल पुरेगा। मन भी पूर जाएगा, जब देवता के मुख से कथा सुनेंगे हम।

ऐ! तुम सब लोग चलो। गोधूलि बेला निकट है, अपने-अपने गृह व चौपाये सँभालो। संध्या-पूजा के पश्चात् अवधूत महाराज किरात-कथा कहेंगे। सबको बता दो, सभी को सुनना है पवित्र कथा...।'

भर्तृहरि ने रौ में बहती वृन्दा को टोका, 'देवी, मैं कथावाचक नहीं हूँ। हाँ, कथा ज्ञात है—संक्षेप में, सो कह दूँगा, बस।'

'जो इच्छा देवता की...हमारे सिर-माथे।' अब आपको सायं तक पूर्ण एकान्त मिलेगा...ध्यान-आसन करें या विश्राम, कोई ग्रामवासी यहाँ नहीं आएगा। हाँ, इन वटवासियों को रोक पाना हमारे वश में नहीं है।' वृन्दा ने परिहास के साथ वट की ओर उँगली उठाई जहाँ पखेरुओं का कोलाहल बढ़ने लगा था।

'और देवता, निकट ही उस झुरमुट के पीछे पयस्विनी है। यद्यपि अभी उसका जल मटमैला होगा। चाहें तो वापी से भरकर दो कुम्भ रख जाऊँ यहाँ—अर्घ्य, आचमन, प्रक्षालन के लिए... ?'

भर्तृहरि ने संकेत से मना कर दिया कि वार्ता के बीच कहीं उनका भेद न खुल बैठे। इसीलिए एकान्त चाहते थे वह। उन्हें छिपाने में रात्रि भी सहायक होगी।

वृन्दा के पीछे-पीछे अन्य सभी चत्वर से उतर ग्राम की ओर बढ़ लिये—हाँ, यदा-कदा मुड़कर अवश्य देख लेते।

ग्रामीणों के जाने पर वह एक बार पुनः पौढ़ लिये। निश्चित था कि वृन्दा के प्रभाव तथा उनके वेश का भय ग्रामवासियों को इस ओर आने से रोके रखेगा।

कुछ समय यों ही करवटें बदलने के पश्चात् वह भी चत्वर से उतर पयस्विनी की ओर चल पड़े। वह आश्वस्त थे कि यहाँ किसी ने राजा भर्तृहरि को नहीं देखा है अतः पहचाने जाने की आशंका निर्मूल है। ग्रामीणों ने उनके अवधूत वेश पर सहज विश्वास कर लिया है।

पयस्विनी की ओर जाते समय कुछ कुकुर उनके पीछे हो लिये। भौंकने के स्थान पर अब वे धीरे-धीरे घुर्रा रहे थे। नरेश का खड्गकोष ऊपर उठ दंड की भाँति हिला तो कुकुर कुछ दूरी बनाकर चलने लगे।

झुरमुट के नीचे भी एक छोटा-सा चत्वर बना था। उस पर बैठ पोटली से दुकांछी निकाली। पयस्विनी अपनी बाढ़ में अभी तक तटों को छूती बह रही थी। नरेश ने दुकांछी मटमैले जल में भिगोकर हथेलियों के बीच गुमकी, जल में फलफलाई और निचोड़कर सूखने के लिए बदरिका वृक्ष की डाल से लटका दी। खड्ग भी वहीं टाँग दिया।

शौच के पश्चात् स्नान कर उसी चत्वर पर लौटे, तब पानी में पंक की पपड़ी धुल जाने से त्वचा निखर आई थी। वह चत्वर पर बैठ जाने क्या-क्या सोचने लगे। वन में अटके अपने

चौपायों की खोज में आए दो ग्रामवासियों ने अवधूत का नया रूप देखा तो चमकृत हो गए। चत्वर पर समाधिस्थ अवधूत और चत्वर के नीचे बैठे चार श्वान। सिर के ऊपर डाल से लटका, हवा में लहराता वस्त्र और उसी से लटकता विचित्र दंड। अस्ताचलगामी सूर्य की स्वर्ण-किरणें जल से परावर्तित होती भर्तृहरि के शरीर पर हिल रही थीं। प्रतीत होता था, जैसे अंग-अंग से प्रकाश झर रहा हो!

दोनों ग्रामीणों ने पहले तो एक-दूसरे को वह दिव्य दर्शन कराया फिर गाँव की ओर दौड़ पड़े। सूचना फैल गई कि अवधूत महाराज ने नया और दिव्य रूप धारण किया है। जो सुनता, वही पयस्विनी की ओर चल पड़ता।

पश्चिम के पहाड़ से नीचे की ओर लुढ़कते भुवन भास्कर की जल-किलोल करती किरणें यदा-कदा अब भी परावर्तित हो भर्तृहरि के शरीर पर नाच जाती थीं। किसी ने देखा, कोई नहीं देख पाया, पर ग्राम के नर-नारी, बाल-बालिका एक बार पुनः इस छोटे चत्वर के चहुँओर घिर आए। भर्तृहरि जाने क्या-क्या सोचकर महाकाल के विग्रह का ध्यान करने लगे तो उन्हें अपूर्व शान्ति का अनुभव हुआ—कोई लोकोत्तर सुख, आनन्द। इस स्थिति में उन्हें न सूर्यास्त का भान हुआ, न लोगों की मौन उपस्थिति का।

पैरों पर किसी के स्पर्श से उनका ध्यान टूटा—सामने वृन्दा थी।...साष्टांग प्रणाम की मुद्रा में।

'देवी, मैंने आपको वचन दिया है। संक्षेप में, टूटी-फूटी जैसी भी जानता हूँ, देवाधिदेव शंकर के किरात-रूप की कथा अवश्य कहूँगा।'

वृन्दा हाथ जोड़े सामने बैठ गई। यह देख और भी सब भक्तिभाव से निकट आ गए। भीड़ में से कन्द छिटककर आया और भर्तृहरि के चरणों में लोट गया। अवधूत महाराज को पीने का जल वही लाया था, अतः देवता की कृपा पर वृन्दा के बाद उसी का अधिकार है, यह उसे दिखाना था सबको।

रोकते-रोकते भी चरण-स्पर्श करनेवालों की पंक्ति बन गई—एक के बाद दूसरा-तीसरा-चौथा। अब कोई रुकना न चाहता था—रोकना व्यर्थ रहा। जन को मन की करने से ईश्वर भी कब रोक पाता है! अवधूत भर्तृहरि ने स्वयं को लोगों की इच्छा के हवाले कर दिया।

ग्राम की ओर लौटते हुए अलग दृश्य बन गया। अवधूत ने कोपीन के ऊपर कटि से दुकांछी लपेट ली। खड्ग भी वहीं लटका लिया। पोटली को कन्धे से झूलना ही था। पगतरीं पहले ही छूट गई थी। उत्सुक भीड़ का संग शोभा यात्रा में बदल गया। कुछ लोग अपने-अपने घरों से झाँझ, शंख उठा लाए तो एक ढोल ले आ पहुँचा। सबसे आगे-आगे कन्द श्रृंगी फूँकता हुआ।

गाँव में जल बरसने की आर्द्रता ग्रामवासियों के सूखे, विपन्न चेहरों पर भी दिखाई पड़ने लगी।...अब भूख का भय नहीं। जल है तो अभाव से लड़ लेंगे। कृषक का उत्सव उपज पर उतना निर्भर नहीं जितना उपज की उम्मीद से जुड़ा है। गैल-गली, ठौर-ठाँव सब आशा की गन्ध से भर उठे हैं। झाँझ, शंख, श्रृंगी के रव में कुकुर अलग से अपना स्वर मिलाने लगे। वृक्षों पर पक्षियों का शोर था, ऊपर आकाश में बक-पंक्ति शीघ्रतापूर्वक बढ़ी जा रही थी। सब लोग उसी वट-चत्वर पर जा पहुँचे।

भर्तृहरि ने देखा कि वहाँ उनके बैठने को मूँज से बुनी काष्ठ-पीठिका आ गई है, जिसके बगल में झारी से ढँका मिट्‌टी का कोरा घट रखा है। जीव ने सादर उन्हें पीठिका पर प्रतिष्ठित किया।

'अवधूत महाराज! रात्रि विश्राम ग्राम में ही करना होगा। वायु का बहना थमा हुआ है, गोह निरन्तर बोल रही है। रह-रहकर मयूर कोंकने लगते हैं। उमस से शरीर चिपचिपा रहा है सो वर्षा की सम्भावना है।...यहाँ तो हम सब आपके अमृत वचन सुनेंगे। वृन्दा भौजी का यही कहना है।' जीव ने निवेदन किया।

आगे जोड़ा, 'बस, दो घड़ी विश्राम करें, तब तक सभी सांध्य कृत्यों से निवृत्त होकर लौटते हैं। कन्द रहेगा आपकी सेवा में। इसे कोरा बालक न मानें देवता। देखो, कैसी टाँग है इसकी—गुल्फ की तरह! इतना तीव्र धावक है कि कुछ मँगाना हो तो अवन्ति से भी प्रात: तक लाकर दे देगा। जानते हैं—अवन्ति यहाँ से तीस कोस दूर है।'

वृन्दा की अनुपस्थिति का लाभ उठाकर जीव अवधूत महाराज को विभिन्न जानकारियाँ देते हुए निकटता पाने का प्रयास कर रहा था कि अजाने में ही भर्तृहरि को अवन्तिका का स्मरण दिला दिया।

अवधूत का चित्त अस्थिर हो उठा। आज की संध्या में विशाला के राजमहालय में क्या हलचल होगी ?...क्या स्वैराचार का भेद खुल जाने पर रानी पिंगला अब तक जीवित रह सकी होगी ? एक स्त्री की पुंश्चलता के कारण क्या किसी नरेश को प्रजा के पालन, रक्षण-दायित्व से पलायन कर जाना चाहिए ? 'दंड से, विनय से, सहृदयता से पालन करनेवाला नरेश ही प्रजा का पिता कहा गया है—वंश पिता तो केवल जन्म देता है।' तो क्या मुझे अवन्तिका की ओर लौट जाना चाहिए ?...पर एक पुंश्चली स्त्री का पति लोगों की दृष्टि का सामना कैसे कर सकेगा, भले ही कोई कुछ न कहे ? यों तो राजन्य अथवा श्रीमंत स्वयं ही एकाधिक या अनेक स्त्रियों का उपभोग करते हैं। मुझे इस पर कभी अपराध-बोध नहीं जगा। रानी की आँखों ने भी इस पर कोई अभियोग प्रकट नहीं किया। उन्होंने स्वयं ही अनेक बार चम्पा को शयनकक्ष में प्रस्तुत किया है—मस्तक पर कोई बल लिये बिना।

एकाएक भर्तृहरि चेतन्य हुए। ग्रामणी उनके सामने भूमि पर सिर रखे आशीर्वचन की प्रतीक्षा में थे।

'महाकाल आपकी रक्षा करें।' सचेत हुए भर्तृहरि के मुँह से निकला।

वृन्दा आगे आई, 'देवता! यह वीरभद्र हैं, इस ग्राम के ग्रामणी—हमारे पितृतुल्य। यह प्रहर रात्रि बीतने पर ग्राम में द्वार-द्वार पर पूछते हैं कि कोई भूखा तो नहीं ? यदि कोई मिलता है तो अपने गृह ले जाकर अपने में से आधा आहार उसे देकर ही शेष स्वयं ग्रहण करने का व्रत है इनका। बीते संवत्सर में इन्हें प्राय: ही अधपेट सोना पड़ा है।'

भर्तृहरि के कानों में कवि कालिदास के 'रघुवंश' की पंक्ति बजने लगी :

स पिता पितरस्तासां केवलं जन्म हेतव: ॥

अभ्यर्थना कर वीरभद्र कुछ दूर घुटनों के बल करबद्ध बैठ गए। अधेड़ ग्रामीण की वय साठ के आसपास रही होगी। वेशभूषा वही जो सबकी है—घुटनों तक कसी दुकांछी। ऊँची, फैली-सी काया के मध्य भाग को पुराने दुकूल से ढँकने पर भी आधे उघड़े बदन

से शरीर की गठन का आभास मिल रहा था। वक्ष पर घनी रोमावली तथा मुच्छल मुख पर आदर की स्निग्धता छिटकी हुई। ग्राम प्रमुख के रूप में यही पहचान कि मात्र उन्हीं के सिर पर एक पुरानी पगड़ी।

'हमारे पूर्वजों का पुण्य उदय हुआ महाराज कि आपने अपनी चरण-धूलि से इस गाँव को पवित्र किया। आपके पधारने के पूर्व ही देव ने धाराधार वृष्टि द्वारा संवत्सर की समृद्धि का संकेत भेजा है। हम वनवासी आपका सत्कार तो भला क्या कर पाएँगे—बस, कृपा बनी रहे आपकी।

वृन्दा बहू ने बताया है कि आप महादेव शंकर के किरात-रूप की कथा सुनाएँगे सो बाल तथा व्याधिग्रस्त को छोड़ सभी ग्रामजन कथा-श्रवण के पश्चात् ही आहार ग्रहण करेंगे। देव, हमें कथा-प्रसाद देने की कृपा करें।'

ग्रामणी के संकेत पर एक तरुणी सींकों की बुनी छोटी-सी डलिया में कुछ सूखे व कुछ ताजा वनफल ले आई और अवधूत के आगे रख घुटनों के बल होकर, भूमि पर माथा टेक, हाथ जोड़ती हुई पुन: अपने समवय समूह में शामिल हो गई।

भर्तृहरि असहाय से किसी अदृश्य के इंगित पर एक नई काया, नई भूमिका में उतरते जा रहे थे। दैनन्दिन क्रम में यह उनके आमोद-प्रमोद का समय है। काव्य-शास्त्र के विनोद या नृत्य-संगीत में बिताने का समय है। कभी-कभार राजकीय कारणों से ही परिवर्तन होता है इसमें—जैसे कोई सम्मान्य अतिथि आ पहुँचे, कहीं गुप्त भ्रमण पर जाना हो, किसी धार्मिक अनुष्ठान में उपस्थित रहना हो। पार्श्वस्थ तथा निकटवर्ती राज्यों से अच्छे व सामान्य सम्बन्ध होने के चलते कहीं से किसी प्रकट आक्रमण, विग्रह की सम्भावना नहीं थी। बस, प्रान्तर क्षेत्रों में सक्रिय दस्युदल अवश्य उत्पात मचाये रहते हैं जिसका निपटारा भट प्रमुख, उपसेनापति, व्यवस्था प्रमुख आदि करते रहते हैं। महामात्य तो वह दृढ़ प्राचीर हैं ही जो किसी भी झंझावात को नरेश तक पहुँचने के पूर्व रोक ले।

चत्वर के दो कोनों पर काष्ठ के दीपाधारों में मिट्टी के बड़े-बड़े सकोरों में मज्जा-स्नेह भर प्रकाश की व्यवस्था की गई। भर्तृहरि ने नेत्र बन्द कर देवाधिदेव का ध्यान किया : 'नमोऽस्तु कालरुद्राय कालरूपाय ते नम:।'

चत्वर पर शान्ति छा गई। मात्र लौ बनाये रखने के लिए जलती वसा की चटपटाहट और वटपत्रों की पट-पट ही मुखर रही। भर्तृहरि की वाणी में जाने कहाँ से कोई पवित्र गम्भीरता आ बैठी :

'देवियो और सज्जनो! भगवान भूतभावन के प्रसाद से मैं उस कथा को संक्षेप में कहने का साहस कर रहा हूँ जिसमें यथोचित गति नहीं है मेरी। देवी वृन्दा का आग्रह, आप सबकी उत्सुकता, अनुग्रह, तपस्थली-सा यह वन प्रान्तर और तीर्थवत् यह चत्वर—सब कुछ पुण्यकथा कहने और सुनने का संयोग बनाता है।

जब पराक्रमी पांडव गन्धमादन पर्वत पर रहकर स्वाध्याय में समय काटते हुए श्वेतवाहन अर्जुन की प्रतीक्षा कर रहे थे तभी इन्द्र के सारथी मातलि द्वारा संचालित हरे रंग के अश्वों से जुता देवराज इन्द्र का रथ प्रकट हुआ जिसमें किरीटधारी अर्जुन बैठे स्पष्ट दिखाई दे रहे थे।

अर्जुन को उतारकर अभिनन्दित मातलि पुनः अपने कांतिशाली रथ के साथ स्वर्गलोक चले गए। दूसरे दिन प्रातः ही अन्तरिक्ष में देवों के वाद्यों की तुमुल ध्वनि गूँज उठी। उस समय रथ के पहियों की घरघराहट, घंटानाद, सर्प मृग और पक्षियों के कोलाहल सब पृथक्-पृथक् सुनाई दे रहे थे।

थोड़ी ही देर में हरे रंग के घोड़ों से जुते मेघ-गर्जन समान गम्भीर घोष करनेवाले रथ पर आरूढ़ इन्द्र आ पहुँचे। उन्होंने सेवकों की भाँति विनीत खड़े युधिष्ठिर आदि कुन्ती पुत्रों से कहा कि अर्जुन ने मेरा अत्यन्त प्रिय कार्य सम्पन्न किया है इसलिए मैं प्रसन्न होकर वर देता हूँ कि तुम अपना प्राप्य उपभोग करते हुए पृथ्वी पर शासन करोगे।

देवराज इन्द्र के जाने के पश्चात् युधिष्ठिर ने अर्जुन से पूछा कि तुमने देवराज का कौन-सा प्रिय कार्य किया है...तो अर्जुन ने जो बताया, वही कथा मैं तुमसे कहता हूँ :

दिव्यास्त्र पाने की कामना में इन्द्रप्रेरित अर्जुन तप में आस्था रखते हुए काम्यक वन से चलकर भृगुतुंग पर्वत पर पहुँचे। मार्ग में एक ब्राह्मण मिला। उसने पूछा—कुन्तीनन्दन! ठीक, सत्य कहो कि कहाँ जाते हो? अर्जुन ने उन्हें सच बता दिया कि महादेव शिव से पाशुपत अस्त्र पाना उद्देश्य है मेरा।

ब्राह्मण बोला कि तुम तपस्या का आश्रय लो। तप से मनोरथ सिद्ध होता है।

विप्र के आदेश को मान हिमालय पर्वत पर चढ़ अर्जुन तपस्या में संलग्न हो गए।

तप के पाँचवें माह अर्जुन के निकट एक शूकर आया जो थूथन से पृथ्वी पर चोट करता और पैरों व दाँतों से पृथ्वी खोदता था। उसके पीछे किरात की आकृति में महान दर्शनीय पुरुष दिखाई दिया जिसने धनुष-बाण और खड्ग ले रखे थे। उसके साथ स्त्रियाँ भी थीं।

अर्जुन ने आक्रमण को उद्यत घुरघुराते, रोमांचकारी शूकर पर धनुष से बाण का आघात किया। साथ ही किरात ने भी अपने सुदृढ़ धनुष को खींच शूकर पर गहरी चोट की। फिर वह किरात अर्जुन से बोला—यह शूकर पहले मेरा निशाना बन चुका था फिर तुमने आखेट का नियम तोड़कर उस पर प्रहार क्यों किया? मैं अभी तुम्हारा घमंड तोड़ता हूँ।—ऐसा कह किरात ने बाणों की बौछार से अर्जुन को ढँक दिया। तदनंतर अर्जुन ने भी प्रज्वलित मुखवाले अभिमंत्रित बाणों से प्रहार किया।

उस समय उस किरात ने सहस्त्रों रूप प्रकट किए।

अर्जुन ने सभी शरीरों पर बाणों से तीव्र आघात किए।

फिर उस किरात के सभी रूप मिलकर एक हो गए।

अर्जुन ने उस एक रूप में भी बाण मारे।

अब किरात ने माया युद्ध आरम्भ कर दिया—कभी उसका शरीर तो छोटा होता किन्तु उसका मस्तक बड़ा दिखाई देता। फिर वह विशाल शरीर धारण कर मस्तक छोटा बना लेता। अन्त में वह सामान्य शरीर से अर्जुन का सामना करने लगा।

किरात को परास्त न कर पाने पर कुन्तीपुत्र ने महान वायवास्त्र का प्रयोग किया।

पर किरात पर वह निष्प्रभावी रहा।

अर्जुन ने तब तारुणास्त्र, शालभास्त्र, वर्षास्त्र आदि का भीषण प्रहार किया।

किरात सबका भक्षण कर गया।

तब अर्जुन ने अत्यन्त तेजस्वी ब्रह्मास्त्र का प्रयोग किया। तेज से दिशाओं को जलाता, आकाश में लपटें उठाता वह अस्त्र तीव्रता से उस प्रभविष्णु किरात की ओर बढ़ा किन्तु उसने ब्रह्मास्त्र को भी शान्त कर दिया।

उद्‌भट धनुर्धर अर्जुन ने तब मल्लयुद्ध द्वारा उसे परास्त करने का प्रयास किया किन्तु वश न चला और कुन्तीपुत्र थकान से निश्चेष्ट हो गिर पड़ा।

इस पर वह प्रबल किरात हँसकर देखते-देखते अन्तर्धान हो गया।

वास्तव में वह भगवान शंकर थे। महेश्वर ने किरात रूप छोड़ दिव्य रूप धारण किया। अब अर्जुन के समक्ष उमा सहित साक्षात् वृषभध्वज खड़े थे। आश्चर्य से फटे नेत्र वाले अर्जुन से वह बोले—'परंतप! मैं तुम्हारे युद्ध-कौशल से प्रसन्न हूँ। तुम दिव्य शस्त्रास्त्र धारण करने के पात्र हो। अपनी कामना बताओ। अमरत्व छोड़कर जो चाहोगे, तुम्हें प्राप्त होगा।'

अर्जुन का मन तो अस्त्र-शस्त्रों में लगा था, उसने कहा कि प्रभो! मैं देवों के दिव्यास्त्रों को जानना चाहता हूँ।

'पांडुकुमार! मैं तुम्हें अपना महान पाशुपतास्त्र देता हूँ। किन्तु इसे मनुष्यों पर कभी प्रयोग न करना। निरीह निर्बल पर भी नहीं। शस्त्रधारक को स्मरण रखना चाहिए यह आचार सूत्र कि :

न नोननुन्नो नुन्नोनो नाना नानानना ननु।
नुन्नोऽनुन्नोननुन्नेनो नानेना नुन्ननुन्ननुत्॥

अर्थात्—निकृष्ट द्वारा घायल किया गया व्यक्ति वीर पुरुष नहीं। निष्कृष्ट को घायल करने वाला भी वीर नहीं। जिसका स्वामी अक्षत है, ऐसा क्षत व्यक्ति भी अक्षत ही है। अत्यधिक घायल पर वार करनेवाला दोषी होता है।

तो शत्रुद्वारा पीड़ित होने पर आत्मरक्षार्थ इसका प्रयोग उचित है। यह पाशुपतास्त्र असाधारण वेगवान है। देव, दानव, राक्षस—किसी के लिए भी इसका वेग सहना अत्यन्त कठिन है।' ऐसा कह अर्जुन के देखते-देखते भगवान शिव अन्तर्धान हो गए।

अवधूत ने हाथ जोड़कर नमन किया, 'जैसे भगवान शिव को विदा दे रहे हों! चौतरे पर क्षण-भर के लिए मौन छाया रहा। लोग कथा में डूबे हुए उसके प्रभाव से बाहर आने को गतिशील हुए। वसा-दीपों की लौ मन्द पड़ी तो महिलाओं के मध्य से उठ खड़ी हुई एक तन्वी ने खड़े होकर उन्हें फिर पूर दिया। चटचटाहट के साथ लौ व प्रकाश दोनों तीव्र हो उठे।

'महाराज! मेरे मन में कुछ जानने की इच्छा हुई है, पूछूँ?' एक ग्रामीण ने खड़े होकर निवेदन किया।

भर्तृहरि ने आँखें खोल प्रश्नकर्ता को देखा। वायु के प्रवाह से काँपती लौ के झिलमिल प्रकाश में वह व्यक्ति लहराता-सा प्रतीत होता था। उससे पीछे कुछ दूर गाँव धूम्र की चादर में लिपटा था और मात्र ग्राम श्वान ही ग्राम की स्थिति का अनुमान दे रहे थे। पयस्विनी की ओर से सियारों की हुआँ-हुआँ सुनाई देने लगी और गोह तो स्यात् बन्द ही नहीं हुआ था। हिलते-डुलते उजाले के मध्य लोगों की दृष्टि अवधूत महाराज पर ठहरी थी।

'बन्धु!...क्या तुम समझते हो कि मुझे सब प्रश्नों के उत्तर ज्ञात हैं?' भर्तृहरि ने कहा।

'आप देवता हैं...।' प्रश्नकर्त्ता का विश्वास बोला।

'तो आप लोग भी ठीक उसी भाँति देवी-देवता हैं। हाँ, प्रश्न पूछो। यदि मैं उत्तर जानता होऊँगा तो अवश्य बताऊँगा।'

'देवता! पाशुपत अस्त्र देते हुए किरात भगवान ने पांडव से कहा था कि इसका प्रयोग मनुष्य पर नहीं करना। देव! हमारे ग्रामणी भी प्रबल धनुर्धर हैं। यह भी एक ही बाण में वन-शूकर को धराशायी कर देते हैं—वृक, व्याघ्र को भी।...पर उसी बाण का यह शश, मृग पर सन्धान नहीं करते।

हमारे ग्राम में जब कभी भट, सैनिकों का दल आ पहुँचता है तो ग्राम का बहुत कुछ रीत जाता है। कुक्कुट, मदभांड, गन्दुम, छाग—सबकी संख्या और भंडार कम हो जाता है। पांडव अर्जुन ने पाशुपत का जो भी प्रयोग किया हो, क्या हमारे ग्रामणी को अपने अस्त्र का प्रयोग हिंस्र पशुओं के साथ-साथ हिंस्र मनुष्यों पर भी नहीं करना चाहिए?

पांडव ने तप करके अस्त्र प्राप्त किए थे, हमने तप की परम्परा से अपने अस्त्र-शस्त्र पाए हैं।...भील, कोल, किरात, शबर हैं हम। किसी से कुछ माँगने नहीं जाते—राजा भरथरी से भी नहीं। यह धरती, ये खेत, ये वृक्ष, वनस्पतियाँ, अन्न, जल किसी नरेश-महानरेश ने नहीं बनाए हैं। तो जो राजन्य हमसे हमारे होने का अधिभार माँगता है, छीनता है, क्या उसे हिंस्र पशु मानकर हमें अपने पाशुपत का उपयोग नहीं करना चाहिए?

राजा भर्तृहरि अभी तक गुप्त गूढ़भेष में राजधानी की घटना-परिघटनाओं, नगरवासियों की सुविधा-असुविधाओं को आँककर ही आश्वस्त होते रहे हैं कि राज्य व्यवस्था न्यूनाधिक सन्तोषप्रद ही नहीं, सुचारु है। राजधानी कनकशृंगा में सुरक्षा है, सुविधा है, व्यवसाय और जीविका है। शरद, वसन्त के ऐश्वर्यपूर्ण उत्सव हैं। नगरजन के पास इतना धन-वैभव भी है कि पानागारों, वारवीथियों, द्यूतगृहों में रंजन कर सकें। साहित्य, संगीत, नृत्य की नित्यप्रति सभाएँ तो हैं ही। नगर की श्री और सौंदर्य से वह अनुमान लगाए थे कि पूरे राज्य में सुख-समृद्धि है। राजन्य, राज्यकर्मी कर्तव्यपरायण शुद्ध सत्यकाम हैं किन्तु यहाँ दूरस्थ अंचलों में तो नितान्त भिन्न स्थिति है। शासक के समक्ष न्याय और विनय की प्रतिमूर्ति बने रहनेवाले राजसेवक आँख ओट होते ही इतने वंचक, व्यसनी, वक्रमति हो जाते हैं?

भर्तृहरि उद्विग्न हो उठे। इच्छा हुई कि खड्गकोष से खड्ग निर्बंध कर अपराध करनेवालों के दंड की घोषणा कर दें किन्तु तुरन्त ही सँभले कि वह अवन्ति नरेश नहीं, अवधूत हैं इस समय। दंड का पालन कराने के लिए वह भी तो उन्हीं राजसेवकों पर निर्भर हैं। राजसेवकों के बिना राजसत्ता का न आकार बनता है, न आधार। राजा की शक्ति सैन्य में है तो राज्य की जन में। सैन्य संगठित वर्ग है, जन असंगठित...विभाजित। जन के संगठित होते ही राज्य बचता है, राजा चला जाता है।

'ओह!' दुश्चिन्ता से भरे मस्तक को झटका भर्तृहरि ने।

'क्या हुआ देव?' ग्रामणी तेजी से सरककर निकट आया, 'किसी कीट ने काटा क्या?'

सम्हलते हुए मुस्कुराए भर्तृहरि, 'नहीं, कीट नहीं, कुछ मन के भीतर ही चुभा है। इस बन्धु का प्रश्न विचारणीय है। इसके क्षोभ का कारण भी जानना चाहूँगा मैं ताकि शास्त्र के साथ लोकसम्मत निष्कर्ष की ओर सोचा जा सके। आप कुछ बता सकेंगे?'

ग्रामणी ने हाथ जोड़ लिये, 'देव! यह अनिरुद्ध है। बालपन में बहुत सुन्दर होने के कारण इसके पिता ने बहुत सोचकर यह नाम दिया था—साँवला रंग...कमल-पुष्प सी आँखें...लम्बी भुजाएँ, मधुरस भरे से ओठ।

धीरे-धीरे यह सुन्दर बालक तरुण में बदला—गदा, मुद्गर में प्रवीण। जिस वन-शूकर की अभी चर्चा हुई, वैसा शूकर यह आज भी एक ही प्रहार में धराशायी कर सकता है।...बाण-सन्धान इसे स्वयं मैंने सिखाया है इसलिए कि उपहास में ही सही, इस अंचल के लोग मुझे द्रोण गुरु कहते हैं; किन्तु...हाँ, आगे की बात मैं देव को भोजन के उपरान्त कहूँगा। वहीं आपके रात्रि विश्राम की व्यवस्था है...।'

ग्रामणी ग्रामजनों को उन्मुख हुए, 'अब सब जन भोजन, विश्राम के लिए अपने-अपने गृह जाएँ। अनिरुद्ध के प्रश्न का उत्तर कल, परसों या यह कहें कि अवधूत महाराज के प्रस्थान से पहले दे दिया जाएगा तथा...'

'थोड़ा-सा उत्तर मैं भी जान-समझ गया हूँ, बताऊँ... ?' लम्बी टाँगों वाला कन्द खड़ा हो दाँत निकालता बोला तथा इस भय से कि ग्रामणी कहीं उसे डपट न दें, अत: उसी रौ में बोला, 'उत्तर है—नाना नाना नना ननु,' और खिल-खिल हँसने लगा।

ग्रामीण भी हँस पड़े। कन्द के बाल-सुलभ नाट्य पर हास की हिलोर भर्तृहरि के भीतर भी आई पर रोक गए वह। अवधूत हो या राजा, हँस नहीं सकता। इन्हें अपना हँसना-रोना दबाना या छिपाना पड़ता है।

ग्रामणी ने अवधूत की पोटली उठा ली, 'चलें देव!'

कटि से लिपटी दुकांछी और खड्गकोष सँभाल भर्तृहरि साथ हो लिये। वृन्दा भी उनके संग हो ली। वह तरुणी भी, जो दीपों में वसा भर रही थी। मिट्टी का दंड-दीप लिये अनिरुद्ध भी साथ हुआ जिसकी आँखें मद से बोझिल थीं।

गाँव को घेरे नागफनी, हींस, करोंदा जैसी कँटीली झाड़ों की सुरक्षा-बेड़ में आने-जाने के दो ही मार्ग रखे गए हैं। इस बेड़ को भी छठे-चौमासे हींस, बबूल, करील की काँटेदार शाखाओं से पूर कर सघन बनाये रखा जाता है ताकि हिंस्त्र पशु गाँव में घुस न पाएँ। रात्रि में बाँस की सुदृढ़ खपच्चियों के ऊँचे पल्ले उठाकर दोनों प्रवेशद्वार बन्द कर दिये जाते हैं। दंडदीप सँभाले आगे-आगे अनिरुद्ध, उसके पीछे वृन्दा, फिर ग्रामणी भर्तृहरि तथा कन्द के प्रवेश कर जाने पर पीछे आ रहे ग्रामीणों ने पल्ले खड़े कर द्वार बन्द कर दिया।

ग्रामणी की मढ़ई पर पहुँच अनिरुद्ध ने मिट्टी का दीपदंड सेंध में खोंस दिया ताकि भीतर-बाहर उजियारा होता रहे। तरुणी ने भीत या भित्ति से टिका खटोलना खींच चौंतरे के मध्य बिछा दिया तथा चेंओं-चेंओं करते कपाट खोल भीतर से साँधरी ला खटोलने पर बिछा दी।

'आसीन हों देव!'

भर्तृहरि के कानों में जैसे एक ही साथ अनेक घंटियाँ बज गईं। तरुणी की आवाज पहली बार सुनी थी भर्तृहरि ने—मदिर, मधुर, वयस्क आवाज। ओह, यह आवाज वयसिका से मिलती-जुलती है!

तरुणी उसी चपलता से पुन: भीतर गई और लाकर विष्टर बिछा दिया।

'आहार अभी लेंगे या...' घंटियाँ फिर से बजीं।

भर्तृहरि के भीतर हुबक उठी कि इस आवाज पर मोती उछाले जाने चाहिए। उन्हें अपने कंठे व भुजबंध फेंक देने का मलाल हुआ। होते तो उसमें से कुछ इस तरुणी की झोली में डाला जा सकता था—कंठा या भुजबंध या दोनों ही। खड्गबंध में भी कुछ मौक्तिक गुँथे हैं तथा चोगे की झालर में भी मोती-माणिक्य हैं तो अभी...।

तरुणी के सहयोग में अब वृन्दा भी आ पहुँची। विष्टर के निकट जल की झारी सजा उसने ढाक की तीन पत्तलों में भात परोस पहली पत्तल विष्टर के आगे रखी, दूसरी कुछ हटकर बराबर में लगाई। विष्टर के निकट वनफलों की डलिया भी रखी और तीन सकोरों में सरस साग ले आई।

'देवता! आहार ग्रहण करें।' उसने निवेदन किया।

हाथ धुलाने के लिए जलपात्र लिये तरुणी खड़ी थी। अवधूत की दृष्टि फिर से उसकी ओर पहुँची—गन्दुमी रंग की छरहरी काया। अभिराम मस्तक के ऊपर सिर पर घूँघर केश कसकर बाँधे हुए। काया से फूटती सलोनी आभा वाली मीनाक्षी, मन्दोदरी तरुणी को देख भर्तृहरि रोमांचित हो उठे। उन्होंने प्रक्षालन हेतु आगे हाथ बढ़ाए तो अवनत मुख तरुणी अंजुली में जल ढालने लगी। हस्त, पद प्रक्षालन कर वह विष्टर पर पहुँचे तो स्मरण हुआ कि पेट में भूख की आँच आ पहुँची है। उन्होंने अनुमान लगा लिया कि अन्य दो पत्तलें ग्रामणी व अनिरुद्ध के लिए हैं।

'आप लोग भी तो आहार पाएँ!' भर्तृहरि के कहने पर वे दोनों भी हस्त प्रक्षालन कर पत्तलों पर आ बैठे।

भोजन पश्चात् अनिरुद्ध प्रणाम कर चला गया। ग्रामणी ने खटोलना के निकट ही भूमि पर अपना कंथा बिछा लिया और वृन्दा से ऊँची आवाज में कहा, 'वृन्दा, तू शची को भी साथ लिये जाना। महाराज की सेवा में मैं बना रहूँगा। अनिरुद्ध से कहना कि एक दोने में तन्दुल, नोंन लेकर गाँव की परिक्रमा मेरे स्थान पर वही कर ले।'

भर्तृहरि के कान मढ़ई के भीतर रात्रि भोजन करती वृन्दा और शची की खुसुर-पुसर पर लग गए। वह उस ओर से मन हटाने का जितना प्रयास करते, मन उतना ही उस ओर खिंचता। बीच-बीच में जब वे धीमे से हँसतीं तो लगता, जैसे मदन ने अपनी वीणा के तारों पर हाथ फेर दिया हो!

भोजन पश्चात् भाजन समेट जब वे दोनों चली गईं तो ग्रामणी खटोलना की पाटी तक सरक आए, 'देव! यदि अभी शयन की इच्छा न हो तो मैं अनिरुद्ध के बारे में कुछ निवेदन करना चाहता हूँ। उसने देव के समक्ष धृष्टता की, देव उसे चित्त में न धरें। उसके लिए मैं क्षमा माँगता हूँ।'

वृन्दा और शची के जाने के पश्चात् अन्तराल में भर्तृहरि का मन रानी पिंगला, वयसिका के साथ शची और वृन्दा की छवियों के बीच गड्डमड्ड होने लगा था। आकाश में कोई सुकुमार वाष्पीय आकृति बनती, वह उसे चीन्हने का प्रयास करते और तब तक कोई झोंका उस आकृति को छिन्न-भिन्न कर देता तथा उस आकृति को धकेलती कोई दूसरी आकृति झिलमिलाने लगती।...यहाँ न महालय की कोमल सुख-शैया, न सुगन्ध सिंचित सुचिक्कण कौशेय परिधान...! मादक आतुर कटाक्ष नहीं और न दाक्खा, माध्वीक, कपिशा के मद-चषक। फिर यह क्या है जो निरभ्र आकाश के नीचे बिछे काष्ठ खटोकना की अकर सांथरी

पर खुले बदन पौढ़े राजा भर्तृहरि को राजमहालय के सुखों से बड़ी मिठास के कल्पना-सरोवर में उतारता जा रहा है?

वीरभद्र की आवाज ने उन्हें जैसे डुबकी लगाने से पूर्व खींच लिया हो, 'देव! विश्रांति में हों तो प्रात: कह दूँगा किन्तु बताना इसलिए आवश्यक है कि यथासमय मार्गदर्शन या अवसर न मिले तो शक्ति-कुंठा विध्वंसक अथवा आत्मध्वंसक हो जाती है। अनिरुद्ध अपने स्वयं के साथ हुए अन्याय को समाज के साथ मिलाकर देखने लगा है। मेरा अनुमान बताता है कि यह शुभ नहीं है। उसमें नकारने, ध्वस्त करने की वृत्ति का अंकुर पनपने लगा है। समय रहते उपचार न हुआ तो यह अंकुर विष-वृक्ष बनकर जीवन की साँसों में विष भर देगा। महाराज! आपने ध्यान दिया कि वह अकेला था जो कथा सुनने भी मद पीकर पहुँचा। यों हमारे यहाँ मद-सेवन प्रचलित है, स्त्रियाँ भी सेवन करती हैं किन्तु पवित्र स्थलों, अनुष्ठानों पर इससे बचा जाता है।

यह सब इसलिए भी कह रहा हूँ कि स्यात् देव का आशीर्वाद ही फलित हो जाए। पुराना अनिरुद्ध अपने-आपमें लौटे—पूरी ऊर्जा और कौशल सहित। इस वन-समाज के साथ-साथ राज्य के लिए भी उसकी ऊर्जा बहुत उपयोगी होगी। अभी तो वह राजा को शत्रु मानता है, राज्य को भी। हमारे राजा भरथरी बुरे नहीं हैं—प्रजावत्सल, नीतिवान हैं। बस, यही कमी है कि वह मात्र नगर को ही राज्य समझ, वहीं की सुख-समृद्धि में सन्तुष्ट हो रह गए हैं और नगर-प्राचीर से बाहर व दूर की प्रजा अनाथ हो गई है।'

'तुम ग्रामणी हो!...नरेश को सब स्थिति कह सकते हो।' भर्तृहरि ने टोका।

वीरभद्र हँस पड़े, 'खूब कही महाराज! दुर्गम मार्ग पर वनजीवों, तस्करों से स्वयं को बचाते हुए अवन्ति पहुँचो भी तो नगर-द्वार पर ही नंगाझोरी,...सौ प्रश्न : ये धनुष-बाण क्यों? धनुष-बाण हैं तो सांगा अर्थात् भाला भी क्यों लिये हो? क्यों आए हो? कितने दिन रहोगे? कहाँ रहोगे? यहाँ किसे जानते हो? अंटी में उत्कोच हो तो सब प्रश्न समाप्त। महाराज, कभी अवन्ति जाकर देखो। हाँ, आप कोई चमत्कार दिखा दें तो अलग बात है अन्यथा राजकर्मी प्रवेश में भी अनेक अड़ंगे लगाएँगे।'

गम्भीर हो गए वीरभद्र, 'बहुत अपमानजनक लगता है यह सब, जैसे हम राज्य की प्रजा न होकर अछूत, अवांछित, क्षुद्र जीव हों! रक्षक, कर्मी इतना तक नहीं जानते कि बनवासी के कन्धे पर धनुष न हो तो हिंस्र जीवों से स्वयं को कैसे सुरक्षित करेगा? रक्षक स्वयं शस्त्रधारी होकर भी इससे अनभिज्ञ हैं कि औचक व निकट आक्रमण के समय दूर की मार करनेवाला धनुष नहीं, सांगा प्रयुक्त होता है। हम तो अपना पाथेय, पोटली भी सांगा के दंड से लटकाते हैं।

तो महाराज, येन-केन-विधि नगर में प्रवेश भी कर लो तो राजपौर तक पहुँचना कठिन। राजा से भेंट तो असम्भव। देश-विदेश के लोगों की इतनी लम्बी पंक्ति होती है कि हम जैसे अतिसामान्य का क्रम भी सम्भव नहीं। यह अवश्य है कि किसी उत्सव आदि के दिन दूर से दर्शन अवश्य पा जाते हैं...। बस, इतने से ही स्वयं को धन्य मान लौट आते हैं—अपना समय, श्रम, धन व्यर्थ करके।'

'राजा तक अपनी प्रार्थना तो पहुँचा सकते हो। सुना है कि उज्जयिनी में स्थान-स्थान पर उपालम्भ व परामर्श पेटिकाएँ लगाई गई हैं?'

'उसके लिए महाराज, पहले किसी पंडित विद्वान को खोजो। उसे रामकहानी सुनाओ...। तब भी वह जाने कितना समझ पाए और क्या लिखे ? यह हो भी ले तो उपालम्भ-पत्र निवारण के लिए लौट-फिरकर उन्हीं हाथों में पहुँच जाता है जो त्रास और पीड़ा के कारण हैं। वे राजा तक अपने ही विरुद्ध उपालम्भ को सिद्धिकर क्यों होने देंगे ?'

'तो फिर क्या उपाय है ?' भर्तृहरि जैसे कसमसाए।

'हम क्या उपाय जानें देव ?...हम कर भी क्या सकते हैं ?...आप जैसे तपस्वियों की बात और है। आप करने की ठान लें तो राज्य क्या, धरा उलट-पुलट हो जाए। हाँ, हमें तो भोगना है—जैसे हमारे पूर्वजों ने भोगा, हमने भोगा। वृन्दा और अनिरुद्ध ने भोगा।'

दुख और कोप से वीरभद्र का स्वर कटु हो आया, 'बीते वर्ष का बैशाख था देव ! अकाल का वर्ष। सूखी भूमि ने भी बीमार धान्य उत्पन्न किया—पतला, पीला, निरस। वह बसन्त भी लता-वृक्षों पर कोई उमंग लाये बिना विदा हो रहा था। आम में बौर डरता-डरता आया था और कोयल भी सहमी-सहमी बोलती थी। हमारे पास ग्रीष्म काटकर पावस तक पहुँचने भर को भी अन्न, धान्य नहीं था।

दुकाल तभी से अपना मुँह खोल भयानक दाँत दिखाने लगा था। अन्न के अभाव में चोरी, बटमारी बढ़ गई। स्वयं मेरे ही गाँव पर दस्युदल ने अन्न, पशु के लिए आक्रमण किया। उसके प्रतिरोध में हमारे दो युवक घायल हुए थे। तब यही अनिरुद्ध था जिसकी गदा का प्रहार न दस्यु झेल पा रहे थे, न उनके अश्व। हम अपने चौपाये बचा पाने में सफल रहे थे।

आहत दस्यु दल लौट तो गया किन्तु वह कभी भी और अधिक वेग, और अधिक क्रूरतापूर्वक टूट सकता था। मुझे अपने जन बचाने की चिन्ता थी। हमने ग्राम त्यागने का विचार किया। घास, कांस, बाँस के इन झोपड़ों, मिट्टी की मढ़ियों व सूखे खेतों के सिवा हमारे पास था ही क्या छोड़ जाने को ?

किन्तु इस सबके पश्चात् भी राय यह बनी कि पलायन से प्रतिरोध अधिक श्रेयस्कर है। कम-से-कम अगली पीढ़ियाँ हमें, अपने पूर्वजों को कायर तो न कहेंगी।' वीरभद्र का मुखमंडल आत्मदर्प से आलोकित हुआ।

'हाँ, मुखिया, कहते जाओ ताकि जान सकूँ कि राजा भर्तृहरि किस-किस संगर पर असफल है।'

'नहीं महाराज ! राजा भरथरी तो यह मान रहे हैं न कि अवन्ति का पण्य समृद्ध है। राजन्य, राजसेवक सन्तुष्ट हैं। भांड, भाट नित नई विरुदावलि रच रहे हैं। विशाला अपने आमोद में सजी है तो राज्य में कहीं कोई अभाव नहीं।...लगता है, राजा फँसे हुए हैं...।

हाँ, तो मैं अपने ग्राम के बारे में कह रहा था।...दस्युदल तो नहीं, तीसरे-चौथे दिवस राज्य कर उगाहने अश्वारोही राजकर्मी आ पहुँचे। हमने उन्हें राज-प्रतिनिधि मानते हुए दुर्दिनों के लिए सहेजकर रखा अन्न उनके सत्कार में लगाया...मदपान की इच्छा पूरी की और निवेदन किया कि अकाल की साल में जीवन बचाए रखना ही कठिन है...राज्यबलि भरने की सामर्थ्य ही कहाँ बचती है किन्तु वह तो करअंश के साथ अम्बरसारी भी माँगने लगे। अम्बरसारी तो छत के नीचे रहने का कर है न महाराज ? मैंने अपने श्रम से और अपनी धरती माता के प्रसाद से घास, तृण, बाँस, मिट्टी, पत्थर आदि लेकर यह गृह बनाया

तो इस पर कर दूँ ?...क्या राजा इतने विशाल महलों व उसके राजन्य इतने बड़े सुविधापूर्ण भवनों का कर देते हैं ?

वनवासियों से कभी अम्बरसारी नहीं उगाही गई थी। हमारी असमर्थता जानकर भी राज्यदल अगले दिन के लिए गाँव में रुक गया। हम इस बड़े दल का आतिथ्य भार उठाने में भी असमर्थ थे। मैंने स्वयं ही उनसे अपनी विवशता व्यक्त की थी तो कुछ अश्वारोही मृगादि के आखेट हेतु हाँका लगाने गाँव के युवकों को साथ ले वन की ओर चले गए। बस, तभी राजसेवकों की अधमता प्रकट हुई। गर्भवती वृन्दा के साथ कुछ किशोरियाँ शौच, स्नानादि के लिए पयस्विनी की ओर गई हुई थीं कि कुछ अश्वारोहियों ने उन्हें घेर किया। देव! हमारी लड़कियों के हाथों में हँसिया, कुलिश होते तब वे भी सामना करतीं किन्तु वे सब निहत्थी थीं।...आगे क्या कहूँ देव... ! वृन्दा सात माह का गर्भ लिये कोस भर भागी, उसका गर्भ खंडित हो गया। अनिरुद्ध आखेटकों के साथ वन में दूर था...सभी युवक हाँके में थे। हाँका तो खेल है न हमारा। अधम अश्वारोही हमारा मान रौंदकर वहीं से अपने साथियों में जा मिले। वहीं से चले भी गए।

मध्याह्न तक हमारी बेटियाँ लौटीं तब हमें दुष्टों की नीचता का पता चला। वृन्दा तब भी न लौटी थी। स्त्रियों को वृन्दा की खोज में लगा हम कुछ वृद्ध धाये थे आखेटकों की दिशा में किन्तु वे सब तो हमारे युवकों को व्यूह बनाते छोड़ बहुत दूर निकल चुके थे। महाराज, उस दिन वे अश्वारोही हमें मिल जाते तो न वे जीवित लौटते, न हमारा ग्राम यहाँ रहता।

बस, तभी से हमारे युवक विद्रोही हो गए हैं।...अनिरुद्ध विक्षिप्त-सा रहा...महीनों। वृन्दा बहू ने ही सँभाला उसे।...अब तक सँभाले है, अन्यथा हमारे सब युवा दस्यु हो जाते। मैंने अपना हाहाकार दबाकर इस ग्राम की बाड़ को सुदृढ़ किया। स्त्रियों, बच्चों को भी अस्त्र, शस्त्र, आक्रमण और बचाव की युक्तियाँ सिखाईं। ये वृन्दा और शची हैं न—सौ हाथ दूर पर लक्ष्य बेध सकती हैं। शची अभी बीस की है, छुई-मुई दिखती है, पर सिंहनी है पूरी।

कृपाण लाघव देखना आप उसका। आपका आशीष शुभ होगा उसके लिए।

तब से दो वर्ष हुए, इस गाँव से कोई अवन्ति नहीं गया...कोई राजकर्मी भी यहाँ नहीं आया। भूले-भटके दो आ पहुँचे थे जिनके प्राण बचाना कठिन हो गया था मेरे लिए। पैठार ग्राम से राज्य का हर कर्मचर बचता है, भयभीत रहता है।

महाराज! मेरे हृदय में जाने क्यों विश्वास जाग रहा है कि आपके प्रसाद से अनिरुद्ध अपने आघात भुलाकर स्वभाव में लौट आएगा। उसके कान में 'नाना नाना, वाला मंत्र फूँककर उसे पाशुपत सम्हला दीजिए देव!—' वृद्ध ग्रामणी ने भरी आँखों वाला सिर भर्तृहरि के पैरों पर रख दिया।

'महेश्वर सब शुभ करेंगे मुखिया,' कहते भर्तृहरि ने दोनों हाथों से ग्रामणी का सिर उठाया, 'जो सम्भव होगा, मैं भी प्रयास करूँगा।...देखें, क्या बनता है ?...मैं तो अपना संसार पीछे छोड़ आया हूँ, फिर भी...। अब विश्राम कीजिए।'

'अच्छा, महाराज...!'

ग्रामणी इतना ही कह पाए थे कि टपाटप-टपाटप बड़ी-बड़ी बूँदें गिरने लगीं। ग्रामणी तुरन्त खड़े हुए, भर्तृहरि ने भी खटोलना छोड़ दिया। ग्रामणी ने खटोलना, सांथरी ले जाकर

ओसारे में बिछा दिये। जल का पात्र उठाने तक ग्रामणी के वस्त्र गीले हो गए। पर वह भीगते हुए भी प्रसन्न थे।

'आज रात्रि में मेघों की कृपा हो जाए तो स्यात् दो वर्षों के सूखे में रसातल की ओर धसका जल कुओं में पुनः ऊपर को उमग आए। हमारे लिए कितना शुभ है आपका आगमन महाराज!'

वायु और वर्षा की संगत के आरोह-अवरोह में पैठार ग्राम निद्रा की गोद में पहुँच गया। भोर में निद्रा पूरी हुई तब भी मेह की झड़ी लगी थी। पखेरे पेड़ों के बीच चुप थे पर भरे स्तनों वाली धेनु, छागल अपने शिशुओं को पुकारने लगी थीं। वायु संचरण थमा होने से स्पष्ट था कि मेघ अभी छँटने वाले नहीं हैं। भर्तृहरि अपना भेष प्रमाणित करने के लिए जोर से 'ओम्' का उच्चारण कर गुरु की वन्दना गाने लगे :

ब्रह्मानन्दं, परमसुखदं केवलं ज्ञानमूर्ति
द्वंद्वातीतं गगन सदृशं तत्त्वमस्यादिलक्ष्यम्।
एकं नित्यं विमलमचलं सर्वधीसाक्षिभूतम्,
भावातीतं त्रिगुणरहितं सद्गुरुं तं नमामि॥

अवधूत को जागता सुन वीरभद्र मढ़िया से निकल आए और प्रणाम किया।

'हमें अब आगे प्रस्थान करना होगा मुखिया। मार्ग और दिशा बताएँगे?' भर्तृहरि ने पूछा।

'महाराज! इस गर्जन-तर्जन के मध्य कहाँ जाएँगे आप? चारों ओर जल-प्लावन का दृश्य है। पयस्विनी उफनकर ग्राम से आ लगी है। वट चत्वर चहुँओर जल से घिर गया है। पग-पथ इतने डूबे हैं कि बस, वृक्षों की पहचान से ही मार्ग का अनुमान लग सकता है। जल की समतल सतह से यह अनुमान भी कठिन है कि मार्ग उथला है या गहरा। देव! मेरा अनुमान है कि तीन दिवस तक किसी मार्ग से आवागमन सम्भव नहीं होगा। यह पयस्विनी गाँव का घेरा लगाती हुई बहती है। जलदेवता ने हमें कुछ दिवस और आपके सान्निध्य का अवसर उपलब्ध कराया है। आज के मेघ ने दो संवत्सर से प्यासी भूमि का पेट भरा है। दो दिन में सूखे कुएँ भी जल-सम्पन्न हो उठेंगे। आपकी चरणरज का ही प्रताप है यह।' ग्रामणी गद्गद थे।

'मुखिया, मैं पूर्व ही बता चुका हूँ व पुनः कहता हूँ कि मैं गृह त्यागकर आया वैसा ही मनुष्य हूँ, जैसे आप।...कोई सिद्ध साधक नहीं हूँ। देख रहे हो यह, मेरे हाथ में क्या है?' भर्तृहरि ने पार्श्व में रखा खड्गकोष उठाकर दिखाया।

'मेरा जीवन अस्त्र-शस्त्रों के संग ही बीता है महाराज! ज्ञात है कि यह खड्गकोष है और मुठिका बताती है कि भीतर खड्ग ही होगा।' वीरभद्र ने मुस्कुराते हुए कहा।

'अब तो स्पष्ट हुआ कि मैं कोई...।'

बीच में ही बोल पड़े वीरभद्र, 'देव, जानता हूँ कि चमत्कारी सिद्ध ऐसी ही अटपटी वेशभूषा का व्यवहार करते हैं ताकि लोग उन्हें बावरा समझ उनसे दूर रहें। महाराज, आप लोगों में सिंहासन को लात मारने की सामर्थ्य है। मेरु, समुद्र भी न आपका मार्ग रोक सकते हैं, न गति, तो हम अकिंचन भला कैसे रोक लेंगे? मेरी तो मात्र विनय है कि आप मनुज देह में हैं तो उसके धर्म निभाने होते हैं। साधारण मनुष्य सिद्ध पुरुषों के चमत्कार नहीं पा सकता। वह उनके मानवीय आचरण का अनुगमन करने का प्रयत्न करता है।'

भर्तृहरि मुस्कुराए, 'बहुत चतुर हो मुखिया। तुम्हें तो राजपरिषद में होना चाहिए ताकि जीवन के व्यावहारिक पक्ष का परामर्श देते रहो।'

'हमारी जर्जर झोली में इतना प्रसाद न भरो देव कि वह फट जाए। कहाँ राजपरिषद और कहाँ ये भील-भिलाल वीरभद्र ?...हाँ, महाराज, तो मुझे यह बताना है कि कुछ ही बेर में हम लोगों को खेतों के मेंड़, बंध देखने-सँवारने जाना है। जल के अधिक दाब या प्रवाह से बंध, मेंड़ टूट जाती हैं। उन्हें इसी समय देखना, साधना होता है अन्यथा भरा हुआ जल निकलने के साथ ही खेत की मिट्टी भी बहा ले जावेगा।'

तभी बूँदों से स्वयं को बचाने में हिरनी-सी छलाँग लगाती हुई शची आ पहुँची। भर्तृहरि ने देखा कि वह मन्द-स्मित के साथ प्रणाम कर रही है। अलस आँखों में व्रीड़ा का अंजन। भोंराले केशों की भीगी लच्छी कपोल पर चिपकी हुई...सहज-रक्त अधर। इसकी निर्विकार सुगठित देहयष्टि आलारासी में इतनी सुदर्शना है तो प्रेम की अवस्था में कितनी मनोहर होगी ?

औचक भर्तृहरि को ग्लानि ने घेर लिया—मेरे चित्त में यह कलुष कामना क्यों अपने पंख फैलाने लगती है ? कैसा अभ्यास है यह, जो स्त्री-रूप को उपभोग की तुला पर तोलने लगता है ? तुम नरेश के रूप में आत्मवंचक रहे तो साधु के भेष में भी वह वृत्ति तुम्हारे साथ लगी है ? कामिनी और कंचन की लालसा में लटपट होते घृणित कीट हो तुम!

'शची रहेगी आपकी सेवा में...मध्याह्न तक मैं आ जाऊँगा,' वीरभद्र की आवाज ने उन्हें आत्मलांछन के भँवर से निकाला।

'वट...चत्वर तक साथ चलता हूँ मुखिया।'

'चलें महाराज, किन्तु वहाँ मेह से बचने को कोई आश्रय नहीं है।'

'प्रात:क्रिया, स्नान, ध्यान सब एक साथ हो लेगा।...हाँ, कोई अंगवस्त्र हो तो ले आवें।'

'घर में उपरना है पुरानी चादर, कामली भी है। शची! दोनों निकालकर महाराज के पैताने धर दे...।'

'भस्म उपलब्ध होगी ?' भर्तृहरि यभासम्भव अपनी देह को ढँके रखना चाहते थे।

'देव की धूनी यहीं ओसारे में रम जाएगी। लौटेंगे तब तक शची उपले जमा देगी। और भी जो आवश्यकता हो, शची को आज्ञा कर दें...जो भी उपलब्ध है, शची भेंट कर देगी। आएँ, इधर से मेरे साथ चलकर मार्ग का अनुमान कर लें, उधर से जल भरे मार्ग से अकेले आना होगा। चाहें तो शची को साथ रखें...।'

'नहीं, नहीं। वह यहीं रहे...। मैं लौट लूँगा अकेला।' भर्तृहरि ने निर्णय की सी गम्भीरता से कहा।

'ठीक है देव!'

शची चादर, कामली पैताने रख सिर झुका खड़ी हो गई।

राजा ने हठपूर्वक अपने मन और दृष्टि को शची की ओर से रोका। ग्रामीणों का दल आ पहुँचा था, भर्तृहरि उन पर दृष्टि घुमाने लगे। तो ग्रामणी ने बताया, 'अनिरुद्ध को खोज रहे हैं महाराज ? वह इक्कड़ चलता है—अकेला। कल रात्रि हुई धृष्टता के कारण आपके सामने पड़ने में सकुच भी रहा होगा। अब चलें देव!'

भर्तृहरि ने खटोलना पर रखा खड्गकोष कसा और कन्धे पर चादर डाल वीरभद्र के साथ हो लिये। वट चत्वर के मार्ग में पिंडली तक पानी था। नंगे पैरों में कंकड़, गिट्टी, डंठल चुभने की पीड़ा दबाने के लिए राजा को ओठ, आँखें भींचनी पड़ रही थीं। उनकी ओर देखने वालों ने यही समझा कि अवधूत महाराज चलते में भी ध्यान मग्न हैं।

चत्वर के निकट छोड़ इन कृषकों का दल अरण्य की ओर मुड़ गया। आगे कुछ दूर दिखते डोंगर अर्थात् पहाड़ी के पीछे ही खेत हैं। कुछ बच्चे, महिलाएँ भी पालतू चौपाये लेकर उसी डोंगर की ओर बढ़ रहे थे। भर्तृहरि ने चत्वर पर चढ़ फेंटा उतार लिया। अब शरीर पर कोपीन और झूलती हुई खड्ग ही शेष थी।

पहर दिन चढ़े तक पानी की फुहारें बन्द होकर आकाश में मेघ छाये रह गए। मोर अब भी बोल रहे थे, गोह की घर्राहट बन्द थी क्योंकि निश्चय ही उसके आवास पानी में डूब चुके होंगे। बिल, बांबी में रहनेवाले जीव ऐसे समय वृक्षों, शिलाओं को आश्रय बनाते हैं। पक्षी आकाश ही आकाश में चक्र बनाते उड़ने लगे—उतरने के लिए सूखी भूमि ही न दिख रही होगी जहाँ वे कुछ चुग पाएँ।

मध्याह्न तक अवधूत महाराज न लौटे तो शची ने वृन्दा को सूचित किया। उन्हें बुलाने स्वयं जाने में उसे संकोच हो रहा था—रात और प्रात जब उसकी दृष्टि अवधूत महाराज से मिली तब शची ने उनमें कोई अज्ञात आकर्षण-सा अनुभव किया था। 'तप का तेज है'—मान उसने स्वयं को समझाया भी किन्तु फिर भी उन आँखों का स्मरण होते ही देह में सुरसुरी-सी होने लगती है।

वृष्टि तो बन्द हो गई पर पयस्विनी की बाढ़ कम होने की अपेक्षा और भी ऊँची हो रही थी। चत्वर के मार्ग में जो पानी पिंडलियों तक था, अब वह बारह अंगुल बढ़कर घुटरू तक आ पहुँचा। अवधूत को बुलाने निकली वृन्दा व उसके पीछे चलती शची ने घाँघरी का कछौटा लगा लिया। दोनों जलप्रवाह में नीचे देखती हुई पाँव धरती बढ़ने लगीं। उन्होंने गाँव से निकलते ही निगाह डाल ली थी कि अवधूत महाराज चत्वर पर बैठे हैं। निकट पहुँचकर जैसे ही उन्होंने सिर उठा आगे देखा कि चीख के साथ उनकी साँस थमी रह गई। चौतरे के एक कोने पर ध्यान में मग्न-से अवधूत बैठे थे और दूसरे पर चित्तक। इन्हें अपनी ओर आते देख चित्तक पूँछ ऐंठकर गुर्राया। गुर्राहट से अवधूत ने आँखें खोली ही थीं कि एक भल्ल वट की डाली से चत्वर पर कूदा तथा उछाल लेकर दूसरी डाल पकड़ ऊपर चढ़ने लगा।

चित्तक खड़ा होकर कूदता, भागता या झपटता कि विस्मयकारी चपलता से कृपाण सम्हाले शची चित्तक और अवधूत के मध्य सन्नद्ध जा खड़ी हुई। कुछ क्षण आँखों में आँखें डाले चित्तक व शची एक-दूसरे को तोलते रहे फिर चित्तक चत्वर से पानी में कूद छपाक-छपाक करता एक ऊँचे से टीले की ओर चला गया।

वृन्दा अकबकाई खड़ी थी। भर्तृहरि भी खड़े हो गए थे। उनका हाथ भी चादर के भीतर खड्ग की मूठ पर दृढ़ हो गया था।

वृन्दा ने दौड़कर शची को अंक में भर लिया, 'पगली! तूने तो अपने प्राण ही संकट में डाल दिये!'

खेतों से लौटते ग्रामीणों के दल ने भी चीख सुनी व चित्तक को कूदते देखा था। अपने-अपने फरुहा, खुरपी, सांग, दंड लिये रौला करते वे भी जल में होकर सीधे वट चत्वर की ओर दौड़े।

वृन्दा के अंक में समायी शची के सिर पर भर्तृहरि का झिझकता हाथ पहुँचा, 'साधु भद्रे!'

चीखने, कूदने, दौड़ने और ग्रामीणों के कोलाहल से गाँव स्थित बाल-वृद्ध- महिलाएँ भी हँसिया, दरांती, छुरिका, दंड, परशु, खड्ग ले दौड़ पड़े। यद्यपि इस घोर वर्षा काल में अश्वारोही दस्युओं अथवा राजसेवकों का यहाँ तक आ पहुँचना दुष्कर था किन्तु दो वर्ष पूर्व घटी दुर्घटना उनके चित्त से न उतरी होने से सभी निरन्तर सजग-सन्नद्ध रहते थे।

चत्वर पर मात्र तीन आकृतियाँ देख सब समाश्वस्त हुए। अब चौतरे के निकट ठट्ट एकत्रित हो गया। कुछ चत्वर पर चढ़ गए, कुछ नीचे पानी में खड़े रहे। वृन्दा बताने लगी कि कैसे क्या घटा। पहले तो एक समवेत हास्य गूँजा फिर सबकी दृष्टि शची और अवधूत पर घूम गई।

इस बीच भर्तृहरि ने स्वयं को निर्विकार, निरपेक्ष-सा दिखने का अभिनय ओढ़ लिया किन्तु शची अभी तक वैसी ही खड़ी थी। आँखों से झरते आँसू भी अभी तक उसके सन्नद्ध संकल्प को धो नहीं पाए थे।

लोगों के लिए अवधूत का महत्त्व और भी बढ़ गया, 'चमत्कारी सिद्ध न होते तो क्या चित्तक और भल्ल जैसे हिंसक जीव उनकी सुरक्षा में संदिष्ट होते?'

'चित्तक कहाँ गया?'

दूर टीले पर खड़ा चित्तक इसी भीड़ की ओर देख रहा था।

'और भल्ल...?'

'भल्ल भयभीत होकर वट की शाखाओं के पीछे ओट लेकर और भी ऊपर चढ़ गया। भाग जाने का उसे अवसर ही न मिल पाया। वैसे भी जल में भीगकर कीचड़ में चलना उसे कठिन होता है।'

'भल्ल कहाँ है?' इस बार किसी बालक की आवाज थी।

'वृक्ष पर,' वृन्दा ने संकेत किया।

कन्द लहककर वट पर चढ़ने लगा तो वृन्दा ने बाँह पकड़ खींच लिया, 'भयातुर भल्ल आक्रमण कर बैठेगा, जानते हो?'

'मैं क्या उसकी थूथन पर मुष्टि प्रहार नहीं कर सकता?' कन्द ने अपना बल बखाना।

'मूर्ख! जल में मकर और वृक्ष पर मर्कट, भल्ल बली होते हैं। फिर किसी को कोई हानि भी तो नहीं पहुँचाई—भल्ल ने, न चित्तक ने। चल...।'

मेघ अब छतरा गए थे। उनके बीच से झाँककर तपता सूर्य नंगे पीठ, पेटों को चहकाने लगा था। भीतर भूख भी आँखें खोल चुकी थी, अतः धीरे-धीरे गाँव की ओर लौटना आरम्भ हो गया। लौटते हुए सभी की जिह्वा पर शची के साहस और अवधूत के चमत्कार की चर्चा थी।

एक बात जो सबके मन में थी तथा जो एक-दूसरे से कह नहीं पा रहे थे, वह अवधूत के खुले और धुले शरीर को लेकर पैदा हुई थी कि यह या तो कोई देवता ही है जो किसी शाप के कारण भूमि पर आ पहुँचा है अथवा पूर्वजन्म की अधूरी तपस्या इस जन्म में पूरी करने आया किसी महान राजऋषि का अवतार है, अन्यथा कोई अवधूत इतना सुडौल, सुन्दर, काम्य कैसे हो सकता है? इसके कटि में खड्ग भी झूलता है।

चर्चा तो बैठकर होती किन्तु पेट की भूख ने सबके पाँव अपने-अपने घरों की ओर घुमा दिये। तीसरा प्रहर लग गया है। पशुओं की चरनोई भी डूबी है। चौपायों के लिए रूखे-सूखे चारे की व्यवस्था भी करनी होगी। पुरुषों की अपेक्षा स्त्रियाँ अधिक त्वरा से घरों की ओर लौटने लगीं।

8

मनुष्य विषयों का अनुभव किए बिना
उनकी कटुता नहीं जान सकता। स्वयं दुखरूपता का
अनुभव होने पर जैसा वैराग्य होता है, वैसा
दूसरों के समझाने से नहीं होता।

आज चलते हुए दूसरा दिन है चन्द्रसेन को और अवन्ति अब भी योजन भर की दूरी पर है। आर्य नागदत्त ने साथ में दैनिक भृत्ति पर एक श्रमिक गोप भेज दिया है कि चन्द्रसेन को अकेलेपन का भय न रहे। साथ ही लौटते हुए वह वस्त्र, औषधियाँ आदि भी लेता आए। दो पत्र भी दिये हैं नागदत्त ने—एक महामात्य के नाम जिसमें अश्व नीलमणि को सौंपने के साथ महाराज की कुशलता पूछी गई है। दूसरा पत्र उन्होंने अपनी पत्नी वसुंधरा को लिखा है :

'प्रिय वसु!

तुम्हें प्राणवल्लभा इसलिए नहीं लिखा कि तब मैं यह अधिकार सँभाल न सका और अब तुम मुझे यह अधिकार नहीं दोगी। बीते छह वर्ष से नहीं देखा है तुम्हें। छह वर्ष यों कि बीच में एक बार तुम्हारी शिविका मुझे पण्यवीथि से पण्यपत्तन की ओर जाते दिखी थी।...खुली झिलमिली से झाँक रही थीं तुम। मुझे वर्ष में एक-दो बार तो अपनी प्रिय पद्मावती नगरी में आना ही होता है और स्यात् तुम स्वीकार न करो कि मेरे नेत्र तुम्हें खोजते रहते हैं कि कहीं आते-जाते दिख जाओ।

छह वर्ष पूर्व झिलमिली से झाँकते हुए तुम पहले से भी अधिक सुन्दर लगी थीं। और मैं उस दृश्य को अपने साथ सँजोए हूँ। अस्तु...।

ज्ञात हुआ कि बेटे के साथ तुम भी व्यापार सँभालती हो तो क्या दायित्व व्यक्ति में शोभा बढ़ा देता है ?...तुमने पुत्र के विवाह की सूचना भेजी थी...मेरे न आ पाने के कुछ कारण हैं। पुत्र पहले उद्दंड था, अब मुझसे रुष्ट भी होगा। तुमने अपने प्रयासों से उसे धार्मिक बना दिया है। मुझे लगा कि तुम्हें कहूँ कि उसे धर्मशील बनाओ। उचित समझो तो पुत्र व पुत्रवधू को मेरा आशीष कहना।

कभी सेवाश्रम आकर मेरा संसार देख लोगी तो मेरी शक्ति बढ़ जाएगी। तुम्हें स्मरण न करते हुए भी मैं सदैव भूल जाने का प्रयास करता रहता हूँ। ईश्वर से प्रार्थना है कि वह तुम्हें सन्तति, सम्पत्ति के साथ सानन्द बनाए रखे।

तुम्हारा
—नागदत्त'

चन्द्रसेन को कहा गया है कि पहले महामात्य के निवास पर पहुँचकर नीलमणि व पत्र सौंपे, फिर श्रेष्ठिपथ जाकर वसुंधरा का आवास पूछ ले। दोनों स्थानों तक पहुँचने में उसे कोई कठिनाई नहीं होगी, जबकि स्थिति तो यह है कि अवन्ति तक पहुँचने में ही प्राण कंठ तक आ पहुँचे हैं। जिस राजनगर तक पहुँचने में ही मनुष्य की दुर्दशा हो ले, वहाँ रहने पर क्या गति होगी?

'बन्धु! अभी तुमने बताया कि अवन्ति एक योजन दूर है,' चन्द्रसेन ने साथ चल रहे व्यक्ति से पूछा।

'हाँ, ब्रह्मचारी जी...।'

'हम कितनी दूर चल आए हैं?'

'अभी तो बताया था कि कोई छह योजन से अधिक मार्ग तय कर लिया है।'

'अच्छा, यह बताओ कि तुम्हें इतना सटीक कैसे ज्ञात है कि अभी दूरी एक योजन ही होगी—कम भी तो सम्भव है?'

'हाँ, कुछ कम होना सम्भव है, कुछ अधिक भी हो सकती है। राजमार्ग थोड़े है कि नाप-जोखकर बनाया गया हो। ग्राम मार्ग है।'

'क्यों, ग्राम मार्ग की नाप-जोख क्यों न होनी चाहिए?'

'...'

'अरे बताओ न बन्धु! क्यों न होनी चाहिए?'

वह झुँझला उठा, 'अब मैं क्या बताऊँ? इतना जानता हूँ कि नहीं होती है तो नहीं होनी चाहिए।'

'आह, रुष्ट हो गए तुम? मेरी बात से कोई कष्ट पहुँचा...?' चन्द्रसेन विनम्र हो गए।

'यही तो कठिनाई है ब्रह्मचारी, कि तुम पर रुष्ट भी नहीं हुआ जा सकता। यही देखो! कसी हुई काठी वाला इतना पुष्ट, चपल, सबल अश्व लेकर हम पांप्यादे चल रहे हैं। ग्राम, वास से निकलते समय लोग हमें विस्मय से देखते हैं। पूछते हैं, और हँसते हैं। किस-किसको बताएँ कि राजा का अश्व है? चलो, माना कि है—मैं नहीं बैठ सकता कि श्रमजीवी होने से अकुलीन हूँ, पर आप तो ब्रह्मचारी हैं, आप क्यों नहीं सवार होते?...फिर न आप श्रांत होंगे, न क्लान्त। न ही बारम्बार यह पूछेंगे कि अवन्ति कितनी दूर है।'

'ओह, बन्धु! क्षमा करो। मैंने सत्य ही दुखी कर डाला तुम्हें।...वस्तुतः तुम नहीं समझ पाओगे कि मैं क्यों नहीं बैठ सकता इसकी पृष्ठ पर।'

'क्यों नहीं बैठ सकते हैं?'

'पशु भी जीव है। यदि मैं इस पर अपना भार लादूँगा तो हिंसा होगी।'

'ये हिंसा क्या होती है?'

'किसी को वचन से, कर्म से कष्ट पहुँचाना हिंसा होती है।'

'महाराज, इस प्रकार हिंसा हुई तब तो हम अपनी कृषि नष्ट करनेवाले वन्य पशुओं को भी नहीं मार भगा सकते।' गोप तर्क पर उतर आया।

'हाँ, उन्हें भी तो अपना उदर भरना है। क्षुधा मिटानी है।' नीलमणि की वल्गा खींचते हुए चन्द्र ने उतर दिया।

'पर खाने के साथ तोड़ता, खोदता, मेटता है वह? जिसका स्वभाव ही ध्वंसकारी हो...?'

'उससे बचने के उपाय किए जाने चाहिए, पर हिंसा नहीं।' चन्द्र ने निर्णायक ढंग से कहा।

'धन्य हो महाराज!' गोप ने हाथ जोड़ लिये, 'फिर आप जो नित्यप्रति अन्न, शाक का आहार लेते हैं, वह कहाँ से आएगा? आपके अक्षत, तन्दुल कैसे बचेंगे? और ये जो शुभ्र वस्त्र धारण किए हैं आप...तो कपास्य, तूल कौन उपजावेगा? जिस कौशेय को महापंडित, आचार्य धारण करते हैं, वह कीट का प्राण है देव!...तथा मधु!...इस प्रकार तो साँस लेते हुए भी हिंसा होती है।'

'इसकी तो युक्ति है भाई! मुख द्वार नासिका रंध्रों पर सूत्रपटिका बाँध लो।'

'आप ही बाँधो महाराज, अपितु और भी अच्छा होगा कि गांथ लो।' गोप शीघ्रता से दो पग आगे बढ़ गया, जैसे बिहाल होकर बचना चाहता हो!

तिपहरिया काल तक कनक शृंगा के कनक शिखरों की चमक दिखने लगी थी पर उन तक पहुँचना मन्द गति से बहुत धीमे हो रहा था। एक घड़ी पूर्व ही वह राजपथ पर आकर मिले थे जहाँ से बहुवर्णी अट्टालिकाएँ स्पष्ट होने लगीं। चन्द्रसेन उत्साह से भर श्रमिक के पार्श्व में आ गए।

'अब हम आ पहुँचे बन्धु!' स्वर में उल्लास था।

'नहीं, अवन्तिका अभी दो कोस दूर है। तीन घड़ी समय और लगेगा। गोधूलि बेला के आसपास पहुँच पाएँगे।' गोप ने न पूछे गए प्रश्न का उत्तर भी बता दिया।

चन्द्र का उत्साह इससे कम न हुआ, 'यह नगर मेरे या किसी के भी स्वप्न का स्वर्ग है। पता नहीं, स्वर्ग कहाँ है, कैसा है?...होने न होने का कोई प्रमाण भी नहीं किन्तु वहाँ जो सुख-सुविधा, विलास का वर्णन सुना है, वह सब यहाँ उपलब्ध है।...किन्तु मनुष्य को विलासी नहीं होना चाहिए—बस, यह कि समस्त सुख-सुविधाओं को यथानुसार बाँटकर उपभोग हो। जिओ और जीने दो। ठीक कह रहा हूँ न बन्धु?'

गोप बिना उत्तर दिये चलता रहा। अपने परिचित पथ पर आ पहुँचा नीलमणि अब चपल हो उठा। वह तेजगति से शीघ्रातिशीघ्र अश्वशाला पहुँच अश्वहार के हाथों का स्पर्श पाने को व्यग्र होने लगा था। कुछ आगे चल नीलमणि पिछले पैरों पर खड़ा हो नथुने फुलाकर जोर से हींसा।

'अच्छा, तुम्हें भी धैर्य नहीं है? अभी तक तो हमारे पीछे-पीछे आ रहे थे, अब आगे भागना चाहते हो?' चन्द्रसेन ने झटका मारते हुए वल्गा खींची।

'अ-रे-रे-रे! क्या करते हैं ब्रह्मचारी जी? जानते नहीं, वल्गा के लोहसींकड़ अश्व के मुख में आड़े फँसे होते हैं? वल्गा खींचे जाने से वे जीभ, तालू, ओठ पर चुभते हैं...हिंसा होती है?' गोप ने परिहास किया।

'तो क्या छोड़ दूँ? भाग गया कहीं तो?'

'भागकर भी अब अपने ही थान पर पहुँचेगा।'

'पर हमें तो पत्र के साथ ही सौंपना है अश्व...।'

इसी बीच पीछे की ओर से क्षिप्रगति में अश्व दौड़ाते आए पाँच सैनिकों ने चन्द्र और श्रमिक को घेर लिया। एक ने कूदकर चन्द्रसेन के हाथों से झटक नीलमणि की वल्गा अपने हाथ में ले ली।

'बन्दी बना लो दोनों को।' एक अश्वारोही कड़का।

चन्द्रसेन व गोप, दोनों सकपका गए। राजधानी में प्रवेश से पूर्व ही ऐसा स्वागत सोचा भी न था। वे तो मगन मन आ रहे थे कि महामात्य को नरेश का अश्व सौंपेंगे।

'हमने क्या अपराध किया है, नायक?' चन्द्रसेन ने पूछा।

'अश्व कहाँ मिला तुम्हें?' आदेश देने वाले अश्वारोही ने पूछा।

'कोई हमारे सेवाश्रम के द्वार पर बाँध गया था इसे...घायल था यह। पता लगा कि यह महाराज भर्तृहरि का प्रिय अश्व है, इसे सौंपने जा रहे हैं। पत्र है मेरे पास—महामात्य के नाम।'

'ओह, क्षमा करें! मैं समझा कि आप लोगों को किसी ने चोरी से विक्रय किया है।' नायक विनीत हुआ।

'चोरी का अश्व इस प्रकार दिन-दहाड़े नहीं लाया जाता नायक, सो भी उस स्थान पर, जहाँ सभी उसे पहचानते हों।' गोप बोला, 'हमें सेवाश्रम से आर्य नागदत्त ने पहुँचाया है। यह ब्रह्मचारी जी हैं, इनकी वेशभूषा से ही प्रकट है।'

'ठीक है, आप लोग पहुँचिए। नीलमणि को हम लिये चलते हैं। बहुत परिक्लान्त दिख रहा है।'

'पर अश्व तो हमें सौंपना है।' चन्द्रसेन बोले।

'यही सही। हम लिये चलते हैं, आप सौंप देना।...ये लीजिए!' सैनिक ने काठी से बँधी पोटली चन्द्रसेन को थमा दी। कहा, 'अश्व पर इस तरह भार टाँगा जाता है?'

'आदमी के भार से बहुत कम है नायक।' तिरछी दृष्टि से देखते हुए गोप ने चन्द्रसेन के हाथों से पोटली ले ली।

नीलमणि की वल्गा पकड़ अश्वारोही नगर की ओर बढ़े तो नीलमणि अड़ गया। खींचने, पुकारने, हड़काने पर भी वह आगे न बढ़ा। दो अश्वों के पार्श्व में लेकर बढ़ने के लिए चपेट लगाई तो नथुने फुला दोपाया हो हींसने लगा।

'अच्छा, यह तो इन लोगों के साथ ही चलना चाहता है।' अश्वारोही गोप व चन्द्र के साथ धीरे-धीरे चलने लगे।

नायक ने एक अश्वारोही सूचना देने नगर की ओर पहुँचा दिया। सूचना पाकर बिल्वेश्वर द्वार पर स्वयं महामात्य आ पहुँचे। नीलमणि के पहुँचते ही अयाल पर हाथ फेरते हुए पीठ थपथपाई और अश्व देख डबडबाई आँखों वाले अश्वहार को सौंप दिया। चन्द्रसेन की ओर मुँह उठा नीलमणि फिर हींसा तो चन्द्रसेन उसकी ग्रीवा से जा सटे, 'तुम अपने घर आ गए नीलमणि—अपनों के बीच। मैं बहुत प्रसन्न हूँ।' चन्द्रसेन ने डबडबाई आँखें पोंछते हुए कहा।

'आप कहाँ से आए हैं ब्रह्मचारी जी?...नीलमणि कहाँ पाया आपने?' महामात्य ने पूछा।

'मान्यवर, हम आर्य नागदत्त के सेवाश्रम से आए हैं। उन्होंने महामात्य के नाम पत्र भी दिया है। महामात्य से कहाँ भेंट होगी?...और हाँ, मान्यवर, मैं ब्रह्मचारी नहीं, सेवाश्रम का सेवक हूँ। चन्द्रसेन नाम है...हाँ, यह वेशभूषा प्रिय है मुझे।'

चन्द्रसेन की सरलता पर महामात्य मुस्कुराए, 'आप महामात्य से अभी मिल सकते हैं, अतिथि हैं आप उनके। मैं ही महामात्य पूर्णरथ हूँ। मुझे पत्र दे सकते हैं।'

'अरे, आप महामात्य... ? प्रणाम आर्य! और यह पत्र भेजा है आर्य नागदत्त ने। यह गोप हैं—कृषक।...बहुत गुणी।' पत्र सौंपते हुए चन्द्रसेन ने गोप का भी परिचय दिया।

'इन्हें अतिथि-गृह ले चलो।' महामात्य ने निकट खड़े महास्पद को आदेशित किया।

महास्पद के साथ रथ में बैठ चन्द्रसेन उज्जयिनी को देखते हुए चकित थे—उद्यानों से घिरी स्वर्ण खचित रंगों से युक्त अट्टालिकाएँ। सुन्दर, स्वच्छ मार्ग-उपमार्ग जिन पर चर्मपुटक में जल भरकर छिड़काव किया जा रहा था। चौपथ के फुहारों से उठे जलकण, सुगन्धित शीतलता लिये हुए। रंग-बिरंगे वस्त्रों में सजे नागरिक और वणिक्। रथ, पालकी, अश्वारोहियों, पदातिकों से संकुल होते मार्ग। चन्द्रसेन का श्रम दूर हो गया—उज्जयिनी का प्रथम दर्शन इतना मनोरम है तो भ्रमण कितना सुखद होगा!

'बन्धु! हमें अवन्तिका का भ्रमण करना है, दर्शन भी। कितना समय लगेगा?' चद्रसेन ने महास्पद से पूछा।

महास्पद को यह उचित प्रतीत न हुआ कि कोई ब्रह्मचारी जैसा आश्रमकर्मी उनसे बन्धु सम्बोधन कर समकक्ष-सा संवाद करे किन्तु महामात्य की आज्ञा का अर्थ हुआ कि वह राजकीय अतिथि है। उन्हें सिखाया गया है कि प्रशासन-कर्म में ऐसे अवसर भी आते हैं जब नगण्य व्यक्तियों के साथ भी आदरपूर्ण व्यवहार करना पड़ता है। अत: बताया :

'ब्रह्मचारी महाशय! नगर का अन्तर्विस्तार एक योजन है और बाह्य चार योजन। भ्रमण एक से तीन दिवस में सम्भव है व मास दिवस में भी। वर्ष भी लग सकता है। यह तो भ्रमण वा दर्शन, अर्चन की प्रकृति पर निर्भर है।'

आस्पद इसी प्रकार से उत्तर देने का प्रशिक्षण पाते हैं कि बात को बस तानते जाओ।...अनिर्णय की सीमा तक। जहाँ सीमा समाप्त होगी, वहाँ कुछ न कुछ निर्णय हो ही लेगा या निर्णय की आवश्यकता ही न रहेगी।

नित्यकर्म, स्नान-ध्यान से निवृत्त हुए ही थे कि एक कुमारास्पद आ पहुँचा, 'महामात्य महोदय ने स्मरण किया है आपको...।'

'स्मरण करने के लिए कृतज्ञ हूँ। उन्हें मेरा प्रणाम कहिएगा।' चन्द्रसेन सहज विनम्रता से बोले।

'वह आपसे भेंट करना चाहते हैं।' कुमारास्पद प्रशिक्षित विनम्रता से बोला।

'तो इसमें पूछने-बताने की क्या आवश्यकता! उनकी ही अतिथिशाला है, जब इच्छा हो, चले आवें। वैसे मुझे नगर-भ्रमण की इच्छा है। यदि इससे पूर्व आ जावें तो सुविधाजनक होगा।...ठीक है न?'

'भेंट करना चाहने से आशय है कि आपको उनके पास पहुँचना है, मेरे साथ। महामात्य प्रतीक्षा कर रहे हैं। आइए...।'

'आप कहते हैं तो यही ठीक होगा किन्तु अभी तो मैंने महाकाल भगवान के दर्शन भी नहीं किये हैं...क्षिप्रातट, रुद्रसागर नहीं देखा। यहीं कहीं महाकाल वन है, इसी अप्सरातीर्थ में सुना है कि उर्वशी ने राजा पुरु को अपना पति बनाया था और यहीं तो भगवान महावीर

भी आए थे। यहीं एक विहार में तप करते हुए भगवान महावीर ने मन:पर्याय ज्ञान की उपलब्धि की। मैंने सही सुना है न बन्धु?'

कुमारास्पद ने अनावश्यक प्रश्न टाला, 'जी...कदाचित्...चलिए।'

कुमारास्पद वाहन साथ लेकर आया था। बाग, भवन, तड़ाग निहारते चन्द्रसेन कब महामात्य निवास पहुँच गए, पता ही न चला। यह भवन और भी भव्य था। स्थान-स्थान पर सतर्क रक्षक, सक्रिय कर्मचर और भय उपजाती गम्भीर शान्ति।

प्रांगण में महामात्य से भेंट को प्रस्तुत रथों, पालकियों का जमघट एकत्रित था। आगे बढ़ते चन्द्रसेन ने तिरछी दृष्टि से देखा कि भेंटकर्ताओं की भिंड-सी उपस्थिति है यहाँ।

कुमारास्पद उन्हें सीधे विशिष्ट कक्ष में ले जा पहुँचा, 'आप बैठें, मैं सूचना पहुँचाता हूँ।'

कुछ ही समय में अन्त:द्वार से महामात्य ने प्रवेश किया तो चन्द्रसेन हाथ जोड़ खड़े हो गए, 'जय जिनेश आर्य!'

महामात्य किंचित्-सा मुस्कुराए, 'जैन हो ब्रह्मचारी?'

'जन्म से तो नहीं आर्य, किन्तु इस कठिन साधना मार्ग की ओर आकर्षण है। सेवा के लिए जिस ऐन्द्रिक निग्रह और आत्मतप की आवश्यकता होती है, उसका अभ्यास मुझे इसी मार्ग में दिखता है। मैं सेवक हूँ आर्य!'

'बैठो! चन्द्रसेन नाम है न तुम्हारा।...श्रेष्ठि नागदत्त ने लिखा है तुम्हारे बारे में। तुमने नीलमणि की शुश्रूषा कर अवन्तिराज्य और हम सबका उपकार किया है। कुछ अनुमान है कि नीलमणि किस दिशा से आश्रम पहुँचा?'

'आर्य! मैंने तो क्या, किसी ने भी यह जानने का प्रयास ही नहीं किया। यद्यपि गाँवों में कुछ ऐसे खोजी हैं जो पशुओं के पदचिह्नों से खोये अथवा भटके पशुओं का पता लगाते हैं। अश्व नीलमणि तो द्वार लता से बँधा था—शरीर पर घावों की पीड़ा से विचलित। मुझे लगा कि पहला कार्य इसका उपचार करना है—कहाँ से आया, कौन लाया, यह बाद का विषय है। मैंने भेषज्ञ से जब कहा, उन्होंने आश्रम अध्यक्ष को सूचित किया। फिर सब उपचार में लगे रहे। इस वर्ष भीषण वर्षारम्भ हुआ अन्यथा हम कुछ दिवस पूर्व आ जाते।'

'तुम्हें स्मरण है कि नीलमणि किस तिथि को तुम्हारे आश्रम पहुँचा?' महामात्य ने जानना चाहा।

'हाँ, पूरा स्मरण है क्योंकि मैंने आश्रम के दैवज्ञ से मुहूर्त पूछा था। रोग के उपचार में ऋतु, नक्षत्र और स्थान बहुत महत्त्वपूर्ण होता है। उस दिन पुनर्वसु नक्षत्र था, श्रावण मास...।'

'अर्थात् एक ही रात्रि में अश्व सेवाश्रम तक पहुँच गया। नीलमणि एक रात्रि में पचास कोस तक धावन कर सकता है किन्तु इस ऋतु और ऊबड़-खाबड़ ऊँचे- नीचे वन मार्गों पर इतना मार्ग तय कर पाना सम्भव नहीं।...तीस से चालीस कोस चलना समझा जाए। सेवाश्रम पश्चिम में है...नरेश दक्षिण द्वार से निकले हैं अर्थात्...' महामात्य कुछ गणित-सा गुनने लगे फिर सचेत हो बोले :

'तो ठीक है ब्रह्मचारी चन्द्रसेन! तुम्हें महारानी से भी भेंट करनी है। मैं स्वयं साथ चलता किन्तु यहाँ कुछ महत्त्वपूर्ण लोगों से भेंट करनी है। वही कुमारास्पद तुम्हें राजमहालय ले जाएगा...।'

'आर्य, मुझे मात्र तीन दिवस मिले हैं—भेंट और भ्रमण के लिए, तो...' चन्द्रसेन चिन्तित दिखे।

'तुम्हारी सेवा में रथ है, शिविका है—जहाँ चाहो, भ्रमण करो। कुछ क्रय करना हो तो...' महामात्य ने गिरह से एक छोटी-सी कौशेय खरिया निकाल चन्द्रसेन के सामने रख दी, 'इसमें कुछ स्वर्णमुद्राएँ और रौप्यक हैं, रखिए। शेष बचे वह सेवाश्रम को दे दीजिएगा।'

'पर आर्य, मुझे मुद्राओं की आवश्यकता नहीं। क्रय भी क्या करना है—औषधियों, वस्त्रों के लिए आर्य नागदत्त ने व्यवस्था कर रखी है। इस धन को साथ रखूँगा तो चोर, तस्कर पीछे लग जाएँगे। आश्रम को सहयोग, आर्य, किसी अन्य माध्यम से भिजवा सकते हैं। मैं इस भार को कहाँ-कहाँ लिये फिरूँगा?' विनम्रता से कहा चन्द्रसेन ने।

महामात्य मुस्कुरा दिये, 'तुम राजधानी, महानगर में हो वत्स!...यहाँ जाने कब मुद्राओं की आवश्यकता आ पड़े? फिर तुम्हारे साथ एक भृत्तिकिंकर भी है। उसे आवश्यकता प्रतीत हो...।'

'हाँ, स्यात् उसे आवश्यकता पड़े। गृहस्थ है।' कौशेय खरिका से पाँच स्वर्ण व पाँच रौप्यमुद्रा निकालकर चन्द्रसेन ने गाँठ में बाँध खरिया लौटा दी।

महामात्य जिस द्वार से आए थे, उसी से भीतर चले गए।

चन्द्रसेन निकले तो कुमारास्पद प्रतीक्षा में था।

'चलें बन्धु?' चन्द्रसेन ने पूछा।

'हाँ...।' कुमारास्पद रथ की ओर बढ़ लिया।

रथ पुनः राजपथ पर दौड़ने लगा। चन्द्रसेन की दृष्टि फिर से मार्ग की मनोरमता पर घूमने लगी। बीच-बीच में वह ग्रंथि में बँधी मुद्राओं को भी टटोल लेते थे। कुमारास्पद चुप था। रथ राजमहालय की पौर से आगे बढ़ा तो दृश्य और भी मनोहारी हो गए। स्थान-स्थान पर टँगे रंगीन पिंजरों में बैठे शुक सारिका 'स्वागतम्, स्वागतम्' की ध्वनि निकालने लगे। जहाँ-तहाँ मयूर समाज जुड़ा था। जैसे पावस के स्वागत का आयोजन रचा जा रहा हो! वृक्षों पर भाँति-भाँति के बिहगों का कलरव।

आगे पुनः एक पिंजर में बैठे शुक सारिका ने 'स्वागतम्, स्वागतम्' बोला तो चन्द्रसेन अनायास ही हँस पड़े। इस असमय हँसी पर कुमारास्पद ने कुछ ऐसी दृष्टि से देखा, जैसे यह अभद्रता हो! उस पर ध्यान न देते हुए चन्द्रसेन बोले :

'एक बात पूछूँ बन्धु?'

'पूछिए!' निरपेक्ष से कुमारास्पद ने कहा।

'इन सर्वसुविधापूर्ण आरंजित पिंजरों में बैठे इन जीवों को यहाँ पहुँचनेवाले सभी के लिए यह 'स्वागतम्' शब्द रटाये गए होंगे?'

'यहाँ तक सभी नहीं आ पाते, विशेष लोग ही पहुँचते हैं...।' कुमारास्पद ने बताया।

'तब ठीक है।'

'पर आपने यह प्रश्न पूछा क्यों ब्रह्मचारी जी?'

'वह इसलिए कि कहीं यहाँ तक कोई तस्कर, हत्यारा या शत्रु आ पहुँचे तब भी ये जीव उसके लिए 'स्वागतम्, स्वागतम्' उच्चारेंगे?'

कुमारास्पद ने एक विचित्र-सी दृष्टि चन्द्रसेन पर फेंकी तथा मुँह फेर दूसरी ओर देखने लगा।

चन्द्रसेन फिर दृश्य में डूबने लगे तो एकाएक लगा कि वन में इतनी दूर की अपेक्षा सेवाश्रम तो इस महालय के किसी भी भाग में बन सकता है। उस ग्रामांचल में अनेक कठिनाइयाँ हैं—सुगम मार्ग नहीं। औषधियों, वस्त्रों के क्रय हेतु नगर जाना पड़ता है। वहाँ दानदाता भी कम रुचि लेते हैं। दस्युदलों का उतना नहीं, पर वन्य जीवों का भय सदैव बना रहता है। जाने क्यों आर्य नागदत्त सेवाश्रम को इतनी दूर ले गए?

इसी सोच-विचार में रथ अन्त:पुर के स्वागत कक्ष से जा लगा। 'उतरिए!'

कुमारास्पद के संक्षिप्त से सम्बोधन पर चन्द्रसेन भी पाँवड़े पर सावधानी से पैर रखते हुए उतरे किन्तु अभ्यास न होने से डगमगा गए। चन्द्रसेन ने देखा कि कुमारास्पद की आँखों में उपहास कौंधा है और ओठ हास्य में सूक्ष्म ढंग से फैल उठे हैं। वह संकोच में भर उठे। उन्हें कक्ष में पहुँचाकर कुमारास्पद बाहर हो गया तो चन्द्रसेन कुछ उत्सुकता, कुछ भय, कुछ संकोच से आगत की प्रतीक्षा करने लगे।

'महादेवी अभी आ रही हैं ब्रह्मचारी!' कहती एक तरुणवय परिचारिका प्रकट होकर चली गई।

दूसरी परिचारिका प्रणतिभाव से रजत कोशक में शीतल जल के साथ मधुरव्य रखकर लौट गई।

तीसरी ने सूचित किया कि महादेवी आने को हैं।

कुछ ही क्षण बाद वयसिका ने प्रवेश किया तो चन्द्रसेन उठकर खड़े हो गए :

'महादेवी, इस अकिंचिन सेवक की प्रणति स्वीकार करें।'

'मैं महादेवी नहीं, उनकी टहलनी हूँ ब्रह्मचारी जी, और आपको प्रणाम करती हूँ। महादेवी शीघ्र ही आ रही हैं।' वयसिका ने हास के साथ कहा।

चन्द्रसेन अचकचा गए, 'अज्ञान के लिए क्षमा चाहता हूँ देवी!...किन्तु आप मुझे वही प्रतीत हुईं।'

'कहीं फिर न कह देना। आपकी तो भोलेपन में बीत लेगी पर मेरी जान पर आ बनेगी, समझते हो... ? महादेवी तो होती हैं...प्रतीत नहीं होतीं।' मुख पर वही हास लिये वयसिका बोली।

तभी आहट सुन वयसिका सावधान हुई। रानी पिंगला कक्ष में आकर बैठ गईं। चन्द्रसेन अभी वैसे ही खड़े थे।

'कुछ सोच रहे हैं ब्रह्मचारी जी ?...महादेवी आ गई हैं।' वयसिका ने सतर्क किया।

'प्रणाम!...बारम्बार प्रणाम महादेवी! मैं चन्द्रसेन—सेवाश्रम का साधारण सेवक...' चन्द्रसेन हड़बड़ा गए।

'बैठें ब्रह्मचारी जी। आवास में कोई असुविधा तो नहीं है ?' रानी पिंगला बोलीं।

'जी, मैं आपके सम्मुख बैठ कैसे सकता हूँ ? शास्त्र वचन है कि राजा को देवतुल्य मानना चाहिए।' झिझकते हुए बोले चन्द्रसेन।

'अच्छा!...आपका शास्त्र रानी के बारे में भी कुछ कहता है ?'

अवसाद सिक्त आवाज सुनी चन्द्रसेन ने।

'स्यात् स्पष्ट तो कुछ नहीं बताता शास्त्र... । वैसे इतना विशद अध्ययन नहीं है मेरा किन्तु सादृश्य न्याय से रानी भी देवीतुल्य सम्मान की अधिकारिणी ठहरती हैं।'

'तो देवी की आज्ञा मानकर बैठ जाओ!'

'जो आदेश।' चन्द्रसेन बैठ गए।

'तरुण ब्रह्मचारी! तुम्हें कुछ ज्ञात है महाराज भर्तृहरि के बारे में... ?' रानी पिंगला ने पूछा।

'इतना सुना है महादेवी, कि महाराज सुयोग्य, विद्वान नरेश हैं। प्रजावत्सल हैं।'

'और कुछ नहीं सुना?'

'विशेष, किसी ने कुछ नहीं बताया।'

'महाराज के अश्व को तुम लौटा लाए हो पर महाराज अब तक नहीं लौटे हैं। मैं उनका समाचार सुनना चाहती हूँ—कुछ जानते हो?'

महादेवी के भरे गले से रुआँसी आवाज सुन चन्द्रसेन ने झुकी हुई दृष्टि ऊपर उठाई। देखने पर लगा कि सामने महादेवी की गरिमा ओढ़े एक पीतमुख स्त्री बैठी है। सचमुच देवी प्रतिमा-सी सुन्दर, पर आँखों में अवश-आकुलता जैसे कोई आशंका पहुँचा गाँसे साथ खड़ी हो!

चन्द्रसेन के मन में उथल-पुथल मच गई—आहत अश्व, इतने दिन से नरेश का न लौटना, विषाद में डूबी महादेवी, विमनस्क महामात्य। कुछ तो अवश्य है जो शुभ नहीं है किन्तु इस अशुभ को ठेलने में मेरी क्या भूमिका हो सकती है?

'कहीं से कोई भी सूचना मिले तो तुरन्त पहुँचाना ब्रह्मचारी!... श्रेष्ठिवर नागदत्त को मेरी ओर से अभिवादन कहना। यह भी कि सेवाश्रम में सेवकों के अतिरिक्त कुछ सेविकाओं के लिए भी स्थान बनाकर रखें। वयसिका, ब्रह्मचारी का सत्कार करो!' कह महादेवी खड़ी हो गईं।

वयसिका कुछ क्षण तक महादेवी के स्पर्श से थरथराते द्वारपट को देखती रही फिर जोर से साँस खींच प्रकृतिस्थ होते हुए पूछा, 'आपने तो मधुरव्य से हाथ भी नहीं लगाया ब्रह्मचारी?'

यह जानकर कि रूप-वय में महारानी से भी अधिक मनोहर यह स्त्री मात्र सेविका है, चन्द्रसेन सहज हो गए, 'देवी, आप वय में मुझसे अधिक हैं, अतः आप नाम से पुकारें तो मुझे अच्छा लगेगा।...मेरा नाम चन्द्रसेन है।'

'तो मैं भी देवी नहीं, वयसिका हूँ—ठीक है?'

'किन्तु मैं नाम न लेते हुए 'दीदी' कहूँ तब क्या अधिक ठीक न होगा? वस्तुतः इस महानगरी में मेरा कोई परिचित, मित्र नहीं है। गोप है मेरे साथ, पर दो दिन में न मैं उसे जान सका, न वह मुझे। उसे अपने खाने-पीने और परिवार को छोड़ कहीं कोई रुचि ही नहीं।'

वयसिका जान गई कि इस नितान्त भोले ब्रह्मचारी को छलछिद्र नहीं आता। थोड़ा-सा सोचने का नाट्य करती बोली, 'दीदी' या 'अत्तिका' कहो तो मुझे आपत्ति तो नहीं किन्तु क्या तुम मुझ दासी और अनुचरी को अत्तिका मान पाओगे?'

'मैं भी तो सेवक हूँ।'

'तुम स्वयंसेवा व्रती हो, मैं क्रीत अनुचरी हूँ।'

'आपकी अनिच्छा है तो रहने दीजिए।' चन्द्रसेन निराश हो गए।

'अच्छा, विचार करती हूँ। तब तक मुँह जूठा-मीठा तो करो चन्द्रसेन!'

चन्द्रसेन के चेहरे पर चमक आ गई। वह बैठ गए, 'आपके मुँह से बहुत प्रीतिकर लगा मुझे अपना नाम।' चन्द्रसेन ने मधुरव्य मुँह में रख लिया, 'बहुत स्वादिष्ट है पर एक बात है कि व्रती को जिह्व सुख से बचना चाहिए। सुख धीरे-धीरे व्यसन में बदल जाता है। पाने की इच्छा प्रबल होती है, न पाने पर दुख होता है। पाने के लिए मनुष्य पाप में प्रवृत्त हो जाता है।'

'तुम तो बहुत ज्ञानी हो चन्द्रसेन!'

'नहीं दीदी! ज्ञान तो शास्त्रों में है जो मनुष्य की उद्विग्नता, क्लेश, विकार दूर करते हैं।...लीजिए आपके कहे से मैंने जलपान कर लिया। हाँ, इस बीच मुझे एक बात स्मरण हो आई, आप कुछ सहयोग करेंगी मुझे?'

'अब तो करना ही है—जितना सम्भव होगा।' वयसिका ने स्नेह की विवशता प्रकट की।

'नहीं, कोई बड़ा कार्य नहीं है। मुझे महामात्य ने पाँच स्वर्ण और पाँच रजत मुद्राएँ दी हैं। उनमें से एक मैं गोप को दूँगा। परिवार के लिए कुछ क्रय कर लेगा किन्तु शेष का मैं क्या करूँगा? आप ये चार स्वर्णमुद्राएँ अपने पास रख लीजिए। मैं कहाँ लिये फिरूँगा! आवश्यकता हुई तो ये पाँच रजत मुद्राएँ हैं ही।'

'किन्तु मेरे पास क्यों रख रहे हो?' वयसिका संकोच में पड़ी।

'इसलिए कि आप दीदी हैं। और कौन है यहाँ मेरा?'

'अच्छा, रख लूँगी। ये बताओ कि तुम्हारे परिवार में और कौन-कौन हैं?'

'परिवार...?' चन्द्रसेन के मुख पर वेदना की छाया उभर आई, 'बहुत बड़ा परिवार है दीदी।...बीसेक कोढ़ी, बीसियों अशक्त, वृद्ध, बावरे। बावरे तो हम सब हैं, अर्थात् सेवाश्रम के सभी सेवक। अध्यक्ष आर्य नागदत्त से मुझ तक। तो सब मिलाकर शताधिक संख्या होगी मेरे परिवार की।'

'नहीं, मैं जानना चाहती हूँ कि कहाँ से हो? माता-पिता कौन हैं तुम्हारे?'

'मैं आया तो गोपाचल से हूँ। ब्राह्मण के घर जन्म लिया। माँ बालकाल में ही छोड़ गई—धुँधली-सी स्मृति है मुझे माँ की। बस, रहने दीजिए, अवसर मिला तो कभी बताऊँगा।' चन्द्रसेन का गला भर आया।

'हाँ, रहने दो। ये मुद्राएँ मेरे पास धरोहर हैं तुम्हारी, जब चाहो, ले लेना। जाने से पूर्व मुझसे मिलना अवश्य। द्वार पर मेरा नाम लोगे तो प्रवेश मिल जाएगा। नाम स्मरण है न?...वयसिका।'

'आपका नाम और छवि भूल ही नहीं सकता। आपको देखते ही मुझे भेषज त्रिलोचन का स्मरण हो आया। कितनी मिलती-जुलती छवि है आप दोनों की!'

त्रिलोचन नाम सुनते ही वयसिका चौंक पड़ी, 'त्रिलोचन...! कौन है यह?'

'सेवाश्रम के भेषज्ञ हैं। बहुत स्नेह करते हैं मुझे। लघुभ्राता मानते हैं...अनुज।'

'वय क्या होगी? कहाँ से आए हैं वह?' वयसिका की आवाज काँपने लगी थी।

'आश्रम में कोई किसी से कुल, ग्राम, देश नहीं पूछता दीदी। हाँ, स्वयं ही कोई कह दे तो अलग बात है। वहाँ दो ही भाव हैं—पीड़ा और सेवा। वय में वह मुझसे चार-पाँच वर्ष अधिक...मान लो, चतुविंश-पाँचविंश के होंगे।'

'क्या तुम्हारे भेषज्ञ का वर्ण गन्दुमी है?'

'वह तो है—मुझसे कुछ अधिक स्वच्छ।'

'बाएँ कपोल पर किसी घाव का चिह्न है?'

चन्द्रसेन हँस पड़े, 'वहाँ तो लोम हैं—श्मश्रु।'

'चन्द्र! अपनी दीदी का एक काम कर देना। आश्रम के भेषज्ञ से उसका देश, कुल पूछना। यदि वह दक्षिणात्य, कलाधर हो तो जैसे भी हो, उसके बाएँ कपोल पर कटने की रेखा देखना। यदि ये तीन संयोग मिल जाएँ तो पूछना कि क्या उसने गोदावरी में जल-यात्रा की है? त्रिलोचन की आँखों में कहीं अश्रु दिखें तो तुरन्त मुझे सूचित करना।' वयसिका अपने आँसू पोंछने लगी।

'क्या हुआ दीदी? पहले मुझे रुलाई आई, अब तुम रो रही हो!' स्तंभित होते चद्रसेन ने पूछा।

'रो नहीं रही, अपनी आँखें धो रही हूँ कि दूर कहीं आशा खड़ी हो तो दिखाई दे जाए...' वयसिका डबडबाती आँखों से मुस्कराई। 'अच्छा, जाओ, उज्जयिनी में दर्शन-भ्रमण करो!'

हाथ जोड़कर चन्द्रसेन बाहर आए। यहाँ-वहाँ दृष्टि फेंकी पर कुमारास्पद न दिखा। आम्रवृक्ष की छाँव में रथ लिये रथ चालक अवश्य खड़ा था। चन्द्रसेन उसके निकट पहुँचे।

'अब हमें पहुँचा दो बन्धु! चलो...।'

रथ चालक ने एक उचटती-सी दृष्टि चन्द्रसेन पर डाली और पहचानते हुए खड़ा हो गया, 'महोदय कहाँ हैं?'

'महोदय कौन?'

'वही जो आपको यहाँ लाए थे—कुमारास्पद महोदय?'

'मुझे दिखे नहीं। यह भी नहीं जानता कि कहाँ होंगे। वस्तुतः मैं यहाँ के बारे में कुछ भी नहीं जानता। तभी तो दर्शन, भ्रमण पर जाना है। समय बीतता जा रहा है। आप उन्हें शीघ्रतापूर्वक खोज लीजिए अथवा मुझे ले चलिए।' चन्द्रसेन स्वाभाविक विनम्रता में थे।

विनम्रता के चलते वह चालक की दृष्टि में और भी अवज्ञात हो गए क्योंकि रथ में चढ़ने-उतरने वालों को वह अधिकार की भाषा से पहचानता आया है, अतः बोला, 'मेरा जाना-आना तो महोदय के आदेश-अधीन है। उन्हें छोड़कर कहीं जा भी नहीं सकता।'

'अच्छा, तो आप उनकी प्रतीक्षा कीजिए।' कह चन्द्रसेन पाँव-प्यादे ही चल दिये।

द्वार पर रक्षकों ने रोक लिया। 'कौन हो? कहाँ से आ रहे हो? भीतर तक कैसे पहुँचे?' जैसे प्रश्नों की बौछार हो गई।

चन्द्रसेन के यह बताने पर कि वह कुछ ही समयपूर्व रथारूढ़ हो भीतर गए थे, महादेवी पिंगला और वयसिका दीदी से मिलकर जलपान के पश्चात् लौटे हैं—प्रमुख ने उन्हें बार-बार देखा।

'तुम राजकीय अतिथिशाला में ठहरे हो?' प्रमुख ने पूछा।

'हाँ, हम महाराज का अश्व लेकर आए हैं।'

'उसे जानते हैं?' प्रमुख ने दो रक्षकों की चौकसी में बैठे एक व्यक्ति की ओर उँगली उठाई।

'अरे, यह गोप है! सेवाश्रम से साथ आया है मेरे।'

चन्द्रसेन को देख गोप उठकर निकट आ गया, 'मुझे जाने नहीं दे रहे। भाँति-भाँति के प्रश्न पूछते हैं। मैंने कहा कि महामात्य का अतिथि हूँ, तो हँसने लगे कि—हाँ, राजकुमार दिखते तो हो।'

द्वार प्रमुख ने नीलमणि के बारे में सुन लिया था फिर भी वह सन्देह में था, 'पर आपके पास राजकीय वाहन तो होना चाहिए। उसके बिना कौन पहचानेगा कि आप महामात्य के अतिथि हैं? ठीक है, जाइए—कहाँ जाएँगे?'

'नगर भ्रमण करना है।'

'पाँव-प्यादे?'

'हाँ, क्यों?'

'कीजिए...मुझे क्या?' द्वार प्रमुख बुदबुदाया।

'सर्वप्रथम महाकालेश्वर के दर्शन करना है—'भूलोके च महाकालौ लिंगत्रय: नमोस्तुते! अवन्ति के सनातन शासक तो वही हैं...शेष तो आते-जाते रहते हैं।' चन्द्रसेन ने आँखें बन्द कर नमन किया।

'चलिए!' गोप आगे हो गया।

'तुम इधर क्यों चले आए बन्धु? अच्छा हुआ कि मैं प्यादे ही आ गया अन्यथा रथ में बैठा होने पर कदाचित् तुम पर दृष्टि ही न जाती।' चन्द्रसेन गोप से बोले।

'मैं एकाकी ऊब रहा था वहाँ। सोचा, चलकर राजमहल के दर्शन कर लूँ। वैसे कौन प्रवेश पाता है इधर। फिर भी न देख सका।' गोप के स्वर में निराशा झलकी।

'अरे वह मैं दिखा दूँगा। मुझे 'भाई' स्वीकार किया है उन्होंने।'

'महारानी ने?' गोप के स्वर में उपहास स्पष्ट था।

'ना बन्धु! प्रीति और विरोध समान से होना चाहिए। वहाँ महादेवी की सेविका हैं एक। बहुत स्नेही, मिष्टभाषी। और हाँ, उनकी मुखछवि हमारे भेषज्ञ त्रिलोचन से मिलती है। वह अब मेरी अत्तिका हैं—दीदी। मैं कभी भी जा सकता हूँ महालय के भीतर।'

'हाँ, तब तो सम्भव है...।'

कुशस्थली के शिवक्षेत्र का विस्तार योजन भर में है। महाकाल वन भी इसमें है अत: अवन्तिवासी इस क्षेत्र को 'देवनगरी' भी कहते हैं। चन्द्रसेन को वराहमिहिर का कहा स्मरण हो आया—यदि मनुष्य कभी समुद्र को तैरकर पार करना चाहे तो वायुवेग के सहारे कर भी सकता है किन्तु यह जो कालरूपी अथाह अनन्त समुद्र है, इसे तो मन में भी पार नहीं कर सकता। महाकाल इसके भी अधिपति हैं।

महाकाल की श्रद्धा के आकर्षण में आविष्ट वह मन्दिर में प्रविष्टि हुए तथा स्वत:प्रकाशित दक्षिणमुखी ज्योतिर्लिंग के दर्शन कर अभिभूत हो बाहर निकले। इस समय वह भूले हुए थे कि गोप भी साथ-साथ चल रहा है। गोप ने कन्धे पर स्पर्श किया तो उन्हें चेत आया। बोले, 'तुमने दर्शन किये? कैसा अनिर्वचनीय आनन्द है भगवान शिव के सान्निध्य में! लगता है कि देव के प्रभावलय में काल और जगत की गति ठहर गई है—उत्पत्ति है, न नाश। बस, कोई चिरन्तन शान्ति गूँजती सुनाई पड़ती है—है न?'

गोप जान गया कि ब्रह्मचारी पर फिर से पूछने-बताने का दौरा पड़नेवाला है अत: अपनी समझ से उसने रोक लगाई, 'पर आप तो जैन हैं ब्रह्मचारी?'

'जैन हूँ नहीं, होना चाहता हूँ। आसान नहीं जैन होना। जैन कोई पद या नाम या वेशभूषा नहीं है। वह एक चर्या है, विचार है, व्रत है सो व्रती हूँ मैं। महाकाल से आशीर्वाद माँगने गया था कि अपने व्रत में सफल होऊँ। किन्तु वहाँ उनके आगे तो मुझे कुछ स्मरण ही न रहा। परिक्रमा करते हुए अवश-सा घूम रहा था। स्तुति का श्लोक भी न निकल पाया मुख से।'

गोप ने टोका, 'ब्रह्मचारी, अभी हमें शिप्रा पार करके रुद्रसागर के किनारे स्थित हरसिद्धि देवी के दर्शन करना है। सुना है कि राजा विक्रमादिव्य इसी मन्दिर में देवी की पूजा करते थे—जाग्रति शक्ति हैं यह देवी।'

हरसिद्धि देवी के दर्शन से लौटे तब तक मध्याह्न का सूर्य प्रचंड हो गया—पक्षी झुरमुटों में जा दुबके, पशु आँखें बन्द कर वृक्षों की छाँह पकड़ पगुराने लगे। राजपथ के तप्त मार्ग पर पगतरी में भी पाँव चहक उठे तो दोनों किनारे के वृक्षों की छाया में चलने लगे। भूख दबाना वह जानते थे किन्तु श्रांति के कारण चन्द्र का चेहरा मलिन हो उठा।

'वह अतिथि गृह कितनी दूर होगा अब?' चन्द्र ने गोप से जानना चाहा।

'आधा कोस से कुछ ही अधिक समझो।' गोप ने बताया।

'मुझे परिश्रांति से शिथिलता का अनुभव हो रहा है। घड़ी भर क्यों न वृक्ष की छाँह में विश्राम कर लें?' चन्द्रसेन ने इच्छा प्रकट की।

'उचित है। आप किंचित् विश्राम कर सीधे अतिथि गृह पहुँच जाएँ, तब तक मैं अपने परिचित वणिक के यहाँ होकर आता हूँ कि वह अपना कोई कार्मिक हमारे साथ कर दे। भ्रमण के लिए स्थानीय व्यक्ति का साथ उपयुक्त होता है। आगे चौक से बाएँ मुड़कर आप अतिथि विश्राम पर पहुँच जाएँगे।'

अतिथि वास पहुँचते ही प्रहरी, अभिचरों का झुंड उनके आसपास झिमट आया।

'कहाँ चले गए थे ब्रह्मचारी जी? कुमारास्पद आपको खोजते तीन बार आ चुके हैं और एक बार महास्पद भी। आपका भोजन ज्यों का त्यों रखा है।'

'मैं तो मध्याह्न का आहार लेता ही नहीं। गोप ने कहीं ले लिया होगा।...हाँ, मुझे स्नान करना है।' वह त्वरा से अपने कक्ष की ओर बढ़ गए।

कुछ ही बेर में कुमारास्पद आ पहुँचा किन्तु उन्हें आँखें बन्द किये ध्यान-मग्न पा बाहरी कक्ष में प्रतीक्षा करने लगा। घड़ी भर पश्चात् कुमारास्पद ने झाँका तब भी ब्रह्मचारी को वैसे का वैसा, आँखें बन्द किये बैठे पाया।

कुमारास्पद खीझ उठा—राजसेवा में यही किलस होती है कि कभी-कभी नगण्य के आगे भी झुकना पड़ता है। प्रात: से परेशान है वह। महालय से बिना बताए निकल आया तो यहाँ पहुँचना था। साथ का वह लट्ठ गँवार भी यहाँ से निकल गया। भोजन तक शान्त मन नहीं हो सका इन अशिष्टों के कारण।

महास्पद को बताया तो वह उलटे उस पर ही टूट पड़े—'दो लोगों का ध्यान नहीं रख सकते तो कैसे कर पाओगे राजसेवा? क्या कर रहे थे, कहाँ थे, जब वह ब्रह्मचारी निकल गया? इससे पूर्व कि महामात्य को पता चले, खोजो उन्हें। राज-अतिथि हैं दोनों—समझे?'

तभी से भागता फिर रहा है वह। एक मिल गया तो दूसरा लुप्त है।

जाप के पश्चात् चन्द्रसेन को गोप का स्मरण हुआ। वह गोप की प्रतीक्षा में जाप करने लगे। सूर्य ढलने पर उनकी चिन्ता बढ़ी—सूर्यास्त से पूर्व आहार भी ग्रहण करना था। उन्होंने अभिचर को पुकारा तो साथ में कुमारास्पद भी आ गया।

'कहाँ गए थे, ब्रह्मचारी जी ? हमने सब स्थानों पर खोजा...।' कुमारास्पद की विनम्रता में खीझ स्पष्ट थी।

'आप थे नहीं वहाँ। आपका चालक भी आपको खोजना टाल गया। मैं अनावश्यक क्यों ठहरता वहाँ ?...महाकाल भगवान के दर्शन करने थे।'

'आपके लिए रथ, शिविका की भी व्यवस्था तो थी।'

'व्यवस्था तो उपलब्धता से मानी जाती है। आपके अदृश्य होते ही व्यवस्था ने भी मुख मोड़ लिया। व्यवस्था की प्रतीक्षा में समय ही बीतता रहता। हाँ, बन्धु ! अब तो आहार का समय है। सैरंध्र को बताइए कि सूर्यास्त से पूर्व लेना है।' चन्द्रसेन ने कुमारास्पद के पीछे खड़े अभिचर को कहा। 'हाँ, हमारा साथी गोप रात्रि में भी आहार लेता है।'

'आपका वह है कहाँ ?' कुमारास्पद ने पूछा।

'अभी तक आ पहुँचना चाहिए था उसे। पण्य में कोई परिचित है उसका। मिलने गया है। उसके पास स्वर्णमुद्रा है, इसलिए चिन्ता है मुझे...।'

'आहार पश्चात् कहीं जाना चाहेंगे आप ?'

'गोप के आने पर ही कुछ कहा जा सकता है। वह स्वर्णमुद्रा लिये है।...तभी तो ज्ञानीजन कहते हैं—धन न होना चिन्ता का विषय है, धन होना चिन्ता का कारण।'

'तो अब मैं जाऊँ ?' कुमारास्पद ने मुक्त होना चाहा।

'आप भी साथ आहार ग्रहण करें। मुझे अकेले आहार लेने का अभ्यास नहीं रहा।'

'मैं भी रात्रि आहारी हूँ...कुछ आवश्यक कार्य भी निबेड़ने हैं। कहें तो मैं पुनः उपस्थित हो जाऊँगा अथवा कहें तो प्रातः ही भेंट करूँ ?'

'हमें तो आपकी कोई आवश्यकता नहीं...। भोजन, जल आदि देने वाले हैं यहाँ। आप अपनी रुचि अनुसार कहीं भी आएँ-जाएँ। हम दो दिवस पश्चात् चले ही जाएँगे। हाँ, गोप की चिन्ता है मुझे।'

'आप कह रहे थे—कोई परिचित है उसका यहाँ ? परिचित का नाम आदि ज्ञात है आपको ?'

'सो तो नहीं है।'

'फिर मैं चलूँ ?'

'जैसी आपकी इच्छा...जय जिनेश !'

'जय जिनेश।'

आहार ग्रहण कर चन्द्रसेन भ्रमण हेतु तत्पर बैठे रहे पर प्रहर रात बीतने तक गोप न आया तो वह भूमि पर आच्छादन बिछाकर लेट गए। प्रतीक्षा करते चन्द्रसेन की रात्रि अधनिद्रा में व्यतीत हुई। गोप से तो खिन्न थे ही, स्वयं को भी दोषी मान रहे थे कि उसे स्वर्णमुद्रा दी ही क्यों ? सुन रखा है कि राजधानी में चोरों, ठगों की भरमार होती है। क्या पता, गोप किसी संकट में पड़ गया हो ?

प्रात: वह स्नान से ही निवृत्त हो पाए कि अभिचर ने आकर प्रणाम किया, 'आपके साथ आए व्यक्ति को नगर भट बन्दी बनाकर लाए हैं। उसके साथ एक व्यक्ति और भी है। भटनायक आपसे भेंट करना चाहता है।'

चन्द्रसेन सन्न रह गए। गोप प्रलोभी अवश्य है किन्तु अपराधी तो नहीं लगता। आर्य नागदत्त किसी दुष्ट वृत्ति वाले को यों भी साथ न लगाते। वह नंगे बदन पर आधी धोतिका ओढ़े ही चले आए। उन्हें देख भटनायक ने नमन किया।

'जय जिनेश! कहो बन्धु, हमारे इस साथी को बन्दी क्यों बनाया है?'

'मैं यही जानने आया हूँ ब्रह्मचारी जी! यह व्यक्ति स्वर्णमुद्रा चमकाता फिर रहा था। इन लोगों ने पानागार में उपद्रव मचाया, उसके पश्चात् वारवीथि में हुल्लड़ किया। चिल्ला रहा था कि राजा का अतिथि है, राजअतिथि गृह में ठहरा है। नगर भटों से भी उलझ गया तो बन्दी बनाना पड़ा। आपके पास अभिज्ञान कराने लाए हैं।'

चन्द्रसेन ग्लानि से भर गए—गोप, तुम इतने शीघ्र फिसल गए?...आर्य नागदत्त की गरिमा को तो स्मरण रखते। अपने अपकर्म से तुमने अपने लोक और समाज को भी लज्जित कर दिया है।

'नायक महोदय! यदि सम्भव हो तथा इसका अपराध दंडनीय न हो तो कृपा कर मुक्त कर दें इसे...यही अनुरोध है मेरा।'

'आप हमें लज्जित न करें ब्रह्मचारी जी। इसमें आपका क्या दोष है? हम मुक्त किये देते हैं।'

पाश-मुक्त होते ही गोप चन्द्रसेन के पाँवों पर झुक गया, 'मुझे क्षमा कर दो ब्रह्मचारी! धन हाथ आते ही मेरी इच्छाओं ने सिर उठा लिया। मकर किया मैंने आपसे। पत्नी और परिवार से भी कपट रचा।...मैं लज्जित हूँ।' गोप रोने लगा।

'अब हम यहाँ नहीं ठहर सकेंगे। देवी वसुंधरा तक आर्य नागदत्त का पत्र पहुँचाना है तो वहाँ किसी से पूछकर पहुँच जाएँगे। रही वस्त्र, औषधियों को ले जाने की सो मैं कोई अन्य भारवाहक खोज लूँगा। मैं वयसिका दीदी से विदा लेने जाता हूँ...तुम जहाँ चाहो, जा सकते हो गोप!'

'नहीं, ब्रह्मचारी जी, दया करो...! भूल हुई, पाप हुआ है सो मैं दंड, प्रायश्चित्त सबके लिए प्रस्तुत हूँ। आपकी क्षमा बिना मैं अपना कृष्णमुख लिये गृह न लौट पाऊँगा।' गोप रोता ही जा रहा था।

चन्द्रसेन द्रवित हुए, 'ठीक है, चुप होओ। णमोकार मंत्र का जाप करो। मन को शान्ति मिलेगी...पाप का क्षय होगा।'

'मैं मंत्र-तंत्र क्या जानूँ, महाराज...!'

'तो निष्कपट भाव से यही जपिए—भगवान, क्षमा...भगवान, क्षमा। किन्तु अब यहाँ रहना नहीं है। शीघ्र लौट चलना है। महाकाल की नगरी है—बहुत मनोहर, पर इसके साथ राजधानी की लालसा जुड़ गई है अन्यथा पानागार, वारवीथि, द्यूतगृह...। देव...देव!

'और तुम कौन हो बन्धु जो इस ग्रामड़े को पंक में खींच ले गए?...अब जाओ, तुम भी प्रायश्चित्त में मंत्र से या किसी की सहायता करके स्वयं को शुद्ध कर लो।' कहते उद्विग्न से चन्द्रसेन कक्ष की ओर लौट पड़े।

गोप सिमटा-सिकुड़ा-सा पीछे-पीछे आया। उसने अँगरखे से निकालकर खरिका चन्द्रसेन के आगे फेंक दी। एक झनक के साथ घप्प की आवाज करती वह खरिका सुचिक्कन गच पर आ गिरी, 'स्वर्णमुद्रा का शेषांक है यह—बिना श्रम अर्जित अर्थ। यही तो व्यभिचार के मार्ग पर ले गया मुझे।' गोप पुन: फूट-फूटकर रोने लगा।

'हमें यह राजवास शीघ्र छोड़ना है...मैं यहाँ अशान्त हो रहा हूँ। निकल लेना है...बस, देवी वसुंधरा को पत्र सौंप सेवाश्रम की सामग्री एकत्र करनी होगी। देव ने अवसर दिया तो फिर कभी दर्शन करूँगा महाकाल की प्रभामंडित भूमि का।'

आधी घड़ी में ही दोनों भवन से बाहर आ गए, 'हम जा रहे हैं। आप लोगों को हमसे जो कष्ट मिला, उसके लिए क्षमा चाहते हैं।'

अभिचर को चन्द्रसेन ने हाथ जोड़े। पोटली उनके कन्धे से झूल रही थी।

'कहाँ जाना है आपको? कुमारास्पद महोदय ने मुझे वाहन उपलब्ध कराने की आज्ञा दी है।' अभिचर ने सविनय कहा।

'धन्यवाद! अपने पाँव चलने का अभ्यास है हमें। यों भी जीव का जीव पर आरूढ़ होना मुझे रुचता नहीं—रोगी, अशक्त की बात और है।' वह तेजी से द्वार की ओर बढ़े।

'कृपया यह तो बता दें कि यहाँ से कहाँ जाएँगे? कुमारास्पद महोदय को बताना होगा मुझे।' साथ-साथ चलते अभिचर ने निवेदन किया।

'बताना कि हम अभी राजमहालय के अन्तेवास में देवी वयसिका से भेंट करेंगे। पश्चात् आर्य नागदत्त की धर्मपत्नी देवी वसुंधरा को उनका पत्र सौंपेंगे। कुछ सामग्री क्रय करना है और कल प्रात: ही सेवाश्रम लौट जाएँगे। ठीक है... ?'

'हाँ, बता तो सकूँगा...।' अभिचर प्रणाम कर खड़ा होकर रह गया।

राजमहालय के निकट पहुँचते ही पूछपाछ होने लगी, 'ए, कहाँ जा रहे हो ?...ब्रह्मचारी, यह राजपथ है...राजमहालय पहुँचाता है।'

'वहीं पहुँचना है।' संक्षिप्त सा उत्तर।

'दान प्रभारी अभी महालय की ओर नहीं निकले हैं। तीन-चार घड़ी प्रतीक्षा करनी होगी।'

'हमें दान नहीं चाहिए बन्धु! हम भेंट करने, विदा लेने जा रहे हैं।'

'विदा.. ? किससे लेनी है विदा ?'

'देवी वयसिका से।'

'पहले भेंट तो हो तब विदा होगी। किससे पूछा है ?'

ऐसे ही प्रश्न पार करते दोनों द्वारकोष्ठ तक पहुँच गए। द्वार प्रहरी संशय के साथ उनकी पोटली खुलवाकर झाड़ा लेने को थे कि वहाँ से जा रहे एक अन्त:पाल कंचुकी ने चन्द्रसेन को पहचान लिया।

'देवी से भेंट करनी है क्या ब्रह्मचारी जी ?' पूछा कंचुकी ने।

'देवी वयसिका से।'

'आओ मेरे साथ।...यह कौन है, आपका सेवक ?'

'नहीं, सेवक तो मैं स्वयं हूँ, यह साथ हैं।'

तीनों साथ हो लिये।

प्रभात का सूर्य आकाश में ऊपर चढ़ जाने से वृक्षों पर पक्षियों का कलरव उतना घना नहीं रह गया था। पथ के दोनों ओर श्वेतकमल पूर्ण विकसित हो चुके थे। चन्द्रसेन किसी ध्यान में मग्न थे तो गोप अब अपने अपराध- बोध से कुछ बाहर निकल आया था। उसकी दृष्टि भवनों की ओर हुई। उसे लगा कि वे स्फटिक से निर्मित हैं। अनेक पर चित्रों के रंग सतरंगी आभा प्रकट कर रहे थे। बल्लियों, डालों पर बैठे मयूरों के लम्बे पंख हवा में लहरा रहे थे। चित्रित काष्ठ वेदिकाओं के अग्रभाग में शुक सारिका 'स्वागतम्, स्वागतम्' का शोर मचाने लगे।

अन्त:पाल साथ होने से कहीं रोका-टोकी न हुई। उन्हें एक कक्ष में बिठाकर अन्त:पाल ने किंकरी के माध्यम से वयसिका को सूचना भेज दोनों से प्रतीक्षा करने को कहा। इस बार चन्द्रसेन के स्वागत में वह राजकीय औपचारिकता नहीं थी जो उन्हें बीते दिवस देखने को मिली।

चन्द्रसेन को अधिक प्रतीक्षा नहीं करनी पड़ी। वयसिका ने द्वार से प्रवेश करते ही सम्बोधित किया, 'कहो, क्या बात है चन्द्र ? तुम्हें दो दिवस बाद लौटना है न ! कोई असुविधा तो नहीं.. ?'

चन्द्रसेन खड़े हो गए। 'अब एक दिन पूर्व ही निकल लेना है। आपसे भेंट हो गई, देवी वसुंधरा को पत्र सौंपना है, फिर औषधि आदि लेकर कल प्रात: प्रस्थान...।'

'क्यों, अवन्तिका में मन नहीं लगा ?' स्नेह से पूछा वयसिका ने।

'स्यात् कुछ ऐसा ही है। मनुष्य चाहता कुछ है, घटित कुछ और होता है। वैसे महादेव महाकाल के दर्शन का लाभ प्राप्त कर लिया है।'

'तुम थोड़ा-सा उपाहार ग्रहण करो। मैं अभी आई। देवी वसुंधरा से एक औषधि लेने मुझे भी जाना है, साथ ही चलना। उपाहार भेज रही हूँ।...हाँ, तुम ब्रह्मचारी जन स्यात् उपाहार न लेते होगे सो उसे प्रात:राश मान ग्रहण कर लेना।' किंचित हास्य के साथ वयसिका ने कहा।

'सो बात नहीं दीदी। वस्तुत: हम लोगों को निरन्तर निग्रह की ओर बढ़ना चाहिए। जितना ग्रहण बढ़ता है, मनुष्य उतना ही बँधता जाता है।'

'तुम कल पांप्यादे ही निकल गए। बेचारा कुमारास्पद चिन्तित था।...न, न, तुम्हारे लिए नहीं, अपने लिए चिन्ता कि महास्पद कहीं उसे दपट न लगा दें। ये आस्पद जैसे उच्च अधिकारी प्राय: अपने लिए ही चिन्तित होते हैं, अन्य की चिन्ता इन्हें नहीं व्यापती।...और सुनो ! उपाहार मुझे शेष बचा नहीं मिलना चाहिए।' कहती वयसिका पुन: अन्तेवास की ओर लुप्त हो गई।

कुछ ही बेर में दो परिचारिकाएँ जल, फल, मिष्ठान्न रख गईं। चन्द्रसेन ने फल का दोना उठाकर अन्य सामग्री गोप की ओर सरका दी।

'लो, सब खाना है। कुछ शेष न रहे। यही कहा है न दीदी ने ?'

गोप तो इतना ही और खा सकता है। सोच रहा था गोप। उपाहार के पश्चात् उन्हें अधिक प्रतीक्षा नहीं करनी पड़ी। वयसिका लौटी तथा रथ द्वार से आ लगा।

'चलो !' वयसिका ने संकेत किया।

'पर मैं व्रती हूँ। जीव पर आरूढ़ होना...। कल व्रत-भंग का फल मिल गया।' चन्द्रसेन हकलाते से बोले।

'अरे हटो... ! जैसा नाचना हो, वैसी काँछ लगाई जाती है। व्रत, उपवास—ये सब आश्रम में एकान्त के आचरण हैं। राजअतिथि हो, राजा की मर्यादा तोड़ोगे? चलो रथ पर... ।'

वयसिका ने चन्द्रसेन को अपने साथ बिठाया व गोप सारथि के बताए अनुसार रथदंड पकड़कर खड़ा हो गया। रथ तेजी से दौड़ पड़ा।

'आप देवी वसुंधरा से परिचित हैं दीदी?' चन्द्रसेन ने पूछा।

'हाँ, प्रायः उन सभी को जानती हूँ जिनसे महादेवी की भेंट होती है।...क्यों?'

'सुन्दर, सुशील तो होंगी... ।'

'होंगी क्या, वह सुन्दर, शीलवान् हैं भाई! किन्तु तुम यह प्रश्न क्यों पूछ रहे हो?'

'आर्य नागदत्त उन्हें सेवाश्रम पर साथ क्यों नहीं रखते? आप जानतीं नहीं कि वह कितनी चिन्ताओं में घिरे रहते हैं, कितना श्रम करते हैं! देवी वसुंधरा साथ हों तो उनकी चिन्ता कुछ बँट जाएगी न!'

'ओ, तुम तो बहुत ज्ञानी हो चन्द्र! उतने भोले नहीं जितने दिखाई पड़ते हो।' वयसिका ने रहस्य समझ लेने जैसी मुखमुद्रा बनाई, 'मैं देख रही हूँ, तुम्हारी वय विवाह योग्य हो गई है।'

रथ अब श्रेष्ठि पथ पर मुड़ गया। यहाँ के आवास भी राजपथ के आवासों से प्रतिस्पर्धा करते प्रतीत होते थे—वही उपवन, वैसी ही वाटिकाएँ, वैसा ही मिलता-जुलता ऐश्वर्य! तीव्रता से दौड़ता रथ एक द्वारकोष्ठ में प्रविष्ट हो गया। राजध्वज से शोभित रथ को कौन रोकता। अश्व अट्टालिका के अग्र भाग पर जा थमे। वयसिका चन्द्रसेन को उतार स्वयं उतरी तो यह देख स्तब्ध हो गई कि वहीं किनारे एक रथ पूर्व से लगा हुआ है—महामात्य का रथ।

एक क्षण को मन में आया कि वह यहीं से लौट ले। महादेवी से कहने कोई यद्वा-तद्वा बना लेगी किन्तु अगले ही पल यह विचार झाग की भाँति बैठ गया।

महादेवी की अन्तरंग सेविका के रूप में उसे यहाँ सभी परिचारक, अनुचरी, चेटी जानती हैं। चन्द्र को अतिथि कक्ष में बैठाकर वह सीधी अन्तर्वास की ओर बढ़ गई।

एक परिचारिका ने आगे बढ़कर सूचना दी, 'देवी अभी महामात्य से चर्चा में हैं। भवती कुछ बेर प्रतीक्षा कर लें।'

'उन्हें मेरे आने की सूचना दे दें।'

वयसिका बैठने को स्थान देख ही रही थी कि परिचारिका लौट आई, 'वहीं बुला रही हैं देवी आपको।'

उसी परिचारिका के साथ कक्ष में पहुँची वयसिका ने पाया कि देवी वसुंधरा और महामात्य चुप से बैठे हैं, जैसे कोई वार्ता कुछ समय के लिए स्थगित की हो! वयसिका देवी वसुंधरा व महामात्य का अभिवादन कर एक ओर खड़ी हो गई।

'बैठो वयसिका!' वसुंधरा ने वेत्र से बुने एक पीठ की ओर संकेत किया।

'मैं ठीक हूँ देवी। महादेवी ने मुझे आपसे औषधि लाने भेजा है। दूसरे, सेवाश्रम से ब्रह्मचारी चन्द्रसेन आए हैं आपके लिए पत्र लेकर।...उधर बैठे हैं।'

'वह ब्रह्मचारी तो राजकीय अतिथि गृह में ठहरा है न?' महामात्य ने पूछा।

'उसने वह आवास छोड़ दिया है देव!...अब लौटना चाहता है।'

'महोदवी के स्वास्थ्य विषयक क्या है?' महामात्य ने जानना चाहा।

'...।' वयसिका चुप रही।

'वयसिका! क्या राजवैद्य को भेजा जावे ?''

देवी वसुंधरा ने हस्तक्षेप किया, 'यह हम स्त्रियों का विषय है महामना! महामात्य से सम्बन्धित नहीं।'

'आप यह क्यों भूल रही हैं कि इस समय आपके गृह में अवन्ति राज्य का महामात्य नहीं, श्रेष्ठि नागदत्त का सहपाठी पूर्णरथ बैठा है—आपका देउर।'

वसुंधरा हँस पड़ीं, 'देउर को वर्षों बाद इस देहरी का स्मरण आया है अत: वह उपाहार यहीं ग्रहण करेंगे। मैं औषधि लेकर आती हूँ वयसिका! चाहो तो आश्रम के पत्रवाहक को भी यहीं बुला लो,' कह वह औषधि लाने खड़ी हो गईं।

उनके जाते ही कक्ष में मौन भाव पसर गया। वयसिका खड़े-खड़े पैर के अँगूठे से भूमि पर रेखाएँ खींचने लगी।

'बैठ जाओ वयसिका!' महामात्य ने मौन तोड़ा।

'बैठना धृष्टता होगी देव!'

'तुमसे कुछ कहने की इच्छा है। सोचता हूँ...रह जाता हूँ। संकोच रोकता है तो भय भी है।'

'महामात्य को भय कैसा देव ?'

'कभी-कभी पद ही मनुष्य के भय का कारण होता है। तभी तो जो बात मैं तुम्हें दस वर्ष से कहना चाहता रहा हूँ, आज तक नहीं कह सका...।'

'तो आज कह दें देव!'

'नरेश नगर में होते तो कदाचित् कह देता। उत्कटता से प्रतीक्षा कर रहा हूँ कि वह लौटें।...प्रयास करूँगा कि दस वर्ष का भार उनके ही समक्ष उतार दूँ।'

'कह देने मात्र से भार कम हो सके तो निश्चिन्त होकर मेरे सामने कह डालें देव! वचन देती हूँ कि जब तक आप न चाहेंगे, किसी को प्रकट न करूँगी। एक क्रीत दासी इससे अधिक की कोई प्रतिज्ञा भी तो नहीं कर सकती।'

'क्या इससे मेरी वय, मेरे पद का उपहास न होगा ?'

'मेरे स्तर पर तो कदापि नहीं देव!'

'तो सुनो!' महामात्य खड़े होकर इधर-उधर देखते हुए वयसिका के निकट आ गए। 'सुन लो वयसिका, चाहे हँस भी लेना! अलबत्ता नितान्त निर्भय होकर, यह मानकर कि न मैं महामात्य हूँ, न तुम क्रीत सेविका। सुनो, मैं साहस जुटा रहा हूँ।...मैं...मैं तुम्हारे प्रति अनुरक्त हूँ...।'

महामात्य लौटकर सीधे अपनी पीठिका पर जा बैठे और तीव्रतर हुई साँस पर नियंत्रण पाते हुए मस्तक पर चुहचुहा आया पसीना पोंछने लगे। उन्हें लग रहा था कि कोई भूकम्प आने को है जिसमें यह भवन, ये दीवारें भहराकर गिर जाएँगी। उन्होंने पीछे सिर टिकाकर आँखें बन्द कर लीं। कोई हाहाकारी मौन फिर से कक्ष में पसर गया।

मौन अबकी बार वयसिका ने तोड़ा, 'एक बात कहूँ महामात्य ?'

'हूँ...।'

'आपकी साहसहीनता ने दस वर्ष व्यर्थ गँवा दिये। आप तो यों भी मुझे अपनी सेवा में ले सकते हैं।'

'महादेवी मानेंगी... ?'

'मैं मना लूँगी।'

'तुम वयसिका...तुम ?'

'हाँ...'

कक्ष में सचमुच ही कोई भूकम्प भर गया।

9

वासनाएँ दबाने से मरती नहीं अपितु और भी अन्तस्थल में जाकर छिप जाती हैं। अवसर पाते ही उद्‌बुद्ध हो साधक को दबोच लेती हैं। अतः कामनाओं का उपभोग करना ही उचित है।

भर्तृहरि को पैठार पहुँचे दस दिवस बीत गए हैं। सात दिन तो वर्षा को ही समर्पित रहे। तीन दिवस मेघों ने विश्राम न लिया तो तीन दिवस आकाश में ठहरे रहकर कभी फुहार छोड़ते, कभी पवन से अठखेलियाँ करते रहे। इसके पश्चात् ग्रामणी के कहे अनुसार वह वन, नदी, नालों की बाढ़ उतरने, मार्ग चलने योग्य होने की प्रतीक्षा कर रहे हैं। अब भी ग्राम के निकट मार्गों पर इतना पंक जमा है कि पयस्विनी तक आना-जाना भी दुर्वार्य हो जाता है।

किन्तु क्या ग्रामणी का आग्रह तथा ग्रामजनों की प्रसन्न आत्मीयता मात्र ही उन्हें रोके है, अथवा कोई अन्य कारण भी है ? सर्वसुखसम्पन्न गृह, राज्य छोड़ने के पश्चात् इस विपन्न गाँव में राजा को स्वयं को रोके रखने का अर्थ क्या है ?

अब बादलों का गरजतरज-भरा आक्रमण नहीं—बस, आकाश मार्ग में धूप-छाँही क्रीड़ा करते हुए चलते, उखड़ते शिविर दिखाई देते हैं। ग्राम भी अब नये प्रकार से व्यस्त होने लगा है। घरों के कोने, आँतरों में सहेजकर रखे हुए फावड़े, कुदाली, हल, बक्खर सँवारे जाने लगे हैं। अजा, गो, महिषी, बलीवर्द जैसे चौपायों को लेकर खेतों, वन की ओर जाना आरम्भ हो गया है तो अब भर्तृहरि यहीं क्यों हैं ?

कभी-कभी अपने होने का अर्थ समझना कितना कठिन होता है ! मनुष्य किसी अनाहूत युद्ध में उलझ जाता है। जीतने की अपेक्षा से नहीं, हार की आशंका टालने के लिए।

आज प्रातः हलारम्भ भी हो गया। सब कुछ भर्तृहरि के सामने ही तो निश्चित हुआ था। बीती साँझ सभी ग्रामजन ग्रामणी के घर पर ही तो एकत्र हुए थे :

'काकू ! वृष्टि भरपूर है ! अब खेत सँवारने पर लगना चाहिए। अषाढ़ की खेती भड़िहाई जैसी होती है कि अवसर पाते ही बीज छींट दो। अन्यथा कहो तो बीच में मिले दो-चार दिन गँवाते ही पखवारे भर की झरी लग जाए।...फिर तो कार्तिकी खेती हाथ से गई। 'अषाढ़ के चूके कृषाण और डाल से चूके वानर' के हाथ बस पछतावा रह जाता है।' अनिरुद्ध के परिवार वाले वंशमणि ने ग्रामणी को सम्बोधित करके चर्चा चलाई।

'कोई युक्ति सोची है तुमने ? हल चलाने का मुहूर्त्त भी बूझना होगा। बिना इसके हल की मुठिया कैसे गही जाएगी ?'

'रवि उदय पूर्व...भोर की बेला में...कल ही। बस, अपने-अपने हल-बैल, जोतनी-जोतनहार सब तत्पर रखो।'

'यही उचित है।' नर-नारियों का सामूहिक स्वर उभरा।

महाकाल की जयकार के साथ सब खड़े हुए। सबको तैयारी करनी थी। बलीवर्दों की पीठ ठोंक उन्हें भी तत्पर होने को कहना है। हलों की नोक पलक निरख करनी है...।

ग्राम में एक प्रकार का रात्रि जागरण हो गया—कहीं कुछ ठोंक-पीट तो कहीं छीलना-घिसना। ग्रामणी ब्रह्मबेला से भी कुछ पूर्व कंथा से उठ कहीं डुबकी लगा स्नान कर खटोलना के निकट खड़े हो, अवधूत के सोने-जागने का अनुमान लगा रहे थे कि 'जय महाकाल' कहते भर्तृहरि बैठ गए।

ग्रामणी ने चरण-स्पर्श किये तो चिहुँक गए भर्तृहरि। सिद्ध, योगी का नाट्य अब सध नहीं पा रहा था उनसे। 'महाकाल सबका मंगल करें' का आशीर्वचन बोलकर पूछा, 'कोई विशेष बात है मुखिया ?'

'एक प्रार्थना है अवधूत महाराज!'

'हाँ, बताएँ ?'

'आज का दिन हम लोगों के लिए वर्ष भर के सुख-समृद्धि की नींव का दिन होता है। हमारे हलों के आगे कन्या सिर पर मंगलकलश लेकर चलती है और मार्ग पर कोई मान्य, पवित्र व्यक्ति, जिसे हम बखेरू अर्थात् बिखेरने वाला पुकारते हैं, अक्षत ओगारता है। देवकृपा से आपके रूप में स्वयं देवता ही ग्राम में उपस्थित हैं। बस, एक अंजुलि अक्षत ओगार दें...। हमारे मन की हो जावेगी।'

'मुखिया!...कैसे बताऊँ कि आपका यह सोचना...। आप यह सम्मान ग्राम के ही किसी सुयोग्य को दें। आप लोग जाने क्या समझ बैठे हैं मुझे। मुझे भी यहाँ इतने समय तक नहीं रुकना चाहिए था।' भर्तृहरि ने अप्रस्तुत होने का प्रयास किया।

'हाँ, महाराज! मैं जानता हूँ कि हमने आपको गृह-संसार की माया के मध्य रोक लिया है। इन्द्रदेव ने भी साथ ही दिया हमारा। क्या पता, विधाता का कोई विधान हो! बस, आज हमारी झोली में इतनी-सी दात डाल दीजिए। मैं सबको एकत्र करता हूँ, तब तक आप स्नान कर लें।'

मुखिया ने मढ़ई की ओर मुँह कर पुकारा, 'शची!'

'हाँ, बाबा!' भीतर उसी सुमधुर आवाज में घंटियाँ बजीं।

'स्नानादि से निवृत्त हुई ?'

'हाँ, बस, कोरे वस्त्र निकाल रही हूँ।'

'तो अवधूत महाराज के स्नान को जल रख दे...आज अक्षत यही छींटेंगे।'

'क्या सचमुच... ?' आश्चर्य और उमंग में किलकती शची मढ़ई से बाहर निकल आई।

उसे स्मरण ही न रहा कि अंगिया के ऊपर चुनरी नहीं ओढ़ी है। आकाश में ऊपर ठहरा चन्द्र जैसे प्रतीक्षा में था, उसने वक्ष पर ज्योत्स्ना उँडेल दी। देह की यह अकलुष आभा चन्द्र के साथ दो जोड़ी आँखों ने देखी।

'बीस की हो गई, फिर भी अबोध, असावधान है।' ग्रामणी का पितृ स्नेह जागकर सावधान हुआ।

'ओह, कैसी अनछुई, उद्दीप्त काया...!' भर्तृहरि के भीतर कोई कामना कसमसाई।

शची को स्थिति का भान हुआ तो वह अचकचाई हिरणी-सी मढ़ई के भीतर भाग गई।

वीरभद्र हो-हो कर हँस पड़े, 'बीते वसन्त के भगोरिया में पहुँचाया था ग्राम तरुणियों के संग। भागी ही नहीं किसी तरुण के साथ। सोचता हूँ, मुझे ही कोई तरुण खोजना पड़ेगा।'

वह उसी रौ में हँसते हुए ग्रामजनों को एकत्र कर उत्सव को सफल कर ग्राम के भविष्यत् को शुभ बनाने के उपक्रम में निकल गए।

खटोलना पर बैठे भर्तृहरि का अन्तर स्मृति की आँच से धुँधुआने लगा, 'क्या यहाँ से आरम्भ हो सकता है नया जीवन ? ये वनवासी भी तो कर रहे हैं आज से ही। कितना सहज है इनका जीवन कि बस, एक वर्ष और दो फसलों के प्रसव की मंगल प्रत्याशा में सुखेन-दुखेन जी लेते हैं ! अगले वर्ष पुन: नया आरम्भ, जैसे अतीत के दुख की स्मृति ही पोंछ डालता हो ! अकाल या सुकाल जो भी रहा, बीता सो बीत गया। भविष्य के प्रति इन्हें उत्सुकता अवश्य है पर हाय-हाय नहीं। एक मैं हूँ जो स्वयं की तो क्या, पीढ़ियों की चिन्ता कन्धों पर उठाए फिरता हूँ। आज को कन्दुक की भाँति खेलना चाहता हूँ तथा भविष्य को भुजाओं के वृत्त में बाँधना। कामिनी, कंचन, भूमि की अनवरत भूख। कितनी स्त्रियाँ चाहिए तुम्हें भर्तृहरि—कितना स्वर्ण...कितना बड़ा राज्य ?...यह भी तो कि ऋतुओं की इच्छाएँ तुम्हारी अनुगामिनी होकर रहें ? एक पत्नी का मन वश में न रख पाए तो भाग पड़े—विराग से या व्यथा से ?...पूछो अपने-आपसे। रोको...रोको कामना के इस अश्व को अन्यथा यह तुम्हारा अस्तित्व पीठ पर लिये किसी अन्ध गह्वर में कूद जाएगा।

स्वयं के संग्राम में व्यस्त-न्यस्त वह कब शौचादि के लिए निकलकर, उन्हीं वनग्रामवासियों की भाँति पोखर में डुबकी लगा, गीले वस्त्रों में ही कैसे वहीं आ पहुँचे, इसका ध्यान ही न था।

शची पात्र में स्नान-जल भरे प्रतीक्षा कर रही थी। ऊदे वस्त्र देख वह बुझ-सी गई। अभ्यर्थना का आतुर भाव आघात से लहक गया, 'देवता ! क्या स्नान कर आए ?'

'हाँ, शची ! सोचा, जल भरकर लाने का अनावश्यक श्रम तुमसे क्यों करवाऊँ ?' सावधान उत्तर दिया भर्तृहरि ने।

'क्या मैं इतनी-सी सेवा योग्य भी नहीं हूँ ?' लगा कि शची का स्वर भर्राया है।

'नहीं, नहीं, तुम तो योग्य से भी योग्यतर हो, मुझे प्रिय भी हो, किन्तु...' भर्तृहरि अचकचा गए।

—देव, यह क्या प्रकट हो गया मुख से ?—उनकी आँखें आकाश की ओर उठ गईं, महाकाल ! अतिसाधारण मनुष्य हूँ मैं। राग-द्वेष, विषय-वासना, माया-प्रपंच से घिरा हुआ। विश्राम चाहता हूँ महादेव ! अवकाश चाहता हूँ।

'आपको मात्र प्रिय होने का ही सौभाग्य मैं जीवन-भर सहेज लूँगी—इतनी कल्पना कब की मैंने ? मुझे ज्ञात है कि तपस्वी, सिद्ध माया-मोह से दूर रहते हैं। स्त्री को माया मानते हैं...।'

'तुम्हें संसार का बहुत कम अनुभव है शची! मैं वह नहीं, जो दिखता हूँ। मैं एक भागता हुआ मनुष्य हूँ—पुर से, परिजन से, परिचय से। स्वयं अपने ही से भागता मनुष्य। अभी मैं अपने पिछले दायित्व से ही मुक्त न हो पाया हूँ। दायित्व सँभालने की सामर्थ्य नहीं है मुझमें। इस वनग्राम के लिए मैं और मेरे लिए यह वनग्राम एक 'अचानक संयोग' भर है। तुम्हें जीवन का सुदीर्घ पथ तय करना है। इस पथ पर मेरी 'कामना' बाधा बन जाएगी।...पर मेरी शुभकामना सदैव तुम्हारे साथ रहेगी।'

'तो इस शुभ कामना के लिए ही मेरी कृतज्ञता स्वीकार करें।' कह शची ने स्नान पात्र से गड़ुआ भर जल भर्तृहरि के सिर पर उँडेल दिया, फिर उसी घंटियाँ बजने जैसी हँसी के साथ मढ़ई के भीतर चली गई।

भर्तृहरि मूर्तिवत् खड़े रह गए—निचुड़ते से। शची को पुकारते ग्रामणी लौट आए थे। भर्तृहरि को भीगा हुआ पाकर बोले, 'महाराज, आपके वस्त्र ऊदे हैं। देखता हूँ, बदलने योग्य कोई वस्त्र हो।'

'आज भूमि-अर्चन है न आपका। ऐसे ही वस्त्र पवित्र रहेंगे।' भर्तृहरि धीरे से बोले।

'जैसी आपकी इच्छा। शची, शीघ्र निकल पुत्री...लोग प्रतीक्षा कर रहे हैं।' ग्रामणी ने फिर पुकारा।

'आई बाबा!' कहती शची मढ़ई से निकली। उसके हाथों में सीकों से बुनी डलिया में अम्लान ढाक पत्रों से बना अक्षत भरा दोना था। एक सूखा वस्त्र भी।

'बाबा, कलश?' शची ने पूछा।

'कलश वृन्दा ने सजा लिया है। यह वस्त्र मुझे दे, मैं देव को लेकर आ रहा हूँ।...महाराज, क्या प्रात: की पूजा करेंगे अभी?' ग्रामणी ने भर्तृहरि से पूछा।

'आप लोग मुझे जिस पूजा में सम्मिलित कर रहे हैं, उससे बढ़कर अभी कौन-सी पूजा होगी? भूमि जननी है—धारण करती है, पालन भी करती है।'

दंड हाथ में लेकर भर्तृहरि ग्रामणी के साथ हो लिये।

यहाँ आने के पश्चात् उन्होंने खड्गकोष खूँटी से टाँग दिया था। दाढ़ी-मूँछ के घने बढ़ते बालों ने उनकी पहचान भी कुछ ढँक ली थी। वक्ष की सुचिक्कन रोमावली और सिर के घुँघराले केश रूखे होकर उलझ उठे थे किन्तु उन्नत भाल, प्रियदर्शन काया उनके वेश पर चुगली कर उठती थी।

ग्राम के बाहर पूर्व दिशा की ओर रंजित शृंग; गले में सतरंगी मनकों, घंटियों से सज्जित नवीन रज्जु से बाँधे गए ग्यारह जोड़े बलीवर्द कन्धे पर रखे जुए की मोटी रस्सियों में अटके हल लिये खड़े थे। हलधरों द्वारा खींचकर रखे जाने पर भी वे अश्वों की भाँति चंचल हो रहे थे।

ग्यारह हलधरों की सजीली पत्नियों ने पत्तलों पर दीप जलाकर हलारोहण पथ आलोकित कर दिया। हाथों में दीप धरे वृन्दा सबसे आगे खड़ी थी। उसके आगे सिन्दूर से बने स्वस्तिक और आम्र पल्लव के ऊपर पारी में भरे धान पर नारियल वाला कलश सिर पर लिये शची खड़ी हो गई। ग्रामणी सिर पर पगड़ी रख भर्तृहरि को आगे ले आए।

'महाराज, दाहिनी मुट्ठी में अक्षत लेकर पथ पर बिखेरें।' ग्रामणी ने निवेदन किया।

भर्तृहरि को शिप्रातट के बसन्तोत्सव का दीपदान स्मरण हो आया—वैभव, ऐश्वर्य और सौन्दर्य से गर्वोन्नत ग्रीवा वाली कुलांगनाएँ जिनके लाक्षारंजित पदों से शिप्रा के तट रंगीन हो जाते हैं। स्वर्ण, रजत दीपों का प्रतियोगी प्रदर्शन...वस्त्राभूषणों का उद्दीप्त भार। कलाधरों के गायन, वादन, नृत्य तथा महापंडितों का मंत्रोच्चार। ऐसे अवसरों पर उज्जयिनी स्वर्ग हो जाती है और भर्तृहरि होते हैं इसके इन्द्र, रानी पिंगला होती है शची। घाट के दूसरी ओर मद और मदन से आरक्त मुख रसिकों की भीड़। अपनी-अपनी प्रियतमाओं की ओर हाथ उठा हर्षातिरेक में चीखते स्वर—शची-ई-ई...शची-ई...शची!

'अक्षत फेंकें देव!' ग्रामणी का निवेदन सुनाई पड़ा।

भर्तृहरि ने सिर पर जलघट लिये अन्नपूर्णा की सजीव प्रतिमा-सी खड़ी शची को सिर नवाकर मार्ग पर अक्षत छिटक दिये। अक्षतों पर आगे बढ़ने के लिए शची का पाँव उठते ही आकाश गूँज उठा :

'महाकाल की—जय हो!
ग्राम देवता की—जय हो!
महागणेश की—जय हो!'

शची ग्यारह पग चलकर मंगल-कलश कटि पर सँवार हलवाहों को मार्ग प्रशस्त करती हुई किनारे खड़ी हो गई।...धान-नारियल सहित पारी आकाश की ओर उछाल, घंटियाँ बजाते, आगे बढ़ते बलीवर्दों, हल, हलधरों पर आम्रपल्लवों से मंगल घट का जल छिड़कने लगी।

लौटते हुए वृन्दा शची के साथ हो ली। ग्रामणी हलवाहों के संग गए थे अत: अवधूत महाराज को मढ़ई तक पहुँचाने का दायित्व शची और वृन्दा ने बाँट लिया। प्रसन्न बदन वृन्दा पर किसी पंडित की भाँति मंत्र-सा बुदबुदाते हुए शची कटि के कलश से छींटे मार परिहास कर उठी। दोनों के मध्य ननद-भावज का चटखारे वाला नाता है।

'अवधूत महाराज! देवता की कृपा से अगला वर्ष सुखद प्रतीत हो रहा है। यहाँ भी शुभ शकुन हुआ। जब हम अपने हलधरों का पथ आलोकित कर रही थीं तब नकुल-जोड़ा बार-बार दर्शन दे रहा था। हमारे दो बलीवर्दों के सींगों पर गीली माटी लगी थी।' उल्लासपूर्वक कहा वृन्दा ने। 'हमारी शची का हाथ भी बहुत शुभ है। गत दो वर्ष यह हलोत्सव के दिन अस्वस्थ रही सो अकाल भोगना पड़ा। इस वर्ष इसने कलश धारण किया है तो भूमि पर मेघ ही नहीं, श्री भी बरसेगी महाराज!' आगे जोड़ा उसने, 'हमारे ग्राम का सबसे बड़ा सुफल यह कि अक्षत साक्षात् सिद्धपुरुष के हाथ से छींटे गए हैं। अब तो स्वयं काल देवता भी कोप करें तो वह छूँछा हो जाएगा।...विधाता भी तो तपस्या से ही सृष्टि रचते हैं। है न महाराज?'

'देव! वृन्दा भौजी कुछ कह रही हैं...।' भर्तृहरि के कानों में घंटियाँ बजीं।

'मैं सुन रहा हूँ देवी शची!' धीरे से उत्तर दिया भर्तृहरि ने।

शची परिहास के अतिरेक में लहककर दुहरी होने को हुई किन्तु कटि पर कलश सम्हाले रहने के कारण ताली न बजा सकी। हाँ, एक हाथ की चुटकी बजाकर खिलखिला पड़ी, 'सुन लो भौजी, फिर न कहना...। तुम्हारे अवधूत महाराज ने मुझे देवी बना दिया है!'

वृन्दा ने आँखें तरेरीं, 'चुप, दुष्ट कहीं की! देवों, सिद्धों से परिहास नहीं करते।...इसे क्षमा करें महाराज! बाँस की भाँति बढ़ अवश्य गई है पर अबोध है।'

'असावधान भी...।' भर्तृहरि के मुँह से वही निकल गया जो ग्रामणी वीरभद्र ने कहा था।

प्राची में बने रक्तमंडल के बीच से दक्षिणायन होने को रश्मियाँ स्वर्ण रज्जु की कांति लिये पृथ्वी की ओर उतरने लगी थीं। शची के रक्ताभ अधरों पर स्मित थिरकने लगी।

वृन्दा ने पहले नतनेत्र अवधूत को देखा फिर दृष्टि शची की ओर उठ गई। एक संशय-सा वृन्दा के भीतर कौंध गया—शची कोई बचपना तो नहीं कर बैठी ?...उस दिन भी कैसे कूद पड़ी थी चित्तक के नख-दंत का सामना करने ? दोष उसका भी क्या है...यौवन का प्रथम आवेग है। स्वर्ग की अप्सराएँ भी तो ऋषि-मुनियों को आकर्षित करती रहती हैं। अवधूत अभी स्थिर, शान्त है। स्वयं में सिमटा हुआ। जैसे अपने अन्तर्बाह्य में कोई सुरक्षा वृत्त बुन रहा हो!

शची आह्लाद-भरे पग उठाती दोनों को पीछे छोड़ती आगे बढ़ गई कि फिर कहीं कोई प्रगल्भता न हो जाए।

अवसर देख वृन्दा अवधूत के पार्श्व में आ गई, 'किसी चिन्ता में हैं देवता ?'

भर्तृहरि ने पलकें उठाईं, 'वृन्दा देवी, यद्यपि साधु-संन्यासी के लिए आवश्यक नहीं कि किसी को कहकर स्थान छोड़े किन्तु तुमसे मेरी कुछ अपेक्षा है इसलिए...। आज हलोत्सव के कारण अवसर न मिला पर कल प्रात: ही मुझे निकल जाना है। उसके पूर्व मैं तुम्हें कुछ बताना चाहता हूँ। मुझे जाने क्यों प्रतीति है कि तुम मेरे बताए रहस्य को गोपन रखोगी। मेरा विश्वास उचित है न ?' भर्तृहरि ने ठहरकर वृन्दा की आँखों में झाँका।

'देवता की प्रतीति मेरे लिए वरदान है। इससे अधिक क्या हूँ, मैं नहीं जानती।' हर्ष में वृन्दा की आँखें भर आईं।

'उत्सव में कन्द नहीं दिखाई पड़ा ?' भर्तृहरि ने बात बदली।

'दो दिन से अस्वस्थ है वह। ग्राम के अनेक बालक-बालिकाएँ ज्वरी हरांस से ग्रस्त हैं। पयस्विनी में पानी आते ही जलक्रीड़ा करते रहे हैं। पिछले दो वर्षों तो पूर पर ही न आई पयस्विनी। प्रथम वृष्टि कुछ व्याधियाँ भी साथ लाती है। कितना भी हड़को, बरजो, बालक सुनते हैं किसी की ? अब भोग रहे हैं।...अन्यथा कन्द तो उस पद की पंक्ति गुनगुनाता सबसे पहले वहाँ होता। क्या है वह ?...ना ना नाना!'

भर्तृहरि के ओठों पर आश्वस्ति मुस्कुरा गई, 'मैं चाहता हूँ कि तुम अनिरुद्ध के साथ उसे भी लेकर मेरे पास आ जाओ।'

'कन्द आ जाएगा पर मुझे अनिरुद्ध को लेकर सन्देह है। पहले से कह दूँ तो वह खेत या वन की ओर निकल जाएगा। कहो, रात्रिभर भूखा-प्यासा ही बना रहे। मैं उसे पहचानती हूँ देव!'

'पहचानना ही चाहिए...उसकी धर्मपत्नी हो।'

'धर्म... ? वह तो राजसेवक लूट ले गए।' वृन्दा की आवाज अन्तर्वेदना से काँप उठी। 'हम वनवासी अपना जीवनसाथी अपने-आप ही चुनते हैं महाराज! और पूरी परख के पश्चात् चुनते हैं। मन, कर्म, वचन से चुनते हैं। चुनते हैं तो अपने विश्वास और समाज की मर्यादा के साथ निर्वाह भी करते हैं। हमारे यहाँ अनेक बार बलिष्ठ युवक तरुणियों का हरण कर लेते हैं। हमारा समाज उसे मान्य कर लेता है—यदि अपहृत स्त्री अपहर्ता को स्वीकार कर ले। काम निन्दनीय नहीं क्योंकि उससे सृष्टि चलती है। हम वनवासी अपने चारों ओर काम-व्यवहार

देखते हैं—पशु-पक्षियों में देखते, उनसे सीखते हैं। अपने पशुओं के गर्भधारण और प्रजनन में सहायक बनते हैं। तो सहवास हमारे बीच दैनन्दिन प्रकृति है। सहवास से महत्त्वपूर्ण है विश्वास। अनिरुद्ध का मुझ पर अकुंठ विश्वास है तथा मुझे अनिरुद्ध पर। बस, वह एक ग्लानि की फाँस अपने वक्ष में धँसाए बैठा है कि राजदस्युओं से न मेरा सम्मान बचा पाया, न मेरी कोख।

इसी ग्लानि में वह उन्मादी बन गया है। किसी से भी, कहीं भी धृष्टता कर बैठता है, जैसे आपके साथ कर बैठा। अब इस ग्लानि में है कि आपसे धृष्टता क्यों की। अपराध राजसेवकों का है, आपसे क्या सम्बन्ध?...बस, यही है कि उन्माद में कुछ कर बैठता है और पश्चात्ताप में तपता रहता है। ध्यान देते तो आप देखते कि वह आपके सामने कैसे संकुचित हो गया था।' वृन्दा के ओठों पर पुनः मुस्कान आ गई।

'तो फिर मुझे ले चलो उस तक, पर उससे मिलना आवश्यक है मेरे लिए।'

'आप स्वयं चलेंगे, अनिरुद्ध से मिलने?'

'यदि वह न आए तो...'

'तो उसे आना ही होगा। यह वृन्दा लाएगी उसे। वृन्दा उसकी पत्नी ही नहीं, सहचरी भी है—मित्र है। सत्य तो यह है कि मुझे उसे किसी शिशु की भाँति सहेजना पड़ता है।'

वे वीरभद्र की मढ़ई पर आ गए तो ओसारे के आगे खड़ी शची उन्हें देख मुस्कुराते हुए खटोलना पर बिछी साँथरी फटकारने लगी।

'शची, अवधूत महाराज के लिए आहार आज मैं लाऊँगी।' वृन्दा ने कहा।

'आज अनिरुद्ध भैया भी भूखे लौटेंगे खेत से...। यहाँ आओगी कि उन्हें सँभालोगी?' शची के चेहरे पर छेड़ का भाव आ गया।

'ओ...तू!...देखती हूँ।' कह वृन्दा उसे मढ़ई के भीतर खींच ले गई फिर अंक में भरकर बोली, 'सच-सच बता, क्या बात है? भोर से ही तेरी चंचलता देख रही हूँ। अवधूत महाराज के आगे ही अभी तूने परिहास किया। क्या सोचेंगे वह तेरे बारे में?'

'सच बताऊँ भौजी?'

'बता तो!'

'सच यह है कि अवधूत महाराज मेरे बारे में कुछ भी सोचें, पर मैं चाहती हूँ कि वह मेरे बारे में सोचें।'

वृन्दा का मुँह खुला रह गया। बाँहों का घेरा शिथिल हुआ और मस्तक पर सिलवटें उभर आईं। कठिनाई से बोल पाई वृन्दा, 'जानती है, तू क्या कह रही है...?'

'स्पष्ट तो है भौजी, इसमें जानने-समझने को क्या है?' शची का सहज उत्तर मिला।

धैर्य बाँधती वृन्दा समझाने लगी, 'समझने को यह है बहना कि जो अपना गेह त्याग आया है, देह को मिट्टी मानता है, जिसमें हिंस्र जीव भी रक्त की गन्ध नहीं पाते और पार्श्व में इस तरह बैठे रहते हैं जैसे वह मनुष्य नहीं, कोई पुत्तलक हो—उसमें अनुराग क्योंकर जगेगा?' वृन्दा ने गहरी साँस खींची, 'बंजर भूमि में बीज पनपाने का प्रयास मत कर शची, मिलेगा कुछ नहीं। जो हाथ में है, वह भी चला जावेगा।'

शची भी गम्भीर हो आई, 'तुमने ध्यान से देखा है अवधूत को?...उसकी त्वचा पर मिट्टी अवश्य चढ़ी है, पर मैल नहीं है। योगी-संन्यासियों की त्वचा रूखी, शुष्क होती है,

इस पर लुनाई है। विश्राम करते समय मैंने उसके तलवे देखे हैं—नंगे पाँव चलने की कठोरता नहीं है वहाँ। नख देखो! बढ़े हुए हैं क्या? कुंतल और जटा में अन्तर करना कठिन नहीं है। साथ में कितनी तीक्ष्ण, दीर्घ, गुरु खड्ग, जिसे किसी बलिष्ठ योद्धा की कलाची ही थाम पाएगी।...यह तो तुम भी जानती हो?'

'हाँ, किन्तु मैंने इस प्रकार सोचा ही नहीं।'

'मैंने सोचा। इसलिए कि मैंने उसके बारे में सोचा है, जाने क्यों... ? पर यह सोचना मेरा पीछा नहीं छोड़ रहा है भौजी! क्या करूँ?' शची वृन्दा का हाथ पकड़ घुटनों के बल बैठ झर-झर रोने लगी।

'न-न-न, रो मत! कोई आ पहुँचा तो?' वृन्दा ने बैठकर शची को फिर से अंक में भर लिया, 'इन आँसुओं को सम्हालकर रख। जाने फिर कब आवश्यकता आ पड़े! क्या पता, अवधूत कोई यक्ष, गन्धर्व हो! किसी राज्य का निष्कासित राजकुमार हो! तू किसी और से अपना भाव प्रकट न करना। अवधूत से दूरी रख। देखें, देवता की क्या इच्छा है!'

शची के आँसू पोंछ पीठ थपथपा वृन्दा मढ़ई से बाहर निकल आई, 'देवता! आज मेरी कुटिया पर आहार ग्रहण कर उसे पवित्र करें।'

'जैसी देवी की इच्छा।' अवधूत ने अम्लान मुस्कान के साथ कहा, 'वहाँ तुम्हें जो कहना चाहता हूँ, कहने का अवसर भी मिलेगा।'

'कन्द आएगा आपको लिवाने महाराज!' कह कुछ सोचती-सी वृन्दा चली गई।

भर्तृहरि वट चत्वर की ओर चले आए। वह शची तथा लोगों की दृष्टि से बचने का भरसक प्रयास करते हैं। कुछ समय वह चत्वर की सीढ़ियों पर बैठे रहे फिर पयस्विनी की ओर चल पड़े—वहाँ अधिक एकान्त है।

कन्द उन्हें खोजते हुए वहीं आ पहुँचा। देखते ही हाथ जोड़ प्रणाम किया, 'नाना नानानना ननु।'

भर्तृहरि मुस्कुरा दिये, 'सुना, तुम्हें ज्वर हुआ कन्द?'

'वो क्या है महाराज, कि दो वर्षों से हम लोग तैर ही नहीं पाए। इस वर्ष पयस्विनी ने ललचाया और ललकारा भी। फिर मुझे यह तो ज्ञात है कि दो कोस तीव्र गति से दौड़ सकता हूँ, मन्दगति से तीन योजन दौड़ जाऊँगा। आठ योजन जा सकता हूँ द्रुतगति से।...तो मैं अपनी तरणशक्ति भी कूतना चाहता था। ज्ञात हो गया कि दो घड़ी तैर सकता हूँ, पाँच घड़ी जल में रह सकता हूँ।...चाहें तो परीक्षा कर लें।'

'नहीं-नहीं, मुझे तुम्हारे कथन पर पूर्ण विश्वास है। अभी तुमने असत्य भाषण नहीं सीखा है। मैंने पूछा था कि ज्वर उतरा या नहीं?'

'माँ कहती है, ज्वर नहीं टूटा, ताप कम हुआ है।'

'ज्वर भी शीघ्र टूट लेगा।'

'ओह, बातों में भूल ही गया कि वृन्दा भौजी ने बुलाया है अवधूत महाराज को। साथ ही लाने को कहा है।...कहा है, मुझे भी अपूप खिलाएँगी।...आप शीघ्र चलिए!'

कन्द की बातों का क्रम समाप्त होने को न आ रहा था। बातों की एक लड़ी—छोटे-छोटे सुख-दुख, उल्लास, अवसाद के ढेर में से छाँट-छाँटकर बीने गए पल- छिन। अपना

अस्तित्व प्रमाणित करने की भोली लालसा। अभाव का कहीं उल्लेख नहीं, जैसे वह तो जुड़ा ही है। जीवन के अंग की भाँति। ग्राम की दूसरी अंतरिका के मोड़ पर ही सामने वृन्दा खड़ी दिखी—बगल में अनिरुद्ध, साथ ही सिर झुकाए शची।

भर्तृहरि कुछ हचककर व्यवस्थित हुए, जैसे अपनी चाल में हलके-हलके दौड़ता अश्व कोई टाप भूल जाने पर सँभलता है। उन्होंने आँखें उठाकर देखा।

ग्रामणी जैसी ही मढ़ई के द्वार पर ओसारा।...आँगन में व्यवस्था का स्पर्श। मढ़ई के आगे छोटे से चत्वर पर गढ़े में रोपा गया बहुपुष्पी भद्रक अर्थात् नींव का वृक्ष। चौतरे की दो दिशाओं में पालतू चौपायों के चारे के लिए अथरे। एक पर आँखें मीचे गाय पगुरा रही थी। कोने पर बासन धोने की बसनोटी के पास पुष्पलता और आगे तुलसी का चौरा।

'इधर पधारें महाराज!' अनिरुद्ध की आवाज थी।

भर्तृहरि उस ओर मुड़ गए। गन्दुम के चूर्ण से पूरे गए चौक पर पटरा बिछा था। पटरे के आगे कठौती में हरिद्रा का जल।

वह जान गए कि वनवासियों में अतिथि की आगौनी की रीति है यह। अतिथि को पटरे पर खड़ा करके हल्दी के जल से पाँव धोये जाते हैं। यह दायित्व प्रायः कुल की कुँआरी कन्या निबाहती है।

—तो क्या शची?—भर्तृहरि जैसे झंझावात में घिर गए। कानों में भाँति-भाँति की सनसनाहट, स्वर, किलकिल, खिलखिल, फूत्कार, विस्फोट और...। मुख से निकला, 'हे महाकाल...!'

वृन्दा ने लक्ष्य किया कि अवधूत के मुख पर असहाय-दैन्य आ बैठा है। शची पृथ्वी की ओर ताक रही थी तो अनिरुद्ध अपनी ग्लानि में सिमटा था।

वृन्दा एक पग आगे बढ़ी, 'देवता! इस पटरे पर आ जाएँ।'

यंत्रचालित से भर्तृहरि पटरे पर खड़े हो गए। शची आगे आ घुटनों के बल बैठ, यत्नपूर्वक हरिद्रा-जल से भर्तृहरि के पाँव धोने लगी। धोकर अपने आँचल से पाँव पोंछे, फिर हाथ जोड़ खड़े हो मार्ग दर्शाने लगी। भर्तृहरि की दशा प्रत्यंचा पर थरथराते तीर-सी हो गई।

गोबर से लिपे ओसारे में कुशासन पर बैठ भोजन करने की आधी घड़ी उनके लिए वर्षों लम्बी बन गई। मन के पटल पर कई चित्र, अनेक दृश्य—माता-पिता, बन्धु-मित्र, उज्जयिनी, पिंगला, चम्पा, वयसिका, गणिका, कल्याणी, सेना, सिंहासन।

'सुना है कि देव जाना चाहते हैं?' बिजन डुलाते अनिरुद्ध ने पूछा।

जैसे इस प्रश्न ने भर्तृहरि को अतीत में डूबते से खींच लिया हो! वह सावधान हुए, 'हाँ, एक स्थान पर अधिक समय रहने से उसके प्रति मोह, राग उत्पन्न होता है...।' कह भर्तृहरि ने सामने देखा तो दृष्टि ओसारे के काष्ठ-स्तम्भ से टिकी शची की आँखों से टकरा गई।

'मेरा निवेदन है कि एक दिन और ठहर जाएँ।' विनत अनिरुद्ध कह रहा था।

'कारण?'

'वृन्दा का भाई आ रहा है—वंशबन्धु है। अभी ही सूचना मिली है। प्रसिद्ध गायक है, वादक भी। ज्ञानी भी बहुत। अवन्तिका तक आदर है उसका। वहीं जा भी रहा है। रातभर रुकेगा यहाँ। आपका आशीष शुभ होगा उसके लिए।'

भर्तृहरि थोड़ा-सा हँसे, 'यही मोह या राग है बन्धु! आज तुम रोक रहे हो, कल वृन्दा रोकेगी और परसों...'

शची की धुकधुकी बढ़ गई कि अब उसका नाम किया जाने वाला है।

'परसों कन्द रोक लेगा—नाना नानानना ननु।' देर से चुप बैठे कन्द को बोलने का अवसर मिल गया।

'महाराज अनिरुद्ध की प्रार्थना स्वीकार कर लें तो हम सबको प्रसन्नता होगी।...क्यों शची ?' वृन्दा ने पति के आग्रह का समर्थन किया।

शची मढ़ई के भीतर चली गई। वृन्दा भाँप गई कि उसकी आँखें डबडबा आई हैं।

आहार के पश्चात् भर्तृहरि पुन: पयस्विनी के तट पर जा बैठे और सूर्यास्त के धुँधलके में ही लौटे। ग्रामणी प्रतीक्षा में मिले।

'आ गए देव!...शची, अवधूत महाराज आ गए। हाँ, भोजन तैयार कर लो, कुछ ही समय पश्चात् बसन्त का गायन होना है। लोग आने लगेंगे।' फिर वह भर्तृहरि की ओर पलटे, 'मध्याह्न के बाद से ही गुमसुम है। अस्वस्थ लग रही है कुछ। भारी वृष्टि, फिर घाम। ऋतुओं के रोग होते हैं कुछ—ऋतु के साथ जागते हैं और आप ही बीत भी जाते हैं।'

वर्षा आ जाने से ग्राम में रात्रि भोजन भी गोधूलि बेला में हो लेता है। बूँद के साथ ही धरती पर कीट, पतंग, तृण आदि का बीज पड़ जाता है। दो-चार दिन में ही जाने किन छिद्रों से असंख्य जीव बाहर निकलने लगते हैं। पृथ्वी से आकाश तक चौरासी लाख योनियों के मुख पावस ऋतु में ही खुलते हैं।

आज रात दंड-दीप कुछ दूर पर उजारे गए अन्यथा कीट-पतंगें श्रोताओं को बैठने ही न दें। पूरा गाँव ग्रामणी के घर के पीछे विस्तृत से प्रांगण में एकत्र होने लगा। घरों, द्वारों पर अब मात्र पशु-पक्षियों को ही रहना था। भर्तृहरि के लिए पीढ़ा बिछाया गया, एक पीढ़ा बसन्त के लिए रहता ही है। पीढ़ा क्या—हथचक्की पर अन्न पीसने के लिए बैठने को स्त्रियाँ कुशरज्जु से बुनी चतुष्पदी पीढ़ी का उपयोग करती हैं। पाए ऊँचे कर कुश की मोटी रज्जु से बुन इन्हें ही पुल्लिंग नाम दे लिया—पीढ़ा।

बसन्त अपनी गायक वाली धज के साथ आया। खुलती-सा देह, श्वेत धोतिका के ऊपर सुआपंखी अँगरखा और भृगुकच्छी उत्तरीय। मस्तक पर श्वेतचन्दन के मध्य रक्तचन्दन की बड़ी-सी टिपकी, आँखों में अंजन। कलाइयों पर फुँदनेवाली पट्टियाँ और हाथ में बाँसुरी। मृदंग को कन्द टाँगे हुए था।

चौपाल पर चढ़ते ही बसन्त ने सबको हाथ जोड़ नमन किया, फिर पीढ़ा पर आसीन अवधूत के चरणों में झुक गया। अवधूत से आज्ञा ले बसन्त भी अपने पीढ़ा पर जा बैठा।

मुरली एक ओर रखते हुए मृदंग की चर्म रज्जु खींचते हुए पलड़ों पर थाप, थपकी देकर सुर में लेने लगा बसन्त। कुछ ही बेर में सँवार की थपकी लगा उसे भी पार्श्व में रख लिया। पीढ़ा अनुकूल न लगने पर पीढ़ा भी एक ओर सरका दिया एवं कुश नीचे भूमि पर बिछा ली।

साज जमाते-जमाते प्रांगण भर चुका था। बालक-बालिकाओं की किचपिच व स्त्रियों की बतकही आरम्भ हो जाने से वातावरण में भन्भन् भरने लगी तो ग्रामणी ने बसन्त से आरम्भ का आग्रह किया।

भर्तृहरि मन-ही-मन अवन्ति के समाज को इस ग्राम समाज के साथ तौलने लगे। बसन्त की कला के प्रति उत्सुकता उनमें भी जगी किन्तु प्रकट न होने देना चाहते थे।

बसन्त ने आकाश में ज्योत्स्ना के साथ अपनी आभा प्रकट करते तारागणों की ओर देखते हुए आँखें बन्द कर इष्ट के ध्यान, पूजन में कानों की वल्लरी छुईं और मृदंग सामने लेकर थाप मारी। प्रांगण का शोर शान्ति में परिवर्तित हो गया।

दूसरी थाप मारकर बसन्त ने वन्दना आरम्भ की :

एक रदन गज बदन के पद बन्दों कर जोरि।
कृपा करहु शिवनन्दन बुद्धि बढ़ै जेहि मोरि॥
व्यास आदि कवि पुंगव नारद आदि मुनीस।
दिनकर ब्रह्मा शेष गुरु सब कहँ नावों शीस॥

मृदंग ने थाप के साथ लय पकड़ी और बसन्त की अँगुलियाँ दोनों पलड़ों पर नाचने लगीं।

लयकारी की एक लड़ी प्रस्तुत करने के पश्चात् बसन्त श्रोताओं को उन्मुख हुआ :

श्रीगणेश महाराज को नमन, माई सरस्वती को नमन, ग्राम देवता को नमन, अवधूत महाराज को नमन, ग्रामणी वीरभद्र को नमन—आप सबको नमन...।

रसिक बन्धुओ! सुर, सुन्दरता और सूर्य—ये मन, तन और जगत को जाग्रत करते हैं। सुर में डूबकर मनुष्य तो क्या, पशु-पक्षी, कृमि, कीट, वनस्पति भी आनन्द का अनुभव करते हैं। सुन्दरता को देख मनुष्य अपनी सुधबुध ही खो बैठता है। सागर की सतह पर स्वर्ण की दमक और बर्फ से ढँके पर्वतों पर चाँदी की चमक भरता है सूर्य! चिड़ियों की चहक, झरनों की कलकल, वर्षा की रिमझिम, वायु की सन्-सन्, क्या-क्या कहूँ आपसे!...वह सब जो कुछ आप जानते हैं और जो कुछ नहीं जानते—सबमें एक सुर है। सबमें नाद है। नाद में गति है, गति में सुन्दरता है।—सो मेरे भाई, मेरे सुर में सौंदर्य है और सौंदर्य में है—ईश्वर।

सुर और नाद की सारी कला धरती और आकाश से उत्पन्न है। बन्धु, न धरती अकेले कुछ जन सकती है, न आकाश अकेले कुछ रच सकता है। बस, यों जान लो कि सारा संगीत इन दोनों के रचे की नकल से जन्मा है।

हाँ, एक बात कहना चाहूँगा कि मैं कनकशृंगा अवन्तिका की ओर जा रहा हूँ। महाकाल के साथ गुनीजनों की भी नगरी है अवन्तिका। नरेश स्वयं कवि, गुनी, रसिक हो तो प्रजा कैसे न हो? एक बार बाबा महाकाल के दरबार में बाँसुरी सुना आया हूँ, जैसा-तैसा मृदंग भी थपथपा लिया है। खुला दरबार है भोलेनाथ का तो। इस बार चाहता हूँ कि महाराज भर्तृहरि की सभा में प्रवेश का अवसर मिल जाए। महादेव की कृपा हुई तो मैं राजा भर्तृहरि के ही पद स्वयं उन्हें ही अपनी भाषा में सुनाऊँगा।'

भर्तृहरि चौंक पड़े—मेरे पद...यह सुनाएगा? इस तक कैसे पहुँचे मेरे श्लोक?...दस दिन तक बाँधकर वश में रखा गया मन पुनः विगत की ओर मुड़ने लगा।...ओह, क्या काव्य का आत्मराग विराग की ओर बढ़ते भर्तृहरि को लुभा रहा है?

'रुक रे मन, रुक—तेरे काव्य का क्या प्रयोजन, कितनी अर्थवत्ता, जबकि वह स्वयं तेरी भार्या तक को सन्तुष्ट न रख सका।'

'हम भी सुनेंगे वे पद, सुनेंगे ही।' पैठार के स्त्री-पुरुषों का स्वर आकाश में गूँजने लगा।

भर्तृहरि फिर चौंक गए—न सुने गए काव्य के प्रति यह उत्सुकता, इतना निरपेक्ष आग्रह, वह भी इन निरक्षर वनवासियों में ?...यह क्या राजा और पुरुष के रूप में असफल भर्तृहरि के काव्य की सफलता है ?...तो राजा होना श्रेयस्कर है या कवि होना ?

बसन्त बोल रहा था, 'सुरों की बात करूँ तो इस तरह जानो कि मयूर के बोलने में 'षड्ज' है और कोयल के कूकने में 'पंचम'। आपके घर, द्वार, गाँव के आगे सांड हर दिन 'ऋषभ' में हँकारता है। सुर की कथा सृष्टि की कथा जितनी ही लम्बी है। आइए, हम इस रात्रि को सुर की सुबह से आरम्भ करते हैं।'

बसन्त ने बाँसुरी ओठों से लगा आँख बन्द कर एक लम्बी टेर लगाई। टेर थमते ही बाँसुरी के छिद्रों से धीरे-धीरे वायु बहने लगी। वायु के पश्चात् चिड़ियों का कलरव जागा, पत्ते खड़खड़ाए और बाँसुरी का स्थान लेने वाला मृदंग रजनी बीतने की घोषणा करने के स्वर में बज उठा।

'अब सुनिए कि धरती की शय्या से खड़ा हो, जल व पंक से लथपथ महाकाय गजराज किस प्रकार चलता है।'

पलड़े पर थाप मारकर बसन्त ने मृदंग से धप-धप, छप-छप करते गज को चलाना आरम्भ कर दिया। बाल-बालिकाएँ तालियाँ बजा-बजाकर हँसने लगे।

बसन्त बाल-बालिकाओं की ओर उन्मुख बोले, 'सुनो कि प्रातः तुम्हारी माताएँ मथानी से नवनीत कैसे काढ़ती हैं।'

मृदंग में विशाल मथानी का घरर-घर्र, घरर-घर्र नाद आरम्भ हुआ, जैसे चपल हाथों से दधि मथा जा रहा हो!

बालक-बालिका भी खड़े होकर बिलोने का अभिनय करते हुए मुख, नासिका से घूम-घर्र, घूम-घर्र के स्वर निकालने लगे।

बसन्त अब बालवय में जा मिला, 'जानते हो न कि अश्व लेटता नहीं, खड़े-खड़े ही सो लेता है। सोने और जागने के बीच मुँह से घास उठाने के लिए अपने दोनों ओठ चलाते हुए नथुने फड़काता है। कैसे ?...मृदंग बताएगा।'

मृदंग से ओठ चलाकर नथुने फड़काने के स्वर निकल उठे। गाय रँभाने, बकरे की हॉब-हॉब, श्वान भूँकने, किकियाने की आवाजें—बालवृन्द के लिए पूरा मनोरंजन उपस्थित हो गया।

पहले पहर के पहरुआ के बोलने पर बसन्त ने विश्राम लिया तो ग्रामणी भर्तृहरि के निकट आ गए, 'महाराज! प्रहर भर रात्रि बीत गई है, आप चलकर विश्राम करें। शची भी अस्वस्थ प्रतीत होती है। वृन्दा आप दोनों के साथ चली जाएगी। बताया है कि वह भी कुछ क्लान्त है। शची के साथ ही विश्राम कर लेगी।'

वह थोड़ा हँसकर बोले, 'तब मैं भी निश्चिन्त हो उत्सव का आनन्द उठा लूँगा।'

'हाँ, मुझे चलना चाहिए।' भर्तृहरि ने सिर हिलाया, 'पर वह गायक बसन्त ने कहा है कि उसने राजा भर्तृहरि के कुछ श्लोकों का जनपद की बोली में भाषा-अनुवाद किया है, मेरी सुनने की इच्छा हुई है। काव्यानन्द और ब्रह्मानन्द सहोदर हैं दोनों।'

वीरभद्र कुछ झिझके, सकपकाए भी, 'देव, वस्तुतः कलावन्त ने मधुरस की अपेक्षा की है। हम वनवासियों के यहाँ मदभांड बिना उत्सव सम्पन्न नहीं होता। ग्रामजन भी अधीर हैं—मदभांड के स्वागत हेतु। ऐसे में आपकी पवित्र उपस्थिति कैसे सम्भव बनेगी महाराज?'

'उचित है, आप लोग उत्सव मनाएँ। गुणी बसन्त को हमारी इच्छा बता दें...।'

ग्रामणी बसन्त के निकट पहुँच खुसुर-पुसुर कर पुनः लौटे, 'महाराज, राजा, संन्यासी और गुनी तीनों हठीले होते हैं...। बसन्त भी आपको भर्तृहरि महाराज के पद सुनाना चाहता है। किन्तु यह भी कह रहा है कि अब न जाने मन मदिरा को पुकार रहा है या मदिरा मन को। एक चषक मिलने पर ही सुर की तन्द्रा टूटेगी। अब आपकी उपस्थिति में मद... ? हँसना और गाल फुलाना एक साथ कैसे हो सकता है?' वीरभद्र हँस पड़े।

भर्तृहरि भी मुस्कुराने लगे, 'कह दो कि हमारी ओर से एक चषक की अनुमति है। पद सुनकर हमारे जाने के पश्चात् तो आप सभी स्वतंत्र होंगे ही।'

इस अनुमति के अनुसार गायक ग्रामणी के संग चौपाल से उतरा तथा कुछ ही समय में लौट आया। अब वह पीढ़ा पर बैठ गया। बाँसुरी हाथ में लेकर एक बार फिर से अवधूत को नमन किया और बाँसुरी ओठों से लगा ली।

बाँसुरी से उठते मल्हार के स्वर धीरे-धीरे वातावरण पर छाने लगे। घड़ी भर तक स्वयं भर्तृहरि भी भूल गए कि वह कौन हैं, कहाँ हैं...। दसों दिशाओं में जैसे अनिर्वचनीय रस बरस उठा हो। न किसी की उपस्थिति का भान, न अनुपस्थिति का—बस, आनन्द का अकलुष अनुभव।

लय थमते हो भर्तृहरि को लगा, जैसे अन्तरिक्ष में निर्बंध विहार करता मन एकाएक नीचे आ गिरा हो, 'साधु साधु बसन्त साधु!' अनायास ही निकल पड़ा मुँह से और तत्क्षण ही सँभल गए, 'सुर का अनुभव समाधि के ही तुल्य है।'

बसन्त के मुख पर प्रसन्नता नाचने लगी, 'आशीर्वाद दें देव, कि राजा भर्तृहरि के सामने भी सुर की ऐसी ही गरिमा बनी रहे। बस, एक बार प्रमाणित करना चाहता हूँ कि सुर शास्त्र में नहीं, संकल्प में है—संकल्प चाहे एकलव्य का हो या बसन्त का। अब मैं देव को राजा भर्तृहरि के पद अपनी भाषा में सुनाता हूँ।'

अपने पीढ़ा से खड़े होकर बसन्त ने चौपाल से लेकर प्रांगण तक दृष्टि घुमाई, 'हाँ बन्धुओ! इन्हें भी सुन लें। अनमोल हैं ये पद। इसके पश्चात् अवधूत महाराज विश्राम के लिए उठ जाएँगे, तब हम मद और मदन के क्षेत्र में चलेंगे। यद्यपि मदवाटिका में मैंने प्रवेश पा लिया है, और कुछ जन चुपके से वहाँ परिक्रमा लगा चुके होंगे,' कहकर बसन्त हँसा तो श्रोताओं में भी चोरी प्रकट होने का हास्य फूट पड़ा।

'हाँ, मैं आरम्भ करता हूँ भाषा के नये छन्द से। गुनीजन दोहा कहते हैं इसे। राजा भर्तृहरि कहते हैं :

गीत कला साहित्य हूँ, नहिं सीख्यौ नर जौन।
सींग पूँछ बिन पशु सो, तृण नहिं खावै तौन॥
वनचर संग रहवौ सुखद, बन पर्वत के माँहि।
पै मूरख संग स्वर्ग हूँ, दुखयुत संशय नाहिं॥

अब यह छन्द सोरठा है :

जाती पुष्प समान उत्तम नर की दोय गति।
कै सिर चढ़ै सुजान कै जंगल बिच झुर झरैं॥

धन की महिमा कैसे बताते हैं :

सोइ पंडित वक्ता गुनी दर्शन योग कुलीन।
जाके ढिंग लक्ष्मी अहै सब गुन ता आधीन॥

अन्त में कुंडलिया छन्द सुन लीजिए :

फीकौ ही शशि दिवस में कामिन यौबन हीन।
सुन्दर मुख अक्षर बिना सरवर पंकज छीन॥
सरबर पंकज छीन होत प्रभु लोभी धन कौ।
सज्जन लक्ष्मी हीन नृपति ढिंग वास खलन कौ॥
ऐ सातों हैं शल्य परम, छेदत या जीकों।
ऋतुपति इनकों देख होत मेरो मन फीको॥

आपके चरणों में महाराज, इतना ही।' कह बसन्त भर्तृहरि के पाँवों की ओर झुका तो उनकी नासिका में अम्बोरी गन्ध भर गई।

ओह, दस दिन बीत गए मद चखे बिना। इन दिनों न माध्वी की प्यास जगी, न दाक्खा का स्मरण आया। सुगन्धित प्रफुल्ल कमलों से भरे सुसज्जित सुरापात्र। स्वर्ण चषकों में तैरते पाटलपुष्पों से योग बनाती मदिरा की गन्ध।...षटरस व्यंजन। वह आहार-विहार जैसे पिछले जन्म की घटनाएँ बनकर रह गई हों!

'यह बानगी सुनाई है देवता! क्या राजा भर्तृहरि सुनकर प्रसन्न होंगे?' बसन्त हाथ जोड़े पूछ रहा था।

'निश्चय ही। मान लो कि हो गए प्रसन्न। पर तुम तो गुणी हो, किसी राजा की प्रसन्नता के लिए ऐसा आग्रह क्यों पाले हो?' अवधूत भर्तृहरि ने पूछ लिया।

'राजा की प्रसन्नता का आग्रह उतना नहीं है जितना अपनी प्रियतमा की प्रसन्नता का है। मैं ठहरा गायक—नदी, वन, पर्वत, मेघ, चन्द्र, चन्द्रिका, नायक, नायिकाओं पर रचनेवाला भाषा का तुकबन्द। सो राजा भर्तृहरि की कविता के अर्थ तो मेरी प्रियतमा ने ही खोले हैं मेरे समक्ष। यह भी कहा कि मेरा प्रिय करना चाहते हो तो इन श्लोकों को भाषा में बदलकर गाओ!'

'कितने श्लोक बदल लिये भाषा में?'

'अर्धशतक तो होगा...। हाँ, राजा से प्रशंसा मिली तो शतक पूरा करने फिर पहुँचूँगा प्रिया के द्वार, फिर देख पाऊँगा उसे।' बसन्त के चेहरे पर आशा की श्री जाग गई।

'लगता है, तुम्हारी प्रिया भी बहुत गुणी है बसन्त! उससे विवाह कर उसे अपने ही द्वार क्यों नहीं ले आते?'

बसन्त सहसा गम्भीर हो आया, 'देव को अब विश्राम करना होगा...हम वनवासी तो अब अर्धरात्रि तक मद छकेंगे...धमाल मचाएँगे और लुढ़क रहेंगे।

'आप देख-सुन रहे हैं न!...युवक मुझसे शृंगार सुनाने को कहने लगे हैं...। हँ, दरिद्र का शृंगार। हाँ, कोई चषक तो लाओ...मैं अब शृंगार सुनाऊँगा।'

लगा कि बसन्त रो देगा।

भर्तृहरि खड़े हो गए, 'बस, एक बात बता दो बसन्त, तुम्हारी प्रिया कौन है ?...कदाचित् मैं तुम्हारी कुछ सहायता कर सकूँ।'

बसन्त की आँखों में मद के डोरे उभरने लगे थे, पलकों पर भारीपन उतर आया था, 'हाँ, जहाँ धन पास न हो, शक्ति और साधन न हों, वहाँ अनेक बार स्वस्ति काम कर जाती है, तपस्वी के वचन फलते हैं। इसीलिए बताता हूँ देव!...इसीलिए बता रहा हूँ।'

बसन्त किसी नाटक के पात्र की भाँति अवधूत के सामने घुटनों के बल बैठ गया, 'देव, मेरी प्रिया का नाम है चारुमित्रा।'

'चारुमित्रा?' भर्तृहरि बुदबुदाए, 'यह कहीं चन्द्रपुर की कल्याणी तो नहीं?'

'देव जानते हैं उसे?' बसन्त हकबकाकर खड़ा हो गया।

'हाँ!' धीर स्वर में भर्तृहरि ने कहा, 'एक बार भेंट हुई है। सुन्दर सृष्टि है विधाता की।...हाँ, अब मुझे यहाँ से चलना भी चाहिए।'

भर्तृहरि चौपाल से नीचे उतर गए। ग्रामीण के इंगित पर वृन्दा और शची उनके साथ हो लीं।

अवधूत की साँथरी बिछाकर वृन्दा मुड़ी ही थी कि प्रांगण की ओर से आह्लाद भरा शोर उठा। वृन्दा कुड़बुड़ाई, 'चौपाल पर मदभांड आ पहुँचे। अब युवा-वृद्ध सब पिएँगे।...कोलाहल करेंगे। बढ़-चढ़कर बोलेंगे और सुनेंगे कम। लड़खड़ाएँगे, लड़ेंगे और पत्नियों पर लदकर घर पहुँचेंगे। अनिरुद्ध भी स्वतंत्र हो गया आज, मैं जो इधर आ गई। घर भी स्यात् ही पहुँचे।'

'ग्रामणी हैं वहाँ, सब सँभाल लेंगे।' भर्तृहरि ने आश्वस्त किया।

शची ने जैसे वाक्य लपक लिया हो, 'हाँ, ग्रामणी तो खूब सँभालेंगे! कोई सुनता है उनकी? युवक-युवतियों की छोड़ो—वृद्ध और अर्धवय भी ढीठ हो जाते हैं।'

'तब?' भर्तृहरि के मुँह से प्रश्न निकल गया।

'तब ग्रामणी स्वयं पीने में जुट जाएँगे, युवकों से होड़ लेंगे और बेसुध वहीं लुढ़क जाएँगे।'

भर्तृहरि ने जम्हाई लेते हुए तीन बार 'महाकालाय नमः' कहा और खटोलना पर लेट गए। प्रांगण से उठती आवाजें रात्रि के साथ ही ऊँची और स्पष्ट होने लगीं। मद का प्रभाव भी उन पर स्पष्ट था।

धीरे-धीरे पुरुषों के साथ स्त्री-स्वर भी जुड़ने लगे, जैसे रमणियाँ मदिरा पीकर उन्मत्त होने लगी हों! मदिरा ने लज्जा का आवरण हटाया तो धृष्ट वार्तालाप भी सुनाई पड़े—लगता था कि कोई स्त्री अपने पति को मनुहार करके पिला रही हो।

कोई ऊँचे स्वर में कह रही थी कि मैं उस दुष्ट के निकट भी नहीं जाऊँगी। 'रहने दो', 'बस करो' जैसे शब्द पैठार ग्राम से ऊपर उठते हुए मँडराने लगे। कुछ ही देर में स्त्री-पुरुषों का समवेत स्वर गूँजा, 'शृंगार...बसन्त देव, शृंगार...।'

क्षण-भर पश्चात् ही बसन्त का मदसिक्त स्वर आया, 'कोलाहल शान्त करें, मुख बन्द करें। लीजिए, मैं बाँसुरी के साथ हूँ।'

चौपाल शान्त हुई।

'तो सुनिए कि नायक के वक्षस्थल पर रमणी के टूटे हुए मुक्ताहार से मोती कैसे टपकते हैं।'

बाँसुरी ने पाँच बार कभी इकहरी, कभी दुहरी लम्बी-लम्बी साँसें भरीं और मोती टूट-टूटकर गिरने लगे।

'...सौ वर्ष जिओ बसन्त! सौ वर्ष हम भी जिएँ। हम उत्सव मनाते रहें, तुम वंशी बजाते रहो।' एक मदमत्त चीख-चीखकर कहने लगा।

'ऐ बैठो...बैठो!...हाँ, आगे क्या होता है बसन्त देव?'

'आगे बाँसुरी बताएगी।' बाँसुरी से सीत्कार, विचित्र कंठ-ध्वनि, निषेध... स्नेह, हँसी, आभूषणों के बजने की आवाजें बहने लगीं।

उन्मत्त घोष से आकाश गूँजने लगा।

'अब आप सुनें कि रमणी का कंठ, करधनी तथा नूपुर पृथक्-पृथक् तथा एक संग किस प्रकार की ध्वनि बनाते हैं।'

बाँसुरी जैसे किसी अदृश्य चित्रपट पर क्षण-क्षण के रंग भरने लगी। चौपाल व प्रांगण की सी-सी, ई-ई, भनभन, गुंजन, कोमल, तुमुल ध्वनियाँ इतनी तीव्र हुईं कि बाँसुरी को चुप होना पड़ा।

लोग शान्त पड़े तो बसन्तदेव ने भोर की सूचना दी—यह कहकर कि प्रभात होने पर शिखी तीव्र रव से तरुणी को जगाता है।

वाद्य में कुक्कुट बोलने लगा और कंगन, नूपुर, करधनी सम्हालने की ध्वनि आने लगी। श्रेष्ठ...सुन्दर...मनोहर...अद्वितीय आदि ध्वनियों के पश्चात् जागते हुए भर्तृहरि को लगा कि नर-नारी अपने घरों की ओर लौटने लगे हैं। उन्होंने आँखें बन्द कर सोने का प्रयास किया किन्तु निद्रा कहीं दूर जा ठहरी थी। भर्तृहरि के करवटें बदने की आवाज मढ़ई तक पहुँची।

'अवधूत अभी सोए नहीं हैं।' वृन्दा ने शची से कहा।

'सोई तो तुम भी नहीं हो। जाना चाहो तो जाओ, स्यात् प्रतीक्षा हो।'

'अनिरुद्ध जानता है कि मैं मद की गन्ध नहीं सह सकती। स्पष्ट कह रखा है मैंने कि मद और वृन्दा का प्रसाद एक संग नहीं मिल सकता।'

'भौजी, अवधूत को कल जाना...'

'अवधूत ने कहा है—जाएगा ही।'

'मैं क्या करूँ? उसके पीछे-पीछे चलकर भगोरिया कर दूँ?'

'शची, मेरी बहन! बाढ़ के यौवन में नदी भी तट-तीर फलाँग मैदानों तक बढ़ जाती है पर उतरने पर क्या बचता है—वही कीचड़, टूटे तटबंध, माटी सने तटवृक्ष और मटमैला जल, साथ ही साँसों को छेदती उबकाई भरी गन्ध। सुन! ग्रामणी काकू भी चिंतित हैं तेरा उफान देखकर। उनकी इच्छा है कि अगले भगोरिया में तू किसी के संग भाग जाए।'

'तो भगोरिया तक अवधूत को रोक लो!' शची धीरे से हँसी।

'अवधूत तुझे छोड़कर भाग जाएगा, तब क्या करेगी?'

'प्रतीक्षा—उसके लौटने की।'

'गृहत्यागी तपसी लौटकर नहीं आते शची, तुझे कैसे समझाऊँ...?'

'पर यह वैसा तपसी नहीं है। इसकी आँखों में राग है, ओठ आमंत्रण देते हैं। वह अभी तक पुरुष है...।'

'तू तो चार दिन में ही काम-पंडित हो गई—ऐं? अब मेरी भी सुन! यह अवधूत तो जाएगा ही। यदि एक वचन दे तू, तो मैं कुछ माया रचूँ?'

'कैसा वचन?'

'यह कि तू लौटने की प्रतीक्षा अधिक से अधिक तीन वर्ष करेगी। वह न लौटा तो तुझे मेरे बताए पुरुष से विवाह करना होगा। मैंने सोच लिया है एक...। इस समय वह भी असम्भव की कामना में है—तेरी तरह। उसके हाथ भी जब ज्वार उतरे, समुद्र की भाँति खाली शंख, सीपियाँ व मरी मछलियों की मिचलाती गन्ध रह जाएगी, तब इसी पेठार की ओर आएगा।'

'किसके बारे में कह रही हो?'

'तभी बताऊँगी तुझे। बस, तब उस दिन मेरा कहा मान लेना। स्वीकार है?'

'तब मान लूँगी। मुझे तो विश्वास है कि अवधूत जाएगा भी तो शीघ्र लौट आएगा।'

'तो अब उठ, खड़ी हो। घड़े में जल होगा—स्नान कर, वस्त्र बदल और जाकर जगा ले अपने पुरुष को, जो अवधूत के भीतर सो रहा है।'

'सत्य ही, तुम कह रही हो भौजी?'

'विलम्ब मत कर अब। एक प्रहर का समय है तेरे पास। ब्रह्मदेव का मुहूर्त्त आ गया तो जग जाग उठेगा।'

'मुझे भय लगता है...'

'मन को साध...। प्रातः अवधूत चला जाएगा और सारा भय ले जाएगा अपने साथ। विलम्ब और सूत की भाँति खिंचते लम्बे विचार के लिए समय नहीं है। अलगनी पर से वही अम्बरी उतार ले जो उत्सव के समय पहनी थी। बस, धीरे से स्नान कर पहन ले और जा।'

इस समय रात्रि भी झपकी लेने लगी थी। सारी ध्वनियाँ विश्राम में चली गई थीं। बस, शची की तप्त देह का स्वेद धोता जल बोल रहा था। वृन्दा ने निचोड़े हुए वस्त्र से शची का अंग-अंग पोंछा तथा धीरे से फुसफुसाई, 'ओह, तुझे तो अंगराग की भी आवश्यकता नहीं। कैसी तो सुगन्ध फूट रही है तेरे शरीर से!'

अम्बरी में लिपटी शची को वृन्दा ने ओसारे की ओर धकेल दिया।

बसन्त की बाँसुरी के उद्दाम शृंगार में करवटें बदल-बदलकर सोए भर्तृहरि ने माथे पर धधकते ओठों का स्पर्श अनुभव किया। इच्छित रति के लिए रानी पिंगला भी इसी प्रकार चुम्बन लेती हैं—मस्तक, फिर ओष्ठ। 'ओह, पिंगले!' उनिद्रा में ही भर्तृहरि ने प्रिया को बाँहों के बन्धन में ले लिया। भर्तृहरि के मुख, ग्रीवा, वक्ष पर चुम्बनों की बौछार के पश्चात् ओष्ठ जुड़ गए।

—नहीं! यह ताप, ऐसा आवेग, इतना आस्वाद, इतनी कोरी गन्ध?...पिंगला की तो नहीं है...चम्पा की भी नहीं। तो... ? हाँ, भर्तृहरि तो राज्य और महल छोड़कर वन में हैं। वनांचल के पैठार ग्राम में ग्रामणी वीरभद्र के अतिथि। सकपकाकर उन्होंने बाहुबन्धन शिथिल कर दिया किन्तु अब वह स्वयं ही कोमल बाहुपाश के दृढ़ बन्धन में आ चुके थे।

'कौन... ?' हठात् भर्तृहरि का मुँह खुला।

आतुर ओठों ने मुँह बन्द कर दिया।

ओठों को विलग करते पुरुष ने पूछा, 'कौन हो तुम जो योगी को भोग के पंक की ओर खींच रही हो?'

'मैं जानती हूँ कि तुम केवल योगी नहीं हो।' साँसों की तीव्र गति में डूबी आवाज सुनी भर्तृहरि ने।

'तुम, शची... ? शची, अनर्थ हो जाएगा। तुम नहीं जानतीं, मैं कौन हूँ, कहाँ से आया हूँ। मेरे लिए सर्वथा अनुचित है यह...' विवश हो भर्तृहरि ने कहा।

'किन्तु मेरे लिए यही उचित है...' भर्तृहरि के वक्षस्थल पर कोमल अंगों का दबाव बढ़ गया।

'शची, कोई देख लेगा?'

'कोई नहीं देखेगा?...मैंने अपने इन्द्रजाल से सबको सुला दिया है...'

'अनर्थ न होने दो शची, मैं भी पुरुष हूँ!' शची को धकेल बैठ गए भर्तृहरि।

शची अब उनकी ग्रीवा में बाँहें डाल गोद में फैल गई। वह फुसफुसाकर शची को स्वयं से दूर हटाने का प्रयास करने लगे। शची का वक्ष खुला था।

'तुम चाहती क्या हो?'

'आज रतिदान चाहिए मुझे। मेरे शरीर को स्वीकार कर लो। निराश कर दोगे तो अभी...यहीं...इसी क्षण आत्महत्या कर लूँगी। तुमने मेरे तीक्ष्ण कटार की चपलता देखी है न! बोलो, क्या स्वीकार है—मैं अथवा मेरा शव... ?' कह शची भर्तृहरी के वक्ष में सिर गड़ाकर सिसकने लगी।

सान्त्वना के लिए खुली पीठ पर हाथ रखते ही भर्तृहरि के भीतर की उत्तेजना फुरहरी भरकर खड़ी हो गई। भुजाओं ने स्वयमेव ही शची को ऊपर की ओर उठा लिया—अधर अधरों से जा मिले। कुछ कहने को इच्छुक शची असमर्थ हो रही। स्पर्श के लिए रोमांचित देह किंचित काँपी और आँखें सांध्य कमल के पत्तों की तरह बन्द हो गईं।

भर्तृहरि फुसफुसाते जा रहे थे, 'यह पाप है—मेरे लिए। विवश होता जा रहा हूँ मैं...।'

उठती-गिरती साँसों के साथ शची लता की भाँति लिपट गई भर्तृहरि से।

अनन्तर शची शीघ्रता से स्वयं को ढँकने लगी। लज्जा से अवनत मुख कुछ और झुकाकर थरथराती साँसों के साथ कहा, 'एक रात्रि और रुक लोगे?'

'क्या यह उचित होगा?' सतृष्ण नेत्रों से देखते भर्तृहरि ने पूछा।

'उसके पश्चात् नहीं रोकूँगी।'

'फिर मिलना सम्भव होगा?'

'हाँ। वृन्दा भौजी सम्भव बनाएँगी। आज भी उन्हीं की अनुमति से आई हूँ।'

'एक रात्रि और रुककर भी मुझे जाना ही होगा, तब?'

'लौटने के लिए आपकी प्रतीक्षा करूँगी।'

'तुमने यह भी तो न जाना कि मैं कौन हूँ?'

'जोगी-जती का कोई नाम-ग्राम होता है क्या?' शची की हँसी से घंटियाँ बज उठीं।

भर्तृहरि ने खड़े होकर शची को अंक में समेट लिया, 'वृन्दा देवी से कहना कि अवधूत एक रात्रि और रुक रहा है। दिन में उन्हें भी सौंपना है कुछ...।'

'क्या सौंपोगे?'

'एक तुम्हें...दूसरे, पोटली और यह खड्ग।'

पहरुआ पाखी ने चौथे प्रहर के लगने की सूचना दी तो शची मढ़िया के भीतर चली गई।

'भौजी, जाग रही हो?...अवधूत एक रात्रि के लिए रुक गया है।'

'तेरे स्वर की खनक बता रही है कि तार कस दिये हैं। मैं जान गई हूँ।'

शची वृन्दा को हथेलियों में समेट लिपट गई।

10

तीन लोकों में भूषणस्वरूप रमणी की रचना करके
ब्रह्मा ने अपने कमल समान नेत्रों को विस्फारित कर
आश्चर्य से कहा होगा—साधु...साधु!

उत्सव की भोर वेश्या की सुबह-सी अलसाई और अरुचिपूर्ण होती है। चौपाल के आसपास रिक्त भांड, कुल्हड़ लुढ़के पड़े थे। यहाँ-वहाँ नींद में डूबे मद्यप भी पसरे थे। कुछ मृत्भांडों में शेष मद को श्वान चपर-चपर चाटने को जुट आए थे। एक युगल अभी तक थोड़ी-सी अगोट के पीछे आलिंगन-बद्ध सोया हुआ था।

मद्य की तीक्ष्णता और गन्ध कम करने के लिए मद भांडों में डुबोई गई टटकी टहनियों, आम्रझोंरों के साथ नवीन कदम्ब तथा केतकी के मसले पुष्प वायु के संग-संग हिल-डुल रहे थे। प्रांगण में बिखरे उपदंश के दोनों, सकोरों को सूँघते-चाटते श्वान एक-दूसरे पर खौखिया रहे थे।

वृन्दा ने सर्वप्रथम आलिंगन-बद्ध युगल को पाँव के आघात से सचेत किया।

आघात से कसमसाई तरुणी को तरुण ने और भी निकट खींचा तो वृन्दा ने तरुणी के नितंब पर और अधिक शक्ति से प्रहार किया। चिहुँककर तरुणी ने आँखें खोलीं तथा वृन्दा की ओर रोष से देखती लज्जित हो, वस्त्र सँभालती हुई वेगपूर्वक अपने गृह की ओर चली गई।

एक स्त्री ऊँघती, जम्हाई लेती निकली तो वृन्दा जान गई कि पति को कहीं सोता हुआ छोड़ आई है। वृन्दा ने उसे न टोका अन्यथा वह प्रौढ़ा इस समय ही अपने पति का रोना लेकर बैठ जाती। द्वार पर अनिरुद्ध व बसन्त को गाढ़ी निद्रा में देख आश्वस्त हो वह गृहचर्या में जुट गई। प्रथम तो गो तथा बलीवर्दों का चारा सम्हाला, फिर रज्जु और घट लेकर कुएँ की ओर निकल पड़ी। इस प्रकार नित्य क्रिया, स्नान और जल भरने के तीन कार्य एक ही बार में हो लेते हैं। देवता की कृपा से इस बार चारों ओर जल ही जल है।

वृन्दा के लौटने तक पूरा पैठार जाग गया। उत्सव आवश्यक है पर उत्सव के लिए जीवन और जीवन के लिए उपज तथा अन्न भी आवश्यक है। पहले तो अकाल के बाद वृष्टि ही विलम्ब से आई है, उस पर भी कृषक प्रमाद में हो जाए तो हाथ मलते पछताना ही रह जाना पड़ता है। अनिरुद्ध भी देह तोड़ता हुआ जाग गया। आँखों में अभी रात की लालिमा और पलकों पर मदांतक का भारीपन स्पष्ट था।

'जल मिलेगा देवी?' अनिरुद्ध ने चारा सँवारती वृन्दा को पुकारा।

'जल क्यों, अभी तो भांड में मद भी शेष है!' तुनक भरा उत्तर मिला।

'अरे शेष क्या, तेरा मदभांड तो हुमगकर छलछला रहा है।...रात्रि में कहाँ थीं तुम?' अनिरुद्ध चाव से भरकर बोला।

'उन्मादी मद्यपों से बचकर शची के साथ चली गई थी।'

'तेरा बन्धु तो अब तक सुख-निद्रा में चारुमित्रा के स्वप्न देख रहा है।' अनिरुद्ध ने परिहास किया।

'बसन्त गायक, गुणी है। उसे निद्रा और स्वप्न की स्वतंत्रता है। उसकी तुला में स्वयं को मत तौलो।

कृषक हो। कन्धे पर जूआ रखकर शीघ्रता से खेत की ओर निकलो। मध्याह्न पश्चात् बीज लेने कापत्थिका के पण्य जाकर कल तक लौटना भी है।'

'हे देवी! कापत्थिका तो सात कोस दूर है। किसी अन्य से बीज मँगवा लो न! न हो तो स्वयं तुम्हीं चली जाओ।'

'हाँ, चली जाऊँगी और वहीं किसी वणिक की परिचरी बन रह भी जाऊँगी।' मान-भरी वृन्दा बोली।

'ना-ना-ना, यह निठुरता न कर बैठना! तुम कहोगी तो यमपुर भी चला जाऊँगा बीज लेने...।'

वृन्दा जल का गड़ुआ लेकर निकट पहुँची तो अनिरुद्ध ने उछलकर भुजाओं में भर लिया।

'अरे-रे-रे, छोड़ो! दुष्ट कहीं के! वो सब देख रहे हों...'

'कौन देख रहा है?' अनिरुद्ध ने बन्धन ढीला किया।

वृन्दा फिसलकर दो पग दूर जा खड़ी हुई।'देख तो रहे हैं—बलीवर्द, गाय, कपोत और कपोती।' वह खिलखिलाने लगी।

हँसी रोक फिर से बोली, 'ग्रामणी काकू को साथ लिये जाना...बीज उन्हें भी तो लेना होगा। उन्हें अच्छे-बुरे बीज का बोध है। बसन्त का मार्ग भी कापत्थिका होकर है—मैं तीनों के लिए तोशा और चबैनी बनाए देती हूँ। हाँ, यह भी ज्ञात करना कि और कौन-कौन जा रहा है। एक-दो दिवस के बीच बीज पड़ना आवश्यक है, समझे?' कह वृन्दा व्यस्त होती हुई सी मढ़ई में घुस गई।

भर्तृहरि पौ फटने से पूर्व ही पयस्विनी की ओर चले आए थे। वह उन्मन थे कि रात को जो हुआ, वह उन्हें होने नहीं देना चाहिए था।—शची तो उत्सुक वनबाला है...तुमने न वेशधर्म निबाहा, न राजधर्म। विवेक के स्थान पर तुमने वासना कैसे प्रभावी होने दी? दस दिन नहीं बीते कि भूखे श्वान की भाँति नारी देह पर टूट पड़े!

—किस अधिकार से?...शची न तुम्हारी पत्नी है, न दासी। वेश्या...जनपद कल्याणी भी नहीं। सुकन्या है किसी गृह की, भले वह भवन न हो। तुम दस दिवस में ही आतुर हो अनाचार कर बैठे तो निरन्तर तीन माह रात्रि से भोर तक प्रतीक्षा करते-करते क्षुब्ध हुई पिंगला के विचलित हो बैठने में क्या दोष है? भर्तृहरि! तुम न राजा हो, न पति—तुम लम्पट हो मात्र। नीतिपद रचने से ही कोई नीतिवान् नहीं हो जाता, उसे आचरण में उतारना पड़ता है।...तभी उदाहरण बन पाता है मनुष्य।

—तो ? भाग जाऊँ यहाँ से भी ? पाप का एक और लोथड़ा होगा शीश पर। फिर ?...शची को उसका अधिकार देना होगा।

—यह एक और प्रवंचना है तुम्हारी भर्तृहरि! तुम किसी को क्या अधिकार दोगे ? अपना विकार बोते फिरते हो स्थान-स्थान पर, फिर भी देने का अहं ?...धृष्ट हो तुम!

भर्तृहरि पयस्विनी के किनारे बदरिका वृक्ष की छाँव में कभी बैठते, कभी प्रबाहु को सिराश्रय बनाकर लेट जाते। वह अवन्ति को छोड़ आए थे पर अवन्ति उन्हें नहीं छोड़ रही थी। कभी विचार आता कि उज्जयिनी लौटकर पिंगला को क्षमा कर देना चाहिए, धीरे-धीरे सब ठीक हो जाएगा। किन्तु ठीक क्या होगा ?...बस, जीवन का रथ विलास के उसी पथ पर दौड़ने लगेगा—वही भवन, वही सिंहासन, स्वार्थी सभासद और भ्रष्ट राजसेवक! कानों में प्रातः से रात्रि तक थोथे जयकारों का आरव! कामिनी, कंचन का प्रमत्त प्रवाह और बीच-बीच में महाकाल के मन्दिर की घंटियाँ! कभी अभिषेक पूजन, कभी यज्ञ अनुष्ठान, जैसे पाप का मल धो-पोंछकर फिर से उसी चहबच्चे में कूदने के लिए तैयार करना हो, स्वयं को!

—तो आत्महत्या कर लूँ ?—भीतर जैसे कोई आर्तनाद कर उठा।

—अपनी नहीं, अभी तो पहले शची के बारे में सोचो जिसे तुमने रात को वासना के पंक में खींच लिया है...अथवा जब मस्तिष्क को कोई उपाय न सूझे तो सब कुछ देव के ऊपर छोड़ देना चाहिए।

भारी साँस खींचकर वह आसन लगाकर बैठ गए तो देखा कि कन्द आ रहा है—भागता हुआ। जान गए कि उन्हें ही बुलाने पहुँचाया गया है फिर भी पूछा, 'क्या बात है कन्द, ऐसे बगटुट कहाँ भागे जा रहे हो ?'

'नाना नानानना ननु महाराज! वृद्धदेव ने आपको आहार के लिए बुलाया है, शीघ्र चलें। उन्हें कापत्थिका पण्य जाना है। मैं और अनिरुद्ध भैया भी जा रहे हैं—बीज लेने। बोनी आरम्भ होगी न! कल सायं तक लौटेंगे। मेरी तो कोई बात नहीं—एक धावन में दो-तीन कोस पथ पार कर जाऊँगा किन्तु अन्य लोग साथ थोड़े चल पाएँगे! पहुँचते-पहुँचते रात्रि हो जाएगी।'

इसका अर्थ यह हुआ कि...भर्तृहरि ने स्वयं को कुछ भी सोचने से रोक लिया कि आज कुछ भी न सोच—बस, स्थिति के हाथों में समर्पित हो जा। किन्तु वह ग्रामणी का सामना करने में स्वयं को सक्षम न पा रहे थे। घंटियाँ-सी बजाती शची की हँसी उनकी उच्चता पर व्यंग्य करती प्रतीत हुई कि शची हँस दी तो ? दिन के प्रकाश में उसके समक्ष कैसे ठहर पाएँगे ? उचित यही होगा कि रात्रि के धुँधलके में गाँव पहुँच प्रातः निकल लिया जावे। यह भी देख लिया जाए कि निशा के अंक में क्या छिपा है।

कूट विचार ने भर्तृहरि से असत्य कहलवाया, 'कहना कि वह संकल्प में हैं। सूर्यास्त होने पर ही ग्राम में प्रवेश करेंगे। आहार भी तभी लेंगे।'

'जैसी आपकी इच्छा।' कन्द शीघ्रता में था कि कहीं ऐसा न हो कि वे कन्द को छोड़कर चले जाएँ। इसलिए गति की जिस लय में आया था, उसी में लौट गया।

भूख भगाने के लिए भर्तृहरि ने बदरिका के पत्ते तोड़े। वृष्टि में धुलने से पत्ते गदराए

और चिकने हो गए थे। कुछ कसैलेपन के साथ उनमें खट्टा स्वाद भी लगा और बेरफल के गूदे की गन्ध भी। स्वाद बदलने के लिए बर्बूर की पत्तियाँ खाईं जो चबाने के साथ कुछ-कुछ मीठी हो जाती हैं। इसके पश्चात् वह उसी चत्वर तथा वृक्ष की छाँह का आश्रय लेकर संध्या की प्रतीक्षा करने लगे।

धीरे-धीरे सूर्य जैसे अपने ही तेज से ताप अनुभव कर स्नान की इच्छा में पश्चिम के सागर की ओर बढ़ चला। उधर ही टकटकी लगाए भर्तृहरि अस्ताचल के पर्वत तथा अरुण-रथ के मध्य दूरी नापते रहे। दिन क्रमशः क्षीण हुआ तो चहचहाते पक्षी घोंसलों की ओर लौटने लगे।

गाढ़े कीचड़ के समान अन्धकार आकाश से उतर दिशाओं को ढँकने लगा तो भर्तृहरि ग्राम की ओर चल पड़े। ग्रामणी के द्वार पर सूनापन था। मढ़िया का उढ़का कपाट कह रहा था कि भीतर कोई नहीं है। वह ओसारे में पहुँच खटोलना पर जा बैठे।

गाँव की ध्वनियों से पता चल रहा था कि लोग खेतों, जंगल की ओर से लौट रहे हैं। ग्रामणी के होने पर लोग यहाँ प्रायः आ जुटते हैं। आज ग्रामणी नहीं तो स्यात् कोई न आए। यों भी श्रम से थके शरीर को भोजन, विश्राम की आवश्यकता होती है। सिरहाने की ओर रखे घट से जल पीकर वह कुहनी टेक अधलेटे हो गए।

जो नक्षत्र दिन में सूर्य की कांति के कारण ओझल हो जाते हैं, वे रात्रि के अन्धकार का प्रोत्साहन पाकर चमकने लगे। भर्तृहरि की भी भूख जाग उठी। वह किसी की प्रतीक्षा करने लगे। इसी प्रतीक्षा में दो घड़ी और बीत गईं। गाँव भी चुप होने लगा था—बस, कहीं से किसी चौपाये की हूँक, किसी शिशु का रोना तथा डाँट-पुचकार के साथ चुप कराती माँ के बोल सुनाई दे जाते। वातावरण में उमस पगी शीतलता भरने लगी तभी अंतरिका के कोने से कोई छाया प्रकट होकर आगे बढ़ती स्त्री का आकार लेने लगी।

'शची?' भर्तृहरि ने चाल से अनुमान लगाया।

'आप दिन भर से नहीं आए। मैं भोजन के लिए प्रतीक्षा करती रही।' कानों में घंटियाँ बजीं।

'साहस न जुटा सका, ग्लानिग्रस्त था। किसी की ओर देखता तो दृष्टि झुक जाती कदाचित्...'

'इसमें ग्लानि का क्या है? एक स्त्री ने माँगा, एक पुरुष ने दिया!'

'किन्तु मर्यादा?'

'मर्यादा किसकी भंग हुई?'

'मेरे वेश की...'

'वह तो आभरण है—ओढ़ा हुआ नाट्य वेश...। वेश व्यक्ति के अन्तर का प्रमाण होता है क्या?...पिक कृष्ण वर्ण है—वाणी मीठी है। बक शुभ्रवर्ण होकर एक पग पर खड़ा हो मत्स्य आखेट के लिए ध्यान लगाता है।'

'मैं क्या हूँ?'

'पिक न बक।...आप मेरे पुरुष हैं। बस, अब चलिए। वृन्दा भौजी प्रतीक्षा कर रही हैं। भोजन, शयन सब वहीं होगा।' शची के स्वर में कोई अधिकार बोलने लगा था।

भर्तृहरि ने खूँटी से टँगा खड्गकोष उतारा तो शची ने आगे बढ़कर सिरहाने रखी पोटली उठा ली। भर्तृहरि ने देखा तो ठिठके, फिर कहा, 'चलो।'

दोनों साथ-साथ चल पड़े। भर्तृहरि ने सोचा—क्या यही सप्तपदी की प्रतिज्ञा है ? 'आज से धर्मपत्नी को अर्धांगिनी घोषित करते हुए उसके साथ अपने व्यक्तित्व को मिलाकर एक नये जीवन की सृष्टि करता हूँ। अपने शरीर के अंगों की तरह धर्मपत्नी का ध्यान रखूँगा—अद्यारम्भ यतो मे त्वम् अर्धांगिनीति घोषिता। इसके साक्षी विष्णु...।

एको विष्णुर्जगत्सर्वं व्याप्तं येन चराचरम्
हृदये यस्ततो यस्य तस्य साक्षी प्रदीयताम् ॥'

मंत्र का स्मरण करते हुए शची का हाथ पकड़ लिया, 'तुम मेरी भार्या हो।' वह बोले।

'तुम मेरे भरतार,' शची पार्श्व में आ जुड़ी।

दोनों की पदचाप सुन कुछ ऊँघते श्वान सिर उठाकर घुर्राये। चारा खाते, पगुराते गव, वृषों ने अधमुँदी आँखों से देखते हुए सिर हिलाया—स्वस्तिन इन्द्रो वृद्धश्रवा स्वस्तिनः पूषा विश्ववेदाः।

वृन्दा अपने द्वार पर अक्षत और अर्घ्य लिये खड़ी थी। अर्घ्य देकर दोनों को मढ़ई के भीतर दीप के मन्द प्रकाश में ले आई और गोबर-मिट्टी से लीपी हुई स्वच्छ, भूमि पर कुश साथरी बिछाकर बैठा लिया, 'अवधूत, आज तुम हमारे पाहुने हो।' वृन्दा की आँखें डबडबाई हुई थीं।

भर्तृहरि ने सिर झुकाकर कहा, 'क्या कहूँ देवी! मैं स्वयं को वश में न रख सका। सोचा न था कि यह होगा।'

'जो हो गया, वह लौटाया नहीं जा सकता अवधूत!...दोष अकेले तुम्हारा ही नहीं है। नदी उमगकर समुद्र की ओर दौड़ती है तो सागर भी उसे अंक में समा लेता है। यह अवश्य है कि अपना अस्तित्व खोकर भी सागर का स्वभाव कब बदल पाती है नदी! नदी का स्वादु सोखकर भी सागर..।'

'नदी और सागर, दोनों जड़ प्रकृति के अंग हैं देवी! मनुष्य चेतन का प्रतिनिधि है। प्रकृति क्षम्य है क्योंकि उसका स्वभाव बदला नहीं जा सकता पर मनुष्य को क्या कहें जो स्वभाव को छोड़ स्व-अर्थ में बह जाता है ? जो भी हो, शची को मैंने अपने अंग की भाँति स्वीकार कर लिया है।'

'जाने क्या लिखा है विधाता ने इसके ललाट में! यह भी तो जड़ है। प्रकृति की भाँति ही अपना स्वभाव न बदल पाई। ओह! मैं तो अपनी दुश्चिन्ताओं में भूल ही गई कि तुमने भोजन ही नहीं लिया है। तुम्हारी प्रतीक्षा में यह भी भूखी बैठी रही।' वृन्दा आँसू भरे हुए हँसी, 'शची! तुम परोसो तथा साथ-साथ खाओ!...हमारी रीति है यह।'

'और तुम भौजी ?' लज्जा में सिमटती शची बोली।

मुस्कुराते हुए वृन्दा ने कहा, 'तुम दोनों को देखूँगी। अच्छा, मैं अपना आहार लेकर द्वार पर बैठती हूँ।'

अपना आहार पात्र में रखकर वृन्दा बाहर हो गई। वट चत्वर की ओर सियारों का कोई झुंड आकर हुआँ-हुआँ करने लगा तो इधर श्वान समूह ने संगर सँभाल लिया। सियार और कुकुर देर तक रणक्षेत्र में आमंत्रण का युद्ध लड़ते रहे।

वृन्दा भीतर पहुँची, 'अवधूत, आज का समय मैंने कपटपूर्वक निकाला है। तुम दोनों चाहो तो भाग सकते हो—पर लौटना होगा, चातुर्मास के भीतर। समाज की मान्यता पाने। क्या कहते हो?'

'मुझे प्रातः ही निकल जाना होगा—अकेले।' उत्तर मिला।

'कब तक लौट आओगे?...लौटना होगा भी या नहीं?'

'समय का निर्धारण न कर पाऊँगा, मेरे वश में नहीं, किन्तु लौटूँगा अवश्य— अपनी दुर्बलता, भूल का प्रायश्चित्त परिष्कार करने।'

'यह तो प्रकट है कि तुम कुछ और हो। क्या मनुष्य के रूप में तुम सचमुच कोई देव, यक्ष, गन्धर्व हो?...हम भी जानते हैं कि देवता पृथ्वी पर रहने नहीं आते, पर हमारे मन को आश्वस्ति का आधार तो मिल जाएगा।'

'वृन्दा देवी! जाने से पूर्व अवश्य ही बता दूँगा कि यहाँ पहुँचने से पूर्व मेरी क्या पहचान रही है। हाँ, अभी मैं तुम्हें कुछ सौंपना चाहता हूँ।'

भर्तृहरि ने पोटली खोलकर पंक से पपड़ियाया चोगा निकाल शची के हाथों में रख दिया, 'तुम्हारे लिए है शची। क्या पता, मुझे इस रूपाभरण से मुक्ति दिलाने के लिए विधि ने तुम्हें ही नियत किया हो! यह पट भी सँभालो।' भर्तृहरि ने दुकांछी भी सौंप दी।

'और वृन्दा देवी! तुम यह खड्ग अनिरुद्ध के हाथों में सौंपकर कहना कि अवधूत इस खड्ग के साथ उसे रक्षा का दायित्व सौंप रहा है। इस खड्ग के होते कोई भी राजसेवक राज्य में कहीं अनाचार न कर पाएगा। दस्यु इसकी धार का तेज न सह पाएँगे।...रहीं तुम और ग्रामणी वीरभद्र, तो मैं दे भी क्या पाऊँगा? बस, यह शची है, इसकी इच्छा की अवेक्षा बनाए रखना। मैं किसी ग्रहण की भाँति इसके जीवन में आ पहुँचा हूँ।'

भर्तृहरि उदास हुए फिर सँभले, 'हाँ, यह फेंट, यह कटिबन्ध भी लो। जैसा उचित लगे, वैसा उपयोग कर लेना। मेरी ही भाँति अभी ये वस्त्र भी मलिन हैं। धुलने पर इनका मूल्य प्रकट हो जाएगा।...मैं कोई अवधूत, तापस, देव आदि नहीं हूँ। त्यागने के आत्माभिमान का कायर दम्भ लेकर निकला था। त्याग तो निभा नहीं, उलटे कुछ ग्लानि, मोह और वंचनाएँ मन के साथ लिपट गईं। तुम सबको भ्रम में रखने के लिए जो छद्म का अभिनय अपनाया, वह यहाँ सहज जीवन के आगे खोखला, दरिद्र सिद्ध हुआ।'

'रात्रि अधिक हो गई,' कहती वृन्दा ने जँभाई लेते हुए जैसे सोने की इच्छा प्रकट की। 'और शची! गड़ुआ में दूध व पत्ते पर रस की ढेली रखी है, खा-पी लेना। दीपक चाहो तो उजेरे रहो, चाहे बढ़ा देना।'

वृन्दा बाहर निकल ओसारे की खटोलिका पर आ लेटी। सोचने लगी कि कोई भी सिंहासन खटोलिका से बड़ा और सुखद नहीं होता। कोई विकल मौन अब भी उसके भीतर गूँज रहा था। आँखें बन्द किये वह इसी मौन के चित्र गढ़ती रही।

देर से सोई वृन्दा की नींद शची द्वारा हिलाये जाने पर टूटी। आकाश में पौ फटने को है, उसने देखा।

'वह जा रहा है भौजी! एक लकुट दे दो मार्ग के लिए।'

'तुमने उसे रुकने को कहा?'

'नहीं।'

'मैं आग्रह करूँ?'

'नहीं।'

'तो?'

'मैं उसे छोड़ने जा रही हूँ।'

'कहाँ तक?'

'गाँव के सिवान तक।'

'तुम्हें कुछ बताया कि कौन है—कहाँ से आया है?'

'कहता है कि अवन्ति-नरेश था, अब भर्तृहरि मात्र है...'

वृन्दा के कानों में मेघ गड़गड़ाए, पाँवों के नीचे भूमि थरथरा गई, 'तो क्या अनिरुद्ध के लिए दी गई खड्ग...रक्षा का दायित्व? और अवन्ति राज्य की अमूल्य तेजस्वी खड्ग के बदले एक लकुट... ? देव! तेरा विधान कोई नहीं जानता।'

वृन्दा ने एक लकुट लाकर शची के हाथ में दे दी, 'जाओ! उन्हें विदा दो।'

11

पैठार गाँव पीछे छूटकर भी भर्तृहरि के साथ-साथ चल रहा था। मन में तो शची है ही, मार्ग पर उसके द्वारा थमाई हुई लकुट एक पग आगे चल रही है—पथ के ऊँच- नीच की थाह लेती रक्षा-प्रतिज्ञा सी। साधारण से उत्तरीय के छोर में शची ने चार मुट्ठी चने बाँध दिये हैं। भोर के धुँधलके में वह यह भी तो न देख पाए कि विदा करते हुए क्या था शची की आँखों में। पैठार का सिवान छोड़े प्रहर भर से अधिक समय बीत जाने पर भी लग रहा है कि शची यहीं दस पग पीछे खड़ी है, और अभी पुकार लेगी।

पीछे मुड़कर देखा भर्तृहरि ने, कहीं कोई तो न था—बस, छितराया जंगल गुमसुम खड़ा था और वह सूरज के ताप में धरती की गन्ध के साथ आगे बढ़े जा रहे थे। कहाँ जा रहे हैं वह?...उन्हें लगा कि वह कदाचित् चन्द्रपुर की ओर बढ़ना चाहते हैं—चारुमित्रा की ओर, जो उनके काव्य का मर्म जान सकी है।

एक प्रश्न ने पुन: उन्हें घेर लिया—भर्तृहरि, तुम राजा हो, कवि हो या प्रेमी अथवा पशु?...अथवा एक संग सब कुछ?...पिंगला, चम्पा, शची और अब चारुमित्रा का आकर्षण। तुम्हारे मन में मात्र चारुमित्रा की प्रतिभा का स्वीकार है या इसके साथ ही उसकी कांचन काया के प्रति लालसा भी लटपट है?

लगा कि भीतर का यह संघर्ष उनके शरीर को थका रहा है, क्लांति-सी अनुभव हुई उन्हें। चारों ओर वही निर्जन एकान्त और मस्तिष्क में बहती स्मृतियों की नदी।...भर्तृहरि एक विटप की छाया पकड़ बैठ गए। हाथ की लकुट पेड़ से टिका दी—बंसयष्टि—बाँस की लकुट, जिसकी पोरों पर शची का सुकोमल स्पर्श ठहरा हुआ है। जैसे स्वयं शची खड़ी हो—तनी हुई, उपयोग, उपभोग हेतु तत्पर!

स्मृतियों में एकाएक पिता का चेहरा उभर आया—राजा गर्दभिल्ल। गले से गधे की ऐसी भयानक आवाज निकालते थे कि डर जाते थे लोग। अश्व और गर्दभ दो मिलती-जुलती

पशु जातियों के संसर्ग द्वारा एक नई संकर प्रजाति उत्पन्न करने की विद्या के लिए वह देश-देशान्तर तक विख्यात थे।

माँ का चेहरा स्मरण नहीं है। सुना था कि वह अपने पति से अत्यन्त भयभीत रहती थीं—सदैव बचने का प्रयास करतीं उनसे। एक बार वृद्धा धाय के ही मुँह से निकल गया सुना था कि पति के साथ रात्रि बिताना, बलात्कार भोगने जैसा होता था उनके लिए। गर्दभिल्ल से वेश्याएँ भी कन्नी काटती थीं। दसियों दासियाँ राजा के सहवास की भेंट चढ़ गई थीं। कोई न होने पर अन्तत: माँ को ही भुगतना होता होगा। तो क्या इसी के पुरस्कार में भर्तृहरि को राज्य का उत्तराधिकार मिला?

उनका भाई विक्रम भी राज्य का समान उत्तराधिकारी है। यद्यपि माँ पिता से भयभीत हो अपने पितृगृह रहने लगी थीं। कुमार विक्रम का जन्म भी ननिहाल में ही हुआ। कुमार को भी कहाँ अवकाश है—वेश्याओं, विटों से! राजपुत्र न होता तो अभी तक उसका शव शिप्रा में बहता मिलता।

स्मृतियों में डूबे भर्तृहरि को पार्श्व से कोई झोंका-सा आता अनुभव हुआ। पलकें मुँदीं और कानों में पत्थरों की रगड़ जैसा अट्टहास सुनाई पड़ा, 'किस सोच में हो राजन्?'

भर्तृहरि ने पलकें खोलीं—सामने लंगूर की तरह बड़े-बड़े घने रोओं से भरी एक नंग-धड़ंग आकृति थी—पेड़ की डाल पर सवार।

पत्थरों के बजने जैसा अट्टहास फिर उठा, 'पहचाना मुझे?'

'ओह, आप...?' भर्तृहरि अचकचाकर खड़े हो गए, 'वही हैं न जिन्होंने वृकवन में मेरी रक्षा की थी?'

'मैं क्या रक्षा करूँगा? रक्षा तो आदिनाथ करते हैं। क्षुद्र दास हूँ मैं उनका। बताओ, अब कहाँ जा रहे हो?' आवाज में वही खड़-खड़, जैसे शिलाओं के ओट टकरा रहे हों!

'कुछ भी समझ नहीं आ रहा। मस्तिष्क शून्य है। बस, झकोरे आते हैं—कभी इधर से, कभी उधर से।' भर्तृहरि के मुँह से निकला।

'उज्जयिनी लौटोगे?'

'वहाँ तो वही सब कुछ होगा जिसे छोड़कर आया हूँ।'

'छोड़ना और ग्रहण करना तुम्हारी नियति भी है, आदत भी हो गई है।' अट्टहास गूँजा।

भर्तृहरि का ध्यान गया कि सामने वाला स्थिर नहीं है, उसके रोएँ भरे पाँव निरन्तर गतिशील हैं। बाएँ हाथ में वह डाल का सिरा किसी वल्गा की तरह थामे है—आँखें लाल अंगारों-सी दहकती हुईं। मुँह खोलने पर गन्ध का भभका निकलता है तथा नथुनों से साँस इस प्रकार, जैसे फुसकार छूट रही हो!

'आपने मुझे वृकवन में बचाया था। इस समय भी आपका आगमन यों ही नहीं हो सकता। आप ही बताएँ कि क्या मुझे उज्जयिनी लौटना चाहिए?'

'हूँ, लौटना तो पड़ेगा ही तुझे। वहाँ तेरी पत्नी भैरव साधना कर रही है तुझे बुलाने के लिए। वहाँ तुझे करने को और भी बहुत से कार्य शेष हैं।...लौटना तो पड़ेगा।' हिलते-डुलते रूप ने कहा।

'किन्तु...'

'किन्तु क्या ? यही कहना चाहता है न कि पुंश्चला पत्नी के पास लौटना नहीं चाहता ?' आवाज की खड़खड़ और भी कटु हुई। 'तेरे पास पिंगला के पुंश्चली होने का प्रमाण क्या है ? किस अधिकार से तू उसे दोष देगा जबकि तेरे स्वयं अनेक स्त्रियों से सम्बन्ध बने हैं ?'

'किन्तु वह तो एक साधारण सैनिक पर अनुरक्त हुई...'

'यदि किसी सामन्त, सेनापति, शासक पर अनुरक्त होती तो ?...तुम्हारे पास उसके पतन का कोई प्रमाण नहीं और स्वयं उसके साथ आई दासी चम्पा का उसकी आँखों के आगे, उसी की शय्या पर उपभोग करते हो। ये शरदोत्सव, बसन्तोत्सव, मदनोत्सव, हास-परिहास, विलास क्या स्त्री में कामना नहीं जगाते ? तुम राजा हो तो उदाहरण भी तुम्हीं प्रस्तुत करोगे न ! तुम तो एक भोली सहृदय वनकन्या को भी जूठा करके छोड़ आए, रानी पिंगला को किस मुँह से दोष दोगे ?'

'फिर आपने मुझे क्यों बचाया ? बन जाने देते भेड़ियों का भोजन या डूब जाने देते नदी की बाढ़ में...।' भर्तृहरि कातर हो उठे।

अट्टहास फिर से गूँज उठा, 'मैंने बचाया—हा-हा-हा ! हा-हा-हा ! अरे तुझे आदिनाथ ने बचाया है। मैं तो उसका कुकुर हूँ—उसके संकेत पर दौड़ने वाला।'

'आदिनाथ ने मुझ जैसे पतित को बचाया ही क्यों ?'

'कहीं इसलिए तो नहीं कि प्रजा को एक राजा चाहिए ? तू श्रेष्ठ भले न हो पर अन्यों की भाँति निकृष्ट नहीं है। अनेक बार समय को भी बहुत बुरों के बीच से एक कम बुरा चुनना पड़ता है—हा-हा-हा ! हा-हा-हा ! क्या पता, वह तेरे माध्यम से अपनी सृष्टि में कुछ रचना चाहता हो ! कोई सन्देश देना चाहता हो ! तू तो बहुत विद्वान है राजन्, जानता ही होगा कि राजा के बिना प्रजा नष्ट हो जाती है, जैसे ग्वाले के बिना गाएँ। इसलिए राज्य के प्रति क्षण-भर भी असावधानी नहीं बरतनी चाहिए। असावधानी और उपेक्षा से भूमि तथा स्त्री 'परहस्तगता' हो जाती है—हा-हा-हा !' पूरा वनांचल जैसे उस हँसी से सिहर उठा।

भय भर्तृहरि में भी जगा पर वह तुरन्त सम्हले, 'आप मेरे बारे में सब कुछ जानते हैं। मेरी भी इच्छा है कि अपने उपकारी के विषय में कुछ जानूँ...।'

'मैंने बताया तो राजन् कि मैं आदिनाथ महाकाल का कुकुर हूँ। वह कहता है— भौंक, तो मैं भौंकने लगता हूँ। कहता है—दौड़, तो मैं भाग उठता हूँ। बाबा ने सिद्धि के पर्वत का एक कण मेरी झोली में डाल दिया है तो शक्ति साधकर भूत में झाँक लेता हूँ, कुछ दूर तक भविष्य भी पढ़ पाता हूँ—बस !

यह भी जान ले कि विधाता जब किसी को कुछ अतिरिक्त देता है तो कुछ छीनकर गुणनफल बराबर भी करता है। भूत और भविष्य में प्रवेश देकर उसने मुझसे वर्तमान ले लिया, इसलिए मैं वर्तमान में मात्र हस्तक्षेप कर पाता हूँ। उसके साथ ठहरकर भविष्य के लिए कुछ रच नहीं सकता। लगता है कि आदिनाथ तुम्हारे पास आने को मुझे इसलिए प्रेरित करते हैं कि तुम आगे के लिए कुछ ऐसा रच सको जो मुझ जैसा सिद्ध नहीं रच सकता।'

'किन्तु आप हैं कौन, यह अभी तक नहीं जान पाया मैं ? यह भी नहीं बताया कि मैं क्या करूँ ?' विकल अधीरता ने भर्तृहरि के स्वर में उत्तेजना भर दी।

'नाम से ही सन्तुष्टि मिले तो जान लो कि गुरु ने मुझे व्रजभैरव नाम दिया है। भर्तृहरि! करणीय के लिए यह कि उसी ओर बढ़ो जिधर के लिए तुम्हारा आत्म कहे। बस, इतना अवश्य ध्यान में लो कि तीव्र पुकार किस ओर है।...कालपुरुष की इच्छा मान उसी दिशा का पथ पकड़ लो।...ये ले!'

वज्रभैरव ने अपनी उलझी फैली जटाओं के बीच से एक सींग से बना शृंग-कुंडल निकाला, 'धारण कर इसे—अभी, इसी समय। श्रवण नक्षत्र है आज। आ, मैं पहना दूँ। कान फटेगा कुछ, पीड़ा होगी किन्तु पीड़ा साधना की पहली सीढ़ी है। पीड़ा से भय तो नहीं लगता?'

'नहीं। क्षत्रिय हूँ। घाव सहने का अभ्यास है मुझे।'

वज्रभैरव अबकी बार और जोर से हँसे। वही विकट हँसी जिसे सुन पक्षी भयभीत हो अपने घोंसले छोड़ उड़ने लगे, 'तुझमें क्षत्रिय होने का अभिमान कम नहीं हुआ है। उसी के कन्धे पर राजत्व भी बैठा होगा, वासना भी होगी। तू विमुख नहीं, विचलित है। जा, अपनी वासना को निःशेष कर।'

'कहाँ जाऊँ?...यही तो जानना चाहता हूँ।'

'चन्द्रपुर चला जा। चारुमित्रा के द्वार पर पहुँच। वही तेरी कामना का क्षरण करेगी।'

'शची के प्रति हुए अपराध की ग्लानि मन को व्यथित किए है...।'

'वह तेरी साधना में सहायक बनेगी। बत्तीस लक्षणों से सम्पन्न पद्मिनी स्त्री है शची। इहलोक-परलोक सुधरेंगे उसके सहयोग से। चारुमित्रा चित्रणी है—तेरी वासना सोखेगी। जा! संसार से मन भर जाए तो काल भैरव के पथ पर आ बैठना। मैं चलता हूँ...।' वज्रभैरव ने डाल को झटका लगाया, जैसे अश्व की वल्गा खींच रहे हों!

'भैरव, मेरा नीलमणि कहाँ है?'

'तेरी अश्वशाला में पहुँचेगा वह!...निश्चिन्त रह।' कहते-कहते वज्रभैरव ने हरी टहनियों, पत्तों भरी डाल को एड़ लगाई व झोंके की तरह उड़ते हुए से आँखों से ओझल हो गए।

भर्तृहरि ने विटप से टिकी लकुट सँभाल ली। लगा कि वह अब अक्लान्त हैं...किसी भी मार्ग पर कहीं तक भी चल सकते हैं। स्मरण ही न रहा था कि भैरव से चन्द्रपुर का पथ और दूरी पूछ लेते। वह उसी पथ पर आगे बढ़ लिये। आगे प्रेतपुर था।

प्रेतपुर से जैसे-तैसे बचकर निकले भर्तृहरि के ऊपर से बकपंक्ति गुजरी, दो कौए भी काँव-काँव करते निकल गए। इसका सीधा-सा अर्थ था कि रहवास कहीं निकट ही है। संध्याकाल में काक जनवास से दूर नहीं रहता। घड़ी भर में वह भी पिंड के निकट पहुँच गए। अँधेरे के साथ यहाँ भी भर्तृहरि का स्वागत घुर्राते ग्रामसिंहों ने किया। उनके पीछे कूड़े की डाली घूरे की ओर लाता एक ग्रामीण भी दिख गया।

'बन्धु! यहाँ रात्रि विश्राम मिलेगा?' भर्तृहरि ने पूछा।

'अवश्य ही। स्वागत है आपका। थोड़ा-सा ठहरें।' कह वह व्यक्ति आगे चला गया और बाएँ मुड़ दस हाथ दूरी पर डाली से कूड़ा फेंक लौट आया।

'आप इस मार्ग से आ रहे हैं?' वह आश्चर्यपूर्वक भर्तृहरि की ओर देख रहा था।

'हाँ, देख ही रहे हो।' भर्तृहरि ने उत्तर दिया।

'मनुष्य ही हैं आप?' यह विचित्र-सा प्रश्न था।

'अभी तक तो हूँ...।'

'इस मार्ग पर कौन ले पहुँचा आपको ?'

'मैं स्वयं ही आ पहुँचा हूँ।'

'बहुत भाग्यवान हैं आप...देवता सदय हैं आप पर। आइए, मेरे साथ चलिए!'

भर्तृहरि उसके पीछे हो गए। उन्हें आशंका थी कि कोई अन्य छल उनकी प्रतीक्षा न कर रहा हो, पर इस गाँव में गोधूलि के पश्चात् की हालडोल, आवाजें, शोर है—पिछले ग्राम प्रेतपुर के सन्नाटे और सड़ती गन्ध से अलग अन्न और जीवन की गन्ध।

ग्रामीण ने उन्हें पशुओं के खूँटे के निकट बिछी खटोलिका पर बैठा दिया तथा स्वयं एक ओर जाकर नाँद में भरे पानी से हाथ धोकर गृह के भीतर चला गया। लौटा तो एक दोने में रसखंड की डली और हाथ में जल की झारी थी।

'जल ग्रहण करें अतिथि देव!' ग्रामीण ने खटोलिका पर दोना रखते हुए झारी आगे बढ़ाई।

गुड़ की डली खाकर जल पीने लगे तो शरीर में ऊर्जा-सी संचरित होती अनुभव हुई। स्मरण आया कि ऊर्जा को शची भी कहते हैं। तो क्या शची ही इन शिराओं में ऊर्जा बन बह उठी है ? हाथ की लकुट के साथ संग चलती—कन्धे पर गाँठ के चनों में समाई शची। भर्तृहरि के कानों में घंटियाँ बजीं, जैसे कहीं दूर से शची उन्हें पुकार रही हो!

'जल और चाहिए अतिथि देव ?'

भर्तृहरि सचेत हुए, 'नहीं, पर्याप्त है। खूब मीठा है—जल, गुड़ और आपका व्यवहार।'

'समवय दिख रहे हैं मुझे आप, 'बन्धु' कहूँ आपको ?' ग्रामीण ने अनुमति चाही।

'आपका बन्धु बनकर मुझे प्रसन्नता होगी। हाँ, थोड़ा-सा जल पाँव धोने के लिए अवश्य ले आएँ।' मुस्कुराते हुए बोले भर्तृहरि।

'ओह, क्षमा करें, मैं भूल ही गया। वस्तुतः आप जिस मार्ग से आए हैं, उस मार्ग से होकर सूर्यास्त पूर्व ढाई घड़ी से सूर्योदय तक कोई नहीं निकल सकता। मेरी स्मृति तक आप पहले व्यक्ति हैं जो इस समय उधर से आते हुए भी जीवित हैं। इस समय में तो यहाँ होकर सैनिक टुकड़ी भी नहीं जाती। सच यह है कि वहाँ होकर मार्ग भी नहीं है आवागमन का।'

ग्रामीण अब भी उन्हें कुछ अविश्वास, कुछ आश्चर्य से देख रहा था।

'पर मार्ग तो स्पष्ट है। आने-जाने के स्पष्ट चिह्न हैं मार्ग पर।'

'वही तो भ्रम है। लोग उस मार्ग को सुगम समझकर फँस जाते हैं। इसीलिए सीमा के उस ओर वाले ग्राम जन पथिक को संध्याकाल से पूर्व ही रोक लेते हैं। इधर से जाने वालों को हम रोकते हैं और सूर्योदय के पश्चात् ही भेजते हैं।'

'यह ग्राम किस राज्य में है ?'

'इतना तो ग्रामणी ही बता पाएँगे। मैंने तो न राज्य देखा है, न राजा। आप कहाँ से आ रहे हैं ?'

'यहाँ से दिवस काल की दूरी पर पैठार ग्राम है।'

'पैठार ?' ग्रामीण प्रसन्नता से उछल पड़ा, 'वही तो हमारा कुलग्राम है! मेरे काकू रहते हैं वहाँ। ग्रामणी हैं पैठार के...वीरभद्र नाम है और उनकी पुत्री है...'

'शची।' भर्तृहरि के मुँह से निकल गया।

'हाँ-हाँ, वही तो! बहुत नटखट है। मैंने तीन वर्ष से नहीं देखा है उसको। जानते हो, क्यों? धरती चार वर्ष से अकाल भुगत रही है। अरे, मैं भी कैसा मूर्ख हूँ, तुम भी तो कृषक ही होगे, तुम्हें क्या पता नहीं? रंगरूप अवश्य लुतरी खाता है कि तुम पैठार के नहीं हो। कभी देखा भी नहीं वहाँ। अपने सभी समवयों को जानता हूँ...अनिरुद्ध को जानते हो?'

'उसकी पत्नी वृन्दा को भी।' भर्तृहरि हँसकर बोले।

'ओहो, तब तो कोई बात ही नहीं। तुम भूत-प्रेत भी होओ तो मेरे बन्धु ठहरे।' ग्रामीण हर्ष से खिल गया।

'बन्धु! भूत-प्रेत नहीं, तुम्हारी ही तरह मनुष्य हूँ। मायावी न होकर भी अब समझ पा रहा हूँ कि मनुष्य से बढ़कर मायावी कोई और नहीं होता अन्यथा पगतरी ले आने का विश्वास देकर उस प्रेतनी को भुलावा देने में कैसे सफल होता?'

'तो तुम फँस ही गए थे?' ग्रामीण का मुँह खुला रह गया।

'हाँ, किन्तु कोई अज्ञात बार-बार सचेत कर रहा था कि यहाँ से भागो...शीघ्र भागो। स्यात् वह प्राणभय ही रहा होगा।'

धीरे-धीरे दूसरे ग्रामीण जुटने लगे क्योंकि अतिथि के आने की सूचना फैल गई थी। अतिथि के प्रेतपुर होकर आने की चर्चा सुनी, फिर तो पूरी भीड़ ही लग गई। ग्रामणी भी आ पहुँचे। गाँवभर में वही एक हैं जिनका प्रेतों से सामना और यदाकदा वार्तालाप भी हुआ है।

सबसे पहले तो ग्रामणी ने अतिथि के लिए भोजन-व्यवस्था की जानकारी ली। ग्रामीण भले ही घास, जड़, पत्र के संग-साथ एक-दो रोटी लगाकर भूख से लड़ रहे हों किन्तु अतिथि को तो पूरा भोजन चाहिए न! अकाल में अतिथि भी संकोच करता है। व्यवस्था से सन्तुष्ट हो वह भर्तृहरि के पास खटोलिका पर आ बैठे। सबके साथ प्रेतपुर-प्रसंग सुना और अंथऊ के लिए उठ गए। अंथऊ के पश्चात् भर्तृहरि ने अपने सत्कर्ता से जानकारी चाही, 'बन्धु, यहाँ से चन्द्रपुर कितनी दूर होगा?'

'मैंने नाम अवश्य सुना है, देखा नहीं। कहते हैं कि वहाँ की स्त्रियाँ चन्द्र के समान सुन्दर होती हैं।' ग्रामीण ने अपनी जानकारी बताई।

'पैठार कितनी दूर है?'

'बस, अठारह कोस। भोर में निकल पड़ो तो पहर दिन रहते पहुँच जाते हैं।'

अंथऊ के पश्चात् ग्रामणी पुनः आ बैठे। वीरभद्र से परिचित हैं—वर्ष भर से वह भी नहीं मिल पाए। एक प्रकार से सम्बन्धी भी हैं कि वृन्दा इनकी बहनौती है। वह पैठार के समाचार जानने को उत्सुक थे।

'अभ्यागत श्रांत होंगे, चम्पी करवाएँ?' ग्रामणी ने बात आरम्भ की।

'आपके उदार स्नेह से बढ़कर अंगमर्दन क्या होगा आदरणीय! मैं कृतकृत्य हूँ।' भर्तृहरि ने सम्मान प्रकट किया।

'पैठार में सब कुशल तो है?'

'महाकाल की कृपा से अकाल का प्रभाव छँट रहा है। वर्षा श्रेष्ठ रही है। कृषिकर्म आरम्भ हो गया है—बीजवपन की तैयारी है। भूमि पर उगे चारे से चौपायों का पेट भरने लगा है। गायों के सूखे स्तनों में दुग्ध भर आया है।...आशा है सब ओर।'

'वीरभद्र का स्वास्थ्य कैसा है ? उसकी प्रत्यंचा में अभी वही बल, वही लाघव है ?'

'मैंने उनके कौशल व प्रहार के विषय में सुना अवश्य है, देख नहीं पाया। हाँ, उनकी पुत्री का शौर्य व लाघव अवश्य देखा है। उसने मुझे चित्तक के आक्रमण से बचाया है।' भर्तृहरि के स्वर में अनुराग भर आया।

'अच्छा, वह शची ? हाँ, साहसी, सुन्दर है। गत वर्ष वीरभद्र ने मुझे उसके लिए कोई योग्य वर देखने को कहा था किन्तु अकाल ने प्राण बचाने के सिवाय किसी ओर सोचने का अवसर नहीं दिया। भूख से अनेक मृत्यु हुई इस गाँव में।...एक युवक है मेरी दृष्टि में—सबविध योग्य, सुदर्शन, गुनी। पर वो तो विचार करेंगे। हाँ, तुम तो पैठार के नहीं...वनवासी भी नहीं लगते !'

'आपका अनुमान सत्य है। मैं पैठारवासी नहीं, गृहत्यागी हूँ। वर्षा में मार्ग दुर्गम हो जाने से ग्रामवासियों ने रोक लिया था। अब चन्द्रपुर की ओर प्रस्थान है। कितनी दूर होगा चन्द्रपुर ?'

'साठ कोस बैठेगा। बस, एक बार गया हूँ। दसारण होकर जाना पड़ेगा। इन दिनों तो मार्ग ही नहीं है...छोटी-बड़ी अनेक नदियाँ मिलेंगी। वन तो है ही।' ग्रामणी ने कहा।

'किन्तु पहुँचना तो है ही।'

'सब कुछ वर्षा पर निर्भर है। हाँ, किसी सार्थवाह का साथ मिल जाए तो ठीक है। इस समय सभी सार्थवाह किसी-न-किसी नगर में रुके रहते हैं। मुनियों के संघ भी चौमासा एक स्थान पर बिताते हैं। हाँ, जोगी-जती चलते रहते हैं—अच्छा हो, तुम किसी जोगी का भेस बना लो। इस भेस से यात्रा में कई चीजें सुलभ हो जाती हैं।' ग्रामणी ने परिहास में कहा।

'अच्छा, आदरणीय, ये प्रेतपुर का क्या रहस्य है, बता सकते हैं ? आपका गाँव तो बहुत निकट है...फिर भी सुरक्षित। मैं तो आज वहाँ घिर ही गया था। मैंने वहाँ प्रेतनी के हाथ का कंकाल देखा है जो सर्पों से भरी कुटिया में रहती है। वहाँ एक श्वान-युगल है जो प्रकट होकर छिप जाता है। मोर मेरे पीछे आ पहुँचा था बिना उड़े ही। छोटे से स्वच्छ गाँव में दो स्त्रियाँ बात करती-सी निष्पद खड़ी हैं। सारमेयों के एक बड़े दल ने लगभग घड़ी भर तक मेरा पीछा किया किन्तु एक छोटी-सी नदी पार करते ही ठहरकर रह गए जब कि तब वे मुझे सरलता से पकड़ सकते थे। सच पूछो तो मुझे इस ग्राम में प्रवेश करते हुए भी आशंका थी कि कहीं यह भी मायाग्राम न हो !'

ग्रामणी हँस पड़ा, 'लगता है, तुम सैनिक रहे हो, अन्यथा अन्य किसी के तो यह देखकर उसी ठौर प्राण निकल जाते। वहाँ के बारे में मुझे बहुत अधिक ज्ञात नहीं, पर एक योगी ने बताया कि प्रेतपुर संध्या होते ही निर्मित होता है और प्रति सुबह नष्ट हो जाता है। संध्या के पूर्व काल से कोई उधर नहीं जाता। हमारे जो चौपाये रात्रि के समय उधर भटक जाते हैं, वे कभी नहीं लौटते। दिन में वह एक दलदली भूमि है—कोस भर के घेरे की। दलदल में जो धँस गया, उबर नहीं पाता। धीरे-धीरे उसी में समाता जाता है। सुना है कि कभी पूरे सार्थवाह ने अवन्ति की ओर जाते हुए इसी में धँसकर समाधि ले ली थी। वही प्रेत अब रात्रि में प्रकट होते हैं तथा उधर पहुँचने वाले को मारकर अपने साथ जोड़ लेते हैं। योगी ने बताया कि कोई प्रतिलोम विद्या है जिससे प्रेतपुर प्रकट होता है और अनुलोम से लुप्त हो जाता है।'

'क्या यह स्थान अवन्ति राज्य में ही है ?'

'स्यात् नहीं है। हमारा गाँव भी नहीं है। हम अवन्ति और दसारण की सीमा पर हैं। यह भूमि किसी राज्य की नहीं है, प्रेतपुर भी नहीं है। यहाँ बसे सभी लोग राज्यों से त्रस्त होकर आए हैं। कुछ अवन्ति के पैठार से हैं, जहाँ दस्यु और राज्यकर्मी दोनों लूटते हैं। मैं स्वयं देवस्थान से हूँ।

'एक प्रकार से प्रेतपुर भी हमारी रक्षा ही करता है। रात्रि के समय इधर से दस्यु नहीं आ सकते। राज्य में न होने से राज्यकर्मी क्यों आएँगे ?...आए भी तो दस्यु बनकर ही आएँगे। दिन में हम उनका सामना करेंगे और रात्रि को प्रेतभय है ही। इसलिए हम बिना राज्य और राजा के कदाचित अधिक सुखी हैं।

'लगता है, अभ्यागत विश्राम करना चाहते हैं। स्वाभाविक ही है—प्रातः ही प्रस्थान करना है। अभी आकाश स्वच्छ है—मात्र कुछ मेघखंड इधर-उधर हो रहे हैं—छूँछे। अतः वर्षा की सम्भावना नहीं। प्रातः यात्रा की जा सकती है। वैसे इस ऋतु में यात्रा यात्री पर नहीं, मेघ पर निर्भर है। आप सुख-निद्रा लें। देव ने चाहा तो स्यात् कहीं फिर भेंट हो।'

ग्रामणी के खड़े होने पर सम्मान में भर्तृहरि भी खड़े हो गए। लगा कि जन का जीवन जीते हुए इतने ही दिन में राजत्व का दम्भ पीछे छूट गया है।

रात्रि विश्राम कर प्रातः ही निकल पड़े चन्द्रपुर की ओर। वेशभूषा होने पर भी पग में पनही नहीं थी। बस, सहारा देती लकुट साथ थी—नदी, नाले, बंजर, ऊसर, पंक, दलदल सबकी थाह लेती हुई। मार्ग में जल की कमी नहीं। भूख ने सिर उठाया तो गाँठ में बँधे चनों में से तिहाई भाग निकाल चबाना आरम्भ कर दिया। चनों के साथ यह भी सुविधा है कि चलते-चलते भोजन हो लेता है।

सायंकाल तक भर्तृहरि सीमाग्राम जा पहुँचे। खपरैल की पांथशाला में प्रवेश करते-करते अँधेरा घिर आया जिसे कृष्ण वर्ण मेघ ने और गाढ़ा कर दिया। तड़-तड़-तड़-तड़ के संग बिजली चमकने के साथ ही खपरैल पर बूँदों की बौछार बजने लगी।

'आइए, स्वागत है' का स्वर सुन भर्तृहरि ने देखा कि पांथशाला में दो पथिक और भी हैं।

'उस कोने में कुशासन का गट्ठा रखा है—बिछाने के लिए एक ले लीजिए।' उसी स्वरवाले पुरुष ने बताया।

दूसरा पथिक चुप था। बस, उसके द्वारा खींची व छोड़ी जाने वाली साँसें ही अनुभव की जा सकती थीं। भर्तृहरि ने कुशासन उठाकर धूल झाड़ने के लिए फटकारते हुए स्वागत करनेवाले स्वर के समीप बिछा लिया।

बिजली अब पुनः चमकी तथा गरज के साथ ही वर्षा का वेग बढ़ गया।

'सही समय पर आ पहुँचे आप, अन्यथा भीग जाते। बदलने के लिए कोई वस्त्र भी नहीं दिखता आपके पास ?...गठरी, मुटरी कुछ नहीं... ?' वही पांथ बोल रहा था।

'ऐसा ही कुछ मान लीजिए।' संक्षिप्त-सा उत्तर देकर भर्तृहरि बैठ गए।

'मैं इसलिए कह रहा हूँ कि पावस काल है—स्त्री से स्त्री के संयोग वाला शूकर वाहन मघा नक्षत्र बीत रहा है तथा स्त्री-पुरुष का संयोग लिये अश्ववाहन पूर्वाफाल्गुनी का आगमन है इसलिए मेघ गर्जन व विद्युत नर्तन द्वारा देवता उसका स्वागत कर रहे हैं। ये स्त्री-पुरुष

यदि रागरत हो गए तो चौदह दिन जल की झमाझम होती रहेगी। सम्भव है, हमें इतने दिन इसी पांथशाला में बिताने पड़ें, इसलिए चाहता हूँ कि हमारे बीच का संकोच बँट जाए।'

'उचित होगा यह।' भर्तृहरि सहमत हुए।

'मैं अभी दो घड़ी पूर्व ही पहुँचा हूँ। पूज्य वैखानस महाराज तभी से इसी मुद्रा में अविचल बैठे हैं। तभी से क्यों ?...सम्भव है, बहुत पहले से बैठे हों यूँ ही! आपके आ पहुँचने से सान्त्वना मिली है कि किसी से बतकही तो की जा सकती है... । पर आभास हो रहा है कि यहाँ आवास तो है, आहार-व्यवस्था नहीं। सैनिक भी झाँकने तक न आए कि पांथागार में कौन आ ठहरा है।...पंडित है या भंड, दस्यु है या वणिक्। ठीक भी है, राज्यकेन्द्र से दूरस्थ स्थलों को कौन देखता है! दशार्ण नरेश वैसे भी युद्ध में उलझे रहते हैं, कभी गुर्जर चढ़ आते हैं, कभी परिहार।' पांथ कहे जा रहा था।

'दशार्ण की भूमि होगी यह ?' भर्तृहरि ने जानना चाहा।

'भूमि तो गोपाल की है बन्धु! राजन्य इसे अपनी मान बैठते हैं, फिर सैनिकों के रक्त से राज्य की रेखा बनती-मिटती रहती है। भूमि वही—कभी दशार्ण की होती है, कभी उज्जयिनी के आधिपत्य की कहलाने लगती है।'

'अच्छा, अवन्ति के आधिपत्य में भी रहा है यह स्थान ?'

इस प्रश्न पर पांथ हँस दिया, 'बन्धु! सम्भव है, यह भूमि कभी राम और कृष्ण के अधिकार में रही हो! सुयोधन की ससुराल रही मालव देश में। कौन जाने, चन्द्रपुरी के शासक शिशुपाल का भी शासन रहा हो यहाँ! शकारि विक्रमादित्य के बारे में तो कोई सन्देह ही नहीं करता फिर भोजराज भी प्रतापी नरेश हुए हैं। अभी दशार्ण के अधिकार में है, भविष्य में कौन जाने कि न दशार्ण का हो अधिकार, न उज्जयिनी का।...कोई तीसरा ही अधिपति हो जाए अवन्ति और दशार्ण का भी!'

'हूँ-ऊँ-ऊँ-ऊँ' की एक तीव्र ध्वनि के साथ दूसरे कोने पर बैठा वैखानस उचका और उसी आसन में इन दोनों के निकट आ बैठा। चौंककर दोनों स्तब्ध से थे। पाँव बाँधकर ऐसी छलाँग तो चित्तक भी नहीं लगा सकता। दोनों सम्भ्रमित से वैखानस की ओर देखने लगे।

'तुममें से कोई कह रहा था कि मालव पर किसी अन्य का आधिपत्य हो सकता है ?' वैखानस ने चिंचियाती आवाज में पूछा।

कोई उत्तर न दे, दोनों वैखानस की ओर देखते रहे।

'जो कह रहा था, सत्य ही कहा। कौन जानता है कि महादेव महाकाल ने किस काल के लिए क्या निर्धारित किया है। स्वयं उन्हीं के अंश से उत्पन्न अवतार भी काल-चक्र अपनी इच्छानुसार नहीं घुमा पाते। पूर्णावतार देवकी पुत्र कृष्ण भी कहाँ घुमा सके थे... !' वैखानस बोलने लगे।

पांथ वैखानस के पाँवों में झुक गया, 'देव! मैं तो ग्रह गणना के सिद्धांतानुसार कहता हूँ। ज्योतिष मर्मज्ञ भी कहते हैं कि वे सम्भव सत्य का उद्‌घाटन करते हैं, पूर्ण सत्य का नहीं।'

वैखानस अब हँसने लगे, 'सत्य का साक्षात्कार मैं भी कब कर सका दूँ। गुरु ने एक मार्ग दिखाया है सत्य की ओर जाने का। क्या पता, सत्य भी किसी महासत्य का अंश हो और महासत्य किसी परमसत्य का!...वस्तु सत्य यह है कि हम सभी अन्वेषण के मार्गी

हैं। सम्भव है, कोई सत्य की सीमा का स्पर्श पा सके। सम्भव है, कोई किसी पड़ाव को ही यात्रांत मान बैठे।'

गर्जन-तर्जन के साथ पानी की झड़ी और भी द्रुत हो गई। बाहर पूरी तरह अन्धकार घिर आया था। कहीं-कहीं पानी टपकने से पांथशाला की कच्ची भूमि किचकिची होने लगी।

'अब भोजन की कोई व्यवस्था सम्भव नहीं।' ज्योतिषी के स्वर में निराशा भर आई। 'ऐसे में कौन अपने घर से निकलेगा—पांथशाला के पथिकों की पूछ करने? मैंने मध्याह्न भोजन भी नहीं किया है—आँतें ऐंठने लगी हैं। जलघट रिक्त पड़ा है। पता नहीं, कूप किस ओर है? मेरी झोली में रज्जु और झारी है। गृह से तीन भार सत्तू लेकर चला था, अब किनका भी नहीं बचा। वैखानस महाराज! पता नहीं, योगी की कालिरात्रि कैसी होती हो, मुझे तो लगता है कि भूखे पेट वाली रात्रि ही कालरात्रि होती होगी।' कहते-कहते ज्योतिषी परिहास की थकी हुई हँसी हँसने लगा।

वैखानस ने उत्साहित किया, 'हँसो, जोर से हँसो। भूख भुलाने की यह भी एक विधि है। जो भूखा रहकर हँस सकता है, वही भूख को जीत सकता है। मैंने देखा है कि पिछले अकाल कृषकों ने इसी कौशल से जीते हैं। लगता है, यहाँ का कृषक भी योगी है।' कहकर वैखानस स्वयं भी हँसने लगे, फिर अपना खप्पर आगे की ओर सरका दिया, 'लो, घरुए वाले खरपैल से धारें बह रही हैं। महादेव इतना जल उलीच रहे हैं, क्या तुम एक घट भी न भर पाओगे? लो, योगी के खप्पर में आकाश से झरता वरदान एकत्र करते हुए अपना घट भर लो!'

'मेरे पास दो मुट्ठी चने हैं...कदाचित इनसे रात कट जाए।' भर्तृहरि ने कहा।

'अलख-अलख-अलख! गोरख-गोरख-गोरख!' वैखानस एक चिंघाड़ के साथ उठ खड़े हुए और जोर-जोर से शृंगी फूँकने लगे। शृंगी की कूक कभी मेघों की गड़गड़ में दब जाती, कभी चीरती हुई बाहर दौड़ पड़ती।

अभी दस-बारह कूकें ही लगी होंगी कि भीगते-भागते दो लोगों ने भीतर झाँकते हुए पूछा, 'भीतर कोई है...कौन है?'

भीतर से फिर एक बार शृंणी कूकी और ज्योतिषी बोल पड़ा, 'हम पथिक हैं। अँधेरे में बैठे हैं।'

'कितने पथिक हैं?'

'तीन हैं।'

'अभी आते हैं हम,' कहकर वे लौट गए।

कुछ ही बेर में आए वह। साथ में कुछ सत्तू, दाल और बाटियाँ। दीपक में अरंडी का तेल भरकर उन्होंने चकमक पत्थर घिसकर आग जलाई। कक्ष में उजाला हुआ तो पाँच जोड़ी आँखों ने पहचान बनाई।

वैखानस अब भी शृंगी लिये खड़े थे—शरीर में भस्म, सिर पर जटा, कान की मुद्रा, कंठ में रुद्राक्ष माला। पाँवरी और काठकमंडल भी रखा था। सब सामग्री गेरुए रंग में रँगी हुई। खप्पर ज्योतिषी के निकट ज्यों का त्यों रखा था। कटि में काले ऊन की मेखला। झोली भी रखी थी कोने में।

ज्योतिषी का वेश सामान्य था—बस, मस्तक पर अधधुला तिलक, गले में हरे, लाल, पीले मनकों की माला के साथ तुलसी की माला भी पहने हुए। उत्तरीय के नीचे से झाँकता मोटा यज्ञोपवीत तथा बगल में कन्धे के दोनों ओर लटकाई जाने वाली खरिया या खुरजी।

भोजन सामग्री लेकर आए व्यक्तियों के कटि से लटकती खड्ग बता रही थी कि वे सैनिक हैं। उनमें से एक ने विवशता प्रकट की, 'इस समय और अधिक अन्न की व्यवस्था सम्भव नहीं है।'

लगता था कि वे दोनों औघड़ वैखानस के वेश तथा ज्योतिषी की माला, तिलक, जनेऊ से प्रभावित हैं। भर्तृहरि को सामान्य मान वे इन्हीं दोनों को सम्बोधित थे। भर्तृहरि जानते हैं कि विशिष्ट के प्रति कोई इच्छा या भय जुड़ा रहता है इसलिए मनुष्य उसके समक्ष आदर, प्रशंसा या आत्मीयता के प्रदर्शन का छल ओढ़ लेता है और वह विशिष्ट भी उससे अधिक सक्षम, शक्तिशाली के आगे उपेक्षणीय हो जाता है।

'ऐ पांथ! कृषक हो ? कहाँ से आए हो ? जाना कहाँ है ?' एक सैनिक ने भर्तृहरि से जानकारी माँगी।

'मैं पैठार गाँव से हूँ।'

'अच्छा... ! इनका ध्यान रखना। कोई सेवा-टहल चाहें तो तत्पर रहना, समझे ?'

'हाँ, यथासम्भव कोई कष्ट न होने दूँगा इन्हें।' भर्तृहरि ने सैनिकों के प्रति विनम्रता प्रकट की।

'और हाँ, इनका आहार पूर्ण होने पर शेष लेना तुम। कृषक हो, भूख सह सकते हो किन्तु ये ब्राह्मण देवता तो... । वह उक्ति सुनी है न कि भूखा विप्र सिंह से भी अधिक आक्रामक होता है ?' कहकर दूसरा सैनिक मुस्कुरा दिया।

प्रात: भेंट करने की कह वैखानस व विप्र को प्रणाम कर दोनों सैनिक चले गए।

मेह की तीव्रता किंचित् कम होने पर भी निरन्तरता बनी हुई थी। यदाकदा विद्युत आकाश को प्रकाशित कर जाती और मन्द-मन्द मेघ गर्जन हो लेता।

औघड़ वैखानस ने अपनी झोली एक ओर सरकाते हुए कहा, 'तुम लोग भोजन कर विश्राम लो, हम मेघ-साधना करेंगे।'

'पर महाराज! कुछ रात्रि आहार तो ले लें, अन्यथा मैं कैसे... ?' भर्तृहरि तपस्वी को भूखा छोड़ स्वयं आहार कैसे ग्रहण कर सकते थे!

'क्षत्रिय हो न!' औघड़ ने घूरकर देखा।

भर्तृहरि अचकचा गए। असत्य भी कैसे बोलें, अत: बात टाली, 'देव ने यह अनुमान क्योंकर किया ?'

'इसलिए कि यह ब्राह्मण चुप रहा। इसे इसकी भूख ने घेर रखा है। सहस्राब्दियों से यह अपने पेट से पराजित है। जो भी इसका पेट भर दे, उसे ही आशीष देने लगता है—वह देव हो या दानव।' औघड़ इतनी जोर से हँसा कि उसी समय उठा मेघ का मन्द गर्जन भी दब गया।

भर्तृहरि ने देखा कि औघड़ वैखानस दीप की काँपती, थरथराती लौ के उजास में खड़े होकर आकाश के नीचे जा पहुँचे। उन्होंने रोकना चाहा पर जानते हैं कि ये मन की मानते

हैं। मन की करते हैं। अवन्ति में देखा है कि महाकाल, महाभैरव को छोड़ मृत्यु को भी मान्यता नहीं देते।

'जोगी विकट लगता है। अब वह आहार लेने से रहा। तुम सत्तू धोलकर पी लो, मैं बाटियों से पेट भर लूँगा। आवश्यकता हुई तो एक मुट्ठी चने फाँकने से रात्रि बीत ही लेगी। वह खप्पर धोकर अलवाती के नीचे लगा दो। ये लोग अघोरी से होते हैं, जूठा-मीठा का विलग नहीं मानते।' ज्योतिषी खपरैल से बहती धार में हाथ धोने उठ गया।

हाथ धोने के पश्चात् ज्योतिषी ने भोजन सामग्री अपनी ओर सरका ली, 'हाँ, ये घट भी भीतर हाथ फेर, धोकर ही भरना। पांथागार में जाने कौन-कौन आता रहता है। वैसे तुम कृषक हो या क्षत्रिय?'

'क्या कृषक को क्षत्रिय नहीं होना चाहिए?' भर्तृहरि ने स्वयं ही अनुभव किया कि उनका स्वर कुछ तिक्त हुआ है।

'वह बात नहीं। वस्तुतः तुम्हारे मुख पर वह दीनता नहीं, जो समय ने कृषक के मुख पर ला दी है। तुम्हारे मुख पर ऐश्वर्य की दीप्ति है, इसलिए सन्देह होता है।...कोई भी करेगा। पर छोड़ो वह सब, तुम तो घट भरकर रख दो। अभी यह भर लाओ अलबाती से।' ज्योतिषी ने खुरजी से लोटा निकालकर पकड़ाया।

घड़ा भी भरकर भर्तृहरि सत्तू माँड़ने बैठ गए। भोजन ग्रहण कर कुशासन का बिछौना बना 'जय महाकाल' कहकर शायी हुए तो शिखी के बोलने पर ही निद्रा टूटी।

बाहर बूँदाबाँदी चल रही थी। औघड़ वैखानस अब तक बाहर थे। दीपक का तेल रात्रि में ही शेष हो गया था। टपकते पानी को अंजुलि में भरकर मस्तक, नेत्रों पर फेर वह प्रातःकालीन देव-स्मरण के लिए कुशासन पर बैठ गए। कुनमुनाते हुए ज्योतिषी ने भी 'हर-हर' कहते आँखें खोल लीं। कहीं से लौटकर वैखानस ने शृंगी फूँक दी।

प्रातः दो घड़ी के लिए मेह थमा तो पक्षी अपने-अपने घरौंदों से निकल चहचहाने, बोलने लगे। गाँव की ओर से एक श्वान भी आ पहुँचा। गायों के रँभाने, भेड़-बकरियों की में-में, भैं-भैं तथा लोगों के खाँसने-बतियाने के स्वर भी जाग पड़े।

'तुम किस दिशा में निकलोगे?' वैखानस ने भर्तृहरि से पूछा।

'चन्द्रपुर जाना है।'

'चन्द्रपुर? मार्ग में अनेक नदी-नाले हैं। वन, व्याघ्र, तस्कर हैं। कहीं-कहीं सैनिकों, गुप्तचरों से भी भेंट होगी तो गुरु की आज्ञा हुई है कि वन-पर्वत का दुर्गम मार्ग मैं तुम्हें पार कराऊँ।' वैखानस बोलने लगे।

'गुरु! कौन गुरु? आप जानते हैं मुझे वैखानस महाराज?'

बैखानस ने आँखें मूँद लीं, 'मैं बैखानस नहीं हूँ। सीधे जोगी कहो या औघड़ कहते हैं मुझे लोग। तुम्हें मैं नहीं जानता, गुरु जानते हैं। उठाओ अपना झोली-झंडा और निकल पड़ो।' 'अलख-अलख, गोरख-गोरख' चिंघाड़कर औघड़ ने शृंगी फूँक दी।

'क्या हमें मेघ छँटने की प्रतीक्षा नहीं करनी चाहिए? वर्षा के जलप्रवाह से मार्ग अभी औघट होगा। आगे पता नहीं कितनी दूर पर कोई आश्रय मिले!' भर्तृहरि ने आशंका प्रकट की।

'मत सोच! कुछ मत सोच। जो तेरे हाथ में नहीं है, उस पर मत सोच। तुझे जहाँ पहुँचना है, उस ओर बढ़ ले।...जहाँ तक पहुँचने की सम्भावना बने। दुर्गम पथ, नदी-नद, पर्वत-वन पार कर लेंगे। अब हम दो हैं न! पथ दुस्तर होगा जहाँ, वहाँ रुक लेंगे। अभी तो चलने के लिए मार्ग दिखाई दे रहा है न!' औघड़ ने झोली टाँग ली।

'यह ग्रामीण सत्य कह रहा है योगी महाराज! कठिन ऋतु, दुर्गम मार्ग और पाथेय मात्र दो मुट्ठी चने। ठिकाने तक न पहुँच पाए तो रिक्त पेट रात्रि काटनी पड़ेगी। आज भद्रा भी लगी है। भद्रा में गमन शुभ नहीं होता।' ज्योतिषी ने हस्तक्षेप किया।

'तू चुप रह भुक्खड़ ब्राह्मण! शास्त्र लादे फिरता है सिर पर, शास्त्र की देश काल संगति नहीं समझता। भद्रा घर से चलने पर शोधी जाती है, बीच मार्ग में नहीं। आगे बढ़े पग का इष्ट गंतव्य ही होता है। अरे हाँ, तेरी गाँठ में जो चने बँधे हैं, दे दे इसे। इसे तेरी नहीं, अपने पेट की अधिक चिन्ता है। उठ और खोल दे गाँठ! क्या पता, गुरु की यही इच्छा हो!'

औघड़ की आज्ञा पर भर्तृहरि ने गाँठ खोली। लगा कि बगल में कहीं शची खड़ी है। आँखें फाड़कर देखा—दाएँ, बाएँ, सामने, दूर, दृष्टि की सीमा तक कहीं कोई छाया भी नहीं शची की।

चने ज्योतिषी के लोटे में डालकर भर्तृहरि ने लकुट थाम ली, 'चलें महाराज!'

औघड़ ने भेदती आँखों से भर्तृहरि को देखा और अपने स्वर में चिंघाड़ उठा, 'अलख-अलख, गोरख-गोरख!'

भर्तृहरि जोगी के पीछे हो लिये।

पहले दिन न भास्कर के दर्शन हुए, न अन्न के, न किसी ग्राम के। कभी बूँदें झरतीं तो कभी मेघ की छाँव में खचर-खचर जल कीचड़ पार करते। नंगे पैर चलने से भर्तृहरि के पाँव में छाला होकर फूट गया। तलवों में कुछ घाव हो गए थे जिनमें तृण, कंकड़ चुभते ही भर्तृहरि के मुँह से पीड़ा की चीख निकलने को होती, वह दबा लेते। औघड़ मुड़कर देखते और हँस देते।

'मध्याह्न काल हो आया राजा भर्तृहरि! तुम दो कोस भी पूरे नहीं कर पाए?' औघड़ कुछ दूर पीछे आते भर्तृहरि को आ पहुँचने के लिए पलटकर खड़ा हो गए।

'बहुत पीड़ा है पाँव में महाराज। दो दिन नंगे पाँव चलने से रात को उभरा छाला फूट गया है स्यात्।' भर्तृहरि पीड़ा पीते हुए बोले।

'मेरे पाँव में तो कोई छाला नहीं।'

'आपको नंगे पाँव चलने का अभ्यास है महाराज!'

'अभ्यास तुझे भी हो लेगा।' पास पहुँचते ही औघड़ फिर से आगे हो लिये।

मार्ग में किसी मनुष्य के चिह्न तक नहीं। बस, भीगते, सिमटे वानर, ऋक्ष। दो बार ऊँघता हुआ व्याघ्र युगल मिला, एक बार पथिकों की ओर आँखें गड़ाकर ताकता वृकदल। शृगाल, शृगाली, लांगूर, साही, बिलाव, चित्तक, चीतल, नकुल—सब भीगे- सिमटे-सकुचे से।

'सूर्यास्त होने को है,' औघड़ जोगी ने सूचना दी।

'हूँ।' भर्तृहरि के माथे पर पीड़ा बैठी थी।

'भूख लगी होगी?'

'भूख से अधिक पाँवों की पीड़ा कष्ट दे रही है।'

'तो ठीक है, हम यहीं विश्राम किए लेते हैं...। जानता है, पूरा दिन बीत गया और तू मात्र साढ़े तीन कोस नाप पाया। साढ़े तीन हाथ का शरीर होता है मनुष्य का तो उदय से अस्त तक मात्र देह की यात्रा—उसमें भी पाँवों की व्याधि, क्लान्ति का दुख। अच्छा, जा, उस झाड़ के पत्ते तोड़ ला—उस गढ़े से इस खप्पर में पानी ले आ। ये लकुट मेरे पास छोड़ दे।' औघड़ वहीं एक धुले हुए शिलाखंड पर बैठ गए।

जल व पत्र लेकर भर्तृहरि के आते ही उन्होंने भर्तृहरि के तलवे धोए—भर्तृहरि की 'ना-ना, पाप लगेगा' कुछ भी न सुना औघड़ ने। फिर झोली में से कोई छार निकाल पैरों पर मल पत्ते बाँध दिये।

'भूख का क्या करेगा?'

'आपने तो रात भी कुछ नहीं खाया?।'

'मैंने भूख को वश में किया है—गुरु की कृपा से।'

'वैसे मैंने भी कुछ दिन उनके संग बिताए हैं जिन्हें पीढ़ियों से भूख के साथ जीने का अभ्यास है।'

'तो आओ, आज की रात्रि हम निराहार बिताएँ!'

'आपकी तो यह दूसरी रात्रि है—निराहार... ?'

'पता है राजा तुम्हें कि अन्न का भी एक मद होता है? संसार में मद ही मद है, गुरु बताते हैं। धन, शक्ति, रूप, यौवन का मद। आकर्षण होता है देह, गेह, माया में। साधक को इन सबसे विमुख होना पड़ता है। मुक्त तो जानकर ही हुआ जा सकता है न! शत्रु को जाने बिना तुम उस पर विजय कैसे पाओगे?

अच्छा, मुझे सामने एक वृक्ष दिख रहा है। मैं उसके पत्र तोड़कर लाता हूँ—स्वादिष्ट गूदे वाले हैं—पेट भर जावेगा। मैं भी चबा लूँगा। तू पहचान कर इसकी। आज रात्रि इस वृक्ष और शिला के आश्रय में बिताएँगे। मैं पत्र तोड़ता हूँ। सूर्यास्त होने पर पत्र, पुष्प, फल, टहनी तोड़ने से वृक्ष को पीड़ा होती है। पीड़ा पहुँचाकर ग्रहण किया गया आहार ही तो मांस-भक्षण है।'

कुछ पत्र तोड़कर भर्तृहरि को सौंप औघड़ आसन लगा ध्यानमग्न हो गए। भर्तृहरि जाने क्या-क्या सोचने लगे!

'अलख-अलख' कह जोगी ने आँखें खोलीं, 'अँधेरा हो गया राजा। आओ, इस वृक्ष पर आश्रय बनाएँ। सुन रहे हो—टिटहरी बोल रही है—भय है उसके स्वर में। अपने आश्रय-स्थलों पर बैठे वानर खों-खों कर रहे हैं। निकट ही कहीं हिंस्र पशु है। आओ, सुरक्षित हो लें।'

'हिंस्र पशु तो मार्ग में बहुत मिले थे। किसी ने आक्रमण नहीं किया, हानि न पहुँचाई तो अब कैसा भय?' भर्तृहरि ने संशय प्रकट किया।

'अरे वह...वह तो...' बच्चे की तरह हँस पड़े योगी, 'वह मेरे गुरुभाई का प्रताप रहा। उन्हें वन्य जीवों को वश में करने की सिद्धि प्राप्त है। तू गुरु के परिवार में जन्म लेने वाला शिशु है न!...तो शिशु की सँभार करनी पड़ती है। अब चढ़ ले, अन्यथा हम दोनों ही किसी का आहार बन जाएँगे। यह पलाश वृक्ष वन देवता के रूप में रक्षक होगा आज रात्रि हमारा। आहार वहीं लेंगे।' कह झोली-कमंडल लिये योगी किसी वानर की भाँति वृक्ष पर चढ़ गए।

'ये मेरी लकुट...!' भर्तृहरि ने ऊपर की ओर सिर उठाया।

'हाँ, मुझे दे दे। तुझे यह जल-थल-आकाश सब दूर सहायक रहेगा।'

लकुट पकड़ाकर भर्तृहरि भी वृक्ष पर चढ़ गए। औघड़ ने तीन समानांतर तनों के मध्य स्थान देख लिया, 'आहा, यहाँ भी गुरु की कृपा। देख तो! दो व्यक्ति बैठकर रात्रि बिता सकते हैं यहाँ। कठिन समय में इतना सुभीता भी किसी दृष्ट, अदृष्ट कृपा से ही उपलब्ध होता है।'

पात भोग के पश्चात् औघड़ ने बड़े जोर से डकार ली जिसे सुन बाघ परिवार थमकर सतर्कतापूर्वक पलाश की ओर देखने लगा। धुँधलके में भी चार जोड़ी आँखों की चमक वृक्ष में स्पष्ट दिखाई दे रही थी। आँखें क्रमशः वृक्ष के निकट पहुँचीं, ऊपर की ओर उठीं तथा वन-प्रान्तर को गुँजाती एक दहाड़ के साथ आगे बढ़ गईं।

'कुछ दिन पूर्व मैं वृक-वन में पहुँच गया था तो इसी भाँति वृक्ष पर चढ़कर प्राण बचे थे। तब रक्षक बबूल था, आज पलाश है।...मनुष्य कितना असुरक्षित है?' भर्तृहरि ने साँस खींची।

'न कोई अपनी इच्छा से जन्म लेता है, न मरता है, अर्थात् न जन्म पर वश है, न मृत्यु पर। जन्म, मृत्यु पर वश पाने का एक ही उपाय है—गुरु कृपा। माटी से जन्मी देह में माटी मलकर मुक्ति के लिए निकल पड़नेवाला जीवन ही सफल है। तुम्हें नींद तो नहीं आने लगी राजा भरथरी?'

औघड़ के मुँह से अपना नाम सुनकर चौंके भर्तृहरि, 'आप मेरा नाम कैसे जानते हैं?'

'तू गुरु महाराज का कृपापात्र है, राजा है। गुरुभाई ने बताया है कि विद्वान भी है तथा किसी आवेश में गृह त्याग आया है।'

'कौन हैं आपके गुरुभाई?...उन्होंने कब बताया यह सब?'

'तू जानता है उन्हें। आज रात ही तो कहा सब कुछ। प्रेतपुर की प्रेतनी से भी रक्षा की, उन्होंने ही। गुरु की आज्ञा जो है।...तू धरोहर है गुरु महाराज की।'

'गुरु कौन हैं आपके, जान सकता हूँ?'

'जानना ही चाहिए, निज गुरु के बारे में। बोल, संक्षेप में कहूँ या विस्तार से? नींद आए तो कह देना, कभी फिर सुना दूँगा। बहुत दिन तक साथ रहना है।'

'आज आरम्भ कर दो। खंड-खंड सुनाते चलना।' सहास कहा भर्तृहरि ने।

'हाँ, राजा! तुझमें अभी बहुत शेष है राजत्व!...पाने की शीघ्रता। जानना भी पाना ही तो है। किन्तु मुझे क्या, ये सब गुरु जानें। ले, आरम्भ करता हूँ गुरु की कथा।'

औघड़ तीन बार चिंघाड़े, 'अलख-अलख-अलख, गोरख-गोरख-गोरख।' कटि पर लटकती सिंगी मुँह तक लाये तथा आकाश की ओर उठाकर लम्बी कूक मारी। आँखें मूँद कुछ बुदबुदाने के पश्चात् बोले :

'राजा भरथरी! एक बार महायोगी गुरु मछेन्द्रनाथ तीर्थयात्रा करते हुए बंगाल देश की चन्द्रगिरि नगरी में पहुँचे। वहाँ ईश्वरभक्त, साधु-सेवक एक पंडित था। उसकी सुशील सुन्दर पतिव्रता पत्नी का नाम था—सरस्वती। धर्मशील होने पर भी सन्तानहीन होने से वे दोनों दुखी रहते थे। काल की कृपा कि भिक्षा माँगते योगिराज गुरु मछेन्द्रनाथ उनके द्वार पहुँच गए। अलख-अलख की आवाज सुन भिक्षा देने के लिए सरस्वती द्वार पर आई तो देखा कि वहाँ सूर्य के समान आभावाला योगी खड़ा है। भिक्षा पात्र में भिक्षा डाल वह दीनता से योगीराज का मुख निहारने लगी। परमगुरु जान गए कि यह नारी अत्यन्त दुखी है। बोले :

—माता, तुम दुखी जान पड़ती हो। यदि संकोच न हो तो अपना दुख मुझे कहने की कृपा करो।

माता सरस्वती बोली—महात्मा जी! मैं यूँ तो सब भाँति सन्तुष्ट, सुखी हूँ पर मुझे बाँझ होने का दुख है। यदि आपकी कृपा हो जाए तो मैं सम्पूर्ण सुखी हो जाऊँ।

महायोगी ने अपनी झोली से भस्म निकालकर माता के हाथ पर रख दी—'इस भस्म को तू ऋतु स्नान के पश्चात् खीर में मिलाकर खा लेना। तेरे यहाँ नारायण के अंश से उत्पन्न अवतारी पुरुष का जन्म होगा। अब मैं बारह वर्ष पश्चात् यहाँ लौटूँगा।

माता सरस्वती भस्म लेकर भीतर आई तथा इस विचार से कि इसे ऋतु स्नान के बाद प्रयोग करूँगी, आले में रख दिया। उसने अपने पड़ोसियों, सहेलियों से भी भस्म की चर्चा की तो एक चतुर सहेली ने उसे सलाह दी :

—भूलकर न खाना। ये साधु-सन्त बहुरूपिये भी होते हैं। जादू की बनी भस्म भी दे जाते हैं, किसी शत्रु के कहे पर... । कहो, भस्म में संखिया मिला दें, खाते ही मृत्यु हो जाय? यह भी कि तंत्र-मंत्र के प्रभाव से मूर्च्छित कर धन, आभूषण ले उड़ें? यदि भस्म से ही सन्तान होने लगे तो संसार में कोई बाँझ न रहे।

सुन रहे हो राजा, गुरु के अवतार की कथा? हाँ, तो हूँका लगाओ, नहीं तो... ।' औघड़ ने भर्तृहरि को कहा, 'सोया है तो जाग भरथरी, जाग! तुझे गुरु ने जागने के लिए चुना है।'

'जाग रहा हूँ।'

'जागता है तो हुंकारा भर! बड़े गुरु ने भी हूंका लगा-लगाकर सुनी थी—अमरकथा। ...काल के भी काल महाकाल से, महादेव से।'

'मैं भी सुन पाऊँगा?'

'मैं क्या बताऊँ?...स्वयं मैंने भी कब सुनी है? गुरु की कृपा से ही कोई-कोई सुन पाता है। ये संसार आने-जाने का स्थान है। यहाँ हर कोई अमर नहीं होता। नहीं हो पाता, नहीं हो सकता। अलख-अलख, गोरख-गोरख!' औघड़ ने चिंघाड़कर सिंगी फूँक दी।

रात्रि निस्तब्ध। आकाश में ठहरा चन्द्र। वनांचल पर शुभ्र श्वेत आसन बिछाए बैठी चन्द्रिका। वायु थमी हुई। कहीं कोई आहट, कोई आवाज नहीं। पावस में भी झींगुर, दादुर चुप।

'सुन राजा! मैं तो मगन-मस्त था ध्यान में, साधना में। खूब आनन्द था मेरे आसपास। हर अभाव, हर अवस्था में।...गुरु ने लगा दिया तेरे संग। क्यों?...क्या जानूँ! तू राजा है। होगा, मुझे क्या? इस समय धरती पर जाने कितने राजा होंगे। इससे पहले कितने राजा आए, गए...कोई गिनती है किसी के पास? हाँ, गोरख एक ही जन्मा। माता सरस्वती को मान दिया था महाकाल ने। बाँझ स्त्री को जननी होने का गौरव मिला। अवतार को पृथ्वी पर उतारने के लिए महाकाल महानाथ कोई निमित्त चुनता है भरथरी! माता सरस्वती निमित्त हो धन्य हो गई। राजा भरथरी, जाग रहा है न?'

'जाग रहा हूँ जोगी!' भर्तृहरि के मुँह से यह कोई अलग ही आवाज थी।

'तो सुन कि जितने मुँह, उतनी बातें—उस भस्म के विषय में। माता अपने विश्वास में यह बताती कि उस योगी का मुख सूर्य की भाँति प्रकाशमान था।...यह मुख औरों ने भी उसी भाँति प्रकाशित देखा था किन्तु सन्देह ने सबका विश्वास डगमगा दिया। यह सन्देह

बड़ा छली है राजा—महाराज राम से लेकर अब तक हर किसी को छलता आ रहा है। छल का यही इतिहास अपनों, आत्मीयों के बीच संशय रच देता है। तूने भी संशय में गृह त्याग किया है भरथरी!...पर तू गुरु के अवतार की कथा सुन।'

जोगी के स्वर में उमंग की उत्तेजना भर आई, जैसे वह भर्तृहरि के साथ वन-प्रदेश और उसके समय को सुना रहे हों!

'भस्म ग्रहण करने की राय किसी ने न दी। माता सरस्वती को भी यह तर्क ठीक ही लगा कि भस्मी से ही सन्तान हो जाए तो कोई निपूता न रहे। राजा! बहुत बार तर्क भी अन्धविश्वास हो जाता है। तर्क की भी रूढ़ि उत्पन्न हो जाती है। बहुत बार सचाई विश्वसनीय नहीं लगती, तर्क की कसौटी पर नहीं चढ़ती। तर्क भी अपने अलग-अलग स्वार्थों के दास बन जाते हैं तो तर्क के पाखंड और विवाद में सत्य कूड़े में फेंक दिया जाता है। पर स्मरण रहे कि सत्य कूड़े के बीच से भी कभी न कभी अपना सिर उठाता है।...तो कूड़े के ढेर अर्थात् घूरे पर फेंक आई माता का वह भस्म और सत्य का बीज उसी घूरे में अंकुरित होता रहा।

माता सरस्वती बाँझ की बाँझ! इसी दुख में बारह वर्ष बीत गए तो एक सुबह योगी ने द्वार पर 'अलख-अलख' की टेर लगाई। माता भिक्षा लेकर बाहर आई तो उसी योगी को देख, भभूत का स्मरण कर भय से पीली पड़ गई कि प्रसाद फेंक देने से क्रोधित योगी कहीं शाप न दे दें!

योगी ने अपना भिक्षापत्र आगे न बढ़ा बस इतना भर पूछा—माता, अब तो तेरा पुत्र बड़ा हो गया होगा? मुझे दिखलाओगी नहीं...?

माता के मुँह से बोल न फूट सका। वह मूक खड़ी रही तो महाराज मछेन्द्रनाथ बोले—क्या भस्म निष्फल हुई? सन्तान नहीं हुई अथवा होकर नष्ट हो गई? उत्तर क्यों नहीं देतीं माता?

अब सरस्वती माता को सत्य बताना ही पड़ा कि हे महात्मा, आपकी दी हुई भस्म मैंने सहेलियों के कहने पर कूड़े के गड्ढे में फेंक दी थी।

—ओह!...मुझे वहीं ले चल माता।

गुरु मछेन्द्रनाथ के कहने पर माता उन्हें गड्ढे के पास ले गई तो गुरु ने आवाज लगाई—हे हरिनारायण सूर्यपुत्र! आपकी उत्पत्ति हो गई हो तो कूड़े से बाहर आ जाओ।

समझ रहा है राजा! घूरे में दबे सत्य को खोजने के लिए किसी महात्मा को घूरे के पास जाना होता है...आवाज लगाकर पुकारना पड़ता है...।' औघड़ जैसे उन्माद में आ उठे, 'अलख बोल राजा! आवाज लगा—गोरख...गोरख...!'

औघड़ के उन्माद से वृक्ष हिलने लगा। वशीकरण में बँधे-से भर्तृहरि पुकार उठे, 'गोरख...गोरख, अलख...अलख!'

'घूरे के भीतर से आवाज आई राजा—मैं कूड़े के ढेर में दबा हूँ, आप मुझे निकाल लें।

घूरे से आवाज सुन सभी नगरवासियों में कुतूहल जाग गया। सब गोबर-कूड़ा उठाने, साफ करने में लग गए तो गोबर के बीच से अत्यन्त तेजस्वी, रूपवान बालक निकला। बालक को देख महायोगी मछेन्द्रनाथ बोले :

—बेटा! तुम्हारी उत्पत्ति गाय के गोबर से हुई है, अतः तुम्हारा नाम गोरखनाथ होगा। चलो मेरे संग...।

माता सरस्वती की आँखों से गंगा-जमुना बहने लगीं। उसने करुण याचना के साथ गुरु को देखा—महाराज, सुना है, पुत्र के बिना सद्गति नहीं होती ?

गुरु ने समझाया—माता! मैं क्या करूँ ?...वह जो सबके ऊपर बैठा है, सबसे ऊपर बैठा है, वह तिनका-कनका जोड़कर संसार का खिलौना बनाता है और तोड़ देता है। जिस निर्विकार भाव से बनाता है, वैसे ही तोड़ देता है। पुर्जे को अपने समय में घूमना है—कभी इस रूप में, कभी उस रूप में। मैं भी खिलौना हूँ और तू भी। विधाता ने तेरे भाग्य में पुत्रसुख नहीं लिखा, पर तू यह मान ले कि तू ही माता है गोरखनाथ की। एक बात और सुन ले कि सद्गति केवल पुत्र द्वारा ही नहीं होती। पुत्र कुपुत्र निकल जाए तो जीवन नरक बन जाता है।

इस प्रकार माता सरस्वती को धीरज बँधा गुरु मछेन्द्रनाथ महाराज गोरखनाथ को साथ लेकर निकल गए।'

'हू...ऊँ...!'

'गुरु के जनम की कथा पूरी हुई भरथरी, अब हूँका क्यों ?'

'महात्मा जी! कहने वाले के सुनाने भर से ही कथा पूरी नहीं होती। पूरी तब मानी जाती है जब सुनने वाले का सन्देह मिट जाए। सुनने वाले की शंका जानना चाहिए क्योंकि यदि कोई कहे कि प्यासा हाथी कूप में लटकती बेल के सहारे कूप में उतर गया और पानी पीकर चढ़ भी आया तो विश्वास न करने योग्य है।' भर्तृहरि ने कहा।

'राजा, तू पढ़ा-लिखा है, विद्वान है। राजा को होना भी चाहिए। मैं ठहरा अनपढ़। बस, उतना ही ज्ञान है जितना गुरुमुख से सुना। गुरु ने जो दृष्टि दी, उससे संसार देखा और समझा। सो मैं कहता हूँ कि संसार उतना ही नहीं है जितना कोई जानने का बड़ा बोल बोलता है। हाँ, वह अधिक ज्ञानी हो सकता है—तुझसे-मुझसे, बस।

राजा, तू ध्यान में डूबकर देखेगा तो पाएगा कि अंड के भीतर और अंड से परे विधाता की रंगभूमि का अनन्त घेरा है इसलिए हो सकता है कि कहीं हाथी इतना छोटा हो कि लता के सहारे कूप में उतर जाए और प्यास बुझाकर ऊपर आ जाए! हो सकता है, कहीं कूप तालाब से भी विशाल हो और लता इतनी बड़ी व विस्तृत कि हाथी की सेना उस पर से गुजर जाए! मैं तुझ जितना ज्ञानी नहीं पर गुरुकृपा से इतना जान गया हूँ कि किसी भी ज्ञानी के ज्ञान की सीमा कुछ दूर तक पहुँचकर खड़ी रह जाती है। ज्ञान के आकाश में उड़ान के छोटे-छोटे करतब दिखाकर वह अपनी आत्मतुष्टि को थपथपाते हुए अभिमान के संग जी लेता है। सारा ज्ञान 'मैं' के आसपास सिमट जाता है इसलिए गुरु बारम्बार कहते हैं कि सबसे पहले इस 'मैं' को मारो। 'मैं' की चौखट मैं भी नहीं लाँघ पाया हूँ, स्यात् तू लाँघ जाए। गुरु ने कुछ सोचकर ही चुना होगा तुझे।

अच्छा, अब इस वृक्ष पर निद्रा लेने का प्रयास कर। मनुष्य के लिए यह भी साधना है, योग है। मर्कट जाति के लिए यह नितान्त सहज है किन्तु मनुष्य इस गुण को साधना से पाता है। देख, मैं सोकर बताता हूँ, तू जागने की साधना करना।'

क्षण-भर में ही औघड़ नींद में डूब गए। भर्तृहरि के देखते-देखने पुनः मेघ घिर आए तथा गड़गड़ाहट और विद्युत की चमक साथ लिये बूँदें टपाटप झरने लगीं। भर्तृहरि ने उत्तरीय सिर पर तान लिया। औघड़ उसी मुद्रा में सोते रहे।...वर्षा थमी, तारे टिमटिमाए। पहरू बोला

तो कहीं सिंह ने गर्जना की। सियार रोए, शश ने खर-खर आवाज की, बिलाव लड़े। भर्तृहरि भीगे वस्त्रों में शीत से सिहरे किन्तु औघड़ सोते रहे।

पूर्व दिशा में रातभर नहाई ऊषा ने अपने रक्ताभ वस्त्र सूखने फैला दिये तभी आँखें मूँदे औघड़ ने चिंघाड़ मारी, 'अलख...अलख...गोरख...गोरख। भरथरी! यह सिंगी फूँककर अलसाये वृक्षों, बेलों, घास, दूब, उड़ने, चलने, सरकने वाले सभी जीवों को चेतन कर दे।'

औघड़ ने भर्तृहरि को शृंगी पकड़ा दी।

भर्तृहरि ने शृंगीमुख पोंछा तो जोगी हँस दिये, 'रागरंग में जूठे-सूठे का ध्यान नहीं होता न!...तूने कभी स्त्री मुख की जूठन भी पोंछी? जगत को जगाने चला तो संसार के नियम, भय स्मरण होने लगे। बजा, फिर भी बजा। बजाने से ही बन्धन टूटेंगे।'

भर्तृहरि ने एक बार औघड़ की ओर देखा फिर वक्ष में वायु समेट वेग के साथ शृंगी फूँकने लगे। सच ही तो—कहीं पंखी चहके, पर फड़के। हरी घास में हिलोरें उठीं। लगा कि जंगल जाग उठा है। हवा की अछूती गन्ध बाँटता हवा का एक झोंका आया और रात भर जागे भरथरी को निरालस कर गया।

जोगी अपनी झोली लिये वृक्ष से उतर गये। भर्तृहरि के हाथ लकुट थी, उतरने में असुविधा हुई।

'छोड़ दे, नीचे आने दे। धरती पर आकर फिर ले लेना। मेरी सिंगी और तेरी लकुट बहुत साथ देंगी—दूर तक। अभी तो तुझे चन्द्रपुर पहुँचना है।'

दोनों ने मार्ग पकड़ लिया जो अब कुछ अधिक दुर्गम था—चिकनी काली माटी पाँव से ऐसे चिपकती कि पग पसेरियों भारी हो जाता। कहीं ऊसर के संग मिलकर इतनी फिसलनी हो जाती कि गिर-गिर पड़ते। लकुट ही थी जो हर कहीं भर्तृहरि की देह का भार सँभालती हुई उन्हें गिरने से बचा रही थी। एक स्थान पर सम्हले भर्तृहरि ने गहरी साँस खींचकर पीछे देखा—जैसे वहाँ कहीं शची उसे जाते देखती खड़ी हो किन्तु जोगी ठहरने का अवसर दिये बिना मार्ग पर बढ़ाए लिये जा रहे थे।

आगे वन, नदी पड़ी—यौवन में उफनकर बहती हुई। दोनों को ठहरना पड़ा। ऐसी नदी बहुत तीव्र होती है। वे मात्र प्रहर भर ही चल पाए होंगे। भर्तृहरि के चलने में उतना कष्ट तो न था फिर भी तलवों के नीचे कुछ चुभने वाली वस्तु आते ही वह चिहुँक जाते। पंक और फिसलन यों भी थी ही। प्रकृति की कृपा ही थी कि भगवान भास्कर मेघमालिका की ओट में थे अन्यथा घाम में तपता पंक और वायु का विश्राम पथिक से शत्रु की भाँति बदला लेता है। जीवन में कुछ-न-कुछ प्रतिकूल होता ही है, सर्वदा सब कुछ अनुकूल भी तो नहीं होता।

'अब...?' थके से भर्तृहरि के मुँह से निकला।

'अब केवल प्रतीक्षा। यदि जल न बरसा तो नदी शीघ्र ही पार जाने योग्य हो जाएगी—कोई पहर भर में।' औघड़ ने बताया।

'तब तक क्या करेंगे?'

'कहा न, प्रतीक्षा। कभी-कभी मनुष्य के हाथ में मात्र प्रतीक्षा रह जाती है। हम दोनों के लिए यह क्षेपक समय है। क्षेपक जानते हो न?'

'हाँ, शास्त्रीय दृष्टि से क्षेपक वह है जो अनावश्यक होकर भी आवश्यक लगे, अथवा दोनों एक साथ हो।'

'तो तुम इसको अपने अनुसार आवश्यक बनाओ, मैं इस नदी के आसपास भूख भगाने के साधन का शोधन करता हूँ। कभी-कभी प्रवाह द्वारा तट धसकने से कन्द निकल पड़ते हैं। तुम कोई आराधन, अर्चन भी कर सकते हो अथवा स्मृति की पोथी के पन्ने पलट लो। चाहे चिन्तन कर लो, मैं घड़ी-दो घड़ी में लौटता हूँ।'

औघड़ को कन्द तो न मिला किन्तु वह जम्बू फलों से अपना खप्पर भर लाए। इसी प्रकार चलते, थमते, रुकते शरद बीतते न बीतते वे कृष्ण सिन्ध नदी के तीर तक आ पहुँचे। भर्तृहरि के तलवों के घाव सूख गए थे। पाँव अब पथरीली, कँकरीली, कठोर भूमि पर भी सहजता से बढ़ने योग्य हो गए थे। सिन्ध के किनारे पहुँचने तक दिन पर्याप्त शेष था। विस्तृत पाटवाली यह नदी नाव बिना पार न की जा सकती थी।

'यहाँ कोई केवट भी नहीं दिखता?।' क्लान्त से भर्तृहरि बोले।

'होना चाहिए!...देखो, वहाँ एक झोपड़ी दिख रही है।...उधर बैल-गाय भी चर रहे हैं, निश्चय ही कृषि कर्मकर होंगे। चलो—भोजन, विश्राम की व्यवस्था हो गई।' औघड़ झोपड़ी की ओर बढ़ लिये।

झोपड़ी के बाहर दो अधनंगे बालक खेत की सीली माटी में लट्ट-पट्ट होते श्वान के संग खेल रहे थे। जोगी ने आवाज लगाई, 'अलख-अलख, गोरख-गोरख' तो श्वान ने अपना खेल रोककर क्षण-भर इन विचित्र वेशियों को देखा और जोर-जोर से भूँकने लगा। आवाज सुन पल्लू से हाथ पोंछती स्त्री झोपड़ी के भीतर से निकल साधुओं को देख प्रणाम करती, घुटने के बल बैठ भूमि पर शीश रखने लगी।

'सौभाग्य बढ़े...श्री बढ़े—अलख-अलख, गोरख-गोरख...' औघड़ ने आशीष वचन सुनाया।

'बाबा ने कृपा करी, धन्य भाग हमारे। क्या सेवा करूँ?...जल भी नहीं पिला सकते, अछूत सुपच हैं हम, महाराज!' स्त्री ने दीनतापूर्वक कहा।

'क्या कहती है माई तू!...किसने कहा तुझे अछूत? तू भी उसी द्वार से धरती पर उतरी है, जिससे मैं। पंडित, ज्ञानी, जोगी, जती, राजकुमार, राजा—सभी तो एक ही मार्ग से आए हैं। तू तो साक्षात् भू माता है मैया! आदमी की जात अपने पेट में रखकर पालती-पोसती है। ला, घर में कुछ रूखा-सूखा पड़ा हो तो उसी के साथ तेरे हाथ से दो घूँट अमृत जल भी पी लेंगे। गुरु महाराज कहते हैं :

राजा परजा समकरि देख। तब जाणिवा जोगी निसपति का भेख॥
काया गढ़ भीतर देव देहुरा कासी। सहज सुभाह मिले अविनासी॥

सो माई, एक मुट्ठी, आधी मुट्ठी जो भी बचा हो, दे दे और जल पिला।'

'किन्तु...' स्त्री अब खड़ी की खड़ी रह गई।

'अब कैसा 'किन्तु'? घर में कुछ नहीं क्या?'

'महाराज, हम लोग जूठन खाते हैं, जूठन ही है।' संकोच में गड़ी स्त्री लटपटाती जीभ से बोली।

'वही दे दे माई! हम भी जानें कि जूठन का स्वाद कैसा होता है?'

'पातक लगेगा...मेरे देवता! सात पीढ़ियों को नरक में जलना पड़ेगा। पूरब जनम की करनी से सुपच के घर जनम मिला, इस जनम में ऐसा पाप करके तो सूअरी बनना पड़ेगा।' स्त्री पुनः धरती पर माथा टेक झुक गई।

भर्तृहरि को सूझ न रहा था कि क्या करें। दोनों बालक कुत्ते के साथ निकट आ पहुँचे और कभी जोगी बाबा, कभी भूमि पर मस्तक रगड़ती अपनी माँ को देखने लगे। कुकुर भी भौंकना छोड़ मुँह घुमाता बारी-बारी से सबको देखने लगा।

'माई, तुझे जोगी को भिक्षा तो देनी होगी। अच्छा, ला माई! इस खप्पर में तू अपनी जाति की भिक्षा डाल दे। छोड़ दे अपनी जाति। बोल, अलख निरंजन!'

'महाराज, जाति तो देह के संग ही छूटती है।'

'मेरी छूट गई तो तेरी क्यों न छूटेगी? गुरु का नाम पारस है, लोहा भी छूकर सोना हो जाता है। हम सब तो मानुष की जात हैं। ला, इस खप्पर में जल ही भर दे, मैं तेरे पूरे परिवार की जाति इस खप्पर में लेता हूँ। जल्दी कर ले माई! भीख देते इतनी बेर नहीं लगनी चाहिए।'

स्त्री अपने-आप से लड़ती-सी झोपड़ी में घुसी और जल के संग दो रोटियाँ ले आई, 'अभी बस इतना ही है महाराज, इन बच्चों के लिए बचाकर रखी थी।'

'आनन्द है माई, आनन्द है। एक रोटी अपने पास रख...' औघड़ ने एक हाथ में रोटी व दूसरे हाथ के खप्पर में जल ले लिया। रोटी का एक किनारा तोड़ शेष भर्तृहरि को देकर उन्होंने टुकड़ा जल में डाल, हाथ में एक चुल्लू जल लिया, फिर नेत्र बन्द कर बुदबुदाए, 'घटे पिंड निरन्तर व्यापे, श्री शंभू यती गुरु गोरखनाथ निरंजन निराकार जोतिस्वरूप बोलिए हो—जाति भस्म जाति भस्म जाति भस्म। अलख-अलख...गोरख-गोरख...।' औघड़ ने चिंघाड़कर सिंगी मुँह से लगा लम्बी कूक मारी।

भर्तृहरि को लगा, जैसे धरती एक बार पूरी घूम गई हो!

'ले माई, तेरी जाति गई!' औघड़ ने भर्तृहरि की रोटी के चार टुकड़े किये। एक भर्तृहरि को दिया—एक-एक बच्चों को व अंतिम कुकुर के आगे डाला। भर्तृहरि से कहा, 'राजा, खा ले इसे। इसे खाने से ऋतुओं का कुप्रभाव नहीं व्यापेगा।'

खप्पर से जल भीगा टुकड़ा निकालकर चबाते हुए औघड़ ने पानी पीकर जोर से डकार लेकर 'ॐकार' कहा, फिर हाथ जोड़े खड़ी स्त्री से बोले :

'माई, अब इस नदी को पार करने का उपाय बता।'

'महाराज, दिन डूबे उधर से मेरा घरवाला डोंगी लेकर आएगा, वही तुम्हें उस पार पहुँचा देगा। तब तक इस कदम्ब के नीचे विश्राम कर लें। मैं गाय दुहती हूँ, गुनगुना छीर पी लेंगे तो थकन दूर हो जाएगी।'

स्त्री भीतर से खजूर की बुनी चटाई उठा लाई और किनारे के कदम्ब की छाँह में बिछा दी। यद्यपि छाँह वृक्ष से दूरी पर पहुँच गई थी।

'लगता है, आज की रात्रि यहीं बीतेगी।' भर्तृहरि के मुँह से निकला।

'क्या अन्तर पड़ता है?...इस पार रात बीते या उस पार!' औघड़ कदम्ब की टेक लगाकर बैठ गए।

स्त्री का पति तारों की छाँव में ही लौटा। दोनों ने देखा कि स्त्री उसे लगभग खींचती, धकियाती-सी उनकी ओर ला रही थी। पीछे-पीछे दोनों बालक। सहमते, सकुचाते पुरुष ने कुछ दूरी बनाये रखकर दंडप्रणाम किया तो भर्तृहरि जान गए कि मदिरा पीकर उन्मद है। औघड़ भी उसके हावभाव पहचान गए। पुरुष अपराधी की भाँति दुबकता-सा झोपड़ी के पीछे की ओर चला गया।

थोड़ी ही बेर में स्त्री गुनगुना दूध ले आई, 'महाराज, इसे आरोगें। मेरा घरवाला तो जूठन लेकर ही आया है। तुम्हारे भोजन जोग कुछ नहीं है। हमारा काम इसी प्रकार चल जाता है, सो चूण भी नहीं घर में।'

भर्तृहरि की स्मृति में विशाला उज्जयिनी आ खड़ी हुई जहाँ किसी वस्तु का कोई अभाव नहीं दिखता—प्रचुर धन, प्रचुर धान्य, शक्ति वैभव विलास। दुग्ध मदिरा के साथ पनालों में बहता है—सहस्त्रों भवनों, आलयों में। व्यंजन इतने प्रकार के कि श्रीमन्तों के श्वान तक उन्हें सूँघकर छोड़ देते हैं।

'तुम्हारा यह गोरस अमृत तुल्य है देवी!' अपनी स्मृति से लौट दूध का घूँट भरने के पश्चात् भर्तृहरि ने आभारस्वरूप कहा।

'लगता है, अब हम पार न पहुँच पाएँगे।' औघड़ की आवाज थी।

'लज्जित हूँ महाराज! मेरा पति मद के उन्माद में होने के कारण आपके सामने नहीं पड़ रहा है। भोर तक मद का प्रभाव उतर जावेगा, तभी पार ले जा सकेगा।'

'कोई बात नहीं माई। आज रात इसी चटाई पर विश्राम का योग है, तू भी जाकर भोजन-विश्राम कर।'

स्त्री के जाने पर रात की नीरवता में मग्न से भर्तृहरि को जोगी ने टहोका, 'राजा, सो गए क्या?'

'नहीं।'

'तो उठ!...बैठकर गुरु का ध्यान लगा। चाहे तो लेटकर भी लगा सकता है। गुरु कहते हैं कि बैठने की भाँति लेटना भी एक आसन ही है। सोते में ध्यान होना तो और भी ऊँची अवस्था है। गुरु पर विश्वास कर। साधारण आदमी अघटनीय से अथवा चमत्कार पर चकित हो गुरु का विश्वास करता है।

मैं और तू कठिन वन-पर्वतों से होकर सुरक्षित निकल आए। न सिंह, वृक, व्याघ्र ने खाया, न अजगर ने निगला। प्रेतपुर से बच आया तू। इसलिए कि गुरु की रक्षा में था। गुरु मछेन्द्रनाथ ने सावरी मंत्र सीधे आदिनाथ अर्थात् भगवान शिव से पाए हैं। इनमें से कुछ छोटी-सी भीख मेरी झोली में भी गिरी है। इस सुपच परिवार को सो जाने दे, मैं साधना के तंत्र की एक बानगी तुझे दिखाऊँगा।'

'यह बात समझ में नहीं आती कि जब जगत माया या मिथ्या है तो संसार को साधने के लिए तंत्र-मंत्र-साधना की आवश्यकता ही क्या है?' भर्तृहरि ने प्रश्न किया।

औघड़ हँस दिये, 'पूरा उत्तर तो नहीं जानता पर गुरु महाराज के प्रसाद से जो मेरे अनुभव में आया, वह यह है कि संसार केवल ब्रह्मज्ञानी योगी के लिए ही असत्य है, साधारण जीव के लिए नहीं—क्योंकि ज्ञानी तो अपने शरीर को भी मिथ्या मानता है। ज्ञानी कहता है कि

जीवन एक स्वप्न की भाँति है—जिसमें राजा भिखारी बन जाता है, भिखारी राजा। पर जागने पर वही रहता है, जो है। स्वप्न की भाँति स्वप्न की भूख व भोजन भी मिथ्या है पर स्वप्न की भूख भी स्वप्न के भोजन से ही जा सकती है, जाग्रत के भोजन से नहीं। इस प्रकार संसार के दुखों का उपचार भी संसार के बीच रहकर ही हो सकता है। स्यात् तंत्र-मंत्र इसी आवश्यकता की खोज हैं। लगता है, गुरु गोरखनाथ भी संसार के बीच इसीलिए भ्रमण करते हैं। वह तभी तो बताते हैं—देह को साधो, मन को साधो, विचार को साधो। मन, बानी और कर्म की फाँक समाप्त होगी तो मुक्ति का मार्ग खुल जाएगा। मैंने भार साधने का तंत्र सीखा है, कुछ देर पश्चात् तुझे दिखाऊँगा।'

जूठन में से अपना भाग खाकर श्वान-युगल इन्हीं के पास आ बैठा था। रात्रि गहरी होने के साथ-साथ दिन के स्वर डूबते गए तथा काली सिन्ध के तट पर रात्रि का साम्राज्य फैल गया।

झोपड़ी के द्वार पर बरोसी सुलग रही थी। अग्नि की उपस्थिति अनेक संकटों को निकट नहीं आने देती। इस स्थान पर नदी अश्व की नाल का मोड़ बनाती है, अत: अपेक्षाकृत ऊँचे टीले पर बनी झोपड़ी तीन ओर की जल परिघा से सुरक्षित है। थलचर केवल एक ओर से झोपड़ी तक पहुँच सकते हैं। श्वान-युगल न केवल वन्य पशुओं के इधर से आने की सूचना देता है अपितु उनसे लड़ने को भी तत्पर रहता है। अपने स्वामी और स्वामिनी की भाँति आखेट व आक्रमण में यह भी कम प्रवीण नहीं है।

झोपड़ी तक पहुँचने के मार्ग में अनेक फंदे हैं जिनमें बहुधा अनेक वनचर फँस जाते हैं जो सुपच परिवार के आहार तथा आय दोनों में सहयोगी होते हैं। नाल के इस बांह्य भू विस्तार में यह पुर के धनिक की भूमि है जिसकी देखभाल करता है यह परिवार।

'राजा भरथरी, जाग रहे हो कि...'

'जाग रहा हूँ बाबा।'

'हाँ, ये भूमि जाग रही है, वह स्त्री जाग रही है—जो हमें दूध पिलाकर गई है। हमारे पास बैठे ये भैरव के वाहन भी जाग रहे हैं और राजा, तुझे अटपटा भले लगे पर मैं कह ही दूँ कि तेरी उज्जयिनी सो रही है—अपने अधिकार, शक्ति और ऐश्वर्य की चादर ओढ़कर।

हाँ, मैं देख रहा हूँ कि तेरी स्त्री जाग रही है—रानी पिंगला—तेरी चिन्ता में। वह भी जाग रही है जो अभी प्रतिपग तेरे संग है—स्थान-स्थान पर तुझे गिरने से बचाते हुए तेरा भार अपने ऊपर ले लेती है। जाग वह भी रही है राजा भरथरी, जो तेरे काव्य पर मोहित है। उसे प्रतीक्षा है तेरी, जो जानती है कि तेरे काव्य में नैतिकता है पर ऋजु का अभाव है।

हाँ, तो राजा भरथरी, यदि कोई बाधा नहीं आती तो चन्द्रपुर अब मात्र दो दिन यात्रा की दूरी पर है। वहाँ पहुँच लो राजा। गुरु की इच्छा लगती है यह भी मुझे। गुरु की मुझे यह भी आज्ञा है कि योग-साधना की छोटी-सी उपलब्धि तुम्हें दिखाऊँ। आओ, देख लो!'

औघड़ ने अपनी झोली कन्धे से टाँगी, सिंगी कमर से लटकाई, कंथा कसकर खप्पर हाथ में लिया और हर-हर बहती काली सिन्ध के पानी में घुटनों तक उतर गए। भर्तृहरि आश्चर्य में भर उठे जब देखा कि जोगी जल पर चल रहे हैं—थल की भाँति, देह साधे हुए।

मँझधार में पहुँच जोगी पलटे, 'राजा भरथरी! चन्द्रपुर अब अधिक दूर नहीं है। भटक न जाओ तो मार्ग भी निरापद है। आगे का मार्ग तुझे अकेले ही तय करना है। गुरु का सन्देश

मिला है कि मैं उनके पास लौट जाऊँ,' कह औघड़ पीठ फेर जल पर चल पड़े और देखते-देखते उस पार अदृश्य हो गए।

काली सिन्ध के तट पर रात्रि के दूसरे प्रहर में भर्तृहरि अकेले खड़े रह गए। हाँ, श्वान-युगल अवश्य उनके साथ खड़ा हुआ योगी के जाने की दिशा में देख रहा था।

12

शरद प्रवेश के साथ ही उज्जयिनी, शिप्रा के स्वच्छ जल में स्नान कर निकली हुई सुन्दरी की भाँति हुलसकर अपने श्रृंगार में जुट गई। भवन सज्जाकारों की देखरेख में अनेक श्रमिक दो तले, चौतले पर रज्जु के खटोलों पर लटके हुए रंगसज्जा में प्रवृत्त होने लगे थे। ऐसे समय में नगर के श्रमिक तो अधिक पारिश्रमिक पाते ही हैं—निकट के ग्रामांचलों से अनेक परिवार आजीविका और आय की आशा में उज्जयिनी में अस्थायी आश्रय बना लेते हैं।

त्रिलोचन ऐसे ही एक परिवार के साथ आए थे। चन्द्र के पहुँचते ही उन्होंने जो सुना, उसने उनका चित्त अधीर बना दिया। हुआ यह था कि उज्जयिनी से लौटे चन्द्र कुछ खिन्न, कुछ प्रसन्न थे। खिन्न इसलिए कि ठीक से दर्शन-भ्रमण न हो पाया...गोप ने अलग वितंडा खड़ा कर दिया था। दूसरे, उन्हें लगा कि राजधानी में कहीं अवकाश नहीं है। जिसे देखो, वही व्यस्त। कहीं धन, पद के लिए प्रतिद्वन्द्वी प्रतियोगिता है तो कोई पेट की प्रतियोगिता में नट, विट, भाट बना हुआ है। सुरा-सुन्दरी का ऐसा निर्बाध विनिमय...वह सोच भी न पाते थे। महामात्य के व्यवहार से वह प्रसन्न थे व वयसिका के बन्धु होने पर गर्वित।

पहुँचने के अगले दिन ही पूछ लिया था चन्द्र ने त्रिलोचन से, 'देव, एक बात पूछूँ?'

'एक क्यों, दो कहिए चन्द्रदेव! जितनी चाहे कहिए—बस, औषधि शोधने के लिए हाथ चलते रहें।' खरल में मुसली घुमाते त्रिलोचन ने कहा था।

'आपकी मुखाकृति वयसिका दीदी से बहुत साम्य रखती है।'

'कौन वयसिका?'

'अरे वही, जो उज्जयिनी में मेरी दीदी बनी हैं। बताया था न आते ही आपको।'

'ओह, हाँ, मैं भूल जाता हूँ।' त्रिलोचन बोले थे।

'यही बात मैंने दीदी को भी कही कि उनकी मुखाकृति हमारे भेषज्ञ जैसी है।'

'फिर।'

'वह औचक ही कुछ क्षण मेरा मुख देखती रहीं फिर पूछा कि तुम्हारे भेषज्ञ दक्षिणात्य हैं?'

'दक्षिणात्य' शब्द सुनते ही त्रिलोचन का औषधि घोंटता हाथ रुक गया।

'फिर?'

'मैंने कहा—हमारे आश्रम में कोई किसी की जाति या कुल नहीं पूछता इसलिए नहीं जानता कि कौन हैं, पर उन्होंने आग्रह किया है कि आपसे पूछूँ कि क्या आप दक्षिण देश से हैं? हैं तो कलाधर हैं क्या और वह भी हैं तो...'

त्रिलोचन अधीर से हो उठे थे, 'तो...तो क्या?'

'तो मुझे आपके बाएँ कपोल पर कटाव की रेखा देखनी पड़ेगी।'

त्रिलोचन की हथेली अपने बाएँ गाल पर पहुँच गई।

'और हाँ, देव! सबसे अन्त में पूछना है कि क्या आपने गोदावरी की जलयात्रा की है?'

त्रिलोचन का हाथ खरल पर धरा रह गया था। लगा कि क्षण-भर को उनकी चेतना ही लुप्त हो गई। फटी-फटी आँखें चन्द्रसेन के चेहरे पर टिकी रह गईं।

यह दशा देख चिन्तातुर चन्द्रसेन ने त्रिलोचन के कन्धे पकड़कर हिलाया, 'क्या हुआ देव, आप स्वस्थ तो हैं?'

'तुम्हारी दीदी की वय क्या होगी?' अटकते शब्दों में त्रिलोचन ने पूछा था।

'आश्चर्य है, वयसिका दीदी ने भी आपकी वय पूछी थी। निश्चित तो मैं क्या बता पाऊँगा पर वह पच्चीस से तीस के मध्य होंगी।'

'चन्द्रसेन! मुझे तुरन्त अवन्तिका की ओर निकलना होगा।'

'क्यों?'

'देखो, मेरे बाएँ कपोल पर खरोंच का चिह्न है—दीदी के साथ खेलते हुए वृक्ष की सूखी टहनी से चिर गया था मेरा कपोल। मैं दक्षिणात्य हूँ...कलाधरी की कोख से जन्म लिया है और गोदावरी की जलयात्रा में मेरा सब कुछ छिन गया...' भेषज्ञ की आँखें बहने लगीं।

'तो वयसिका दीदी!...उन्होंने क्यों पूछा?'

'हमारे सेवकों की हत्या कर दस्युओं ने माँ को कृपाण भोंक दी। मुझे गोदावरी में फेंक दस्यु नौका का अपहरण कर ले गए। मैंने उन गिद्धों को माँ की मृत देह से आभूषण नोचते देखा है चन्द्र...मुझ-सा हतभाग्य कौन होगा?'

त्रिलोचन को बिलखते देख चन्द्रसेन भी रोने लगे थे। कुछ समय पश्चात् त्रिलोचन ने ही आँखें पोंछीं, 'मैं घड़ी-दो घड़ी में ही निकलता हूँ चन्द्र! जाने क्यों लग रहा है कि तुम्हारी वयसिका दीदी ही मेरी सत्या दीदी हैं।'

'मैं भी चलता हूँ। वहाँ मुझे बहुत से लोग पहचानते हैं। महामात्य, वयसिका दीदी, देवी वसुंधरा और स्यात् महादेवी पिंगला भी। आपकी भेंट सुगम हो जावेगी।'

'नहीं, यहाँ का सब कार्य रुक जावेगा। मेरे पीछे तुम औषधि वितरण और सामान्य उपचार का कार्य देखते रहोगे। मैं आर्य नागदत्त को देखता हूँ, स्यात् वह लौट आए हों। संध्या तक लौटे तो प्रातः निकलना हो पाएगा। आश्रम की व्यवस्था मुझे सौंप गए हैं वह।'

आर्य नागदत्त संध्या तक भी न लौटे तो त्रिलोचन ने जैसे-तैसे रात्रि बिताई। वह अगले मध्याह्न तक आए, मूसलाधार वर्षा के बीच। यह वर्षा पूरे आठ दिन रही। वर्षा ने आश्रम की व्यवस्था छिन्न-भिन्न कर दी। बगल का बरसाती नाला, नदी बनकर आधे आश्रम तक फैल गया। रोगियों के रहवास में जल भर गया। इधर भोजन व्यवस्था भी गड़बड़ाने लगी। आर्य नागदत्त बहुत चिन्तित थे। यहाँ-वहाँ की साज-सँभार में दिन-रात लगे रहते।

दो रोगी ऋतु की मार और रोग, दोनों को न झेल पाने के कारण शरीर त्याग गए थे। आश्रम अवसाद में डूब गया था। आठ दिन वर्षा के पश्चात् फिर इतने ही दिन व्यवस्था सँवारने में लग गए। अपनी व्यक्तिगत आवश्यकता प्रकट भी न कर सके त्रिलोचन। सोचते रहे कि विधाता ने इतने दिन अलग रखा है तो कुछ समय और सही। एक पक्ष बाद ही त्रिलोचन निकल सके।

मार्ग अब भी कटा-फटा कठिन था। रात्रि विश्राम एक ग्राम में किया। पथिक को यों भी भूखा नहीं सुलाया जाता। ग्रामवासी अतिथि को देवतुल्य मान, जो भी उपलब्ध हो, वह आहार निवेदित करते हैं। त्रिलोचन चिकित्सक ठहरे। एक स्त्री और बालक के रोग का परीक्षण कर उन्होंने औषधि तथा पथ्य सुझाया तो गाँव भर में उनकी चर्चा हो गई। गुणवान् के लिए पथ सुगम बनता जाता है।

उज्जयिनी पहुँच बिना विलम्ब किये वह सीधे राजमहालय के अलिंद पर पहुँच गए, 'मेरा नाम त्रिलोचन है—सेवाश्रम का भेषज्ञ हूँ। तीन सप्ताह पूर्व मेरे सहयोगी चन्द्रसेन यहाँ आए थे। मुझे देवी वयसिका से भेंट करनी है।'

द्वारपाल सहित प्राय: सभी द्वार रक्षक सेवाश्रम के ब्रह्मचारी को जान गए थे क्योंकि उसके लिए कुमारास्पद जैसा शीर्ष अधिकारी विकल हो हड़बड़ाता फिरा था। अत: विनम्रतापूर्वक बताया गया :

'मान्यवर! राजमहालय में प्रवेश के लिए अब सीधे महामात्य के आज्ञा-पत्र की आवश्यकता होती है। हमारी विवशता है कि हम प्रवेश नहीं दे पाएँगे। वैसे भी वयसिका देवी कल ही महादेवी के संग किसी यात्रा पर निकल गई हैं।'

'कब तक लौटेंगी?'

'महादेवी की ऐसी यात्राओं से अभिज्ञता हम जैसे सेवकों को तो क्या, अमात्यों, आस्पदों को भी नहीं होती तो आपको क्या बताएँ?—वह आज लौट सकती हैं, कल भी; अठवारे, पखवारे में भी।'

द्वारपाल का बहुत सतर्क उत्तर था। यहाँ ऐसे ही उत्तर चातुर्यपूर्ण माने जाते हैं जो किसी निष्कर्ष पर न पहुँचाएँ बल्कि प्रश्न को ही भटका दें। एक रक्षक ने कुछ कहने के लिए मुँह खोलना चाहा तो द्वारपाल ने नेत्र संकेत से रोक दिया।

वस्तुत: इन दिनों जो घट रहा है, उसे भी समझ नहीं आ रहा। बहुत दिन से न महाराज की पालकी द्वार से निकली, न रथ। महादेवी एक बार महालय से निकलीं तो दूसरी बार में यात्रा पर चली गईं। एक साधारण-सा ब्रह्मचारी राज-अतिथि बनकर ही नहीं रहा, अन्त:पुर तक प्रवेश पा गया। अन्त:पुर सहित पूरे महालय के ऊपर किसी रहस्य का धुन्धकार-सा छाया हुआ है—ऐसे में पता नहीं मुँह से कौन-सा सत्य-असत्य निकल जाए। सीधी आजीविका पर आ बनेगी।

'कहाँ से पता लग सकेगा उनके लौटने का?' अधीरता से पूछा त्रिलोचन ने।

'मान्यवर, हम क्या जानें! साधारण सेवक हैं। स्यात् कोई आस्पद, महास्पद बता सकें। सम्भव है, उन्हें भी संज्ञान न हो।'

जीवन के अनेक वक्रमार्गों से यहाँ तक पहुँचे त्रिलोचन जान गए कि इनसे कुछ भी पता पाना कठिन है। प्रजा के लिए भय उत्पन्न करता हर राजकर्मी अपने भीतर कहीं अधिक भयभीत होता है कि कहीं उसके पद पर संकट न आ पहुँचे, अत: वह क्रूरता की सीमा तक स्वयं को राजहितेच्छु सिद्ध करता है।

वह राजद्वार से लौट लिये। वैसे तो वह पांथशाला में ही निवास करने का मन बनाए थे, यद्यपि उन्होंने सुना था कि उनके एक सहपाठी ने यहीं अवन्तिका में बसकर प्रख्यात चिकित्सक के रूप में राजवर्ग में अपनी रसाई बना ली है। यह भी सुना कि उसने अल्प समय में ही

श्रेष्ठि मार्ग की उपवीथि में भव्य आवास निर्मित कर लिया है। सेवाधर्मी चिकित्सा के समानांतर उसने एक शब्द भी गढ़ लिया है—'विशेष कौशलीय चिकित्सा'। अत: यह सोचते हुए कि वह अवश्य ही सहयोग कर सकेगा, उन्होंने मुड़कर द्वारपाल के निकट पहुँच पूछा :

'यहाँ एक चिकित्सक मृगांक दत्त रहते हैं ? उनके आवास आदि के बारे में बता सकेंगे आप ? सहपाठी हैं वह मेरे।'

द्वारपाल पुन: प्रभाव में आ गया। अनेक अमात्य, आस्पद, कुमारास्पद मृगांक दत्त के यहाँ आते-जाते रहते हैं।...उत्सवों, भोजों में राजमहालय तक प्रवेश है उनका। सिद्ध चिकित्सक जाने जाते हैं।

'हाँ, मान्यवर, श्रीमान मृगांक दत्त तो सुपरिचित हैं उज्जयिनी में। आप यहाँ से निकल दक्षिण मार्ग पकड़ त्रिपथ पर पहुँचेंगे।...वहाँ से वाम मार्ग पर मुड़ जाइए। गन्धवती के किनारे चलते हुए आप उनके आवास पहुँच जाएँगे। धन्वन्तरि कुंज किसी से भी पूछ लीजिएगा।' द्वारपाल ने विनम्रता से बताया।

'धन्यवाद' कह त्रिलोचन बताए हुए पथ पर चल दिये। राजमार्ग पर आवन-जावन कम ही रहता है। कभी किसी अमात्य की ऐश्वर्य प्रदर्शन करती शिविका निकल जाती है तो कभी किसी उच्चाधिकारी राजन्य का रथ। त्रिपथ के आगे वाला पथ राजपथ की तुलना में कुछ कम प्रशस्त और अधिक सघन है।

गन्धवती के दोनों ओर उच्चपदस्थ राजसेवकों के आवास हैं। दोनों ओर आवागमन के लिए सुन्दर काष्ठबन्धनक (पुल) बनाये गए हैं। तटों पर पुष्प-पादप, लताओं के ही कुंज हैं, बड़े वृक्षों के नहीं ताकि जल पर वृक्षों की छाया न पड़े व पत्र, टहनी आदि जल में गिरकर उसे अस्वच्छ न करें। चम्पा के वृक्षों की घनी पंक्ति, त्रिगुणी की सुन्दरता, मौलश्री की मनोहारी छवि तथा पाटल की क्यारियाँ गन्धवती के मार्ग को स्वर्ग की भाँति सजाती हैं। दोनों ओर ऐश्वर्य व सौंदर्य बिखरा पड़ता है। यहाँ उज्जयिनी सचमुच कनकशृंगा है—त्रिलोचन ने सोचा। तभी उन्हें कहीं पढ़ा या सुना हुआ स्मरण हो आया कि 'हर वैभव के नीचे कोई हाहाकार दबा होता है।'

वहाँ एक आवास के द्वार पर खड़े परिचर से उन्होंने पूछा, 'बन्धु ! यहाँ धन्वन्तरि कुंज किस ओर व कितनी दूर है ?'

परिचर ने उन्हें नीचे से ऊपर तक देखा, 'आप तो स्वस्थ दिखाई दे रहे हैं... ?'

'मैंने आपसे मार्ग व जानकारी चाही है बन्धु, अपने स्वास्थ्य के बारे में मत नहीं पूछा।' त्रिलोचन परिचर के ऐसे उत्तर से असहज हुए।

'ओह, आपको अप्रिय लगा। क्षमा करें। मैंने तो मात्र इसलिए कहा था कि यदि आप औषधि या निदान के लिए जा रहे हैं तो आपका जाना व्यर्थ सिद्ध होगा। धन्वन्तरि कुंज में केवल श्रेष्ठि और श्रीमन्त ही उपचार लाभ पा सकते हैं, आप मुझे उस प्रकार के समर्थ नहीं दिखे। स्वर्ण भस्म, मदन मोदन जैसी औषधियों के सेवन की सामर्थ्य मुझे आपमें नहीं दिख रही, इसलिए कहा।'

त्रिलोचन अब मुस्करा दिये, 'तो क्या मृगांक दत्त के यहाँ निर्धन, वंचित का उपचार नहीं होता ?'

'निर्धन वहाँ पहुँचेगा ही क्यों ? उनका उपचार इतना व्ययसाध्य है कि श्रमिक, कृषक उपचार के स्थान पर मृत्यु को अधिक उपयुक्त मानते हैं। मृत्यु एक को मारती है, इनका उपचार पूरे परिवार को भूखा मार देता है। पर मुझे क्या करना! बस, यहाँ से पाँच आवास और छोड़ते चले आइए, धन्वन्तरि कुंज है। द्वार पर दातव्य चिकित्सा चाहने वालों की भीड़ होगी; भीतर रथों, शिविकाओं का संकुल...'

इस बार त्रिलोचन जोर से हँसे, 'लगता है, बन्धु! तुम किसी कारण मृगांक दत्त से रुष्ट हो। अभी तुमने कहा कि वहाँ निर्धन की रसाई नहीं, तुम्हीं कह रहे हो कि दातव्य चिकित्सा करते हैं ?'

'अरे नहीं-नहीं, भ्रम में न पड़िएगा।...और भ्रम में पड़ें भी क्यों न आप। बाहर से आए प्रतीत होते हैं। यह राजधानी है। राजधानी भ्रम न रचे, राजधानी में भ्रम न पले, तो वह राजधानी ही न रहे। मृगांक दत्त के यहाँ दातव्य का भी भ्रम है। नगर के अनेक श्रेष्ठियों से यहाँ दातव्य हेतु धन मिलता है। मृगांक दत्त उसमें से थोड़ा-सा अंश व्यय कर कुछ औषधियाँ बाँट देते हैं। दातव्य उपचार की व्यवस्था भी उनके वेतन-भोगी अनुचर ही सँभालते हैं। मृगांक दत्त तो किसी अवसर विशेष पर रोगियों को दर्शन दे देते हैं। देखने-दिखाने को एकाध घड़ी के लिए कुछ नाड़ियाँ टटोल लेते हैं।'

इसी समय भिनभिनाता, खिजलाया कोई रेला-सा निकट आने लगा। वे ही अधनंगे, अधपेट, दीन रोगी स्त्री-पुरुष जिन्हें उपचार व औषधि प्राप्त न हो सकी थी। परिचर बताने लगा, 'इसी प्रकार सैकड़ों लोग प्रतिदिन निराश लौटते हैं, दूसरे दिन पुनः द्वार पर आकर बैठ जाते हैं—इसी भाँति खाली हाथ लौटने के लिए। पर वाह रे मेरे मालव देश, यहाँ भूख से मरता हुआ व्यक्ति भी अगले दिन की आस में जी लेता है कि देव कल कोई न कोई व्यवस्था करेगा ही। भरपेट नहीं तो अधपेट सही, महाकाल भूखा न सोने देगा।'

'मित्र, तुम मुझे बृहस्पति-मत से प्रभावित लगते हो।' त्रिलोचन ने कहा।

परिचर अब और तिक्त हो गया, 'क्यों, बृहस्पति का मत मानना कोई राजद्रोह है ? मैं भाग्य को नहीं मानता, बस। तुमने मुझे मित्र कहा है तो यह भी जान लो कि इस अवन्तिका में अनेक विद्वान, आचार्य बृहस्पति के अनुयायी थे। धीरे-धीरे अधिकांश ने अपनी सुविधानुसार सूत्रों की व्याख्या कर ली। कुछ राज्याश्रय ले मुद्रा, मद्य, मैथुन, मीन से इहलोक सँवार रहे हैं तथा कुछ आध्यात्मिक व्यवसाय में परलोक।'

'तुम्हारी बातें बहुत रोचक हैं मित्र! अभी एक आवश्यक कार्य की व्यस्तता है अन्यथा तुम्हारे साथ बैठना मुझे रुचिकर लगता।'

'पर मैं तुम्हारे साथ क्यों बैठूँगा ? यहाँ से निवृत्त होकर पांथागार का कार्य देखूँगा, जहाँ से भोजन और आवास का हीला बनता है।'

'अच्छा, दिन के साथ तुम रात्रि में भी आजीविका साधते हो ?...फिर विश्राम कब करते हो ?' त्रिलोचन की जानने की इच्छा हो आई।

'सुनो बन्धु! यह मार्ग है जो सीधा मृगांक दत्त के आवास होकर जाता है। आपको अपनी दिनचर्या सुनाने में मुझे कोई रुचि नहीं है।'

'तुमसे भेंट अवश्य करूँगा कभी।' कह त्रिलोचन आगे बढ़ गए।

अब तक मृगांक दत्त के द्वार की भीड़ छँट चुकी थी—बस, रथ, शिविकाएँ भीतर आ-जा रहे थे। त्रिलोचन को भीतर घुसते देख द्वार रक्षक ने टोका, 'कहाँ घुसे जा रहे हो भाई ?'

'मृगांक दत्त से मिलना है।' संक्षिप्त-सा उत्तर दिया त्रिलोचन ने।

'दातव्य का समय समाप्त हो गया है, कल प्रातः आना।' रक्षक मार्ग रोक खड़ा हो गया।

'मैं दातव्य के लिए नहीं, भेंट करने आया हूँ। सहपाठी मित्र हूँ मृगांक का। जाओ, उसे सूचित करो कि त्रिलोचन आए हैं।' त्रिलोचन अधिकार-भरे स्वर में बोले।

अपने बचपन में उन्होंने ऐसे दृश्य प्रायः देखे हैं अतः रक्षकों के स्वभाव से परिचित हैं वह।

द्वार रक्षक विनीत हो आया, 'देव! मैं तो आज्ञापालक हूँ। स्वामी जिसे अनुमति देते हैं, वही भीतर प्रवेश करता है।'

'इन सभी प्रवेश कर रहे लोगों की अनुमति तो तुम नहीं पूछ रहे, इसलिए कि ये सब अपने ऐश्वर्य के साथ हैं।...यही बात है न ? अस्तु, यह बताओ कि तुम सूचना पहुँचाते हो या मैं प्रवेश करूँ ? तुम तो न रोक पाओगे मुझे, हाँ, मृगांक न मिलना चाहे तो अलग बात है।'

'देव! आवास के अग्रभाग में स्वामी के सहयोगी शुभंकर जी से मिल लें। वही सूचना पहुँचा सकते हैं आपकी।' रक्षक मार्ग छोड़कर खड़ा हो गया।

आगे प्रांगण में छोटा-सा क्रीड़ासर था जिसके स्वच्छ जल में शिविकाओं, रथों के प्रतिबिम्ब झूल रहे थे। एक किनारे रक्तकमल और दूसरे पर मृणाल समूह वायु के प्रवाह में पंख हिलाते प्रतीत होते थे। त्रिलोचन उधर दृष्टि फेंक मृगांक दत्त का वैभव देखते हुए शुभंकर के आगे जा खड़े हुए।

'यहाँ श्रीमान शुभंकर कौन है ?'

'मैं ही शुभंकर हूँ। आपको किससे भेंट करनी है ?'

'मृगांक से—मृगांक दत्त से। कहो कि त्रिलोचन आए हैं।' त्रिलोचन ने इस मुद्रा में कहा, जैसे वह शीघ्रता में हों।

'ठीक है कि आप त्रिलोचन हैं पर यह तो बताएँ कि हैं कौन ?' शुभंकर के स्वर में खीझ भर आई। वहाँ बैठे लोग त्रिलोचन को विनोद के साथ देखने लगे।

'आप उन्हें सूचित कीजिए कि उनके सहपाठी भेषज्ञ त्रिलोचन भेंट के लिए खड़े हैं, समझ गए न ? अथवा पुनः कहूँ ? और हाँ, यह भी अवश्य कहना कि उनके पास प्रतीक्षा के लिए समय नहीं है।'

शुभंकर त्रिलोचन को विवश भाव से देखते हुए भीतर चला गया। आधी, तिहाई घड़ी पश्चात् वह त्वरा के साथ लौटा, 'देव! आपको भीतर बुलाया है, चलें!'

त्रिलोचन पीछे हो लिये।

एक कक्ष पार कर दूसरे में पहुँचे तो कुछ पल मृगांक दत्त को पहचान न पाए। मृगांक तो त्रिलोचन को देखते ही खड़े हो गले आ लगे।

'तुम! दुष्ट हो। वर्षों से कोई सूचना तक नहीं। मुझे तो लगा कि कोई यक्षिणी तुझे उड़ा ले गई।' मृगांक दत्त का गला भर आया।

त्रिलोचन को लगा कि अभी सब कुछ समाप्त नहीं हुआ है। वैभव की अशोभ्य आकांक्षा के बीच भी कुछ बचा हुआ है।

'आ...इधर बैठ...यहाँ।...शुभंकर, तुम अतिथि कक्ष सज्जित करने की व्यवस्था करो। और हाँ, आज हमें यहाँ से किंचित् अवकाश भी चाहिए, समझ गए?'

अपनी गादी पर त्रिलोचन को निकट बैठाकर मृगांक दत्त वहाँ बैठी रोगिणी की ओर उन्मुख हुए, 'क्षमा करें देवी! यह मेरे मित्र हैं—अत्यन्त निष्णात भेषज्ञ त्रिलोचन। आपके लिए तो इनका आना अत्यन्त ही शुभ है। मैं बताऊँगा इन्हें आपके अमय, विकार के विषय में। भाग्य की ही बात है इनका आ पहुँचना। अत्यन्त सूक्ष्म जटिल व्याधि है न आपकी, पर महाकाल की कृपा से अब सब शुभ होगा। उपचार में औषधि तो प्रमुख है ही, संयोग तथा भाग्य भी काम आता है। ग्रह प्रतिकूल हों तो महाप्रभावी औषधि भी निष्फल हो जाती है। मुझे आश्चर्य है कि आपको उतना लाभ अभी नहीं मिल सका जितनी मुझे अपेक्षा थी, आपको तो रही ही होगी। अस्तु...।

आप इन औषधियों का सेवन करने के साथ किसी ज्योतिष प्रवीण से भी मिलकर देखें। निश्चय ही उपाय निकलेगा। संसार में कोई रोग ऐसा नहीं जो असाध्य हो। कोई समस्या ऐसी नहीं जिसका निदान न हो। दस दिवस पश्चात् पुनः मुझे बताएँ। आप जानती ही हैं कि अपने लोगों के लिए चिन्तित रहता हूँ मैं, आपसे तो यूँ भी पारिवारिकता है।' अभ्यस्त मुस्कान के साथ मृगांक दत्त ने कहा।

रोगिणी के जाते ही त्रिलोचन ने जानना चाहा, 'क्या रोग है इन देवी को?'

'तुम न पूछो तो ही ठीक है। इतने दिन पश्चात् मिले हो, तुमसे असत्य कहूँ, यह अच्छा न लगेगा।...त्रिलोचन!' मृगांक दत्त गम्भीर हो गए, 'तुम आए हो तो मैं चाहता हूँ कि यहाँ कुछ दिन रुको भी। कुछ अरुचिकर मुँह से निकल गया तो तुम्हारा क्या—उठकर चल दोगे। अन्यथा न लेना। मैं तुझे जाने नहीं दूँगा—चाहे मुझे बल प्रयोग करना पड़े, तुम्हारे अपशब्द सुनने पड़ें अथवा जो भी हो।...मैं इतना कर सकता हूँ। तुम जानते हो कि मैं आवश्यकता-भर ही नैतिक हूँ।'

शुभंकर आकर खड़ा हो गया था। मृगांक ने दृष्टि उठाकर देखा।

'देव! अमात्य भुवनबल आए हैं।'

'उन्हें विशिष्ट कक्ष में बैठाकर सत्कार दो। दस पल पश्चात् आ जाओ।...अतिथि कक्ष व्यवस्थित हुआ?' मृगांक दत्त के स्वर में एकाएक अधिकार आ गया।

'देव, मैंने परिचारक को कह दिया है।'

'स्वयं जाकर भी देखो, जाओ!'

शुभंकर के पीठ फेरते ही मृगांक ने बात का छूटा हुआ सिरा पकड़ लिया, 'हाँ, तो तुम उन देवी की व्याधि, रोग पूछ रहे थे?'

'हाँ।'

'इनकी व्याधि है बालुका की भाँति मुट्ठी से निकलती, झरती वय।...प्रचुर धन, सुविधाएँ, खाली समय और कोई दायित्व नहीं। बस—उत्सव, मनोरंजन, विनोद और विलास। इन्हें लगता है कि इनका पति इनकी अपेक्षा किसी अन्य के प्रति अनुरक्त है और उसी अन्य की प्रतियोगिता में यह अपनी त्वचा को अधिक कांतिमान, अंगों को अधिक कठोर, अधिक सुखकर बनाना चाहती हैं। जहाँ तक मेरा अनुमान है कि पति के इतर किसी और के प्रति इनका आकर्षण नहीं है फिर भी चाहती हैं कि लोग इन्हें देखें, मोहित हों...।

अच्छा, तुम यहीं बैठो, मैं उस अमात्य को बुलाता हूँ। मैं उसके आगे कितना विनत-विनम्र होता हूँ, इस पर न जाना। यह मेरा अभिनय है। जानना चाहोगे कि उसकी समस्या क्या है?'

'क्या है?' सहज ही पूछा त्रिलोचन ने।

'वह सहवास के प्रथम चरण में ही स्खलित हो जाता है। अभी देखोगे कि कितना पुष्ट, दबंग लगता है। उसे उत्तेजक द्रव्य चाहिए स्तम्भन हेतु। वह भी काल को मुष्टि में बाँधना चाहता है। चीखे उसका यह भ्रम बनाए रखने में सहयोगी है...।'

'ये चीखे क्या है?' त्रिलोचन को यह शब्द नया-सा लगा।

'अरे यह दलालों की भाषा का शब्द है, सांकेतिक। भवनों की आवश्यकता में उत्पन्न हुआ है यह। वस्तुतः वृद्ध, अधेड़ सामन्त व उच्चाधिकारी अपनी शारीरिक क्षमता का भ्रम बनाये रखने के लिए कुछ षंडपुरुषों को वृत्ति पर रखते अथवा बुलाते हैं जो स्वामी के रति समय से पूर्व प्रेयसी को सजाने, श्रृंगार करने के साथ ही उत्तेजित करना आरम्भ कर देते हैं तथा रति-काल में शैया के नीचे से आह, उई, ओ आदि ध्वनियाँ करके स्वामी का आत्मविश्वास बनाये रखते हैं। इसीलिए इन्हें गृह, सांकेतिक नाम दिया गया है—'चीखा'।'

'आश्चर्य, वैभव और विलास अपनी व्यभिचारी भाषा भी गढ़ लेता है?'

'निश्चय ही। सम्पन्नता व अधिकार की अपनी अलग भाषा होती है, पर इसे छोड़ो; यह हमारा नहीं, भाषा-विज्ञानियों, वैयाकरणों का विषय है। मैं तुम्हें केवल इतना बताना चाहता हूँ कि अवन्तिका राज्य, व्यापार और धर्म का केन्द्र है। तीनों यहाँ अपने उत्कृष्ट तथा निकृष्ट स्तर पर विद्यमान हैं। यहाँ निकृष्ट को परिष्कृत कर उत्कृष्ट के समकक्ष खड़ा करना ही कौशल गिना जाता है जो असत्य का आश्रय लिये बिना सम्भव ही नहीं होता।...इसलिए अनृत, असत्य, सत्याभास यहाँ के प्रभुवर्ग के जीवन का अभ्यास बन गए हैं। तुम्हें दुख इस कारण होगा कि इन्हीं प्रभुजनों को अनुकरणीय मान सामान्य जन भी वही वृत्ति अपनाने लगता है। और मित्र! तब यहाँ महाकाल का घंटा और भी वेग से बजता है, प्रार्थना के स्वर और ऊँचे, और भी शास्त्रीय हो जाते हैं। न्याय कम मिलने पर भी न्याय का प्रचार अधिक होता है। दल्लों के अभिकरण उग आते हैं। सत्ता वेश्मगृहों से संचालित होने लगती है...' कहते हुए मृगांक दत्त हाँफने लगे।

त्रिलोचन मुँह उठाए देखते रह गए, 'तुम...तुम कह रहे हो ये बातें मृगांक? तुमने तो दो वर्ष की अवधि मात्र में इतना वैभव, सम्मान एकत्र कर लिया है। तुम तो सुखी हो, तुम्हें क्या क्लेश?'

अपनी करुण स्वाभाविकता में लौटते मृगांक दत्त ने हँसने का प्रयास किया, 'सुख...क्लेश..बताऊँगा तुम्हें। बस, तुम्हारी आँखों में मेरे लिए यह जो अरुचि, विरति बैठी है, उसके संग थोड़ी-सी प्रतीति दिख जाए...।'

शुभंकर को झाँकते देख मृगांक ने अमात्य भुवन बल को लाने की अनुमति दी तथा स्वयं भी खड़े होकर स्वागत के लिए कक्ष के द्वार पर पहुँच गए।

त्रिलोचन ने लक्ष्य किया कि अमात्य भुवनबल देखने में चालीस की वय को पार करता, किंचित् स्थूल, ऊँची देहयष्टि वाला उद्धत-सा व्यक्तित्व है। कौशेय अन्तरीय के ऊपर चौड़े

पट की कढ़ी हुई पट्टी, वक्ष पर दोनों कन्धों से होकर पीछे की ओर डाला गया तहाया हुआ उत्तरीय, गले में छोटा-सा मुक्ताहार, पत्तरदार बाजूबन्द व स्वर्णतारों की पगड़ी में सजा हुआ...चंचल नेत्र!

मृगांक को आदर देते देख त्रिलोचन ने भी खड़े होकर अभिवादन किया।

'यह मेरे सहपाठी मित्र हैं श्रीमान! औषधि विज्ञान में विलक्षण गति है इनकी। त्रिलोचन नाम से प्रसिद्ध हैं।'

'ओह, त्रिलोचन हैं तो एक अतिरिक्त नेत्र वाले हुए! निश्चय ही इनका अन्वीक्षण अधिक गहरा होगा!' अमात्य ने फूहड़-सा परिहास किया।

आसीन होकर मृगांक पूछने लगे, 'अब तो निश्चय ही श्रीमान स्वयं को अधिक सक्षम अनुभव कर रहे होंगे, जैसाकि आपके मुख की दीप्ति से ही प्रकट हो रहा है!' मृगांक ने कलाची से कंकण सरकाकर नाड़ी थाम ली।

'हाँ, स्फूर्ति तो अधिक अनुभव होती है पर लगता है, अब भी कहीं कोई रिक्ति-सी है।' त्रिलोचन की ओर दृष्टि फेंक भुवनबल ने संकोच के साथ संकेत दिया।

'नहीं-नहीं, श्रीमान, संकोच न करें। चिकित्सक के आगे कुछ भी गोपनीय नहीं होता। यह भी चिकित्सक हैं। कहना-सुनना तो क्या, हमारे शास्त्र में पुरुष वा स्त्री के किसी भी अंग के स्पर्श और परीक्षण में भी संकोच न करने का विधान है। हमारे लिए शरीर का कोई भी अंग मात्र स्पंदित मांस-अस्थि पिंड है। मेरा परामर्श है कि कुछ दिवस संयम का पथ्य मान्य करें।...औषधि तभी अपनी सम्पूर्णता में प्रभावी होगी।'

'बन्धु मृगांक, ऐसे पथ्य की अपेक्षा न करें जो सध न सके हमसे। यह तो वुभुक्षित को उपवास जैसा सुझाव होगा। देखिए, इस असार संसार में काल व्यतीत करने के दो ही साधन हैं—एक तो ग्यानी-ध्यानी बनकर तत्त्वज्ञान के ब्रह्मसरोवर में स्नान करो। दूसरा या अथवा यह कि पुष्ट स्तन और सघन जघन के उपवन में विचरण करो।' भुवनबल फूहड़ अभिमान से हँसा।

'सत्य है—यावज्जीवेत् सुखेन जीवेत्...' मृगांक ने भुवनबल के कथन की पुष्टि की। ...फिर सहायक को बुलाकर दी जाने वाली औषधियों के नाम और मात्रा के बारे में बताया।

सहायक भुवनबल को साथ लेकर चला गया।

दो घड़ी के भीतर ही शेष रोगियों से निवृत्त हो मृगांक दत्त अतिथि कक्ष के तल्प पर सोचने की मुद्रा में बैठे त्रिलोचन के पास पहुँच गया।

'हाँ, अब बताओ कि तुम्हारे उज्जयिनी आने का हेतु क्या है ?...इतना मैं जानता हूँ कि तुम मात्र महाकाल के दर्शन करने या पंडितों के शास्त्रार्थ सुनने यहाँ नहीं आ सकते। फिर मेरे आवास तक पहुँचने की भी कृपा हुई तो इसके पीछे मैत्री उमगने जैसा भी कोई कारण नहीं हो सकता। अब तुम अपना रोग कहो—सही उपचार के लिए बिना कुछ छिपाए। उसके भी पूर्व तुम्हें मुझ पर असंदिग्ध आश्वास मानना होगा, फिर जो तुम चाहो...। भ्रमण करो, वास करो, विलास करो तथा उपहास भी करते रहो मेरा। जब तक चाहो, रहो। जब मन हो, चले जाना। बस, इतना जान लो कि जीवन से मैंने वंचना सीख ली है...हाँ, नीच नहीं हुआ हूँ...।'

त्रिलोचन ने मृगांक के हाथ थाम लिये, 'निश्चय ही तुम्हारे पास आने में मेरा स्वार्थ है। स्वार्थ न होता तो उज्जयिनी ही क्यों आता ? आकर भी सम्भव है, तुमसे बिना भेंट किए

लौट जाता।...पर मुझे लग रहा है कि तुम्हारी जो छवि मैंने बना रखी है, वह तुमसे मिलकर कुछ टूट रही है। बहुधा होता है कि किसी के कार्य, विचार से असहमत हो हम उसके बारे में कुछ प्रतिकूल धारणा बना लेते हैं। अच्छा, मैं सांध्य कर्म से निवृत्त हो लूँ फिर तुम जहाँ ले चलोगे, वहाँ चलूँगा...आने का हेतु भी कहना ही है।'

मुहूर्त भर में दोनों अश्ववाही पर निकल पड़े। उन्हें गन्धवती के दूसरी ओर वाले पथ से जाना था। इस मार्ग पर सुन्दरता कुछ अधिक बढ़ी लगी त्रिलोचन को। पुष्पाभरणों में सजी स्त्रियाँ रंगीन टोकरियों में कमलिनी के शीतल पत्र, मृणाल हार तथा वेणीगुच्छ लिये आवासों के आगे आवाजें लगाती घूमने लगी थीं। किसी-किसी से द्वारचर परिहास कर रहे थे। सुगन्धी अपनी चर्मपेटिका में पुष्पसार, फुलेल, गन्ध लेप लिये प्रवेशद्वारों के परिचरों को गन्धसार की वर्तिकाएँ बाँटकर विक्रय के लिए भीतर जाने की अनुमति के उपक्रम में दिखे। सौन्दर्य प्रसाधन विक्रेता दासों, सेवकों के सिर पर बड़ी-बड़ी टोकरियाँ लादे उच्च स्वर में फेरी करने लगे थे।

'मृगांक! उस ओर के एक प्रवेशद्वार पर बड़ा रोचक परिचर मिला था। लगा कि सारे संसार का रोष लिये खड़ा है।'धन्वंतरि कुंज' का मार्ग तो बता दिया उसने, पर तुमसे बहुत खिन्न दिखा। लगा कि वह स्वयं पर भी कुपित है...'

त्रिलोचन की बात मृगांक ने बीच ही में ओक ली, 'ओ, तो तुम्हारी भेंट भी हो गई तथागत से?'

'तथागत है उसका नाम?'

'पता नहीं किन्तु लोग उसे जानते इसी नाम से हैं। मेधा का अजीर्ण है उसे। आप जो भी कहें, वह उसके विरुद्ध तर्क देने लगेगा। आप कहें कि यह गन्धवती स्वच्छ है तो कहेगा कि यहाँ बसने वालों का कलुष तो इसी में बहता है, फिर स्वच्छ कैसे? कहें कि इसे इतना सजाया क्यों गया है, अनावश्यक व्यय क्यों, तो सुन्दरता के पक्ष में तर्क दे उठेगा। बताएगा कि इससे कितने मालाकारों, श्रमिकों को आजीविका मिलती है। वस्तुतः वह स्वयं को छोड़ सबसे असहमत है। तुम यह जानकर आश्चर्य करोगे कि उन आस्पद के यहाँ मैंने ही उसे व्यवस्थापक के रूप में नियुक्त कराया है, इसने वहाँ की व्यवस्था में ही कमियाँ निकालनी आरंभ कर दीं। आस्पद इसे हटाना चाहते थे, मैंने इसे व्यवस्था के स्थान से द्वार पर बैठवाया। कहीं गाँव में परिवार है इसका। ज्ञात हुआ कि परिवार में यही एक कमेरा है। परिवार से भी सन्तुष्ट नहीं है। अपने स्वामी के छिद्र खोजता है, मेरी निन्दा करता है।

इसके पास हर कार्य, हर स्थिति की आलोचना है, ध्वंस के तर्क हैं—बस, बिगड़े हुए को सँवारने की कोई व्यावहारिक योजना नहीं है। इसे लगता है कि भर्तृहरि के स्थान पर इसी को राजा बना दिया जावे तो सभी समस्याएँ हल हो जावेंगी। कल मिल लेना उससे, रस लेना उसकी बातों का, उलझना मत। अभी यह बताओ कि तुम्हारे आने का प्रयोजन क्या है?'

अश्ववाही त्रिपथ के किनारे रोक वाहक ने पूछा, 'आर्य! कहाँ जाना होगा?'

'महाकाल के दर्शन करोगे?' मृगांक ने त्रिलोचन से पूछा।

'आज स्नान नहीं कर पाया हूँ, वस्त्र भी...। शुचिता का ध्यान तो रखना होगा।' मुस्कराकर त्रिलोचन ने बताया।

'ठीक है तो आज कुछ मलिन स्थान देख लो। इसका अवसर तुम्हें स्यात् ही कभी मिले। पर अभी समय है। तुम बताओ कि किस कार्यवश आए हो ?...सुन्दरक। शिप्रा के कच्चे घाट की ओर चलो। हाँ, बोलो त्रिलोचन ?'

'मृगांक, तुम राजप्रासाद जाते हो ?'

'हाँ, उत्सवों, आयोजनों में अवसर मिल जाता है—चिकित्सा के लिए जाने का अवसर नहीं मिला किन्तु तुम बताओ कि तुम्हें क्या अभिप्रेत है ?'

'मुझे यही ज्ञात कर बताओ कि महारानी पिंगला कहाँ गई हैं ? वह कब तक लौटेंगी ?'

'ओह, सीधे महारानी से भेंट करनी है ? तुमने तो सीधी छलाँग लगा दी मित्र !...वैसे मैंने सुना है कि महाराज भर्तृहरि कहीं अज्ञातवास पर हैं, महारानी भी वहीं चली गईं। अब मुझे किसी मिस उन्हीं देवी के आवास पर जाना पड़ेगा जो आज तुम्हारे सामने ही उपचार के लिए आई थीं। इनका अन्त:पुर में आना-जाना है। सुनते हैं कि महारानी के साथ चौसर खेलती हैं।'

'तो कल पता पा लोगे ? मेरे पास समय नहीं है।' त्रिलोचन ने आतुरता से कहा।

'मैंने तुम्हें संक्षेप में समझाया है न कि अवन्ति केन्द्रीय नगर है। राज्य, वणिज, धर्म—तीनों का। यहाँ पहुँचने वाले को अपना समय साथ लेकर आना चाहिए। समय का अभाव कनक शृंगा में है। तुम जिससे भेंट करना चाहो, वह अपनी व्यस्तता के कारण न मिल सके तुरन्त। कोई इतना व्यस्त या महत्त्वपूर्ण हो कि दिवस दो-चार भेंट का अवसर ही न मिल पाए। यहाँ अवसर की प्रतीक्षा में रहना होता है। महात्याग, महाभोग की महानगरी है यह। यहाँ महाकाल, महामाया हैं। महाराज, महारानी, महामात्य, महास्पद हैं। महासेन या महाबलाधिकृत, महाश्रेष्ठि, महापंडित, महानायिका हैं तथा महाधूर्त, महालम्पट भी यहीं हैं। पर जैसे भी हो, मैं कल तुम्हें पता लगाकर दूँगा। आओ, अब उतरकर पांप्यादे चलेंगे। देखो कि रात्रि के समय उज्जयिनी कैसे सजती है।'

मृगांक दत्त ने अपने सिर से मौली उतारकर वाहक को सौंप दी, 'मणिकांत घाट के आगे मार्ग पर मिलना...दो घड़ी में पहुँच लेंगे।'

'हम कहाँ जा रहे हैं ?' त्रिलोचन ने जानना चाहा।

'शिप्रा के घाटों की शोभा देखो। देखो, तट के स्तम्भ दीप जल में ऐसे प्रतीत होते हैं, जैसे जलमहल से आलोक फूट रहा हो ! देखो, कितनी सुन्दरियाँ दीपदान के लिए पंक्तिबद्ध खड़ी हो रही हैं ! पता नहीं लगता कि दीप की दीप्ति इनके मुख पर है अथवा मुख से ही दीप्ति प्रकट है। सम्पन्न-गण का घाट है, कुछ ही बेर में उस ओर रसिकों के समूह एकत्र होंगे। इन सुन्दरियों में प्रेयसी कल्पित कर इनकी ओर पुष्प सन्देश फेंकेंगे। शरदोत्सव का पूर्वाभ्यास है यह...।

पर मैं तुम्हें उस ओर ले चल रहा हूँ जहाँ अनुचर, किंकर, दास, कुलिक, हस्तिक एकत्र होते हैं। मैंने कहा था न कि जन अपने प्रभुवर्ग की जीवन-शैली का अनुकरण करने लगता है। उस घाट पर एक कथा-जीवी है। तुम्हें यह जानना रोचक लगेगा कि वह प्रभुवर्ग के लुंपन को किस प्रकार अपनी कथा का आधार बनाता है।'

इस ओर प्रकाश व्यवस्था कम थी—भीड़-भाड़ अधिक। दिन भर के श्रमकार्य से लौटते स्त्री-पुरुष यहाँ आकर एकत्र होते हैं। यहाँ दीपों के स्थान पर किनारे-किनारे दूर तक चूल्हों में जलती आग शिप्रा के जल में उतर रही थी। हाथी की सूँड-सा ऊपर उठता धुआँ आकाश

में घिरकर ठहर गया था। तट के एक ओर मद विक्रेताओं ने अपने मदभांड सजा लिये थे जिनमें से आम्रपल्लव, कमल, पाटल ऊपर उठकर देखते प्रतीत होते थे। कुछ विक्रेता निकट ही कठपात्रों में भुना मांस, मछली, झींगे का उपदंश सजाए हुए थे। वातावरण में तेल, मसालों, मांस, मद व चूल्हों पर सिंकती रोटियों के साथ पसीने तथा सीलन की गन्ध लिये किसी ग्राम-मेले-सा कौतुक उपस्थित था।

मद विक्रेताओं के निकट खड़ी रूप जीवाओं के चंचल कटाक्ष आते-जाते लोगों में अपने ग्राहक खोज रहे थे।

'यह मुझे कहाँ ले आए मृगांक, तुम? यहाँ श्वास लेने में भी कष्ट है।' त्रिलोचन ने उद्विग्न होते कहा, 'यह तो नरक है।'

'तुम अभी स्वर्ग से चलकर आए हो तो नरक लग रहा है तुम्हें।...इन्हें नहीं लगता। ये यहीं रूखा-सूखा खाकर उपलब्ध मनोरंजन के बीच अपना अंश भोगते हुए कीड़े-मकोड़ों से भरी इसी सीली भूमि पर सो जाएँगे। तुम जानना चाहते थे न कि मैं क्यों... ?

मैं इसी नरक से उस आवास तक पहुँचा हूँ और अब लौटकर यहाँ नहीं बसना चाहता। हाँ, यदा-कदा आता रहता हूँ क्योंकि यहाँ की आवाजाही में जीवन दिखता है। स्वर्ग से एकाध कोई भूले-भटके या किसी शापवश भले पृथ्वी पर आ जाए, पर शेष वहीं के वहीं ठहरे रहते हैं—उन्हीं अप्सराओं की बासी देह की गन्ध में लिपटे हुए।'

'अब?' चलते हुए त्रिलोचन ने मृगांक की ओर देखा।

'अब वहाँ—उधर,' मृगांक ने दूर फैले झिलमिल प्रकाश की ओर उँगली उठाई, 'जहाँ मणि-माणिक्य, स्वर्ण और सौन्दर्य की चमक ही चमक है। गन्ध, गर्व, आलिंगन की गहगही है।'

मृगांक दत्त द्वारा खींचे जाते त्रिलोचन उधर चल पड़े। उनके सामने एक अलग संसार के पृष्ठ खुल रहे थे। ऐश्वर्य उन्होंने अपने बचपन में भी देखा था पर भोग और वंचना का इतना आतुर स्वीकार वहाँ नहीं था। लुंपन, लालसा की नदी मर्यादा के तटबन्ध तोड़कर नहीं बहती थी। वह मृगांक दत्त के साथ झिझकते हुए प्रमदाओं के उस दल के निकट जा खड़े हुए जहाँ एक बलिष्ठ-सा कृष्ण वर्ण पुरुष सारिका का रंगीन पिंजरा लिये खड़ा था।

प्रमदाओं के मध्य हास-विलास चल रहा था, 'सारिके! इस चित्रा के मन की बात कह!'

'देवी, मैंने पूर्व में ही निवेदन किया है कि जब तक आप इसे मुद्रा नहीं दिखाएँगी, यह मुँह न खोलेगी। मात्र एक रौप्यमुद्रा में पटर-पटर बोल उठेगी यह।' कृष्ण वर्ण पुरुष विनम्रता से बोला।

'अच्छा! तुमने क्या यह वेश्यागृह से क्रय की है, जो निःशुल्क नहीं बोलती?' प्रगल्भा ने हँसकर पूछा।

'सेंतमेंत बोलेगी तो न इसका पेट भर सकेगा, न मेरे परिवार का।' पुरुष ने उसी विनम्रता से कहा।

'अच्छा, सारिके, ले—अब बोल।' एक ने पिंजरे की सींकों के बीच से रौप्यमुद्रा भीतर की ओर सरका दी।

कृष्ण वर्ण पुरुष ने सारिका को पुचकारा, 'बता दे रसवन्ती!...खोल दे देवी के आगे मन की गाँठ!'

सारिका ने पंख फुलाए, ग्रीवा मटकाते हुए ठुमक-ठुमक चली, फिर गाने लगी :

'दुर्लभ जनानुरागो लज्जा गुर्वी परवश आत्मा।
प्रियसखि विषमं प्रेम मरणं शरणं न वरमेकम्॥'

'इन्हें अर्थ तो कह सारिके! तू कविता गाकर ही चुप हो बैठी।' पहले एक बार अर्थ जान चुकी मध्या ने रोष प्रकट किया।

'इसे स्पष्ट कहते हुए लज्जा आती है देवी, इसलिए काव्य में बात कहती है। रसवन्ती के कहे का अर्थ यह है कि दुर्लभ पुरुष के प्रति प्रेम है। मन में भारी लज्जा है और शरीर दूसरे के अर्थात् पति के अधीन है। प्रिय सखि! ऐसी स्थिति में प्रेम बहुत संकट भरा है...।'

'ओह, तो यह बात है!' एक को छोड़ सभी खिलखिलाने लगीं।

'कुछ और कहो सारिके!' मुग्धा ने भी एक रजत मुद्रा पिंजरे में रख दी।

पुरुष ने फिर से सारिका को पुचकारा, 'इनका हाल भी बखान दे रसवन्ती!...देख, कितनी प्रीति से देख रही हैं तेरी ओर!'

सारिका ने पूर्व की ही भाँति पंख फुलाए, ग्रीवा मटकाकर ठुमक-ठुमक चली और गाने लगी :

'तीव्रः स्मरसन्तापो न तथोदो बाधते यथाआसन्ने।
तपति प्रावृषि नितराभ्यर्ण जलागमो दिवसः॥'

कृष्ण-पुरुष अर्थ बताने लगा, 'उत्कट काम का सन्ताप प्रारम्भ में उतना नहीं सताता जितना प्रिय मिलन के सन्निकट होने पर सताता है। वर्षा ऋतु में वर्षा से पूर्व तपन और अधिक बढ़ जाती है।'

प्रमदाओं में से एक दूसरी के गले से लटक गई। दो खिलखिल हँसने लगीं।

एक लजाती हुई खड़ी थी। प्रमोद मनाती वे दूसरी ओर चली गईं तो त्रिलोचन सारिका वाले कृष्ण पुरुष के निकट जा पहुँचे।

'क्यों, तुम्हें भी कोई श्लोक सुनना है क्या?' मृगांक पार्श्व में आ गए।

'सुनना तो है किन्तु सारिका से नहीं, इस आदमी से। यह नगरवासी नहीं है। सम्भव नहीं कि इसने किसी गुरुकुल या आश्रम में शिक्षा पाई हो, पर इसकी सारिका श्लोक बोलती है और यह अन्वय करता है। मृगांक, तुम्हारा यह नगर तो आश्चर्यों से भरा है—कहने में कठिन, समझने में कठिन। साधने में तो सर्वाधिक कठिन होगा। कुछ समय पहले हम जहाँ थे, वहाँ हर दिन जीने के लिए युद्ध और अब जहाँ खड़े हैं, वहाँ काया और काम के खेल। सारे सुख-दुख जैसे काया-सुख के आसपास, चहुँओर परिक्रमा करते हों! इनके पास कदाचित इतना अधिक या विपुल धन है कि आत्मविलास के अतिरिक्त ये अभाव के बारे में सोच ही नहीं पाते। मैं जिस आश्रम में हूँ, वहाँ हर समय अन्य के लिए चिन्ता है, करुणा है। छल वहाँ भी हैं पर बहुत छोटे-छोटे।

क्षमा करना, मैं सेवा आश्रम में बहुत सन्तुष्ट हूँ। लगता था कि इन दीनों-हीनों से बहुत अधिक है मेरे पास—स्वास्थ्य, विद्या, शक्ति। किसी के आगे हाथ फैलाने, दैन्य प्रकट करने की आवश्यकता नहीं मुझे। सच मानो, यहाँ पहुँचकर यह सब देखने-जानने के बीच मेरा सन्तोष-दम्भ खंडित हुआ है।

हाँ, मृगांक, मुझे लगता है कि दया और दान से उपजा सन्तोष भी एक विशेष प्रकार के आत्मदम्भ को जन्म देता है...।

मित्र! इस सारिका वाले के प्रति मुझमें जिज्ञासा उत्पन्न हुई है पर यह कदाचित् कुछ लिये बिना अपना समय मुझे न देगा। इस राजधानी में वह अर्थोपार्जन के लिए ही तो आया है। अर्थ को मैंने कभी महत्त्व नहीं दिया किन्तु यहाँ आकर स्पष्ट हुआ कि अर्थ सबकुछ भले न हो, पर कुछ महत्त्वपूर्ण है। जैसे मुझे इससे कुछ जानना है और इस समय मेरे पास कुछ नहीं है।'

मृगांक हँस पड़े, 'जो जानना है सो जान लो। तुम्हारे पास नहीं, मेरे पास तो है।' मृगांक ने टैंट से खरीती खींचकर त्रिलोचन के हाथ में रख दी।

त्रिलोचन ने पाँच रजत मुद्राएँ काढ़कर खरीती मृगांक को सौंपी तो आँखों में अयाचित कृतज्ञता थी, 'इतने दे दूँ?'

'दे दो!'

'अधिक तो नहीं?'

'पता नहीं। मैंने कभी सोचा ही नहीं कि जानने का अधिक मूल्य है या द्रव्य का। बहुत दिन से सुप्त पड़ी मेरी जिज्ञासा ने भी आज पलकें खोली हैं और मुझे अच्छा लग रहा है। त्रिलोचन, तुम तो सदैव से जिज्ञासु हो। इतना बताओ कि जिज्ञासा का भी कोई सुख होता है?' मृगांक के उष्ण हाथ त्रिलोचन के कन्धों पर आ ठहरे।

त्रिलोचन ने दो रजत मुद्राएँ हाथ में ले लीं, 'सुनो मित्र! अब कुछ समय सारिका को विश्राम कर लेने दो और तुम सुनाओ। न, सेंतमेंत नहीं। तुम्हारे उपार्जन का समय यों ही नष्ट न करूँगा...ये शुल्क लो अपना।' त्रिलोचन ने मुद्राएँ सारिका वाले की ओर बढ़ाईं।

'पर मेरे पास सुनाने को क्या है? मेरी सारिका तो श्रीमन्तों का मनोरंजन करती है...।' सारिका वाला कुछ सहम-सा गया।

'मैं श्रीमन्त नहीं हूँ। तुम्हारी ही भाँति इस नगर का नागरिक भी नहीं। तुम भी तो वनवासी हो न?'

'हाँ, श्रीमान, शबर हूँ।'

'तो बन्धु! तुमने यह काव्यभाषा कहाँ से सीखी जो तुम्हारी सारिका बोलती है और तुम अन्वय करते हो?' त्रिलोचन ने मुद्राएँ उसके हाथ पर रख दीं।

शबर और भी सहम उठा, 'श्रीमान, गत तीन वर्षों से आ रहा हूँ। अकाल में उदरपोषण के लिए यह युक्ति मेरी पत्नी को सूझी थी। पूर्व में मैं शुक सारिका विक्रय के लिए अवश्य लाता रहा हूँ पर उसमें इतनी आय नहीं थी, श्रम भी अधिक था। वन में जाकर नित पकड़ना होता था। पक्षियों की अनावश्यक हत्या और हिंसा होती थी सो...'

'यह अच्छा है कि तुम्हारी आय बढ़ी। हम चाहते हैं कि और बढ़े। निश्चिन्त रहो, हमसे तुम्हें कोई भय नहीं अपितु तुम्हें कभी कोई झंझट, बखेड़ा हो तो मेरे यह मित्र तुम्हारी सहायता करेंगे। बस, इतना ही सच-सच बता दो कि सारिका ने श्लोक कहाँ सीखे और तुमने इनका अर्थ... ?'

'मैंने श्रीमान से निवेदन किया है न, कि यह युक्ति मेरी पत्नी ने निकाली है। यदि इसमें कुछ आपत्तिजनक हो तो आज, अभी ही इस सारिका के पिंजरे का द्वार खोले देता हूँ। इससे अधिक क्या निवेदन करूँ... ?' शबर के मुख पर भय और आशंका स्पष्ट दिखने लगी।

'नहीं बन्धु! तुम हमें व्यर्थ ही जाने क्या समझ रहे हो! लो, ये मुद्राएँ और लो।' त्रिलोचन ने शेष तीन मुद्राएँ भी उसके हाथ पर रख दीं।

'श्रीमान, महाकाल की साक्षी में वचन दे रहे हैं न, कि मुझे व मेरे परिवार को किसी संकट में न आने देंगे?'

'हाँ, वचन देता हूँ।' त्रिलोचन ने शबर का हाथ अपनी हथेलियों के बीच ले लिया।

'तो आइए, उधर सीढ़ियों पर बैठ लीजिए।' शबर सारिका का पिंजर और अपनी लाठी उठाकर सीढ़ियों की ओर बढ़ गया।

अँगोछा से सीढ़ियों की धूल, पत्र, पुष्पदल फटकार कर साफ करते हुए शबर ने बैठने योग्य स्थान बनाया। 'हाँ, यहाँ बैठ लें श्रीमान।' कह स्वयं भी वह घाट की निचली सीढ़ी पर बैठ गया।

दोनों के बैठ जाने पर शिप्रा की झिलमिल लहरों पर दृष्टि ठहराते हुए शबर बोलने लगा, 'चार वर्ष पहले की बात है श्रीमान! उस वर्ष सूखा नहीं, वर्षाकाल था। आषाढ़ से कार्तिक तक वृष्टि होती रही—अतिवृष्टि। छोटी-छोटी नदियों ने भी विशाल काया ग्रहण कर ली थी। हमारे गाँव की झर्झरी तक शिप्रा से अधिक विस्तार लेकर गाँव पर चढ़ दौड़ी। घर बहा, अन्न गया और हमने अपने पशु खूँटों से खोल दिये कि जिसके जो भाग्य में होगा, हमारी आँखों से ओझल होता रहेगा—मरना या जीना। हम स्त्री-पुरुष पेड़ों पर चढ़ गए। कुछ बह गए। जो बचे, उनमें से कुछ भूख, कुछ रोग से मरे। कृषि तो चौपट हो ही गई थी, आखेट के लिए वन्य जीव भी खोजे न मिलते थे।

भूख-प्यास से पीड़ित हम सब ग्रामवासी यहाँ-वहाँ भटकने लगे। मैं भी भटकता हुआ चर्मणवती नदी के निकट श्रवणपुर जा पहुँचा था। वहाँ के श्रेष्ठि वर्ग में वन्य जीवों को पालने के प्रति बहुत रुचि दिखी। बाढ़ की विभीषिका में उनके उपवन भी शोभाहीन हो गए थे। अगहन मास में वे सब उन्हें व्यवस्थित करना चाहते थे।

उपवनों को सजाने के लिए मृगों, शश-शावकों, शुक सारिका, मयूर आदि की माँग से मुझ जैसों को अच्छा व्यवसाय मिल गया था।

हाँ, मुझे स्मरण है, भूल भी कैसे सकता हूँ? मारगशीर्ष की प्रतिपदा थी क्योंकि कार्तिक सुदी पूर्णिमा को चन्द्रग्रहण हुआ था। ग्रहण, अमावस, पूर्णिमा, एकादशी और व्रत के दिन हम आखेट नहीं करते।...फंदा भी नहीं लगाते।

मैंने पूर्णिमा को नदी किनारे हिरणों का एक टोल देखा। यह मेरे जैसे के लिए किसी कोष से कम न था। उपवनों, प्रमदवनों में मृग शावक मुँहमाँगे मूल्य पर बिक रहे थे। श्रेष्ठि, सामन्त होड़ से क्रय करने को तत्पर...। मैं जानता था कि यह टोल स्वच्छ जल की खोज में यहाँ पहुँचा है, यदि ठहरा तो अगले दिन भी यहीं आएगा। बस, दूसरे दिन निश्चित समय पर मैंने फंदा लगा दिया और विटप की ओट लेकर मृगदल की प्रतीक्षा करने लगा।

श्रीमान, मेरे इस कथन को उपदेश न समझें क्योंकि मैं अपढ़ दीन उपदेश क्या जानूँ, पर मेरा अनुभव है कि कभी-कभी किसी का दुर्भाग्य किसी का सौभाग्य बन जाता है। मैं जो जल-प्रलय का मारा था, अपने बन्धु-बान्धवों से दूर आ पड़ा था, मुझे यह भी ज्ञात न था कि उनमें से कौन जीवित है और कौन काल की भेंट चढ़ गया। बस, अकेला किसी प्रेत की भाँति डोलता हुआ जी रहा था कि एक परम दुर्भाग्य मेरे लिए शुभ बनकर आया। श्रीमान, सच कहता हूँ कि मनुष्य कितना भी प्रयास करे, वह करता भी है, उसे करना ही चाहिए क्योंकि संसार तथा उसे बनाने वाले को जानने का प्रयास वह नहीं करेगा तो कौन करेगा ?...मेरे सौभाग्य ने ही मुझे बताया है कि मनुष्य विधाता की सर्वश्रेष्ठ रचना है।

मैं फिर उपदेश पर भटक गया श्रीमान। क्या करूँ, साथ-संग से अभ्यास ही ऐसा बन गया है, तो मैं किसी मृग के फंदे में फँसने की प्रतीक्षा कर रहा था कि वन-लता के गुल्म में बहुत तीव्र हलचल हुई। शबर होने के नाते जानता हूँ कि आखेटकों से ओट देकर बचाने वाले लतागुल्म मृगों के लिए फंदा भी बन जाते हैं। मैं अपनी लाठी लेकर गुल्म की ओर झपटा तो वहाँ न हिरन था, न हिरनी, न शावक। कोई वन्य पशु नहीं था—बस, एक आकुल, भयभीत स्त्री लताओं में उलझी हुई सुलझने की प्राणपण चेष्टा में थी। मुझे देखते ही पहले लगा कि वह मूर्च्छित है, फिर उसने अत्यन्त कातर स्वर में कहा—मुझे बचा लो!

मैं तो स्वयं स्तंभित था। फिर भी पूछा—किससे देवी ?

—वे...वे सब आ रहे हैं...मुझे जलाना चाहते हैं...पर मैं जीना चाहती हूँ।—कहते-कहते वह चेतना खो बैठी।

श्रीमान, मुझे स्मरण नहीं कि मैंने कैसे उसे लताबन्धन से मुक्त किया, कब पीठ पर लादा और किस दिशा की ओर दौड़ पड़ा।...बस, इतना जानता था कि जैसे भी हो, इसे बचाने के लिए किसी भी संकट का सामना करना है।...मैं गहन वन में धँस गया।

मैं शबरी की कोख से जन्मा वन का बेटा—अनुभव से जान सकता हूँ कि कहाँ कोई कन्दरा हो सकती है। गन्ध से पहचान सकता हूँ कि किस गुहा में कौन जीव रहता है। दूसरों में भय उपजाने वाला वन मुझे अभय कर देता है। वन में ले जाकर मैंने उस स्त्री को सान्त्वना दी, सुरक्षा का वचन दिया। तब उसने बताया कि वे उसे मृत पति के साथ चिता पर बैठाना चाहते हैं। वह जलना नहीं चाहती किन्तु वे उसे उपदेशों और परम्परा की लाठियों से ठेलकर चिता पर चढ़ाने को उद्यत हैं।

स्त्री ने बताया कि उसकी मृत्यु तो निश्चित ही थी, चिता में जलकर मरे या नदी में डूबकर। बस, उसने जी पाने की नितान्त क्षीण-सी सम्भावना में कुछ सोचते हुए मूल्यवान आभूषण उतारना आरम्भ किए। लोग समझे कि यह चिता में प्रवेश करने से पूर्व का उपक्रम है।...जोर से वाद्य बजने लगे...सती का जयघोष आकाश में गूँज उठा। वह हाथ जोड़े नदी की ओर बढ़ी...कुछ देर प्रार्थना बुदबुदाने का नाट्य किया, फिर तीव्रता से कौशेय पटांबर खोलकर फेंक दिया। लोग जब तक कुछ समझने का प्रयास करें, तब तक वह ऊँचे किनारे से जल में छलाँग लगा चुकी थी।

महोदय, वह स्त्री अब मेरी सन्तान की माँ है। मेरे ग्रामवासियों के लिए क्या है, यह तो आप वहीं जाकर जान सकेंगे। इस सारिका को काव्य उसी ने सिखाया है तथा अर्थ मुझे।

सारिका के श्लोक मेरी जीविका हैं। जीविका खोजते यदि किसी के प्रति अपराध होता हो तो मैंने आपसे कहा ही है कि अभी, इसी समय इस सारिका के पिंजरे का द्वार खोल देता हूँ।' उसने मृगांक दत्त की ओर देखा।

मृगांक समझ गए कि वेशभूषा के कारण शबर उन्हें ही महत्त्वपूर्ण मान रहा है, अत: बोले, 'नहीं, नहीं, यह सारिका तुम्हारे पास ही अधिक सुरक्षित है।'

'तुम्हारी पत्नी ब्राह्मणी है?' त्रिलोचन ने पूछा।

'ग्राम के लोगों का अनुमान है कि स्यात् ब्राह्मण के गृह जन्मी-पली हो। कभी मेरी भी इच्छा होती थी जानने को, पर उससे पूछ न सका। अब तो वह भी स्वयं को शबरी कहती है।' शबर मुस्कुराया।

'तुम्हारी पत्नी तो विदुषी है, उसे साथ क्यों नहीं लाते?'

शबर ने दोनों हाथ कानों से छुलाए, 'क्या कहते हैं श्रीमान!...एक बार बसाया गृह विधाता के कोप से उजड़ा, अब नगर चर्चा करके स्वयं अपने ही हाथों उजाड़ूँ? नगर नाम से ही मेरी पत्नी भयभीत हो जाती है। विद्वान लोग नगरों में ही तो रहते हैं, उन्हीं के विधान से तो जलाया जा रहा था बेचारी को। स्यात् उसे यह भी भय हो कि कहीं किसी ने पहचान लिया तो धर्म-भंग के आरोप में यातनाएँ देकर उसे और भी अपमानजनक ढंग से मार डाला जाएगा।

मैं भी उसे मरने के लिए नहीं छोड़ सकता। भीड़ के धर्म से अकेला लड़कर मैं भी मारा जाऊँगा। हमारे बच्चे अनाथ हो जाएँगे। नहीं प्रभु! अब उसे नगर का मुँह भी नहीं दिखाया जा सकता।

अब आज्ञा हो तो चलूँ? रात्रि बहुत झमक आई है। मुझे अपना आहार भी पकाना है।' शबर हाथ जोड़ खड़ा हो गया।

खड़े होकर इन दोनों ने भी हाथ जोड़ दिये।

'अब?' शबर के चले जाने पर मृगांक दत्त ने प्रश्न भरी आँखें त्रिलोचन के चेहरे पर जमा दीं।

'अब और क्या?...गृह की ओर लौट लें।'

'वारवीथि देखी है कभी?...चलोगे?...उसी के निकट द्यूतगृह भी हैं। राज्य में प्रत्येक जन अपनी सुविधा और सामर्थ्य के अनुसार कोई भी दाँव लगा सकता है। यहाँ राज्य और धर्म की आलोचना छोड़कर कुछ भी कहने, करने की अघोषित स्वतंत्रता है। तुमने अवन्तिका के पानगृह नहीं देखे तो मानो जीवन जिया ही नहीं। अभी हाट भी सजी होगी जहाँ एक दिवस से लेकर आजीवन उपभोग तक के लिए देश-विदेश की सुन्दरियाँ उपलब्ध हैं।' मृगांक हँसते हुए पूछने लगे।

'अवकाश मिला तो यह सब भी देखूँगा। तुम जानते ही हो कि एक चिकित्सक तथा कलाकर्मी को जीवन के विविध पक्षों का प्रत्यक्ष अनुभव आवश्यक है। संचित अनुभव के साथ अर्जित अनुभव ही जीवन की समझ में नया जोड़ते हैं। समय के संग-संग समाज बदलता है और जीवन भी। इस तरह रोग भी बदलते हैं। इन नये रोगों का निदान प्राचीन 'आयुर्विधियों, आयुर्द्रव्यों द्वारा सम्भव नहीं होता—नये आयुर्द्रव्य खोजने, बनाने पड़ते हैं। मैं ठीक कह रहा हूँ न?' त्रिलोचन गम्भीर होने लगे।

'अच्छा, चलो, आवास पर ही लौटते हैं। वाहन उसी ओर होगा।' मृगांक ने कहा।

लौटते में भी मृगांक ने ही मौन तोड़ा, 'कब तक ठहर सकते हो?'

'दो, तीन या चार दिवस भी—बस।' स्वयं में डूबे त्रिलोचन का उत्तर मिला।

'मैं कल प्रयास करता हूँ महादेवी के बारे में जानने का। पूछा इसलिए कि राजा और राजपरिवार की अनेक सामान्य चीजें भी रहस्य में लपेट दी जाती हैं तो अनेक गोपनीय विषय जानबूझकर प्रचारित किए जाते हैं।

सुना है कि राजमहल के रहस्यों को बस तीन लोग ही ठीक-ठीक जानते हैं—महामात्य पूर्णरथ, अन्तेवास का कंचुकी प्रमुख और एक तीसरा नाम पिछले एक वर्ष से ही जुड़ा है। वह है एक दासी। कहते हैं, अत्यन्त तीक्ष्णबुद्धि है। राजा भर्तृहरि, रानी पिंगला और महामात्य तक उसके अभिमत को प्रतिष्ठा देते हैं। उसका नाम है—वयसिका।'

त्रिलोचन एकाएक उछल से पड़े, 'तुमने देखा है वयसिका को?'

'सार्वजनिक उत्सवों पर दासियाँ प्राय: परे रखी जाती हैं, जानते हो, क्यों?...मैंने इस पर सोचा है और मुझे लगता है कि कुछ दासियाँ अपनी स्वामिनियों से अधिक सुदर्शना-सुसंस्कृत होती हैं।' मृगांक ठठाकर हँसे, 'यों मैंने वयसिका को देखा है कुछ दूरी से, सुन्दर है। वय भी कम, मेरा आशय है—उसकी स्वामिनी महारानी पिंगला से।'

'तुम मुझे वयसिका से ही मिलवा दो।' अपनी आतुरता भरसक दबाते त्रिलोचन ने आग्रह किया।

'यह अधिक सुगम है मेरे लिए। मैं तुम्हें प्रात: ही अपनी उन श्रीमन्त रोगिणी के भवन लिये चलता हूँ। बस, तुम्हें भी थोड़ा अभिनय करना होगा। स्मरण रखो कि राजधानी वह रंगमंच है जिस पर सदैव नाट्य चलते रहते हैं। जीवित पात्र उपलब्ध न हों तो प्रेत अभिनय करते हैं किन्तु मंच कभी सूना नहीं रहता। यदि अभिनय न करोगे तो मंच का महायंत्र तुम्हें झटककर दूर फेंक देगा। तुम कोई तंत्र-मंत्र जानते हो—पुरुष या पति के वशीकरण का?'

'तुम जानते तो हो कि मैं इन सब पर विश्वास नहीं रखता। हम पदार्थ और उसके गुण-दोष के आधार पर उपचार करते हैं। तंत्र-मंत्र में विश्वास करना हमारी अपनी विद्या का अपमान है।' त्रिलोचन ने खिन्नता प्रकट की।

'अच्छा-अच्छा, अपने उपदेश रहने दो। वैसे मनोपचार भी एक विधि है। मैं ही कुछ करता हूँ। तुम साथ तो चले चलोगे?' मृगांक दत्त कुछ सोचते हुए अपना सिर खुजलाने लगे।

'मित्र!'

'अच्छा, बोलो, तुम्हारे साथ रहकर कोई कूट युक्ति भी नहीं सोची जा सकती।' मृगांक ने त्रिलोचन की ओर मुँह किया।

'क्या इस झूठ-सच के घालमेल बिना मनुष्य जी नहीं सकता?'

'अवश्य ही जी सकता है, यदि वह संन्यासी, सिद्ध हो या विक्षिप्त। तुम्हारे साथ कठिनाई यह है कि तुम न संन्यासी या सिद्ध हो, न पूर्ण रूप से विक्षिप्त। तुम में थोड़ा-थोड़ा सबका मिश्रण है। तुम्हारे लिए आश्रम ही उचित स्थान है। तुम्हें सही स्थान पर ले जा पटका है देव ने कि पट्टिकाएँ बदलते रहो कुष्ठ रोगियों की तथा उन्मादी, लँगड़े-लूलों का उपचार करते रहो।...पर मुझे तुम्हारी भेंट कराना है—महारानी या उनकी दासी वयसिका से, बस।' मृगांक ने हँसकर हाथ जोड़ दिये।

मृगांक के आवास में प्रवेश कर वाहन द्वार पर जा ठहरा। त्रिलोचन को उतार मृगांक भी उतरे। सेवक उनकी प्रतीक्षा में थे। भोजन के लिए अनुमति पा सैरंध्र चौकी लगाने मुड़ गया। इसके पश्चात् रात्रि विश्राम ही शेष रहा।

प्रात: त्रिलोचन शैया से खड़े हो विश्राम कक्ष से बाहर निकल प्रांगण में संचरण करते रहे। यहाँ कोई सेवक भी अभी तक न जगा था। बस, रात्रि-प्रहरी ने दूर से ही अपनी दृष्टि उन पर फेंक ली थी। आश्रम में तो इसी समय से दैनिक चर्या आरम्भ हो जाती है। नित्य क्रिया से निवृत्त हो वह पुन: बाहर आए।

'कोई आज्ञा देव ?' एक सेवक ने प्रणाम करते हुए पूछा जो कदाचित् अभी-अभी जागा था।

'तुम्हारे स्वामी जाग गए क्या ?' त्रिलोचन ने जानना चाहा।

'अभी उनके जागने का समय कहाँ हुआ है देव ! कनक-शृंगा की भोर इसी भाँति अलस होती है। उत्सवों, गोष्ठियों से देर रात्रि लौट पाते हैं न, श्रीमन्त लोग !' विनम्रता से सेवक ने बताया।

त्रिलोचन प्रवेशद्वार से निकल गन्धवती के तट पर आ गए। आश्रम में उनके पास प्राय: समय की कमी रहती है किन्तु यहाँ लग रहा था, जैसे दिन और रात्रि का समयमान बढ़ गया हो ! लौटे तो मृगांक दत्त प्रतीक्षा में मिले।

'कहो, निद्रा ठीक से ली ?'

'हाँ, भली भाँति।'

'किन्तु मैं ठीक से न सो सका। सोचता रहा कि तुम क्यों मिलना चाहते हो महारानी से ? अथवा वयसिका से ही ? कोई कारण बताया भी नहीं तुमने और मैं पूछ न सका।...किन्तु इस सोच-विचार में मुझे एक युक्ति अवश्य सूझ गई है। मैं राजश्री देवी से मिलने का निमित्त खोज रहा था और वह मिल गया।'

'राजश्री देवी कौन ?'

'अरे वही, जिनकी चिकित्सा कर रहा हूँ मैं। वही तो महारानी या वयसिका का पता लगाकर कहेंगी ! भेंट भी वही करवाएँगी...तो उनसे भेंट करने का बहाना चाहिए न ! उनके आवास पर पहुँच पहले उनके पतिदेव से भेंट करनी होगी, कुछ झूठ-सच कहना होगा। पत्नियों की भाँति ये श्रीमन्त भी सन्देही होते हैं और वह यहाँ के बहुत शक्तिशाली सामन्त हैं, समझे !'

'किन्तु असत्य का आश्रय... ? इसकी क्या आवश्यकता ? हो भी तो बचना चाहिए अन्यथा असत्य का अभ्यास हो जाता है। मुझे तो लगता है कि पखवारे भर यहाँ रुका रहा तो मैं भी कपट आचरण का अभिलाषी हो उठूँगा।'

'सत्य है तुम्हारा अनुमान। वैसे मेरा अनुमान यह है कि उलझन सत्य-असत्य की नहीं, इसके उपयोग की है कि कौन किस उद्देश्य से करता है। यदि आपका सत्य किसी प्रचंड हानि का कारण बनता है तो वह निश्चय ही त्याज्य है। इसी प्रकार किसी मिथ्या वचन से कुछ दारुण रुकता है तो वह ग्रहणीय है। मैं तुम पर अपना विचार नहीं लाद रहा, बस, एक बात रख रहा हूँ कि सत्य निश्चय ही जीवन व समाज का आधार है। हमारे यहाँ सत्यवादी हरिश्चन्द्र का उदाहरण है, तो सत्यभाषी धर्मपुत्र युधिष्ठिर का भी, जिन्हें 'नरो वा कुंजरो वा' इसलिए कहना पड़ा कि सत्य के पक्ष की विजय हो। अब लो, मैं अपना कथन समाप्त करता हूँ।' मृगांक ने त्रिलोचन की आँखों में झाँकते हुए कहा।

'अर्थात् तुम मेरा उपयोग करना चाहते हो ?' त्रिलोचन मुस्कुराए।

'तुम्हारा मार्ग सुगम करना चाहता हूँ क्योंकि मुझे ज्ञात है कि तुम्हारा पग किसी-न-किसी कल्याण की ओर बढ़ता है। मैंने जागते ही अपने सेवक को एक सांबरतंत्रवेत्ता के यहाँ भेजा है। वह आने ही वाला होगा। यह तांत्रिक राजश्री देवी की समस्या सुलझाने में सहायक हो सकता है तथा उनसे हमारे मिलने का निमित्त भी। तुम शीघ्र स्नानादि से निवृत्त हो लो। पूजा-अर्चना कुछ चाहो तो संक्षेप में वह भी कर लो! मैं भी प्रस्तुत होता हूँ और बुलाता हूँ तुम्हें,' कह मृगांक खड़े हो गए।

अपने कक्ष की ओर लौटकर त्रिलोचन समय के भीतर ही समुद्यत हो बुलावे की प्रतीक्षा करने लगे। सेवक द्वारा लाया गया दधि-मिश्रित दुग्ध का कोशक वह खाली कर चुके थे। मृगांक द्वारा बताया घटी समय पूरा हो गया था।...वह अब प्रतीक्षा में कसमसाने लगे। मन में अनेक विचार आने-जाने लगे :

—कहीं यह मृगांक मुझे मूर्ख तो नहीं बना रहा ?...क्या पता, अपनी सफलता के दम्भ को मैत्रीपूर्ण सहयोग के बहाने प्रदर्शित कर रहा हो! सदैव ही महत्त्वाकांक्षी रहा है मृगांक। मैंने इसके यहाँ आकर कहीं भूल तो नहीं की ?...पर अन्य तात्कालिक विकल्प भी तो नहीं मेरे पास।

इसी ऊहापोह में उलझे त्रिलोचन को सेवक ने निवेदन किया, 'स्वामी बाहर रथ में आपकी प्रतीक्षा कर रहे हैं देव!'

'हाँ, चलो!' चौंककर खड़े हो गए त्रिलोचन।

बाहर प्रतीक्षारत मृगांक के साथ वह राजश्री देवी के आवास की ओर निकल पड़े।

'वशीकरण का मंत्र जानना चाहोगे ?' मृगांक ने परिहास भाव से पूछा, 'मैंने पुरुष के वशीकरण की विधि तो जान ली है, स्त्री के वशीकरण का मंत्र-तंत्र भी लिख लिया है। हम दोनों ही कुँवारे हैं—इच्छित कुमारी को पाने हेतु प्रयोग कर सकते हैं। तुमने अपने विवाह के प्रति सोचा है कभी ?'

'इस ओर ध्यान ही नहीं गया मेरा।'

'ध्यान जाने के लिए ध्यान देने योग्य भी तो कुछ दिखना चाहिए। तुम्हारे चारों ओर तो बस अपंग, वृद्ध रोगी ही बसते हैं। अच्छा, लो, पुरुष वशीकरण की विधियाँ पढ़ो। इसी से राजश्री देवी पति को अनुकूल बनाएँगी, किन्तु उससे पूर्व हमारी सहायता करेंगी।' मृगांक ने लेख-पत्र त्रिलोचन के हाथ में दे दिया।

त्रिलोचन ने एक बार मुस्कुराती आँखों वाले मृगांक की ओर देखा फिर पढ़ना आरम्भ किया। लिखा था :

'स्त्री यदि अपने वाम पैर की पैंतरी के समतुल्य आटा तौलकर किसी भी भौमवार को चार रोटी पका अपने पति को खिला देती है तो उसका पति उसके वश में रहा करता है!'

'स्त्री जब रजस्वला हो तो तीन छोटी इला का मुख खोलकर वस्त्र में बाँध ले। वस्त्र बदले, तब इला नवीन वस्त्र में रख ले। इस प्रकार तीन-चार दिवस तक रज इलाओं में प्रवेश करता रहता है। बाद में रूठे हुए अथवा उदासीन पति को वश में करने के लिए छिलके समेत एक इला पीसकर दूध या तांबूल में खिलाने से पति उसके वश में रहेगा।'

'उक्त प्रयोग किसी पर्वकाल में इस मंत्र को सिद्ध करने के पश्चात् ही किए जाने चाहिए—ॐ नमो महायक्षिण्यै मम पतिं भे मम वश्यं कुरु कुरु स्वाहा!'

'तो ये विधि उन राजश्री देवी को बताओगे?' अचंभित से त्रिलोचन ने पूछा।

'नहीं, यह लेख-पत्र ही सौंप दूँगा, वह पढ़ लेंगी। हाँ, फिर भी वह कोई प्रश्न करें तो उन्हें समझाना ही पड़ेगा किन्तु मुझे नहीं लगता कि उन्हें समझाने की आवश्यकता होगी, वह चतुर महिला हैं। हाँ, तुम चाहो तो अपने लिए इस मंत्र का प्रयोग कर सकते हो।' त्रिलोचन के हाथ से वह लेख-पत्र लेकर मृगांक ने दूसरा पकड़ा दिया।

इसमें लिखा था : 'इस मंत्र को सिद्ध करने के लिए किसी शनिवार से आरम्भ करके इक्कीस दिन पर्यंत एक सौ चौवालिस मंत्र आधी रात के समय नित्य जपें। हर मंत्र के साथ अग्नि पर गुग्गुल की आहुति देते जाएँ। घृत का दीपक उजेरकर फल, बताशे हवन में अर्पित करने चाहिए। जब प्रयोग करना हो तो इसी निम्न सिद्ध मंत्र से इक्कीस बार अभिमंत्रित कोई मिष्ठान्न, फल खिलाने से स्त्री का वशीकरण हो जाता है।

मंत्र—'जल मोहूँ थल मोहूँ जंगल की हिरणी मोहूँ, बाट चलंता बटोही मोहूँ।
गद्दी बैठा राजा मोहूँ, पीढ़ा बैठी रानी मोहूँ।
मोहनी मेरा नाम, मोहूँ जग संसार! तरा तरीला तीतरा तीनों बसें कपाल।
मेरी भक्ति गुरु की शक्ति फुरो मंत्र ईश्वरोवाचा।'

'इस मंत्र का तो कोई अर्थ-आशय ही नहीं बनता। भाषा भी अटपटी है। मुझे तो समझ ही नहीं आया।' पढ़कर त्रिलोचन बोले।

'यही तो सांबरी तंत्र है जिसमें न अक्षर की ध्वनि का क्रम है, न अर्थ की व्याप्ति किन्तु इसका प्रभाव अचूक माना जाता है। लो, हम उनके भवन पर आ पहुँचे।' मृगांक के कहने के साथ ही रथ द्वार पर जा ठहरा।

'देवी हमारी प्रतीक्षा कर रही होंगी। मैं उनका चिकित्सक हूँ। अपने आने की सूचना मैंने पहुँचा दी है।' मृगांक दत्त के इतना बताने पर रक्षक ने लौह हीलों व फुलिया कीलों से कसे शीशम के काष्ठ वाले ऊँचे-ऊँचे कपाट 'चूँ-ऊँ-ऊँ' की आवाज के साथ खोल दिये।

भीतर पहुँचने पर स्वागत करती राजश्री देवी बोलीं, 'सन्देश भेज देते आप!...दासी के संग मैं ही आ जाती औषधि लेने। आप व्यस्त रहते हैं, मुझे तो समय...'

'वस्तुत: हमें आपके लिए एक तांत्रिक उपचार हाथ लगा है जिसके मुहूर्त का आरम्भ आज से ही है। इसी के साथ-साथ मेरा एक छोटा-सा कार्य भी है जिसे आप ही कर सकती हैं।' विनम्र मिठास के साथ मृगांक ने बात रखी।

'अच्छा, मैं भी किसी के काम आ सकती हूँ?...आश्चर्य है! मेरे पतिदेव तो मानते हैं कि स्त्रियों को एक ही कार्य शोभा देता है—वह है शृंगार।' राजश्री देवी ने उच्छ्वास के साथ कहा।

'देवी, आपको मात्र इतना ज्ञात करना है कि महारानी पिंगला कहाँ हैं? उनसे अथवा उनकी दासी...क्या नाम है... ?...हाँ, वयसिका। तो वयसिका से मेरे इन मित्र की भेंट आवश्यक है। आपके माध्यम से एक बड़ा उपकार होगा मुझ पर यदि वयसिका से भेंट हो जाए।'

'आज मध्याह्न पश्चात् चली जाती हूँ राज महालय। बहुत समय से महारानी से भेंट भी नहीं हुई है...। सुना है, महारानी कहीं गई हैं, तो उनकी दासी चम्पा या वयसिका कोई

न कोई मिलेगी। प्रधान कंचुकी को सब ज्ञात रहता है पर वह कुछ भी न बताएगा, यदि महारानी की आज्ञा न होगी। सायंकाल तक मैं सूचना पहुँचा दूँगी, निश्चिन्त रहें।'

'आपके लिए यह तंत्र उपचार है।' मृगांक दत्त ने लेख-पत्र निकालकर इस भाँति सौंपा कि जैसे कोई गुप्त निधि सौंपी जा रही हो, 'निवेदन यह है कि यह तंत्र नितान्त गुप्त रहना चाहिए। किसी अन्य को बताने पर प्रभाव नष्ट हो जावेगा। मंत्र मुखाग्र स्मृति में लेकर लेख-पत्र अग्नि में जला दें, बस...। हाँ, संध्या समय हमें आपकी सूचना की प्रतीक्षा रहेगी।' कह मृगांक दत्त हाथ जोड़ विदा माँगते खड़े हो गए।

'अरे, आपने तो जलपान भी नहीं लिया! इस तरह कैसे जा सकते हैं?'

'क्षमा करें अभी। वहाँ अनेक लोग उपचारार्थ प्रतीक्षा में होंगे। आप जब भी आज्ञा देंगी, मैं उपस्थित हो जाऊँगा।'

मृगांक के साथ त्रिलोचन बाहर निकल रथ पर आरूढ़ हो आवास लौट आए।

राजश्री देवी ने वचन पूरा किया। संध्या समय उनकी अतिवि॰ त्रस्त अनुचरी सूचना लेकर पहुँची कि महारानी पिंगला किसी बड़े अनुष्ठान के लिए गुप्तवास में हैं। वयसिका भी उन्हीं के साथ है। कहाँ हैं, यह चम्पा को भी ज्ञात नहीं, केवल महामात्य जानते हैं। कदाचित् महाराज भर्तृहरि भी गुप्तवास में हैं।

13

सुझाव चम्पा का ही था कि रानी को अनुष्ठान करना चाहिए। राजा के चले जाने पर चम्पा चिन्तित थी और उद्विग्न भी। वह जानती है कि सन्तान की कामना में रानी पिंगला बहुत अशान्त, व्यग्र रहती हैं, इसीलिए गत एक-सवाये वर्ष से वह प्रतिमाह की पूर्णिमा को गढ़कालिका की महाअर्चना हेतु अकेली जाती रही हैं। मात्र एक विश्वसनीय, बलिष्ठ, सुन्दर युवा सेनानायक उनकी रक्षा में जाता रहा है पर वह महालय के द्वार से भीतर कभी नहीं हुआ। महारानी गुप्तद्वार से निकलतीं और उसी से प्रवेश करती थीं। वह नहीं चाहती थीं कि महाराज को उनके अनुष्ठान का पता लगे। वह सन्तान के रूप में फलवती होकर महाराज को आकस्मिक प्रसन्नता देना चाहती थीं।

अंतिम बार होलिका की पूर्णिमा को गई थीं और तभी से गुमसुम रहने लगीं। चम्पा ने अनेक बार उनके उन्मन क्षोभ का कारण जानने का प्रयास किया किन्तु वह या तो गहरी साँस भरकर रह जातीं या आँसू टपकाने लगतीं।

तब से नरेश भी प्राय: चम्पा के पास ही ठहर जाते जबकि पहले यदा-कदा रानी ही चम्पा को बुला लेती थीं—राजा का मन बहलाने। जानती है कि वह दहेज में आई दासी है, ब्याहता नहीं। रानी होने को कभी सोचा भी नहीं चम्पा ने। यही क्या कम है कि रानी अपने सौभाग्य का कुछ अंश कभी-कभार उसके आगे डाल देती हैं? वह निश्चय ही पत्नी नहीं पर उसने तो राजा को सदैव स्वामी के साथ-साथ मन-ही-मन पति की भाँति माना है।...और अब तो उसकी कोख में राजा का गर्भ पल रहा है। तभी तो रानी ने अनुष्ठान पर निकलने के एक दिन पश्चात् ही उसे लौटा दिया था :

'तू जा चम्पा! यहाँ वयसिका रहेगी मेरे साथ। चालीस दिन का कठिन जीवन इन दिनों ठीक नहीं है तेरे लिए। तेरी कोख में जो सन्तान है, वह राजा की ही नहीं, मेरी भी है। अपनी

कोख को सँभालकर रखना है तुझे। बहुत बड़ा दायित्व सौंप रही हूँ—बस, समझ ले कि मेरा ही अंश तेरी कोख में पल रहा है। क्या पता, यही मेरे माथे से दुर्भाग्य पोंछे!'

'पर रानी जी, आप कैसे साध पाएँगी यह चालीस दिन का कठिन व्रत? कठोर भूमि पर शयन तो दूर, नंगी भूमि पर कभी बैठीं भी नहीं आप।...अल्पाहार, निराहार...उपवास। नितान्त शुष्क एकान्त साधना...।' आँखें छलछला आई थीं चम्पा की।

'चम्पा, मेरी बहन, स्त्री सब साध लेती है, सह लेती है। सहते जाने का अभिशाप ऐसे कठिन समय में हमारा अभ्यास हो जाता है। हाँ, किसी को ज्ञात न हो कि तुम गर्भवती हो। बस, मेरे लौटने तक तुम्हें महालय का गुमान सँभाले रखना है...।' रानी भी रोने लगी थीं। 'मैंने महामात्य को सब समझा दिया है। वह अभिभावक हैं तुम्हारे। महाकाल मंगल ही करेंगे।' सिसकती महारानी पिंगला श्मशान के निकट बनी जीर्ण-शीर्ण कुटिया में घुस गई थीं।

आश्चर्य कि इस समय भी वयसिका के चेहरे पर कोई दृढ़ता आ ठहरी थी, 'चम्पा बहन! रानी की चिन्ता न करना। वयसिका उनके लिए अपने प्राण देने को भी तत्पर रहेगी। इस अनुष्ठान में अकेली नहीं हैं वह; मैं भी उनके साथ हूँ। वह अपने पति को लौटाने को तत्पर हैं तो मैं अवन्तिका नरेश को। यह जीवक महामात्य का अति विश्वस्त अनुचर है। इसके साथ कुछ दूर पांप्यादे ही चलना पड़ेगा। आगे यह अवन्तिका पहुँचने के लिए तुम्हारी उचित व्यवस्था कर देगा।

'जीवक?' वयसिका ने सम्बोधित किया।

'देवी...!' कुटिया के कोने से सटा खड़ा व्यक्ति आकर सिर झुका खड़ा हो गया।

'तुम सब समझ चुके हो न?'

'देवी, निश्चिन्त रहें।'

'कब तक लौटोगे?'

'दो प्रहर लग जाएँगे।'

'अच्छा, जाओ, महाकाल तुम्हारी रक्षा करें।' कह वयसिका चम्पा के गले से लिपट गई।

पता नहीं, दोनों के मध्य क्या अव्यक्त रहा था जो हिचकियों के माध्यम से व्यक्त होने लगा, जिसमें वयसिका की दृढ़ता भी गलने लगी थी।

चम्पा और जीवक के जाने के पश्चात् वयसिका कुटिया में आई। देखा कि महारानी खजूर के पत्रों से बुनी चटाई पर बैठी हैं। टिकने के लिए कोई आँयता नहीं है। यहाँ तक जरीदार सुकोमल जूतियाँ पहनकर आई हैं। अब अनुष्ठान की अवधि में नंगे पाँव रहना होगा। सिर में तेल नहीं लगेगा—केश खुले, सूखे रहेंगे। एक समय भोजन—निरामिष, शुष्क।

अपने उपयोग हेतु जल स्वयं भरकर लाना होगा, भोजन भी अपने ही हाथों तैयार करना पड़ता है। वयसिका सोचने लगी कि इतना कठिन तंत्र क्यों स्वीकार किया रानी ने? उसका यह अनुमान दृढ़ होता जा रहा था कि नरेश ने महारानी के कारण ही घर छोड़ा है किन्तु वह कारण नहीं खोज पा रही थी।

उसे ज्ञात था कि महादेवी प्रतिपूर्णिमा की रात गढ़ कालिका की ओर जाती हैं पर उसे नायक के विषय में कोई ज्ञान न था। वयसिका महामात्य के साथ अपना संशय साझा करना चाहती है पर न उसे इसका अवसर मिला, न उसने अवसर निकाला ही।

कुटिया के दो कोनों में दो काँवरियों में बाँस के बड़े दो-दो टोकरों में सामान भरा है जिसे वयसिका को ही व्यवस्थित करना है। तंत्र सामग्री है दो टोकरों में—मूँज, कुश, खप्पर, दीपक, जौ, तिल अक्षत, गन्ध आदि। कच्चा सूत, इन्द्र जौ, गुग्गुल, रक्तचन्दन, कर्पूर अलग सहेजकर रखे गए हैं। सम्पूर्ण सामग्री का संयोजन भी विकट व्यापार जैसा है। छोटी-सी भी त्रुटि रह जाए अथवा सामग्री ही निर्धारित मात्रा से न्यूनाधिक हो जाए तो तांत्रिक, असफलता का ठीकरा अनुष्ठानकर्ता के ही सिर फोड़ सकता है। इसीलिए और भी सतर्क रहना है वयसिका को।

स्यात् महादेवी चम्पा को ही साथ रखतीं। वह अनुष्ठान में सहभागी हो सकती है—उपपत्नी भी तो है नरेश की। परम्परागत रूप, सेवा, समर्पण से सम्पन्न है वह।...यह सब होने के साथ स्यात् उसके पास शास्त्रीय ज्ञान और कौशल नहीं है। स्यात् इसीलिए! स्यात् क्यों, निश्चय ही इसीलिए महामात्य ने वयसिका को इस अत्यन्त गोपनीय अभिचार का सहयोगी बनाया है। महामात्य का चेहरा वयसिका के चित्त में आ ठहरा, 'हे देव!' सहसा उसके मुख से निकला।

'क्या हुआ वयसिका?' कुछ सोचती हुई चटाई पर बैठी पिंगला ने पूछा।

'कुछ नहीं देवी! देव के विधान पर सोचने लगी थी कि काल की गति और परिणाम जानने की गर्वोक्ति चाहे विज्ञानी करे अथवा दैवज्ञ, समझ कोई नहीं पाता। हाँ, किन्तु-परन्तु लगाकर वह स्वयं व अन्य को भ्रम में अवश्य बनाए रखता है।'

'कुछ स्पष्ट कर सकती हो? ज्ञान नहीं तो अनुमान से ही सही। समय की शिला तोड़ने के लिए चर्चा भी एक पथहारा साधन है। शास्त्रार्थ में भी अधिकांश विद्वान अपना अधूरा ज्ञान ही बघारते हैं। मैंने प्राय: देखा है कि ऊँचे स्वर में बोलते हुए जो दूसरे को कहने का अवसर ही न दे, वही 'विजयी भव:' बन जाता है। कम-से-कम आत्मगत रूप से तो आश्वस्त हो ही जाता है कि मैंने इस या उसको पछाड़ दिया।'

'निष्कर्ष पर भी तो पहुँचते हैं देवी!'

'हाँ, पहुँचते हैं और नहीं भी। यह निष्कर्ष भी तो प्राय: अनुमानित ही होता है न!...और निष्कर्ष की कसौटी भी काल ही है। कुछ निष्कर्ष होते हैं जो शताब्दियाँ पार कर सहस्राब्दियों का छोर छूते हैं और उँगलियों पर गिने जाने जितने क्यों न हों, वे निष्कर्ष भी होंगे अवश्य जो काल के महासागर की उत्ताल तरंगों व महाबली आवर्तों का अतिक्रमण करने में समर्थ होते हैं।'

'हाँ, कदाचित महादेवी का कथन सही है पर चिन्तन के प्रदीर्घ लोक का आधार शरीर एवं इसकी निकटतर, निकटतम अनुभूतियाँ हैं। कहा भी गया है कि—शरीर माद्यं खलु धर्म साधनम्।'...अब आप किंचित् विश्राम करें, मैं इस चालीस दिन वाली गृहस्थी का सँभार बिठाती हूँ।

'और क्षमा करें महादेवी! इन चालीस दिवस अपने उपयोग का जल आपको स्वयं ही नद से भरकर लाना होगा। आज शनिवार से ही अनुष्ठान का आरम्भ है। आपको ताम्रपात्र दूँ या गागर?' वयसिका ने स्मरण दिलाया।

'ओह, भूल गई थी कि अब चालीस दिन मैं राजमहिषी नहीं हूँ।' पिंगला सूखे मुँह हँसीं, 'लगता है, गागर ही ठीक होगी, जल शीतल बना रहेगा।'

वयसिका ने बहँगी से एक टोकरा उठाया और उसमें से मिट्टी की गागर निकाल रानी के आगे धर दी। रानी पिंगला गागर उठा नंगे पैर पानी भरने चलीं तो एक घट लेकर वयसिका भी संग हो ली।

पतली धार वाली पयस्विनी निकट ही है तथा इसी किनारे श्मशान। तंत्र प्रयोग यहीं करना है। नदी में शरद का स्वच्छ जल बह रहा था। रानी पिंगला ने गागर रख हाथ-पैर धोते हुए मुँह पर छींटे मारे तो अतीव तृप्ति का अनुभव हुआ। लगा, जैसे यात्रा का श्रम ही उतर गया हो! मस्तक से हृदय तक आश्वस्ति देती शीतलता।

'वयसिका! ग्राम-जीवन उतना कठिन भी नहीं जितना दूर से देखकर प्रतीत होता है, क्यों?'

'सुखों के ढेर पर बैठे व्यक्ति को अभाव का तिनका भी लट्ठे से बड़ा प्रतीत होता है।' वयसिका मुस्कराई।

'मैं स्नान कर लूँ?'

'देवी की जैसी इच्छा। वस्त्र लाने होंगे बदलने के लिए...।'

'सुना है, कृषक स्त्रियाँ प्राय: एक ही वस्त्र का उपयोग करती हैं। पहले अपनी धोतिका धोकर सूखने के लिए छाँट देती हैं फिर उसी सीले वस्त्र को स्नान के पश्चात् पहन लेती हैं। चल, तू भी कर ले स्नान, अलस हट जाएगी।'

'क्षमा करें। प्रयोग आप ही को करना है।...यहीं से आरम्भ कीजिए।'

'आज पहला दिन है...।' पिंगला ने साँस खींची।

'दिन बीतते देर नहीं लगती स्वामिनी।' वयसिका ने साहस बँधाया।

'हाँ, दिन बिताने ही हैं—जैसी महाकाल की इच्छा। बस, यह है कि रात्रि तो अनुष्ठान व शयन में बीत लेगी, दिवस कैसे कटेगा?'

'अभी अनागतवती चिन्ता में नहीं घुलना है।' कह वयसिका ने मनोबल बढ़ाया।

वयसिका ने कुटिया को आवास बनाने के उद्यम में सर्वप्रथम दो वृक्षों की निचली डालियों के बीच सन की रज्जु तानी ताकि उन पर गीले वस्त्र सूखने के लिए फैलाए जा सकें। कुहन के लिए ओट कर द्वार के एक सिरे पर अंगारी या अँगीठी जमा ली। दास व्यवसायी के भृत्यों को देख-देखकर वह चकमक पत्थर से अग्नि जलाना सीख गई थी। कृपाण चलाना न जानते हुए भी एक तीक्ष्ण कृपाण साथ लेकर आई थी। कुंतक की व्यवस्था करने जीवक को कह दिया है। पाकपात्र, पानपात्र आदि भी यथास्थान रखे। छौंक-बघार कुछ होना नहीं क्योंकि पूरे तापस आहार पर निर्वाह करना है। पर चाहे कहीं एक ही दिवस क्यों न ठहरना हो, मनुष्य अपनी व्यवस्था को क्रम देता ही है। वयसिका भी दे रही थी।

जीवक अपने दिये हुए समय से कुछ पूर्व ही लौट आया। अपना आवास उसने पहले ही कुछ दूर स्थित पलाश के ऊँचे वृक्ष पर निश्चित कर लिया था। सुरक्षा का दायित्व निश्चय ही उस पर था।

रात्रि के पहले प्रहर में रानी पिंगला ने तंत्र उपचार आरम्भ किया। कुटिया से दस धनुष की दूरी पर उत्तर में, अधसूखे वृद्ध पीपल के नीचे क्रियाएँ होनी हैं। वयसिका ने समस्त सामग्री एक क्रम में परात में लगा दी। जीवक बीच में कहीं चला गया था। लौटकर

वयसिका को अपनी उपस्थिति दिखा धनुष-बाण, खड्ग से सन्नद्ध वह अपने पलाश गृह पर चढ़ गया।

अर्धरात्रि से दो घड़ी पूर्व रानी पिंगला तंत्र-क्रिया सम्पन्न कर लौट आईं।

'वयसिका, दीप जला लेती। भीतर अँधेरा भरा है।'

मुझे रात्रि में चित लेटकर आकाश की ओर ताकना अच्छा लगता है। दीपक जलना यह आभास देता है कि कोई है।...तो इस अहसास से ही आकाश के शून्य से मेरा सम्बन्ध बाधित होता रहता है।' वयसिका ने बताया।

'ओहो, तो इन दिनों आकाश से संवाद चल रहा है ? वयसिका, मैं पूर्व में भी कह चुकी हूँ कि तू मेरी ओर से पूर्ण स्वतंत्र है—मेरी साथिन, सहचरी, हला है। यदि अपने आकाश का नाम बता दो तो कदाचित् सहायता भी कर सकूँ तुम्हारी। कुछ नहीं तो और अधिक निकट पहुँचाने वाली एक सीढ़ी तो बन ही सकती हूँ।'

'सर्वप्रथम तो आप अपना आहार तैयार कर लें। मैंने अपना पका लिया है। साथ-साथ ही ग्रहण कर लेंगी।'

'तुम सत्तू बाँधकर लाई हो न ?'

'तो क्या... ?'

'रस खंड की डली के साथ वही ले लूँगी।...तू भी भूखी बैठी है।'

कुटिया के द्वार पर रखी अंगारी कुरेदकर सुसुप्त आग में तिनके डाल फूँक से अग्नि प्रज्वलित कर वयसिका ने दीपक उजेरा और टोकरे से सत्तू की पोटली खोल दो मुट्ठी सत्तू व गुड़ की डली निकाल एक पातल पर रख दी। दूसरी पातल पर अपने लिए रोटी व लवण के साथ भूने हुए आलू रख लिये।

भोजन के पश्चात् रानी पिंगला भी अपनी चटाई कुटिया के बाहर ले आईं, 'वयसिका, अब तुम अपने आकाश से संवाद करो, मैं अपना आकाश खोजती हूँ।'

दोनों पुन: एक संग हँस पड़ीं।

पयस्विनी के बहने की कलकल यहाँ तक सुनाई पड़ रही थी। पीपल की ओर से अर्धरात्रि की सूचना देता पहरुआ बोला। अब धरती भी निमिष-भर के लिए आँख झपकाएगी।

प्रात:, मध्याह्न, संध्या, रात्रि और फिर से यही क्रम। इस प्रकार चालीसवें दिवस समापन हुआ तो पिंगला बहुत प्रसन्न थी। वयसिका ने अपना आहार न बनाया था क्योंकि आज दोनों को साथ-साथ ही इच्छा-भोजन तैयार करना है। जीवक को वयसिका ने कह दिया था, अत: वह निकट की हाट से कुछ तरकारी-भाजी, हिंगुल, कालीमिर्च, जवनी, इला, जीरक, धनिक ले आया था।

रोटी के लिए कुहन तो अर्धरात्रि के घड़ी भर पहले ही सुलग सका किन्तु तरकारी के संग ही गन्दुम या गेहूँ उबालकर वयसिका ने कुहरी भी पहले ही बना ली थी—बस, उस पर मसाला भुरकना था। धनिक का अवलेह भी तैयार था; कुटिया में आज जीवन की अलग ही प्रकार से हलचल थी।

पिंगला व वयसिका चूर्ण गूँथकर बाटियाँ सेंकने में लग गईं। जीवक कुछ दूर बैठा था—अत्यन्त सतर्क। आधी, चौथाई घड़ी में वह कुटिया के चारों ओर परिक्रमा-सी कर लेता

था। उपलों की धधकती–सी भुरभुरी आँच में बाटियाँ सिंकने, पकने के लिए दबाकर वयसिका कुहन की ओर से निकल आई तो परिक्रमा से लौटा जीवक खड़ा हो गया।

'बैठ जाओ जीवक! तुम कोई वेतनभोगी भृत्य नहीं, कृषक हो—हो न?' वयसिका ने कहा।

'देवी, दायित्व चाहे कृषक का हो या वेतन–भोगी का, निभाना उसका धर्म या कर्तव्य है। मुझे आप लोगों की सेवा में नियत किया गया है। अवन्ति राज्य की विभूति की सेवा, संरक्षण के लिए विश्वास जताया गया है मुझ पर। कृषक धरती का पुत्र है देवी। वह धरती की कोख छीलकर अपना जीवन भले चलाए पर उसकी प्रतिष्ठा के लिए प्राण देने में भी नहीं हिचकेगा। अपनी धात्री, अपने पालक के प्रति चतुर तर्क उपस्थित कर बचने का प्रयास करनेवाला कभी, कहीं विश्वसनीय नहीं हो सकता। अविश्वस्त हर किसी के लिए घातक है देवी, यह मेरा विश्वास है।'

इस बीच महारानी पिंगला भी आँचल से हाथ पोंछती इनके निकट आ पहुँचीं। जीवक उनके आदर में अनायास ही प्रशिक्षित ढंग से झुक गया, 'सेवक का प्रणाम स्वीकार करें महादेवी!'

रानी पिंगला क्षण–भर चकपक–सी जीवक को देखती रहीं फिर जैसे स्मरण–सा आया हो कि वह अवन्तिका की राजमहिषी हैं। इन बीते दिनों में धीरे–धीरे वह भूल ही गई थीं कि अनेक भाग्य बनाने–बिगाड़ने की शक्ति रखनेवाली महिमामयी महिला हैं वह। यद्यपि यह शक्ति उनमें नहीं, उनके स्वामी में निहित है...।

'जीवक नाम है न तुम्हारा?'

'हाँ, महादेवी!' जीवक और भी झुक गया।

'किस ग्राम से हो?...मैं व्यक्तिगत रूप से कृतज्ञ हूँ तुम्हारी। तुम्हें महामात्य ने नियुक्त किया है न?'

'महादेवी का अनुमान सत्य है।' जीवक और भी विनम्र हो गया।

'कृषक हो?'

'भृत्य हूँ महादेवी का।'

'अवन्ति पहुँचकर हम महामात्य से कहेंगी कि तुम्हें पाँच ग्राम पुरस्कारस्वरूप प्रदान करें।'

'आपका अनुग्रह इस दास का सौभाग्य है।'

वयसिका को लगा कि कुछ अनपेक्षित, असहज–सा वार्तालाप हो रहा है। उसने लगभग हस्तक्षेप सा किया :

'बन्धु जीवक, यह महारानी हैं—अवन्ति नरेश की अर्धांगिनी। जानते हो?'

'जानता हूँ देवी! क्यों न जानूँगा?' जीवक किसी सैनिक की भाँति तन गया।

वयसिका हँस पड़ी, 'तुम कृषक नहीं हो जीवक!...यही सच है।...और तुम अवन्ति की राजमहिषी के आगे असत्य भाषण कर रहे हो।'

जीवक ने सिर झुका लिया।

'तुमने महादेवी के सामने असत्य कथन का अपराध किया है। उसका दंड भोगना होगा।'

जीवक सिर झुकाए खड़ा रहा।

'दंड यह है कि तुम हमारे साथ आहार लोगे। यह महादेवी की इच्छा है। मैंने कुछ अनुचित तो नहीं कहा महादेवी?' वयसिका ने रानी पिंगला की ओर देखा।

'देवी, मैं अपना आहार ले चुका हूँ फिर भी आज्ञापालन में यत्किंचित् ले लूँगा। पहले महादेवी आहार ग्रहण करें।' विनम्र संकोच से जीवक ने स्वीकृति दी।

वयसिका सामग्री लगाने लगी तो रानी कुटिया के भीतर से जलपात्र उठा लाईं। उनके चेहरे पर अनुष्ठान निर्विघ्न सम्पन्न होने का सन्तोष स्पष्ट झलक रहा था। अत्यन्त कृश हो जाने पर भी देह से कोई आभा-सी जागती प्रतीत होती थी, जैसे आँच में तपकर सुवर्ण का कल्मष छँट जाता है।

'अब स्वपाक, स्व अवलम्ब की बाध्यता नहीं रही महादेवी! आप अपने स्थान पर विराजें, मैं पातल लगाती हूँ!' उत्फुल्ल वयसिका संयोजन में जुट गई।

तीन पातल लगती देख कसमसाते जीवक को वयसिका ने संकेत से बरज दिया, पर वह साहस जुटाकर बोल ही पड़ा, 'देवी, मैं महादेवी के एकसार बैठने की धृष्टता कैसे कर सकता हूँ? आप नहीं जानतीं कि...'

'मैं जानती हूँ।' वयसिका मुस्कराई।

'क्या?'

'यह कि तुम कृषक भी नहीं और...। और यह कि तुम महामात्य के परम विश्वस्त हो।'

'यह मेरा परम सौभाग्य है पर क्रीत दास हूँ महामात्य का। साथ में कैसे... ?' जीवक हकलाने लगा।

'मैं भी क्रीतदासी हूँ। मुझे भी महामात्य ने क्रय किया है। मैं साथ बैठ सकती हूँ तो तुम क्यों नहीं? इसे महादेवी की ओर से सेवा का पारितोषिक मानो। चलो, वहाँ बैठ लो, कुछ हटकर...फिर तो ठीक... ?'

'जैसी आज्ञा!।'

बिना घृत-स्नेह की सूखी बाटियों तथा उबले हुए शाक व गेहूँ की कुहरी में जो स्वाद और तृप्ति मिली, वह रानी पिंगला ने कभी अनुभव न की थी। षटरस व्यंजन के नितान्त विपरीत इस शुष्क स्वाद के आह्लाद में वह बार-बार अपनी पलकें मूँद लेतीं, जैसे इस अनुभव को सदैव के लिए जीभ पर बसाना चाहती हों!

भोजन उपरान्त पातल व पात्र समेटने में जीवक ने वयसिका की सहायता की, फिर प्रणाम कर अपने वृक्ष-आवास की ओर लौटने को था कि वयसिका ने रोक लिया, 'जीवक, तुम कृषक नहीं...और मालव भी नहीं हो। तुम्हारा उच्चारण, कायिक गठन मालवों से भिन्न है। क्या तुम भी मेरी ही भाँति स्वजनों से अलग किए गए हो, मैं जानना चाहती हूँ... ?'

'अतीत के अँधेरे को मथने से अब क्या लाभ देवी! अब तो जो सम्मुख है, वही सत्य है। कदाचित नियति ने यही निर्धारित किया था...किन्तु मैं भाग्य को कोई दोष नहीं दे सकता। जाने कितने लोग हैं जो मुझसे भी कहीं अधिक गहरे दुख के पंक से निकले हैं—सहस्त्रों तो पीड़ा के पंक से उबर ही नहीं पाए। मैं तो बहुत सुखी हूँ। अच्छा, अब चलूँ, स्यात् आपका ध्यान नहीं गया कि अर्धरात्रि का पहरुआ बड़ी देर पहले बोल चुका है और वह देखो, इन दिनों पूर्व में उगनेवाला शुक्र नक्षत्र पश्चिम की ढलान पर पहुँच गया है।

प्रातः ही प्रस्थान करना है यहाँ से। महामात्य व्यग्रता से आपकी प्रतीक्षा में हैं।'

'अवन्ति की कोई अन्य सूचना?।'

'कल सायं तक आप कनकशृंगा पहुँच जाएँगी, मुझे बस इतना ही ज्ञात है।' कह जीवक मुड़ गया।

पौ फटने से पूर्व ही जीवक कुटिया के आसपास टहलने लगा था। आहट सुन वयसिका भी जाग गई। रानी पिंगला को भी अब सूर्योदय पूर्व जागने की आदत हो गई है।

जगार का अनुमान लगाकर जीवक ने बाहर से आवाज दी, 'सेवक का प्रणाम स्वीकारें महादेवी! कुछ ही समय में आप दोनों की सवारी आ जाएगी। रथ के उपयुक्त मार्ग न होने से चार कोस अश्व, फिर आगे रथ की व्यवस्था है। यही सूचना देने आया है यह सेवक। पात्र दें तो जल भर लाऊँ?'

'क्या आज्ञा है स्वामिनी?' वयसिका ने रानी पिंगला की ओर देखा।

'एक तो यह कि मुझे 'स्वामिनी' सम्बोधन न दिया करो।...यों भी स्वामी के बिना कोई स्त्री स्वामिनी कैसे हो सकती है?...अब सजबज करो चलने की, पर मैं आज इस पयस्विनी में जी भर स्नान करना चाहती हूँ। तुम वस्त्र उठा लो।'

दोनों सरिता की ओर चली गईं। आधे प्रहर में लौटीं तो तीन अश्वों के साथ सेवकों और जीवक को प्रतीक्षा करते पाया। सामग्री बहँगियों में सँवरी रखी थी।

'महादेवी, फलाहार कर लें, यहाँ यही उपलब्ध हो पाता है। अगले पड़ाव पर खानपान की समुचित व्यवस्था मिलेगी। शीघ्र प्रस्थान उचित होगा। हवा बन्द है—घाम धीरे-धीरे तीक्ष्ण होती जाएगी।'

दोनों को अश्वों पर सवार करा जीवक आगे-आगे चलने लगा। कुछ आगे पहुँचकर एक सैनिक स्कन्ध इनसे आ मिला। वयसिका जान गई कि यह सैनिक दल दूरी बनाये रखकर महारानी की सुरक्षा में लगाया गया होगा! आते समय वे सब चुपके, गोपनीय ढंग से आए थे किन्तु लौटते हुए राजसी व्यवस्था की औपचारिकता जुड़ने लगी। अनुष्ठान करनेवाली पिंगला मात्र स्त्री थी, अब पुनः महामहिषी हो गईं।

मध्याह्न का पड़ाव एक आम्र-कानन में था। रथ की व्यवस्था पहले से थी। यहीं से पदातिकों के संग एक दल अश्वारोही सैनिकों का भी जुड़ गया। रथ पर अवन्ति राज्य का ध्वज फहरा रहा था।

आम्र-कानन में दो रावटियाँ लगाई गई थीं। एक के पट पर राजचिह्न सज्जित होने से स्पष्ट था कि यह महारानी के लिए है। पार्श्व में ही अपेक्षाकृत कुछ छोटी तथा सामान्य रावटी वयसिका के लिए। अभी तक व्यवस्था जीवक के हाथ में थी, यहाँ एक आस्पद की देखरेख में पहुँच गई थी। आस्पद महारानी का स्वागत करते हुए सेवा में प्रस्तुत हुआ।

'जीवक कहाँ है?' राजमहिषी की रावटी के निकट खड़े आस्पद से वयसिका ने पूछा।

'कौन, जीवक?' आस्पद ने अनजान बनकर प्रतिप्रश्न किया।

एक बड़े सामन्त परिवार से जुड़ा आस्पद जानता है कि दासियों, परिचारिकाओं का महत्त्व तभी तक है जब तक वे अपनी स्वामिनी या स्वामी की मुँह लगी हैं अन्यथा प्रत्येक सम्पन्न गृह में ऐसे दसियों क्रीतकर्मी होते हैं। दास कितना भी मुँह लगा हो, किसी राजपुरुष के समकक्ष

थोड़े हो जाता है। यद्यपि आस्पद ने वयसिका को चोर दृष्टि से देखकर पाया कि वह अन्य परिचरियों से भिन्न, अधिक आकर्षक व मानिनी-सी प्रतीत होती है। उसे प्रशिक्षण दिया गया है कि राजअधिकारी को राजा के प्रिय लोगों के प्रति सम्मान प्रकट करना चाहिए—चाहे वह भृत्य, सेवक, सेविका ही क्यों न हो। राजा का अप्रिय कुल-बन्धु भी उपेक्षणीय है। यह परिचरी चूँकि महामहिषी के साथ है तो निश्चय ही उनकी सर्वाधिक प्रिय भी होगी।

आस्पद की रुक्षता विनम्रता में बदल गई, 'आप कहीं महामात्य के उस सेवक के विषय में तो नहीं पूछ रहीं जो महादेवी की सेवा में नियुक्त था?'

'स्यात् वही हो। वही तो अगुआई करते आया है यहाँ तक।'

'अच्छा, जीवक नाम है उसका? अभी दिखवाता हूँ।' आस्पद बातचीत के मिस वयसिका की छवि आँखों में भरने लगा।

'उसे भेजिए यहाँ, तुरन्त तथा यह भी सुनिए कि उसका भोजन सैनिकों, सेवकों के साथ नहीं, हमारे साथ होगा, अर्थात् मेरे साथ। समझ गए?'

आस्पद चुप खड़ा रहा। कदाचित् यह भी उसके प्रशिक्षण का ही भाग था कि इस प्रकार के आदेश चुप होकर सुनते जाना चाहिए, बस।

'जाइए, महादेवी की इच्छा है...उनके मुख से कहलवाऊँ?'

'जी, मैं स्वयं देखता हूँ कि कहाँ है वह...जीवक।'

आस्पद आम्रकुंज के लताद्वार से होकर बाहर निकल गया। वयसिका भी मुस्कराकर अपनी रावटी में घुस शय्या पर लेट सोचने लगी कि ये उच्च अधिकारी भी कुछ दयनीय होते हैं जिनकी कमर बड़ों के सामने झुकते-झुकते तथा अपने पद के दम्भ के बोझ तले दुहरी होती जाती है।

कुछ ही देर में जीवक ने रावटी के बाहर अपने पहुँचने की सूचना निवेदित की तो वयसिका बाहर निकल आई।

'देवी ने स्मरण किया है मुझे?' सिर झुकाकर जीवक ने पूछा।

'हाँ, कहाँ रह गए थे?'

'जहाँ तक मेरी सीमा थी देवी।...आज्ञा करें!'

'तुम्हारा मध्याह्न भोजन भी मेरे साथ होगा।'

'किन्तु यहाँ तो राजकीय मर्यादा बनाये ही रखनी है...वहाँ बात कुछ अलग थी। देवी, मैं अपने दुख-सुख के साथ जीता हुआ ही ठीक हूँ। महामात्य की कृपा के गौरव में यह सुख अनुभव कर लेता हूँ कि वह मुझ पर विश्वास करते हैं। आत्मीयता का सुख मुझे न दीजिए। मैं स्वेच्छा दास हूँ—बस,—उससे आगे...' जीवक कहते-कहते रुक गया।

'अच्छा, यह बताओ कि महामात्य ने मेरे विषय में तुमसे कुछ कहा था?' वयसिका ने पूछा।

'...'

'पूछ रही हूँ कि मेरे लिए कुछ कहा था?'

'यही कहा था कि महादेवी तो हैं ही, आपको भी अपनी स्वामिनी मानकर व्यवहार करूँ। इसलिए मैं आपसे शेष अन्न अवश्य ग्रहण कर सकता हूँ, साथ नहीं बैठ सकता। रात्रि में हुआ अपराध ही मुझे अब तक साल रहा है।'

'अच्छा, मेरे पश्चात् खा लेना। मैंने तुम्हारा भोजन यहीं मँगाया है। तुम दो पीठासन निकालकर इस छाया में रखो। मेरी रावटी में हैं दो काष्ठपीठ। तब तक मैं महादेवी को देखकर आती हूँ।'

जीवक ने दो काष्ठपीठ आम्रवृक्ष की छाँह में लगा दिये तो वयसिका लौटकर एक पर बैठ गई।

'लगता है, तुम पीठिका पर नहीं बैठोगे! अच्छा, एक कुशासन बिछा लो...'

'नहीं, देवी, मैं भूमि पर ही ठीक हूँ।' जीवक ने फेंट खोलकर भूमि बुहारी और बैठ गया।

'तुम जानते हो, मैं क्रीत परिचरी हूँ?'

'स्वामी ने मुझे आपको स्वामिनी मानने की आज्ञा दी है।'

'यही सही। अब मुझे यह कहो कि तुम महामात्य की सेवा में कैसे पहुँचे?' वयसिका ने आत्मीयतापूर्वक पूछा, 'जीवक, जो तुम हो, वही मैं भी हूँ। स्थान-भेद से हमारी प्रतिष्ठा में कोई अन्तर नहीं पड़ता। हम अपना सब कुछ अपने श्रम, व्यवहार से अर्जित करते हैं। हम भी मनुष्य हैं, पशु नहीं, इसलिए अपना दुख हृदय में दबाए-दबाए मत जियो। मुझसे बाँट लो। बता दो, कौन हो, कहाँ से आए हो? मेरी ओर देखो, संकोच न करो। हमारी कहानियों का आरम्भ भले अलग-अलग हो, अन्त एक ही है—छोटे-बड़े दासत्व में। हमारी अपनी स्वयं की कोई सत्ता नहीं, इच्छा नहीं। आपस में अपनी-अपनी कहानी कहने-सुनने से स्यात् किसी प्रत्याशा का द्वार दिखाई दे सके।

अभी भोजन में घड़ी-भर का विलम्ब है, तब तक कह डालो तुम।'

उकड़ूँ बैठा जीवक अब पालथी मारकर आम्र के झौंर से उस पार देखने लगा, जैसे अपने अतीत का आह्वान कर रहा हो! फिर किसी पुरानी जीर्ण-शीर्ण पुस्तक के पन्ने पलटने की सावधानी के साथ आरम्भ किया, 'मेरा जन्म अनुचर वर्ग में हुआ था। मुझे नहीं पता कि मेरा पिता कौन है या था। हम जैसों में कदाचित् ही कोई जानता हो कि कौन किसका पुत्र या पुत्री है। मेरी माँ मात्र अपने स्वामी या स्वामिनी के आदेश का पालन करती थी। वहाँ प्रत्येक आलय के निकट निजी अनुचरों की बस्ती थी। नियमानुसार अनुचर या अनुचरी की सन्तान भी स्वाभाविकत: अनुचर ही मानी जाती भी। यह अंगदेश के अश्वत्थपुर में जन्मी कहानी है।

जाने क्यों मुझे बालपन से ही अस्त्र-शस्त्रों के साथ खेलना अच्छा लगता था। माँ मेरी रुचि के अनुसार अपने स्वामी के यहाँ से उनके बालकों द्वारा फेंके गए, त्यागे गए धनुष, बाण, कृपाण आदि ले आती थी। अपने स्वामी के बालक-बालिकाओं का मैं भी जन्मजात अनुचर था। खेल और शस्त्राभ्यास के समय मैं उनके साथ, उनकी सेवा में रहता था। दूर गई गेंदुक अथवा तीर खोजकर लाना व शूल परिघ समेटना, सकेलना करता रहता था। सच कहूँ तो मुझे यह अच्छा भी लगता था। मैं अपने टूटे-तिरके धनुष बाणों से वृक्ष के दूर लटकते फलों पर लक्ष्य साधता। कोटरों पर धनुष तानकर अपने लाघव की स्वयं परीक्षा करता। सिखाये तो राजकुमार जाते पर मैं उनके संग-संग सीखता रहता। तरुणाई में आखेट के लिए भी कुमारों के साथ जाने लगा। मेरे स्वामी ने मुझे अपना पादमूलिक नियुक्त कर लिया।

आप जानती हैं, पादमूलिक क्या होता है?...इसलिए पूछा, क्योंकि इधर पादमूलिक होते नहीं हैं।'

'हमारी ओर भी नहीं होता। तुम बताओ, क्या है यह?'

'साधारण सी बात है—पादमूलिक अर्थात् स्वामी के चरणों में उपस्थित रहनेवाला। जो स्वामी के मनचाहे कार्य कर दे। स्वामी के सदैव निकट रहने के कारण वह 'विशिष्ट सेवक' होता है। इसी प्रकार विवाह योग्य वय को प्राप्त हुई स्वामिपुत्री को भी अनुचर दासी या दासियाँ साथ दी जाती हैं। यह विशिष्ट सेवक अपने स्वामी के सभी षड्यंत्रों, अपराधों, हत्याओं तक की योजना में शामिल रहता है। ठीक यही स्थिति कुछ अनुचरी या दासियों की भी होती है।

मेरा सामन्त स्वामी बहुत सम्पन्न व राजदरबार में प्रतिष्ठित होने के साथ ही बहुत विलासी भी था। मुझे पादमूलिक नियुक्त करने के छह मास पहले ही किसी छोटे सामन्त की पुत्री से विवाह किया था जो उसकी ज्येष्ठ पत्नी के पुत्र-पुत्रियों से कुछ ही अधिक वय की थी। सामन्त के पुत्र-पुत्रियों के संग बालपन से ही अनुचर रहने के कारण मुझे अन्य पुत्रों की ही भाँति अन्तेपुर के भीतर तक जाने की छूट थी।

इन्हीं दिनों मेरी माँ ने संकेतों में समझाया था कि मैं अपने स्वामी का ही विजात पुत्र हूँ तो मैं और भी आदर व श्रद्धा के साथ स्वामी की सेवा में समर्पित हो गया। मेरी माँ की भी एक ही इच्छा थी कि मैं स्वामी को इतना प्रसन्न कर लूँ कि वह मुझे विवाह करने की अनुमति दे दें तो मैं भले सदैव अनुचर बना रहूँ किन्तु मेरी सन्तान इस पारम्परिक अनुचरत्व से मुक्त हो जाए।

किन्तु देवी, मनुष्य जो चाहता है, वह सदैव नहीं होता। हाँ, वह सदा होता है जो ईश्वर चाहता है। विधाता ने मेरे कपाल में स्यात् गृहस्थ होने का सुख नहीं लिखा, न मेरी माँ के भाल में सन्तान की मुक्ति का सुख।

आगे की कहानी अशोभ्य है, अप्रिय, कुत्सित। बताते भी लज्जा आती है।'

'बन्धु जीवक! लज्जा का अधिकार भी प्रतिरोध की शक्ति पर निर्भर करता है। यदि हम अनुचित का विरोध नहीं कर सकते तो हमारे लज्जित होने का तर्क भी झूठा है। अत: कहो आगे,' वयसिका गम्भीर थी।

'नई स्वामिनी वय में मुझसे कुछ ही अधिक रही होंगी। उनका व्यवहार मेरे प्रति बहुत सदय था। वह मुझे वस्त्र, भोजनादि द्वारा उपकृत करती रहती थीं। भ्रमण के समय रक्षक के रूप में प्राय: मुझे साथ लेतीं। स्वामी भी उन्हें प्रसन्न देख सन्तुष्ट होते थे।

बहुत-सी बातें ऐसी होती हैं जो उम्र के एक अनुभव पश्चात् समझ में आती हैं। मैं नहीं जान पाया कि स्वामिनी की मेरे प्रति लालसा है और एक दिन एकान्त में उन्होंने...।

मैं हतप्रभ था। गिड़गिड़ाया कि मैं उन्हें मातृवत् देखता रहा हूँ किन्तु उन्होंने अपनी चोलिका के बन्ध तोड़ डाले...केश बिखरा लिये। कहा कि यदि मैं उनका कहा न मानूँगा तो वह चीखकर लोगों को कहेंगी, परिणाम में होगी मेरी मृत्यु...।

उनका कहना नितान्त सत्य था। मैंने इस प्रकार के दंड के विषय में खूब सुन रखा था। अन्त:पुरों की अनेक चरित्र-कथाओं के बीच परिचरों, दासपुत्रों को मिले भयावह दंड के ब्यौरे भी मैंने सुन रखे थे। हाँ, देवी, प्राणभय से मैंने छोटी स्वामिनी का कहा मान लिया।

मेरे वय:प्रौढ़ स्वामी यों तो बहुत क्रूर, कठोर माने जाते थे किन्तु छोटी स्वामिनी के समक्ष मैंने उन्हें सदैव नतमुख पाया। मैं सदैव ग्लानि में डूबा रहता। स्यात् मेरी माँ ने मेरी स्थिति भाँप ली। उनका जीवन भी तो उन्हीं सीढ़ियों पर चढ़ते-उतरते बीता था।

और माँ ने कहा—छोड़ जा यह देश, यह भूमि और यह गलित जीवन।...फिर इन राजपुरुषों का कोई भरोसा नहीं—अच्छे-भले मानुष को विषबूटी खिला-खिलाकर यही विषैला बनाएँ और यही उसे सर्प घोषित कर उसका सिर कुचल दें। किसी दिन वही छोटी स्वामिनी तुझे काटकर फिंकवा सकती है।...ढूँढ़ लेगी फिर से कोई नया पादमूलिक। अन्त:पुर के तलघर तेरे जैसे परिचरों की अस्थियों से भरे पड़े हैं।

तब मैं भाग आया देवी। अपने देश, अपनी भूमि, अपनी जननी से बहुत दूर। उज्जयिनी में भूखा-प्यासा विक्षिप्त-सा घूम रहा था कि महामात्य ने उठवाकर अपने महालय में बुलवा लिया। मुझे भोजन, वस्त्र तथा दयालु स्पर्श मिला और मैं महामात्य का स्वेच्छादास हो गया। नहीं जानता कि मेरी माँ को क्या भोगना पड़ा, देश के क्या हाल हैं, भूमि किसके अधिकार में है।'

जीवक झर-झर आँसू बहाने लगा।

वयसिका चुपचाप भूमि पर गिरकर विलीन होते आँसू देखती रही। कुछ अश्रुबिन्दु उसकी पलकों की कोरों में भी आ अटके थे।

उत्तरपदी

1

उज्जयिनी में उत्सव की हवा बहने लगी। राजवर्ग से श्रेष्ठिवर्ग तक महारानी के गर्भ का सुसमाचार फैल गया था। उज्जयिनी के सभी प्रवेशद्वारों पर तोरण, पताकाएँ फहराने लगीं, बन्दनवार सज गए। सुगन्धित पुष्पों के टोकरे भर-भरकर मार्गों, वीथियों के प्रवेश पर जमाए गए थे। शिप्रा तट पर मंगलगान हेतु सुन्दरियाँ आमंत्रित की गई थीं।

महादेवी अपनी कोख में भावी नरेश का बीज सहेजकर आ रही हैं। अवन्ति की प्रजा की दसियों वर्ष की प्रतीक्षा फलवती होगी। महादेवी कल सायं पुत्रेष्टि अनुष्ठान सम्पन्न करके लौट आई हैं पर नरेश नहीं लौटे हैं। उनके लौटने का मुहूर्त राजज्योतिषी तय करेंगे। ग्रह दशा पूर्णतः अनुकूल होने पर ही वह महादेवी का मुख देखेंगे।

रानी पिंगला महाकाल के अभिषेक पश्चात् हरसिद्धि मन्दिर पहुँचेंगी...मंगलनाथ की अर्चना करेंगी...काल भैरव का समाराधन कर गढ़कालिका पर कुलसत्र में सम्मिलित होंगी व पश्चात् शिप्रा में दीपदान करेंगी।

राजामात्य की अध्यक्षता में एक पूरी समिति हर छोटी-बड़ी क्रिया-प्रतिक्रिया पर दृष्टि रखेगी। इस सप्त-दिवसीय उत्सव की धूम दूर-दूर तक पहुँचाने की परिकल्पना है। प्रधान भांडारिक को आज्ञा है कि किसी भी स्तर पर अर्थाभाव न होने दे।

महादेवी की सवारी निकलने से पूर्व महामात्य स्वयं भेंट करने आए थे। वह उसी बासन्ती कक्ष में बैठे थे जिसमें मयूर का पीछा करती वयसिका से अविस्मरणीय भेंट हुई थी। चम्पा के नेपथ्य में जाने से अब वयसिका स्वतः ही अन्तेपुर प्रमुख बन गई थी। वह मुक्त होने के प्रयास में जितना छटपटाती, उतनी ही राजगुंफ में उलझती जा रही थी। परिचरी ने महामात्य के आने की सूचना रानी पिंगला के स्थान पर वयसिका तक ही पहुँचाई।

'शीघ्र भेंट के लिए आग्रह किया गया है,' परिचरी ने बताया।

'उन्हें सादर निवेदन करो कि महादेवी अभी पहुँचती हैं।'

परिचरी को आदेश देकर वयसिका स्वयं ही चौंक पड़ी। स्वामिनी-सा व्यवहार उसकी वाणी पर कहाँ से आ बैठा ?...क्या दस वर्ष पूर्व का आभिजात्य अवसर पाते ही सिर तानने लगा है ? वयसिका ने देखा कि उसकी आज्ञा-पालन में सिर झुका परिचरी बासन्ती कक्ष की ओर चली गई थी।

वयसिका रानी पिंगला के कक्ष में पहुँची, 'स्वामिनी! महामात्य पधारे हैं।'

रानी पिंगला महाकाल के दर्शन हेतु निकलने की तैयारी में थीं। दो श्रृंगारिकाएँ उनके वस्त्राभूषण चुनने में व्यस्त थीं। स्वयं रानी मणिमुकुर के सामने खड़ी होकर अपनी चारु छवि का आकलन करने में डूबी थीं। वयसिका के स्वर ने उनका ध्यान भंग किया।

'क्या?' उन्होंने सुडौल ग्रीवा घुमाई।

'महामात्य भेंट चाहते हैं...आ चुके हैं...बासन्ती कक्ष में प्रतीक्षारत हैं।'

'अच्छा, तुम चलो, हम पहुँचती हैं।' रानी ने ग्रीवा मुकुर की ओर घुमा ली।

वयसिका को ज्ञात है कि दर्पण में अपना रूप निहारती स्त्री आत्मसम्मोहन में बँध जाती है। अत: शीघ्रता में भी महादेवी कुछ विलम्ब कर सकती हैं, तब फिर वही एकान्त होगा—महामात्य और वयसिका के मध्य। वह विशिष्ट कक्ष में पहुँची। महामात्य को भी स्यात् यही अपेक्षा थी कि पहले वयसिका आएगी।

'दासी स्वामी को प्रणति निवेदन करती है।' वयसिका ने पलकें झुकाकर कहा।

'बैठो वयसिका!' महामात्य उल्लसित दृष्टि के साथ बोले।

'लोकापवाद फैलेगा देव! एक दासी महामात्य की उपस्थिति में आसन ग्रहण करेगी तो महालय हिल उठेगा। मैं तो अकिंचन हूँ, अस्तित्वहीन, किन्तु लोकविश्रुत अवन्ति राज्य के देवमान्य महामात्य का गौरव...। नहीं देव, इस समय आप भी स्वतंत्र नहीं हैं। राज्य व्यवस्था का गुरुतर भार है आप पर। किंचित् भी स्खलन शत्रुओं को सिर उठाने का अवसर प्रदान करेगा।' वयसिका धीरे से बोली।

'वयसिका, तुम नहीं जानतीं कि मैं कितना अकेला हूँ। कुल-परिवार के सभी लोग अपने-अपने आमोद-प्रमोद में व्यस्त हैं तथा दासियों, परिचरों से घिरा मैं अपने ही एकान्त में भटकता रहता हूँ। तुमने कदाचित् न सोचा हो कि तुम्हारा साथ पाकर मैं अपना दायित्व और भी सुचारु ढंग से निर्वाह कर पाऊँगा।

मैं भी जानता हूँ कि हमारे मध्य वय का बड़ा अन्तर है। सम्भव है कि तुम्हारे प्रति मेरा आकर्षण लिप्सा की लौ बुझने से पूर्व की चमक हो! राजन्य वर्ग की इच्छाओं को जानते-बूझते, वासना के पंक में लिथड़ते वर्ग के बीच पलकर ही मेरे केश श्वेत हुए हैं।...मैं भीतर से थक रहा हूँ। दृढ़ता का अभिनय अब मुझसे नहीं सध पा रहा।

महीनों से प्रजा को राजा के दर्शन नहीं हुए हैं। राज्य अरक्षित हो रहा है। राजपरिवार के बीच से ही कोई महत्त्वाकांक्षा जाग सकती है। बाह्य शत्रु तो अवसर ताकते बैठे ही हैं। महामात्य राजा के नाम से शासन सूत्र सँभालता है। उसकी सभी आज्ञाएँ, सारे आदेश नरेश के नाम से होते हैं। राजा की उपस्थिति के अभाव में महामात्य की शक्ति बंध्या बन जाती है। चौमासा बीत चला और महाराज के बारे में कोई सूचना नहीं है। प्रजा, राजन्य और पदधारियों को भरमाए रखने हेतु ही मैंने महादेवी को गर्भवती प्रचारित करने के अर्धसत्य का आश्रय लिया है।...मुझे तुम्हारे अवलम्ब की आवश्यकता है वयसिका! मैं क्या मात्र महामात्य बना रहूँ, मुझे मनुष्य नहीं होना चाहिए?' महामात्य के स्वर में दैन्य भर आया था।

वयसिका एक बार पुन: स्तब्ध थी—अवन्ति जैसे शक्तिशाली राज्य का सामर्थ्यवान् महामात्य भी आत्मीय आलम्बन बिना कितना निर्बल है? प्रवंचना तथा असत्य के महाव्यापार में भी विश्वास की छाँह बिना क्यों नहीं जी पाता मनुष्य?...महाकाल! तेरी रचना विचित्र है।

'महादेवी पधार रही हैं,' आँगन पार से अन्त:चारिणी की आवाज सुनाई पड़ी।

महामात्य सावधान हुए तो वयसिका एक कोने की ओर हटकर सिर झुका खड़ी हो गई। महामात्य ने अभिवादन किया।

'आसन ग्रहण करें आर्य!' रानी पिंगला ने बैठते हुए कहा।

'महादेवी, स्वस्थ तो हैं?' आदर प्रकट करते महामात्य ने पूछा।

'अनुग्रह है महाकाल का। आप पधारने का हेतु बतावें।'

'क्या किसी अनपेक्षित की उपस्थिति में मुझे गोपनीय चर्चा करनी चाहिए?' महामात्य की दृष्टि वयसिका की ओर उठी।

संकेत समझ वयसिका जाने लगी तो महारानी ने रोक लिया, 'यहीं ठहरो वयसिका! तुम भी सुनो कि आर्य महामात्य क्या कहते हैं। मेरा चित्त अभी उद्विग्न है, द्वन्द्व बना रहता है। ऐसे में महामात्य से मंत्रणा करते तुम्हीं सहायक हो सकती हो मेरी।' फिर वह महामात्य को ओर उन्मुख हुईं, 'आर्य, वयसिका अब मेरी सेविका नहीं, सहयोगी है। यह चतुर है, धैर्यशील भी। इससे भी ऊपर यह कि वह बिना किसी महत्त्वाकांक्षा के हमारे प्रति समर्पित है। आप वय पर न जाएँ, विदुषी है यह। इसने तो कभी बताया नहीं, पर मेरा मन कहता है कि यह दुर्भाग्य के थपेड़ों में बहकर इस किनारे आ लगी है अन्यथा आचरण और शील में यह किसी कुल स्त्री से कम नहीं है। मुझसे सम्बन्धित किसी भी चर्चा में आप इससे निस्संकोच सलाह ले सकते हैं। मैंने इसे दासत्व से मुक्त कर दिया है, तो अब यह स्वतंत्र भी है। मेरी इच्छा है कि आप इस मुक्ति के साक्षी बनें।'

महामात्य ने कोने में खड़ी वयसिका की ओर देखा। वह भी महामात्य की ओर ही देख रही थी। आँखों में अथाह सागर उमड़ने लगा तो मुँह छिपाकर वयसिका ने आँसू पोंछ लिये।

'प्रसन्न नहीं हो वयसिका?' महादेवी ने स्नेह से पूछा।

घुटनों के बल बैठ वयसिका ने रानी पिंगला के चरणों पर सिर रख दिया, 'मुझे अपने से दूर न करो स्वामिनी! आपकी कृपाकोर के नीचे मैंने स्वयं को परतंत्र ही कब अनुभव किया है?' आँसू रानी पिंगला के पैरों को भिगोने लगे।

पिंगला ने वयसिका को उठाकर हृदय से लगा लिया, 'तुझे अपनी ही नहीं, मेरी भी देखभाल करनी है। राजमहालय की गरिमा बनाये रखने का भार तेरे कन्धों पर है। बोल, स्वीकार है?'

'आपके हर आदेश का पालन करूँगी।'

'सुना आर्य हमारी इस इच्छा को आप राजमहालय के महास्पद और भांडारिक को सूचित कर दें कि वयसिका की इच्छा महारानी का आदेश मान्य किया जावे। ठीक है न?'

'क्षमा करें महादेवी! इस प्रकार ठीक नहीं है।' महामात्य का चातुर्य और अनुभव आगे आ गया।

'क्यों?'

'इसलिए कि राजन्य वर्ग का अहंकार किसी परिचारिका या दासी को एकाएक अपने समतुल्य स्वीकार नहीं कर पाएगा। महाराज उपस्थित होते तो यह कुछ सरल हो सकता था किन्तु इस समय...। ये लोग इसमें मेरा कोई षड्यंत्र सूँघने लगेंगे...विरोध में खड़े हो जाएँगे। आपके देवर कुमार विक्रम पहले ही मुझसे रुष्ट हैं। महाराज की अनुपस्थिति में

उनका स्वेच्छाचार बढ़ रहा है। अभी महाबलाधिकृत मेरे समर्थन में हैं पर राजनीति महासर्प की बांबी होती है—शतमुखी। निन्यानवे मुख खाली होते हैं, कहीं एक में फण रहता है। पता नहीं लगता कि नाग कहाँ से डसेगा।'

'तो ?' महादेवी चिन्तित हुईं।

'हमें धैर्यपूर्वक अवसर की प्रतीक्षा करनी चाहिए। मुझे स्मरण है कि राजपुरोहित ने इसे पुत्री का सम्बोधन दिया था। आप महाकाल-दर्शन के पश्चात् हरसिद्धि देवी की ओर जाते हुए उस वृद्ध ब्राह्मण का भी आशीर्वाद लेने पहुँचें। अवन्ति राज्य और राजा के प्रति अखंड निष्ठा है उनकी। अपनी इच्छा उनके सम्मुख प्रकट करें। यह बताएँ कि आप वयसिका को क्या दायित्व सौंपना चाहती हैं।'

'इस उत्सव के दीर्घ आयोजन का प्रयोजन बता सकेंगे ?'

'हाँ, देवी !...पहला तो यह कि इतने दिन प्रजा उत्सुक और व्यस्त रहेगी। उसका ध्यान बँटा रहेगा। फिर कुछ दिन उत्सव की चर्चा अर्थात् प्रशंसा या निन्दा में बीतेंगे। तब तक स्यात् महाराज लौट आएँ अथवा उनका कोई सूत्र मिले। दूसरे, यह समाचार भी फैलेगा कि इतने बड़े उत्सव का कारण राज्य के उत्तराधिकारी का गर्भ में आना है। महाराज जहाँ भी हों, यह समाचार सुनकर स्वयं को रोक न पाएँगे। उन्हें आना ही पड़ेगा। मैंने तो यही सोचा है, आगे महाकाल की इच्छा। कुछ और जानना चाहेंगी महादेवी ?'

'मैं ?' चौंकती-सी रानी पिंगला जैसे किसी सोच के वृत्त से बाहर आई हों, 'और मैं क्या जानना चाहूँगी ?'

'अनुचित न मानें तो मैं कुछ पूछना चाहती हूँ देव !' वयसिका की आवाज उभरी।

महादेवी और महामात्य की दृष्टि वयसिका के चेहरे पर जा ठहरी।

'निवेदन करूँ स्वामिनी ?'

'हमने तो पहले ही तुझे अपना दायित्व सौंप दिया है, अत: कोई संशय हो तो चर्चा कर सकती हो आर्य से।' रानी पिंगला ने स्वीकृति दी।

'देव ! आपकी योजना सर्वांग सम्पुष्ट है किन्तु महाराज को गए तीन माह सत्ताईस दिवस हो गए हैं, इसलिए ध्यान रखना होगा कि गर्भ चार माह से अधिक का है। सप्त-दिवसीय उत्सव में महादेवी जहाँ भी पहुँचें तो उठने, बैठने, वार्ता- व्यवहार में परिलक्षित होना चाहिए कि वह गर्भवती हैं।'

महामात्य गम्भीरता में भी मुस्कुराए। महादेवी की आँखों में प्रशंसा भर आई।

'आर्य ! मैंने कहा था न कि वयसिका विदुषी है।'

'महादेवी ! आश्वस्त हों तो मुझे आपत्ति नहीं, किन्तु...' महामात्य के मस्तक की रेखाएँ संकुचित हुईं।

'आर्य अपनी आशंका, संकोच, योजना स्पष्ट करेंगे तो मुझे और वयसिका को मन्तव्य के अनुकूल सहयोग करने में सुगमता होगी।' महारानी पिंगला ने महामात्य की ओर देखा।

'महादेवी को इन दिनों प्राय: प्रतिदिन किसी-न-किसी महाले से सामान्य प्रजा के सम्मुख आना होगा ताकि राजन्यवर्ग में जनसाधारण की नरेश के प्रति अनुरक्ति की चर्चा

चले। महादेवी, नीति कहती है कि प्रजा की अनुरक्ति नरेश के प्रति षड्यंत्र को हतोत्साहित करती है। उत्सव के मंच पर मात्र एक पीठिका रहेगी जिस पर महादेवी बैठेंगी। कुमार विक्रम मंच के नीचे ही बैठेंगे और उनका स्थान अग्रिम पंक्ति में राजपुरोहित, महान्यायिक, महामात्य, महाबलाधिकृत के पश्चात् पाँचवाँ होगा। इस प्रकार उन्हें राजदंड, मुकुट तक पहुँचने के लिए दो शक्तिसम्पन्न तथा दो नैतिक बाधाएँ स्पष्ट दिखाई देंगी।'

'हम आपका मन्तव्य जान गए आर्य महामात्य कि प्रजा के विरोध का भय आंतरिक षड्यंत्र का बीज पल्लवित न होने देगा।' रानी पिंगला बोलीं।

'हाँ, महादेवी! यह कहने के लिए मुझे क्षमा करें कि हम प्रजाहित में कुछ भी उल्लेखनीय नहीं कर पाए हैं। राजन्य वर्ग को अधिकाधिक सुविधाएँ देकर अनुकूल बनाए रखने में ही राजस्व का बड़ा भाग चला जाता है।...फिर भी प्रजा महाराज के प्रति इसलिए श्रद्धा रखती है कि वह प्रजावत्सल हैं। उन्होंने जान-बूझकर प्रजा पर कोई भार नहीं डाला है, क्लेश नहीं पहुँचाया, सहृदय हैं। वह राजव्यवस्था के कुंजर पर स्वर्ण के हौदे में बैठे सवार तो हैं किन्तु कुंजर का संचालन पीठ से ही गर्दन पर बैठे महावत के अंकुश से होता है और महावत को हौदे पर बैठे व्यक्ति की असामान्यता का बल रहता है। हमें महाराज की उस असामान्य उपस्थिति के बोध को प्रजा के बीच बनाये रखना है।

कुमार विक्रम की उच्छृंखलता ने उन्हें प्रजा में अलोकप्रिय बना दिया है किन्तु विलासी, लोलुप राजन्य उनके साथ हैं। यह वर्ग अपने लिए और अधिकार और सुविधाएँ और स्वेच्छाचार तभी झपेट पाता है जब सत्ताशीर्ष ढुलमुल या निर्बल हो। कुमार इस वर्ग के अनुकूल बैठते हैं...।'

'तो?'

'आप निश्चिन्त पर सावधान रहें। मैं वयसिका से कहना चाहूँगा कि तुम्हें छाया की भाँति महादेवी के साथ रहना है। मुझे यहाँ आने का अवसर कम मिल पाएगा, इसलिए अवश्यक होने पर तुम मुझसे कभी भी, कहीं भी भेंट कर सकती हो।... अब महादेवी से आज्ञा चाहूँगा।'

महामात्य ने उचटती-सी दृष्टि सिर झुकाए खड़ी, उन्हें ही देखने का प्रयास करती वयसिका पर डाली और दृढ़ कदमों से कक्ष के बाहर निकल गए।

'चलें।' रानी पिंगला की आवाज पर महामात्य को जाते देखती खड़ी वयसिका ने अपनी दृष्टि कक्ष के भीतर लौटाई।

'हाँ। आप अन्त:कक्ष में ठहरें तब तक मैं व्यवस्था देख लूँगी,' कह वयसिका ने द्वार के बगल से खड़ी होकर महारानी को मार्ग दिया।

अन्त:कक्ष में महारानी को छोड़ वयसिका बाहर निकली तो महास्पद से भेंट हो गई। उन्हें उत्सव के सातों दिवस राजमहिषी से सम्बन्धित व्यवस्था का दायित्व सौंपा गया है। वह महामात्य को विदा कर लौट रहे थे।

'सुनिए!' वयसिका ने रोका।

'हाँ।'

'यहाँ कोई दिख क्यों नहीं रहा...आप राजकर्मचर हैं?'

'क्यों?'

'श्रीमान, यहाँ अन्तेपुर परिचर, रक्षकों के अतिरिक्त व्यवस्था का कोई कर्मचर नहीं दिख रहा। आप कर्मचर हैं तो बताएँ, नहीं हैं तो यह बताएँ कि यहाँ क्यों हैं? कर्मचर हैं तो व्यवस्था विभागक को तुरन्त खोजकर लाएँ।'

'मैं महास्पद हूँ। महामात्य ने उत्सव अवधि तक महालय की व्यवस्था संचालन हेतु नियुक्त किया है मुझे तथा मुझे महादेवी से भेंट करके आज की व्यवस्था को रूप देना है। तुम अनुचरी हो अन्तेपुर में?'

'मैं सेविका हूँ महादेवी की।'

'तो शीघ्र जाकर उनकी प्रमुख परिचारिका के माध्यम से महादेवी तक सूचना पहुँचाओ कि वह आधी घड़ी के लिए महास्पद को समय देने का कष्ट करें। मैं शीघ्र दर्शन का आकांक्षी हूँ।'

'महादेवी भगवान महाकाल के दर्शन को निकल रही हैं—आप यहीं खड़े रहें, उनके दर्शन हो जाएँगे। उससे पूर्व रथशाला से महादेवी का रथ द्वार पर लगवाइए। रथवाहक का नाम रंजन है—कहना, आज श्वेत अश्व जोड़े जाएँगे।'

तब तक दो अनुचर भागते हुए आए और आज्ञा पाने के लिए हाथ जोड़ सिर झुका खड़े हो गए।

'क्यों, कहाँ चले गए थे तुम दोनों? अच्छा, नकुल! रंजन से कहो कि श्वेत अश्व जोड़कर रथ अलिंद पर लगा दे—शीघ्र, और तुम कुमारास्पद से कहो कि मुझे मिलें—यहीं, अभी। और हाँ, इनसे परिचित हो?' वयसिका ने महास्पद की ओर संकेत किया।

'जी, अभी...' दूसरा अनुचर कुछ कह नहीं पा रहा था।

'इन्होंने बताया है कि महास्पद हैं तो कुमारास्पद इनसे मिल लेंगे, जाओ।'

दूसरा अनुचर भी दौड़ता हुआ एक ओर चला गया।

वयसिका व महास्पद वहीं खड़े रहे। एक सोपान ऊपर वयसिका, एक सोपान नीचे महास्पद। वयसिका से छिपा न रहा कि महास्पद स्वयं को दुविधा और असुविधाजनक स्थिति में पा रहे हैं किन्तु व्यवस्था में अनेक बार यह हो ही जाता है कि नगण्य अनुचर के सामने भी बड़े-बड़े राज्याधिकारियों को मुखापेक्षी हो जाना पड़ता है। इसका अभ्यास न होने से उनका अहं आहत होता है। हाथ में शक्तिसूत्र होने पर भी विवश स्वीकार की पीड़ा बड़ी आत्मदाहक होती है। ऐसे पद का निरन्तर निर्वहन शनैः-शनैः आत्मा को भी मार देता है तब वह व्यक्ति दायित्व व सामर्थ्य के दम्भ का बोझ ढोता पुतला होकर रह जाता है।

वयसिका ऊपरी सीढ़ी से उतरकर कुमारास्पद की बाट जोहने लगी।

कुमारास्पद भागता-सा आता दिखा। ऐसे में वह छलाँग लगाता प्रतीत होता है, जैसे फुदक चाल में हो—पिंडली तक लम्बा चोगा जिसके मध्य खुले भाग की किनार पर जरी की गोट, झालर वाली लम्बी आस्तीनें हवा भर जाने से क्रीड़ारत कपोत की तरह फूल जाती हैं तथा गोल गले में लटकते छोटे-छोटे गुच्छे उड़कर कन्धों को छूने लगते हैं। गन्दुमी रंग, ऊँचे कद, चौड़े मस्तक तथा कुंचित केश वाला यह तरुण अपनी फुदकती चाल के कारण ही नागरिक व्यवस्था में आ गया, अन्यथा सैन्य अधिकारी होता। कुमारास्पद ने दूर से ही

अपना प्रथम कर्तव्य सोच लिया था कि निकट पहुँचकर उसने सिर महास्पद की ओर झुकाया तथा विनम्र प्रश्न वयसिका से किया :

'महादेवी की कोई आज्ञा है देवी?'

वयसिका ने सावधानी प्रदर्शित की, 'यह माननीय पधारे हैं। कहते हैं कि इन्हें महास्पद के रूप में सप्तदिवसीय उत्सव पर महादेवी की व्यवस्था का प्रभारी बनाया गया है। आप इन्हें जानते हैं?'

कुमारास्पद मुँह बाये रह गया। महास्पद, जिसके भवन में ऐसी बीसियों दासियाँ हों, उसके परिचय का प्रमाण कोई दासी माँगे?...यह उस पूरे तंत्र के लिए अपमानजनक है जिसका एक अंग वह स्वयं भी है। अतः अपने सकपकाने पर कुछ नियंत्रण पाते किंचित् तीक्ष्णता से बोला :

'देवी, माननीय महास्पद अवन्ति राज्य की ख्यात, प्रतिष्ठित विभूति हैं।'

'तो आप इन्हें जानते हैं?...अब आप जानें। रथ आने को है, मैं महादेवी को लाने का उद्योग करती हूँ तब तक आप इनसे आज दिवस के बारे में विचार कर लीजिए।' वयसिका भीतर चली गई।

'कौन है यह?' महास्पद ने अपने पद की गरिमा का गर्व समेटते हुए उपेक्षा प्रदर्शित करते जानना चाहा।

'सुना है, क्रीत अनुचरी है कोई...विदुषी सुनते हैं। इन दिनों इन पर महादेवी का विशेष अनुग्रह है। कदाचित् महामात्य भी प्रभावित हैं।' कुमारास्पद ने विनम्रतापूर्वक स्थिति स्पष्ट की।

'ओह, इसीलिए!' महास्पद होंठों पर कूट मुस्कान ले आया, 'तुम तो सामन्त देवप्रिय के सम्बन्धी हो न?'

'हाँ, श्रीमान!'

'जानते हो, चौसर में कभी-कभी साधारण कौड़ी भी नक्का अर्थात् आगे-आगे चलने वाली हो जाती है। सबसे पहले इसी कौड़ी को पीटना पड़ता है।' महास्पद ने कुमारास्पद की आँखों में आँखें डाल दीं।

कुमारास्पद ने आँखें झुका लीं।

'तुम यहाँ कर्तव्य अधिकारी हो। अनुचर, परिचर, सेवक नहीं हो। कल तुम्हें कहीं आस्पद का दायित्व सौंपा जाएगा...'

'श्रीमान!' कुमारास्पद थूक गटकता बोला।

'हमारा पीठ-कक्ष किधर है?'

'आज दिवस तो मेरे कक्ष में ही निर्वाह करना होगा। मैं भवन विभावक से उचित पीठ-कक्ष की व्यवस्था करने को कहता हूँ। श्रीमान, मेरे साथ आएँ।'

इसी समय अंकपाली दौड़ती हुई आ पहुँची, 'महादेवी पधार रही हैं, रथ बरोठी पर लगवाएँ,' कह वह पुनः भीतर की ओर दौड़ गई।

कुमारास्पद ने कुछ दूर श्वेत अश्वों वाला रथ लिये आकर खड़े हुए चालक रंजन की ओर ताली बजाकर संकेत दिया तो वह घुटनों से ऊपर घुँघरू बँधे, रेशमी पट्टी व पचरंग

कलगी से सुसज्जित अश्वों की वल्गा झटकार कर खड़ा हो गया। पहली टापों के संग ही अश्वों के घुँघरू झनकार उठे। किसी चपल नर्तकी की गति में सैंधव अश्व अलिंद की ओर आने लगे।

दो परिचारिकाओं ने मखमल से मढ़ी, गुदगुदी काष्ठ-सोपान पायँचे के नीचे जमा कर रख दी। अश्वों की चपलता से रथ हिलडुल रहा था और सारथी को बल व कौशल से वल्गा सँभाले रखनी पड़ रही थी।

फिर दो किंकरीं सुगन्धित जल का छिड़काव करती हुई आईं। दो उनके पीछे पाटल की पँखुरियाँ फैलाती आ रही थीं। इनके पीछे रानी पिंगला व उनके पार्श्व किन्तु आधा पग पीछे वयसिका आती दिखाई दी। महास्पद व कुमारास्पद रथ के निकट विनत मुद्रा में खड़े हो गए।

उनके आते ही महास्पद ने प्रणति निवेदन की, 'महादेवी को प्रणाम! मैं महास्पद—कुमारानन्द। उत्सव तक के लिए मुझे महादेवी की सेवा-संरक्षा हेतु नियत किया गया है, अनुमति चाहता हूँ। अन्तःपुर की अत्यन्त निजी दासियों, परिचारिकाओं को छोड़कर सब कुछ मेरे संचालन-परिरक्षण में करने की आज्ञा हुई है।'

क्षणभर महास्पद की ओर देखकर महारानी वयसिका की ओर घूम गईं, 'वयसिके!'

'मैंने सुन लिया है महादेवी! आप कृपया रथ पर आसन ग्रहण करें।'

वयसिका के कन्धे पर हाथ टिका रानी काष्ठ-सोपान पर पाँव रखते हुए रथ पर जा बैठीं।

वयसिका महास्पद को उन्मुख हुई, 'मान्यवर! आज मध्याह्न तक सब कुछ निश्चित है। आप कुमारास्पद के साथ मिलकर शेष दिनों की रूपरेखा पर विचार कर लें। मैं मध्याह्न बाद आपसे भेंट कर महारानी से चर्चा कर लूँगी।...ड्यौढ़ी के भीतर की व्यवस्था से आप निश्चिन्त रहें, वह सुचारु सुव्यवस्थित है।' कह वयसिका भी रथ पर चढ़ गई, 'रंजन! महादेवी परम आराध्य महाकाल की सेवा में उपस्थित होंगी।'

रंजन ने सिर झुकाकर वल्गा झटकारते हुए रथ सिंहद्वार की ओर मोड़ा तो प्रतिहारी का स्वर गूँज उठा :

'सावधान! परमप्रतापी अवन्ति राज्याधीश्वर सहचरी, सर्वकलामंडित, ऐश्वर्यधारिणी, प्रजावत्सला, आनन्दवरदानमयी महादेवी पिंगला देवाधिदेव महाकाल की अर्चना हेतु प्रस्थित हैं—मार्ग सुगम बनाएँ!'

इसी के साथ सिंहद्वार के नक्कारे गरजने लगे। सशस्त्र अश्वारोही सैनिकों की टुकड़ी पूर्व से ही द्वार पर तत्पर थी। द्वार पर रथ पहुँचते ही सैनिकों ने अभिरक्षा में ले लिया।

रानी पिंगला चकित-सी थीं। सिंहद्वार नवपुष्पों की झालरों से सजा था। राजपथ पर दोनों ओर पुष्परज्जु तनी हुई थी। स्थान-स्थान पर तूर्यवादक रथ की अगवानी सूचित करते जाते। इस प्रातःवेला में भी राजपथ पर हलचल प्रतीत हो रही थी। राजपथ के आवासों का प्रत्येक पदाधिकारी अपने-अपने आवास के द्वार पर खड़ा होकर महारानी एवं उनके गर्भ में पलते भावी नरेश के स्वागत में विनत प्रस्तुत था। अंतिम छोर पर स्वयं महामात्य हाथ जोड़े खड़े दिखे।

एकाएक रानी पिंगला बोल पड़ीं, 'रथ रोको।'

रंजन ने पूरी शक्ति से वल्गाएँ खींच दीं। अपने घुँघरुओं, टापों की लय में मगन, दौड़ते अश्व अयाल थरथराकर ठहर गए। वयसिका सावधान हो अपनी पीठिका से खड़ी हो गई। रथ रुकते ही महामात्य निकट आ पहुँचे :

'अभिवादन स्वीकार करें देवी!...रथ रोकने का कारण?'

'आर्य, आप राजपरिवार में पितृतुल्य हैं, फिर भी सबकी ही तरह सार्वजनिक रूप से विनत आ खड़े हैं... ?' कहती रानी स्वयं अपनी रथ-आसन्दी से खड़ी हो गईं।

'नहीं, नहीं, महादेवी! आप पूर्ववत् बिराजें। महामात्य द्वारा यह सम्मान अवन्ति के राजध्वज, राजदंड के लिए है। यदि सर्वोच्च अधिकार-केन्द्र द्वारा राज्य की गरिमा के प्रति अनजाने भी, किंचित् भी उपेक्षा दृष्टिगत होती है तो पूरे तंत्र में नकारात्मक सन्देश पहुँचता है। नरेश से त्रुटि सम्भव है, अलक्षित भी की जा सकती है किन्तु तंत्र के शीर्ष की कोई भी भूल, त्रुटि क्षमा योग्य नहीं होती। अस्तु...।'

महामात्य घूमकर वयसिका की ओर पहुँच फुसफुसाए, 'कुमार विक्रम महादेवी के स्वागत में प्रस्तुत हुए?'

'उनके द्वार पर सज्जा दिखी थी। वह न थे। कदाचित् रात्रि में विलम्ब से सोए होंगे।' वयसिका ने जानकारी दी।

'हूँ! श्रीमन्त वर्ग के सभी प्रमुखों की चेष्टा पर ध्यान रखना, लौटकर तुरन्त मुझे सूचित करना।'

'किन्तु, आर्य...'

'वयसिका, इस समय तुम पर राज्य का गुरुतर भार है। यह वृद्ध होता महामात्य राजमहालय की भीतरी तथा राज्य की बाह्य उलझनों से एक साथ पार पाने में स्वयं को असमर्थ पाता है। क्या तुम्हारा राज्य के प्रति दायित्व नहीं कि...' महामात्य की अपेक्षा आँखों से याचना बनकर प्रकट होने लगी।

वयसिका ने अव्यवस्थित हो रानी की ओर देखा। रानी पिंगला समझने का प्रयास करते हुए भी कुछ न समझ पा रही थीं। यों वह स्वयं को नियति के साथ ही महामात्य और वयसिका के हाथों सौंप चुकी थीं। उन्होंने सोचा ही कब था कि उनकी एक भूल पूरे अवन्ति राज्य की ज्योत्स्ना पर अँधेरा बनकर छा जाएगी? महाराज उनसे कुछ पूछते तो...कुछ कहकर तो जाते। वह तो प्राणदंड पाए उस व्यक्ति की सी पीड़ा भोग रही हैं जिसकी गलफाँसी की गाँठ अटककर रह गई हो। न साँस लेते बने, न घुटते।

वयसिका की स्थिति भाँपकर महामात्य पूर्णरथ रानी पिंगला से बोले, 'महादेवी, अपनी इस सेविका वयसिका को, जो आपके श्रीमुख से ही दासता से मुक्त घोषित हो चुकी है, किन्तु अभी संकोच के घेरे में है, अत: क्या आप उसे अवन्ति के इस सेवक के यहाँ निर्बाध आने-जाने की अनुज्ञा प्रदान करेंगी?'

अपने ही चिन्तालोक में थपेड़े खाती पिंगला को लगा, जैसे कोई आश्वस्ति की आवाज आ रही हो, अत: वह आविष्ट-सी बोलीं, 'जैसा उचित समझें आर्य! वयसिका तो कब से स्वतंत्र है और...'

‘रुकें स्वामिनी!’ वयसिका ने निमिष भर का विलम्ब किए बिना सचेत किया, ‘रंजन, रथ बढ़ाओ!...और जब तक मैं न कहूँ, रथ न रुके। इसे महामहिषी पिंगला की अनुज्ञा समझो।’

‘अवश्य देवी!’ कर्तव्य का कोई अबूझ-सा दर्प लिये रंजन ने अश्वों को वल्गा का संकेत दिया। कसमसाते अश्व राजपथ से महाकाल के मार्ग पर मुड़ लिये।

हाट वीथि पार करता रथ शिप्रा के तट पर जा ठहरा। भगवान महाकाल के दर्शन हेतु उपस्थित होने से पूर्व शिप्रा के पवित्र जल से स्नान, सिंचन अथवा छिड़ककर बाह्य तथा आचमन कर अभ्यंतर को शुद्ध किया जाता है। मंत्रों के बीच शिप्रा की धार में पुष्पांजलि अर्पित कर पिंगला ने हाथ जोड़े :

‘पुण्य सलिला माँ शिप्रा, नरेश को शीघ्र लौटा दे! आत्मताप अब और अधिक नहीं सहा जाता।’ बुदबुदाती पिंगला की आँखों से दो बूँदें टपककर शिप्रा के जल में मिल गईं।

‘स्वामिनी, महाकाल के अर्चन हेतु प्रस्थान करें।...आएँ।’ वयसिका सचेत कर रही थी।

रानी महाकाल की ओर चल पड़ीं। सशस्त्र अश्वारोही दल पीछे छोड़ दिया गया। महावन क्षेत्र के अधिपति स्वयं महाकाल ही हैं। त्रिकाल, त्रिलोक, त्रिताप उनके इंगित पर क्रीड़ा करता है। वहाँ किस राज्य का वैभव गिनती में है!

महाकाल मन्दिर के द्वार पर व्यवस्था-पंडित स्वयं उपस्थित थे।

कब अर्चना समाप्त हुई तथा कब रानी रथ में आकर आसीन हुईं, इस बीच के समय का पता ही न चला, जैसे समय के नैरंतर्य की कोई कड़ी महाकाल के निकट ही छूटकर रह गई हो!...समय-गति में किसी परिवर्तन का आभास दिये बिना।

अश्वारोही पुनः आकर राजमहिषी के सँभार में शामिल हो गए। आगे एक अन्य रक्षक दल भी रथ के पीछे जुड़ गया। अब महामहिषी को कालभैरव की ओर प्रस्थान करना है—भैरवगढ़। अष्ट भैरवों में प्रमुख कालभैरव तत्काल फलदाता के रूप में जाने जाते हैं।

भैरवगढ़ से लौटने में दिन का तीसरा प्रहर लग गया। यह अनुष्ठान और उपवास का ही प्रभाव था कि चालीस दिन के अभ्यास ने रानी को तन और मन की भूख-प्यास सहने की क्षमता उत्पन्न कर दी थी। रानी व वयसिका न क्षुधा-तृषा से आतुर थीं, न श्रम-श्लथ। रंजन ने रथ की गति बढ़ा दी। आगे-पीछे के सैनिक भी सतर्कतापूर्वक साथ-साथ बढ़ने लगे।

मुहूर्त-भर में राजरथ महालय के निकट आ गया। प्रतिहारी उच्च स्वर में बोल उठा, ‘सावधान! परम प्रतापी अवन्ति राज्याधीश्वर सहचरी, सर्वकलामंडित ऐश्वर्यधारिणी प्रजावत्सला आनन्दवरदानमयी महादेवी पिंगला देवाधिदेव महाकाल का प्रसाद ग्रहण करके लौट रही हैं—सावधान!’ तूर्य और नक्कारे संग-संग बोलने लगे।

रथ के अलिंद से लगने तक महास्पद व कुमारास्पद अलिंद के सोपान से लगकर खड़े हो गए। दो अंकपाली अलिंद द्वार के भीतर तथा दो पायँचे के नीचे काष्ठ-सोपान रखने प्रस्तुत थीं। वयसिका अपनी पीठिका का स्तम्भ-दंड थामकर खड़ी हो गई।

महास्पद ने आगे बढ़ सिर झुकाकर निवेदन किया, 'महादेवी के लिए सांध्य उत्सव के कार्यक्रम की रूपरेखा बना ली गई है। सेवक को समय दें कि पूरी क्रियाविधि व विषय-आदि का निवेदन करने उपस्थित हो सके।'

रानी पिंगला रथ से उतर पड़ीं, 'महास्पद! आपको जो भी चर्चा, विमर्श करना हो, वयसिका से करें। स्मरण रहे कि यह हमारी दासी, सेविका नहीं है...।'

2

औघड़ के पार पहुँचने तक उनकी पीठ दिखाई देती रही फिर वह रात्रि के अँधेरे-उजाले में अदृश्य हो गए।

नदी पार कहीं सियारों की हू-हू आरम्भ हुई तो श्वान-युगल खड़ा हो, उस ओर मुँह करके घुर्राने लगा। जल में कोई गलफड़ा मच्छ ऊपर की ओर उछल गुड़ुप हो जाता। टिटियाती टिटहरी सिर के ऊपर से उड़ती चली गई। कभी-कभी शीतल वायु के झोंके की हिलोर शरीर को छूकर तन-मन का श्रम पोंछती गुजर जाती। राजा भर्तृहरि बालुका की शीतलता में बाँह को सिरहाना बनाकर लेट गए। पलकें भारी होने लगी थीं। जल के ऊपर से जुगनुओं का झुंड क्षण-दिपता, क्षण-बुझता वायु को आधार बनाकर बहा जा रहा था। टिटहरी के दूर पहुँचने के साथ सियारों की हू-हू थमी तो मात्र जल के बहाव की ध्वनि शेष रह गई।

भर्तृहरि की झपकी श्वान-युगल के आक्रामक भौंकने से टूटी। रात्रि अपने विस्तार में ज्यों की त्यों धरती की धड़कनें सहलाती अपना आँचल फैलाये थी। श्वान-युगल जिस स्थान पर रौद्र आक्रामकता प्रकट कर रहा था, उधर देखने पर भर्तृहरि ने पाया कि एक काली आकृति क्रमशः इसी ओर सरकती आ रही है। श्वान-युगल इसे रोकने के उपक्रम में है किन्तु वह आकृति कोई वर्जना न मान निकट होती जा रही थी, जैसे दोनों ओर का यह दैनिक द्वन्द्व हो!

भर्तृहरि लकुट थाम खड़े हो सरकती आ रही धूम्राकृति को पहचानने का प्रयास करने लगे। सहसा उन्हें स्पष्ट हुआ—अरे, यह तो विशालकाय मकर है जो उनकी ही ओर बढ़ा आता है! श्वान उसे रोकने के प्रयास में हैं किन्तु वह उस पर आक्रमण नहीं कर पा रहे। निकट पहुँचते ही वे मकर के सहज ग्रास बन जाएँगे।

भर्तृहरि को खड़े होते मकर ने भी भाँप लिया, इसलिए वह एक स्थान पर ठिठक गया। आक्रमण सदैव प्रतिपक्ष की असावधानी में सफल होता है। इसी समय भर्तृहरि ने श्वपच दंपती को दौड़कर आते देखा। क्षण मात्र में ही दोनों भर्तृहरि के निकट आ गए। श्वपच के हाथ में लमछड़ बल्लम था तो उसकी स्त्री खाँड़ा उठाये थी। अपनी स्वामिनी, स्वामी को आया देख श्वान-युगल उत्साहित हो मकर के आसपास घूमता हुआ और भी जोर से भूँकने लगा।

'महाराज!...सुरक्षित तो हैं?' स्त्री ने पूछा।

'नितान्त सुरक्षित हूँ देवी! मुझे तो लगता है कि इतना सुरक्षित मैं कभी अवन्ति में भी न रहा। तुम दोनों को देखकर लग रहा है, जैसे साक्षात् महाकाल अपनी शक्ति के संग मेरी

सुरक्षा में आ उतरे हों! हाँ, तुम्हारे इस भैरव-भैरवी ने जगा दिया अन्यथा मैं स्यात् मकर का आहार बन जाता।' भर्तृहरि ने आश्वस्त किया।

'आपके साथ वाले औघड़ महाराज कहाँ हैं?'

'वह जाने को प्रस्तुत थे। थोड़ी देर पूर्व उन्हें ही विदा किया है।'

'कहाँ गए वह महाराज? नदी पार किए बिना तो इधर से कोई मार्ग नहीं जाता आगे। बस, पीछे लौटने का ही मार्ग है...।'

'वह पार चले गए हैं।'

'बिना नाव के?' स्त्री ने आश्चर्य से पूछा।

'हाँ, देवी, वह जल के तल पर उतरे और पग धरते हुए पार निकल गए।'

'तो वह तैर कर नहीं गए?' इस बार पुरुष आश्चर्य में था।

भर्तृहरि ने पहली बार इस श्वपच की आवाज सुनी थी। वह अब भी बल्लम को ऐसी सतर्कता से साधे था कि पलक झपकते शत्रु को बेध दे। स्त्री ने अपना खाँड़ा थोड़ा झुका लिया था।

'महाराज! अब विश्राम करें। यह मकर अपने-आप ही चला जावेगा। कदम्ब के आसपास फंदे हैं, वहाँ यह नहीं पहुँच सकता।' फिर उसने श्वान-युगल को आवाज दी, 'नील...! मणि...! चलो कदम्ब की ओर। छोड़ो उसे, आओ।'

श्वपच ने अब बल्लम का नोक ऊपर कर लाठी की भाँति ले लिया—तिधारी फल ऊपर, काष्ट-दंड नीचे। तीनों कदम्ब के नीचे पड़ी खजूर की चटाई की ओर बढ़ आए।

'मध्यरात्रि बीतने को है महाराज! आप विश्राम करें। नील, मणि आपके पास रहेंगे। मेरे वीर सैनिक हैं ये। सुरक्षा में कभी चूक नहीं करते।'

नील-मणि नाम सुनते ही नरेश को अपना प्रिय अश्व स्मरण हो आया था। उसे श्रावण मास में आश्रम के द्वार पर बाँध छोड़ा था उस रात वज्र भैरव ने। आह, मेरा वह वेगवान, सुदर्शन, स्वामिभक्त अश्व!

'महाराज, कुछ कहा आपने?' गृहिणी ने अतिथि साधु के होंठ चलते देख पूछा।

'मैंने...हाँ, देवी, हाँ। मैं जानना चाहता था कि तुमने इस श्वान-युगल का नाम नील-मणि क्यों रखा?...कुछ विशेष कारण रहा क्या?'

'विशेष है भी, नहीं भी है महाराज! उज्जयिनी के विश्वविश्रुत नरेश के सर्वाधिक प्रिय अश्व का नाम सुना था नीलमणि। मदपान करने के पश्चात् यह भी स्वयं को किसी नरेश से कम नहीं मानते।' गृहिणी अपने पति की ओर संकेत करके मुस्कुराई, 'ऐसे ही किसी क्षण में इन्होंने श्वान को 'नील' नाम दे दिया तथा श्वनि को 'मणि'! दोनों मिलकर हो गए नीलमणि। बहुत स्वामिभक्त हैं, बहुत चतुर और सन्तोषी भी। यों तो हम लोग ही जूठन पर जीते हैं किन्तु ये हमारी भी जूठन से सन्तोष कर लेते हैं।'

भर्तृहरि चटाई पर बैठे तो दोनों पति-पत्नी झोपड़ी की ओर बढ़ गए। श्वान-युगल कुछ दूरी बना अपने अगले पंजों पर थूथन रखकर बैठ गए, जैसे कह रहे हों कि अब तुम भी निश्चिन्त सो जाओ।

'जय महाकाल!' कह राजा ने पलकें मूँद लीं।

प्रात:कालीन नित्यकर्म, स्नान के पश्चात् वह कदम्ब के नीचे लौटे तो श्वपच-स्त्री को काष्ठ पात्र में दूध लिये प्रतीक्षा करते पाया।

'पधारें महाराज! थोड़ा-सा क्षीर ग्रहण कर लें। मेरा पुरुष ज्वार के भुट्टे तोड़ने गया है। इन दिनों दानों में खूब दूध भरा है। भूनकर खाने पर अमृत-सा स्वाद देते हैं। मैं जाकर अँगीठी लगाती हूँ।'

'तुम इतना कष्ट क्यों कर रही हो देवी? मुझे तो मात्र पार पहुँचा दो। भोजन की व्यवस्था देव करेगा ही। हाँ, यह क्षीर मैं कभी विस्मृत न कर पाऊँगा।' भर्तृहरि संकोचपूर्वक बोले।

'महाराज, मुझसे बिना पूछे ही आपने मेरी जाति बदल दी। अभी तक हम अपने-आपको मात्र पतित मानते आए—बिना पूँछवाला पशु, जो मात्र इसलिए जीता है कि मरना नहीं चाहता। बस, जीने के लिए खाता हुआ वह अपने ही जैसे कुछ और प्राणी उत्पन्न कर मर जाता है। किन्तु अब जाने क्यों लगने लगा है कि हम मनुष्य की तरह हो सकते हैं। अब तो बस इतना मान और दे दीजिए कि इस झोपड़ी के द्वार पर अन्न के कुछ दाने ग्रहण कर लें। वह उच्छिष्ट अन्न नहीं है। हमने बीज के साथ खेत में अपना स्वेद बोकर उत्पन्न किया है। यह अन्न ही हमारे लिए पृथ्वीमाता का वरदान है देवता!' स्त्री ने भर्तृहरि के आगे भूमि पर अपना सिर टिका दिया।

'अच्छा, देवी! तुम्हारी ही बात रहे। दो घड़ी और ठहरता हूँ। यों भी जब तक तुम्हारे पतिदेव नहीं आ जाते, मैं न जा पाऊँगा।...पार तो वही पहुँचाएँगे।' भर्तृहरि हँस पड़े।

स्त्री भी तृप्त मुस्कान के साथ अँगीठी लगाने लौट गई।

कुछ ही देर में कन्धे पर भुट्टों का गट्ठर लिये श्वपच भी आ पहुँचा। अँगीठी चेतने तक स्त्री ने गोबर से झोपड़ी लीप ली तथा नदी में स्नान कर लौट आई। अँगीठी व भुट्टों को उत्सुक लालसा से निहारते बच्चों को उसने पिता के साथ स्नान हेतु भेज दिया। स्त्री तन-मन की पवित्रता के लिए अपने जाने कोई कमी नहीं रहने देना चाहती थी। साधु-सन्त और देवता का भोज्य पवित्र होकर ही अर्पित किया जाता है।

अँगीठी की आग जागते ही पति-पत्नी पास जा बैठे—पत्नी उपलों की आँच पर भुट्टे सेंकेगी और पति अपने नये अँगोछे में भुट्ठा लपेट ज्वार की साँटी से दाने निकालेगा। भर्तृहरि देखने लगे कि श्वपच ने भुट्टा वस्त्र में लपेटा और इस लाघव से साँटी का प्रहार करने लगा कि दाने अँगोछे में ही झरने लगे। पाँच-सात भुट्टे झाड़ने के पश्चात् स्त्री ने सीकों के सूप में फटककर भूसी अलग की और पलाश के दोने में दाने भर्तृहरि को अर्पित कर दिये।

'भोग लगाएँ, महाराज!'

इस अतिथि-परायणता पर मुग्ध राजा ने दोने में से मुट्ठी भर आधी-आधी बालकों में बाँट दी तथा कुछ दाने हथेली पर रख फाँक लिये। ताजे, अधपके, भुने दानों का कुरकुरा दूधिया स्वाद उनकी जिह्वा पर ठहरकर रह गया। मुँह में जैसे अन्नपूर्णा भूमि की स्नेहिल गन्ध आ बैठी! वह स्वाद ले-लेकर दाने चबाने लगे। बीच-बीच में बच्चों को भी बाँटते जाते।

'देवी, अब बस करो।...मैं पूर्ण तृप्त हुआ।'

स्त्री ने दूध वाले काष्ठभांड को धोकर कूपी का जल प्रस्तुत किया। दंपती ने झोपड़ी से सटकर ही कूपी खोद ली थी जिसमें रेत से छनकर आया स्फूर्त सिन्ध–जल सदैव उपलब्ध रहता था।

'इस आतिथ्य के लिए कृतज्ञ हूँ देवी!...और हाँ, बन्धु! तुम तो कुछ बोलते ही नहीं। विदा क्या इसी भाँति अबोले ही दोगे?'

श्वपच ने दृष्टि भर भर्तृहरि को देखा फिर हाथ से झाड़नी साँटी नीचे रख पैरों पर अपना मस्तक रख दिया, 'देवता! इस एकान्त निर्जन में स्यात् इसी दिन के लिए जी रहे थे हम। यहाँ कोई नहीं आता। हम ठहरे अछूत—खाद्य–अखाद्य से पेट भरने वाले। छाया तक अपवित्र है हमारी। प्रभु ने यहाँ अपनी चरण रज देकर इस योनि से मुक्ति दिला दी हमें। मैं रात से ही सोच रहा हूँ कि ऊँच–नीच के भेदभाव से भरे इस संसार में रहना ही व्यर्थ है। प्रभु की कृपा हो जाए तो मुझे साथ ले लें।...बस, यही विनती है।' श्वपच रोने लगा था।

'ना, बन्धु, ना! क्या कह रहे हो? अभी तुम्हारे संन्यास धारण करने का योग नहीं बना है। तुम्हारे ऊपर दायित्व हैं—इतनी सुशील, समर्पित पत्नी है, सन्तान है। विश्वास रखो, महाकाल ने चाहा और गुरु की कृपा हुई तो तुम्हें दीक्षा मिल जाएगी, पर पहले अपने दायित्व पूरे करो।' भर्तृहरि को स्वयं पर ही आश्चर्य हो रहा था कि वह किसी साधु–सन्त की भाँति प्रबोध करने लगे हैं।

वह गृहिणी की ओर उन्मुख हुए, 'देवी, तुम्हारे पति को आतुर–वैराग्य उत्पन्न हुआ है। तुम निश्चिन्त रहो। अभी इन्हें जो आनन्द उपलब्ध है, उतना ये स्यात् बीसियों वर्ष की तपस्या के पश्चात् भी अर्जित न कर पाएँ। मैं और अधिक समय रुका तो पथ से और भी दूर हो जाऊँगा अत: आज्ञा दें। और बन्धु, तुम मुझे पार उतारो।' भर्तृहरि लकुट ले खड़े हो गए।

'महाराज, आधी घड़ी और ठहरें,' कह गृहिणी ने पति को सचेत कर संकेत किया तो वह पुन: साँटी उठा आँच पर सिंके भुट्टे पूर्ववत झाड़ने लगा। थोड़ी ही देर में गृहिणी ने दाने सूप में फटककर साफ किए और अतिथि के दुपट्टे की गाँठ में बाँध दिये।

'रूखा पाथेय है महाराज! आहार न मिल पाए कहीं तो इन्हें चबाकर जल पी लेंगे, बस। आहार मिलता जाए तो बचे दानों को पंछियों के चुगने को बिखेर देना।'

जाने क्यों गृहिणी की आँखों में आँसू भर आए थे!

श्वपच के संग वह नदी किनारे रज्जु से बँधी डोंगी की ओर चले तो गृहिणी, श्वान–युगल, बच्चों सहित पूरा परिवार विदा करने साथ चला। खूँटे से बँधी गाय भी मुँह उठा इधर ही देखने लगी।

डोंगी में बैठ भर्तृहरि उस किनारे पहुँच गए।

'तो बन्धु, विदा! कभी अवसर मिला तो मिलूँगा तुमसे।' हाथ जोड़ वह बालुका में पीछे की ओर मुड़ गए।

अब उनका लक्ष्य मात्र चन्द्रपुर था, और कुछ नहीं। लगा कि चारुमित्रा अपने भवन के झरोखे में खड़ी उनकी प्रतीक्षा कर रही है। इस चौमासे में उनका रंगरूप, पहचान और–की–और हो चुकी है। इस रूप में न उनका कोई मित्र है, न शत्रु। अब वह उन्मुक्त विचरण

कर सकते हैं। पर क्या संसार में वह उन्मुक्तता सम्भव है कि मनुष्य किसी रागद्वेष का आखेट न बने? भर्तृहरि को अपना ही रचा आर्यावृत्त श्लोक स्मरण हो आया :

मृगमीनसज्जनानां तृण जल सन्तोष विहित वृत्तीनाम्।
लुब्धकधीवरपिशुनां निष्कारणवैरिणो जगति॥

[हरिण घास खाकर जीता है, मछली जल पीकर—तब भी व्याध और धीवर उनके शत्रु बनते हैं। सज्जन कितने भी सन्तोष से जिये तो भी दुर्जन अकारण ही उनके शत्रु हो जाते हैं।]

भगवान भास्कर वृश्चिक राशि के घर में उदय होने लगे थे, अत: उनका ताप क्रमश: मन्द होता जा रहा था। उनकी किरणों की प्रखरता अब सह्य हो चली थी। कुछ दूरी पर वृक्षों का झुरमुट और गिरिका की ऊँचाई पर अवस्थित गढ़ीनुमा छोटा-सा दुर्ग स्पष्ट होने लगा। आगे चलकर दोराहा था। स्पष्ट था कि दायाँ पथ गंडग्राम या लघुनगर की ओर जाता है तथा वाम गंडग्राम के बगल से होते हुए आगे बढ़ जाता है। भर्तृहरि ने कुछ दूरी पर एक उपवन देखा।

उपवन में मौलसिरी, शिरीष, सहजन व हरसिंगार के वृक्ष घेरा बनाते हुए ऊँचा सिर किये खड़े थे। इनके बीच-बीच रोपे हुए कंटक वृक्ष बाड़ बनकर उपवन की रक्षा के लिए थे। बाड़ की संधि से भीतर दो कृषक हल चलाते दिखाई पड़े तो राजा की प्यास जागी—उपवन में कूप होगा ही तथा जल खींचने का साधन भी। कृषक हल चला रहे हैं तो मिट्टी के कुम्भ में सुस्वादु शीतल जल अवश्य मिलेगा। भर्तृहरि उपवन की ओर मुड़ लिये।

भर्तृहरि ने टटिया खिसकाकर प्रवेश योग्य स्थान बनाया। दोनों कृषक इस समय हल की मूठ दबाए दूसरे छोर की ओर जा रहे थे इसलिए इस ओर पीठ थी उनकी। लौटते समय उनकी दृष्टि मधूक की छाँव में चत्वर पर बैठे अपरिचित की ओर गई। हल की फेरी इस समय चत्वर के निकट से ही आरम्भ होती थी। आधा खेत जुत चुका था और कृषकों के अँगोछों के नीचे माथे पर स्वेद की बूँदें आ ठहरी थीं।

अपरिचित को देख अगली जोड़ी के बलीवर्दों ने नथुनों से फुँकार छोड़ी तो अधेड़ वय कृषक बोला, 'सम्हल के बेटे, सम्हल! कोई पथिक है—प्यासा होगा, थका हुआ।' फिर हल की मूठ दबाये हुए ही पीछे कूँड़ी बनाकर आते साथी को सुनाकर पूछा, 'कलेवा में रसखंड होगा क्या चन्दन? न हो तो पोखर से कुछ सिंघारक (सिंघाड़े) ले आ। आधी घड़ी दम ले लें। अपने इन पट्ठों को भी विश्राम मिलेगा—एक पहर से धरती चीर रहे हैं।'

मेड़ के इस किनारे पहुँच दोनों ने अपने हल मोड़कर खड़े कर दिये। बलीवर्दों की पीठ थपथपाई और मधूक चत्वर की ओर बढ़ आए।

'जय महाकाल! इस कृषि क्षेत्र में स्वागत है अतिथि!' अधेड़ कृषक ने अभिवादन किया।

'जय महाकाल! जल पीने की इच्छा हुई, इसलिए बिना अनुमति प्रवेश कर आया।' भर्तृहरि ने खेद-सा प्रकट किया।

'प्रवेश की अनुमति तो महालयों, मन्दिरों में माँगी जाती है महाशय! क्षमा करें, निश्चित नहीं कर पा रहा हूँ कि आप मेरी ही तरह कृषक हैं अथवा तपकर्म के अभ्यास में निरत कोई साधक। हाँ, तो मैं कह रहा था कि कृषक के यहाँ तो सदैव सबका स्वागत है, प्रवेश निषिद्ध की परम्परा तो दम्भी राजपुरुषों की है।'

भर्तृहरि हँस दिये, 'बहुत चतुर हो क्षेत्री! लगता है, कोई कटु अनुभव है।...यह क्षेत्र तो सारंगपुर राज्य के अन्तर्गत है न?'

'है तो, पर आप अपना परिचय भी तो बताएँ। तब तक मेरा भाई मीठे व स्वादिष्ट सिंघाटक लेकर आता है। हमारी ही पोखर के हैं। धरती माता अपना ही दुग्ध भरती है इनमें। गूदा इतना पौष्टिक कि औषधि का काम करे। हाँ, तो मैं परिचय जानने को उत्सुक हूँ।'

'हूँ तो मैं अवन्ति राज्य से...बस, एकाएक जी उचटा तो गृह त्यागकर निकल आया। अब वंचना के प्रभंजन में कभी इधर बहता हूँ तो कभी उधर। इस समय इस द्वार आ लगा हूँ,' भर्तृहरि मुस्कुराकर बोले।

'चतुर तो आप ही अधिक हैं। मेरे प्रश्न का उत्तर दे दिया फिर भी बात वहीं की वहीं। अस्तु, यदि आप छिपाना ही चाहते हैं तो मैं आग्रह क्यों ठानूँ? प्यास अधिक सता रही हो तो बताएँ कि कूपजल लेना चाहेंगे या मिट्टी के घट का? घट आज ही व्यवहार में लिया है, कोरा है, इसमें मिट्टी की सौंध है।' कृषक ने पूछा।

'मैं मात्र प्यास का शमन करना चाहता हूँ—वह चाहे कूप के माध्यम से हो या घट से। घट और कूप में आकार मात्र का ही तो भेद है। घट में जल भी तो उसी कूप का है।' भर्तृहरि को इस कृषक से व्यंजना में बात करते हुए रस आने लगा था।

'हाँ, इस घड़े में वही जल है जो इस कूप में है किन्तु यदि आप दोनों का स्वाद-भेद करें तो अन्तर है। कूपजल में तृप्त गीली माटी का स्वाद मिलेगा तो घड़े में आवां में तपी माटी का। अतिथि देव! यदि इसे हलवाहक की प्रगल्भता न मानें तो कहना चाहूँगा कि दान दोनों करते हैं—ऐश्वर्यवान् कूप की तरह, तो घट की भाँति तपकर अकिंचन भी। दोनों का स्वाद भिन्न होने के अतिरिक्त एक और भी अन्तर है—वह यह कि मैं इस कूप को उठाकर अन्यत्र नहीं ले जा सकता किन्तु घट के माध्यम से इसका जल इच्छित स्थान तक ले जा सकता हूँ। मेरा आशय यही है कि गुण यदि एक ही स्थान पर केंद्रित होकर रह जाए—उसका प्रयोग, उपयोग कर भीतर से उमगने के लिए रिक्त न किया जाए, तो वह उतना ही ठहरकर रह जावेगा।...अनुपयोगी होते-होते अन्ततः विषैला बन जावेगा। अतः गुण, ज्ञान के कूप को उलीचते रहना चाहिए।'

भर्तृहरि विमुग्ध-विस्मय से अधेड़ कृषक का मुँह ताकने लगे, 'बन्धु! मुझे नहीं लगता कि आप कृषक मात्र हैं। आप तो शास्त्रों के सूत्र उद्घाटित कर रहे हैं।'

अधेड़ भी हँसकर बोला, 'लग तो मुझे भी रहा है कि जो प्रदर्शित कर रहे हैं आप, वह हैं नहीं। यह सत्य है कि कृषि-कार्य मेरी आजीविका है। यह भी सच है कि इसमें परिवार को पोषण बहुत कठिनाई से सम्भव होता है फिर भी राज्य, राजपुरुष, राजजीवियों की हर आवश्यकता का प्रत्यक्ष या परोक्ष भार कृषिजीवी पर आकर ही ठहरता है! विडम्बना यह कि मैं फिर भी यह बोझभरा जीवन जिये जा रहा हूँ। जानते हैं, क्यों?'

'हाँ, बताओ!'

'इसलिए कि अपना हल कन्धे पर रख जब भी मैं अपनी इस कृषिभूमि पर आ खड़ा होता हूँ तो लगता है, मेरा वक्ष विस्तार पा गया है—ऊपर अनन्त आकाश और नीचे विपुला पृथ्वी। ये झूमते-झुकते उन्नत वृक्ष, कलरव करते विहग, मन्द-मन्द बहता वायु...। समस्त

दुश्चिन्ताएँ किसी कोने में सिमट जाती हैं। मुझे लगता है कि दृष्टि के सीमांत तक फैली इस विपुल सम्पत्ति का उत्तराधिकारी मैं हूँ। मैं इन पशु-पंखियों के लिए अन्न उगाता हूँ। हवा को गति देने वृक्ष रोपता हूँ। मेघ आकर्षित कर पृथ्वी की कोख खोलता हूँ।' अधेड़ हँस पड़ा, 'यह सोचना मेरी मूर्खता है न!...पर हम सभी अपनी-अपनी मूर्खताओं के चलते ही जी पा रहे हैं।...ऐसा न हो तो चतुराई के फलस्वरूप आत्महत्याओं के मध्य ठहरकर रह जाएगी सृष्टि।...मैं क्या-क्या बक गया! लो, चन्दन आ पहुँचा। हाँ, सिंघाटक कदली के पत्ते पर रख दो चन्दन!...पहले घड़े से जल पिलाओ।'

जल पीकर भर्तृहरि ने एक सिंघाटक का छिलका उतार गूदा मुँह में रखा। सचमुच इतना स्वादिष्ट सिंघाटक स्यात् ही उन्होंने खाया हो। अधेड़ कृषक की बातों का रहस्य उन्हें अब समझ में आया। अभी प्रातः उन्होंने ज्वार के भुने, दूधिया दानों का स्वाद चखा था, अब सिंघाटक सामने हैं—धरती की गोद से सीधे मुँह तक पहुँचे उपहार का पवित्र आस्वाद। स्वर्ण, रजत के पात्रों में सजे व्यंजनों में यह रस कहाँ उपलब्ध होता है!

'हाँ, तो अतिथि को जाना कहाँ है?' एक अन्य पत्ते पर रखे सिंघाटक चाभते कृषक ने पूछा।

'चन्द्रपुर जाना है।'

'चन्द्रपुर तो गुणीजनों की नगरी है—राग की।...और अतिथि विरागी प्रतीत होते हैं। अस्तु, जाइए, पहुँचिए। अवश्य पहुँचिए पर राग से वहाँ भेंट न हो सकेगी आपकी। आपके पास तो फूटी कौड़ी भी नहीं दिखती। हाथ या साथ में जो विराग है, सो भी वहाँ पहुँचते ही भाग खड़ा होगा। चारुमित्रा नाम की स्वर्ग से भटकी अप्सरा बसती है वहाँ चन्द्रपुर में। अनेक राजे, महाराजे, श्रेष्ठिसुत उसकी कृपाकोर के लिए द्वार पर पंक्तिबद्ध खड़े रहते हैं। अपने पद, धन और शक्ति के बल पर इनको भी यदा-कदा ही उसकी पौर के भीतर प्रवेश मिल पाता है। किन्तु विडम्बना तो यह है कि अनेक निर्धन सामान्य जन भी उसके आसक्त हैं। द्वार पर पड़े रहते हैं क्योंकि चारुमित्रा प्रतिदिन मुहूर्त्त-भर के लिए गवाक्ष में आ मुस्कुराकर इनकी ओर पुष्पगुच्छ फेंकती है। इसी में स्वयं को धन्य मान, इसी दर्शन के लिए उसके अनेक प्रेमासक्त बरसों से द्वार पर पड़े हैं।'

'तुमने चारुमित्रा को देखा है बन्धु?' भर्तृहरि ने कुरेदा।

'क्यों नहीं!...सारंगपुर के बसन्तोत्सव में देखा है।'

'कैसी लगी?'

'सुन्दर...सुकोमल।' अधेड़ वय कृषक अब और भी जोर से हँसा, 'इतनी कोमल सुन्दरता हमारे किस काम की पथिक! सच तो यह है कि किसी काम की नहीं...। हाँ-हाँ, प्रमाण देता हूँ। देखो, वह आ रही है मेरी पत्नी—मेरी चारुमित्रा। इधर से लौटेगी तो सिर पर चारे के गट्ठर का बोझ धर ले जाएगी। इस बोझ से चन्द्रपुर की चारुमित्रा की तो ग्रीवा ही टूट जाएगी। हमारी सुन्दरता, हमारा गुण श्रम के संग जुड़ा है पथिक! निश्चय ही श्रम तो चारुमित्रा भी करती होगी—सीखने, सजने, सँवरने में। स्वेद नृत्य में भी बहता है। सजना-सँवारना आनन्द ही नहीं देता, उससे ऊर्जा भी मिलती है किन्तु वह ऊर्जा कुछ सुन्दर रचने, कुछ सुन्दर बनाने के काम आनी चाहिए।

चारुमित्रा के सौन्दर्य ने शताधिक युवकों को बावला बनाकर अपने द्वार से बाँध लिया है।...सहस्त्रों उसके चिन्तन में अपना चित्त व्याकुल किये रहते हैं। कुछ नया करने के स्थान पर वह मात्र चारुमित्रा का स्वप्न देखते हैं। पथिक! कदाचित् आप विश्वास न कर पाएँ कि चारुमित्रा तक पहुँचने की इच्छा में धन संग्रह के लिए कुछ युवा दस्यु तक बन गए हैं। दस्यु, तस्करों के सहायक तो अनेक हैं। कैसी घनघोर स्थिति है कि सारंगपुर नरेश के राज्य में सेनानायकों के पद रिक्त हैं और युवा उस उपक्रम से जुड़ना चाहते हैं जो चारुमित्राओं तक पहुँचने का साधन बने!'

कह अधेड़ कृषक हल हाँकने का बंसदंड उठाकर अपने बलीवर्दों के पीछे पहुँचा तथा हल की मूठ से अटकाई गई रस्सियाँ ढीली कर हँकारा, 'चलो बेटो!'

घंटियाँ टुनटुनाईं और दृढ़ ग्रीवा तानकर जुए को खींचते वृषभ आगे बढ़ लिये।

कृषक की पत्नी निकट आ पहुँची थी। उसने सिर पर ली हुई बाँस की टोकरी उतार चत्वर पर रखी और आँचल से माथे का स्वेद पोंछते हुए पूछा, 'पथिक महाशय! साधु हो या साधक अथवा गृहस्थ?'

भर्तृहरि जान गए कि यह भी अपने पति के अनुरूप ही चतुर है, अत: प्रतिप्रश्न की शैली में उतर दिया, 'दैवी! क्या इतना बताना ही पर्याप्त नहीं कि पथिक हूँ?'

'नहीं पथिक! इसलिए कि हमारे क्षेत्र पर हो तो अतिथि हुए। वय में मुझसे कम दिखते हो तथा वेश में आधे साधु साधक, आधे गृहस्थ। साधु साधक हो तो मुझे उस भाँति अभ्यर्थना करनी होगी एवं यदि सद्गृहस्थ हो तो मेरे लिए देवर की भाँति स्नेहपात्र ठहरोगे।' स्त्री ने निश्छल मुस्कान के साथ कहा।

'सत्य तो यह है देवी कि मैं न साधु साधक हूँ, न सद्गृहस्थ। यह भी अभी तय नहीं कर पाया हूँ कि स्वयं को किस कोटि में रखूँ। यों गृहस्थ रहा हूँ और अब विरक्त हूँ।'

'पत्नी से लड़कर गृह त्यागा है या अविश्वास करके?' स्त्री की दृष्टि भर्तृहरि के चेहरे पर आ टिकी।

'बताना आवश्यक है?' भर्तृहरि अचकचा गए कि एक ही दृष्टि में इस सामान्य-सी कृषक स्त्री ने यह थाह कैसे पा ली कि मैं पत्नी पर अविश्वास करके निकला हूँ?

'छिपाना आवश्यक हो तो वही करें, फिर मुझे ही निर्धारित करना होगा कि मेरा व्यवहार क्या हो और तब मैं वय के आधार पर निर्णय लूँगी। मैं छाछ लाई हूँ—दो के लिए जिसमें तीसरा भी सुगमता से सम्मिलित किया जा सकता है।'

स्त्री बाँस की टोकरी पर से झीना वस्त्र हटाने लगी।

तब दोनों हलवाहे फेरा लौटाकर आ पहुँचे। अधेड़ कृषक हल की मूठ पर कुशल दाब बनाये ही मुस्कुराते हुए व्यंजनापूर्वक बोला, 'यह चन्द्रपुर जा रहे हैं। वहाँ इन्होंने अपना कोई परिचित, सम्बन्धी भी नहीं बताया। —तो बीस से चालीस की वय के मध्यवाले पुरुष के लिए वहाँ जाने का एक ही आकर्षण ठहरता है—चारुमित्रा।...चन्द्रपुर या चारुमित्रा के लिए कोई सन्देश पहुँचाना हो तो ये तुम्हारे लिए उपयोगी होंगे।'

दोनों हलवाहे हल फेरकर पुन: फेरी पर आगे बढ़ गए।

'तुम नहीं जानते पथिक!...मेरे पति चुहल कर रहे हैं। कारण यह कि हमारा एकमात्र पुत्र चारुमित्रा पर मोहित हो चन्द्रपुर जा ठहरा है। हमने उसे लौटाने का बहुत प्रयास किया

किन्तु अब तक सफल न हो पाए। बावरों की भाँति चारुमित्रा की पौरवाली भीड़ में खड़ा या पड़ा रहता है। उसकी कामना है कि चारुमित्रा बस एक बार अंक में लेकर उसे चुम्बन दे दे। मैं स्वयं गई थी उसे समझाने। अभी मात्र उन्नीस की वय है उसकी। चारुमित्रा उससे बहुत बड़ी है। समझ रहे हो न पथिक! मेरे पुत्र को पता है कि उस कल्याणी को अंक में भेंटने के लिए अनेक राजे, राजकुमार, सामन्त, महास्पद सहस्रों स्वर्णमुद्राएँ निछावर करने प्रस्तुत रहते हैं। हम तो अपना घर-द्वार बेचकर भी इतने का छोटा-सा अंश तक न जुटा पाएँगे और विडम्बना यह कि हमारा पुत्र असम्भव का स्वप्न पाले है।'

स्त्री ने गहरी उष्ण साँस छोड़ी।

'मेरे पुत्र का नाम श्रवण है। बहुत चाव से यह नाम रखा था हमने।' स्त्री आँखों में भर आए आँसुओं को रोकने के प्रयास में जुटी तो गला भर आया, 'यदि अवसर निकाल सको तो उन युवकों के बीच श्रवण को खोजकर उसे मात्र इतना सन्देश दे देना कि उसकी माँ उसे अत्यन्त आतुरतापूर्वक स्मरण करती रहती है। वह बस मुझे अपना मुख दिखाकर भले ही तुरन्त लौट जाए। कहना कि दो दिन के पथ की दूरी में उसे मात्र दो बार का चारु-दर्शन ही तो छोड़ना है किन्तु हम पुत्र का मुख देखकर एक मौसम और जी लेंगे।' स्त्री ने मुँह फेर लिया। अब वह अपने आँसू रोकने में असमर्थ थी।

'देवी! तुमने मुझे देवर की भाँति स्नेह देने का लोभ जगाया है। मैं वचन देता हूँ कि चन्द्रपुर पहुँच श्रवण को तुम्हारा सन्देश अवश्य दूँगा तथा अपनी ओर से भी प्रयत्न करूँगा कि वह तुम्हारी गोद में लौट आए। अब आज्ञा चाहूँगा।' भर्तृहरि उठ खड़े हुए।

'अरे-अरे, ठहरो! छाछ तो पिओ!' स्त्री ने हाथ पकड़ भर्तृहरि को चत्वर पर बिठा लिया।

छाछ का पात्र लेकर भर्तृहरि पीने लगे तो स्त्री ने भर्तृहरि का अँगोछा कन्धे से ले उसके एक कोने पर दो रोटियाँ साग के साथ बाँध दीं।

'चन्द्रपुर का मार्ग निष्कंटक नहीं है। बीच में मणिभद्रा का क्षेत्र पड़ता है। उसे बचाकर जाना है। मणिभद्रा योगिनी है—सिद्ध भैरवी।...आकाश मार्ग में विचरण सहित अनेक शक्तियों से सम्पन्न।...और इस गाँठ में क्या बँधा है?' स्त्री ने गाँठ खोल ली, 'ओह, ज्वार के भुने दाने! इनमें अभी भभक है अर्थात आज के ही सिंके हैं।'

एक मुट्ठी भरकर स्त्री ने गाँठ अटका दी। भर्तृहरि ने पुनः आज्ञा माँगी, 'तो मैं चलता हूँ।'

'हाँ, जाओ! तुम्हारी कामना, साधना सफल हो!...और सुनो, मैं जान गई हूँ कि तुम हमारी भाँति न ग्रामीण हो, न साधु साधक। कुछ और ही हो।'

'और क्या हो सकता हूँ?' भर्तृहरि ने मुड़कर पूछा।

'अभी जा रहे हो। लौटकर एक दिवस मेरे घर ठहरना तो स्यात् बता सकूँगी कि कौन हो सकते हो।'

वहाँ से निकल भर्तृहरि गंडग्राम की परिखा के निकट पहुँच गए। अब प्राचीर स्पष्ट हो गई—जिसमें स्थान-स्थान पर अस्त्र-छिद्र तथा ऊपर निश्चित दूरियाँ बनाकर सैनिक संगर निर्मित थे। यद्यपि अभी वहाँ कोई प्रहरी दिखाई न दे रहा था—हाँ, नगर द्वार पर अवश्य एक अलसाया-सा प्रहरी खड़ा था।

परिखा में जल कम था किन्तु पार होने का मार्ग परिखा के सेतु से होकर ही था। परिखा से पूर्व ग्रामसीमा से बाहर भी पथ के दोनों ओर मिट्टी के घरों की लम्बी शृंखला चली गई है। शूद्र और श्रमिक वर्ग को जब ग्राम नगर के अधिवास में स्थान नहीं उपलब्ध होता तो बाहर ऐसे ही मलिनावास उग आते हैं। वायु में तीक्ष्ण मदिर गन्ध भरी थी। एक स्थान पर गेरू से लिखा था—'माधा'।

—अच्छा, तो इस गंडग्राम का नाम माधा है?—मन-ही-मन बुदबुदाते भर्तृहरि ने अपने बराबर में ही ग्राम की ओर बढ़ते व्यक्ति से पूछा, 'यह तीक्ष्ण गन्ध...क्या निकट कहीं मदिरा की भट्ठी या आसवनी है?'

व्यक्ति हँसा, 'पथिक, नये लगते हो। ग्राम नगर का नाम ही मधूका है—माधा। यहाँ भाँति-भाँति की मदिरा का उत्पादन होता है। यहाँ की माध्वीक तो विश्वविख्यात है। मैं स्वयं एक मदिराकर्मी हूँ।'

'ओह, तो यही मधूका है?'

'अर्थात् तुम भी परिचित हो यहाँ की मदिरा के स्वाद से?...कहाँ से आए हो?'

'दूर एक ग्राम है पैठार—अवन्ति राज्य में। मेरा एक स्वजन कोपवश गृहत्याग कर इसी ओर निकला है, उसी की खोज में...'

'ओह!' वह व्यक्ति पहली ही वीथि में मुड़ गया।

इतना अवश्य हुआ कि उस व्यक्ति से बात करते हुए वह आसानी से प्रवेश-द्वार लाँघ आए। अलसाये प्रहरी ने उनपर दृष्टि अवश्य फेंकी थी किन्तु उसने उन्हें मदिरा-कर्मी का साथी या सबन्धी मान टोकाटाकी नहीं की। मुख्य पथ पकड़े हुए वह सहज ही पेंठ में जा पहुँचे जिसे लोग 'मढ़ई' नाम से चीन्ह रहे थे।

यहीं एक व्यापारी कह रहा था, 'मेरा माल अभी तक नहीं लदा है। साठ कोस दूर पहुँचना है भाई। मुँहमाँगे ढुलाई भाड़े पर ऊँट लेकर आया हूँ। आज से उत्सव आरम्भ हो रहा है उज्जयिनी में। राज उत्सव है। इन्हीं अवसरों पर कुछ कमाना हो जाता है। दिन-रात चलकर ढाई दिन में पहुँचूँगा तब तक आधा उत्सव समाप्त हो चुका होगा। अभी मात्र दो दिन का भंडार छोड़ आया हूँ।'

'दो दिन के भंडार को तेरे कर्मकर सरलता से तीन दिन का बना लेंगे। तेरे घर का कूप क्या किसी आसवनी से कम है? बहुत चतुर हैं तेरे कर्मकर...खूब अच्छा प्रशिक्षण दिया है तूने उन्हें। मैं तो एक सुझाव देता हूँ तुझे कि पानागार के साथ-साथ तू मद में जल मिलाने का प्रशिक्षण-केन्द्र भी खोल ले। विश्वभर के कलाल तेरे यहाँ कौशल सीखने आने लगेंगे।' एक अन्य व्यवसायी हँसते हुए बोला।

'काहे का उत्सव है?' एक ने जानकारी चाही।

'अरे, भाई, उज्जयिनी का क्या—वहाँ तो सदैव उत्सव ही उत्सव हैं : बसन्तोत्सव, मदनोत्सव, शरदोत्सव, ग्रीष्मोत्सव, पावस उत्सव! करने को कुछ न हो और प्रचुर धन पास हो तो बारहों मास ऐसे ही खेल सूझते हैं।' कोई अन्य बोला।

'अरे, नहीं-नहीं, यह विशेष उत्सव है। महादेव की कृपा से महादेवी पिंगला गर्भ से हैं। उनके गर्भ में भावी शासक है कनकशृंगा का। वर्षों बाद किसी उत्सव के लिए प्रजा इतनी

उल्लसित है। देश-देश के गुणीजन, कलावन्त उज्जयिनी में अपनी कला का प्रदर्शन करेंगे। आचार्यों के शास्त्रार्थ होंगे। नाट्य, संगीत, खेल, तमाशे, कौशल। महाराज अभी अपना व्रत पूर्ण कर नहीं लौटे हैं। सुना है कि ज्योतिषी जी के सुझाव अनुसार वह कुछ दिन पश्चात् लौटेंगे।' उज्जैन के मद-व्यापारी ने जानकारी दी।

'महाराज भर्तृहरि ही सम्मिलित न होंगे तो उत्सव का आनन्द ही कम हो जाएगा।' कहता पीठिका पर अधलुढ़का-सा गद्दीदार सीधा होकर बैठ गया।

'हाँ, ठीक कह रहे हैं आप। सुना है कि आमंत्रित किये जाने पर भी चारुमित्रा नहीं पहुँच रही है उत्सव में—कि गुणी नरेश ही उपस्थित नहीं तो अपनी कला क्या मूर्ख मद्यपों को दिखाएगी? इससे तो यह श्रेष्ठ होगा कि वह स्वयं महाशिवरात्रि के दिन पहुँचकर महाकाल को अपना नृत्य, गायन अर्पित करेगी।'

'साधु, चारुमित्रा, साधु! उसका यह निर्णय प्रशंसनीय है।' कोई एक बोल उठा।

'निर्णय भले प्रशंसनीय हो किन्तु यह भी तो सोचो कि मद्यपों की निन्दा कर उसने हमारे अन्नदाताओं का तिरस्कार किया है। मूर्ख मद्यप न हों तो हमारा व्यवसाय डूब न जावेगा?'

समवेत ठहाके में वक्ता की आगे की बात दबकर रह गई। कुछ क्षण इसी प्रकार खी-खी होती रही तो भर्तृहरि ने अवन्तिका की चर्चा चलाने वाले मद्य व्यवसायी से पूछा, 'मित्र, आपने अभी कहा कि महारानी पिंगला गर्भ से हैं?'

व्यवसायी ने उचटती-सी दृष्टि प्रश्नकर्ता पर फेंकी तथा हँसते हुए कहा, 'हाँ, भाई, यही सुना है। इतने बड़े उत्सव का आयोजन ही इसी निमित्त है। आपको कोई आपत्ति है?'

एक बार फिर से सब खिलखिला पड़े।

'नहीं बन्धु, मुझे क्या आपत्ति होगी? यह तो सभी के लिए परम प्रसन्नता की बात है। आपने यह भी कहा कि नरेश किसी व्रत या अनुष्ठान में हैं...'

'हाँ, भाई, अवश्य कहा है, क्योंकि यही सुना है और यह सत्य भी है कि महारानी व महाराज के अनुष्ठान से ही यह सुखद अवसर बना अन्यथा कितने तो वर्ष हुए उनके विवाह को, अभी तक मूषक भी न उत्पन्न हो सका!' व्यवसायी इस ग्रामीण के बार-बार प्रश्नों पर खीझ पड़ा।

उसे लगा कि जब हम बराबरी के स्तर वाले व्यवसायी परस्पर बतिया रहे हैं तो मढ़ई में भार ढो-ढोकर जीविका चलानेवाला बीच में क्यों आ टपका है? वहाँ उपस्थित अन्य व्यवसायियों को भी इस व्यक्ति की उपस्थिति और हस्तक्षेप अप्रिय लगा।

'आप अनावश्यक कुपित हो रहे हैं श्रेष्ठि, मैं तो मात्र अपनी जन्मभूमि के बारे में जानने का उत्सुक हूँ। अपनी दुश्चिन्ताओं के कारण बहुत समय पूर्व अवन्ति से निकला हूँ किन्तु अपनी भूमि, देश के बारे में जानने की उत्कंठा तो रहती है न!'

श्रेष्ठि जैसा आदरसूचक सम्बोधन सुनकर उज्जयिनी के मद-व्यवसायी ने वहाँ उपस्थित अन्य व्यवसायियों पर गर्वभरी दृष्टि फेंकी, जैसे प्रदर्शित करना चाहता हो कि देखो, यह है अवन्तिका जहाँ मैं अवहेलनीय कलाल नहीं, श्रेष्ठि के समादरणीय नाम से जाना जाता हूँ! हाँ, तुम लोगों में भले ही कुछ या सभी मुझसे दुगुने, चौगुने, दसगुने तक समृद्ध हों, पर यह आदर कितनों को प्राप्त है?

वह एकाएक आत्मीय हुआ, 'उज्जयिनी से हो?'

'नागरिक हूँ उस राज्य का।'

'फिर तो बन्धु, ठहरे हमारे।' व्यवसायी ने सहज होने का प्रयास किया।

'आपने बन्धु, मान्य किया है तो कृपया कुछ और भी बतावें, उज्जयिनी के बारे में। समझ सकते हो कि मेरी उत्सुकता स्वाभाविक है।' भर्तृहरि ने स्निग्धतापूर्वक पूछा।

'बताने को और क्या है? महाकाल की पूजा-अर्चना पूर्व की भाँति ही चल रही है। पानागार, द्यूतगृह भी चल रहे हैं। पावस में बाहरी व्यवसायियों का जो आवागमन थम जाता है, वह भी आरम्भ हो गया है। पण्य की सजधज, दीप्ति लौटने लगी है तथा इस उत्सव के कारण कुछ शीघ्र ही लौटी है रंगीनी।...अरे हाँ, मैं पूछना ही भूल गया—मदपान में रुचि रखते हो?...ना, ना, मूल्य की चिन्ता न करना—कुछ न लगेगा तुम्हारा और मुझे भी कहाँ देना है! इतनी मदिरा क्रय करता हूँ। दो-चार चषक तो बानगी के नाम पर ही उपलब्ध होते हैं।' कलाल हँसा।

'नहीं, मद का स्वाद भूले युग-सा बीत गया है। अब न इसकी इच्छा है, न आवश्यकता। मैं तो अवन्ति के समाचार जानना चाहता हूँ।' भर्तृहरि ने बात आगे बढ़ाई।

'और क्या समाचार होंगे! इतना अवश्य है कि कुछ दिनों में राजपुरुषों की स्वच्छन्दता बढ़ गई है। जो कर्मकर पहले दबे-ढके उत्कोच लेते थे, अब खुलकर माँगने लगे हैं। यही जान लो कि मैं जो पाँच ऊँट-भार मदिरा लेकर पहुँचूँगा, उसमें से एक ऊँट भार छोटे-बड़े राजसेवकों की बटखरी में चली जाएगी। अभी यह जो व्यंग्य कर रहा था मद में जल मिलाने का, तो यह सत्य है कि कभी-कभी मिलावट व्यवसायी की विवशता हो जाती है। बताइए, मुझे जो कुल लाभ होना है, वह तो पहले ही कर्मकर और अधिकारियों की भेंट चढ़ गया। फिर मैं अपना श्रम, पूँजी, सेवकों, चाकरों का व्यय और यत्किंचित् लाभ निकालने के लिए वंचना का आश्रय न लूँ तो क्या करूँ? कहावत है—चाकर चोर राज बे पीर, कहें घाघ का राखें धीर।'

'क्यों, आप नरेश, महामात्य, अमात्य आदि के आगे अपनी पीड़ा रख सकते हैं। वंचक राजकर्मियों को दंड दिलाना आपका भी तो दायित्व बनता है।'

व्यवसायी ने अब गहरी दृष्टि से इस भर्तृहरि को देखा, 'अर्थात् मैं जो समझ रहा हूँ, वह नहीं हो तुम!'

'क्यों?'

'मैं तो समझा था कि तुम इस मढ़ई में भार आदि ढोकर जीविका कमाने वाले हो।'

'भार तो ढोता ही हूँ किन्तु इस मढ़ई में पहली बार पहुँचा हूँ।'

'बातचीत से सुपढ़ लगते हो।...ब्राह्मण हो?'

इस बार भर्तृहरि हँसे, 'विद्या क्या ब्राह्मणों की चेरी है बन्धु? मैंने तो अक्षरज्ञान निगुरा होकर पाया है।'

'निगुरा! ये क्या है?'

'निगुरा अर्थात् बिना गुरु के बताए और सुना है कि गुरु से न ली गई विद्या सिद्ध नहीं होती।'

'सुना तो मैंने भी यही है, पर तुमने जो राजकर्मियों को दंडित किए जाने की बात की है सो जान लो कि शिल्पी, दास, मालाकार, भृत्यों आदि को छोड़ हर राजकर्मी किसी-न-किसी अमात्य या सामन्त से जुड़ा है। दूसरे, महामात्य, अमात्य या नरेश से भेंट कर पाना

भी सरल है क्या ? पहुँच भी पाओ तो किसी राजकर्मी, राजपुरुष को दंडित करने से पूर्व भाँति-भाँति से सोचेंगे, पूछेंगे। इस बीच मछली को रहना उसी सरोवर में है। मकर दंडित हो, न हो, वह मछली को खोजकर खा अवश्य ही जाएगा। सत्य कह रहा हूँ न ?' व्यवसायी ने अपने कथन की पुष्टि चाही।

'पर उज्जयिनी में महामात्य तो सुयोग्य और सत्यकाम थे ?' भर्तृहरि ने कुरेदा।

'हाँ, महामात्य पूर्णरथ की योग्यता की प्रशंसा सुनी है।' फिर वह इधर-उधर देख फुसफुसाकर बोला, 'सुना है कि कुछ लोग उन्हें हटाने की दुरभिसंधि रच रहे हैं।'

भर्तृहरि को कोई शूल-सा चुभता अनुभव हुआ—फिर तो प्रजा नितान्त अरक्षित हो जाएगी। अपने सामन्तों, राजपुरुषों की लोलुप कामनाओं से वह भली भाँति परिचित हैं कि इन्हें मात्र अपने विलास में निरन्तर वृद्धि चाहिए। जरा-सा हाथ खींचते या वल्गा कसते ही ये निष्क्रियता अथवा षड्यंत्रों द्वारा राज्य-व्यवस्था को ही पंगु बना देते हैं। उनके मन के भीतर कहीं फिर से आवाज उठने लगी—स पिता पितरस्तासां—पिता की भाँति प्रजापालन धर्म है मेरा तथा उससे विमुख होना अधर्म। क्या मुझे उज्जयिनी लौटना चाहिए ? यह भी सम्भव है कि दशार्ण अथवा दाक्षिणात्य के आस- पड़ोस वाले सामन्त कोई षड्यंत्र बुनने लगे हों ! सीमांत क्षेत्र के सामन्त प्राय: अपनी निष्ठा का मूल्य वसूलते रहते हैं—इन्हें इधर से उधर, उधर से इधर निष्ठा बदलने का स्वाद मुँह लग चुका है।

'किस सोच में डूब गए बन्धु ?' मद व्यवसायी ने टोका।

भर्तृहरि कोई उत्तर सोचने लगे तभी गद्दीवाले ने व्यवसायी को पुकार लिया, 'भद्र, आपका चिट्ठा तैयार है। भांडक भर दिये हैं, गिन लीजिए।'

मद व्यवसायी उधर मुड़ा, 'मूल्य अधिक तो नहीं लगा दिया ?'

'मूल्य तो माल का है—धेला अधिक होगा तो माल भी सोना होगा। आपकी ओर पूर्व का भी कुछ शेष है, जोड़ दिया है।'

'वह शेष मैं अभी न चुका पाऊँगा। इस उत्सव के पश्चात् लौटकर चुकाऊँगा। अभी जो बन रहा है, उसका आधा ले लीजिए।...शेष सब एक साथ।'

'आपने ये तो पहले नहीं बताया। पूर्व की मँगनी है ही, इसमें भी आधा देवना करेंगे तो हो चुका मेरा। मुझे भी तो पूँजी लगानी होती है।' गद्दीवाला झुँझलाया।

'अरे महाराज, मैं ब्याजसहित भुगतान कर दूँगा, और क्या चाहते हो ?...ऋणपत्र लिखवा लो।' कलाल ने भुगतान में विवशता प्रदर्शित की।

'मुझे क्या महाजनी करनी है ?...ब्याजजीवी कौसीद हूँ क्या ? ऋणपत्र भी कोई प्रतिभूति नहीं इन दिनों। हमारे पण्य से ही इसी वर्ष चार गद्दियाँ मँगनी, उधारी न लौटने से बन्द हो गईं।'

'तो रहने दीजिए। आपका विश्वास ही नहीं मुझ पर तो व्यवहार व्यर्थ है।' कलाल ने खिन्नता से कहा।

'अब ले जाइए, पर आगे से ध्यान रखना। मुझे भी अनेक प्रकार की देनदारियाँ चुकानी हैं।'

इस नोक-झोंक को पीछे छोड़ भर्तृहरि आगे बढ़ लिये। इन दिनों भगवान भास्कर के सारथी अरुण भी शीघ्रता में होते हैं। उन्होंने मन-ही-मन निश्चित किया कि कुछ दिवस चारुमित्रा के यहाँ बिताकर वह उज्जयिनी के बारे में सोचेंगे, तब तक स्यात् कुछ और सूचनाएँ मिल जाएँगी।

मढ़ई के बाहर स्थित छोटी-सी पण्य वीथि के छोर पर पानागार में इस समय पर्याप्त ठेलपेल थी। माल लादने आनेवाले व जानेवाले भारवाही प्राय: यहीं अपना भोजन, रंजन करते हैं। मद्य, स्वेद, धूम्र व तले जा रहे भक्ष्य भोज्य की गन्ध से वहाँ एक विशेष प्रकार का भभूका-सा उठ रहा था। भर्तृहरि को बाहर ठिठका देख सजाकर रखे गए मदभांडों के पीछे बैठे व्यक्ति ने उन्हें भीतर आने का संकेत किया।

मदभांडों के पीछे बैठा मद-विक्रेता माथे पर तिलक व सिर पर बड़ा-सा पगगड़ सजाए था। ऐंठी हुई मूँछें कान तक जा रही थीं। कन्धे पर उत्तरीय के नीचे स्वर्ण व रजत के बड़े-बड़े मनकों का कंठाभरण स्पष्ट दिख रहा था तथा पगगड़ के नीचे केशराशि पीठ पर झूलती लगती थी। उसके ठीक दाहिनी ओर पुष्पमाल से सजी महालक्ष्मी की रजतप्रतिमा के आगे धीमे-धीमे उठता अगरु-धूम्र भभूके में प्रतीक उपस्थिति दर्शाता सहमा-सहमा हिल डुल रहा था।

'अंटी खाली है क्या भाई ?...कोई बात नहीं, मधुचन्द्र दो रोटी, दो चषक उधार भी देता है—आ जाओ ! कुछ उधार चुकाते हैं तो कुछ नहीं भी चुकाते, पर भैरव बाबा की कृपा से मुझे कभी घाटा नहीं हुआ। इसलिए इधर आकर मुहूर्त्त भर विश्राम कर कुछ खा-पी लो।' मधुचन्द्र नाम के मधु-विक्रेता ने कहा।

'कृतज्ञ हूँ आपकी इस सहृदयता के लिए। मदपान में मुझे रुचि नहीं और भूख भी नहीं है। मुझे तो वह दिशा बता दें जो चन्द्रपुर के मार्ग से मिला दे। वहीं जाना है मुझे।'

'अरे ! वहाँ के लिए तो अभी-अभी सार्थवाह निकलने वाला है, उसी के साथ हो लेना। वे जो पाँच लोग ईशान कोण की मदथाणी पर बैठे हैं न, उसी सार्थवाह से हैं।...बस, उन्हीं के साथ हो लो। तीन दिन में सुरक्षित पहुँच लोगे।'

'किन्तु मार्ग तो दो दिवस का बताया गया है !' भर्तृहरि बोले।

'मणिभद्रा का क्षेत्र बचाना पड़ेगा भाई !...वहाँ किसी भैरवी की दृष्टि में आ गए तो मुंडमाला का मनका बनकर रह जाओगे। क्या आत्महत्या का विचार कर घर से निकले हो ?'

'नहीं बन्धु ! पर यह भी अच्छा रहेगा कि देवी मणिभद्रा के दर्शन करूँ।'

'क्या निश्चय ही ?'

'इच्छा तो यही है।'

पानागार की दसियों जोड़ी आँखें इस विचित्र पुरुष की ओर उठ गईं जो स्वयमेव मृत्युमुख में प्रवेश करने का इच्छुक है।

मधुचन्द्र बताने लगा, 'मित्र, मणिभद्रा अपने क्षेत्र से बाहर कभी किसी का कोई अनिष्ट नहीं करतीं किन्तु जो उनके साधना-क्षेत्र में प्रवेश कर गया, भूले से भी, वह दोपाया हो या चौपाया, उसे लौटते नहीं देखा गया। वह अपनी साधना में कोई अवांछित उपस्थिति स्वीकार नहीं करतीं। वैसे वहाँ अनेक मूर्तिशिल्पी जाते रहते हैं। वह किसी विशाल साधना-मन्दिर का निर्माण कर रही हैं। वहाँ निष्णात् शिल्पी युगल ही प्रवेश पाता है और दो-चार वर्ष पश्चात् लौटता है तो शिल्पी नहीं, मणि, माणिक्य कांचन की गठरी वाला श्रेष्ठि बनकर।

मार्ग में जो मणिभद्र यक्ष की विशाल प्रतिमा है, उसकी प्राण-प्रतिष्ठा मणिभद्रा द्वारा ही कराई गई है। आते-जाते यात्री, सार्थवाह उनकी उपासना, पूजा करके ही अपनी यात्रा सुगम बनाते हैं। यहाँ तीन मार्ग हैं—दाहिना विदिशा को जाता है, बायें से घूमकर जानेवाला

मार्ग चन्द्रपुर होकर पद्मावती के लिए है तथा जो सीधा है, वह मणिभद्रा के क्षेत्र में जा ठहरता है।'

'मार्ग की दूरी कितनी होगी चन्द्रपुर के लिए?' भर्तृहरि ने मधुचन्द्र को टोका।

वह जान गए कि इस आदमी को अतिरिक्त बोलने, कहने की आदत है। किसी-किसी का स्वभाव ही होता है कि वह बढ़-चढ़कर अपना ज्ञान प्रकट करता रहता है।

टोका जाना कदाचित् मधुचन्द्र को अच्छा न लगा, अत: माथे पर बल डाल, भौंहें मिलाकर रूखेपन से बताने लगा, 'मणिक्षेत्र होकर निकलो तो आठ योजन तथा सुगम पथ से जाओ तो सोलह योजन। किन्तु तुमने तो शीघ्र पहुँचाने वाले छोटे मार्ग से जाने का संकल्प ले रखा है—सो दो या अढ़ाई दिवस में या तो चन्द्रपुर पहुँच लोगे या... । पर मणि क्षेत्र से होकर जा ही रहे हो तो एक तुम्बी दाक्खा भी लिये जाओ— मेरी ओर से योगिनी मणिभद्रा को भेंट देने के लिए। कहना कि उनके अकिंचन सेवक मधुचन्द्र की ओर से है।'

'अब तो देवी मणिभद्रा से भेंट करनी ही पड़ेगी। लाओ, अपना उपहार भी दे दो। मैं सूर्यास्त से पूर्व पहुँचना चाहता हूँ।'

भर्तृहरि की उत्सुकता ने आशंका पर विजय पा ली। भय उन्हें यों भी न था कि जो प्रारब्ध वृकोवन, प्रेतपुर तथा हिंस्र जीवों से भरे महारण्यों में निरापद बचाता आया है—वही यहाँ भी सुरक्षित रखेगा। औघड़ का भी कहना है कि गुरु की आज्ञा है उसे सुरक्षित रखने की, अथवा जो होना है सो हो।

मधुचन्द्र के संकेत पर तुम्बी भर दाक्खा गद्दी पर आ गई। तुम्बी रज्जु से इस प्रकार बाँधी गई थी कि सरलतापूर्वक कन्धे पर लटकाई जा सके। तुम्बी लटका, लकुट सम्हाल भर्तृहरि शीघ्रतापूर्वक चल दिये। इस महीने में दिन भी तो बहुत छोटा हो जाता है।

राजा को अब पैदल चलने का अभ्यास है, अत: बीच में वह मात्र एक स्थान पर जल पीने के लिए ठहरे। सूर्य के रक्तपिंड में बदलने से पूर्व ही वह त्रिपथ पर पहुँच गए जहाँ खड़ी मणिभद्र की विशाल मूर्ति दूर से ही यात्रियों को आश्वस्त करती प्रतीत होती थी।

उपवन में एक स्थान पर कुछ ही पहले आया ऊँटों का टांडा रुका था। उनकी पीठ पर लदा भार अभी उतारा नहीं गया था। तीन लोग इमली वृक्ष के तने से टिके बैठे थकान उतारते दिखे।

'जय महाकाल!' भर्तृहरि ने अभिवादन किया।

'जय महाकाल, जय गोपाल!' एक साथ तीनों से उत्तर मिला।

'यहाँ वापी या कूप किधर है?'

'यहाँ वापी, कूप नहीं है भद्र! यक्षदेव के अनुग्रह से उद्गम-स्रोत का कुंड है जिसका जल बहकर आगे पुष्कर में एकत्र हो जाता है। उस झुरमुट के पीछे ही पुष्कर है।' एक ने बताया।

भर्तृहरि बिना रुके पुष्कर की ओर चले गए। लौटे तो चेहरे की क्लान्ति बहुत कुछ दूर हुई और अंगों में स्फूर्ति भर गई थी। प्रसन्न वदन वह उन तीनों के निकट उभरी हुई जड़ पर जा बैठे।

'कहाँ तक जाना है भद्र? अकेले हो?' एक ऊँटवाहक ने पूछा।

'पहले तो चन्द्रपुर पहुँचना है, उसके पश्चात् कुछ स्थिर नहीं।' कन्धे से तुम्बी उतारते भर्तृहरि ने कहा।

'बड़े मद्य-रसिक हो! खाद्य-सामग्री तक साथ नहीं और मदिरा की तुम्बी पीठ से टाँगे चल रहे हो!' ऊँटवाहक ने परिहास के साथ कहा।

'यह तुम्बी तो देवी मणिभद्रा को सौंपनी है। माधा के सुरा-विक्रेता मधुचन्द्र ने पहुँचाई है। आज रात्रि वहीं विश्राम करना है।'

तीनों वाहक मुँह फाड़कर भर्तृहरि की ओर देखने लगे, जैसे वह मदिरा के प्रभाव में नितान्त बौराया कोई व्यक्ति हो! किन्तु स्पष्ट था कि इस व्यक्ति ने किंचित् भी मदिरा नहीं पी है। तब निश्चित ही यह बावरा है या कोई तांत्रिक जो मणिभद्रा के यहाँ ठहरने की बात कर रहा है।

रवि की लालिमा अब मणिभद्र की प्रतिमा के मुख पर आ ठहरी जिससे शीर्ष के आसपास पीत-रक्त प्रकाश-वलय बन गया था और चेहरे के साथ ही कटि के ऊपर का हर अंग प्रदीप्त हो स्पष्ट होने लगा था। भर्तृहरि मुग्धभाव से यक्षमूर्ति के निकट जा पहुँचे।

यह विशाल प्रतिमा गोल आधार पर खड़ी की गई थी। नीचे लटकते वामहस्त में अक्षय-कोष की थैली है। ग्रीवा के चारों ओर चमरेखाओं की सिकुड़न प्रदर्शित है। वह धोतिका व उत्तरीय धारण किए है। अँगोछा घुटनों तक आ लटका है और कटि पर पट्टिका की ग्रंथि... । वस्त्र पट्टिका की लपेट दोनों पैरों के मध्य से होकर जाती है। उत्तरीय का एक छोर भुजा पर लपेटा हुआ तो दूसरा पीछे फेंका हुआ। वक्ष के वाम भाग से पेट के दाहिने झूलता यज्ञोपवीत। गले में मणिमाणिक्य का हार। दाहिनी भुजा पर भुजबन्ध व बाईं कलाई में मोटा-सा कंगन। लगता है, जैसे किसी कठोर स्वभाव वाले बलिष्ठ व्यक्ति की मूर्ति हो!

ध्यान से पुनः देखा तो दाहिने हाथ की प्रत्येक अंगुली में रत्नजटित अंगुलिका व मुष्टि में कसा शूल। कानों में कर्णफूल, मस्तक पर मणि खचित स्वर्ण मुकुट। मूर्ति में इस समय कुछ अलग ही प्रकार की तेजस्विता प्रकट हो रही थी।

मणिभद्र के चत्वर की परिक्रमा कर भर्तृहरि लौट आए। सार्थवाहों में यह धारणा प्रचलित है कि मणिभद्र की उपासना से व्यापार में यथेष्ट लाभ तो मिलता ही है, मार्ग के विघ्न भी दूर होते हैं। संकट के समय इनका आतुरतापूर्वक स्मरण किया जाता है।

प्रकाशवलय के मणिभद्र-शीर्ष से ऊपर उठते ही भर्तृहरि ने तुम्बी कन्धे पर टाँग, महाकाल का स्मरण करते हुए मणिभद्रा रक्षित अरण्य की ओर पग बढ़ा दिये।

शुक्ल पक्ष की अष्टमी धीरे-धीरे आकाश में आलोक उगाने लगी। सोचा—पता नहीं, मणिभद्रा का आवास कितनी दूर हो, अथवा जाने वह आवास पर ही होंगी या अन्यत्र? यही सोचते-विचारते उन्होंने निर्जन पथ पर आवाज फेंकी, 'कोई है... ?.. हो तो मुझे देवी मणिभद्रा तक पहुँचने का मार्ग दिखाए।'

कहीं से कोई प्रत्युत्तर न आया। वन में प्रवेश करते समय मात्र शुक बोले थे स्वागत में। अन्य कोई स्वर अभी तक न सुना गया था। हाँ, हवा में कोई विचित्र साँय-साँय अवश्य व्याप्त होने लगी, जैसे वृक्ष साँस ले रहे हों अथवा कोई व्योमचारी छाया-समूह परस्पर फुसफुसाता किसी ओर उड़ा जा रहा हो!

कुछ और आगे बढ़े तो मार्ग दो भागों में बँट गया। यह दुविधा की स्थिति थी। अपनी सुरक्षा, संरक्षा की प्रत्याशा होने पर भी आशंका निर्मूल न हुई थी। भर्तृहरि का विचार बना कि कहीं

भटक न जाएँ, अत: इसी दोपथ के किसी वृक्ष का आश्रय लेना उचित होगा। रात्रि काटने में प्यास लगने पर कुछ कठिनाई हो सकती है—भूख शमन के लिए तो रोटी, साग और दाने बँधे ही हैं। हाँ, भोजन उपरान्त जल पीना आवश्यक होगा, अत: रात्रि यों ही काट लेनी चाहिए। मदिरा योगिनी मणिभद्रा के लिए है जिसका किंचित् भी उपयोग नहीं किया जा सकता।

इतने दिन के प्रवास में वह भौतिक आवश्यकताओं पर संयम सीख गए हैं। औघड़ के साथ रहते हुए सबसे बड़ी शिक्षा यही मिली है।

एक छतनार वृक्ष का शोधकर चढ़ने से पहले उन्होंने फिर से पुकारा, 'कोई है ? है कोई जो मुझे देवी मणिभद्रा तक पहुँचा दे ?'

उत्तर की प्रत्याशा में उन्होंने कान लगाए। अपनी फुसफुसाहटों में डूबा वन पूर्व की ही भाँति चुप रहा। वह वृक्ष पर चढ़ने के लिए बढ़े ही थे कि वन के भीतर से सुनाई पड़ा :

'कौन हो ? कहाँ से आए हो... ? क्यों मिलना चाहते हो ?' आवाज किसी स्त्री की थी।

'मेरे पास देवी के लिए भेजा गया उपहार है। प्रश्नों के उत्तर मात्र देवी मणिभद्रा को ही दिये जा सकते हैं।' भर्तृहरि ने स्पष्ट किया।

'ठहरो, मैं आती हूँ।'

आवाज की अनुगूँज अभी समाप्त भी न हो पाई थी कि एक अर्धनग्न स्त्री भर्तृहरि के निकट आ खड़ी हुई। उसके हाथ में खप्पर जैसा कुछ था।

'माता मणिभद्रा से मिलना है ?' स्त्री की जीभ मदमत्त की भाँति लटपटा रही थी। देह भी स्थिर न होकर झुकी-झुकी पड़ती थी।

'हाँ।'

'उनके लिए क्या उपहार है ?'

'तुम्बी भर मदिरा।'

'किसने भेजा है उपहार ?'

'माधा गंडग्राम के मधु-विक्रेता मधुचन्द्र ने।'

'ला, यह तुम्बी मुझे दे।'

'नहीं ! यह देवी मणिभद्रा को ही दूँगा। क्या तुम हो वह ? नहीं न !'

स्त्री हँस दी—विकट हँसी, 'मैं छीन लूँ तब ?'

'मैं प्रतिरोध करूँगा...तुम छीन न पाओगी।'

'अच्छा !' स्त्री की खिलखिलाहट वातावरण में भर गई, 'तू जानता है, मेरी शक्ति पथिक ?'

'अपनी शक्ति जानता हूँ। किन्तु मुझे तुमसे विवाद नहीं करना है। कृपा कर देवी मणिभद्रा तक पहुँचने का मार्ग सुझा दें।' भर्तृहरि ने विनयपूर्वक कहा।

स्त्री ने कमर से लटकी थैली में से कोई भस्म जैसी निकालकर खप्पर में भुरकी तो भक्क से लौ उठ आई, जिसमें दोनों के चेहरे प्रकाशित हो उठे।

स्त्री ने आह्लाद में भरकर किलकारी मारी, 'ओ-ओ...सर्वथा योग्य हो तुम...रति-अनुष्ठान हेतु ! स्यात् माँ तारा ने इसी निमित्त मेरी चोलिका किसी भैरव के हाथ न लगने दी। आज मेरे भैरव तुम्हीं बनोगे,' कह उस स्त्री ने ग्रीवा से लपेटकर रखी अपनी चोली भर्तृहरि की ओर उछाल दी।

ऐसी स्थिति के लिए भर्तृहरि ने भी न सोचा था। वह जानते हैं कि रति-अनुष्ठान भी कुल-साधना का एक महत्त्वपूर्ण अंग है। स्वयं उज्जयिनी के कुछ तंत्रपीठों पर यह साधना प्रचलित थी किन्तु यह अघोरी, तांत्रिक, कापालिक या भैरव-भैरवियाँ नागरिकों की दृष्टि से प्रायः दूर ही रहते हैं। हाँ, रात्रिकाल में कालभैरव, विक्रान्त भैरव के श्मशान अथवा हरसिद्धि के क्षेत्र में ये लोग शिप्रातट पर विचरण करते, भ्रमण अथवा जलक्रीड़ा करते देखे जाते हैं। खप्पर से उत्पन्न प्रकाश में उन्होंने देख लिया था कि कटि से ऊपर वस्त्रहीन, खुले केशवाली, सिन्दूर की बुंदकियों से मस्तक सजाए यह भैरवी मद में चूर है।

'माते! पहले मुझे देवी मणिभद्रा से मिला दें फिर तुम्हारी या देवी मणिभद्रा की जो आज्ञा होगी, मैं शिरोधार्य करूँगा।'

'धूर्त है रे तू। 'मातृ' कहकर मुझे भरमाना चाहता है? मैं तो शक्ति हूँ—बहुरूपा। मातृ भी मेरा एक रूप है। किन्तु तेरी बात ही सही, आज मैं ही माँग लूँगी तुझे अपनी अधीश्वरी से। वचन से फिरा तो तेरी बोटी-बोटी काटकर कुल-परिवार में बाँट दूँगी।' भैरवी पुनः खिलखिलाई, 'आ मेरे पीछे...' वह लौटकर एक मार्ग पर चल पड़ी।

भर्तृहरि पीछे हो लिये।

'किन्तु यहाँ तू आया क्यों है?...यहाँ अधीश्वरी के बुलाने अथवा साधना में दीक्षित होने के लिए ही तरुण-तरुणियाँ पहुँचते हैं। अवांछित का प्रवेश यहाँ वर्जित है। वह तो अच्छा हुआ कि अकेली रह जाने से मैंने तेरी पुकार सुन ली अन्यथा प्रातः तक तू जीवित भी न रह पाता। अब भी किसे पता कि तेरी कितनी साँसें और शेष हैं?' भैरवी बोली।

'साँसों की गिनती तो किसी के पास नहीं माते। इस संसार में अवतार तक आए और चले गए। वह तो विधाता है जो हर एक की साँसें और दायित्व निर्धारित कर भेजता है। मैं अयुक्त तो नहीं कह रहा?'

भर्तृहरि को अनुमान हो गया कि इस भैरवी ने कुछ छोटी-मोटी सिद्धियाँ भले प्राप्त कर ली हों, किन्तु यह किसी बड़े उद्देश्य से प्रेरित होकर दीक्षित नहीं है। क्या पता, लोक में प्रतिष्ठा और उन्मुक्त आचरण-पद्धति से आकर्षित हो यहाँ आ पहुँची हो!

'हम कितनी देर में पहुँचेंगे माते?' चलते-चलते राजा ने पूछा।

'आधा योजन दूरी पर है अधीश्वरी का आवास। भाग्य है तेरा कि आज वह यहीं हैं। आज चक्र-साधना का मुहूर्त है अन्यथा किसी को पता नहीं होता कि वह कब कहाँ होंगी।...मैं वहाँ तक मुहूर्त भर में पहुँच सकती हूँ, पर तू है तो दो या तीन घड़ी समय लग जाएगा। बस, अब तू और अधिक प्रश्न न करना, मुझे मद की प्यास उठने लगी है। तेरी तुम्बी मद से भरी है, क्या तू मुझे इसमें से पीने को देगा?' भैरवी मुड़कर खड़ी हो गई।

'माते! मैंने पूर्व में ही निवेदन किया है कि यह मेरे पास थाती है जिसे ज्यों का त्यों सौंपना मेरा दायित्व है, धर्म है। तुम्हारे ही सामने देवी मणिभद्रा को सौंप दूँगा फिर चाहे पूरी तुम्बी ले लेना। हाँ, मेरे अधिकार की ये दो रोटियाँ हैं और दो मुट्ठी दाने। चाहें तो इन्हें ग्रहण करें।'

'हुँह!' करके भैरवी पुनः चल पड़ी।

मार्ग की पदचाप में लकुट की आवाज भी मिल रही थी जिसे भर्तृहरि ऊँचे-नीचे मार्ग पर टेकते हुए चल रहे थे। कुछ ही देर में प्रकाश दिखाई देने लगा। ये हवन कुंड थे जिनमें

से कुछ में दहकते कोयले थे व कुछ कुंडों से लौ उठ रही थी। निकट पहुँचने से पूर्व भैरवी ने किलकारी मारी तो उन कुंडों के लाल-पीले प्रकाश में भर्तृहरि को कुछ छायाएँ प्रेतों की भाँति खड़ी होती दिखीं। भैरवी ने पुन: किलकारी भरी तो वे प्रेत-छायाएँ वृक्ष की ओट में अदृष्ट होती गईं।

वह पीपल का वृक्ष था जिसके नीचे दसियों कुंड प्रज्वलित थे। एक शिला पर बैठी अर्धनग्न स्त्री इन दोनों को आते हुए देख रही थी।

'यही हैं हमारी अधीश्वरी मणिभद्रा, जाओ!' कह भैरवी वहीं एक कुंड के पास बैठ गई।

कुंड के चारों ओर मद्य, मांस आदि बिखरा था। मिट्टी के एक पात्र में कदाचित् कुछ मद रहा होगा जिसे भैरवी ने होंठों से लगा लिया।

भर्तृहरि ने कन्धे की तुम्बी उतार एक प्रस्तर खंड से टिकाई और दंडवत् प्रणाम किया, 'महामयी देवी मणिभद्रा की जय हो!'

'हूँ...! इस समय यहाँ प्रवेश वर्जित है, तुम क्यों आ पहुँचे?'

भर्तृहरि घुटनों के बल बैठ गए, 'मुझे शीघ्र ही चन्द्रपुर पहुँचना है देवी! आपके दर्शन भी पाना चाहता था।'

'जानते हो, साधना में व्यवधान का दंड प्राण को देकर चुकाना होता है? कोई भैरव या भैरवी तुम्हें अभी त्रिशूल या खांडे से बेध सकती है।...मेरे समक्ष होकर भी निरापद नहीं हो तुम। इससे पूर्व कि हमारा कोप टूटे, शीघ्र बताओ कि कौन हो?' बैठी हुई मणिभद्रा ने रोषपूर्वक पूछा।

'यह तुम्बी माधा के मधु-विक्रेता मधुचन्द्र ने भेजी है, आपके लिए। कृपया स्वीकार करें। मैं देवी के आगे असत्य भाषण का दोषी नहीं होना चाहता पर अभी अपना नाम और कुल भी नहीं प्रकट करना चाहता। बस, रात्रि विश्राम की अनुमति तथा अपनी कृपा का प्रसाद मुझे दे दें। प्रात: होते ही मैं अपने मार्ग पर निकल जाऊँगा।'

'तुझे भय नहीं है क्या?'

'भय तो छीने जाने का होता है। मेरे पास प्राणों के सिवा है ही क्या?...प्राणों से भी अधिक मोह नहीं बचा है।'

'अँगोछे में क्या बाँध रखा है तूने?'

'दो रोटियाँ हैं और दो मुट्ठी चबैना।'

'निकट आकर दिखा तो।'

भर्तृहरि खड़े होकर निकट गए। शिला पर पद्मासन में बैठी मणिभद्रा अपने निर्वसन शरीर को मात्र छितराई हुई जटाओं से ढँके हुए थी। राजा को निकट आते देख अपनी जंघाओं को उसने केले के पत्ते से ढँक लिया। योगिनी की किंचित् स्थूल काया सिन्दूर से पुती हुई थी।...एक बार उसकी अँगारों-सी दहकती आँखों में झाँककर भर्तृहरि ने अँगोछे का छोर खोल दिया।

योगिनी ने रोटियाँ उठाकर उन्हें जोर से सूँघा—एक बार, दो बार, तीन बार। 'आह, इनमें गार्हस्थिक चूल्हे की गन्ध है!...एक रोटी ले लूँ?' मणिभद्रा ने पूछा।

'देवी, दोनों रोटियाँ ग्रहण करें...यह तो मेरा सौभाग्य होगा।'

मणिभद्रा ने कौर तोड़कर साग के साथ मुँह में रखा। कुछ पल तक स्वाद लेती रही फिर दूसरा कौर मुँह में डाल स्वाद लेने लगी।

'अब तू निर्भय होकर बैठ पथिक !...पाक का यह स्वाद मात्र मेरी बहन मंजरी के हाथों में है। तू माधा के उस ओर खेतों पर ठहरा था क्या?'

'हाँ, वहाँ कृषिका ने मुझे स्नेहपूर्वक बाँध दी थीं ये रोटियाँ।'

'तो जान ले कि ये रोटियाँ तेरा सुरक्षा कवच बन गईं। इस समय सभी भैरव-भैरवियाँ तुझ पर कुपित हैं, क्योंकि आज चक्र-साधना की रात्रि में आकर तूने सिद्धि में बाधा उपस्थित की है। तेरे यहाँ पहुँचने से पूर्व तक वे सब आनन्द के आवरण में थे, ध्यान भंग हो जाने से देह के आवेग में आ पहुँचे हैं। अपनी आखों से देख राजा भर्तृहरि, कि देह के आवेग में विवेक किस प्रकार पीछे छूट जाता है।'

अपना नाम सुन भर्तृहरि आश्चर्य में पड़े, 'देवी...!'

'तुम उज्जयिनी के नरेश भर्तृहरि ही हो सकते हो। साधारण मनुष्य तो इस क्षेत्र की भयानकता के त्रास से स्वयं ही प्राण छोड़ चुका होता। वज्रभैरव की ओर से संकेत मिला था कि यदि तुम यहाँ होकर निकलो तो मैं तुम्हारा सत्कार करूँ, साधना का स्वरूप दिखाऊँ। उज्जयिनी नरेश ही है न तू?'

मणिभद्रा ने अपनी आँखें भर्तृहरि पर टिका दीं।

'अभी तो मात्र भर्तृहरि हूँ देवी।'

'इतना होना पर्याप्त है...। नीला, आ!' मणिभद्रा ने कुंडों के आसपास फैले मद्यपात्रों में मद खोजती भैरवी को सम्बोधित किया किन्तु वह स्वयं में अथवा मदिरा की खोज में इतनी तन्मय थी कि उसने अपना पुकारा जाना सुना ही नहीं।

'नीलघंटिका, आ, आ!' मणिभद्रा का स्वर भारी हुआ।

हड़बड़ी में नीलघंटिका के हाथ लगा अधभरा मद्यपात्र छूटकर कुंड में गिर गया। हरी, नीली लौ भभकी और भयभीत-सी निराश नीलघंटिका मणिभद्रा के आगे नतमस्तक खड़ी हो गई।

'महाभद्रा! तुम तो चक्र-साधना में थीं न?' मणिभद्रा ने पूछा।

शब्द अटगते-गटकते नीलघंटिका ने सुनाया, 'महाभद्रा! अन्य भैरवियों की भाँति मेरी चोली भी कुम्भ में थी किन्तु चोली निकालने के लिए कोई भैरव शेष न रहा। एक भैरव कम था, अत: मैं अपनी हतभागा चोलिका को कोसती लहराती बाह्य मार्ग पर भ्रमण के लिए निकल गई। द्विपथ पर खड़ा यह पथिक तुम्हारा नाम पुकार रहा था। पहली पुकार तो मुझे मत्तमन का भ्रम प्रतीत हुई पर दूसरी पर मैं वायुगति से इसके निकट जा पहुँची। तुम्हारी अनुमति मिले तो मैं इसे साधन-भैरव के रूप में मान्य कर लूँ?'

मणिभद्रा ने आदेशित किया, 'सर्वप्रथम तुम इन्हें पाद्य, अर्घ, आचमन के लिए जल अर्पित करो। उपरान्त यदि यह सहमत हों तो तुम्हारे लिए साधन-भैरव हो सकते हैं।' मणिभद्रा की स्मित फूटी।

डगमग पैरों को सावधानीपूर्वक उठाती नीलघंटिका ज्यों ही मुड़ी, मणिभद्रा ने भर्तृहरि को आत्मीयतापूर्वक कहा :

'आओ राजन्, इस प्रस्तरपीठ पर आसन ग्रहण करो। हमारा आचार देख तुम्हें वितृष्णा हो रही होगी। वस्तुत: हमारे साधना-मार्ग का पहला पाठ है कि सामान्य जन से थोड़ी घृणा, थोड़ी अरुचि, थोड़े भय के साथ दूरी बनाकर रखें। कृच्छाचार का उद्देश्य यही है।

यहाँ जो एकादश हवन कुंड देख रहे हो, एकादश युगल के लिए हैं—पाँच ज्ञानेन्द्रिय, पाँच कर्मेन्द्रिय व एक मन। चक्र-साधना हेतु आज पाँच भैरव हैं और छह भैरवियाँ। साधना के लिए यंत्र के आसपास पाँच कुंड जाग्रत किये गए हैं। यंत्र महाशक्ति का स्वरूप है—कुल का प्रतीक। मद्य सेवन के पश्चात् हर भैरवी अपनी चोलिका कुम्भ में डालती है। प्रत्येक भैरव एक चोली निकालता है और जिस भैरवी की चोली निकलती है, उसी के साथ मैथुन सम्पन्न करता है। यह क्रिया यंत्र के समक्ष अर्थात् महाशक्ति की साक्षी में ही की जाती है। राजन्! यह क्रिया मात्र अनुभव-क्रीड़ा है...अपने ही शरीर में पुरुष व नारी युगल की स्थिति व अन्योन्याश्रयता के साथ पूर्णता की प्रतीति के निकट पहुँचने का उपक्रम है। लिंग और योनि का संयोग मात्र क्षणिक सुखानुभूति पर सीमित रह जाए तो उस अखंड सुख तक नहीं पहुँचाता जहाँ कुलाकुल के अभेद का चिरन्तन आनन्द प्रवहमान है। प्रवहमान अर्थात् प्रतिक्षण नव, नूतन आनन्द।'

नीलघंटिका मिट्टी के दो घड़ी को सँभालती जल लेकर आ पहुँची तो मणिभद्रा ने दीप अँजोरने को कहा।

पीपल के तने से सटकर तीन हाथ ऊँचाई तक पत्थर जमाकर दीपाधार बनाया गया था जिसके चारों ओर मिथुन मूर्तियाँ उकेरी गई थीं। नीलघंटिका ने घड़े नीचे रख, कुंड से प्रज्वलित लकड़ी उठाकर दीप अँजोर दिया तो पेड़ के नीचे हल्का-हल्का पीला उजास फैल गया। कुंडों की अग्निप्रभा मन्द होकर अब उनकी वेदी तक ही सीमित होने लगी थी।

'अब तुम जाओ नीला।'

'बहुत प्यास है, उद्विग्नता है भद्रे... !' टूटती-सी आवाज निकली नीलघंटिका की।

'बढ़ने दो प्यास को...खेलो उद्विग्नता के संग। अपनी सीमा पर पहुँच ये स्वयं ही प्रशमित होंगी।'

हताशा में हाथ झटकती नीलघंटिका अँधेरे में अपगत हो गई।

'जल आ गया है राजन्! हाथ-पाँव धोकर जल ग्रहण कर मार्ग श्रम उतारिए। संयोग शुभ है कि तुम आज रात्रि पहुँचे हो। यह कदाचित् महाभैरव की ही इच्छा है कि तुम साधना के प्रेक्षक बनो।' मणिभद्रा ने आँखें अधमुँदी कर ऊपर चढ़ाते हुए किसी के ध्यान में हाथ जोड़े।

भर्तृहरि ने देखा कि जिन घड़ों में जल लाया गया है, वे किसी श्मशान से उठाए हुए हैं। मन में आई घिन से उनके बढ़ते हाथ रुक गए। अभी एक दिन पूर्व ही तो उन्होंने सुपच का आतिथ्य ग्रहण किया था किन्तु वहाँ यथासम्भव स्वच्छता बढ़ाने का प्रयास था। यहाँ तो जैसे दूषण और मलिनता ही बिखरी है।

'शुचि और अशुचि का भेद मन से दूर करना इस साधना का आरम्भिक सोपान है। भर्तृहरि, यहाँ कुछ भी अग्राह्य नहीं है इसलिए बहिरंग उपासना से शरीर के स्वभाव और गुण का अतिक्रमण कर अभाव से महाभाव तक की यात्रा करनेवाला ही भैरव बन पाता है। जल का स्वभाव ही स्वच्छता है। राजन्! मलिनता इसे अन्य से मिलती है। पिओ! क्योंकि

प्यास देह का भाव है। देहजन्य प्यास विहित पदार्थ से ही शमित होगी, अन्यथा तुम्हारी इच्छा और चित्त की व्याकुलता बनी रहेगी। जल की कामना तुम्हें सहज प्रेक्षक न होने देगी।'

भर्तृहरि ने छोटा घड़ा मुँह से लगा लिया और आँख बन्द कर दो-तीन घूँट कड़वी औषधि की भाँति पिये। इस बीच लगा कि जल बहुत स्वादिष्ट है, तो वह तृप्ति के साथ धीरे-धीरे पीने लगे। घड़ा नीचे रखते हुए उन्होंने देखा कि भैरवी उनकी ओर देखती हुई मुस्कुरा रही है।

मणिभद्रा शिला से नीचे उतर आई। अपने सामने मुक्तवसना, नग्न स्त्री देख भर्तृहरि की आँखें बन्द हो गईं। भीतर कुछ ऐसा घुमड़ने लगा कि अभी मितली हो जाएगी।

'अपने चित्त को सहज कर राजन्!...स्मरण कर कि तूने कभी अपनी माँ को विवस्त्र देखा होगा। खेला होगा उसके पयोधरों से। अंग-अंग पर लुढ़कता फिरा होगा,' कह भैरवी ने विचित्र-सी हुंकार भरी।

अँधेरों से निकल-निकलकर भैरवियों-भैरवों के अर्धनग्न युग्म शिला के निकट एकत्र हो गए।

'ये सभी इस समय यौवन-उल्लास की अवस्था में हैं। तुम्हारे आने से पूर्व ये आरम्भ और तरुण-उल्लास से आगे बढ़ चुके हैं। प्रेक्षक बनने के लिए तुम्हें भी आरम्भ-उल्लास तक पहुँचना होगा, मेरा अनुगमन कर...' कह मणिभद्रा ने भर्तृहरि द्वारा लाई हुई तुम्बी का ढक्कन खोला और चुल्लूभर दाक्खा कुंड की सुप्त होती अग्नि में झोंक दी।

मदिरा के छींटें पड़ते ही कुंड भभककर जाग्रत हो गया। उसी तुम्बी से मणिभद्रा ने वहीं लुढ़क रहा एक मद्यपात्र भरा और कोई मंत्र बुदबुदाती हुई गटगट पी गई। फिर वही पात्र आधा भरकर उसने भर्तृहरि की ओर बढ़ा दिया, 'पिओ! अब तुम इस साधना भूमि के अतिथि हो, प्रेक्षक हो। यहाँ 'ना' मत कह देना अन्यथा महाभैरव के प्रसाद की अवहेलना से कुपित हो ये भैरव के गण तुम पर टूट पड़ेंगे। तब स्यात् मैं भी तुम्हें बचाने में समर्थ न हो पाऊँ।'

भर्तृहरि ने अँधेरे में अनेक जोड़ी हिंसक, निर्दय, आक्रामक आँखें चमकती देखीं। टूट पड़ने को आतुर ये आँखें देख भयभीत होकर किसी के भी प्राण निकल जाएँ; किन्तु वज्रभैरव तथा औघड़ के साथ भाँति-भाँति की बाधाएँ पार करने से उन्हें यह विश्वास बँधा है कि कोई है जो उन्हें अपनी संरक्षा में लिये रहता है। यह भविष्य के गर्भ में है कि संरक्षक उनसे चाहता क्या है?

'देवी! आप भी जानती हैं कि मद्य के आस्वाद से मैं अनजान नहीं हूँ। मेरे लिए वह त्याज्य भी नहीं। हाँ, अवन्ति नरेश के लिए प्रतिदिन सेवनीय मदिरा की मुझे उस दिन से कोई आवश्यकता ही न अनुभव हुई जिस दिन से मैंने राजमहालय छोड़ा है। मुझे इन मांसाहारी वन श्वानों से भी भय नहीं क्योंकि मैं मात्र इस लकुटि के साथ इस क्षेत्र में इतनी दूर तक निरापद आ पहुँचा हूँ। इन्हें चीथना होता तो ये पहले ही यह कर चुके होते। पर मैंने तुम्हें स्वयं ही अपना आतिथेय चुना है, अत: वह कुछ भी करने का प्रयास न करूँगा जो तुम्हारे क्षेत्र की मर्यादा के विरुद्ध हो।'

भर्तृहरि ने हाथ बढ़ाकर मद्यपात्र ले लिया और धीरे-धीरे घूँट भरने लगे। मणिभद्रा के संकेत पर सभी भैरव-भैरवियाँ अग्निकुंडों के आसपास बैठ गए। मणिभद्रा ने सभी के मद्यपात्र भर दिये।

'आज की साधना बस, यहीं तक। इसी चतुर्थ प्रौढ़-उल्लास तक। पुत्र-पुत्रियो! इसके पश्चात् यह भूमि, वन, समय तथा इस बीच जो भी उपलब्ध हो, वह सब तुम्हारा है। शक्ति के आलम्बन से इसी काया में मोक्ष पाने का उद्यम करो। स्मरण रहे कि जब तक यह काया है तब तक यह संसार नित्य है तथा काया का इच्छित है 'सुख'। काया को उसका वांछित तुम्हारा युग्म ही उपलब्ध कराएगा। अकेले कोई कुछ भी नया नहीं रच सकता और संसर्ग रचने की क्रिया है।...इसी में सुख है। मान लो कि रचना के इस साधना-समय में तुम्हारे अतिरिक्त किसी और की उपस्थिति नहीं है।

भर्तृहरि, तुम भी जान लो कि इस महासाधना का प्रारम्भ मद्य से होता है व अन्त मैथुन से। मैथुन वह है जिसमें नारी में शक्ति का आरोपण हो तथा यह मनन कि समस्त स्त्री योनि-शक्ति का मूर्तिमान स्वरूप हैं जिससे भौतिक व शारीरिक सुख की क्षणिक अनुभूति अपरिमेय आनन्द में परिवर्तित हो जाती है।'

भर्तृहरि ने अपना मद्यपात्र मणिभद्रा की ओर बढ़ा दिया। मणिभद्रा ने उसे पुन: आधा भरा, 'साधना में संयम का बहुत महत्त्व है। जैसे चरणामृत से प्यास बुझाने की सोचना मूढ़ता है, उसी प्रकार मद्यसेवन से संज्ञाहीनता की स्थिति में पहुँचना साधना नहीं, पैशाची वृत्ति है।'

भर्तृहरि ने पात्र भूमि पर रख दिया, 'कुछ खाने को मिलेगा देवी?'

'खोज ले! कुंडों के आसपास मांस खंड बिखरे होंगे।...यूँ यह रोटी और साग भी है तेरा लाया हुआ।' मणिभद्रा ने रोटी-शाक बढ़ा दिया।

'इसमें से तुम भी तो खा लो देवी!'

'मैं? मेरे लिए आहार की कोई कमी नहीं है।' मणिभद्रा नाखूनों से मिट्टी कुरेदकर खाने लगी।

भर्तृहरि मद्य के घूँट भरते हुए रोटी-साग खाने लगे। दूसरी गाँठ खोलकर दाने चबाए और उसी मद्यपात्र में घड़े से पानी लेकर पिया, फिर लकुट को बगल में रख पाँव पसारते हुए आँखें बन्द कर लीं।

3

त्रिलोचन को निराश लौटना पड़ा था। मृगांक दत्त के आग्रह पर वह दो दिन और रुके थे तथा इस बीच देवी वसुंधरा से भी मिल आए थे। मृगांक ने उन्हें आश्वस्त किया था कि ज्योंही महादेवी पिंगला व वयसिका के अवन्ति में आने का पता लगेगा, वह त्रिलोचन को सूचना पहुँचा देगा।

सूचना की प्रतीक्षा में डेढ़ मास बीत गया। कभी-कभी विचार आता कि कहीं मृगांक दत्त भूल तो नहीं गया? आरम्भ से ही महत्त्वाकांक्षी रहा है वह। त्रिलोचन कोई श्रेष्ठि, सामन्त तो हैं नहीं। मुँहदेखी की बात और है, पीठ फिरते ही कालगत सम्बन्धों का मुँह पीछे की ओर हो जाता है। उन्होंने चन्द्रसेन को भी चेता दिया था कि वयसिका-विषयक बात किसी को न बताए—आर्य नागदत्त को भी नहीं।

आर्य नागदत्त ने एक दिन पूछा भी था, 'त्रिलोचन! देख रहा हूँ कि उज्जयिनी से लौटकर तुम चुप से रहने लगे हो, कदाचित् कोई चिन्ता आ जड़ी है तुम्हारे साथ?'

एकाएक त्रिलोचन को कुछ स्मरण हो आया। कहने को होंठ खुले फिर सायास बन्द हो गए।

'तुम कछ कहना चाहते हो त्रिलोचन? कहो, रुक क्यों गए?'

'यही कि आपने सेवाव्रत लिया है तो देवी वसुंधरा का साथ रहना क्या आपको और अधिक सक्षम न बनाता?'

'मैंने प्रयास किया था कि वह साथ रहें किन्तु यह हो न सका। तुम अभी उनसे मिलकर आए हो। यदि उनकी ओर से ऐसा कुछ भी संकेत मिला हो तो मैं तत्काल उन्हें यहाँ बुला लूँगा।'

'उनकी ओर से संकेत नहीं मिला, आपकी ओर से संकेत दे दूँ?'

'उज्जयिनी जाना चाह रहे हो?'

'हाँ, सुना है कि महामात्य पूर्णरथ से मित्रता है आपकी?'

'मित्रता थी। अब अनुग्रह है उनका। सेवा आश्रम को सहयोग करते हैं, वसुंधरा और पुत्र के अभिभावी हैं। तुम्हें कोई कार्य है उनसे? राजसेवा में जाने की इच्छा है?'

'किसी आत्मीय का पता लगाना है। महामात्य से भेंट इसमें उपयोगी होगी।'

'उचित है। मैं पत्र लिख दूँगा महामात्य को। इन दिनों वह अति व्यस्त हैं। महाराज किसी अनुष्ठान पर हैं, लौटे नहीं हैं।'

उस दिन इतना कह वह चले गए थे। आज वह चिकित्सा कुटीर पर एक युवक को साथ लिये आए। त्रिलोचन इस समय सूची चिकित्सा के अन्तर्गत सूचियों के आकार-प्रकार का अध्ययन कर शंकु-सूची के नये रूप, प्रकार के निर्माण विषयक चिन्तन में तल्लीन थे। कुटीर में प्रवेश करने से पोथी पर पड़ी छाया से ही उन्हें किसी के आने का आभास हुआ तो दृष्टि उठ गई :

'आर्य, आप? मुझे बुलवा लिया होता!' नागदत्त को देख वह खड़े हो गए।

'जानता था कि तुम अध्ययन, अध्यवसाय में होगे। यह तुम्हें पूछते हुए आए हैं। चिकित्सा स्नातक हैं। तुम्हारे सहपाठी भेषज्ञ मृगांक दत्त का पत्र है इनके पास तुम्हारे नाम और इनका नाम है...'

नागदत्त ने साथ आए युवक की ओर देखा।

युवक ने हाथ जोड़ त्रिलोचन को अभिवादन कर बताया, 'देव, मेरा नाम अधियोग है। माता ने मुझे पिता का नाम बताने के साथ प्रचारित न करने को भी कहा है। मेरी माँ अंत्यज है और पिता का यह अवदान या उपकार कि उन्होंने मेरे पालन- पोषण, शिक्षा का भार उठाया। उन्होंने ही मुझे भेषज्ञवर मृगांक दत्त तक भी पहुँचाया। मैंने पंद्रह दिवस उनके साथ चिकित्सा ज्ञान प्राप्त किया है। उन्होंने ही मुझे इस पत्र के साथ आप तक पहुँचने की आज्ञा दी है।' युवक ने पत्र त्रिलोचन को दे दिया।

पत्र लेकर त्रिलोचन ने नागदत्त से आसन ग्रहण करने का अनुरोध कर युवक को भी बैठाया। पत्र में लिखा था :

'प्रिय से भी प्रिय त्रिलोचन!

तुम आए तो मेरे अहं को तुष्टि मिली थी कि मेरे पास इतना वैभव है जो मुझसे अधिक योग्य तुम जैसों के पास नहीं है। मित्र, मैं स्वीकार करता हूँ कि तुमसे मिलकर, तुम्हें उपकृत

करते हुए भी यह लगता रहा कि तुम्हारी तृप्ति, तुम्हारी हुमक, किसी के लिए कुछ करने का साहस मुझ जैसों के हाथ से छूट गया है।

यह युवक मेरे बहुत काम का है। इसने स्वत: ही मेरी पौर पर एकत्र होनेवाले दीनहीन रोगियों की रेलठेल को सँभालने का दायित्व ले लिया और जानते हो त्रिलोचन! इस कार्य से आधे महीने में ही मृगांक दत्त का यश उज्जयिनी के घर-घर में गूँज गया। अब मैं निश्चित नहीं कर पा रहा हूँ कि धन बड़ा है या यश ?

जो हो, इस युवक में मुझे तुम्हारे जैसा होने का आभास मिला। यह सेवा आश्रम के प्रति उत्सुक भी लगा सो तुम्हारे पास भेज रहा हूँ।

सबसे महत्त्वपूर्ण सूचना यह कि महारानी पिंगला और उनकी सेविका दोनों लौट आई हैं। अधियोग को वहाँ का चिकित्सा दायित्व सौंपकर कुछ दिन के लिए अवन्ति आ जाओ। अधियोग तुम्हारा दायित्व इसलिए भी सँभाल सकेगा कि तुम्हारी ही भाँति इसे भी न धन की लालसा है, न प्रशंसा की।

आर्य नागदत्त को मेरा प्रणाम निवेदित करना।

तुम्हारा
मृगांक'

नागदत्त की दृष्टि पत्र पढ़ते त्रिलोचन के चेहरे पर ठहरी थी। पत्र समाप्त होते ही उन्होंने पूछा, 'कोई विशेष सूचना है ?'

'हाँ, आर्य, जिसकी प्रतीक्षा थी, वही सूचना भेजी है मृगांक दत्त ने। मुझे शीघ्र ही उज्जयिनी जाना होगा।'

'चले जाओ! मेरे पास भी एक सूचना है कि नगर में सात दिवसीय राजकीय उत्सव की घोषणा हुई है। अनेक स्थानों, राज्यों से पंडित, गुणवन्त, कलाविशारद एकत्र होकर कलाओं का प्रदर्शन, विचार, शास्त्रार्थ करेंगे। साहित्य कला के सान्निध्य से तुम्हारे मन को भी विश्राम मिलेगा। अब तुम लोग वार्तालाप करो, मैं अभी निकल रहा हूँ।'

नागदत्त को विदा कर त्रिलोचन ने मुस्कुराते हुए पूछा, 'तो मित्र अधियोग! आमोद-प्रमोद से दूर इस आश्रम में रह सकोगे ?'

'देव! जहाँ तक मैं समझ पाया हूँ, आमोद-प्रमोद उन्हें अधिक आवश्यक होता है जिन्हें आजीविका का उद्योग न करना हो। जिन्हें आवश्यकता से अधिक प्राप्त हो और समय बिताने को हो। चिकित्सा तो सेवा का मार्ग है। सेवा में आमोद-प्रमोद के लिए अवकाश कहाँ है ? भिषगाचार्य भद्रसेन सदैव यही तो कहते हैं कि चिकित्सक को रोगी की पीड़ा तटस्थता से अनुभव करनी होती है फिर पीड़ा दूर होने का जो सुख रोगी के चेहरे पर खिलता है, वह चिकित्सक को आनन्द तक पहुँचाता है। जो आनन्द योगी, तपस्वी बड़ी साधना से उपलब्ध कर पाते हैं, वह चिकित्सक के लिए सहज और नित्य है।'

'अच्छा, तुम भी उन्हें अपना आदर्श मानते हो ?'

'हाँ, देव, उन्हीं की कृपा से तो मैं शिक्षा पूर्ण कर सका अन्यथा एक शूद्रा...सेविका की सन्तान को इतने श्रेष्ठ संस्थान में कौन निभने देता ?' अधियोग कातर हो आया।

'देखो तो, मैंने क्या जानना चाहा और प्रसंग कहाँ जा ठहरा! हाँ, इतना जान लो कि यहाँ वर्ण-भेद को कोई मान्यता नहीं। अभी तुम्हारी भेंट चन्द्रसेन से होगी—उसकी आस्था जैनमत में है। हम सब एक ही व्रत के व्रती हैं कि रोग-शोक से कैसे लड़ा जाए, बस! तुम अभी थोड़ा-सा विश्राम कर लो फिर मैं तुम्हें सबसे मिलाऊँगा। वह जो सामने कुटीर है, वही है हमारा आवास।'

त्रिलोचन अधियोग को आवास में ले गए। उन्हें शीघ्र निकलना था और अब वह सभी आवश्यक जानकारियाँ अधियोग से बाँटना चाहते थे। चन्द्रसेन की इच्छा थी कि वह त्रिलोचन के साथ चलें पर सेवा आश्रम के कार्य में बाधा आने की सोचकर वह रुक गए।

मार्ग भी अब सुगम था। पावस में पानी के बहाव से टूटे-फूटे मार्ग आने-जाने योग्य हो गए अथवा उन्हीं के आसपास रथों, शकटिकाओं की लीक बनाकर खुर, टापों, पैरों के आघात ने नये मार्ग बना लिये थे। त्रिलोचन चलने के अगले ही दिन उज्जयिनी पहुँच गए।

महाकाल के मन्दिर को दाहिने लेते हुए त्रिलोचन की दृष्टि महावन के पुण्यक्षेत्र व महानगर की सीमास्वरूप स्थित चौक में सजते विशाल नाट्य मंडप की ओर गई तो वह उसे देखने का लोभ सँवरण न कर सके। रंगमंच शास्त्रीय विधि अनुकूल निर्मित था। प्रेक्षकों के बैठने की व्यवस्था राज, राजन्य, पुरोहित, श्रेष्ठि वर्ग के अनुसार संकेतसूचक स्तम्भों के साथ की गई थी। दीर्घ चतुरस्त्र आकार मंडप को तीन भागों में विभक्त रंगमंच के साथ पात्रों, कलाकारों के प्रवेश हेतु दोनों ओर अत्तवारिणी की व्यवस्था थी। रंगमंच की स्थिति इस प्रकार रखी गई थी कि देवाधिदेव की ओर न मंच की पीठ पड़े, न दर्शकों की पीठ हो।

रंगमंडप की परिक्रमा लगाकर त्रिलोचन पुनः मार्ग पर आ गए। आज उन्हें मात्र मृगांक दत्त के 'धन्वन्तरि कुंज' पहुँचकर अगला कार्यक्रम निश्चित करना है। वह पांप्यादे ही चल रहे थे क्योंकि यहाँ से मृगांक का आवास अधिक दूर नहीं। नगर शोभा देखते हुए त्रिपथ पहुँचकर वहाँ से गन्धवती के किनारे-किनारे राजसेवकों के आवास पीछे छोड़ते हुए धन्वन्तरि कुंज...। सहसा स्मरण आया कि इसी मार्ग पर तथागत से भी भेंट हो जाएगी। पहले ही उससे परिचय की इच्छा थी पर उतना अवकाश न मिल पाया था।

आवासों की सज्जा देखते हुए त्रिलोचन उसी द्वार के आगे जा पहुँचे जहाँ तथागत से भेंट हुई थी। कुछ देर खड़े रहकर उन्होंने खोजती-सी दृष्टि घुमाई पर तथागत को न देख वह कुछ और आगे बढ़ द्वारपाल के निकट जा पहुँचे।

'बन्धु! यहाँ तथागत नाम के...'

द्वारपाल ने आगंतुक को ध्यान से देखा, 'कहाँ से आए हो?'

'यहाँ से कुछ कोसों की दूरी पर सेवा आश्रम है, वहीं काम करता हूँ।'

'महाशय, तथागत को यहाँ की सेवा से हटा दिया गया है। अब पता नहीं, वह कहाँ मिले। किसी पांथागार में रहता था, कदाचित किसी पांथागार से ही उसका पता चल जाए। वह बाउर गृह में भी हो सकता है। वैसे कल मुझे वह चतुरास्त्रियों की वीथि के द्वार पर दिखा था। वह एक ऊँचे से स्थान पर खड़ा होकर पण्यरूपाओं तथा उनके आसक्तों के गुट को सम्बोधित कर रहा था...'

'कैसा सम्बोधन?'

'इस उज्जयिनी में सभी तो जानते हैं कि वह कहीं, किसी से सहमत नहीं है। हर कार्य में छिद्र ही निकालता है। यही देखिए कि आस्पद महोदय ने दया कर उसे आजीविका प्रदान की और वह इन्हीं के आचार-व्यवहार पर उँगली उठाने लगा। आकाश की ओर थूकोगे तो अपना ही मुँह बिगड़ेगा न!...हटा दिया गया सेवा से। अरे, बड़े लोग क्या करते हैं, यह वे जानें...तुम सत्यकाम सात्त्विक हो—बने रहो।...कौन रोकता है? संसार जैसा भी है, क्या वह तुम्हारे कहने भर से सात्त्विकता के मार्ग पर दौड़ने लगेगा? वैसे आदमी वह निश्छल है। कोई सम्बन्धी है तुम्हारा?'

'निश्छल व्यक्ति तो सबका सम्बन्धी होता है।' कह त्रिलोचन कुछ निराश से आगे बढ़ लिये।

धन्वन्तरि कुंज के द्वार-रक्षक ने इस बार उन्हें देखते ही द्वार खोल दिये। सेवक का व्यवहार प्राय: स्वामी की रुचि के ही अनुसार होता है। शुभंकर भी उन्हें देखते ही आदरपूर्वक खड़ा हो गया तथा मृगांक दत्त तो जैसे प्रतीक्षा में ही थे।

दोनों सहपाठी गले मिले। भेंट के लिए बैठे भद्ररोगी शुभंकर ने बहलाकर रोक लिये थे। भीतर से संकेत मिलने पर ही वह अगले रोगी को परीक्षण हेतु भेजेगा।

सेवक द्वारा प्रस्तुत जलपात्र से घूँट भरते हुए त्रिलोचन ने कहा, 'जैसे ही अधियोग तुम्हारी सूचना लेकर पहुँचा, मैं एक दिन पश्चात् ही चल दिया। अधियोग गम्भीर और सुज्ञान है...। सुपात्र ही चुना है तुमने आश्रम के लिए...'

'चलो, तुमने मेरे किसी कार्य की तो सराहना की।' मृगांक हँस पड़े। 'हाँ, इन दिनों महारानी पिंगला किसी से भेंट नहीं करतीं। वह गर्भ से हैं। पूजा तथा प्रजाजन को दर्शन देने अवश्य एक बार राजभवन से निकलती हैं। महाराज भर्तृहरि को कहीं अज्ञातवास पर, अनुष्ठानरत सुना गया है। वयसिका से भेंट सम्भव है यद्यपि महारानी की संरक्षा, साज-सँभार का दायित्व भी उस पर है। फिर भी हम कल उससे मिलने का प्रयत्न करते हैं। अभी तुम विश्राम कर लो। आज महाकाल के रंगमंच पर शूद्रक के नाट्यरूपक 'मृच्छकटिक' का प्रदर्शन किया जावेगा।'

त्रिलोचन के होंठों पर मुस्कान आई, 'मित्र! प्रणय सम्बन्धों में प्रकृति के विपर्यय का कथानक है इसमें।'

'प्रकृति-विपर्यय अर्थात्... ?'

'यही कि सामान्यतया पुरुष स्त्री पर रीझता है, इस 'प्रकाश' रूपक में स्त्री वसन्तसेना पुरुष चारुदत्त पर रीझती है। इससे भी आगे इसके पात्र राजापेक्षी न होकर जीवन के सभी क्षेत्रों का प्रतिनिधित्व करते हैं। वे सार्वभौम हैं। किसी भी देशकाल और समाज में सरलता से मिल जाएँगे। उनके आचरण सार्वकालिक, सार्वदेशिक हैं...।'

'अरे रुको, रुको भाई! छोटे से प्रश्न का इतना बड़ा उत्तर? अब तुम विश्राम करो, मैं अपने व्यवसाय में लगता हूँ।'

'मृगांक, मेरा एक आग्रह है।'

'बोल दो, आदेश के रूप में मानना पड़ेगा।'

'समय बचाने के लिए पण्य तक भले ही तुम अपना रथ ले चलो पर वहाँ से उतरकर हम पण्य की श्री-शोभा देखते हुए पांप्यादे ही चलेंगे। वाहन हम वहीं लौटकर ले लेंगे।'

'जो तुम चाहो,' कह मृगांक ने सेवक को बुलाया, 'इन्हें पहचानते हो?'

'हाँ, स्वामी!' स्वागत-भरी मुस्कान के साथ सेवक बोला।

'अतिथि कक्ष तक ले जाओ इन्हें। सांध्य-रात्रि में हम भ्रमण पर जाएँगे। इन्हें वस्त्राभूषण आदि से...। समझ गए?'

'हाँ, स्वामी!' कह सेवक त्रिलोचन को भीतर ले गया।

कुछ ही देर में दोनों एक अश्ववाली द्विचक्री गंत्रिका पर निकले। गन्धवती के दोनों ओर मार्ग पर पथदीपों की व्यवस्था है। सामान्य दिनों में मात्र प्रवाह के किनारे दीप उजारे जाते हैं जिससे मार्ग तो प्रकाशित होता ही है, गन्धवती के बहते जल पर दीप अवली किसी झिलमिल सौन्दर्यलोक की सृष्टि करती है। आज भवनों पर भी प्रचुर प्रकाश किया गया था। अश्व की रज्जु स्वयं मृगांक दत्त ने हाथ में ले ली तो गंत्रिकावाहक पिछले भाग में जाकर खड़ा हो गया। गंत्रिका आगे बढ़ चली।

वीथिका में मात्र शिविका का ही सुचारु गमन सम्भव है, अतः मृगांक ने गंत्रिका रोककर वाहक को प्रहर भर पश्चात् इसी स्थान पर मिलने का निर्देश दिया और गंत्रिका से उत्तर आए।

वीथि देख त्रिलोचन आश्चर्य से भर उठे। स्थान-स्थान पर मोतियों के विभिन्न प्रकारों—मुक्तिका, विद्रुम, त्रिगर्त, हेम, मणीच के छोटे-छोटे ढेर लगे थे। कहीं-कहीं नवरत्नों—गोमेद, नीलम, पन्ना, माणिक, मूँगा, वैदूर्य आदि को झालरों में प्रदर्शित किया हुआ था। स्वर्णखंड श्वेत या रक्त वस्त्र से मढ़ी चौकियों पर सजे थे। हाथीदाँत के गट्ठर बँधे रखे थे। अनेक कुलांगनाएँ, कुलपुरुष यहाँ-वहाँ माप, परख और मोलभाव में संलग्न थे।

'ओह! यह वैभव तो इन्द्रपुरी में भी न होगा।' त्रिलोचन के मुँह से निकल पड़ा।

'इन्द्रपुरी देखी है तुमने?' मृगांक दत्त ने हँसकर पूछा।

'नहीं, देखी तो नहीं, पर यहाँ के स्वर्ण और मौक्तिकों को शोधकर इतना भस्म-चूर्ण तैयार हो सकता है कि आधे से अधिक आंगिक, ऐन्द्रिक रोग समूल समाप्त किए जा सकें।...सत्य कह रहा हूँ न?' त्रिलोचन ने ठिठककर मृगांक को देखा, जैसे अपनी बात का अनुमोदन चाहते हों!

मृगांक का ध्यान कहीं और था, लगा कि किसी ने उन्हें पुकारा है। उनकी गति तो धीमी हुई किन्तु वह रुके नहीं। कुछ ही आगे चले होंगे कि पीछे से 'वैद्यराज' की पुकार लगाता, अपनी पगड़ी-धोतिका सम्हालते लेखापाल या कायस्थनुमा व्यक्ति को अपनी ओर दौड़ते आते देखा। वह ठहरे।

'महाशय! स्वामी ने पुकारा आपको, फिर मुझे भेजा है। क्षण-भर के लिए गद्दी पर ठहरकर हमारा मान रखें।' वह हाँफने लगा था।

मृगांक ने उसका चेहरा देखा, 'आपके स्वामी कौन हैं, यह तो बताएँ?'

'आप उन्हें जानते हैं—वही श्रेष्ठि ऋतुसागर।'

'अच्छा, चलिए...हम आते हैं।' मृगांक ने त्रिलोचन की ओर इस मुद्रा में देखा, जैसे कहना चाहते हों कि विवशता है। अभिज्ञात धनपति है...कोटयाधीश ग्राहक। बोले, 'मित्र! वह राजमहालय का विश्वस्त रत्नविक्रेता है...हमारे काम आएगा, आओ!'

मृगांक के पीछे-पीछे सीढ़ियाँ चढ़ते हुए त्रिलोचन स्वागत में खड़े होने के लिए काष्ठ चौकी का सहारा लेते एक मांसल, स्थूलांग व्यक्ति के निकट पहुँचे।

'अरे...अरे! रहने दीजिए। आप ज्येष्ठ हैं मेरे...श्रेष्ठ भी।' मृगांक ने हँसते हुए कहा।

'आसन ग्रहण करें। अहो भाग्य...। मेरी दृष्टि गई कि वैद्यराज कहीं निकले जा रहे हैं बिना हमें सत्कार का अवसर दिये। मैंने पुकारा, फिर इन्हें दौड़ाया—हा हा हा!' श्रेष्ठि मृदु हँसी हँसने लगा। 'हाँ, मैं इनका परिचय पाने को उत्सुक हूँ।' उसने त्रिलोचन की ओर संकेत किया।

'यह मेरे मित्र, सहपाठी तथा अत्यन्त निपुण भेषज्ञ हैं—त्रिलोचन। उज्जयिनी का उत्सव देखने पधारे हैं।'

'अहो, अहा, अहो भाग्य! और आप मुझे इनके परिचय-पुण्य से भी वंचित किए चले जा रहे थे?'

सेवक दो कोशकों में मधुर पेय ले आया। मृगांक ने एक कोशक उठाकर त्रिलोचन को दे, दूसरा स्वयं लिया।

'आप ग्रहण नहीं करेंगे?' मृगांक ने श्रेष्ठि से पूछा।

'आप ने ही तो माधुर्यों से दूर रहने का दंड सुनाया है...' श्रेष्ठि फिर से वही मृदु हँसी हँसा।

'अच्छा, यह बताइए, कोई सफलता मिली?'

श्रेष्ठि ने गद्दी के निकट खड़े दो कर्मकरों को दूर हटने का संकेत किया। उनके जाने पर पूछा, 'इन अतिथि महोदय के समक्ष बताया जा सकता है?'

'निश्चय ही। भेषज्ञ के आगे तो कोई भी रोगी शिशुवत् होता है।' मृगांक ने संकोच दूर किया।

इधर-उधर देख श्रेष्ठि फुसफुसाता हुआ बताने लगा, 'यत्किंचित् सफलता मिलने लगी है अब। आपने जिस विधि को अपनाने की सलाह दी है, वह हमारे अनुकूल सिद्ध होती प्रतीत हो रही है। महाकाल की कृपा हुई तो उसका अपेक्षित फल भी शीघ्र मिलेगा।'

'बस, आप अभ्यास और प्रयास करते रहिए तो मुझे भी शीघ्र ही सुसमाचार मिलने का सुख होगा। हाँ, वो...राजमहालय के लिए रत्न-आभूषण तो आप ही पहुँचाते हैं न?' अत्यन्त सहजता से पूछ लिया मृगांक ने।

'हाँ, क्यों?' राजमहालय का नाम सुनते ही श्रेष्ठि सावधान हुआ।

'अरे, यूँ ही। यह मेरे मित्र हैं न, इन्हें महादेवी पिंगला से भेंट करनी है। यह इन दिनों अवन्ति के पूर्व महाश्रेष्ठि आर्य नागदत्त द्वारा स्थापित सेवा आश्रम के प्रमुख चिकित्सक हैं। आश्रम विषयक कार्य है इन्हें। चूँकि महाराज इस समय उपलब्ध नहीं हैं तो मैंने ही इन्हें सुझाव दिया है कि महादेवी से भेंट कर लें। इन दिनों राजमहालय पर महाकाल की कृपादृष्टि है। आश्रम के लिए किसी भी प्रकार की सहायता से महादेवी मुख न मोड़ेंगी।'

'वैद्यराज! आज मैं स्वयं गया था महालय। आपको आश्चर्य होगा कि महादेवी पिंगला ने मुझे भी भेंट देकर उपकृत न किया। मैं आनेवाले जातक के लिए दो जोड़ी मणि कंकण ले गया था—उपहारस्वरूप। मुझे महादेवी की क्रीतदासी वयसिका से ही भेंट कर सन्तुष्ट होना पड़ा। राजमहल में इन दिनों उसी की आज्ञा चल रही है। आज तो महादेवी की प्रमुख परिचारिका चम्पा देवी से भी न मिल पाया।...तो मुझे नहीं लगता कि इनकी महारानी से

भेंट हो सकेगी। हाँ, स्यात् आज वह 'मृच्छकटिक' के नाट्यप्रयोग में उपस्थित हों किन्तु ऐसे सार्वजनिक अवसर पर तो मात्र नमस्कार, प्रणाम ही हो सकता है।

मैं ठीक कह रहा हूँ न? दूसरी बात यह कि महादेवी की विशेष अवस्था के कारण उनसे किसी की भी भेंट तभी हो सकती है जब या तो वह स्वयं बुलाएँ अथवा महामात्य जिनसे उनकी भेंट आवश्यक मानें।

इस गर्भ के लिए महामात्य उन्हें स्यात् किसी भी असुविधाजनक स्थिति से दूर रखना चाहते हैं। वैसे आप तो चिकित्सक हैं, महामात्य से भेंट कर लो। क्या पता, वह आपको सीधे महादेवी से ही मिलवा दें! अच्छा, यह बताइए कि आज इधर कैसे आना हुआ?'

'बस, इन्हें पण्य की शोभा दिखानी है, फिर 'मृच्छकटिक' का नाट्य प्रयोग भी देखेंगे। इनकी गहन रुचि है—नाट्य-संगीत में। अब आज्ञा दीजिए।' कह मृगांक खड़े हो गए।

कुछ प्रयास से खड़े होकर श्रेष्ठि ने इन्हें विदा किया।

गद्दी से नीचे उतरते ही त्रिलोचन अपनी उत्सुकता न रोक पाए, 'इन श्रेष्ठि महाशय को क्या व्याधि है?'

मृगांक मुस्कुराए, 'इनका शारीरिक प्रकार तुमने देख ही लिया है।...इनकी पत्नी भी समतुल्य हैं। समस्त सम्पत्ति की स्वामिनी भी वही हैं। इन्हें सन्तान की प्रबल कामना है किन्तु शरीर का प्रकार संयोग के लिए असुविधाजनक है। मैंने इन्हें हस्तिसंयोग आसन अपनाने की सलाह दी है। अब तो समझ गए?'

त्रिलोचन को भी हँसी आ गई, 'मैंने भी पढ़ा है कि ऐसी स्थिति में हस्ति-संयोग आसन उपयोगी होता है।'

हँसते-बतियाते दोनों आमोद वीथि तक आ गए।

यह पूरी वीथि बाहर से आए व्यापारी, क्रेता, विक्रेताओं के लिए वास-स्थान रूप में है। यह अन्य वीथियों की अपेक्षा अधिक चौड़ी है। वहाँ रथ, शकटिका, शिविका आदि समानांतर आ-जा सकते हैं। इसी वीथि में हैं—विशिष्ट पानागार, द्यूतगृह, जिनमें प्रवेश पाना सबके लिए सम्भव नहीं। शुल्क इतना भारी है कि सामान्य व्यक्ति इनमें झाँकने की भी नहीं सोच सकता। यह वीथि अवन्तिका की समृद्धि के साथ कभी-कभी षड्यंत्रों की भूमिका भी लिखती है।

यहीं दाहिनी ओर वह विशेष और विशाल चत्वर है जहाँ देश-विदेश से लूटी, खरीदी गई दासियों का विक्रय होता है। इस चत्वर के अगले भाग पर दासियाँ तथा पिछले पर दास होते हैं। दोनों के मध्य रंगमंच की भाँति विपरीत दिशाओं की ओर खुलते कक्ष हैं जिनमें विक्रयपूर्व दास-दासी रखे जाते हैं। इस व्यवसाय से भी सहस्रों लोग जुड़े हैं—बिट, दल्ले, शृंगारिक, रक्षक, घोषक-व्यवस्थापक, कर्मकर जैसे।

मृगांक त्रिलोचन को इसी चत्वर की ओर खींच ले गए। आज यहाँ चातुर्मास के बाद की पहली खेप आई थी, अतः दर्शक, क्रेता, दल्लों, विटों की सक्रियता कुछ अधिक ही थी। पंक्ति में खड़ी की गई स्त्रियों में से एक तरुणी के अधखुले स्तन की चुटकी भरते एक दल्ला कह रहा था, 'देख लीजिए! इतने पुष्ट स्तन तथा बिम्बफल सदृश ये ओष्ठ...। एक दिवस में ही मूल्य की भरपाई हो जाएगी।'

त्रिलोचन को लगा कि तरुणी का चेहरा अकथ पीड़ा में नहाकर शव जैसा हो गया है। उनकी आँखें बन्द हो गईं।

मृगांक का कन्धा थामकर बोले, 'यहाँ से चलो मृगांक! यह मुझे कैसे नरक में ले आ पहुँचे? ओह, महाकाल की यह कैसी लीला है कि उनके स्तवन व घंटाध्वनि के ठीक पार्श्व में मनुष्य की यह दशा है?

चलो, शीघ्र चलो। पशुओं की भाँति बिकते मनुष्य मैं नहीं सह सकता। तुम्हीं बताओ, बधिक के यहाँ खूँटे पर बँधी अजा व विक्रय के लिए खड़ी की गई इन स्त्रियों में कोई अन्तर है?'

'तुम अस्वस्थ हो रहे हो त्रिलोचन। चलो, अब महाकाल के चौक की ओर चलते हैं। नाट्य आरम्भ होने को होगा वहाँ। क्लान्ति अनुभव हो रही हो तो शिविका ले लें?...यहाँ भाटक पर उपलब्ध हो जाती है।'

'नहीं, मैं चला चलूँगा। बस, इस नरक लीला से निकल लो!'

दोनों उत्सव चौक की ओर बढ़ लिये। त्रिलोचन के मन में नगर की सज्जा देखने का अब उत्साह ही न बचा था।

रंगमंच का प्रांगण पीछे की ओर खचाखच भरा था। आगे कुछ आसन, चौकियाँ, पीठ खाली थीं। प्रेक्षाभूमि का आधा भाग श्रीमन्तों, सामन्तों, श्रेष्ठियों, राजसेवकों के लिए आरक्षित था। स्थान रिक्त होने पर भी सामान्य जन वहाँ प्रवेश न ले सकता था। नाट्य आरम्भ हो चुका था तथा इस समय द्वितीय अंक का प्रथम दृश्य अभिनीत हो रहा था।

पीछे खड़े-बैठे दर्शकों की ओर से तालियों की गड़गड़ाहट हो उठी। आवाजें गूँजने लगीं: 'साधु, वसन्तसेना, साधु। आह, क्या अभिनय है! कितना उत्कृष्ट उत्तर है!' आगे के संवाद गड़गड़ाहट और प्रशंसा के कोलाहल में दबकर रह गए थे।

अग्रिम पंक्तियों में बैठे भद्रलोक प्रेक्षक पीछे मुड़-मुड़कर इन अभद्र उत्साही दर्शकों को अरुचिपूर्वक देखने लगे। त्रिलोचन के बगल में बैठे भद्र अपने साथवाली पत्नी अथवा प्रेयसी से कहने लगे:

'वस्तुत: कला सुरुचिसम्पन्न बुद्धिमानों के समय बिताने का सुखद माध्यम है। इसे सार्वजनिक स्तर पर ले आने से कला का आस्वाद खंडित होता है।...है न?'

उन श्रीमान की संगिनी ने मात्र मुस्कुराकर उनके प्रश्न का उत्तर दिया, जिससे उनके कथन का समर्थन भी हो सकता था तथा उनकी मूढ़ वैयक्तिक रुचि से असहमति भी। श्रीमान जाने उस मुस्कुराहट से उत्साहित हुए या अपना कला-ज्ञान प्रकट करना चाहते थे, अत: पुन: बोले, 'इस सम्पूर्ण आयोजन के प्रभारी प्रमुख आस्पद मेरे अन्तरंग हैं। मैं उन्हें सुझाव दूँगा कि उत्सव पश्चात् इस नाट्य को राजकीय प्रेक्षागृह में आयोजित करें—सशुल्क, ताकि वहाँ गण्यमान्य लोग आनन्द ले सकें। तुम्हारा क्या मत है?'

सजी-सँवरी वह महिला पुन: उसी भाव में मुस्कुरा दी। तब तक बिना पट- परिवर्तन कुछ संवाद बोलते हुए संवाहक प्रेक्षकों के सामने आ गया था और वह उलटे पाँव चलते हुए मंच के पिछले भाग में मूर्ति की तरह स्थिर हो गया।

स्थिर पात्र के चेहरे को ध्यान से देखते हुए त्रिलोचन ने मृगांक दत्त से धीरे से कहा, 'यह तो वही तथागत-सा लगता है जिसे तुमने किन्हीं आस्पद के यहाँ आजीविका दिलाई

थी। आज मुझे पता चला कि इसे वहाँ से हटा दिया गया है, अर्थात् यह जीविकाविहीन, निठल्ला होकर नाट्य में लगा है।'

मृगांक भी फुसफुसाए, 'इसमें नया कुछ नहीं। नाट्यप्रयोगी भी ऐसे ही अध- बाबरे होते हैं। यह अपने समाज में आ जुड़ा है।'

साधु-साधु और हँसी के कोलाहल से महाकाल का प्रांगण गूँजने लगा।

'यह तथागत तो विलक्षण अभिनेता है। मैं इसे कुछ झक्की, मनोन्मादी जैसा समझा था किन्तु यह तो...' हास्य व प्रशंसा के कोलाहल में त्रिलोचन से मृगांक ने कहा, 'सत्यनिष्ठा की सहज उपस्थित कला में प्राण भर देती है भाई! तथागत सत्य का पक्षधर होने के कारण ही संवाहक के सत्य को स्पर्श कर पा रहा है।'

कोलाहल थमा और नाटक अपनी स्वाभाविक गति से आगे बढ़ने लगा। मंचन समाप्त होते-होते वातावरण में शीत बढ़ने लगा था। दिनमान कम होते जाने व रात्रिमान बढ़ने से इस समय तक रात्रि गाढ़ी हो गई थी किन्तु मार्गों पर आवाजाही बनी थी। पण्य चौक जन-संकुल था तथा पण्यवीथियों के कर्मकर पट बन्द कर रहे थे। त्रिलोचन, मृगांक वहीं आ गए जहाँ उन्होंने गंत्रिका छोड़ी थी। गंत्रिका वाहक भी प्रतीक्षा में मिला।

'कल फिर आओगे?' गंत्रिका पर बैठकर त्रिलोचन ने पूछा।

'कल की घोषणा में कुछ विशेष कार्यक्रम नहीं है—लोकगायन और लोकनृत्य है। तुम्हारी इच्छा हो तो चले आना। यह गंत्रिका और वाहक तुम्हारी सेवा में ही रहेगा। जहाँ इच्छा हो, वहाँ जाओ। मैं सोचता हूँ कि तुम्हारी महादेवी से भेंट कैसे हो।' कुछ सोचते से मृगांक ने कहा।

'तुमने ध्यान नहीं दिया मृगांक! उद्घोषक बता रहा था कि कल प्रसिद्ध लोकगायक बसन्त की प्रस्तुति होगी। वह गायन के साथ बाँसुरी व मृदंग का भी कुशल वादक है।'

'सुन जाना। इसमें विशेष क्या है?'

'यह कि वह महाराज भर्तृहरि द्वारा रचित पद बोली में गाएगा। महाराज भर्तृहरि के पद गाएगा तो पूरी सम्भावना है कि महारानी पिंगला कल प्रेक्षकों के बीच उपस्थित हों।'

'सम्भावना तो है पर प्रश्न वही है कि सार्वजनिक स्थल पर उनसे कोई संवाद नहीं हो सकता।'

'हाँ, यह तो है।' त्रिलोचन ने सिर हिलाया, 'फिर?'

'फिर यही कि हम उनसे महालय में ही भेंट का उपाय खोजें किन्तु उसके लिए महामात्य की अनुमति चाहिए होगी। इस समय महामात्य से मिलने और अनुमति पाने का एक ही मार्ग है।'

'वह क्या?'

'देवी वसुंधरा का सहयोग लो। महामात्य उन्हें बहुत मानते हैं। यदि वह महामात्य से आग्रह करें तो कदाचित् तुम भी उनके साथ भेंट कर सको।...तो प्रात: देवी वसुंधरा से मिल लो। इस समय प्राय: ये लोग प्रात:कालीन वायुसेवन के लिए उपवन में आते हैं। भेंट सुलभ होगी। वह तुम्हें पहचानती भी हैं। तो अब रात्रि आहार और विश्राम। प्रात: के लिए...।'

गंत्रिका धन्वन्तरि कुंज में प्रवेश कर चुकी थी।

शैया पर भी त्रिलोचन की आँखों में नींद नहीं थी। वर्षों पूर्व का वह भयानक दृश्य उनकी आँखों में आकर खड़ा हो जाता है, जब जलदस्यु उनके पालयान को घेरकर चारों ओर से टूट पड़े थे। गोदावरी के वक्ष पर खड्ग खड़कने लगे थे। मुट्ठी भर यानरक्षक कुछ ही समय में काट डाले गए। पाँचों विश्वस्त नाविकों ने अन्त समय तक संघर्ष किया और वे भी...। दस्युओं ने हिंस्र पशुओं की भाँति माँ के शरीर से आभूषण नोच लिये। एक दस्यु दीदी को हाथ पकड़कर खींचने लगा तो माँ चुप न रह सकीं और कृपाण लेकर झपटीं। ठीक तभी किसी दस्यु ने उनकी पीठ में भाला भोंक दिया। एक ने त्रिलोचन के मणिकंकण उतार, मुक्ता झालरों वाली टोपी खींच थरथराते जल में फेंक दी।

हाँ, वह उन्हीं के यान का स्वामिभक्त घायल नाविक था जो त्रिलोचन को धोंकनी-सी चलती साँसों के साथ वक्ष से लगाकर डूबता, तैरता तट की ओर ले आया। तट के स्पर्श के साथ ही वह निश्चेष्ट हो गया था।

जीवन की वह अँधेरी रात पीड़ा की काली चादर से उन्हें प्राय: ही आच्छादित कर लेती है, जब एक सुकुमार बालक मृत्यु के तांडव का असहाय, अकेला दर्शक था और नियति क्रूर अट्टहास कर रही थी। नाविक के शव के पास बैठा रातभर रोता रहा वह। शव के अतिरिक्त और कौन था जिससे उसे किसी के साथ होने का अहसास होता?

अपनी स्मृति से भयार्त होकर वह दुशाला ओढ़ गवाक्ष में आ खड़े हुए। प्रांगण में जलती मशाल वायु के आघात में बार-बार काँप रही थी।

प्रात: नित्यकर्म, स्नानध्यान से शीघ्र ही निवृत्त हो वह अतिथि कक्ष से नीचे उतरे तो गंत्रिका चालक को सीढ़ी के निकट बैठा पाया। उन्हें देख खड़ा होकर हाथ जोड़ पूछा, 'कहीं चलना है देव, अश्व जोतूँ?'

'तुम्हारे स्वामी कितनी देर में जागेंगे?'

'मैं क्या जानूँ देव!...वैसे रोगियों को देखने पहले प्रहर में ही अपने कक्ष में आ जाते हैं?'

'देवी वसुंधरा का आवास देखा है?'

'हाँ, देव! यहाँ से अधिक दूर नहीं है।'

'तो क्या पैदल चलें?'

चालक हड़बड़ा गया, 'ऐसा मैंने कब कहा देव? निमिष भर में अश्व जोत देता हूँ।'

'अरे नहीं...मेरा आशय है कि घड़ी, आधी घड़ी का मार्ग हो तो यों ही चल सकते हैं। कोई शीघ्रपथ तो होगा।'

'शीघ्रपथ तो है देव, महास्पद श्रीधर के उपवन के पार्श्व से पग-पथ है जो श्रेष्ठियों की वीथि तक पहुँचाता है। हम सेवक, परिचर उसी से आते-जाते हैं किन्तु आप... ?' चालक मुँह की ओर देखने लगा।

'मैं तुम्हारे स्वामी का मित्र हूँ, स्वामी नहीं हूँ। मुझे पांप्यादे चलने का अभ्यास है। चलो!'

त्रिलोचन को जागा देख एक अन्य सेवक भागता आया, 'आज्ञा देव!'

'अपने स्वामी से कह देना कि हम देवी वसुंधरा की ओर गए हैं। चलो अश्वपाल!'

शीघ्रमार्ग से वह सचमुच शीघ्र ही श्रेष्ठि नागदत्त के आवास की विशाल ड्योढ़ी पर आ पहुँचे। सूचना मिलते ही वसुंधरा देवी ने उन्हें बुलवा लिया।

'कहो भेषज्ञ! तुम्हारे आश्रम में कुशल तो है?' वसुंधरा ने औपचारिक-सा प्रश्न किया।

'महाकाल की कृपा है। आर्य नागदत्त सहित हम सब सकुशल हैं।'

'बताओ, किस हेतु आना हुआ?'

'आर्ये! अपने एक व्यक्तिगत कार्य से आना पड़ा है। अत्यन्त आवश्यक है अन्यथा आपको कष्ट न देता।'

देवी वसुंधरा उदासी के साथ मुस्कुराईं, 'वसुंधरा भी आश्रम के किसी काम आ सकती है?'

'आर्ये! मेरा व्यक्तिगत कार्य है वह तो, किन्तु मैं यह भी जानता हूँ कि आर्य नागदत्त के श्रम और समर्पण के पीछे की शक्ति आप ही हैं..।'

'बहला रहे हो भेषज्ञ! वय में मेरे पुत्र से कुछ ही अधिक होगे तुम। युवा हो! संसार के अनेक सुख और चुनौतियाँ इस वय को आमंत्रण देती हैं और तुम्हारी वय उसे स्वीकार भी करती है—साहसपूर्वक।...किन्तु मैं तो उस वय में हूँ जो मुट्ठी से बालुका की भाँति सरक रही है। मुझमें कुछ पाने का उत्साह नहीं, बचाये रखने का लोभ भर है। जो हो, तुम कहो कि मैं तुम्हारा क्या प्रिय कर सकती हूँ?'

'देवी, मुझे राजमहालय में महादेवी पिंगला से भेंट की अनुमति चाहिए और ज्ञात हुआ है कि महामात्य की अनुमति बिना वहाँ कोई प्रवेश नहीं कर सकता?'

'हाँ। स्यात् यह आवश्यक भी है। महादेवी गर्भ से हैं। बहुत सावधानीपूर्वक वह मात्र देवार्चन और जन-दर्शन को निकलती हैं—कठोर अभिरक्षा में। फिर भी मैं प्रयास करती हूँ। महामात्य अतिव्यस्त रहते हैं। मैंने अपने लिए उनसे कभी कुछ नहीं चाहा अत: सम्भवत: वह मुझे 'ना' न कहेंगे; किन्तु उन्हें यह तो बताना ही होगा कि तुम महादेवी से भेंट क्यों चाहते हो?'

त्रिलोचन कुछ संकोच से बोले, 'आर्ये! वस्तुत: बात यह है कि मैं महादेवी से नहीं, उनकी सेविका वयसिका से भेंट करना चाहता हूँ।'

इस बार वसुंधरा खुलकर हँस पड़ीं, 'तो पहले ही क्यों न बताया? तुम जलपान करो, मैं सेवक द्वारा सूचना भेजकर वयसिका को यहीं बुलवाए लेती हूँ।'

त्रिलोचन एकाएक उत्कंठित हो गए। अनेक प्रश्न उनके मन में उठने-गिरने लगे। उनकी दीदी तो अरुंधती थी, वयसिका कैसे हो गई? जल-दस्युओं के हाथ पड़ी उनकी बहन वयसिका है भी या नहीं? सम्भव है, जलदस्युओं के बन्धन में पड़ी किसी भाग्यहीना को दीदी अरुंधती ने अपनी व्यथा सुनाई हो...अपनी माता, भाई, कुलग्राम के बारे में बताया हो?...फिर भी यह तो निश्चित ही है कि दीदी कहीं भी, किसी भी हाल में हो, पर जीवित है। त्रिलोचन स्मृति के अनुराग में भीगने लगे।

देवी वसुंधरा का ममत्वभरा हाथ त्रिलोचन के कन्धे पर आ पहुँचा, 'भेषज्ञ! क्या मुझे यह बताना चाहोगे कि वयसिका से क्यों मिलना चाहते हो?'

त्रिलोचन का हृदय भर आया। आँखों में बूँदें चुहचुहाने लगीं, 'आर्ये! क्या कहूँ, हत्‌भाग्य हूँ। जन्म हुआ कांचीपुरम् की विश्वविश्रुत कलाधरी अनुप्रिया देवी के गर्भ से, जिसे अपने गृह-राज्य से इसलिए निर्वासित होना पड़ा क्योंकि उसने शक्ति, वैभवसम्पन्न नरेश की उपेक्षा कर पति के रूप में एक विपन्न गायक, संगीतज्ञ का वरण किया—वह पिता थे मेरे। उन्होंने वह राज्य छोड़ दूसरे राज्य में आश्रय लिया। माँ बताती थी कि मेरे पिता से मिलने के पूर्व

वह नर्तकी के रूप में सुन्दर पुत्तलिका मात्र थी—पिता ने उसकी कला में प्राणों का संचार किया। आजीविका के लिए दोनों ने प्रतिष्ठानपुर के निकट नृत्यशाला का निर्माण किया। मेरे माता-पिता की साधना और स्वेद से सिंचित वह स्थान शीघ्र ही कलाओं का प्रसिद्ध संस्थान बन गया।

मेरे पिता की अकाल मृत्यु हुई—बस, इतना ही बताती थी माँ।...किन्तु लोग कुछ और ही कहते थे, जैसे कि राजा भले कितना ही कलारसिक, गुणग्राहक हो पर सबसे पहले और अन्तत: वह राजा होता है। राजा की आँखों में आँखें डालकर सुरक्षित नहीं रहा जा सकता।

और इसके पश्चात् ही वह कालरात्रि का भीषण भँवर जिसने सब कुछ लील लिया। मैं बच गया...। मुझे लगता है—मेरी अग्रजा भी जीवित है, वह वयसिका हो या अन्य कोई हत्भाग। अन्य है तो कदाचित् वयसिका से कोई सूत्र प्राप्त हो सके। आर्ये! अभी तक मैं जैसा भी था, दूसरों की पीड़ा दूर करने का व्रत धारण कर सुखी था। सारे मार्ग बन्द हो जाएँ तो मनुष्य दैव की इच्छा मानकर स्वयं को भरमा लेता है किन्तु कहीं कुछ प्राप्त होने की इच्छा हो तो वह अस्थिर हो उठता है।' त्रिलोचन सिसकने लगे।

'मैं अश्ववाही सेवक द्वारा वयसिका के लिए सन्देश भेजती हूँ। घड़ी भर में लौट आएगा। तब तक तुम आर्य नागदत्त द्वारा छोड़े गए और पहले सँवारे गए उपवन को देखो। उस उपवन के संरक्षण का प्रयास मैं भी कर रही हूँ। सन्देशवाहक के लौटने तक स्वल्पाहार भी तैयार हो जाएगा।' वसुंधरा देवी ने सेवक को आवाज दी।

सेवक के संग त्रिलोचन उपवन में पहुँचे अवश्य किन्तु उनका मन भ्रमण में न लगा। भ्रमण की औपचारिकता का निर्वाह कर वह लौट आए, तब तक सन्देशवाहक भी लौट चुका था जिसकी सूचना थी कि महामात्य की अनुमति के बिना अन्तेवास तक भी कोई नहीं जा सकता। सूचना भी नहीं। सन्देशवाहक के अनुसार एक रक्षक के मुँह से तो यह भी निकल गया था कि वहाँ प्रवेश के लिए तो स्यात् महाराज को भी महामात्य की अनुमति लेनी पड़े।

'अब?' त्रिलोचन के मुख पर पीलापन आ गया, जैसे समुद्र के गर्भ से संयोगवश हाथ लगी महामणि जल की सतह पर आकर हाथ से फिसल गई हो!

कुछ चिन्ता देवी वसुंधरा के माथे पर भी झलकी जिसे छिपाती वह बोलीं, 'अब क्या, मुझे महामात्य पूर्णरथ के यहाँ पहुँचना होगा, बस...! चाहो तो तुम भी चलो। मुहूर्त भर में निकल लेते हैं।'

त्रिलोचन संकोच से भर गए, 'आपको कितना कष्ट दे रहा हूँ...क्या कहूँ?'

'मैंने तुम्हें कहा है भेषज्ञ कि तुम मेरे पुत्र की वय के आसपास हो तो इसे मात्र औपचारिक कथन न मानो। हम स्त्रियाँ कूटनीति की भाषा नहीं बोलतीं। अपने स्नेहीजन के लिए कष्ट उठाना भी स्त्री की सहज प्रवृत्ति है।'

त्रिलोचन को उनके उत्तर का कोई प्रश्न या उत्तर न सूझा, वह वसुंधरा के पाँवों पर झुक गए। वसुंधरा ने उन्हें अंक में ले लिया।

महामात्य के यहाँ जाने में वसुंधरा ने विलम्ब न लगाया। मृगांक के सेवक को उन्होंने लौटा दिया था। महामात्य आलय के प्रवेशद्वार पर वसुंधरा का चतु:चक्र वाहन रोका गया तो उन्होंने द्वार सैनिक से कहा, 'अपने अधिपति को बुलाओ।'

इस अधिकारपूर्ण भाषा से सैनिक कुछ सिहर गया, फिर अपने दायित्व व पद की महत्ता को एकत्र कर बोला, 'देवी! उन्हीं की आज्ञा है कि अगली आज्ञा तक किसी को भी प्रवेश न दिया जाए।'

'क्यों?'

'देवी, मैं क्या जानूँ?...आज्ञा पालक हूँ।'

'अपने अधिपति को बुलाओ!'

'इस समय मैं ही अधिपति हूँ देवी!'

'जानते हो, मैं महामात्य पूर्णरथ की भावज हूँ...।'

'आपका पद-प्रहार सह सकता हूँ किन्तु इस समय बिना अनुज्ञा के प्रवेश नहीं दे सकता।'

'नाम क्या है तुम्हारा?' पूछते हुए वसुंधरा सचमुच ही खिन्न उद्वेलित हो उठीं। उन्होंने कभी सोचा ही न था कि देउर महामात्य की ड्योढ़ी पर उन्हें इस प्रकार रोक लिया जावेगा। महाश्रेष्ठि नागदत्त भले धन-सम्पत्ति त्यागकर सेवा के अवलम्बहीन मार्ग पर चले गए हों किन्तु वह अभी तक महाश्रेष्ठि की पत्नी की गरिमा को बचाए हुए हैं। अवन्ति में और भी कोट्याधीश सार्थवाहों की उपस्थिति है किन्तु महाश्रेष्ठि नागदत्त के साथ त्याग की ऐसी दीप्ति जुड़ी है जो उन्हें ऋषियों के समकक्ष खड़ा करती है।

द्वार अधिपति सिर झुकाकर बोला, देवी! सेवक को जीवक कहकर पुकारते हैं।'

'अवन्ति में नये आए प्रतीत होते हो?'

'देवी का अनुमान सत्य है।' वह उतना ही विनम्र और दृढ़ था।

'तो हमें लौटना ही होगा, यही न?...यदि दे सको तो अपने स्वामी महामात्य को यह सन्देश देना कि वसुंधरा उनसे भेंट करने आई थी।...चतुरक लौटाओ।' वसुंधरा ने तिक्त स्वर में चालक से कहा।

त्रिलोचन और भी ग्लानि में डूब गए कि उन्हीं के कारण देवी वसुंधरा को यह अपमान सहना पड़ा है। मार्ग में उन्होंने अपराधी के से पश्चात्ताप में कहा, 'आर्ये, मुझे यहीं उतार दें...मैं मृगांक के यहाँ पहुँच लूँगा। अवन्ति के मार्गों का कुछ अनुमान हो गया है मुझे।'

'नहीं, तुम हमारे साथ भोजन ग्रहण करोगे। वहाँ मेरे पुत्र से भी तुम्हारी भेंट हो जाएगी। मृगांक दत्त के यहाँ सूचना सेवक पहुँचा देगा।'

त्रिलोचन इस पर ना भी नहीं कह सकते थे।

यह दिन पूरा का पूरा इसी कल्प-विकल्प में बीता कि क्या पूरे उत्सव तक भेंट न हो सकेगी?

सूर्यास्त से पूर्व मृगांक स्वयं ही श्रेष्ठिवीथि में देवी वसुंधरा के यहाँ आ गए। उनका अनुमान सच था कि त्रिलोचन अवश्य ही बसन्त का गायन और संगीत सुनने जाना चाहेगा क्योंकि वह कल विशेष उत्सुक था। दोनों देवी वसुंधरा के यहाँ से सीधे ही महाकाल प्रांगण में जा पहुँचे।

समय से पूर्व पहुँच जाने से उन्हें तीसरी पंक्ति में स्थान मिल गया। जनाकीर्णता आज भी पिछले भाग में ही अधिक थी। आगे की पीठिकाएँ रिक्त रखी गई थीं। सुना जा रहा था कि आज महादेवी भी बसन्त को सुनने पहुँचेंगी। त्रिलोचन की आशा पुनः जाग उठी कि स्यात् वयसिका भी साथ हो। मिल भले न पाए—निकट से देख तो सकेगा।

कुछ ही देर में मंच दीप्त होने लगा। दर्शकों के मध्य गूँज की हिलोर-सी उठी। तभी श्वेत धोतिका के ऊपर सुआपंखी अंगरखा तथा भृगुकच्छी उत्तरीय धारण किये, मस्तक पर श्वेत त्रिपुंड के मध्य रक्त चन्दन की बड़ी-बड़ी बुंदकियों को छापे, आँखों में अंजन लगाए, खुलती-सी देहवाला बसन्त पार्श्व से निकल मंच पर आ गया। उसके हाथ में बाँसुरी थी।

हर्षध्वनि और करतालिकाओं की गड़गड़ाहट के साथ रसिक दर्शक, श्रोताओं ने कलाकार की अभ्यर्थना की।

बसन्त के पीछे ही गले से मृदंग लटकाए एक किशोर ने प्रवेश किया जो पीछे की ओर खड़ा हो गया।

उधर अश्वारोही सैनिकों से घिरा महादेवी पिंगला का रथ मंच के ठीक बगल में आकर रुका एवं उद्घोषक ने आकर ऊँचे स्वर में घोषणा की :

'सम्मानित नागरिक! मार्ग दें। महामहिषी महादेवी पिंगला उत्सव में पधार रही हैं। सावधान हों...मार्ग दें।'

वहाँ उपस्थित सभी जन आदरपूर्वक अपने स्थान पर खड़े हो गए। मन्द, मंथर गति से महादेवी पिंगला मंच के आगे पहुँचीं और महाकाल मन्दिर की ओर मुँह कर, हाथ जोड़ नेत्र बन्द करते हुए नमन किया तथा अपने आसन पर जा बैठीं।

त्रिलोचन ने ध्यान से देखा कि महादेवी के पार्श्व में एक स्त्री सतर्कतापूर्वक खड़ी है।

'क्या यही है वयसिका?' उन्होंने मृगांक से पूछा।

'इस ओर मुँह हो तो बताऊँ। बहुत बेर से देखा भी नहीं है। देखा होगा तब ध्यान नहीं दिया। महोदवी के साथ एक और भी प्रमुख सेविका है—चम्पा नाम की। ये कहीं वह तो नहीं? अच्छा, मैं पूछकर बताता हूँ...।'

मृगांक ने अपने पार्श्व में बैठे व्यक्ति से चर्चा आरम्भ की, 'श्रीमान, मैं अवन्ति में आप सबका सेवक भेषज्ञ मृगांक दत्त हूँ। आपसे प्रथम भेंट है मेरी। कहाँ से पधारे हैं?'

व्यक्ति ने अनमनेपन से मृगांक पर दृष्टि फेंकी, 'मैं राजसेवक हूँ—आस्पद। आपका नाम सुना भी है किन्तु आपके यहाँ पहुँचने की आवश्यकता नहीं पड़ी।...और महाकाल से यह प्रार्थना भी करता रहता हूँ कि चिकित्सक की सेवा पाने से बचाता रहे।' वह व्यक्ति मुस्कुराया।

उसकी रुक्षता पर क्षण-भर के लिए आहत हुए मृगांक ने बात पुनः आगे बढ़ाई, 'मान्यवर, तब तो आप निश्चय ही जानते होंगे कि महादेवी के पार्श्व में खड़ी यह स्त्री कौन है...पहली बार देख रहा हूँ इसे...।'

'इतना अवश्य जानता हूँ कि वयसिका नाम है इनका तथा महालय के अन्तेवास का दायित्व सँभाल रही हैं।' आस्पद का अनमनापन अभी बीता नहीं था।

मृगांक दत्त इतना तो जानते हैं कि इन उच्चाधिकारियों के आगे कभी-कभी प्रगल्भता अधिक काम आती है अतः पूछ लिया :

'मान्यवर! आप उच्चाधिकारी हैं। यह भी जानते ही होंगे कि इन वयसिका जी से भेंट कैसे हो सकती है?'

महास्पद असुविधा-सी अनुभव करते हुए पिनपिनाकर बोला, 'श्रीमान, चिकित्सक हैं न आप तो... कोई उपक्रम कीजिए कि वह अस्वस्थ अनुभव करें फिर स्वयमेव आपको खोजती आ पहुँचेंगी।'

मंच पर मृदंग की थाप देकर बसन्त महादेवी सहित सभी श्रीमन्तों, श्रेष्ठियों को अपना अभिवादन निवेदित करने लगे थे। प्रांगण में शान्ति हुई तो बोले, 'मैं तो अशिक्षित ग्रामीण हूँ। यह तो हर सुरताल को पृथ्वी पर उतारने वाले डमरूधारी देवाधिदेव, कालों के काल महाकाल, गौरी माता के स्वामी, विघ्नविनायक गणपति महाराज के जनक भगवान भूतेश्वर की ही कृपा है कि आज मुझे गुणीजनों की पवित्र नगरी उज्जयिनी में अपनी कला दिखाने का अवसर मिला है।' बसन्त ने पीछे खड़े बाल किशोर को संकेत कर कहा, 'कन्द, सब गुणीजनों का अभिवादन करो!'

कन्द ने हाथ जोड़ सिर झुका अभिवादन किया।

'आदरणीय, वन्दनीय महानुभावो! यह कन्द है। सीमांत ग्राम पैठार से यहाँ तीन इच्छाएँ लेकर आया है—महाकाल और उनकी नगरी का दर्शन, मुझ जैसे नगण्य गायक को सुनने तथा महाराज भर्तृहरि से भेंट करने। यह चाहता है कि मृदंगवादक बने। अब आप ही देखें कि क्या सूझी है इसे जो दो हाथ लम्बे, फूले से पेटवाले इस दोमुँहे वाद्य, जिसके मुखों पर पके चावल में राख मिलाकर लेप होता है, ऐसे नितान्त गँवई वाद्य से मन लगा बैठा है? मुझे तो लगता है कि यह मेरी ही भाँति भटक-भटककर जीवन बिताने का शाप चुनने चला है। जो हो, अब आरम्भ करने की आज्ञा दीजिए।' बसन्त ने मृदंग पर थाप मारी।

'मेरे प्रतिपालको! गुणवन्त सामाजिकों के सामने ज्ञान बघारना धृष्टता तो है पर कहना चाहूँगा अपना अनुभव कि कला की साधना क्या है?

सीधा सा उत्तर है—सौन्दर्य की साधना है।

कला से प्राप्त क्या होता है?

उत्तर यही कि सौन्दर्य की अनुभूति...। सौन्दर्य में ही जीवन बसता है, तो सुन्दर क्या है?

एक खिलता हुआ पुष्प सुन्दर है।...बौराया आम सुन्दर है। गदराई झरबेरी तक सुन्दर है। सुन्दरता से जीवन में स्फूर्ति आती है। सुन्दरता हृदय से बतियाती है तो रस जागता है। रस क्या करता है, यह तो अनुभव से ही जाना जा सकता है किन्तु मैं इतना जानता हूँ कि मेरी कला इस रस की खोज का एक अनगढ़ प्रयास है।

मैं आपको मृदंग सुनाऊँगा और मुरली भी किन्तु इतने बेर तक हमारी महामहिमामयी महादेवी का हमारे बीच रहना श्रमसाध्य होगा अतः मैं सर्वप्रथम हम सबके प्रिय नरेश तथा अपने प्रिय कवि भर्तृहरि के काव्य का एक छोटा-सा अंश अपने लोक की भाखा में प्रस्तुत करता हूँ।'

बसन्त ने पुनः मृदंग पर थाप मारकर, आँखें किसी के ध्यान में डुबाकर दर्शन करने की सी मुद्रा बनाई और कान पर हाथ रख उच्च स्वर में आरम्भ किया :

'सुरगुरु सेनाधीश सुरन की सेना जाके,
शस्त्र हाथ में वज्र स्वर्ग सा दृढ़गढ़ वाके।

ऐरावत असवार प्रभू को परम अनुग्रह—
ऐसी सम्पति, साज सहित सोहित देवेश यह।
सो युद्ध माहिं लहत पराजय दानवनि सों दारुण,
सम्पत्ति साज सब होंय वृथा! सब तें अद्‌भुत कालगति॥

बात यह कि इन्द्र जैसा शक्ति, सुविधासम्पन्न देवताओं का अधीश्वर भी संग्राम में हारता है। काल की चाल अद्‌भुत है, कोई नहीं जानता। सो काल के भी महाकाल की शरण है यह बसन्त।

दान भोग अरु नास, होत तीन गति द्रव्य की।
द्वै का जहाँ न वास वहाँ तीसरो अवसि है॥

यह तीसरी गति क्या है?...यह है नाश। धन का दान न हो, भोग न हो तो नाश ही होता है।

कुत्सित मंत्री भूप सन्त बिनसे कुसंग ते,
लाड़ लड़ाये पूत गोत कन्या कुढंग तें।
बिन विद्या का विप्र शील खल संग गहें ते,
होत प्रीति का नास बास परदेस किएँ ते।
लज्जा बिनास मदपान और खेती बिन देखे
सुख जात अनय अनुराग जात धन हू प्रमाद तें॥

भर्तृहरि कवि राजनीति के बारे में बताते हैं :

गनिका सम नृपनीति रूप यह बिबिध बनावत
दूसर के हित कृपण निज हितै धन बरसावत।
इतै सत्य उत झूठ कबहुँ प्रिय कबहुँ बिषैली
कहूँ पतिव्रता लगै, कहूँ बनि जाए रखैली॥

आलस्य पर उनका कहना है :

आलस तन में प्रबल रिपु सारे सुख हर लेत।
उद्यम बन्धु सखासदा सब सुख सम्पति देत॥'

सभा 'साधु, साधु' के स्वरों से कविता को सराह रही थी। इसी बीच राजसेवक ने मंच पर पहुँचकर बसन्त को महारानी की ओर से स्वर्णकंकण व सिरपेंच से सम्मानित करते हुए कहा, 'महादेवी ने आपसे भेंट करने की इच्छा प्रकट की है। कल प्रातः द्वितीय प्रहर के आरम्भ में राजमहालय में पधारें।'

कृतकृत्य बसन्त सामने बैठी महारानी के आदर में झुक गया, 'सेवक अनुगृहीत है महादेवी...और क्या कहूँ?'

उद्‌घोषणा होने लगी, 'सावधान! सम्मानित नागरिक, सुनें! महामहिषी महादेवी पिंगला अब प्रस्थान कर रही हैं।...मार्ग दें...।'

महारानी खड़ी हुईं तो सशस्त्र सैनिकों ने पहुँच उन्हें अपनी संरक्षा में ले लिया।

उद्‌घोषक पुनः बोला :

'लोककवि, गायक बसन्त अभी कलारसिकों के मध्य उपस्थित रहेंगे। गायन होगा, वादन भी। कृपया अपने-अपने आसन ग्रहण किए रहें।'

त्रिलोचन ने मृगांक की ओर देखा, 'अब... ?'

'अब वही प्रयास...नये सिरे से पुनः प्रयास।' मुस्कुराते हुए बोले मृगांक।

पीछे दर्शकों में कोलाहल हुआ। कोई चिल्ला रहा था, 'रुकें महारानी! महादेवी, ठहरें कुछ क्षण। मैं...मैं क्या, अवन्ति की प्रजा...सचमुच की प्रजा जो राज्य को गढ़ती है, सहेजती है...सँवारती है...आपसे कुछ कहना चाहती है...।'

खड्ग की मुष्टि पर हाथ धर नगर रक्षक कोलाहल की ओर दौड़ पड़े। चारों ओर सम्भ्रम फैल गया कि हुआ क्या ?...इस आकस्मिक पुकार के व्यवधान पर महादेवी रुक गईं। महाराज के रहने तक किसी ने भी उन्हें इस भाँति नहीं पुकारा था। उन्हें प्रजा की ओर से कुछ सुनने का अनुभव था तो मात्र इतना कि महाराज की छाया-सी साथ लगी दर्शन देने उपस्थित रहती आई थीं —कभी बसन्तोत्सव, शरदोत्सव आदि ऋतुपर्वों पर तो कभी धार्मिक, पारम्परिक अनुष्ठानों के अन्तर्गत। वैसे तो अन्य उत्सवों, प्रमदवन, उपवन, नौका विहार आदि क्रीड़ा रंजनादि के समय भी निजी सेवक-सेविकाओं के अतिरिक्त कोई निकट तक न पहुँच सकता था। वह स्तंभित-सी खड़ी थीं कि उनकी औपचारिक सेवा में नियुक्त आस्पद शीघ्रतापूर्वक निकट पहुँच गया, 'महादेवी, शीघ्र अपने वाहन की ओर बढ़ने की कृपा करें। सुरक्षा प्रचुर व सघन है।'

'किन्तु कोई है, जो हमसे कुछ कहना चाहता है!' रानी पिंगला ने असमंजस में पड़ते हुए कहा।

'महादेवी, यह प्रजा है। हर कोई कुछ कहना चाहता है। जिसे देखो, वही कष्ट में है। महादेवी एक को सुनेंगी तो दस अन्य कहने को आतुर होंगे...। सुनवाई के लिए राज्य की एक व्यवस्था है। हम समझा देंगे कि क्या करना है। देवी, इस सबके फेर में न पड़ें। सब ठीक हो जाएगा। कृपया यान की ओर पधारें।' आस्पद ने बात समाप्त की।

महारानी अब भी खड़ी थीं। उन्हें असमंजस में देख वयसिका आगे आई, 'महाशय! महादेवी यहाँ हैं तो प्रजा को अनुभव होना चाहिए कि राजमहल उनके सुख-दुख की चिन्ता करता है। सबकी सुन पाना भले सम्भव न हो पर सुने जाने का उदाहरण तो रखना होगा...।'

कोलाहल बढ़ गया, 'महादेवी की जय हो! महाराज भर्तृहरि की जय हो!...कृपया हमारी बात सुन लें। प्रार्थना सुनने ठहरें क्षण-भर...।'

नगर रक्षकों के घेरे में जकड़ा एक व्यक्ति चीख रहा था। सैकड़ों हाथ उसे मंच की ओर बढ़ाते दिखे। व्यक्ति को रक्षकों ने घेर लिया था और नगर रक्षक जनसमूह में घिर गए थे। आगे के आसनों पर बैठे श्रीमन्त, श्रेष्ठि आशंका व उत्सुकता में अपने आसनों से उठकर खड़े हो गए। उनमें से अनेक तो महारानी के पधारने की राजकीय औपचारिकता में आए थे।

आँखों ही आँखों में महारानी से कुछ कह वयसिका तीव्रता से मंच पर चढ़ गई तथा हाथ उठाकर लोगों को शान्त होने का संकेत किया।

प्रांगण में गूँजा, 'महादेवी की जय! महारानी की जय!'

अनेक लोग दूर होने व वयसिका की भावभंगिमा से उसे महारानी पिंगला समझ बैठे थे।

'यह महारानी पिंगला तो नहीं हैं।' मृगांक ने त्रिलोचन की बाँह पकड़ते हुए कहा।

'तो... ?'

'कदाचित वयसिका हो सकती है यह।...देखें।'

वयसिका ने मंच से रक्षकों को आदेशित किया, 'महादेवी का आदेश है कि जो व्यक्ति प्रजा की ओर से कुछ कहना चाहता है, उसे मंच के निकट पहुँचावें। महादेवी सुनेंगी।...और आप सब लोग कृपया शान्त रहें। जानते ही हैं कि इन दिनों स्वामिनी को समुचित विश्राम की आवश्यकता है। यहाँ इतने समय बैठने से वह कुछ क्लान्ति अनुभव कर रही हैं। अत: जो प्रमुख बात, इच्छा, कठिनाई हो, वही बताएँ! मैं महादेवी को मंच पर लाती हूँ...।'

हर्षभरे जयघोष से आकाश गूँजने लगा। तथागत को ताड़ना देने वाले रक्षक सकपका गए। अब उन्होंने तथागत को घेरे में लिये हुए मंच की ओर चलने को कहा।

थप्पक व मुष्टिकों के आघात से उबरता तथागत मुस्कुराया, 'मैं स्वयं ही पहुँच जाऊँगा। मुझे आपकी सुरक्षा की आवश्यकता नहीं है।'

तथागत आगे बढ़ा तो रक्षक पीछे हो लिये। आकाश अभी भी जयघोष से गूँज रहा था।

4

भर्तृहरि की निद्रा वृक्ष पर चहचहाते, शोर मचाते पक्षियों की आवाजों से टूटी। लगा, जैसे पखेरुओं में सुबह का स्वागत करने की होड़ ठनी है। महाकाल के स्मरण में जाने कितने समय पूर्व पढ़ा-समझा गया पद-श्लोक उनकी जिह्वा पर आ गया :

सृजत्येष जगत कृत्स्नं पाति संहरते तथा।
कालो भूत्वा महादेव: केवलो निष्कल: शिव: ॥

उनके चित्त-पटल पर महाकाल का प्रशान्त विग्रह आ बैठा तो पलकें किसी आनन्दमयी मुस्कान में खुल गईं। सर्वप्रथम उनके हाथ ने लकुट ढूँढ़ी तथा उसके स्पर्श की आश्वस्ति अनुभव करते हुए वह बैठ गए।

'इस पद का अर्थ क्या है राजा भर्तृहरि ?'

भर्तृहरि ने देखा कि विशाल पिप्पल वृक्ष के नीचे, हवन कुंडों के आसपास उड़ती ढाक की जूठी पत्तलें, मृत्पात्र, काष्ठपात्र, हव्यशेष, अधजली समिधाओं व लुढ़के औंधे मदपात्रों के बीच ही वह भी लुढ़के हुए थे। प्रकृति की प्रहर्ष आवृत्ति तथा प्रात: की संजीवन वायु के सम्पन्न प्रोत्साहन से तो प्रतीत होता था कि यही मनुष्य का काम्य है किन्तु आसपास का दृश्य न जाने कौन प्रकार से मन में अस्वीकार व अरुचि भी जगा रहा था। विचार उठा कि प्रकृति के आनन्द वरदान के बीच मनुष्य के अपने लिए अतिरिक्त सुख की इच्छा ही तो कहीं जुगुप्सा का संसार नहीं रच देती ? मदिरा का यह वस्तु-जगत की झिलमिली ओट देने वाला प्रभाव, आमिष का रक्त-कोशिका स्वाद, मीन में लघु को वृहत् द्वारा निगलकर अपना जीवन व सुखसमय बढ़ाने की लालसा और मुद्रा—मात्र स्खलन के क्षण को कुछ अधिक तानने की विधि, आगे मैथुन—परमानन्द की ओर तीव्रता का आवेग...परम स्पर्श की अंश प्रतीति, यही तो नहीं—मद्यं मांस मीनं मुद्रा मैथुन मेव च ?

'सुना नहीं, मैंने तुमसे कुछ पूछा है नरेश ?...क्या सोच रहे हो ?' मणिभद्रा ने फिर से पूछा।

'देवी ! सत्य ही मेरा चित्त कहीं और रहा...कुछ पूछा आपने ?' भर्तृहरि अपने-आपमें लौटे।

'तुम कोई पद गुनगुना रहे थे, उसका अर्थ क्या है ?'

'वह महाकाल महादेव की स्तुति है कि—केवल वही निष्कल महादेव शिव काल बनकर सम्पूर्ण जगत की सृष्टि करते, पोषण, रक्षा करते और संहार करते हैं।'

'अच्छा, यह तो परमगुरु आदियोगी शिव का पहले से ही जाना और माना हुआ तत्त्व है...मुझे लगा कि स्यात् कोई नवीन उद्‌घाटन हो...।'

'एक ही पुरातन सत्य नये-नये रूप में आकर सृष्टि के सूत्र साधता है। युगानुसार उसकी व्याख्या भी नई होती है। अच्छा, देवी, वे भैरव-भैरवियाँ कहाँ गए?...यहाँ सूना पड़ा है।' भर्तृहरि ने मणिभद्रा की ओर ताका।

'साधक को भी देह-धर्म निभाना होता है राजा। शरीर ही साधना का माध्यम है। शरीर धर्म का अतिक्रमण भी शरीर को बनाये रखकर ही किया जा सकता है। आहार विहार दोनों शरीर के धर्म हैं। इन्हें साध लेना भी साधना ही है। भैरव- भैरवियाँ किसी ऐसे ही उद्यम में प्रवृत्त होंगे। सम्भव है, पथ पर तुम्हारी किसी से भेंट हो जाए। उनसे कोई वार्तालाप न करना, उनके निकट ठहरना भी नहीं। मदांतक विचलन में कोई तुमसे आग्रह अथवा आक्रमण भी कर सकता है, अथवा उचित यह होगा कि मैं ही तुम्हें त्रिपथ तक पहुँचा दूँ।'

'देवी, मुझे मणिभद्रवाले त्रिपथ से नहीं, यहीं—इसी वन के सीधे मार्ग से जाना है ताकि आज ही चन्द्रपुर पहुँच सकूँ।'

'किन्तु वह मार्ग तो नितान्त दुर्गम है। खड़े पर्वतों के मध्य मकरों से भरी सँकरी नदी मार्ग से आधा योजन पार करो तो आगे एक योजन गहन कांतार है—हिंस्र, वन्य जीवों से भरा हुआ। इस मार्ग से जानेवाला इन्हीं का आहार बनता है और लोकापवाद है कि मद्य, मांस, मैथुन-प्रिय साधक उसे अपना आखेट बनाते हैं। अपना एकान्त बनाये रखने के लिए साधक भी लोकापवाद का प्रकट खंडन नहीं करते।'

'हाँ, देवी, लोग इसे मणिभद्र और मणिभद्रा का ही क्षेत्र मानते हैं। लोकापवाद मैंने भी सुना था पर मैंने तो प्राण दाँव पर रखकर ही इस क्षेत्र में प्रवेश किया है। अब यह आप पर निर्भर है कि मुझे चन्द्रपुर तक निष्कंटक कैसे पहुँचाएँ...'

'राजा, निश्चय ही बुद्धिमान हो तुम, किन्तु यह जान लो कि मेरी अर्जित शक्ति की सीमा है। सब साधकों की कहीं न कहीं भौतिक और पराशक्ति की सीमा होती है। मैं तुम्हें जलमार्ग पार करा सकती हूँ। वह सिद्धि मैंने अर्जित कर ली है। आगे का पथ तुम्हें पार करना है। संसार के विस्तार में भाँति-भाँति की शक्तियाँ हैं। बहुत लम्बी वय लेकर भी साधक कुछ ही शक्तियों के रहस्य सूत्र पकड़ या हस्तगत कर पाते हैं। अस्तु, जो महाभैरव की इच्छा। चलो, वाम दिशा का मार्ग पकड़ लो। हमें वाममार्गी कहा जाता है न!' मणिभद्रा हँसने लगी, फिर बोली, 'इस मार्ग पर सदैव आशंका है, बाधा है।'

कुछ ही आगे बढ़ने पर प्रस्तर खंड आरम्भ हो गए। ऊँचे-नीचे, नुकीले, धारवाले पत्थर। जरा-सा फिसलने पर ही सहस्रों दंड नीचे गिरकर छिलते, फटते, खंड-खंड प्राप्त होनेवाली मृत्यु। चलने का अभ्यास होने पर भी भर्तृहरि को यह मार्ग कठिन ही था। वानर, भालुओं के झुंड इतस्ततः बिखरे हुए थे। वे चौंककर इन पथिकों की ओर देखते, फिर खोखियाकर घुरघुराते आगे की ओर आक्रामक हो बढ़ते तो मणिभद्रा विचित्र-सी ध्वनि निकालकर उन्हें रोक देती। वे पूर्ववत् अपने क्रिया-कलाप में सहज हो जाते।

अब मार्ग एक प्रवहिनी तक पहुँच समाप्त हो गया। सौ हाथ की गहराई में बहते जल को छूती शिलाओं पर मुँह धरे ग्राह, घड़ियाल ऊँघ रहे थे।

'हमें इसी जलमार्ग से जाना है।' मणिभद्रा ने बताया।

भर्तृहरि की देह में झुरझुरी-सी भर आई, 'मगरमच्छ-भरी इस प्रवहिनी से जाना कैसे सम्भव होगा?'

'देखते हैं, वहाँ कोई काष्ठ-स्कन्ध होगा। बाँस का डांड़ भी होना चाहिए। भैरव-भैरवियाँ यहीं जलसाधना करते हैं। असावधानी, प्रमाद अथवा स्खलन में कोई-कोई इन जीवों का आहार भी हो जाता है।' कहती मणिभद्रा दो शिलाओं की संधि में उतरने लगी।

इन शिलाओं के बीच सरककर ही जाया जा सकता है। भर्तृहरि ने भी उसी विधि से प्रवेश किया और कुछ ही क्षणों में वह लहरों से खेलते शिला खंड पर जा पहुँचे। एक घड़ियाल इस शिला पर भी मुँह धरे साँस खींच रहा था। घड़ियाल ने पानी पर विशेष प्रकार से पूँछ थपथप की तो इधर-उधर ऊँघते पड़े ग्राह इसी शिला की ओर आने लगे।

मणिभद्रा ने यहाँ जोर से एक आवाज की जो उस पतली किन्तु भयानक नदी के कटाव में गूँजने लगी—एक बार, दो बार, तीन बार। इस आवाज के साथ ही कोई विशालकाय मकर उनकी ओर बढ़ा आता दिखाई पड़ा। उसे आते पाकर सभी घड़ियाल तितर-बितर हो गए। विशाल मकर ने साँसें छोड़ने के साथ जल की फुहार-सी फेंकते हुए थूथन उठाकर कड़कड़-कड़कड़ जैसा रौर किया।

मणिभद्रा ने आगे बढ़ मकर का मस्तक थपथपाया, 'बोलो राजन्! इसकी पीठ पर बैठना चाहोगे या काष्ठ-स्कन्ध पर। यह स्वयं हमें लेके चलेगा, काष्ठ-स्कन्ध को बाँस के डाँड़ से खेना होगा।'

'यह मकर सचमुच ही हमें ले जाएगा?' भर्तृहरि आश्चर्य व आशंका में थे।

'यह हमारा मकरयान है।' मणिभद्रा के ओठ खिले।

'तो फिर जैसी देवी की इच्छा।'

मणिभद्रा ने मकर की ग्रीवा पर हाथ फेर उसे प्रवाह के अनुकूल होने का संकेत दिया तथा उछलकर उसकी पीठ पर सवार हो भर्तृहरि को पीछे बैठा लिया। ग्रीवा पर थपकी मिलते ही महामकर जलप्रवाह पर तेजी से फिसलने लगा।

'मुझे दोनों हाथ से कसकर पकड़े रहना भर्तृहरि। महामकर को साधकर तुम उस पर आरूढ़ तो हो सकते हो किन्तु उसके पश्चात् स्वयं को भी तुम्हें सँभालना होगा। फिसले तो जल-जन्तु स्मृति भी शेष न रहने देंगे। ये जीव प्रकृति के प्रतिनिधि हैं। मनुष्य साधना से इन्हें साध तो सकता है किन्तु इनके स्वभाव का सदैव ध्यान रखना चाहिए। असावधान साधक अपने ही साधन का आखेट बन जाता है।'

घड़ी भर में मकरयान ने प्रवहिनी के उस मोड़ तक पहुँचा दिया जहाँ प्रस्तर खंड समाप्त होकर वन आरम्भ हो जाता है।

'यह मार्ग तुम्हें चन्द्रपुर के पथ से मिलाएगा। परम भैरव तुम्हारा पथ निष्कंटक बनाएँ।' मणिभद्रा कह रही थी।

'एक प्रार्थना है देवी!'

'कहो!'

'मकर-साधना मैं सीख सकता हूँ?...आप गुरु बनेंगी मेरी?'

'सब कुछ परम भैरव की इच्छा पर निर्भर है राजन्! साधना का ज्ञान कठिन है, समझना और भी कठिन। समझकर व्यवहार करना उससे भी कठिन। ये तीन संयोग भी मिल जाएँ तो अन्य अनेक बाधाएँ आ खड़ी होती हैं। प्रथम तो यही कि क्या मनुष्य अपनी इच्छाएँ, अपने बन्धन त्याग पाता है?...फिर भी मेरे यहाँ तुम्हारा सदैव स्वागत है।'

'कृतकृत्य हुआ देवी, आपसे मिलकर। प्रणाम करता हूँ।...और महामकर महाशय, आपका भी कृतज्ञ हूँ।'

प्रणत राजा को मणिभद्रा ने हाथ उठाकर आशीष दिया फिर मकर की ग्रीवा पर संकेत दे पीछे की ओर मोड़ लिया।

भर्तृहरि मणिभद्रा को तब तक जाते देखते रहे जब तक वह प्रवाह में आगे की ओर झुके प्रस्तर खंड की ओझल न हो गई।

आगे दुर्गम वन-प्रांतर पार करते ही एक सार्थवाही भी मिल गया जिसका साथ पकड़कर वह सूर्यास्त से पूर्व ही चन्द्रपुर के निकट पहुँच गए।

वह नगर के प्रवेशद्वार पर पहुँचे। यहाँ नगर प्रहरी व्यवसायियों को रोककर नगर-कर की उगाही कर रहे थे। पाद पथिकों से कोई पूछताछ न थी। प्रवेश के पश्चात् परिक्रमा मार्ग पर भी दूब की पट्टियाँ खींच फूलों की क्यारियाँ बनी थीं। दूब पट्टियों पर अनेक लोग विश्राम करते दिखे—यहीं से छोटे-छोटे भवनों की व्यवस्थित शृंखला आरम्भ हो गई। भर्तृहरि शीघ्रातिशीघ्र चारुमित्रा के आवास पर पहुँचना चाहते थे।

'देवी चारुमित्रा के भवन तक पहुँचने का मार्ग कौन-सा है?' उन्होंने बगल से आगे बढ़े जा रहे व्यक्ति से पूछा।

'इस छोटे से नगर के सब मार्ग चारुमित्रा के भवन तक ही जाते हैं। सभी मार्ग वहीं से खुलते भी हैं। किसी भी मार्ग से चलते जाएँ, पहुँचेंगे आप चारुमित्रा के द्वार पर ही। जैसे उज्जयिनी प्रवास महाकाल के दर्शन बिना अपूर्ण है, उसी भाँति चन्द्रपुर में चारुमित्रा दर्शन है।'

'कुछ रुष्ट प्रतीत होते हो मित्र, चारुमित्रा से!' उसके व्यंग्यपूर्ण उत्तर पर भर्तृहरि ने कुरेदा।

'रुष्ट? मैं? चारुमित्रा से? अच्छा, यह बताइए कि कोई रुष्ट या तुष्ट किससे होता है? उसी से न, जिससे कुछ अपेक्षा हो? अपेक्षा भी समान से रखी जाती है, जैसे प्रीति या विरोध समान से किया जाना चाहिए। चारुमित्रा से मेरी क्या समानता? उससे अपेक्षा या तो श्रेष्ठि, सामन्त पालते हैं या मूर्ख। मैं दोनों में से कोई नहीं। आप भी न सामन्त हैं, न श्रेष्ठि, फिर भी लगता है कि कोई अपेक्षा पाले हुए हैं, तो मैं आपको क्या मानूँ?' वह भर्तृहरि को घूरने लगा।

भर्तृहरि उसके बराबर में हो गए, 'मित्र, आप ब्राह्मण हैं क्या?'

'आपके प्रश्न और मेरे उत्तर का मेरे वर्ण से क्या सम्बन्ध है?...तथा आप कैसे कह सकते हैं कि मैं ब्राह्मण हूँ या अन्य कोई?'

'इस आधार पर कि एक तो आपकी शिखा और सूत्र ब्राह्मण होने की घोषणा करते से प्रतीत होते हैं। दूसरे यह भी कि अकारण कुपित कोई ब्राह्मण ही हो सकता है। वह पाना बहुत कुछ चाहता है पर प्रयास के स्थान पर देव से माँगता है। पाने की घोर इच्छा होते हुए

भी प्रकट में अनिच्छा प्रदर्शित करेगा। उद्यम के आगे विधि, नियम, परम्परा के अनेक किन्तु-परन्तु लगाकर स्वतः ही पीछे रह जाएगा, दोष दूसरे पर धरेगा। अभी लगा कि आप अपने-आपसे ही कुपित हैं। लगता है कि चारुमित्रा से मान नहीं मिल सका आपकी विद्वत्ता को।'

'तुम्हारा अनुमान ठीक है बन्धु!' इस बार वह मुस्कुराया।

'तो फिर मुझे चारुमित्रा के भवन का सीधा मार्ग बताइए।'

'ठीक सीध में आगे चलो। चतुष्पथ से दाहिने मुड़ना। उस मार्ग पर अनेक रथ, शिविकाएँ लोग जिस ओर जाते दिखें, समझ लो, वे चारुमित्रा की ओर जा रहे हैं। अथवा मैं स्वयं ही चलता हूँ तुम्हारे साथ। बहुत दिन से मैंने भी चारुमित्रा को नहीं देखा है, गवाक्ष दर्शन का समय भी होने वाला है।'

एक स्मित फेंककर भर्तृहरि उसके साथ चलने लगे।

'ब्रह्मदेव! चन्द्रपुर तो सारंगपुर राज्य के अन्तर्गत है न?'

'कहने को सारंगपुर नरेश अधिपति हैं किन्तु वास्तव में यहाँ की अधीश्वरी चारुमित्रा है। सुना है, उसने नरेश का आग्रह अस्वीकार कर दिया है।'

'नरेश अर्थात् राजा विजयसेन का?' भर्तृहरि के मुँह से निकला।

सारंगपुर नरेश का नाम इस साधारण से व्यक्ति के मुख से सुनकर ब्राह्मण ने भर्तृहरि की ओर ध्यान से देखा, 'मित्र! तुम तो नरेश का नाम इस भाँति ले रहे हो, जैसे वह तुम्हारे अधीन या अनुचर हों! माना कि वह अवन्ति या दशपुर की भाँति शक्तिसम्पन्न नहीं, फिर भी...।'

भर्तृहरि ने ब्राह्मण के कन्धे पर हाथ रखा, 'ब्रह्मदेव! हमें इन नरेशों, भूपतियों से क्या प्रयोजन? वह जो हों, सो बने रहें। अभी आप ही बता रहे थे कि चारुमित्रा ने सारंगपुर नरेश के किसी आग्रह की अवहेलना कर दी...तो वह भी हुआ तो मनुष्य ही—हमारी-तुम्हारी तरह...। पर हुआ क्या था...? ठीक है, न बताइए, साथ तो चलिए!' भर्तृहरि ने ब्राह्मण को निवेदन किया।

चारुमित्रा के परिचर उसके शीघ्र ही गवाक्ष में आने की सूचना दे चुके थे। यद्यपि अभी दिन का उजियार शेष था, फिर भी गवाक्ष के मणिदीपों के आगे दीपमंजरी सजा दी गई थी, जिसका आलोक क्रमशः उतरते अँधेरे के साथ निरन्तर बढ़ता जा रहा था। गवाक्ष के नीचे सिंह-द्वार के सामने शताधिक मुंड ऊपर की ओर आँखें लगाये खड़े थे। अनेक के हाथों में गवाक्ष की ओर फेंके जाने के लिए पुष्पगुच्छ, पुष्पमालाएँ थीं जिनमें रखकर प्रणय निवेदन, प्रार्थनाएँ, प्रशंसा के पद, सौन्दर्य-स्त्रोत्र तथा आकुल पुकार चारुमित्रा की ओर उछाली जाती है।

अपने रूप-गुण से भली भाँति अभिज्ञ चारुमित्रा गवाक्ष पर प्रकट हुई तो जयघोष हुआ। धन्य होने, कृतार्थ करने के सैकड़ों स्वर आकाश की ओर उठने लगे। चारुमित्रा ने सिर झुका, हाथ जोड़ अपने रसिकों, अभिलाषियों का अभिवादन किया तथा पार्श्व में खड़ी परिचारिका के हाथों में थामी हुई कनकपरात से सुगन्धित पुष्पों की अंजलि भरकर नीचे खड़े प्रशंसकों की ओर उछाल दी।

नीचे से पुष्पगुच्छ, मालाओं में गुँथे निवेदन, इच्छाएँ गवाक्ष की ओर उछाली जाने लगीं। जिसका गुच्छ या माला गवाक्ष में जा गिरती है, वह स्वयं को धन्य मानता है। ऊपर पहुँचे सन्देश ऊपर सँवारे जाते हैं एवं नीचे रह जानेवाले भी सकेलकर चारुमित्रा तक पहुँचाए जाते

हैं। मूल्यवान उपहार वाले सन्देश व अतिविशिष्ट सन्देश सिंहद्वार पर नियुक्त प्रतिनिधि कर्मकर स्वयं ग्रहण कर चारुमित्रा तक पहुँचाता है। सबका विश्वास है कि आगे या पीछे उसका सन्देश, निवेदन, उपहार उनकी प्रिया तक अवश्य पहुँचता है। इस विश्वास को बनाये रखने के प्रति चारुमित्रा सदैव सावधान भी रहती है।

स्मित के साथ दंतमुक्ताओं की द्युति बिखेरती चारुमित्रा आधी घड़ी गवाक्ष में ठहरी रही, तदनंतर गवाक्ष पट सरकाकर भीतर चली गई। रसिकों, प्रशंसकों की दृष्टि के आगे लहराता गवाक्ष चीनांशुक मात्र रह गया फिर भी जनसमूह ठहरा हुआ उस हिलोर भरते से चीनांशुक की ओर ताकता रहा, जैसेकि उसे हटाते हुए चारुमित्रा किसी भी क्षण गवाक्ष में आ खड़ी होगी!

जनसमूह धीरे-धीरे छँटने लगा। लोग अपने-अपने ठौर-ठिकानों की ओर लौटने लगे। भवन के सिंहद्वार पर उजारे गए दीप अब तक जल रहे थे किन्तु रक्षकों ने सिंह द्वार के सुदृढ़ लोहकपाट बन्द कर दिये जिन पर की गई रंगीन चित्रकारी हिलती-डुलती दीप लौ में चकाचौंध भरने लगती थी।

भर्तृहरि ने सोच लिया कि रात्रि किसी वृक्ष के नीचे बिताकर प्रातः ही चारुमित्रा से भेंट का कोई उपाय निकालेंगे। यद्यपि अपना नाम प्रकट करने पर वह तुरन्त ही भेंट पा सकते हैं किन्तु वह अभी गुप्त रहना चाहते हैं। इन दिनों शीत बढ़ गया था और उनके पास लकुट के अतिरिक्त मात्र अँगोछा ही था। कुछ दूर पर अग्नि जलती देख वह उसी ओर बढ़ गए। कुछ तरुण एक बड़े से पाकर वृक्ष के नीचे काष्ठ एकत्र कर अलाव-सा जला रहे थे।

'आप लोगों को असुविधा न हो तो मैं रात्रि यहीं बिता लूँ?' भर्तृहरि ने पूछा।

'पहले-पहल असुविधा होती है कि एक प्रतिद्वन्द्वी और बढ़ गया, फिर वह धीरे-धीरे हमारे समूह का अंग बन जाता है।' एक युवा उत्तर में बोला, 'आओ, तुम भी सम्मिलित हो जाओ हमारे समूह में। वैसे हम सबसे ज्येष्ठ प्रतीत होते हो तुम। लकुट हाथ में ले भिक्षुक-सा वेश भी बना लिया है तुमने...'

युवक की बात पर शेष सब हँस पड़े।

'प्रेमी और भिक्षुक में अधिक अन्तर नहीं होता मित्र!' आँच के आसपास वाले घेरे में बैठते हुए भर्तृहरि ने कहा।

'अरे वाह, कितनी सुन्दर उक्ति कही है! आदमी पहुँचे हुए प्रतीत होते हो!'

'उक्ति को सुन्दर नहीं, सुभाष कहते हैं मित्र! सुन्दरता का सम्बन्ध रूप से है जो नेत्र का विषय है। उक्ति का सम्बन्ध जिह्वा और श्रवण से है अतः वह सुभाष और प्रिय होती है।' भर्तृहरि ने समझाया।

'अरे बन्धु, सचमुच ही पहुँचे हुए हो तुम! इस हँसोड़ को अन्यथा न लेना, विफल मनोरथ व्यक्ति स्वयं तथा औरों पर हँसकर ही अपना घाव सहलाता है। वैसे मैं भी यही कहूँगा कि शब्द के आशय की आपने किसी वैयाकरण की भाँति व्याख्या की है।'

'यह मित्र विफल मनोरथ किस प्रकार है?' भर्तृहरि ने जिज्ञासा प्रकट की।

'अरे भाई, पूरी शरद ऋतु बीती, शिशिर आ पहुँची; बन्धु की चारुमित्रा से बात तो क्या होगी, एक बार नैन ही मिल जाते तो सफल मनोरथ गृह लौट जाता। वह तो रात्रि के झिलमिल प्रकाश की चकाचौंध में इतने ऊँचे पर आ खड़ी होती है कि बस, झलक मिलती है।'

भर्तृहरि ने जलती हुई लकड़ियों के पास अँगोछा बिछा लिया और लकुट बगल में रख विश्राम की व्यवस्था कर ली।

प्रातः नित्यक्रिया, स्नान के लिए भी सारणी की ही शरण थी। तट से कुछ हटकर फुलबगिया थी। भर्तृहरि ने वहाँ पुष्पों की चंगेरी रखे मालिन को किसी की प्रतीक्षा में देखा। युवा प्रेमियों के बीच अपेक्षाकृत प्रौढ़ दिखते भर्तृहरि पर उसकी दृष्टि जा ठहरी तो वह स्वयं को हँसने से न रोक सकी। साज-सँवार के अभाव में भर्तृहरि का बदन रुक्ष, श्यामल व केश बढ़कर अस्त-व्यस्त हो रहे थे। वेशभूषा भी दरिद्रता का प्रमाण देने को पर्याप्त थे।...ऐसा व्यक्ति भी चारुमित्रा को चाहनेवालों की पंक्ति में है, यही सोचकर मालिन की हँसी छूट पड़ी थी।

वह भाँप गए कि स्त्री की हँसी का कारण वही हैं। युवकों के दल से पीछे रह, पृथक् होकर वह स्त्री के निकट पहुँचे, 'मेरा अभिवादन स्वीकार करेंगी देवी?'

स्त्री क्षण-भर के लिए विचलित हुई, जैसे उसकी धृष्टता पकड़ी गई हो! फिर वह तुरन्त ही सहज हो गई, 'अपरिचित बन्धु! मैं न देवी चारुमित्रा की परिचरी हूँ, न कर्मकर सेविका। अभिवादन की अधिकारी भी नहीं, तो क्यों न तुम्हारे अभिवादन को उपहास मानूँ?' स्त्री के स्वर में अरुचि स्पष्ट थी।

'बहन, तुम्हारे प्रति उपहास मैं सोच भी नहीं सकता। भट्टिनी चारुमित्रा से भेंट करने अवश्य आया हूँ। मेरे लिए उनसे मिलना सरल भी है किन्तु किसी कारणवश मैं स्वयं को सबके आगे प्रकट नहीं करना चाहता।'

'देवी चारुमित्रा तुमसे भेंट करेंगी...स्वप्न देख रहे हो बन्धु? यह स्वप्न लेकर आनेवाले तुम्हारे जैसे सहस्रों उनके द्वार से निराश लौट चुके हैं, यह बात मैं ही नहीं, सारा नगर जानता है।' स्वर में व्यंग्य था।

'किन्तु मैं तो आज ही लौट जाऊँगा यदि चारुमित्रा मेरा सन्देश पाने के बाद भी मुझसे मिलने उत्सुक नहीं होतीं। तुम उनके इतने निकट वास करती हो तो उनसे कुछ न कुछ सम्बन्ध, परिचय होना ही चाहिए। मैं बस इतना चाहता हूँ कि सन्देश पहुँचाने की युक्ति निकल सके।'

'अच्छा, तुमने मुझे 'बहन' कहकर सम्बोधित किया है तो मैं ही तुम्हारा सन्देश पहुँचवाती हूँ। मेरी छोटी बहन देवी चारुमित्रा की पूजा के लिए ये पुष्प लेकर जाएगी। उसी की प्रतीक्षा कर रही हूँ मैं। यद्यपि सन्देश ले जाना अपनी सीमा का अतिक्रमण होगा, देवी रुष्ट हो सकती हैं, फिर भी कहो कि क्या सन्देश पहुँचाना है?'

'वह लिखना है मुझे, किन्तु लेखनी और पत्रा यहाँ कहाँ मिलेगा?'

'अच्छा, तुम लिख-पढ़ लेते हो? देखकर तो ऐसा अनुमान नहीं लगता। पर पत्रा-लेखनी यहाँ कहाँ, वह तो कायस्थ के पास मिलेगी! अच्छा, सायंकाल पुष्पों की पाँच चंगेरी जाएँगी। मैं भी साथ रहूँगी। तुम अपना पत्र यहीं दे जाना।'

'सायं की प्रतीक्षा में समय व्यर्थ होगा बहन!...तुम्हारी बगिया में कदलिका तो होगी ही?'

'हाँ, है।'

'कहीं निकट बबूल भी होगा?'

'फुलबगिया की बाड़ पर ही बबूल के वृक्ष लगे हैं।'

'तो बस, मेरा कार्य हो जाएगा। तुम मुझे कोमल, सुचिक्कण कदलिका-पत्र काटकर ला दो। मैं बबूल से कंटक तोड़ लाता हूँ।'

मालिन कुछ समझ तो न सकी पर कदलिका-पत्र लाने फुलबगिया में घुस गई। भर्तृहरि भी बाड़ पर खड़े बबूल की ओर चले गए।

लौटकर कदलिका-पत्र को जंघा पर टिकाकर वह बबूल के कंटक की नोक से पत्र पर अक्षर गोदने लगे :

नूनं हि ते कविवरा विपरीत बोधा,
ये नित्यमाहुरबला इति कामिनीनाम्।
याभिर्विलोलतरतारकदृष्टि पातैः
शक्रादयोऽपि विजितास्त्बलाः कथं ताः॥

'बहन! देवपूजा का मंडल बनाने के लिए तुम्हारे कुटीर में गेरू का रंग-चूर्ण भी होगा?'

'हाँ, है।' अपरिचित के संदेश भेजने की युक्ति पर चकित-सी मालिन ने स्वीकृति में सिर हिलाया।

'बस, चुटकी भर चाहिए...और देखो, कैसा पत्र बनता है!'

मालिन भीतर जाकर गेरू के चूर्ण का पात्र उठा लाई। भर्तृहरि ने चूर्ण अक्षरों के ऊपर भुरककर हल्की हथेली से पोंछ दिया। अब हरे पत्र पर गेरुए अक्षर स्पष्ट चमकने लगे, 'बस, यह पत्र तुम्हारी बहन को चारुमित्रा तक पहुँचाना है। मैं कृतज्ञ होऊँगा।' विनयपूर्वक कहा भर्तृहरि ने।

मालिन पत्र गोदने के क्षण से ही भर्तृहरि को ध्यान से देखने लगी थे। गेरुए अक्षर चमकने के साथ ही वह स्वयं भी चमत्कृत हो गई।

'अपरिचित बन्धु! तुम वह नहीं हो जिसका भेस बनाए हो...'

'मैंने कोई भेस नहीं बनाया बहन! जो बनता गया, बस, वही स्वीकार कर लिया है।'

'तुम्हारा नाम?'

'वही मेरा बन्धन है, इसीलिए तो उसे प्रकट नहीं करना चाहता। देखना यह भी है कि चारुमित्रा मनुष्य को नाम से पहचानती है या गुण से।'

मालिन मुग्धभाव से क्षणभर भर्तृहरि का रुक्ष चेहरा देखती रही, फिर बोली, 'अब मैं ही जाती हूँ देवी चारुमित्रा के पुष्प लेकर। मेरी बहन की वय कम है। पत्र के विषय में वह भूल या प्रमाद कर सकती है।...और देवी यदि कोई सन्देश दें तो वह भी लाऊँगी। तुम मेरे लौटने तक यहीं ठहरना। मेरी फुलबगिया की रखवाली भी करनी होगी। वैसे मेरा धनी भी आनेवाला है। उल्टे-सीधे प्रश्न करेगा। उससे उलझना मत। असह्य हो उठे तो कहीं आसपास समय बिता लेना। मैं दो-चार घड़ी में लौटती हूँ।'

मालिन की बहन आ पहुँची। यह किशोरी स्वभाव से ही चपल दिखती थी—इस कान से सुने को उस कान से उड़ानेवाली। मालिन ने उसे कुछ समझाया और चंगेरी सिर पर रख भर्तृहरि पर दृष्टि फेंकती एक स्मित के साथ चली गई।

किशोरी भर्तृहरि को फुलबगिया की मँड़ई तक ले आई जिसमें एक ओर चूल्हे के आसपास कुछ मिट्टी के बर्तन व्यवस्थापूर्वक रखे थे। काष्ठ, उपले, जल-घट सहित भीतर

की प्रत्येक वस्तु सुरुचिपूर्ण ढंग से सँवारी हुई थी। मंजी या खटिया पर रखे ओढ़न-बिछावन पुराने होकर भी धुले और स्वच्छ थे। भर्तृहरि आश्वस्त हुए कि मालिन निश्चय ही बुद्धिमती, प्रवीण है अतः सन्देश चारुमित्रा तक अवश्य पहुँचेगा।

किशोरी ने बैठने के लिए मंजी बिछा दी पर वह बैठने या विश्राम की अपेक्षा फूलों की क्यारियों के मध्य आमोद-भ्रमण करने लगे।

'अतिथि महाशय! मैं घर की ओर जा रही हूँ। बहनी गृहकार्य भी मेरे माथे छोड़ गई हैं। अकेली जान को इतने काम, पर क्या करें? अस्तु! तुम तो छुट्टे चौपायों, वानरों, वनचरों का ध्यान रखना। बहनोई जी भी आ ही पहुँचेंगे कुछ देर में। क्रोधी, चिड़चिड़े पुरुष हैं, जैसा कि हर गर्रा घामड़ होता है। उनसे बचकर ही रहो तो अच्छा होगा।' कह किशोरी हिरणी की भाँति कुलाँचें भरती बगिया से बाहर हो गई।

घड़ी भर फुलबगिया में घूम-फिर कर बाहर आ प्रवेशद्वार की कंटकी भेड़ते हुए भर्तृहरि बाड़ से बाहर की ओर झुके करोंदे की घनी छाँव में कदाचित् बैठने के लिए ही रखे गए प्रस्तर-खंड पर जा बैठे, फिर उसी प्रस्तर पर बाँह की टेक लगा लेट गए।

उनकी निद्रा मालिन के झकझोरने पर टूटी। वह प्रसन्नता में फूली न समा रही थी, 'बन्धु!...बन्धु, जागो!'

भर्तृहरि ने हड़बड़ाकर आँखें खोलीं।

'तुम यहाँ सो रहे हो बन्धु! भीतर मँडई में मंजी है शयन के लिए...बिछावन है...पीने को जल है। मेरी बहनी ने नहीं बताया?...अरे उसके स्वभाव में तो अभी तक बचपन भरा है। यूँ ताड़ की तरह बढ़ रही है। मैं तो तंग हूँ इससे किन्तु क्या करूँ? माँ की पेट पोंछी है। मैं पहलौटी हूँ तो मेरे लिए पुत्रीवत् हुई न!

माता-पिता अवन्ति राज्य में हैं किन्तु वहाँ जाने क्या हुआ है कि दस्यु, बटमारों का भय बढ़ गया है। सुनने में आया है कि वहाँ का राजा तीर्थयात्रा पर निकला और लौटा ही नहीं। क्या पता, बैरागी हो गया हो! मरमरा गया हो! जो भी हो, पर राज्य तो पितृहीन सन्तान की भाँति अरक्षित हो गया न! राजा के लिए प्रजा की रक्षा आवश्यक है कि पुण्य समेटने के लिए भटकना?

वैसे यह भी सुना है कि वहाँ का राजा प्रजा को प्रिय है अतः प्रजा ने वंचकों, तस्करों के आगे विवश-समर्पण नहीं किया है।...तो मैं अपनी भगिनी को यहाँ ले आई। अब कोई अच्छा-सा वर मिले तो उसके हाथों में सौंप दूँ...। अरे, मैं तो अपनी दुखकथा ले बैठी! देवी चारुमित्रा तुम्हारी प्रतीक्षा में द्वार पर खड़ी हैं। तुम्हारा पत्र पाते ही बुदबुदाने लगीं—यह बात, इतनी सहज शैली में वही कह सकता है—हाँ, वही, केवल वही।

वह बार-बार कभी धीमे, कभी ऊँचे स्वर में पत्र पर लिखे को पढ़ती रहीं। फिर एकाएक मुझसे पूछा—यह व्यक्ति कहाँ मिला?...कैसा है? रूपरंग, हावभाव, वार्तालाप का ढंग—सब पूछा। मैं क्या व कितना बता पाती? फिर मुझे तुम्हें शीघ्र बुलाने भेज दिया। नीचे उतर मुझे द्वार तक पहुँचाते हुए कहा कि वह यहीं प्रतीक्षा कर रही हैं।'

मालिन यह सब बता रही थी कि उसका पति फुलबगिया से निकल आ पहुँचा, 'कहाँ गई थी इतनी देर से? बगिया सूनी पड़ी है। चूल्हा ठंडा है और पेट में अग्नि जल रही है।

पति की उद्विग्नता से उदासीन तू यहाँ परपुरुष से हँस-हँसकर बातों में लीन है?' भर्तृहरि पर दृष्टि डालते हुए धनी ने पत्नी को घूरते हुए कहा।

पति के अधिकार की इस असम्मानजनक क्रिया की प्रतिक्रिया भी उसी भाषा में हुई, 'बगिया की रखवाली का दायित्व तेरा है और बगिया हो या पत्नी, इनकी सुध तुझे तभी आती है जब मद उतरता है या उदर आहार माँगने लगता है। रही जाने की बात, सो वहीं गई थी जहाँ से तेरा मद और आहार जुटता है...'

'तू गई थी तो तेरी वह लाड़ली कहाँ गई जो महीनों से मेरी छाती पर आ बैठी है?'

'तेरा कमाया नहीं खाती वह। वह जब से आई है तभी से घर में सरसई भी है। भुनभुना, भकभका मत! मैं इन्हें देवी चारुमित्रा के यहाँ लेकर जा रही हूँ।...बुलाया है।'

'बुलाया है इसे, तो तुझे क्या?' पति फिर से घुरघुराया।

'मुझे यह कि...। पर यह आवश्यक नहीं कि तेरे हर प्रश्न का उत्तर दूँ...तुरन्त। घड़ी भर में लौटकर आती हूँ। आँतें अधिक ही अकुला रही हों तो मढ़ई में कन्द का खंड रखा है, भून लेना,' कहती हुई मालिन पति की ओर हँस दी।

वह भी मुस्कुराया, 'बहुत दुष्ट है तू।'

'तेरे संग दुष्ट बनकर ही निबाह हो सकता है।...चलो बन्धु! स्वामिनी प्रतीक्षा में हैं,' कह वह आगे चल पड़ी।

पुरुष की ओर देखते हुए भर्तृहरि भी मालिन के पीछे हो गए।

भवन के द्वार पर प्रहरी भी प्रतीक्षा में थे। उन्होंने विशाल कपाट का छोटा द्वार खोलकर मालिन सहित आगंतुक को भीतर ले लिया।

सेवक दोनों को द्वार के निकट ही बने पुष्पकुंज में ले गया जहाँ स्फटिक शिला पर बैठी चारुमित्रा प्रतीक्षारत थी। इन्हें आते देख वह खड़ी हुई, हाथ में वही कदलिका पत्र लिये थी जिस पर काव्यपद उकेरा गया था।

वही पत्र आगे बढ़ाकर चारुमित्रा ने पूछा, 'यह आपने भेजा है?'

'हाँ।' भर्तृहरि बोले।

'पद का विन्यास 'नीतिशतक' के कवि सा है।'

'पद भी नीतिशतक के कवि का है।'

'तो आप...?' चारुमित्रा ने आँखों में झाँका।

'हाँ।'

'चारुमित्रा अतिथि महाकवि के स्वागत में प्रणत है। आतिथ्य स्वीकारने का अनुग्रह करें।'

'महिमामयी चारुमित्रा से भेंट करते हुए मुझे अपार हर्ष है।'

'तो कृपा कर पधारें।' चारुमित्रा ने अपना सुकोमल हाथ आगे बढ़ाया और भर्तृहरि ने उसे अपनी रूखी हथेली पर ले लिया।

चारुमित्रा भर्तृहरि को साथ लिये आवास की ओर चली गई। मालिन को पुरस्कार में स्वर्णमुद्रिका मिली थी।

चारुमित्रा के भवन में प्रवेश करनेवाले पर अनेक प्रेमियों की दृष्टि रहती है। उसके रूप, रुचि, गुण, पद के सम्बन्ध में कुछ-न-कुछ कानाकानी जनापवाद बनकर फैलती जाती

है तथा लोकवाद बनकर नगर समाज में तब तक उड़ती रहती है जब तक उसे छेंककर कोई दूसरी गपड़गढ़ंत न छा जाए।

चारु के प्रेमियों ने देखा था कि पुष्प चंगेरी लेकर प्रतिदिन आनेवाली किशोरी के स्थान पर प्रौढ़ स्त्री आई थी। फिर वही स्त्री उलझे केश, अस्त-व्यस्त कूर्च वाले उन्नत मस्तक, सम्पुष्ट बनवासी कृषक के साथ भवन के भीतर गई तथा उसे वहीं छोड़ कुछ ही समय में लौट आई। मालिन के अतिरिक्त चन्द्रपुर का प्रसिद्ध नापित भी भीतर जाता देखा गया। श्रेष्ठि स्वर्णपाद भी गए और कुछ समय ठहरकर लौट आए।

वह पुरुष भीतर पहुँचा सो पहुँचा, सूर्यास्त तक तो बाहर नहीं आया है। आज के दिन चन्द्रपुर का यही सबसे बड़ा समाचार था। चन्द्रपुर में इतस्तत: ठहरे या आकाश को आच्छादन मान डेरा डाले तरुण, युवा, प्रौढ़ प्रेमियों में तो हलचल थी ही, चारुमित्रा में रुचि न रखनेवाले भी उत्सुकता में भर आए।

सांध्य समय जो चन्द्रपुर में चारु-दर्शन के नाम से उल्लेखित होता है, चारुमित्रा के गवाक्ष के सामने दूर-दूर तक मुंड ही मुंड दिखाई देने लगे। प्रांगण भिंड से भर गया। आज यहाँ न वय का प्रश्न था, न रुचि, अरुचि का। बस, उत्सुकता थी कि वह कौन है जो... ?

चारुमित्रा नियत समय पर गवाक्ष में आई। उसे देखते ही आकाश गुँजानेवाला उल्लास उठा किन्तु इसकी अवधि अधिक न रही। आवृति हुई भी तो धीमी-सी। एक प्रश्न जैसे सबकी आँखों में आ ठहरा था। हाथों में पुष्पगुच्छ थे, मालाएँ थीं; निवेदन, आग्रह थे; शपथ और प्रतिज्ञाएँ थीं किन्तु वह सब जैसे थमकर रह गए थे।

अपने जयघोष की कुछ पल प्रतीक्षा के पश्चात् चारुमित्रा ने नीचे खड़े, टकटकी लगाए समुदाय की ओर कनकपरात से पुष्प फेंकने आरम्भ किए। प्रत्युत्तर में अभ्यासी हाथों से पुष्प मंजरियाँ, पुष्पगुच्छ भी उछले किन्तु वे सब गवाक्ष तक न पहुँच नीचे ही गिरे जा रहे थे। चारुमित्रा ने दोबारा पुष्प फेंके...दबी-दबी उल्लसित हुंकार भी उठी, पर उसमें पहले दिनों-सा आह्लाद न था।

चारुमित्रा के लिए ऐसा समूह अप्रत्याशित था और समूह का व्यवहार भी किन्तु अपने हाव-भाव से कुछ प्रकट न होने दिया। गवाक्ष से लौट वह सीधे अतिथि कक्ष में पहुँची जहाँ भर्तृहरि वीणा के तारों से खेलते हुए उठने वाले स्वरों में कुछ खोजने का प्रयास कर रहे थे।

'इसके स्वरों में क्या खोज रहे हैं देव ?' चारुमित्रा ने मुस्कुराते हुए पूछा।

भर्तृहरि ने सिर उठाकर सामने खड़े सुदीप्त रूप को देखा, 'देवी, मैं इन तारों से उठनेवाले स्वरों के आनन्द का उत्स देख पाने का प्रयास कर रहा हूँ कि यह किस प्रकार मनुष्य की चेतना को आकर्षित, प्रभावित करते हैं...।'

'मेरी अल्पबुद्धि के अनुसार कदाचित् यह सौन्दर्यानुभूति है जो आनन्द की सृष्टि करती है और आनन्द प्रत्येक जीव की नैसर्गिक आवश्यकता है।' कहती हुई चारुमित्रा एक आसन्दी खींचकर भर्तृहरि के सामने बैठ गई।

'और देवी के अनुसार सौन्दर्य क्या है ?'

'बहुत स्पष्ट पारिभाषिक व्याख्या तो नहीं जानती पर ऐसा लगता है कि कोई रूप, ध्वनि, रंग, व्यवहार या प्रभाव जो मन तथा इन्द्रियों को सन्तोष प्रदान करे—वही सुन्दर है।'

'सौन्दर्य का मर्म अन्ततः मन का ही मान तो है, नहीं ?'

'वस्तुतः जो रूपवान के साथ गुणवान भी है, समग्र सुन्दरता वहीं होती है।' चारुमित्रा का कहना था।

'सौन्दर्य में संयोग तथा ईश्वरीय तेज निहित नहीं होता क्या ? अन्यथा उसके साथ अद्भुत, दिव्य, शुभ, ऐश्वर्य विभव आदि सर्ग क्यों जुड़ते ?' भर्तृहरि की दृष्टि चारुमित्रा के मुख पर ठहर गई।

चारुमित्रा हँस पड़ी, 'मेरा मानना है देव, कि दृश्य के साथ ही आस्वाद में भी सौंदर्य छिपा होता है। स्वाद, सुगन्धहीन नागचम्पा की सुन्दरता किसी के गले का हार नहीं बनती। इसी प्रकार हस्ति न कमल का सौन्दर्य देखता है, न रस अनुभव करता है। वह तो सरोवर को मथकर सौन्दर्य के ध्वंस में ही तृप्ति पाता है।'

'तब वह उपभोग्य-सिद्ध होगा ?'

'उपभोग सृजन का चरण बने तो वह भी वरेण्य है। और हाँ, सौन्दर्य तथा कला का आनन्द चर्चा में नहीं, उसके अनुभव में निहित है। आप इतनी दूर से आए हैं, क्लान्त होंगे।' चारुमित्रा ने परिचारिका को आवाज दी, 'मृदुले ?'

मृदुला जैसे आदेश की प्रतीक्षा में चीनांशुक-पट के पीछे ही खड़ी थी, तुरन्त उपस्थित हो गई, 'आज्ञा स्वामिनी !'

'मद मंजूषा ले आओ।'

जैसे यह आदेश भी प्रतीक्षित ही था। मृदुला ने एक सहयोगिनी के साथ मद-मंजूषा लाकर भर्तृहरि व चारुमित्रा के मध्य रख दी।

'मैंने सुना था कि महाराज इन दिनों अवन्ति में नहीं हैं। अभी वहाँ उत्सव भी हो रहा है। महादेवी गर्भ से हैं। महाराज पिता बनने वाले हैं।—यही सन्देश मिला था मुझे महामात्य पूर्णरथ की ओर से। मुझे निमंत्रण था, न जा पाई। गायक कवि बसन्त गया है वहाँ। उसकी प्रबल इच्छा रही है कि वह आपको आपका ही काव्य अपनी भाषा में सुनाए। मैंने उसे बताया नहीं कि देव नगर में उपस्थित नहीं हैं। यह सुनकर वह कदाचित् उत्सव में ही सम्मिलित न होता। आपको न पाकर वह निराश हुआ होगा।'

'भद्रे !' मैं उससे 'नीतिशतक' के पद सुन चुका हूँ।'

'सच, महाराज ?' चारुमित्रा का मुखमंडल और भी खिल आया। नेत्रों में चमक भर आई।

'हाँ, यह भी ज्ञात हुआ कि बसन्त ने काव्य का मर्म आपसे जाना है।'

'ओह, उसे यह सब कहने की क्या आवश्यकता थी ?' चारुमित्रा लज्जा और मान में डूबती बोली।'किन्तु उसने मुझसे क्यों छिपाया कि आपसे मिल चुका है, पद सुनाकर कृतार्थ हुआ है ?'

'क्योंकि जिस विरागी, साधु को उसने पद सुनाए थे, नहीं जानता था कि वह भर्तृहरि है।'

'यह तो पहेली हो गई देव !'

'जीवन पहेली ही तो है भद्रे ! यही देखो कि कल इसी समय तुम्हारे द्वार के आगे भूमि मेरा बिछौना थी और ओढ़ना तरु पल्लवों की छाँह। परसों इसी समय घोर वन में घोर साधकों के बीच था—जहाँ न जीवन का सँभार है, न मृत्यु का भय। सब-के-सब ऐन्द्रिक काल

में संचरण कर रहे हैं—भोग के चरम को मुक्ति का सोपान मानते हुए। लगता है, जैसे न वहाँ विगत है, न विगत की स्मृति।...आगत की प्रतीक्षा भी नहीं। वह वर्तमान के क्षण की तरलता को मुट्ठी में बाँधना चाहते हैं। जल तो झिर जाता है छिद्रों से, गीली हथेली भर रह जाती है और विडम्बना यह कि वह गीलापन भी अगले क्षण वाष्प हो जाता है। मैं योगिनी मणिभद्रा के पास ठहरा था, वहाँ जाना यह रहस्य।'

चारुमित्रा की कमल-सी आँखें भय और आश्चर्य से फैल गईं, 'सुना है, वहाँ से तो कोई जीवित नहीं लौटता? राज्य ने भी उसे वर्जित क्षेत्र घोषित किया है... ?'

'संसार अनेक भ्रमों का पुंज है देवी चारुमित्रा! भ्रम में मर रहा है मनुष्य तो भ्रम ही जीवित भी रखते हैं उसे। भ्रम कभी सत्य प्रतीत होता है, कभी असत्य प्रतिभासित होता है। जिसे सत्य मानकर भर्तृहरि ने गृह त्यागा था, अब लगता है कि वह भ्रम था। कम-से-कम मन में यह इच्छा तो कहीं आ ही दुबकी है कि वह सत्य भ्रम ही हो!' भर्तृहरि किसी स्मृति के झरोखे में झाँकते से लगे।

'देव कदाचित किसी कूट आघात से उत्पीड़ित, व्यथित हैं। छोड़ें इसे, यह समय विगत को भूल आगत के स्वागत का है। देखो, पात्र में भरी सुरा कितनी उत्कंठित, चंचल हो रही है!' चारुमित्रा ने हँसते हुए गम्भीरता के कुहासे को हटाने के प्रयास में पारदर्शी पात्र में थरथराती सुरा दो चषकों में ढाली।

भर्तृहरि भी मुख पर मुस्कान ले आए, 'बीते हुए कल भी यही मदिरा मिट्टी के जूठे और खंडित कुल्हड़ में थी। आशन व चखौती के नाम पर बचे-खुचे मांसखंड और अँगोछे में बँधे दो मुट्ठी दाने। इतने निकट का बीता हुआ कल सत्य के स्थान पर स्वप्न प्रतीत होता है।'

चारुमित्रा आसन्दी से उठ भर्तृहरि के पार्श्व में आ बैठी, 'कल का स्वप्न बीत गया देव!...आज का सत्य हमारे सामने है। 'नीतिशतक' भले स्वप्न से उपजा हो किन्तु वह कल भी सत्य था, आज भी है, आनेवाले कल में भी रहेगा। आज आपकी कल्पना ने कदलिका-पत्र पर एक और सत्य रेखांकित किया है : नूनं हि ते कविवरा विपरीत बोधा ये नित्यमाहुरबला इति कामिनीनाम्।'

यह चषक इस काव्य-सत्य के जन्म का उपलक्ष्य...चारुमित्रा ने चषक भर्तृहरि के ओठों से लगा दिया।

पलभर को भर्तृहरि झिझके फिर आँख बन्द कर घूँट भर लिया। दूसरा घूँट भरने को थे कि चारुमित्रा ने चषक हटा लिया। आँखें खुलीं, उनमें चषक हटाये जाने का प्रश्न झाँक रहा था।

'इसमें शेष मेरा प्रसाद है,' कह चारुमित्रा ने वह जूठा चषक अपने मुँह से लगा लिया और भर्तृहरि के रोकते-रोकते भी गट्-गट् करते खाली कर दिया।

तृप्ति की साँस भरती चारुमित्रा ने दूसरा चषक भर्तृहरि की ओर बढ़ाया। भर्तृहरि ने वह अपने हाथ में लेकर और घूँट भरा।

'कवि, तुमने पद में नारी को अबला से सबला तो बना दिया तथा नेत्रों के चंचल कटाक्षों को इन्द्रादिकों को वश में करनेवाला भी बता दिया। क्या बस इतने से ही पूरी हो जाती है बात?' चारुमित्रा भर्तृहरि की आँखों में झाँकने लगी।

भर्तृहरि घूँट-घूँट चषक खाली करते रहे और टकटकी बाँधे चारुमित्रा देखती रही। खाली चषक दोबारा भरे उसने। दूसरा चषक भर्तृहरि को सौंपते पुनः बोली, 'देव, मैंने कुछ पूछा है...।'

भर्तृहरि ने दूसरे चषक से घूँट भरा, 'बात पूरी नहीं, तुमसे मिलने के प्रयास में आरम्भ हुई है भद्रे!'

'तो मिलने पर आगे बढ़ें देव!'

भर्तृहरि ने नेत्र बन्द कर कुछ सोचा। उनके ओठ फड़फड़ाए, जैसे कोई सुकुमार विहग उड़ने के लिए पंख तौल रहा हो!

'हाँ, कहो!...आगे कहो कवि। संकोच की अटक, संसार की उलझन को परे कर खोल दो मन का प्रवाह।'

आँखें बन्द किए भर्तृहरि को लगा कि जैसे आकुल-विकल-सी शची उनसे आग्रह कर रही हो! 'शची...!' उनके हाथ ने बगल में अमूल्य न्यास की भाँति सहेजकर रखी हुई लकुट का स्पर्श किया। चषक ओठों से हट गया और शब्द आ बैठे :

नूनमाज्ञाकरस्तस्याः सुभ्रुवो मकरध्वजः।
यतस्तन्नेत्रसंचार सूचितेषु प्रवर्तते॥

सुगंधित सुरा को बूँद-बूँद पीते भर्तृहरि चारुमित्रा की ओर देखने लगे। लगा, मन के भीतर कोई ज्वार-सा जागने लगा है। शब्दों के ज्योतिर्पिंड जल-बुझ उठे। दूर कहीं मधुर स्वर में बंसी बज रही थी पर राग पकड़ में न आ रहा था।

'चारुमित्रे! भवन में चन्द्रायतन तो होगा?'

'अवश्य ही है देव!...सेविका ने वहाँ तल्प भी सजाया है।'

'तो वहीं चलें! निरभ्र आकाश के अंक में विश्राम लेती भूमा को बहुत दिन से नहीं निहारा। आविष्ट वसुमती के हृदय का उद्धत संगीत नहीं सुना है। रोमावलि पर प्रतिनिशा उभरने वाले स्वेद-कणों से पूर्व का दाह नहीं जाना है। इस दाह की नित-नूतनता का रहस्य नहीं समझा है...'

'अकेला पुरुष या अकेली स्त्री सृष्टि के रहस्य में प्रवेश नहीं पाती देव!'

'किन्तु चारुमित्रे! स्त्री तो मुझे कभी भी अनुपलब्ध नहीं रही। नैराश्य के विजन में भी विधाता ने शची से भेंट करा दी।'

चारुमित्रा ने देखा कि भर्तृहरि लकुट को सहलाने लगे थे।

'देव, क्या यह लकुट शची की भेंट है?'

'शची?' कहते भर्तृहरि चिहुँक से पड़े, 'हाँ, भद्रे! यह विदा करती शची ने ही मेरे हाथ में पकड़ाई थी, किन्तु तुमने यह कैसे जाना कि यह शची द्वारा...?'

'इसलिए कि यह एकमात्र स्त्री रही, जिससे देव की भेंट का संयोग बना।'

'क्या कहती हैं भद्रे! रानी पिंगला, चम्पा सदैव उपलब्ध, समर्पित रहीं। और भी..।'

'और भी यह देव, कि वे सब स्त्री की देह में कोई आपकी पत्नी रही, कोई दासी, कोई क्रीता, कोई उत्सुका।'

'तो..?'

'तो यही कि चन्द्रायतन की ओर चलें।' चारुमित्रा ने अपना हाथ भर्तृहरि की ओर बढ़ाया।

सुरापात्र और चषक पर दृष्टि डालते ही भर्तृहरि ने सुना, 'वहाँ व्यवस्था है देव!'

चारुमित्रा का हाथ थाम खड़े हो गए वह। इस समय चारु की रुचि के परिधान में थे—अन्तरीय के ऊपर चपकन, काँखासोती उत्तरीय और सिरपेंच। पाँवों में सुकोमल पाँवडी। सिरपेंच धारण न करने से राजा के केश स्कन्धों पर छितरे थे।

राजा का हाथ स्वभावत: लकुट की ओर बढ़ा तो चारुमित्रा ने बरज दिया, 'देव, अभी वन में नहीं, भवन में हैं। मुझ सहित सहायक हैं पग-पग पर। किसी आकस्मिक भय की आशंका नहीं है, अत: इसे यहीं विश्राम लेने दें।'

तनिक झिझककर भर्तृहरि मुस्कुराकर चारुमित्रा के संग हो लिये।

चारुमित्रा—रूप के सागर में तारुण्य की लहर। भर्तृहरि रोमांचित हो उठे।

चन्द्रायतन में पर्यंक बिछा हुआ था—गुदगुदे गावदुम, गेंडुए, ओढ़ने की रंगीन निहाली। जलपात्र, मदपात्र—भक्ष्य, भोज्य, चोष्य, अवलेह, चतुर्विध आहार। आसपास किसी की उपस्थिति प्रकट न थी। चन्द्रायतन के भीतर कर्पूर गुटिकाओं का सुगन्धित मन्द प्रकाश था।

'तुम्हारी सुरुचि अनुपम है चारुमित्रे!'

चन्द्रायतन की भोर भी किसी उपवन जैसी थी। छज्जों, मुँडेरों पर नाना वर्ण, नाना जाति के पक्षी चहचहाने लगे थे। चारुमित्रा के आदेश से परिचारिकाएँ प्रतिदिन सायं बाजरा, चावल, सवाँ, कोदों छत पर बिखेर देती हैं सो पौ फटते ही चुग्गा के लिए पक्षियों के झुंड चारुमित्रा की छत पर आ उतरते हैं। चारुमित्रा चन्द्रायतन में बैठ प्रात: वायु का सेवन करने के साथ पक्षियों की ध्वनियों में राग खोजती है और गति में नृत्य के पद-विक्षेप। उनकी क्रीड़ाओं, केलि, द्वन्द्व से भाव लेती और नेत्र संचालन में भाव प्राकट्य के सूत्र चुनती है।

परिचारिकाओं ने उसी नित्यक्रम अनुसार दाने बिखेरे थे। उन्होंने सोचा ही कहाँ था, अतिथि यहीं शयन करेंगे एवं पाखियों के धमाल से उनकी सुखनिद्रा बाधित होगी। भर्तृहरि ने मदालस्य में एकाधिक बार करवट बदलकर सबेरा टालने का प्रयास किया किन्तु प्रकृति का नियमन रोके कहाँ रुकता है! प्रकृति अपने नियम में हस्तक्षेप कुछ सीमा तक ही सहती है। सीमा का अतिक्रमण होते ही पलटवार कर देती है। प्रकृति का यह वार युग बदलता, मन्वन्तर पलटता और नया कल्प रच देता है।

अनमनेपन से जँभाई लेते भर्तृहरि की दृष्टि उनके पैताने बैठ विहंगों के केलि-कलरव में खोई चारुमित्रा पर पड़ी। उसे पता ही नहीं है कि उसका प्रतीक्षित, काम्य अतिथि स्वयं उसकी ही इच्छित व्यवस्था के कारण निद्रा-सुख से वंचित हुआ है।

'सुप्रभात भद्रे...!'

प्रभात बेला में पुरुष स्वर सुना तो चारुमित्रा भी चौंक गई। अब तक कोई भी पुरुष ऊषाकाल तक उसके जीवन में शामिल नहीं रहा था। मध्यरात्रि के पश्चात् मध्याह्न तक उसने किसी पुरुष की साँसें भी नहीं सुनी हैं।

'ओह, सुप्रभात देव! मुझे स्मरण न रहा अन्यथा यहाँ चुगना बिखेरने को कल ही मना कर देती। इन पक्षियों के घमरौल से आपकी निद्रा में व्यवधान हुआ।'

'आप दाने न डालतीं तब भी यह पक्षी आते, क्योंकि इन्हें यहाँ आने की आदत हो गई है। चुग्गा न पाने की निराशा में ये स्यात् और भी रोर करते। वैसे यह रोर तथा यह दृश्य दोनों ही मोहक हैं।' शय्या से उठकर भर्तृहरि चारुमित्रा के निकट खड़े हो गए।

यह प्रभात भर्तृहरि के लिए नवीन ऊर्जा के साथ आया। ऊर्जा सँवारते संध्या आई। रात्रि हुई, फिर अगली भोर। उसके पश्चात् भी वही क्रम और यह चतुर्थ शर्बरी चन्द्रपुर की। उन्हें लगा कि इन तीन दिनों में चारुमित्रा का सौन्दर्य व व्यक्तित्व उज्ज्वल व प्रसन्न परिष्कार से ओतप्रोत हुआ है।

इन्हीं दिनों में जनसमूह ने सुना कि गंडग्राम माधा के किसी श्रवण नामवाले युवक को अगले दिन दूसरे प्रहर देवी चारुमित्रा से भेंट करनी है।

सूचना श्रवण ने भी सुनी किन्तु उसे अपने कानों पर विश्वास न हुआ। अन्य प्रेमियों की भाँति उसकी भी एक मंडली थी जिसका हर सदस्य अपने कान खुजलाते हुए सूचना गवाक्ष से ही आने की पुष्टि करना चाहता था।...यह कैसे सम्भव है कि श्रवण जैसा रूप, गुण, धनहीन युवक चारुमित्रा-सी स्वप्न-कामिनी का वांछनीय हो जाए? क्या चारुमित्रा अथवा उसकी ही ओर से किसी ने अपने प्रशंसकों के मोद हेतु कोई कल्पित 'श्रवण' नाम प्रयुक्त किया है?...यह है तो उसके साथ गंडग्राम माधा को क्यों जोड़ा गया? कोई बात तो है, पर हो कैसे सकती है?

यह भी हुआ कि अनेक ने श्रवण को 'चारु-भवन' में प्रवेश करते देखा...दो घड़ी पश्चात् वह गम्भीर-सी प्रसन्नता में बाहर निकला तथा प्रतीक्षारत मंडली को अपने गृहग्राम जाने की सूचना देकर घर लौट गया।

मंडली विस्मित थी। पूछा गया, 'इतनी देर...भीतर...हुआ क्या?'

'सुस्वादु भोजन के साथ चारु का चुम्बन मिला।' श्रवण ने बताया।

'इस पृथ्वी का सबसे बड़ा झूठ...अनृत...।' दसियों कंठ से एक साथ निकला।

'मुझे अपना सच प्रमाणित करने की कोई उत्कंठा, आवश्यकता नहीं है।' बस, इतना ही या ऐसे ही कुछ वाक्य बोलकर श्रवण चला गया था।

वह शान्त-सा दिन रहा कि भर्तृहरि ने निकट बैठ वीणा के तार छेड़ती चारु से प्रश्न किया, 'सुमुखे! एक पहेली-सी बार-बार मन में उठती है। इससे पूर्व भी यह प्रश्न मेरे समक्ष अनेक बार आ खड़ा हुआ है किन्तु मैंने इसे टाला या प्रमाद में महत्त्व नहीं दिया। मुझे लगता है कि तुम्हारे साथ मिलकर इसका मर्म पकड़ा जा सकता है।'

चारु ने कोमल झिंझोट के साथ वीणा पर थिरकती उँगलियाँ रोक दीं, 'प्रश्न क्या बहुत गम्भीर है?'

'स्यात्।'

'आपकी स्यात् से प्रतीत होता है कि प्रश्न अभी भीतर तक नहीं उतरा। ऐसे में उत्तर भी सन्तोषजनक नहीं मिलता। वैसे मैं भी विचार कर देखूँ—प्रश्न क्या है?'

'स्त्री से सम्बन्धित है।'

'वह तो होगा ही। पुरुष सम्बन्धित प्रश्न में स्त्री कब शामिल हो पाती है!' चारुमित्रा विनोदपूर्वक बोली।

भर्तृहरि मुस्कुराए, 'तो देवी, भाव कुछ इस प्रकार है कि स्त्री बातें किसी पुरुष से करती है, देखती किसी और को है। हृदय में किसी अन्य को बसाती है, तो उसे प्रिय कौन होता है ?'

'यह काव्य योग्य है। पद रचिए, एक नया पद हो जाएगा।'

'किन्तु जब तक भाव का मर्म चित्त में प्रतिबिम्बित न हो तब तक काव्य कहाँ सम्भव होता है ?' भर्तृहरि ने कठिनाई सामने रखी।

'मैं प्रयास करूँ ?'

'तुम ? यदि कर सको तो बहुत प्रसन्नता होगी मुझे। तुम्हारे सहयोग से मेरे 'नीतिशतक' में अगला नाम जुड़ सकता है—'श्रृंगारशतक'। कितना समीचीन होगा यह नाम भी ! तो प्रयास करो चारु! कवि भर्तृहरि का सम्बल बन जाओ।' उन्होंने चारुमित्रा के हाथ थाम लिये।

चारुमित्रा रोमांचित हो उठी। भर्तृहरि उसकी ओर देख रहे थे और वह नेत्र बन्द कर जाने कहाँ भटक रही थी। एकाएक उसके मुख से निकला, 'भर्तृहरि... !'

'हाँ, चारु!'

'कुछ कहने का आवेग सा है।'

'कहो, मैं सुनने को प्रस्तुत हूँ।'

'तुम्हारा भाव अब मेरा बनता लगता है।'

'यह शुभ है...उसे शब्द दो प्रिये।'

चारुमित्रा के ओठ फड़के :

'जल्पन्ति सार्धमन्येन पश्यंत्यन्यं सविभ्रमाः ॥
हृदये चिन्तयन्त्यन्यं प्रियः को नाम योषिताम् ॥'

प्रसन्नता से उछल पड़े भर्तृहरि, 'साधु सुभगे...साधु प्रिये ! विलक्षण प्रतिभा है तुम्हारी। भावों की ऐसी सहज अभिव्यक्ति ? अद्‌भुत है... । तुम तो सरस्वती का सगुण विग्रह हो। यह कवि अनुगत हुआ तुम्हारा। समझ नहीं आ रहा कि तुम्हें क्या कहकर सम्मान दूँ ! हाँ...इतना ही... यही कर सकता हूँ। मुझे यही करना चाहिए,' कहते- कहते वह चारुमित्रा के चरणों में झुक गए।

'अरे-रे, यह क्या देव ? मैं एक क्षुद्र जन-कल्याणी, रूपजीवा। काल का अत्यन्त अल्प अंश अपने शरीर की अंजुरी में थामे इच्छाओं, कामनाओं की व्यवसायी। समय आज चारुमित्रा का है तो कल जाने किसका होगा और चारुमित्रा काल की जाने किस कन्दरा में, जाने कहाँ, जाने किस हाल में पड़ी होगी !' रोकते-रोकते भी चारुमित्रा की आँखों से आँसू छलक पड़े।

'ना प्रिये, नहीं... !' भर्तृहरि ने चारुमित्रा को भुजाओं में बाँध लिया, 'कल की कौन कहे, किन्तु आज हमारा है। महाकाल ने हमें सौंपे हैं ये क्षण।'

बड़ी देर तक वह चारुमित्रा को हृदय से लगाए रहे। दोनों की साँसें देह में संगीत भरने लगीं, तप्त अधर मिल गए। साँसों के स्वर, देह की लयताल, नई बंदिश में काव्य के नये छन्द जागने लगे :

मधुतिष्ठिति वाचि योषितां हृदि हालाहलमेवकेवलं।
अतएव निपीयतेऽधरो हृदयंमुष्टिभिरेव ताड्यते॥
कामिनी काय कांतारे कुचपर्वत दुर्गमे।
मा संचर मनः पांथ तत्रास्तेस्मरतस्करः॥

5

आचार ही यह बताता है
कि कौन पुरुष कुलीन है
कौन अकुलीन।
कौन वीर है, कौन व्यर्थ ही स्वयं को पुरुष
मानता है।

चीवर पताकाओं, चीनांशुक पटों से सुशोभित रथ राजभवन से निकल राजमार्ग पर आ गया तथा शीघ्रता में आगे बढ़ने लगा। इस रथ पर सामान्यत: लगा रहनेवाला राजध्वज इस समय ध्वजदंड से लपेटकर श्वेत आवरण से ढँक लिया गया है किन्तु सारथि के सामने वाले पट्ट पर त्रिशूल के ऊपर फण फैलाए काल सर्प के राजचिह्न को अवन्ति में सभी पहचानते हैं कि यह उज्जयिनी राज्य की महामहीश्वरी का रथ है।

उस समय राजमार्ग पर आवागमन सघन न होने पर भी सैनिक अश्वारोहियों से रक्षित रथ को देखते ही अन्य वाहन किनारे होकर आदर प्रकट करते।

पुत्र जन्म के पश्चात् महारानी मात्र एक ही बार बाहर निकली थीं। महाकाल की अभ्यर्थना कर उन्होंने पुत्र को महाकाल को ही समर्पित कर दिया था। कुछ दिनों तक यह चर्चा भी बनी रही कि हर क्षण छाया की भाँति साथ रहनेवाली वयसिका इस बार महादेवी के साथ आई तो थी किन्तु गर्भगृह के बाहर ही ठहरी रही—महारानी के संग भीतर पहुँचने वाली चम्पा थी। इससे राज्य के सामन्तों, आस्पदों में यह सन्देश पहुँचा कि पिछले महीनों में राजमहालय की सूत्रधार बन बैठी वयसिका से महादेवी कहीं न कहीं अप्रसन्न हैं।

मार्ग में मिलनेवाले इसी वर्ग के लोग चौंके कि बिना किसी घोषणा, सूचना के महादेवी जा कहाँ रही हैं? इसी उत्सुकता में कुछ वाहन किंचित् अन्तराल बना मोड़ लिये गए। इन मुड़ने वालों को महादेवी के रथ के पीछे देख राजमार्ग के कुछ अन्य वाहन भी अपने-अपने कार्य, गंतव्य स्थगित कर पीछे हो लिये।

उज्जयिनी में राजन्य वर्ग को अन्य कार्य ही क्या है? उनके सुख पर न कहीं से कोई बाधा है, न कटोत्री। वणिक देश-देशान्तर में व्यवसाय करते हुए पूर्व की ही भाँति स्वर्ण-भंडार भर रहे थे। स्पष्ट है कि राजन्य, राज्यकर्मियों को स्वत: ही उनका भाग प्राप्त हो जाता है—ठीक उसी भाँति, जैसे यज्ञ में प्रत्येक देव को उसका निर्धारित अंश पुरोहित यजमान से दिलाता है। यज्ञ की सफलता ही छोटे-बड़े सभी देवों के अपना अंश स्वीकार कर सन्तुष्ट होने पर निर्भर है।

राजपथ पर जल का छिड़काव हो चुका था तथा भवनों से उठती चन्दन, अगरु व धूप की सुगन्ध से सुरभित राजमार्ग से रथ पंचमार्ग पर जा पहुँचा। यहाँ से एक मार्ग महाकाल मन्दिर की ओर है, दूसरा आस्पद आदि उच्चाधिकारियों तथा महत्त्वपूर्ण व्यक्तियों के आवासों की ओर जाता है। तीन मार्ग उज्जयिनी की समृद्धि के मूल व्यवसायियों, श्रेष्ठियों की गगनचुंबी अट्टालिकाओं, मढ़ई, पतन, चौहट्टों की ओर पहुँचाते हैं। इस समय इन सदा जन-संकुल रहनेवाले मार्गों पर भी चहल-पहल न बढ़ी थी। व्यापारी, नैगम, पण्यपति, आदि इक्का-दुक्का ही तैयार होकर निकलने लगे थे।

रथ महाकाल पथ की ओर मुड़ गया तथा वहाँ से आगे दर्दुरेश्वर वाले उपमार्ग पर। यह मार्ग कुछ घूमकर है, पण्य के बीच से सीधा पड़ता है किन्तु इधर से जाने का प्रयोजन भीड़भाड़ से बचने का ही रहा होगा। दर्दुरेश्वर के उपपथ पर वृक्षों की सघन छाया सदैव बनी रहती है जो आषाढ़ के इस पावसपूर्वकाल में और भी सुखकर हो जाती है। रथ सीधा राजपुरोहित के आवास पर जा ठहरा। महादेवी का रथ एकाएक सामने देख द्वार-सेवक अकबका गया। उसे महादेवी के आने की कोई सूचना न थी अन्यथा गृहस्वामी की ओर से कोई न कोई द्वार पर अवश्य उपस्थित रहता—स्वागतार्थ। अश्वारोही सैनिक रथ रुकते ही द्वार के दोनों ओर सतर्क खड़े हो गए। पीछे के सैनिक रथ के निकट आ पहुँचे।

द्वार-रक्षक असमंजस में होकर भी महादेवी को तो प्रवेश करने से रोक नहीं सकता। भीतर पहुँचकर सूचना देने व आज्ञा लेकर सेवक के आने तक ठहर भी नहीं सकतीं महारानी। राज-मर्यादा के विरुद्ध होता यह। अतः द्वार-सेवक रथ को मार्ग देता हुआ सिर नवाकर खड़ा हो गया कि अब जो होना हो...हो।

रथ भीतर पहुँचते ही पीछे वाले सैनिक भी आगे वालों में जा मिले। रथ अब आवास की सीढ़ियों से जा सटा जिसे देखते ही वामदेव दौड़कर आ पहुँचा।

'यह ब्रह्मचारी बटुक महादेवी को प्रणाम करता है। सूचना मिली होती तो सेवक महादेवी के स्वागतार्थ द्वार पर ही प्रतीक्षारत मिलता...कृपा कर पधारें!' वामदेव हाथ जोड़े झुक गया।

'दैवज्ञ कहाँ हैं इस समय?' रथपटी के पीछे से स्त्री स्वर ने पूछा।

'दैवज्ञ कक्ष में पहुँचने को हैं—महामहिषी!'

'अच्छा, उन्हें हमारे पहुँचने की सूचना निवेदित करो।'

'जो आज्ञा महादेवी!' कह वामदेव भीतर की ओर दौड़ गया।

आधा मुँह ढाँपे दैवज्ञ-कक्ष की ओर बढ़नेवाली स्त्री महारानी नहीं, वयसिका थी। कक्ष के चौसारे में पहुँचते ही उसने अपना अवगुंठन हटा लिया था। रथ की घर्र-घर्र सुन पुरोहित कुमार भी यह देखने निकल आए कि कौन आया है—आज किसी श्रेष्ठि, सामन्त, अधिकारी से भेंट का समय निश्चित ही नहीं किया गया।

'जय महाकाल भ्रातृ...प्रणाम!' वयसिका आदर से बोली।

'महाकाल तुम्हें आयुष्य, सौभाग्य प्रदान करें।' पुरोहित कुमार ने प्रसन्नतापूर्वक आशीष दिया। उनके कोई सहोदरा न होने से तथा राजपुरोहित द्वारा वयसिका को पुत्री सम्बोधित किये जाने से उनमें सहज ही भ्रातृ-भाव आ गया था। वय में अधिक होने से स्नेह के साथ वह वयसिका के लिए संरक्षण-भाव भी रखते हैं।

'आज एकाएक पितृव्य का स्मरण कैसे हो आया बहना?'

'आपकी यह बहना तो अन्य के आदेश और इच्छा से बँधी है...पर आप भी सुध नहीं लेते। कभी-कभार चले आया करें तो मुझे आश्वस्ति ही मिलती रहे।' उलाहना दिया वयसिका ने।

'आह, तुम्हारे उस राजभवन में पहुँचना...! देखो वयसिका, अन्यथा न लेना। गया था मैं एक बार...तुम्हारी भावज साथ थीं। मिलना चाहती थीं तुमसे ही। बहुत उत्सुक थीं कि पिताजी ने जिसे उनकी नन्दा बनाया है, वह कैसी है।

तो राजपुरोहित का पुत्र होने पर भी हमें दो घड़ी तक प्रतीक्षा कराकर पहले तो उपास्पद से भेंट कराई गई तथा उसने भी घुमा-फिराकर यही सूचना दी कि तुम महादेवी के साथ कहीं गई हो।

कब तक लौटेंगी ?—तुम्हारी भावज ने पूछा तो उसने कहा कि महादेवी के लौटने की सूचना उसके पास है नहीं...होती तो भी न बता पाता तथा दासियों, सेविकाओं के आने-जाने का ध्यान रखना उसका दायित्व नहीं है। बताओ, ऐसे रूखे, उपेक्षित अनुभव के पश्चात् भी कोई नागरिक राजमहालय में प्रवेश करने का साहस करेगा ?...राजस्थलों पर हर किसी को सन्देह के साथ देखा जाता है।' हँसने लगे पुरोहित कुमार।

वयसिका ने भी साथ दिया विवश, सूखी-सी हँसी से, 'आपका कहना सत्य है अग्रज। अब तो कभी-कभी मुझे स्वयं पर भी सन्देह होने लगता है। राजभवनों के लोग सन्देह और शंका के साथ ही जीते हैं। अच्छा, बताओ, पितृव्य कहाँ हैं ?'

'हाँ, मैं जान गया कि तुम अपने पितृ से मिलने आई हो, अग्रज-भावज से नहीं।'

आहत-सी वयसिका ने पुरोहित कुमार के हाथ थाम लिये, 'ऐसा न कहो भ्रातृ! आप तो जानते हैं कि सेवाधर्म कितना कठिन होता है।'

'किन्तु तुम तो अब दासत्व से मुक्त और राजपुरोहित, दैवज्ञ भास्कराचार्य की दत्तक पुत्री हो। राजमहल के अप्रिय जाल से निकलकर किसी भी समय अपने पिता के घर आ सकती हो...। भ्रातृ पर नहीं तो अपने वृद्ध पिता की प्रतीति तो मानोगी ही कि अपनी पुत्री के लिए उनके हृदय और गृह, दोनों में पर्याप्त स्थान है।'

'वह तो आपके गृह और हृदय में भी प्रकट है।' आँखों में आँसू लिये वयसिका पुरोहित कुमार के पैरों पर झुक गई।

'अरे-रे, यह क्या!' उन्होंने वयसिका को उठा हृदय से लगा लिया तथा पीठ थपथपाते बोले, 'वयसिका, मेरी बहन...! ऐसी गुणी, सरलहृदया बहन भाग्यशाली को ही मिलती है। मैं अपने पिता का ऋणी हूँ कि उन्होंने मुझे वह गौरव सम्भव कराया जो कदाचित् सहोदरा से भी उपलब्ध न हो सके।' पुरोहित कुमार भी भावुक हो गए।

'भ्रातृ व बहिनी के इस मिलन में किसी अन्य को भी उपस्थित होने की अनुमति मिल सकेगी क्या ?'

इस आवाज पर सावधान हो वयसिका अपने आँसू पोंछने लगी और पुरोहित कुमार ने कहा, 'उपस्थित होने वाला 'अन्य' हो तभी तो उसे अनुमति की आवश्यकता होगी,' फिर उन्होंने वयसिका को बताया, 'यही हैं तुम्हारी भावज—मानसी देवी। अभी तुम्हें इन्हीं के हाथों में सौंप रहा हूँ। पितृव्य तक यही पहुँचाएँगी।...तो ठीक है, मानसी जी, आप इन्हें पितृव्य तक ले जाएँ और सत्कार करें इनका, यदि यह स्वीकार कर लें। इन पर इन दिनों अपरिचित दायित्व का भार होने से समय का अभाव है—पितृगृह के लिए भी। वयसिका, मैं ठीक कह रहा हूँ न ?'

उलाहने से विचलित-सी वयसिका ने मानसी की ओर ताका, 'आदरणीया भावज! यह भी जानते हैं कि महारानी का दायित्व भी मुझे पितृव्य ने ही सौंपा है—यहीं, इसी घर में। इस संकट के समय में उन्हें अकेली कैसे छोड़ दूँ ?'

'इन पुरुषों को तो व्यंग्य-बाण छोड़ने की आदत होती है—भले ही वह भ्रातृ क्यों न हो।' विनोदपूर्वक मानसी ने वयसिका का हाथ पकड़ा और अन्तर्गेह की ओर ले गई।

बतियाती हुई दोनों राजपुरोहित के विश्राम कक्ष तक आ पहुँचीं। राजपुरोहित तल्प-पीठिका पर सिर टिकाए, आँखें बंद किए, उँगलियों की पोरों पर अँगूठा चलाकर कोई गणना कर रहे थे।

'बाबा, देखो तो, आपसे मिलने कौन आया है?' मानसी ने सूचना सी दी।

राजपुरोहित अपने गणना-कर्म में डूबे रहे तो मानसी ने पुनः ऊँची आवाज में कहा, 'कोई आपसे मिलने को उपस्थित है।...प्रतीक्षा में है।'

'इस वय में तो मेरी प्रतीक्षा में सूर्यसुत यमदेव ही हो सकते हैं।' कह 'हा-हा' हँसते हुए दैवज्ञ ने आँखें खोलीं तथा मानसी पर दृष्टि फेंक पुनः बन्द कर लीं।

'क्या बाबा, आप भी बिना जाने-बूझे चाहे कुछ भी कह देते हैं। वयसिका—आपकी पुत्री आई है आपके पास...।'

'वयसिका... ? हाँ, वह पुत्री ही है मेरी। तभी तो मैंने उसकी कुंडली खींची है। शैशव अत्यन्त सुखपूर्ण है उसका तथा यौवन संघर्षपूर्ण...।'

'और प्रौढ़ावस्था?' अपनी ही रौ में बहते दैवज्ञ के कथन के साथ मानसी ने अपना प्रश्न जोड़ दिया।

'प्रौढ़ावस्था के विषय में पूछ रही हो पुत्री?'

'हाँ, बाबा!'

'वह मैं नहीं कह सकता किन्तु हृदय से चाहता हूँ कि या तो मेरी गणना त्रुटिपूर्ण हो या फलानुमान असत्य निकल जाए।'

'वह इसलिए वधुका, कि ज्योतिर्विद को भविष्य-दर्शन के प्रति तटस्थ, कथन के स्तर पर स्पष्टवादी अथवा दूसरे शब्दों में कथन-क्रूर होना चाहिए। वयसिका के सन्दर्भ में मैं अपनी निर्बलता अनुभव कर रहा हूँ। मैं उसे पुत्रीवत् नहीं, पुत्री ही मानने लगा हूँ न!'

अब वयसिका स्वयं पर नियंत्रण न रख सकी और आगे बढ़ राजपुरोहित के पाँव पकड़ लिये।

दैवज्ञ ने अचकचाकर आँखें खोलीं और पाँवों पर झुकी स्त्री को पहचानने का प्रयास करने लगे।...पुत्रवधू सामने खड़ी है तो यह कौन है?—उन्होंने आँखों में ही मानसी से पूछा।

'बाबा, यह वयसिका है—आपकी पुत्री।' मानसी ने बताया।

'ओह, पुत्री! मैं प्रतिदिन तेरी प्रतीक्षा कर रहा था और तू भूली थी अपने पिता को। आ, बैठ, मैं तुझे बताऊँ। तेरी कुंडली में प्रबल शासिका का योग है किन्तु उलझन यह कि राजयोग नहीं है। देव का यह रहस्य मैं समझ नहीं पा रहा हूँ। यों मैंने अपने प्रश्नकाल अनुसार बनाई है कुंडली, क्योंकि तेरा जन्मकाल, जन्मस्थान कुछ भी तो ज्ञात नहीं मुझे।...इधर मेरे पार्श्व में आ। यहाँ।' राजपुरोहित तल्प पर बैठ गए।

वयसिका की पीठ पर हाथ फेरते हुए वह कुछ क्षण कहीं दूर देखते रहे, जैसे उसकी चिन्ताएँ, बाधाएँ उतारकर हटा रहे हों, फिर उसी मुद्रा में पूछा, 'तू अकारण, केवल पिता से मिलने तो आई नहीं होगी पुत्री! बता, अपने वृद्ध पिता से क्या चाहिए?'

'आपका अनुमान सही है पितृव्य!...स्वार्थ में ही आई हूँ। महादेवी पिंगला ने भेजा है, यह जानने कि आपके कथनानुसार महाराज को कुछ दिनों में लौट आना था। अब वर्ष पूरा होने को आ रहा है किन्तु न महाराज लौटे हैं, न उनके आने का कोई समाचार ही है।

महामात्य पूर्णरथ अब तक जैसे-तैसे राजव्यवस्था सँभाले हैं किन्तु नरेश की सुदीर्घ अनुपस्थिति राज्याधिकारियों को स्वेच्छाचारी बनाने लगी है। श्रीमन्तों की शह पर कुछ आस्पद महामात्य के आदेश की उपेक्षा पर आ गए हैं। कुमार विक्रम महामति भद्रसेन का अपमान कर चुके हैं। यद्यपि राजमहालय की सुरक्षा व्यवस्था अत्यन्त दृढ़ है—वहाँ छोटा-बड़ा हर रक्षक परीक्षित व विश्वस्त है, फिर भी महामात्य को शिशु कुमार व महादेवी की सुरक्षा की चिन्ता है।

महामात्य भी अब वृद्ध हो रहे हैं पितृव्य। इतने दायित्व, इतनी चिन्ताओं के साथ वह थकने लगे हैं।'

'मानसी! तुम अब तक खड़ी हो, बैठ जाओ। तुम कदाचित् मेरी अपेक्षा अधिक समझ पाओगी वयसिका की चिन्ताएँ। हम वृद्धों के पास नये प्रश्नों के भी वही पुराने उत्तर हैं।'

मानसी के बैठ जाने पर दैवज्ञ वयसिका की ओर देखने लगे।

'हाँ, अब वह कहो, जो कहने आई हो।'

'मैं दो प्रश्न पूछूँगी पितृव्य!'

दैवज्ञ अपनी सहज मुस्कान ले आए, 'अस्वस्थता के कारण मैं आज सावकाश हूँ...अत: जितना भी चाहो, जो भी चाहो, पूछ सकती हो, कह सकती हो। मैं तो सोचता हूँ कि आज का दिन तुम पिता के घर बिताओ तो मुझे सुख मिलेगा। रोग, दुख के समय स्वजन निकट हों तो प्राणपणता जुट आती है, मनोबल बढ़ता है।'

'पितृव्य, प्रश्न वही कि महाराज कुछ ही समय में लौट आएँगे—आपने कहा था, या गणनानुसार बताया था?'

'मैं अपनी गणना पर अभी भी निष्ठ और कहे पर थित हूँ।'

'पर महाराज तो अब तक नहीं लौटे?' वयसिका के स्वर में उद्विग्नता छलकी।

दैवज्ञ हो-हो कर हँस पड़े तथा कुछ क्षण उसी भाँति हँसते रहे। उनका हँसना कुछ बेर तक वयसिका सुनती, सहन करती रही, फिर जैसे झुँझला आई हो!

'पितृव्य! इधर मुझ पर—आपकी पुत्री पर संकट है। राजमहालय संकट में है, राज्य संकट में है और आप इस सबको हँसी में टाल रहे हैं?'

हँसते-हँसते दैवज्ञ की आँखों में पानी आ गया, नासिका से सिनक बह आया।

मानसी ने तत्परता से स्वच्छ पट लेकर स्वसुर के आँसू पोंछे, नासिका मल पोंछा तो वह मानसी की ओर देखने लगे।

वयसिका ने टोका, 'पितृव्य...!'

'ओह, हाँ!...तो पुत्री, पिता की स्वाभाविक चिन्ता के अनुरूप मैंने तेरे जीवन की कुंडली पढ़ने का प्रयास किया था—बालपन बहुत सुखमय है तेरा, तारुण्य कठिन, यौवन संघर्ष भरा और पुत्री, तेरा वार्धक्य...'

'पितृव्य! मैं अपने बारे में नहीं—उज्जयिनी, अवन्तिका के भविष्य पर प्रश्न करने आई हूँ। आपने कहा था...'

'कि महाराज लौट आएँगे, यही न? मैं अपनी गणना पर अभी भी स्थिर हूँ। महाराज अवश्य लौटेंगे।' दैवज्ञ के ओठों पर स्मित थी किन्तु वह कहीं दूर देखते प्रतीत होते थे।

'किन्तु लौटेंगे कब?'

कुछ क्षण के लिए चुप हो गए दैवज्ञ, जैसे स्वयं के ही अनियोजित फैलाव को समेटने का प्रयास कर रहे हों, 'तो तुम्हारा मूल प्रश्न जो है...। मानसी, तुम बताओ तो कि वयसिका ने क्या पूछा है?' राजपुरोहित की स्मृति इसी प्रकार बीच-बीच में टूटने लगती है।

दैवज्ञ फिर हँसने लगे। इसी बीच जैसे उन्हें कुछ स्मरण आया हो, 'मानसी! वयसिका के प्रश्नकाल की कुंडली तो बना ले। देखूँ कि कौन ग्रह किस भाव में बैठा है—कहाँ चलित है, कहाँ स्थिर।'

'आप घड़ी भर विश्राम तो पा लें।' मानसी का स्वर कुछ ऊँचा हुआ।

'अच्छा, अच्छा, विश्राम करूँगा, पर अभी तू आँगन में जाकर समय-शलाका की छाँह मापकर देख कि कितने अंगुल है ताकि सही समय के अनुसार लग्नसारिणी की गणना से कुंडली बने। वयसिका को यहीं मेरे पास रहने दे। बस, इस प्रश्नकुंडल का फलित देख लूँ। देख लूँ कि महाराज कब आते हैं, कब सम्भव है आना। वयसिके, तू यहीं बैठ...मानसी अभी आएगी। हाँ, कदाचित तुझे ज्ञान न हो कि तेरी भावज ज्योतिर्विद्या में बहुत निष्णात है। इसकी गणना प्रायः अचूक होती है।'

'आपने फिर से प्रशंसा आरम्भ कर दी...?' कहती मानसी शलाका से समय गणना करने आँगन की ओर निकल गई।

उसके जाते ही राजपुरोहित वयसिका से फुसफुसाए, 'एक बात और बताऊँ, किसी से कहना मत। बात यह है कि ज्योतिष विद्या में मेरी पुत्रवधू तुम्हारे भ्राता से अधिक निपुण है।' अपनी ही बात पर वह पुनः हँसने लगे।

'पितृव्य, इस विषय में मेरी एक शंका है।' वयसिका बोली।

'कैसी शंका?'

'क्या ज्योतिष और उसके निष्कर्ष बिलकुल परिपूर्ण हैं?'

'एक शब्द में इसका उत्तर है—नहीं। क्योंकि कोई भी ज्ञान, विज्ञान सतत शोध की अपेक्षा रखता है। हर ग्रहदशा रूप, गुण, देश, काल और स्थिति से निर्धारित होती है। किसी भी दैवज्ञ को इन पंचकारकों के प्रकाश में ही फलादेश करना चाहिए, अन्यथा वह अपूर्ण रहता है, जैसे मेरा कहा गया फलादेश। यह निश्चित है कि महाराज लौटेंगे किन्तु उनके आने में अनुमान से अधिक समय लग गया है, इसके पीछे यही पंचकारक हैं।'

'मुझे तो यह शास्त्र रहस्यमय प्रतीत होता है।'

'रहस्य तो अज्ञान से उत्पन्न है। हम जो नहीं जान पाते, वहीं से रहस्य आरम्भ हो जाता है। ज्योतिष का प्रस्थान 'बिन्दु' से है। बिन्दु से रेखा, रेखा से वृत्त व वृत्त से गोल की उत्पत्ति होती है। सारा जगत इन्हीं गोलों, रेखाओं, बिन्दुओं से व्याप्त है। गोल वह जिसके

आदि, मध्य और अन्त का स्थान एक ही हो, इसलिए यही सृष्टिकर्ता भी है—अखंडमंडलाकारं व्याप्तं येन चराचरम्।—यही परमेश्वर है।

सबसे छोटा बिन्दु और सबसे बड़ा खगोल, दोनों एक ही शक्ति के रूप हैं। यही प्रकृति है। इस प्रकृति में ही वह शक्ति है जिससे पृथ्वी निराधार आकाश में स्थित है। ज्योतिषाचार्य मानते हैं कि ग्रहों के परस्पर आकर्षण की शक्ति ही एक-दूसरे को थामे हुए है।'

'आपको तो विश्राम लेना था न, और आपने वयसिका की ज्योतिष शिक्षा आरम्भ कर दी!' कक्ष में प्रवेश करती मानसी ने श्वसुर को सादर झिड़का। 'ये लीजिए, प्रश्न की लग्न कुंडली।'

'तुम्हीं पढ़कर सुनाओ पुत्री!...मैं विश्राम में हूँ।' दैवज्ञ हँसे। हँसना उनके जीवन में साँसों की गति के साथ जुड़ गया है।

'प्रश्न के समय चर लग्न है—दूसरे स्थान में भृगु व चौथे में गुरु की स्थिति तथा चन्द्र सप्तम भाव में है।' मानसी बताने लगी।

'यह तो सुखद स्थिति है।' आँखें मूँदे राजपुरोहित बोले, 'और... ?'

'सप्तम भाव का स्वामी वक्र है।'

'अर्थात् प्रवासी लौटने की इच्छा कर रहा है, यही न?'

'फलित तो यही बताता है।'

'किन्तु तुमने एक स्थिति पर ध्यान दिया है मानसी? चतुर्थ भाव का गुरु कहता है कि प्रवासी शीघ्र ही कार्य पूर्ण करके लौटेगा...भृगु का भी साथ होता तो यह निश्चित था किन्तु भृगु दूसरे में है। आशय निकालें तो यही होगा कि पथिक सुख में है...आने की इच्छा है...कार्य पूर्ण करके लौटेगा।'

दैवज्ञ अपनी आँखें खोल वयसिका की ओर उन्मुख हुए, 'तुम कुछ बता सकती हो कि महाराज किस कार्य को पूर्ण करना चाहते थे?'

'मुझे ज्ञात नहीं पितृव्य!...कदाचित् महादेवी इस विषय में कुछ जानती हों।' सोचते हुए वयसिका बोली।

'तुम महादेवी के इतने निकट हो। उज्जयिनी के सामन्त, राज्याधिकारी तुमसे ईर्ष्या तक रखने लगे हैं कि राज्य के शासन-सूत्र प्रत्यक्षत: महामात्य के हाथ में हैं और राजमहालय के तुम्हारे हाथों में।' पिता-पुत्री के बीच मानसी ने हस्तक्षेप किया।

वयसिका की हथेलियाँ सहलाती वह बोलने लगी, 'मेरे श्वसुर को पुत्री मिली है, पति को बहन तथा मुझे भी तुम जैसी नन्दा मिल गई जिसके साथ मैं अपने सुख-दुख, हर्ष-उल्लास बाँट सकती हूँ...छेड़छाड़, बकबक-झकझक कर सकती हूँ इसलिए कुछ अप्रिय मुँह से निकल जाए तो कभी मन पर मत लेना।

कुछ समय से मुझे लगता रहा है कि महाराज प्रवास पर नहीं, गृहत्याग कर गए हैं। महादेवी को निश्चय ही इसका कारण भी ज्ञात होगा। मैं सोचती हूँ कि उनके प्रवास अथवा गृहत्याग का कारण तुम्हें भी ज्ञात होना चाहिए।...जानना चाहिए।'

'मुझे सचमुच ज्ञात नहीं भावज!...सन्देह अनेक बार मुझे भी होता है पर पूछ नहीं पाती। एक क्रीतदासी अपनी स्वामिनी से उसका रहस्य पूछने का साहस कर भी कैसे सकती है?'

वयसिका की आँखें छलक उठीं, जैसे मानसी को मन की गहराई में उतरने से रोकने के लिए ओट खड़ी कर ली हो!

'अब तुम दासी नहीं हो।'

'पर जीवन से मेरा अतीत तो पुँछ न जाएगा...।'

'तुम राज्य के राजपुरोहित की घोषित पुत्री हो। तुम्हारा अपमान करने की धृष्टता अब कोई नहीं कर सकता। राज्य, राजमहालय के हित में यह आवश्यक है कि तुम्हें तथा महामात्य को 'कारण' का ज्ञान हो, निदान तभी सम्भव होगा।'

अपने साथ महामात्य का उल्लेख सुन वयसिका ने सटपटाकर हाथ छुड़ा लिये। असमंजस में कुछ पल मानसी की ओर देखती रही फिर राजपुरोहित पर दृष्टि फेंक नीचे की ओर देखने लगी।

'पितृव्य सो नहीं रहे, सुन रहे हैं। उन्हें पता है कि महामात्य पूर्णरथ तुम्हारे प्रति अनुरक्त हैं। वह तुम्हारी इच्छा भी जानना चाहते हैं क्योंकि विवाह योग्य पुत्री किसी भी पिता का गुरुतर भार होती है...'

वयसिका को लगा, जैसे उसके पाँवों में खड़े रहने की शक्ति क्षीण हो गई है। मस्तिष्क अवसन्न हो रहा है। कोई अचीन्ह संकोच उसे घेरता जा रहा है। आँखें बन्द कर वह धम्म से तल्प पर बैठ गई।

राजपुरोहित ने एक हाथ से वयसिका को समेटकर हृदय से लगा लिया और पीठ पर थपकी देने लगे। वयसिका की हिलकी फूट पड़ी। आँसू पितृत्व, राजपुरोहित का वक्ष भिगोने लगे।

'रो ले, जी भरकर रो ले। तुझे तो स्यात् रोने का अवसर भी नहीं मिला। अपने पिता के अंक में बहा दे सारी पीड़ा...।'

वयसिका रोती रही, राजपुरोहित दैवज्ञ भास्कराचार्य पीठ पर थपकी देते रहे।

6

पिंगलेश्वर द्वार के प्रहरियों ने पहले ही देख लिया था कि अश्वारोही रक्षकों से घिरे दो सुसज्जित रथ द्वार की ओर बढ़े चले आ रहे हैं। गति से प्रतीत होता था कि अश्व थके हुए हैं। और निकट आने पर स्पष्ट हुआ कि रक्षकों की मात्र एक टुकड़ी है। दो खाली अश्व भी थे जो बदली के लिए रथ में जोड़े जाते हैं।

कुछ ही समय में आगे के रथ की धज भी स्पष्ट हुई जिसके पार्श्व में नृत्यरत मयूर छापे हुए थे। मार्ग पर इस समय धूल बढ़ जाती है, धुँधलका भी। पश्चिम में बादलों के एक खंड ने भी मोर्चा बना लिया था, अत: सांध्य प्रकाश भी छनकर ही आ पा रहा था। आवाजाही का व्यस्त समय होता है यह।

एक अश्वारोही आगे के रथ की बगल में चलने लगा, जैसे कोई निर्देश सुन रहा हो फिर अश्व को एड़ लगा आगे निकल द्वारपाल के कक्ष में सूचना दी कि महामती देवी चारुमित्रा नगर-प्रवेश की अनुमति चाहती हैं।

चारुमित्रा का नाम सुन द्वार-प्रमुख स्वयं स्वागत के लिए कक्ष से बाहर निकल आया और रथ के निकट पहुँचा, 'पिंगलेश्वर द्वार का प्रधान यह विनयपाल देवी चारुमित्रा का महामहिमामयी महाकाल नगरी में हार्दिक स्वागत करता है। देवी कहाँ पहुँचना चाहेंगी?'

रथ का अन्त:पट हटाकर चारुमित्रा ने द्वार-प्रमुख को धन्यवाद देकर बताया, 'जाना तो हमें श्रेष्ठि नागदत्त के यहाँ है...देवी वसुंधरा को सूचना भेजी है मैंने।'

तब तक देवी वसुंधरा के कायस्थप्रमुख की शिविका आ गई। द्वारपाल का इनसे नियमित का व्यवहार है। इन्हें देख दारपाल मुस्कुराया। कायस्थप्रमुख शीघ्रतापूर्वक उसके निकट जा पहुँचे, 'हमारी स्वामिनी वसुंधरा देवी का आग्रह है कि देवी चारुमित्रा की उपस्थिति एक-दो दिन गोपनीय रहे, प्रचारित न हो।'

'ओह, यह तो अच्छा हुआ कि उनका रक्षक सीधे मुझसे मिला और मैंने स्वयं ही उनका स्वागत किया अन्यथा कोई रक्षक होता तो...।

आप जानते हैं—एक मुख से दूसरे, तीसरे से चौथे बात फैलते कितनी देर लगती है। आइए, इनके रक्षकों आदि की संख्या मैं स्वयं ही अंकित किए लेता हूँ।' फिर वह विनम्रतापूर्वक चारुमित्रा को सुनाकर पूछने लगा, 'देवी, कितने रक्षक, परिचर-परिचरी सेवक, अश्व हैं आपके साथ ?'

'वह सब मैं बताऊँगा आपको। देवी इतने दूर का मार्ग तय कर आ रही हैं। ये कलाकार कोमल लोग...आप समझते ही हैं।' कायस्थप्रमुख बीच में आया।

'अरे, मैं जानता हूँ, खूब समझता हूँ—अंग के संग मन भी कोमल होता है इनका। किन्तु इनका असमय आगमन !...उत्सव के समय तो आई न थीं। पूरा राज्य प्रतीक्षा में था।'

'क्या पता, अब महारानी को पुत्र-जन्म की बधाई देने आई हों !' कायस्थ ने बात टाली।

'हो सकता है, पर नरेश अभी तक प्रवास में ही हैं।'

'इस सबसे हमें क्या लेना-देना ! हम ठहरे कर्मजीवी। ये जानें, इनका काम जाने,' कहते हुए कायस्थप्रमुख ने रथचालक सहित रक्षकों को आगे बढ़ने का संकेत देते हुए कटि से लटकती वित्त-वसनी (थैली) से एक स्वर्णमुद्रा निकाल गोपनीयतापूर्वक द्वारपाल की हथेली पर धर दी।

स्वर्ण का सान्त्वनाप्रद स्पर्श अनुभव करते हुए द्वारपाल बोला, 'अरे, यह क्या ?...कोई व्यवसाय से सम्बन्धित माल थोड़े ही है ! श्रीमन्तों, सामन्तों वाली बात है। मुद्रा ग्रहण करने की बात इधर-उधर पहुँच गई तो इस अकिंचन की तो आजीविका ही संकट में पड़ जाएगी।'

'क्या बात कहते हैं आप ! कितना पुराना व्यवहार है आपसे, जानते ही हैं न कि कायस्थ के एक हाथ से देने-लेने का पता दूसरे हाथ को नहीं होता।'

'वह तो है ही, तभी तो आप पर इतना विश्वास करता हूँ। आपकी सूचना भी आ जाए तो उसे भी सम्मान देता हूँ।...कभी कोई रोक-टोक हुई ?'

'आप तो हमारे अपने हैं,' कहते कायस्थप्रमुख अपनी शिविका में बैठ गए और आगे ठहरे चारुमित्रा के रथ से आगे होकर मार्ग दिखाते हुए ले चले।

कायस्थप्रमुख की अगवानी में चारुमित्रा का दल श्रेष्ठि नागदत्त की कनक-शृंगी पौर पर जा पहुँचा जहाँ देवी वसुंधरा पुत्र सहित स्वागत हेतु उपस्थित थीं। रथ से उतर चारुमित्रा आदरपूर्वक देवी वसुंधरा से गले मिलीं—उनके पुत्र का परिचय पाकर कुशल पूछी और देवी वसुंधरा के संग पैदल ही पौर के भीतर हो गई।

'महामात्य आपकी प्रतीक्षा कर रहे हैं चारु!' देवी वसुंधरा फुसफुसाई।

'मेरी या अवन्ति नरेश की?' कूटस्मित के साथ चारुमित्रा ने पूछा।

'मैं आज रात भर आपसे बात करना चाहूँगी चारु! समय दोगी?'

'मैं चाहूँगी कि आप मुझे माँ सी कहने का अवसर प्रदान करें।'

'यह बहुत सुखद होगा, मेरे लिए।'

'मेरे लिए कैसा होगा?...उपलब्धि होगी मेरी। किशोरावस्था से अब तक इस मन और देह के मार्ग पर चलते हुए इतने मास-वर्ष गुजरे हैं कि सम्बन्धों का स्वाद ही भूल गई हूँ।' चारुमित्रा ने भावुक स्वर में कहा।

चारुमित्रा के उतरने के बाद भी उसका रथ अन्तेवास के ठीक सामने लगाया गया जहाँ मात्र कायस्थप्रमुख ही खड़े थे। रथ हटते ही वह भी किसी को लेकर भीतर चले गए। कुछ ही क्षण में महाराज भर्तृहरि डबडबाई आँखों वाले महामात्य पूर्णरथ के सामने थे।

'आपने बहुत प्रतीक्षा कराई महाराज!...मुझसे तो कहकर जाते। यह तो सोचा होता कि इस वृद्ध के थके-टूटे कन्धे क्या आपके विश्रुत कुल की ख्याति के अनुरूप इस पवित्र राज्य का भार वहन कर पाएँगे? मैं बहुत थक गया हूँ देव!...अब आप सँभालें अपना राज-छत्र और शास्ति।' वृद्ध महामात्य राजा भर्तृहरि के चरणों में झुक गए।

'ओ, अरे, यह क्या महामात्य! आप आदरणीय, पूज्य हैं मेरे लिए, राज्य के लिए, सम्पूर्ण प्रजा के लिए...।'

भर्तृहरि ने महामात्य को अंक में लेकर उस पीठ पर बैठा दिया जो स्वयं उनके बैठने के लिए निर्धारित थी। देवी वसुंधरा द्वारा इस कक्ष में किसी अन्य का प्रवेश ही नहीं, इसके निकट आना भी वर्जित कर दिया गया था।

आँसुओं में डूबे विह्वल महामात्य एकाएक सजग हो खड़े हो गए, 'देव, यह पीठ आपके लिए है।'

'पीठ उसकी होती है आर्य, जो उसकी गरिमा बनाए, बचाए रखे। आपने तो मेरी अनुपस्थिति में अवन्ति राज्य वर्ष भर सँभाला है। आपकी निष्ठा, शील, निर्वाह, उपकार वरेण्य है आर्य! इसका प्रतिदान सम्भव ही नहीं।' भर्तृहरि निकट ही रखी दूसरी पीठ पर बैठ गए।

'देव ने अपना आगमन इतना गोपन क्यों चाहा? अवन्तिका कितने समय से अपने नरेश का दर्शन पाने को आतुर है।' महामात्य ने पूछा।

'मैं कुछ प्रश्नों के उत्तर पाना चाहता हूँ, जैसे यह कि उज्जयिनी का शासन भर्तृहरि बिना भी तो चल सकता है। भर्तृहरि न था, तब भी उज्जयिनी था...भर्तृहरि न होगा, तब भी यह राज्य रहेगा। है न?'

'निश्चय ही उज्जयिनी का अतीत और भविष्य भर्तृहरि पर आश्रित नहीं है किन्तु यह वर्तमान भर्तृहरि का कार्य भी है, कारण भी। अवन्ति राज्य किसी राजपुत्र अथवा राजपुत्रों का क्रीड़ा-कन्दुक नहीं है, यह महाकाल का प्रसाद है जिसे धारण करना होता है—विनय से, शील से, पुरुषार्थ से।' कुछ क्षणों पूर्व विगलित हो रहे पूर्णरथ के स्वर में महामात्य की कड़क लौट आई।

'आप राजा के कर्तव्य गिना रहे हैं, किन्तु कोई यदि साधारण मनुष्य की भाँति जीना चाहे...?'

‘तो उसे किसी साधारण माँ के गर्भ से जन्म लेना होगा।’

‘जन्म लेना क्या किसी के वश में है?’

‘यही तो मैं कहना चाहता हूँ कि महाकाल ने चुना है आपको नरेश के रूप में, तभी तो आपको महाराज गर्दभिल्ल की महामहिषी की कोख से जन्म दिया।’

‘कुमार विक्रम को भी तो उसी कोख से जन्म मिला है।’

‘हाँ!...और वह अवन्ति का राजदंड सँभालने को आतुर भी हैं...।’ महामात्य के शब्दों में ग्लानि तथा चेहरे पर रोष तैर आया। स्वयं को सम्हालते महामात्य बोले, ‘देव! अभी आप अर्घ स्नानादि के पश्चात् विश्राम कर लें। मैं अनन्तर उपस्थित होता हूँ। चारुमित्रा का नगर-आगमन छिपा न रहेगा...कल से ही देवी वसुंधरा की ड्योढ़ी पर सामन्तों, श्रीमन्तों, श्रेष्ठियों के सन्देश आना आरम्भ हो जाएँगे। वह समय के छल-छिद्रों से दूर राज्य की सम्मान्य महिला हैं। राज्य-निष्ठा को धर्म मानती हैं वह। मैं उन्हें किसी असमंजस, असुविधा या अनावश्यक चिन्ता में नहीं डालना चाहता। चारुमित्रा की व्यवस्था कल से अन्यत्र की जाएगी। वह राजकीय अतिथि होंगी,’ कह महामात्य मुड़ने को हुए।

‘आर्य, चारुमित्रा को राजमहालय के अतिथिवास में भी तो ठहराया जा सकता है?’

आधे मुड़ चुके महामात्य घूमकर पुनः सामने हो गए, ‘देव, इसके लिए महादेवी पिंगला से चर्चा करनी होगी।’ कुछ सोचते से खड़े रहकर महामात्य आतुर हो खीझ उठे, ‘मुझे तो बताएँ आप कि एकाएक क्यों चले गए? इतने दिन कहाँ रहे? हमने कितने प्रयास किए आपको लौटाने के, क्या कहीं से आपको पुत्र-जन्म की भी सूचना नहीं मिली? अवन्तिका का इतना बड़ा उत्सव आपकी अनुपस्थिति में नीरस बनकर रह गया—औपचारिक भर। मैं सोचता था, आप सर्वप्रथम महारानी पिंगला के बारे में पूछेंगे—पुत्र को देखने, गोद में लेने को उत्सुक होंगे, किन्तु...’

‘यह सब मैं आपसे कहूँगा...पूछूँगा। आज तो आपके साथ महाकाल को प्रणति कर उज्जयिनी का भ्रमण करना चाहता हूँ।’ भर्तृहरि ने इच्छा प्रकट की।

‘महाराज, उज्जयिनी अब उतना निरापद नहीं रहा है। आपके न होने से प्रजा संरक्षा के विश्वास से वंचित हुई तो दंडभय कम होने से चोर, तस्कर, बटमार अधिक सक्रिय हो गए। बाहुबली अपराधियों को राजपुरुष ही संरक्षण देने लगे हैं। संरक्षण प्राप्त कल्लांच निष्ठावान राजसेवकों का सार्वजनिक अपमान कर देते हैं तो कर्तव्यनिष्ठ राज्यकर्मी इनसे भय खाने लगे हैं।’

‘किन्तु हमारे जनरक्षक, नगररक्षक, सैनिक...? अवन्ति राज्य का सुरक्षा तंत्र तो इतना सुदृढ़ है कि श्रमकर से सार्थवाह तक निर्द्वंद्व अपना-अपना कार्य करते हैं।’

‘सब बताऊँगा देव, सब कहूँगा।...आप आ गए हैं न! निष्पक्ष न्याय और अप्रतिहत दंडधर की संरक्षा हो तो देखिए कि यह वृद्ध पूर्णरथ किस प्रकार ‘राज-चक्र’ को अपनी स्वाभाविक गति में लौटाकर लाता है।’ महामात्य के माथे पर अपूर्व आत्मविश्वास झलकने लगा।

उन्हें देख भर्तृहरि हँसे तो महामात्य ने ससम्भ्रम नरेश को देखा।

‘एक बात कहूँ आर्य?’

महामात्य नरेश की बात सुनने समुत्सुक, सन्नद्ध हो उनकी ओर झुक आए।

'आप स्वयं को बार-बार वृद्ध न बताया करें। आप जैसी दृढ़ता, कार्यशीलता पर तो कोई भी युवा ईर्ष्या कर सकता है।' कह भर्तृहरि फिर से मुस्कुरा दिये, 'किन्तु मुझे आज ही देवाधिदेव महाकाल के द्वार पर मस्तक घिसकर उज्जयिनी भी देखना है...आप साथ होंगे!'

'देव! अभी आपकी पहचान थोड़ी बदली है।...वेशकार थोड़ी और बदल देगा। आपका आग्रह ही है तो मैं मुहूर्त भर में लौटता हूँ। इन दिनों जाने कितनी आँखें मेरा पीछा कर रही हैं। श्रीमन्तों के कूटपुरुष मेरी गतिविधि पर दृष्टि रखते हैं। मैं अपने दो अतिविश्वस्त अनुचरों को आपके साथ करूँगा। वे यहाँ के लिए नये हैं, उन्हें कोई पहचानता नहीं,' कहकर महामात्य कक्ष से निकल आए।

बाहर निकल वह भवन के पिछले गलियारे की ओर बढ़े जहाँ चार सशस्त्र अश्वारोही उनकी प्रतीक्षा में थे। यहीं एक ओर उनका वाहन खड़ा किया गया था। महामात्य को देखते ही चालक रथ ले आया और वह तीव्रता से उस पर चढ़ गए। पिछले द्वार से निकल रथ अवन्ति के बाह्य मार्ग की ओर दौड़ पड़ा।

महामात्य का रथ उत्तर द्वार से निकल सीधे मार्ग पर दौड़ा फिर दाईं ओर कच्चे मार्ग पर उतर कुछ दूर चलकर ठहर गया। महामात्य के उतरते ही अश्वारोही उनके निकट आ गए।

'नायक! तुम एक साथी लेकर मेरे साथ रहो, अश्व यहीं छोड़ दो। हम पैदल ही नीलगंगा पार कर उस बस्ती तक जाएँगे।'

'जो आज्ञा देव!' कह नायक ने दो साथियों को अश्वों के निकट रहने की व्यवस्था कर एक को अपने संग ले लिया।

आगे महामात्य व पीछे सैनिक चलते हुए एक झोपड़ी के द्वार पर आ पहुँचे जिसके भीतर मिट्टी का एक चिकटा दीपक मन्द-मन्द जल रहा था। इसी झोपड़ी के पीछे की छोटी-सी झोपड़ी के भीतर जलते चूल्हे का प्रकाश दिख रहा था और सिंकती रोटियों की सुगन्ध बाहर पहुँच रही थी।

महामात्य ने खुले द्वार का काष्ठ टट्टर खटखटाया, 'कोई है... ? अनिरुद्ध... ?'

नाम सुनते ही गठी हुई कदकाठी का पुरुष बाहर निकल हाथ जोड़ खड़ा हो गया, 'पूज्यवर को सेवक का प्रणाम।...आप क्यों आए ?...ऐसा क्या हुआ ? सेवक को बुला लेते।'

आवाजें सुनकर वृन्दा भी रसोई से उठ आँचल से हाथ पोंछती आ पहुँची और महामात्य को पहचानते ही घुटनों के बल बैठ पृथ्वी पर सिर रख प्रणाम किया।

'सौभाग्यवती रहो पुत्री!' महामात्य ने सिर पर हाथ रखा।

'यहाँ बिराजें पूज्य!' कोने में रखे काष्ठ के कुन्दे पर अनिरुद्ध का अँगोछा बिछाते हुए वृन्दा ने निवेदन किया।

महामात्य कुन्दे पर बैठकर दीपक की छोटी-सी स्थिर लौ के प्रकाश में झोपड़ी का निरीक्षण करने लगे। 'अनिरुद्ध को लेने आया हूँ। एकाएक अत्यन्त महत्त्वपूर्ण काम आ पड़ा है...।'

'हम किसी भी काम आ सकें, यह तो हमारा सौभाग्य हुआ पूज्य!' वृन्दा ने विनत भाव से कहा।

'अन्तःपुर में कोई असुविधा तो नहीं है ?'

'देवी वयसिका मेरा हर समय ध्यान रखती हैं। उन्होंने मुझे वैसे भी महारानी के कक्ष की झाड़-पोंछ का कार्य सौंपा है। इस प्रकार पनहरी से पलंग तक हर वस्तु का परीक्षण हो जाता है। दिनभर वहीं देहरी के निकट रहती हूँ।'

'और तुम्हारी छुरिका... ?' महामात्य के होंठ किंचित् मुस्कुराते से लगे।

'वह अन्त:पुर में पहुँचते ही मेरी संगिनी बनती है। आते हुए देवी वयसिका के कक्ष की गुप्त ताख में रख आती हूँ।'

'अर्थात् मार्ग में असुरक्षित होती हो... ?'

'मार्ग की सुरक्षा के लिए यह जो है।' वृन्दा ने तिरछे नैन कर भौंह के संकेत से अनिरुद्ध को बताया।

'तुम्हारा भोजन तो हुआ न होगा अनिरुद्ध ?'

'अभी तो पूज्य...'

अनिरुद्ध इतना ही कह पाया था कि वृन्दा ने बात छीन ली, 'पाँच रोटियाँ सिंकी रखी हैं पूज्य !...रात्रि बिताने को पर्याप्त हैं। यूँ आवश्यकता पड़े तो हम इतने में ही पूरा एक दिन अथवा दो दिन भी बिता सकते हैं। मैं अभी पत्ते में लपेटे देती हूँ। ये अनिरुद्ध तो चलते-चलते भी भोजन कर लेता है।' वह अनिरुद्ध की ओर देख गर्व व परिहास के भाव में मुस्कराई।

अनिरुद्ध ने वहीं लटकी खड्ग उतारकर कमर से कसी व पनही पहन तैयार हुआ तब तक वृन्दा पलाश के पत्ते में नमक चुपड़ी रोटियाँ लपेट लाई।

महामात्य खड़े हुए, 'बेटी, हम निकलते हैं...कुछ पूछना चाहोगी क्या कि कहाँ जाना है ?'

'पूज्य, आपसे पूछना, अपने-आप पर सन्देह करना है। हाँ, उत्सुकता अवश्य है।'

'तो इतना जान लो कि महाराज उज्जयिनी आ पहुँचे हैं तथा अनिरुद्ध को उनकी सुरक्षा में रहना है। उनका आगमन अभी गोपनीय है।'

'महाराज... ?' इस अप्रत्याशित सूचना पर वृन्दा हर्ष से भर उठी। हर्षातिरेक में रुँधे गले से निकला, 'वह हमारे पाहुने हैं पूज्य ! अनिरुद्ध उनके लिए कुछ भी कर सकता है। अब मुझे क्या पूछना ! बस, प्रातः होते ही महादेव महाकाल की देहरी की धूल माथे पर लेनी है...।'

महामात्य झोपड़ी से निकले तो कन्द भी निकल आया, 'पूज्य, आज्ञा दें तो मैं भी दादा के संग चलूँ ? सैनिक का काम कर सकता हूँ मैं।'

महामात्य थमे, 'तुम तो वीर सैनिक हो ही, पर यहाँ वृन्दा अकेली रहेगी। रक्षा के लिए कोई पुरुष तो होना चाहिए न ?'

'सो तो है।' कन्द ने धीमे से कहा।

रथ पुनः उसी मार्ग पर दौड़ने लगा किन्तु इस बार उसने देवी वसुंधरा की ड्योढ़ी पर मुख्यद्वार से प्रवेश किया।

अनिरुद्ध को साथ लिये महामात्य सीधे महाराज के कक्ष तक पहुँचे। कक्ष के द्वार पर दो रक्षकों के साथ कायस्थप्रमुख भी पीछे हाथ बाँधे कुछ सोचते से चार डग इधर, चार डग उधर हो रहे थे। महामात्य को देखते ही वह आदरपूर्वक एक ओर हो गए...हाँ, केंडी दृष्टि से उनके साथ आए व्यक्ति को अवश्य ताकने लगे जो महामात्य की छाया की भाँति झुका,

छिपा चल रहा था। कायस्थप्रमुख उसका चेहरा न देख सके पर कटि में कसी उसकी लम्बी खड्ग उनकी दृष्टि से छिपी न रही।

कुछ समय पूर्व इसी कक्ष की ओर वेशकार भी गया था जो अभी तक न लौटा था, अब यह नया व्यक्ति... ! जाने कौन होगा ? कायस्थप्रमुख चिन्तामग्न हो पुन: पूर्व की भाँति चार पग इधर-उधर होने लगे।

कक्ष में देवी वसुंधरा सहित उनका पुत्र, चारुमित्रा के अतिरिक्त चौथा कोई व्यापारी बैठा था। चारों ने खड़े हो महामात्य को आदर दिया। महाराज की खोज में महामात्य की दृष्टि चारों कोने घूमी। वह इस बीच स्मित से अभिवादन का उत्तर भी दे रहे थे।

महाराज को न पा, इसे प्रकट न करते हुए वह औपचारिकता निभाने लगे, 'महाकाल की नगरी, अवन्ति राज्य की राजधानी में कलाप्रवीण विदुषी देवी चारुमित्रा का स्वागत है।'

'देव की ख्याति सुनी थी, आज दर्शन पाकर कृतकृत्य हुई।' चारुमित्रा ने मस्तक झुकाया।

'सुना है, देवी चारुमित्रा कवि भी हैं! क्या ही सुखद हो कि इस सुनने और देखने के अनुभव को काव्य में व्यक्त करें।' सार्थवाह से दिखते उस अपरिचित व्यापारी ने फटी-फटी आवाज में कहा।

'यह तो अद्‌भुत होगा।' श्रेष्ठि पुत्र बोल पड़ा तथा अपने कहे के अनुमोदन हेतु अपनी माँ एवं महामात्य की ओर देखा।

महामात्य तो चुप रहे, हाँ, देवी वसुंधरा ने पुत्र के कहे का समर्थन किया। महामात्य को छोड़ सभी चारुमित्रा की ओर देख उठे। चारुमित्रा महामात्य की ओर देख रही थी जिनकी आँखें तो उसकी ओर थीं पर देख जाने कहाँ रही थीं।

'आर्य, किसी चिन्ता में हैं ?' चारुमित्रा ने भद्रजनों के मध्य सीधा प्रश्न पूछा तो महामात्य ने स्वयं को असहज अनुभव किया।

वस्तुत: उच्चवर्ग में इस तरह के प्रश्न भी चतुराई से प्रस्तुत किए जाते हैं। ऐसे सीधी बात ग्रामत्व या गँवारपन गिनी जाती है, पर महामात्य तुरन्त ही सहज हो आए, 'हाँ, देवी का अनुमान कुछ सीमा तक सही है। मैं सोच रहा था कि आप सबके साथ ही महाराज से भी भेंट हो जावेगी और वह यहाँ हैं नहीं। यही सोच रहा था मैं। इसे आप लोग चिन्ता या जो भी चाहें, कह सकते हैं...।' महामात्य बलात् हँसे।

'चलिए...। महामात्य इच्छुक भले न हों, अनिच्छुक निश्चय ही नहीं हैं, अत: देवी चारुमित्रा सुनने व देखने के द्वन्द्व की छन्द-अभिव्यक्ति करें।'

'तो सुनें।' जैसे चारुमित्रा ने चुनौती स्वीकार की हो।

चारुमित्रा ने सोचने की सी मुद्रा बनाकर छत की ओर तथा उसके पार कुछ देखने का सा अभिनय किया और कहा :

'दूरेऽपि श्रुत्वा भवदीय कीर्तिं, कर्णेव तृप्ता न तु चक्षुसी मे।
तयोर्विवादं परिहर्तुकाम:, समागतो हं तव दर्शनाय: ॥'

श्रेष्ठि पुत्र ने पद का अर्थ जानना चाहा तो महामात्य की दृष्टि कक्ष में उपस्थित व्यवसायी पर जा ठहरी।

'महोदय! आपसे प्रथम बार भेंट हो रही है। देवी वसुंधरा ने भी आपकी उपस्थिति का उल्लेख नहीं किया था। क्या आप देवी चारुमित्रा के साथ पधारे हैं?'

सार्थवाह कुछ विचलित हुआ, 'कदाचित् मेरी उपस्थिति महामात्य को रुचिकर नहीं लगी।' फटी आवाज में व्यापारी बोला।

'उपस्थित तो आप हैं ही, निश्चय ही काव्यमर्मज्ञ भी होंगे क्योंकि काव्य उत्सुकता आप ही ने प्रकट की है अत: उचित होगा कि पंक्तियों का अर्थ भी आप ही बताएँ।' 'महामात्य ने आँखें धँसाते हुए कहा।

'अर्थ यही है कि आपका यश या ख्याति दूर से सुनकर कान तो तृप्त हो गए, नेत्र नहीं। दोनों के मध्य विवाद के परिहार की इच्छा से मैं तुम्हें देखने आई हूँ।'

'पद अच्छा है। अर्थ भी अच्छा है, किन्तु उससे भी श्रेष्ठ आपका गूढ़ वेश है महाराज! अब आपको स्यात् ही कोई चीन्ह सके। आप नगर-भ्रमण हेतु निकल लीजिए। यह विश्वस्त सैनिक आपके साथ रहेगा। साथ में इनका होना भी आवश्यक है।' महामात्य ने वस्त्रों में छिपी कृपाण तथा वित्तपेटिका भी दी।

अब भर्तृहरि ने कपाट से लगे खड़े, अपनी उपस्थिति में अप्रकट ग्रामीण की ओर देखा। उसका झुका हुआ सिर परिचित-सा लगा।

'तुम सैनिक हो?...इधर आओ?'

भर्तृहरि के प्रश्न और आदेश पर उसने महामात्य की ओर देखा तो महामात्य ने सिर से हल्का-सा संकेत दे दिया।

अनिरुद्ध हाथ जोड़े, सिर कुछ और झुकाकर महाराज के निकट आ खड़ा हुआ।

'सिर उठाओ।'

अनिरुद्ध ने दृष्टि चुराते हुए सिर उठाया।

'तुम पैठार ग्राम के अनिरुद्ध हो न?'

अनिरुद्ध ने पुन: दीनभाव से महामात्य की ओर देखा।

उत्तर महामात्य ने दिया, 'हाँ, महाराज, आपने पहचान लिया। यह वही है।'

'तो बन्धु! हमारी वृन्दा भावज कहाँ है? शची कैसी है? ग्रामणी और अन्य सब... ?'

अनिरुद्ध ने भर्तृहरि के पाँवों पर सिर रख दिया, 'आपने पहचान लिया महाराज, मैं धन्य हो गया। हम वनवासियों के गाँव को स्मरण रखा—गाँव कृतार्थ हुआ। वृन्दा तो हमारे गाँव की जीवनी है और शची के भाग्य को क्या कहूँ?...उसने अपने संग-संग हम भील, कोल, किरातों का भी मस्तक ऊँचा किया है। उसे विश्वास है महाराज कि उसका अवधूत उसके पास लौटेगा।'

'लौटता तो वह है बन्धु, जो दूर जाता है। शची तो हर गैल, घाट, ऊँची-नीची कठिन राह पर मेरे साथ है।...देखो!' भर्तृहरि ने पार्श्व में रखी लकुट दिखाई।

छलछल आँसुओं से धुँधलाई दृष्टि व रुँधे गले से अनिरुद्ध बोला, 'यह तो मेरे घर की लकुट है। वृन्दा इसे रात-बिरात, नदी-नाले के लिए अपने पास रखती थी।'

'पैठार ग्राम छोड़ते समय यह शची ने सौंपी थी मुझे—साथ के लिए। शची स्वस्थ तो है... ?'

'हाँ, स्वस्थ ही मानिए। वर्षा बीती, शरद-हेमन्त गई। वसन्त के बाद ग्रीष्म का जाना और अब पावस का आगमन है...वह जाने कितने दिनों से संध्या होते ही वट वाले देव-चौतरे पर बैठकर उज्जयिनी के मार्ग पर आँखें गड़ा लेती है। रात गहराने तक वहीं बैठी बाट जोहती रहती है...।'

'ओह!...अब हमें चलना चाहिए।' भर्तृहरि खड़े हो गए।

मुख्य द्वार तक उन्हें देवी वसुंधरा छोड़ने आईं तथा प्रहरियों को आदेश किया कि रात्रि में अथवा भोर तक जब भी ये अतिथि लौटें, इन्हें निर्बाध, सादर प्रवेश दें।

प्रहरियों के लिए यह नया नहीं है। श्रेष्ठियों के पास देश-विदेश के व्यापारी आते ही रहते हैं। रात्रि भ्रमण, रंजन, पान के लिए भी जाते हैं। द्वार से निकलते ही अनिरुद्ध अत्यन्त सतर्क हो भर्तृहरि की बगल में हो गया।

यहाँ का पण्य सामान्यत: रात्रि के प्रथम प्रहर तक खुला रहता है। आधा प्रहर बीतते ही हाटों की वस्तुएँ समेटी जाने लगती हैं। आगार बन्द किए जाने लगते हैं। गद्दियों के आधे पट फेरकर कायस्थ और गणक आय-व्यय, लेन-देन का मिलान करने बही-खातों पर झुक जाते हैं। इसी के साथ-साथ पानागारों, द्यूतग्रहों व दास चत्वरों की ओर भीड़ खिंचने लगती है।

भर्तृहरि तीव्रता से पंचमार्ग की ओर बढ़ रहे थे जो अधिक दूरी पर नहीं है। श्रेष्ठि नागदत्त की हवेली का एक भाग पण्यकेन्द्र से लगा हुआ है पर प्रवेश-द्वार दूसरी ओर होने के कारण घूमकर जाना होता है। समेटी जा रही हट्टियों, अधखुली गद्दियों वाले पण्य-पथ से होकर भर्तृहरि पंचमार्ग से पूर्व ही बाएँ खुलने वाले उपमार्ग पर मुड़ गए जो इसी पण्य पथ की दूसरी वीथि में जाकर मिलता है। इसी में आगे चौकनुमा दास पण्य है, जिसमें आगे की ओर विस्तृत चौतरे तथा उनके पीछे दास-दासियों को रखने के बाड़े बने हैं। प्रत्येक बाड़े में स्नानागार, शौचालय और सज्जागृह की भी व्यवस्था है। इन बाड़ों को दास-व्यापारी अपनी सुविधा, आवश्यकतानुसार सप्ताह से महीनों तक के लिए भाड़े पर लेते हैं। बहुधा उज्जयिनी को केन्द्र बनाकर ये आसपास के जनपदों में विक्रय करते हैं।

अन्तर्वासों में सुन्दरियों के साथ ही रनिवासों की सुरक्षा व पहरे के लिए तातारी स्त्रियों की खूब माँग होती है। बादामी रंग, नुकीले अंगों, लम्बोतरे चेहरे व ऊँची देहयष्टि की ये स्त्रियाँ भावहीन निरपेक्षता से अपने कार्य का निर्वाह करती हैं।

दासमंडी में इस समय तीन व्यापारी रुके हुए थे इसलिए माल का मूल्य अपेक्षाकृत कम था। तीनों के चत्वरों पर दस से पन्द्रह तक की संख्या में दक्षिण, बंग, कलिंग के साथ यवन तातारी स्त्रियों को सजाकर खड़ा किया हुआ था—विट, भांड, दलाल चौतरों पर चढ़ अंगों को छूकर, उँगली गड़ाकर, त्वचा पर टकोर मारते हुए वय, शक्ति, गुण का वर्णन कर लाभ गिनाने में लगे थे।

पुरुष दासों की संख्या कम है—तीनों चत्वरों पर दो-दहाई से अधिक न होंगे। इन्हें प्राय: खनन कार्यों, पत्थर तोड़ने, लदाई-ढुलाई पर लगाया जाता है। वनों की कटाई, रखवाली में भी ये उपयोगी होते हैं। भवन निर्माण, धातु के अस्त्र-शस्त्र बनाने में निपुण दासों को ऊँचे मूल्य पर क्रय कर लिया जाता है।...कहीं-कहीं पुरुष वेश्या के रूप में भी दासों का उपयोग होने लगा है।

भर्तृहरि ने देखा कि दास-पेठ वर्षभर के भीतर ही बहुत कुछ बदल गया है। मद विक्रेता कमर पर छोटे-छोटे मदपात्र कसे हुए मद बेचते फिर रहे हैं। राजकीय रक्षक मदारक्त मुख किए अस्त-व्यस्त, अमर्यादित घूम रहे हैं। मदार कल्लांच, लंपाक चत्वरों पर चढ़कर दासियों के स्तन दबाते हुए खी-खी हँसते हैं। किसी का चुम्बन लेते तो किसी को आलिंगन में बाँध अश्लील प्रदर्शन करते हैं। क्रूर दास व्यापारी जो निरीह दास-दासियों के प्रति क्रूर व्यवहार करना अपना अधिकार मानते हैं, इन शोहदों के अशोभन व्यवहार पर दीनता के दाँत निपोर रहे हैं।

एक कुटना भर्तृहरि के निकट आया, 'कहाँ से पधारे हैं श्रेष्ठिवर?'

'सौराष्ट्र से।' भर्तृहरि ने बताया।

'कोई भायी मन को... ? क्रय न करना चाहें तो यह सेवक रात्रि भर अथवा जब तक आप यहाँ ठहरना चाहें, तब तक के लिए सुन्दर किशोरी, युवती अथवा आपकी रुचि कामकेलि में निपुण प्रौढ़ा की हो तो, वह भी...।'

'और?'

'और क्या... ?...क्या चाहेंगे आप? मैं तो आपके इन रक्षक महाशय के मनोरंजन की भी व्यवस्था कर सकता हूँ। उधर जो नीले वस्त्रों में युवती खड़ी है न, अथवा जो हरित घाघरे के ऊपर पीत चोलिका में खड़ी किशोरी है—आइए, मेरे साथ चलकर देखिए, निकट से। युवती के कुच बिम्बफल की भाँति सुगढ़ कठोर हैं और उस किशोरी के...निंबु आकार ले रहे हैं। अक्षत योनि है वह—नितान्त। ठीक है कि देखने में उतनी आकर्षक नहीं, किन्तु अक्षता का आनन्दानुभव...आपको क्या कहूँ? जानते ही होंगे कि देवताओं के भाग में आता है—हें-हें-हें!'

यहीं मद विक्रेता आ गया, 'उत्तम माध्वीक है श्रेष्ठिवर, मेरे पास। दाखा भी है...हाँ, चख लीजिए। उधर पाट पर बैठ लें—आसन है। मद्याशन भी उपलब्ध कराऊँगा। दस कार्षापण में दो चषक। इतने कम शुल्क में इस कोटि का मद पूरी उज्जयिनी में कहीं न मिलेगा।

इन चत्वरों पर जो सुन्दरियाँ देख रहे हो न, एक चषक के साथ ही चारुमित्रा सी सुन्दर दिखने लगेंगी। सुरसुन्दरियों से भी अधिक आकर्षक। इस समय आप संकोच में प्रतीत होते हैं...दो घूँट लेते ही संकोच कर्पूर की भाँति उड़ जाएगा।'

यहीं एक भार्याट व दो कांकिणी भी आ गईं। एक कांकिणी ने भर्तृहरि पर मदिर दृष्टि फेंकते हुए कहा, 'ऐ श्रेष्ठि! एक चषक पिला दे न!' और अपना स्तन उघार दिया, 'एक रौप्यक भी दे तो मैं तेरे संग वहाँ ओट में चल सकती हूँ...हाँ, दस कार्षापण उन गारदों को भी देने होंगे।' कांकिणी ने मद में लहराते से खड़े रक्षकों की ओर उँगली उठाई।

'चलो अनिरुद्ध!' भर्तृहरि इन सबकी अनदेखी करते चौतरों के पीछे की ओर बढ़ लिये। यहीं से दो आगारों के बीच से होकर सँकरी वीथि है जो पानागारों, द्यूतगृहों वाले पण्य मार्ग में खुलती है। इस समय इस वीथि को प्रकाशित रखा जाता है किन्तु अभी मात्र एक स्तम्भ दीप ही जल रहा था जो अँधेरे को कुछ पारदर्शी बनाते हुए और भी रहस्यमयी करता था।

अनिरुद्ध ने बाएँ हाथ से म्यान पकड़कर खड्ग पर मुट्ठी कस ली। पलक झपकते वह खड्ग निकाल वार कर सकता है। वीथि में आगे बढ़ते ही भर्तृहरि को आभास हुआ कि

कोई दबे पाँव उनके पीछे-पीछे बढ़ा आ रहा है। आगे से भी दो धुँधली आकृतियाँ आती दिखाई दीं।

'सावधान बन्धु!' भर्तृहरि ने वस्त्रों में छिपी लघु कृपाण निकाल ली, 'लगता है, लुंठकों ने घेर लिया है।'

अनिरुद्ध ने निमिष में ही खड्ग खींच ली।

पीछे से तर्जना सुनाई दी, 'प्राणों का मोह हो तो सब कुछ आगे वालों को सौंप दो। भूषण, वसन उतारकर मार्ग पर रखो तथा धन-वसनी, थैली जो भी हो।'

अनिरुद्ध पैंतरा लेकर महाराज के आगे हो गया।

'सुनाई नहीं पड़ा क्या?' आवाज के संग ही पीछे से दो व्यक्ति आगे बढ़े।

वह निकट पहुँचने को थे कि अनिरुद्ध ने विद्युत गति से फिरकी लेकर एक के वक्ष में खड्ग खोंप दी। दूसरे को इस प्रकार की प्रतिक्रिया का अनुमान ही न था कि वणिक भी ऐसा प्रतिकार कर सकते हैं, अतः वह कुछ सोच पाता तब तक अनिरुद्ध दूसरा प्राणांतक वार कर चुका था। आगे वाले ने भी ऐसी उलट प्रतिक्रिया नहीं सोची थी। अनेक बार तो उन्हें मात्र घुड़क से ही पर्याप्त धन मिलता रहा है...। अस्थिर, आकुल भागने के लिए वह पीछे पलटे कि अनिरुद्ध की खड्ग ने तीसरे का कन्धा चीर दिया और चौथा भर्तृहरि की कृपाण से घायल हो पृथ्वी पर पड़ा था।

'कुछ न देखो बन्धु! सीधे पण्य की ओर निकल चलो, अन्यथा लोग जुटने पर हम पहचान लिये जाएँगे।' भर्तृहरि फुसफुसाए।

'किन्तु हमारे अस्त्र रक्तरंजित हैं देव!...वस्त्रों पर छींटे होंगे।'

'आगे पण्य पथ को पार करते ही पयस्विनी है। वहाँ अपने अस्त्र धो लेंगे किन्तु इस समय यहाँ से शीघ्र निकलना ही श्रेयस्कर है।'

उपवीथि के आगे पसरे सुनसान में मात्र दो मद्यप डगमगाते चले आ रहे थे। उनसे बचते हुए वे पण्यवीथि तथा पथ को पार कर पगदंडी से होते हुए पयस्विनी पर पहुँचे। अनिरुद्ध ने अपनी पगड़ी से एक टुकड़ा फाड़कर जल में डुबोते हुए खड्ग का रक्त धोया व महाराज की कृपाण भी स्वच्छ कर ली। वस्त्रों के कुछ बड़े धब्बे ही पोंछे जा सके, अन्य कोई उपचार सम्भव न था।

'लौट लें क्या देव?' अनिरुद्ध ने पूछा।

'मेरे पास आज रात्रि का ही समय है। यहाँ अधिक दिन तक मेरा अप्रकट रहना नहीं हो सकता। राज्य की स्थिति तो देख ही रहे हो। प्रजा निश्चय ही त्रस्त होगी क्योंकि लम्पट, लुंठक, कल्लाचों का वर्चस्व फैल गया है। जिन पर रक्षा और सुशासन का दायित्व है, वे निर्लज्ज धूर्तता से धन-वैभव बटोरने में लिप्त दिख रहे हैं। स्पष्ट है कि महामात्य चारों ओर से घिरकर अवश हो जैसे-तैसे राजध्वज की गरिमा थामे हुए हैं। प्रजा को इस अराजक स्थिति में पहुँचाने का दोष मेरा ही है।' भर्तृहरि ने पथहारी साँस खींची।

'महाराज...!'

'बन्धु! तंत्र की सभी अच्छाइयाँ-बुराइयाँ ऊपर से नीचे की ओर उतरती हैं। यहाँ एक विशिष्ट पानागार है। अत्यन्त विशिष्ट व समर्थ व्यक्ति ही वहाँ प्रवेश पाते हैं। महामात्य ने

अपनी दूरदर्शिता के चलते ही कृपाण तथा स्वर्णमुद्राओं की थैली मुझे सम्हलाई है। आपत्ति तथा आवश्यकता में बल और धन सहायक तो होते हैं, यह आज अधिक स्पष्टता से समझ सका हूँ।' भर्तृहरि धीमे से हँसे, 'अपरिग्रह से व्यक्तिगत जीवन तो चल जाता है, सामूहिक, सामाजिक जीवन नहीं चल सकता। पर पहले तो हमें वस्त्रों पर पड़े रक्त के बारे में सोचना होगा।'

'क्यों न इन्हें भी जल छींटकर निचोड़ लिया जाए?'

'गीले वस्त्र असुविधा उत्पन्न करेंगे व ध्यान भी आकर्षित करेंगे...किन्तु अन्य उपाय भी नहीं। हमें शीघ्रता करनी है। यह उच्चवर्ग का आवास क्षेत्र है—कोई प्रहरी दल अथवा आरक्षी टुकड़ी यहाँ पहुँच सकती है।'

दोनों ने अपने अँगरखे उतार जल में पछींटकर पहन लिये। धोतिका भी रगड़कर निचोड़ ली और पुनः पण्यमार्ग पर आ गए। विशिष्ट पानागार इसी पण्य के छोर पर आवासीय भवन में है। वहाँ तक पहुँचने के लिए गारदों से रक्षित सिंहद्वार पार करना होता है। प्रवेश के पश्चात् लता गुल्म सज्जित वाटिका-पथ से होकर भवन तक पहुँचते हैं। भर्तृहरि आगे बढ़ सिंहद्वार पर खड़े गारद के पास पहुँचे तथा खरखराती आवाज में कहा :

'मैं सौराष्ट्र का सार्थवाह पुष्पराज हूँ। प्रथम बार आया हूँ इस नगर में। यहाँ कहीं विशिष्ट पानागार बताया गया है किन्तु पण्य में छोटे-छोटे भदेस पानस्थलों के अतिरिक्त भद्रजनोचित पानगृह कहीं न दिखा। उनसे श्रेष्ठ तो हमारे सौराष्ट्र के सामान्य पानगृह हैं...।'

गारद ने आगंतुकों का दृष्टि-निरीक्षण किया, 'आप लोग भीगे हुए क्यों हैं, यहाँ अभी जल तो बरसा नहीं है?'

'ओ हो...हाँ।' भर्तृहरि उसी खरखर स्वर में हँसने लगे, 'सैनिक! अद्‌भुत है आपका यह नगर भी। हम दासपणि होकर आ रहे थे कि दो मद्यपों ने बिना किसी बात के जल पात्र उठा हमें नहला दिया।...उनकी देखादेखी दो-तीन और आ गए और लगे वहाँ रखे पात्र हमारे ऊपर उँडेलने। मेरा यह रक्षक उन्हें उचित उत्तर दे सकता है किन्तु मैं इस नगर में व्यापार करने आया हूँ, उलझने नहीं। मैंने वहाँ उपस्थित गारदों को कहा तो गारद उन मद्यपों को दंडित करने के स्थान पर हमें देखकर स्वयं ही खी-खी करने लगे। तो मित्र, यह अनुभव रहा हमारा। हमने तो सुना था कि उज्जयिनी का पण्य अत्यन्त निरापद है...स्वर्ग है व्यवसायियों का...।'

बातें सुनकर एक और गारद वहीं पहुँचकर खड़ा हो गया। इसी बीच दो सशस्त्र अश्वारोहियों से रक्षित एक रथ पास आया तो दोनों ने दौड़कर उढ़के हुए विशाल कपाट को खोलकर मार्ग दिया। रथ व अश्वारोही उसी तीव्र गति में प्रविष्ट हो गए। गारद ने कपाट पुनः पूर्ववत उढ़का दिया।

'इस रथ में क्या गृहपति भीतर गए हैं?' भर्तृहरि ने जानना चाहा।

'नहीं महाशय, यह गृह नहीं, पानगृह है। वही, जिसकी ख्याति आपने सुनी है। वस्तुतः यह श्रीमन्तों, श्रेष्ठियों, आस्पदों का मनोरंजन-स्थल है।' एक गारद ने बताया।

'अच्छा-अच्छा, तो इसी के विषय में कहा गया मुझसे...!'

गारद मुस्कुराता हुआ बोला, 'महाशय, इसमें प्रवेश अत्यन्त व्ययसाध्य है। यहाँ स्वर्ण से नीचे की तो मुद्रा ही नहीं चलती। रौप्यक तक गणना में नहीं लिया जाता। आपके पास तो वाहन भी नहीं है...।'

'बाहर से आए लोगों का प्रवेश क्या यहाँ वर्जित है ?...प्रवेश के लिए किसी की अनुमति लेनी होती है ?'

'वर्जित क्यों होगा ?...सब ओर से अतिथि आते हैं यहाँ। आज भी अनेक परदेसी अतिथि हैं भीतर। आपको जाना है तो द्वारपाल से भेंट कर लीजिए।'

भर्तृहरि द्वारपाल की कोष्ठी की ओर जाकर कुछ ही देर में लौट आए। दो रौप्यक गारद की हथेली पर रख बोले, 'उधर देखो!'

द्वारपाल दोनों को भीतर प्रवेश करने का संकेत दे रहा था।

इस द्वार से भर्तृहरि ने पहली बार पैदल प्रवेश किया। यह पहली बार है कि स्वागत के लिए भवन स्वामी सहित श्रीमन्तों, आस्पदों का झुंड नहीं है। पहली बार है कि वह एक बाहरी सामान्य व्यवसायी हैं और उनकी प्रतिष्ठा अँगरखे में खोंसी हुई वित्तपेटिका के अनुसार निर्धारित होगी। द्वारपाल ने इतना अवश्य किया कि मार्ग दिखाने के लिए परिचर साथ भेज दिया। एक रौप्यक भर्तृहरि ने उसकी हथेली पर भी रखा तो परिचर सम्मान में झुका-झुका-सा चलने लगा।

अनिरुद्ध से फुसफुसाए भर्तृहरि, 'बन्धु! मधुपान की इच्छा है ?'

'इस समय देव की सुरक्षा का दायित्व है मुझ पर।'

'भामक के यहाँ स्यालक का सत्कार करना होता है। एक-दो चषक भिजवाए देता हूँ।'

'आपको सुरक्षित आवास तक पहुँचाकर मैं पूरा भांड स्वीकार कर लूँगा किन्तु अभी क्षमा करें।'

अनिरुद्ध को सीढ़ियों पर छोड़ वह बाहरी कक्ष में पहुँचे तो गद्दी की ओर से एक परिचर शीघ्रतापूर्वक आया। सिर नवाकर पूछा, 'श्रेष्ठिवर, कहाँ से पधारे हैं ?'

'सौराष्ट्र से...। प्रथम बार दर्शन किए हैं महाकाल की इस नगरी के...।'

'ओह! स्वागत है आपका!...यहाँ ठहरना...विश्राम कहाँ है ?'

'अभी तो हम महाश्रेष्ठि नागदत्त की हवेली में रुके हैं...।' चारों ओर दृष्टि घुमाते हुए भर्तृहरि ने कहा, 'भीतर भी बैठक व्यवस्था दिखती है ?'

'हाँ, श्रेष्ठिवर!...इस रंजनगृह में विविध प्रकार के रंजन का समाहार है। भीतरी कक्ष में कमनीय मधुबालाएँ आपका सत्कार करेंगी। यह व्यवस्था इसी बसन्त से हुई है। मिस्र, चीन, यवन, बाल्हीक, बंग आदि देशों की सुन्दरियों को विशेष प्रशिक्षण के उपरान्त यहाँ रखा गया है। आप भीतर चलना चाहेंगे ?' परिचर ने व्यावसायिक विनम्रता से पूछा।

भर्तृहरि ने वित्तपेटिका से स्वर्ण-मुद्रा निकाल परिचर के हाथ पर रख दी।

परिचर अचकचा गया, 'श्रेष्ठिवर! इसे क्या समझूँ ?'

'अपना परितोष शुल्क...नेगचार मान लो।' वह अगले भीतरी कक्ष की ओर चले।

परिचर आगे हो मार्ग दिखाने लगा। गावदुम से सज्जित एक पान पीठिका की ओर गया, 'इधर, इस ओर पधारें श्रेष्ठिवर!...यहाँ।' परिचर ने अपने दुपट्टे से शुभ्र स्वच्छ पीठ की रज भी धीरे से झाड़ी।

कुछ लोगों ने एक बार उस ओर देखा फिर सभी अपने-अपने गोल में बैठे पान व वार्तालाप में व्यस्त हो गए। वहीं कक्ष के एक कोने में दो व्यक्तियों के साथ बैठे कुमार विक्रम पर भर्तृहरि की दृष्टि गई। भाई को देखते ही हुमक-सी उमगी जिसे उन्होंने दबा लिया और मध्य आधार पर जलती भ्रमरजवर्तिका के प्रकाश में उन्होंने पहचाना कि उनमें एक सामन्त व दूसरा आस्पद है।

'कोई अन्य अच्छी पीठिका नहीं है?' उन्होंने परिचर से पूछा।

'मान्यवर! मैंने तो श्रेष्ठ स्थान ही चुना है।' परिचर विनम्रता में झुक गया।

'वह बात नहीं...वस्तुत: इस दिशा के अनुकूल नहीं हो पाता मैं अथवा यह कहो कि यह दिशा ही मुझे सुखद, शुभ नहीं लगती।...मेरी रेखा नहीं मिलती इस दिशा से। उधर वह पानपीठ भी तो रिक्त है?' भर्तृहरि ने कुमार विक्रम के निकट वाली पीठिका की ओर तर्जनी उठाई।

'आपके लिए वहाँ न बैठना ही उचित होगा। देखिए, आप व्यवसायी, वणिक हैं—शिष्ट, सौम्य, उदार, स्वभावत: ही। वह राजन्य हैं—न जाने कब किससे क्या पूछने लगें, कह बैठें, क्या व्यवहार करने लगें! हमारा प्रत्येक अतिथि सम्मान्य है। उसका सन्तोष, सुरक्षा, मानरक्षा हमारा धर्म है, दायित्व भी। किन्तु कहीं-कहीं हम विवश हो जाते हैं...।'

भर्तृहरि उधर ही बढ़ लिये, 'मैं किसी भी मानापमान का दोष तुम्हें न दूँगा। वह दिशा सदैव मुझे अनुकूल होती है।' वह उसी पीठ पर जाकर बैठ गए।

अपने निकट की पीठ पर बैठने वाले व्यवसायी पर विक्रम व अन्य दोनों ने एक उपेक्षापूर्ण दृष्टि डाली तो परिचर दाँत निपोरता हुआ कुमार विक्रम के पास पहुँचा—धीमे से कहने लगा, 'सौराष्ट्र का सार्थवाह है देव!...प्रथम बार आया है। आपसे परिचित होता तो अभिवादन पश्चात् अनुमति लेकर बैठता। मैंने उधर बैठाया था किन्तु वणिक होने से भाग्यभीरु है। कहता है, वह दिशा अर्थात् उत्तर दिशा उसके प्रतिकूल है। इस दिशा में न वह खाता है, न सोता है, न यात्रा करता है।

देव, वणिक प्राय: चतुर होते हैं पर यह सरल प्रतीत होता है।...अब जैसी आपकी आज्ञा हो।' परिचर ने विनयपूर्वक हाथ जोड़े।

'सुनो, तीन चषक यवनी मद के पहुँचाओ..! वह जो हरित परिधानवाली तन्वंगी है, उसके हाथों...।'

'जो आज्ञा देव!' परिचर सिर झुका भांडार की ओर चला गया।

वे तीनों पुन: किसी मंत्रणा में लग गए। कुछ ही समय में उनकी इच्छित मधुबाला चषक लेकर आ पहुँची। आधार पर चषक रखते समय कुमार ने बाला का हाथ पकड़ लिया तो वह कसमसाई। कुमार ने बाला को अपनी ओर खींचा तो परिचर भागता हुआ आया :

'देव! यह तो मधुबाला है...इसका क्या? स्वामी प्रतापी राजकुल के गौरव हैं। देश-विदेश के लोग हैं यहाँ।' परिचर घिघियाया।

'इसे आज हमारी सेवा में पहुँचा दो!'

'आपकी इच्छा ही आज्ञा है देव!...यह रंजनगृह भी तो आपकी कृपा पर अवलंबित है। इसकी मर्यादा आपने ही निर्धारित की है, रक्षा भी आप ही को करनी है...।' परिचर विनय में था।

कुमार विक्रम ने बाला की कलाची छोड़ दी। बाला भंडार की ओर लौट गई।

'श्रेष्ठिवर, क्या चाहेंगे?' परिचर भर्तृहरि के पास पहुँच गया।

'कैकय की दाक्खा...। सैन्धव लवण की चखौती...।'

'कौन-सी के हाथ भेजूँ?' परिचर मुस्कुराया।

'तुम पूछ रहे हो तो तुम्हीं ले आओ।'

'बात यह है मान्यवर, कि अभी ये हमारी भाषा नहीं सीख पाई हैं...। यूँ हावभाव से आशय समझ लेती हैं। वस्तुओं के नामज्ञान से भी अनुमान लगा लेती हैं।'

परिचर के पीठ फेरते ही भर्तृहरि ने कुमार विक्रम की ओर कान लगाए—आस्पद कह रहा था, 'मुझे तो लगता है, महाराज या तो दस्युओं के हाथ पड़ गए या शत्रुओं के। मुझे तो अब उनके जीवित होने में भी सन्देह है। कहीं बन्दी होते तब भी कोई न कोई सूचना मिल जाती।'

'इतने दिन तक राजसिंहासन का खाली रहना उचित नहीं, राजपरिषद में यह बात रखनी चाहिए।' कुमार की आवाज थी।

'मैं प्रयास मैं हूँ। अनेक सामन्तों का यही मत है किन्तु कुछ लोग पावस भर और प्रतीक्षा करने को कह रहे हैं।' सामन्त ने बताया।

'प्रतीक्षा करते पूरा वर्ष ही हो गया। आप आग्रह करके परिषद जोड़िए।'

'आग्रह भी किया था मैंने, किन्तु महामात्य का तर्क है कि अभी न राज्य पर कोई बाह्य संकट है, न पावस में कहीं से सैन्य अभियान की आशंका होती है, इसीलिए...'

'यह धूर्त महामात्य,' कुमार विक्रम मिसमिसाए, 'इच्छा होती है कि इस जरठ का सिर काटकर गढ़कालिका पर चढ़ा दूँ।' दाईं मुट्ठी बाईं हथेली पर ठोंकते हुए कुमार ने झुँझलाहट प्रकट की।

'उन महाशय ने एक और भी चाल की है कि रानीवास के द्वार से लेकर अन्तःकक्ष तक अपने विश्वस्त अनुचर नियुक्त कर रखे हैं। बाहर से भीतर तक क्रीतदासी वयसिका की आज्ञा चलती है। वह दासी आस्पदों तक की उपेक्षा करती है। कोई दासी आस्पद को आज्ञा दे तो प्रशासन कैसे चलेगा? आस्पदों को अपमान का घूँट पीकर रह जाना पड़ता है।'

'कुछ भी कहो आस्पद विजयसेन! यह दासी खींचती है अपनी ओर...। मुझे तो आमंत्रण देती प्रतीत होती है...' मद में डूबते कुमार विक्रम के मुँह से निकला।

'आमंत्रण?'

'जब भी सामने पड़ी है, अदेखी की है उसने मेरी। यही मुझे चुनौती है। यही आमंत्रण है कि साहस है तो भोगो मुझे।' कुमार विक्रम की आँखों में मदसिक्त लालसा लहरा उठी। उन्होंने चषक उठाकर एक ही साँस में रिक्त कर दिया। चषक रखते हुए काष्ठ फलक पर इस जोर से पटका कि धमक से आस्पद विजयसेन तथा सामन्त के चषक छलक गए।

इस विशिष्ट रंजनगृह में यह व्यवहार अभद्रता है किन्तु राजन्य की अभद्रता कौन रोके? हाँ, अन्य भद्रजन चौंककर उनकी ओर देखने लगे। एक साथ दो परिचर दौड़े आए।

'कुछ नहीं, पावस आगमन की सूचना है। कुमार कामपीड़ित हो उठे हैं...। बाहर जाकर देखो, आकाश में कोई मेघ ठहरा हो तो उससे कहना कि इनकी प्रिया वयसिका तक सन्देश पहुँचा दे,' कह सामन्त धृष्टतापूर्वक हँसने लगा।

दोनों परिचरों ने आपस में दृष्टि मिलाई, जैसे जानना चाहते हों कि यह वयसिका कौन है?

आस्पद विजयसेन ने सामन्त का हाथ दबाया कि वह आपे में रहे किन्तु सामन्त बहक रहा था, 'कुमार, आप चाहें तो अभी जाकर पकड़ लें उस दासी को... ? कौन रोक सकता है तुम्हें—ऐं? महाराज तो हैं नहीं। अब तुम्हीं स्वामी हो अवन्ति राज्य के। दासियाँ होती ही हैं स्वामी को सुख देने के लिए—ऐं? मैं कोई असत्य कह रहा हूँ?' सामन्त और भी प्रगल्भ हुआ।

'वयसिका अब दासी नहीं है। रानी पिंगला ने उसे दासत्व से मुक्त कर दिया है। यह भी कि राजपुरोहित ने पुत्री माना है उसे। इस प्रकार वह राज्य की सम्मानित नागरिक हो गई है।' आस्पद ने स्पष्ट किया।

'तो अब वह राजमहालय में क्या कर रही है? पुत्री है तो पिता के घर जाकर रहे या पति खोज ले!' मद के प्रभाव में कुमार की आवाज लड़खड़ाने लगी। 'मैं प्रातः ही रानीवास पहुँचकर उसे अपने लिए प्रस्तावित करूँगा। देखता हूँ, कैसे नहीं मानती? न मानेगी तो वहीं खींच लूँगा पांशुला को।...देखूँगा, कौन आता है रोकने।...अथवा अभी चलें? क्यों विजयसेन, क्या मत है?'

'प्रातः ही देखेंगे कुमार! यहाँ आप कृपया उन्मत्त न हों। सभी जानते हैं आपको। सार्वजनिक स्थानों पर आपको भद्रता अपनानी चाहिए। अच्छा, मेरे आवास पर चलिए, वहाँ सोचते हैं कि क्या करना है।'

दोनों ने कुमार को खड़ा किया तथा बाँह पकड़कर कक्ष के बाहर की ओर ले गए। भुगतान माँगने का साहस किसे था। डगमगाते कुमार के लिए सामन्त का चातुरक द्वार से आ लगा। तीनों के चले जाने पर रंजनगृह के कर्मकरों ने ग्रहण से निवृत्ति होने जैसी आश्वस्ति की साँस ली। अब सभी स्वाभाविक ढंग से आगंतुकों के सत्कार में जुट गए, जैसे साँस घोंटने वाले भभके के पश्चात् सुखद बयार बहने लगी हो!

परिचर प्रसन्नमुख हो भर्तृहरि के निकट आया, 'ओह, श्रेष्ठिवर ने तो मदिरा चखी भी नहीं है! स्वादिष्ट नहीं लगी क्या?...माध्वीक लाऊँ? दक्षिण की है।'

'नहीं! मन कहीं खिन्न-सा हुआ है।...वे राजन्यपुरुष अभद्र ही नहीं, लम्पट भी हैं।' भर्तृहरि बोले।

'बड़े लोगों की बातें हैं, हम तो सेवक हैं। क्या कर सकते हैं? आप लोगों की कृपा से जो जीवन उपलब्ध हो जाता है, वही जी लेते हैं। स्वामी, यदि द्यूतकक्ष में मनोरंजन करना चाहें तो वहाँ लिये चलता हूँ, यह सामग्री भी। दूर नहीं, मात्र आँगन पार करना है। कदाचित वहाँ स्वामी की खिन्नता दूर हो सके।'

जिस प्रकार कुमार विक्रम की बातें सुनने के लिए भर्तृहरि इस मद्य-पीठ पर आए थे, उसी भाँति दो व्यक्ति उनके निकट की पीठ पर आकर बैठे थे और कनखियों से भर्तृहरि को देख लेते थे। वह जान गए कि दोनों कूटपुरुष हैं जो उन पर दृष्टि रख रहे हैं। यह जान भर्तृहरि ने परिचर से कहा :

'अरे, यही देखो कि तुम हमारा इतना ध्यान रखे हो और हम तुम्हारा नाम तक नहीं जानते...।'

'दास का नाम क्या—बस, पाटल कह दीजिए। यहाँ मुझे इसी नाम से पुकारते हैं।'

'तो पाटल, चलो, तुम्हारा द्यूतगृह भी देखें!' वह खड़े हो गए।

'जैसी आपकी इच्छा।' परिचर ने चन्दन स्थाली में उनका चषक व चखौना रख लिया।

द्यूत-कक्ष में प्रवेश कर उन्होंने चषक अपने हाथ में लिया और पासा खेलने वालों के निकट जा खड़े हुए। कुछ समय वहाँ ठहर वह कौड़ियों वाले समूह को जाकर देखने लगे, जैसे कक्ष को पहली बार देख रहे हों कि उनकी रुचि का खेल कहाँ है। वह अंकद्यूत का अवलोकन करने बढ़े तो दोनों कूटपुरुषों को प्रवेश करते देखा।

कूटपुरुषों को अनदेखा करते हुए वह कक्ष में यहाँ-वहाँ घूमते रहे। इस बीच पहला चषक चौपड़ के समूह में छोड़ उन्होंने दूसरा मँगा लिया। पीने का अभिनय करते ओठों से लगाते दूसरा काकिणी पटल के ऊपर रखा व परिचर के पास जाकर तीसरा माँगा जिसे लिये-लिये द्यूत-क्रीड़ा देखते घूमे। परिचर को संकेत से निकट बुला चौथा माँगने पर पाटल ने विनयपूर्वक सावधान किया :

'महाश्रेष्ठि! आप प्रचुर मधुपान कर चुके हैं।...जाना भी होगा आपको। नगर उतना निरापद नहीं है अब। आहार कक्ष में यत्किंचित् आहार लेकर स्वामी को आवास की ओर निकलना उचित होगा। रात्रि का दूसर प्रहर बीतने को है।...चाहें तो प्रात: तक के लिए विश्राम की व्यवस्था यहाँ भी की जा सकती है।'

'हमें तो बताया गया था कि अवन्ति राज्य सर्वाधिक निरापद है... ?' मद में डूबे स्वर से भर्तृहरि ने प्रश्न किया।

'है स्वामी! स्वयं महाकाल रक्षित है यह नगर...यह राज्य...किन्तु आपसे क्या कहूँ...! यहीं रुक लें तो मुझे व्यक्तिगत आश्वस्ति रहेगी!'

'कोई वाहन मिल सकेगा?...शुल्क दे देंगे...जो भी हो...'

'आप हमारे स्वामी से भेंट कर लें। वह व्यवस्था कर सकते हैं।'

'उचित है, हम भेंट करते हैं। पर यह गोपन रहे।'

'अवश्य ही श्रेष्ठिवर!'

द्यूतकक्ष में एक ओर हल्ला-गुल्ला होने लगा। पहले यह शान्त और भद्रस्थान था।

वह चषक हाथ में ले बाह्य पानकक्ष की गद्दी पर बैठे रंजन गृह के स्वामी के पास पहुँचे व चषक एक ओर रख पाँच स्वर्णमुद्रा निकालकर गद्दी पर रख दीं। फिर पाँच और गिनीं, 'ये वाहन हेतु...। महाश्रेष्ठि नागदत्त के आवास तक पहुँचाने के लिए।'

'नहीं, नहीं; आप हमारे यहाँ अतिथि हैं। फिर महाश्रेष्ठि नागदत्त का आवास यहाँ से दूर ही कितना है! वाहन का शुल्क देकर मुझे लज्जित न कीजिए।' रंजनगृह के स्वामी ने हाथ जोड़ लिये।

'लगता है, कोई व्यावसायिक प्रतियोगी हमारे पीछे है। हमें शीघ्र निकलना होगा। आपके द्वारा हावभाव से भी प्रकट न हो कि हमें जाना है। बस, यही आभास होता रहे कि मैं पान करते हुए यों ही आपसे वार्तालाप कर रहा हूँ।' भर्तृहरि ने सावधान किया।

'आप निश्चिन्त रहें मान्यवर! रथवाहक मेरा अतिविश्वस्त होगा। अपने अतिथियों की गोपनीयता, सुरक्षा हमारा दायित्व है।...बस, कुछ राजन्यों के आगे हम विवश होते हैं—बाड़ ही फसल को चरने लगे तो क्या कीजिएगा?'

गृहपति ने संकेत से पाटल को बुलाकर कुछ समझाया। पाटल भी सिर हिलाकर बाहर जाने की अपेक्षा भीतर की ओर चला गया। आधी ही घड़ी के भीतर लौटकर उसने सूचना दी कि रथ सीढ़ियों पर आ लगा है। भर्तृहरि अविलम्ब अनिरुद्ध को साथ ले रथ पर जा चढ़े। वल्गा का संकेत पाते ही अश्व दौड़ने लगे।

7

संसार में ऐसा कोई द्रव्य नहीं है जो मनुष्य की इच्छा का पेट भर सके। पुरुष की इच्छा समुद्र के समान है। कितनी ही नदियाँ इसमें गिरें, यह पूरती नहीं है।

यह सुनना उज्जयिनी भर के लिए विस्मय का विषय था कि देवी वसुंधरा अपने पति से भेंट करने 'सेवा आश्रम' जा रही हैं। विशेषत: अवन्ति के उच्चवर्ग में कानोंकान फैली इस सूचना से विशेष हलचल थी। सामान्य लोगों में जिसने सुना, उनमें से कुछ के मुँह से निकला, 'अच्छी बात है।'

रोचक सूचना यह भी थी कि जन-कल्याणी चारुमित्रा भी उनके ही संग 'सेवा-आश्रम' जा रही हैं।

तरह-तरह की चर्चाएँ स्थान-स्थान पर चल पड़ीं। लोग राजा और उसके सुशासन की अनुपस्थिति भूल इन चर्चाओं के रस में डूबने लगे।

यह सूचना सच प्रमाणित हुई। श्रेष्ठि नागदत्त या कहें कि देवी वसुंधरा के आवास से रथों, पालकियों की पंक्ति निकली और राजमार्ग से होकर कुछ क्षण महाकाल के निकट रुकी, फिर त्वरित गति से यह समूह आगे बढ़ गया। यह अवश्य था कि देवी वसुंधरा या चारुमित्रा की भी इतनी सुरक्षा-व्यवस्था पूर्व में कभी न देखी गई थी।

मार्ग में रथ के अश्व बदले, शिविका वाहक बदले तो भी गति बनी रही और दल सूर्यास्त से पूर्व ही सेवा आश्रम पहुँच गया। आर्य नागदत्त को इनके आगमन की सूचना मिल चुकी थी। महामात्य पूर्णरथ ने दो द्रुतगामी अश्वारोही चरों के हाथ एक पत्र पहुँचा दिया था।

आर्य नागदत्त कुछ समझ न पा रहे थे। वसुंधरा उनकी पत्नी हैं, कभी भी आ सकती हैं। चारुमित्रा जनपद कल्याणी हैं, वह भी मात्र सूचना देकर कभी भी पधारें—स्वागत है। इन दोनों के साथ महामात्य का पत्र क्यों ?...पूर्णरथ उनका मित्र हैं। वय में कुछ ही अधिक हैं वह उनसे। वह व्यक्तिगत पत्र भेज सकते हैं पर महामात्य की मुद्रा वाला पत्र राजकीय चरों के हाथ से क्यों ? वह भी इतनी शीघ्रता में... ?

इस विषय में यहाँ वह त्रिलोचन से ही बात कर सकते थे अत: बुला भेजने की अपेक्षा वह स्वयं चिकित्सा कुटीर पहुँच गए।

नागदत्त पर उनकी दृष्टि पड़ी तो चिन्तन से सचेत हो अपने-आपको व्यवस्थित करते हुए प्रणाम किया, 'आर्य, आप यहाँ ?...कोई कार्य आन पड़ा ?...मुझे बुला लेते।'

'तुमसे कुछ परामर्श करना है।'

'मुझसे ?...कुटीर में चलें ?'

'यहीं अंगन करते, डोलते हो जाएगा।' त्रिलोचन के कन्धे पर हाथ रख वह धीरे-धीरे बढ़े।

'कहें आर्य!'

'अवन्ति राज्य के महामात्य का पत्र आया है।'

'वह तो मित्र हैं आपके!'

'मेरा मित्र पूर्णरथ है, महामात्य नहीं।' नागदत्त का स्वर कुछ और हो गया।

'अर्थात्?'

'यही कि पत्र में मेरी पत्नी के साथ जनपद कल्याणी चारुमित्रा की आज ही यहाँ पहुँचने की सूचना है।'

'आप निश्चित रहें, हम सब सँभाल लेंगे। मेरे जैसों के लिए तो यह उनके दर्शन पाने का सुअवसर है। सुना है, देवी चारुमित्रा विदुषी और गुणी हैं।...अरे हाँ, अब समझा—परम आदरणीय जिनमुनि अनन्तसागर जी भी हैं यहाँ...तो यही संकोच है। चारुमित्रा राग है तो मुनिश्री विराग। दो ध्रुव एक ही समय, एक ही रेखा पर। स्थिति द्वन्द्वपूर्ण तो होगी, पर रोचक भी...' त्रिलोचन नागदत्त की ओर मुस्कुराए।

'त्रिलोचन! पत्र का रहस्य जानने का प्रयास करो। वसुंधरा के लिए आश्रम ही नहीं, मेरे हृदय का द्वार भी खुला है। उसके प्रति प्रेम के साथ आदर भी है मेरे मन में, कि अपने इच्छित मार्ग के कारण मैं जिन सांसारिक दायित्वों से मुँह मोड़ इस सेवाकर्म में आ जुड़ा, उसे लोग भले त्याग, विराग जैसे शब्दों से सम्मानित करें किन्तु मैं जानता हूँ कि यह एक प्रकार का पलायन भी है।

किन्तु इस समय मैं इन दार्शनिक पदों पर नहीं, तुमसे सामयिक स्थिति पर विचार करने आया हूँ। मैं वणिक रहा हूँ। जानता हूँ कि कभी-कभी राज्यादेश मित्रता, अनुरोध, याचक की भाषा में भी आता है, पर यह सदैव स्मरण बना रहना चाहिए कि वह 'राज्यादेश' है।'

'मैं तो और भी उलझ रहा हूँ आपकी बात से।' त्रिलोचन ने नागदत्त के मुँह की ओर देखा।

'उलझा तो मैं हूँ। तुम इस प्रकार विचार करो कि वसुंधरा और चारुमित्रा का यहाँ पहुँचना तो दिख रहा है, इसके पीछे वह क्या है जो छिपाया जा रहा है?'

'अर्थात् आपके मित्र आपसे कुछ छिपा रहे हैं?'

'मित्र नहीं, महामात्य। एक सेवा आश्रम से राजहित में राजकृपा का प्रतिफल उगाहना चाहता है। मैं पूर्णरथ को जानता हूँ—वह हर सम्बन्ध के प्रति सत्यनिष्ठ, सत्यकाम है किन्तु दायित्व के प्रति सर्वाधिक है और यही बात मुझे उसके पत्र पर सोचने के लिए विवश कर रही है।'

'महामात्य से मिला तो मैं भी हूँ। उनसे भेंट के पश्चात् ही दस वर्षों पूर्व बिछुड़े हम भाई-बहन का मिलाप हुआ—यह सब मैंने आपको बताया ही है। वह मेरे प्रति सदय भी लगे यद्यपि उनके मस्तक पर चिन्ता भी दिखाई दी।

अपनी दीदी को मैं यहीं लाना चाहता था किन्तु दीदी ने भी तो महामात्य का ही समर्थन किया कि जिस स्वामिनी के अनुग्रह से उन्हें दासत्व से मुक्ति मिली, सम्मान मिला, उनको कठिन समय में अकेले छोड़कर जाना कृतघ्नता होगी। मुझे अब तक समझ में नहीं आया कि राजमहालय के अन्तर्वास में किस संकट की आशंका हो सकती है!'

त्रिलोचन ने अपने प्रश्न का उत्तर खोजने श्रेष्ठि नागदत्त की आँखों में झाँका।

'तुम मुझे इसलिए भी प्रिय हो त्रिलोचन कि गुणी हो और सरल भी। हाँ, इस सरलता के कारण तुम्हें कोई छल भी सकता है। अरे तुम राजधानी में रह आए—अपने सहपाठी

भेषज्ञ मृगांक दत्त के साथ, उसके घर पर रहे तो उनसे ही जान लेते कि राजधानी की नाड़ी किस गति से चलती है ? उससे जानने का प्रयास करते तो ज्ञात हो जाता कि राजधानी रोग का उपचार नहीं, उपचार के भ्रम का निर्माण करते हुए ही समृद्ध होती है।

भ्रम, भ्रम और भ्रम। यही राजधानी का रहस्य है। तुम जिस समृद्धि से आश्वस्त हुए हो, वह भी चतुरजनों द्वारा रचा गया भ्रम ही है। इस पूर्ववणिक की एक नितान्त सीधी सरल-सी बात जान लो—वास्तविक समृद्धि दासों की बढ़ती संख्या और उनके बढ़ते मूल्य में नहीं, इसमें निहित है कि राज्य के कृषक कितने समृद्ध हैं ? वनोपज कितनी बढ़ रही है ? श्रीमन्त अपना धन प्रजा के हित में व्यय करते हैं कि अपने विलास में ?...मृगांक दत्त की औषधियों के उपचार का मुख आलयों, भवनों की ओर है या कुटिया, छप्पर की ओर... ?

तो तुम्हें चारुमित्रा का ध्यान रखना है। अनन्त सागर महाराज की सेवा में चन्द्रसेन है ही। यों मुनिश्री से किसी को कोई असुविधा न होगी, वह अत्यन्त सहिष्णु भी हैं, पर हमें ही यह देखना है कि उनके प्रति किसी ओर से परिहास, उपहास की स्थिति न बने। यह तो है कि इन राजकीय अतिथियों के आने से सेवा आश्रम के कार्य में कुछ व्यवधान होगा, पर शास्ति सबकी आवश्यक है। राज्य की भी क्योंकि वह संरक्षा का भरोसा देता है।'

'आज्ञा दें कि मुझे क्या करना है ?' त्रिलोचन ने कुछ समझते, कुछ न समझते हुए पूछा।

नागदत्त ने त्रिलोचन का कन्धा थपथपाया और कुछ सोचते से लौट लिये।

त्रिलोचन सोचने लगे कि देवी वसुंधरा का आगमन शुभ ही है। उन्हें मुनिश्री अनन्त सागर के दर्शन और अमृतवाणी सुनने को मिलेगी तो सांसारिक ताप, त्रास से कुछ परित्राण ही होगा।...यह अलग बात है कि मुनिश्री स्वयं को ज्ञान की अपेक्षा कर्म से ही अधिक प्रकट करते हैं—आते ही उन्होंने कुष्ठ रोगियों के व्रण धोने का कार्य माँगा। आश्रम कार्य हेतु वृक्षों से कुछ टहनियाँ काटने की आवश्यकता अनुभव हुई तो काटने से रोक दिया—यह कहकर कि 'अंग कटने पर वृक्ष को भी पीड़ा होती है'।

उसने पूछा भी कि 'फिर मनुष्य का काम कैसे चलेगा ?'

मुनिश्री ने उत्तर दिया, 'सृष्टि में मनुष्य का ही क्यों, सबका काम चलना चाहिए। प्रकृति ने स्वयं व्यवस्था की है।'

'किन्तु मनुष्य... ?'

'ईश्वर की सर्वश्रेष्ठ कृति है, यही न ? इसका आशय यह तो नहीं कि वह सबका स्वामी हो गया तथा शेष सृष्टि उसकी दास या उपभोग्या हो गई ? शेष सृष्टि में जब मनुष्य की श्रेष्ठता पर कोई विरोध नहीं तो मनुष्य क्यों अपना बल, बुद्धि, ऐश्वर्य अन्य पर प्रकट, प्रमाणित करना चाहता है ? लादना, थोपना चाहता है ?'

'मुनिवर! वन में सिंह भी अपने जीवन के लिए अन्य पशुओं का वध...'

मुनिश्री जैसे इस प्रश्न पर विचलित हुए हों, 'ओह, यह हिंसक मन का कुतर्क है। इतना तो जानो कि ऐसा करना सिंह की जैविक विवशता है—वह घास नहीं खा सकता, अन्न नहीं उगा सकता, वृक्ष नहीं रोप सकता, न व्यंजन पका सकता है। वह पशु है और अपने ऐन्द्रिक स्वाद के लिए प्राकृतिकता के नाम पर पशुवृत्ति का उदाहरण क्योंकर उचित है ?...यह

तो सोचना चाहिए। बन्धु, मेरे मन से मनुष्य के लिए स्यात् यही उचित व उपादेय है कि वह प्रकृति का शासक बनकर नहीं, सहयोगी और संरक्षक बनकर जिए।

अब देखिए, घायल तो सिंह भी होता है—अधिकार के संघर्ष में। आहार पर अधिकार, उपभोग का अधिकार। इसमें वह आहत भी होता है। इधर मेरा धर्म सेवा है। तो क्या मेरा भय मुझे इसकी अनुमति देगा कि मैं उसे स्वस्थ होने में सहायक बन स्वयं ही उसका आखेट बनूँ?...अर्थात् हम तर्क पर ही उतर आएँ तो तर्क ही तर्क हैं...तर्कातीत तर्क हैं...कुतर्क में भी 'तर्क' स्थित है।'

मुनिश्री हँस देते हैं, 'कुछ मनुष्यों का तर्क ही व्यापार है, जिसका न आदि है, न अन्त। तर्क तो रक्तबीज है। इसे किसी आस्था बिना शमित नहीं किया जा सकता। वह आस्था 'अहिंसा' है। लो, देखो, मैं ज्ञान बघार बैठा। अल्पज्ञान बस यही करता है—मनुष्य की कर्मठता रोक उसे उपदेशक बना डालता है,' कहते हुए मुनिश्री कुष्ठ रोगियों के आवास की ओर चले गए थे।

त्रिलोचन इस घटना को स्मृति में दुहरा ही रहे थे कि चन्द्रसेन आ गए।

'मुनिश्री यहाँ पधारे थे?' उन्होंने त्रिलोचन से पूछा।

'पधारे तो नहीं, आए अवश्य थे।' त्रिलोचन सभी आश्रमवासियों की भाँति चन्द्रसेन के भोले समर्पण के प्रति स्नेह रखते हुए यदा-कदा परिहास कर लेते हैं।

'आप भी भेषज्ञ!...जानते तो हैं कि मैं उनकी सेवा में हूँ।' चन्द्रसेन दुलराई-खीझ से भरकर बोले।

त्रिलोचन ने उन्हें हाथ पकड़ निकट बैठा लिया, 'अब तक तुम्हें जान जाना चाहिए था चन्द्र कि मुनिश्री अनन्तसागर किसी लीक पर चलने वाले पारम्परिक मुनियों में से नहीं हैं। वह जिन आदर्शों को एक सामाजिक सन्दर्भ देने में प्रवृत्त हैं, उससे मुझे लगता है कि वह आदर्शों को कर्म द्वारा प्रमाणित कर रहे हैं।

वह बताना चाहते हैं कि तीर्थंकरों का अभिप्रेत आत्ममोक्ष मात्र नहीं है। आत्मोद्धार, आत्मोन्नति की अवस्था निश्चय ही श्रेष्ठ है किन्तु इससे अधिक आवश्यक है मनुष्य की करुणा को जगाना।...इस करुणा की उँगली पकड़कर किसी की पीड़ा को कम करने की तृप्ति तो परमानन्द के समतुल्य हो जाती है। मोक्ष स्थायी आनन्द है तो सेवा नित-नूतन आनन्द...।'

'सत्य ही है देव! मुनिश्री परम वन्दनीय हैं।' चन्द्रसेन गद्गद स्वर में बोले।

'वह तुम्हें दीक्षा देने तैयार हुए?' त्रिलोचन ने जानना चाहा।

'अवसर देख मैंने उनसे निवेदन किया था किन्तु वह कुछ क्षण तक जाने किस दृष्टि से मेरी ओर देखते रहे, फिर बोले—दीक्षा लेकर क्या करोगे?—मैंने कहा—तप करूँगा, तो बस, यही कहा कि धारण कर लो लँगोटी व खंडवस्त्र और जुट जाओ सेवा में और भी उत्साह से—बस!'

'वह तो तुम यूँ भी जुटे हो।'

'मेरी तो समझ में कुछ नहीं आता। कदाचित् वह मेरी परीक्षा ले रहे हों!...लगता है, मैं अभी धर्म-दीक्षा का योग्य पात्र नहीं हूँ।' चन्द्रसेन के स्वर में निराशा आ गई।

'अरे नहीं, तुम सर्वथा योग्य पात्र हो। मुनिश्री तुम्हारी सेवा से प्रसन्न हैं।' त्रिलोचन ने उत्साह बढ़ाया।

'अच्छा! उन्होंने कहा क्या ऐसा?' चन्द्रसेन के चेहरे पर चमक आई।

'तुम जानते तो हो कि वह स्वयं को बहुत कम प्रकट करते हैं। हाँ, कुछ संकेत हैं कि वह तुमसे बहुत प्रभावित हैं। वह अभी कुष्ठ रोगियों की ओर गए हैं।'

'देव, सुना है कि कुछ राजकीय अतिथि आश्रम में आ रहे हैं?' चद्रसेन जाते-जाते ठहरे।

'आ तो रहे हैं।'

'तो वयसिका दीदी भी आ रही होंगी?'

'ऐसी तो कोई सूचना नहीं है...। मात्र देवी वसुंधरा देवी तथा चारुमित्रा के आने की सूचना है मुझे। वयसिका दीदी महादेवी पिंगला को छोड़कर नहीं आ सकतीं। और हाँ, चन्द्रसेन! चलो, हम द्वार की ओर चलें। अतिथि आने को होंगे। आर्य नागदत्त को आवश्यकता होगी हमारी। हमें उनका हाथ बँटाना चाहिए।...अथवा तुम मुनिश्री की सेवा में रहो, मैं ही जाता हूँ। आर्य नागदत्त ने मुझे चारुमित्रा की सुविधाएँ देखने को कहा है।'

'चारुमित्रा तो वही हैं न—चन्द्रपुर की कल्याणी?'

'हाँ।'

'सुना जाता है कि अत्यन्त रूपवती हैं, कलावन्त और कवि भी?'

'मैंने भी ऐसा ही सुना है।'

'आप भी कवि हैं...' चन्द्रसेन ने चुहल भरी आँखों से ताका।

'अर्थात्?'

'अर्थात् का अर्थ तो काल के गर्भ में छिपा होता है जिसे महाकाल ही जानता है।...तो मैं जाता हूँ निवृत्ति की ओर...आप प्रवृत्ति की ओर बढ़िए!' हँसते हुए चन्द्रसेन मुनिश्री की दिशा में निकल गए।

त्रिलोचन खड़े रहकर जाने क्या सोचते रहे, फिर अध्यक्ष की पर्णशाला के पगदंडी मार्ग पर उतर आए। पाटलपुष्पों की मधुर गन्ध उनके श्वासों में भर उठी। अनायास ही वह दाड़िम की छाँह में ठहर गए। क्यों... ? वह स्वयं न जान पाए। कोई चित्र-सा उनके चित्त में उभर-उभरकर डूबता लगता था। कोई अपरिचित आह्लाद हत्तन्त्री को वीणा के तार की भाँति छेड़कर कमनीय स्वर जगा उठा था। पाँव बस अभ्यास के ही चलते पर्णशाला की ओर बढ़ उठे थे।...आँखें जाने कहाँ, किस आकार में जा उलझीं! पर्णशाला को सामने पा वह सचेत हुए।

'आर्य अतिथियों के स्वागत, अगवानी हेतु द्वार की ओर गए हैं।' त्रिलोचन को देखते ही चन्दन राय ने बताया, 'अतिथि आ पहुँचे हैं कदाचित्।'

'आपसे अभी लौटकर भेंट करता हूँ मान्यवर! इन दिनों आपके पाटलों में बड़ी हुलास है।' त्रिलोचन उन्हीं पैरों द्वार की ओर मुड़ गए।

आर्य नागदत्त से अगले ही मोड़ पर भेंट हो गई। उनके एक हाथ में पटार के चौड़े हत्थेवाली पेटिका लटकी हुई थी। ठीक पीछे देवी वसुंधरा।

त्रिलोचन आगे बढ़ वसुंधरा के पाँवों में झुक गए, 'आपके पधारने में हम सबको बड़ी प्रसन्नता है आर्ये!'

'दीर्घायु होओ! यश, ऐश्वर्य बढ़े! तुमसे मिलने की उत्कंठा थी भेषज्ञ त्रिलोचन।'

देवी वसुंधरा के रुक जाने से सभी ठहर गए। आर्य नागदत्त यह कहकर आगे बढ़ गए कि 'इन सबको पर्णशाला तक ले आना त्रिलोचन।'

'किन्तु आप यह पेटिका...इसका भार क्यों लटकाए हैं, मुझे दीजिए। मैं ले चलता हूँ इसे।' त्रिलोचन ने रोका।

'यह भार नहीं, दाम्पत्य जीवन का सहज विश्वास है जिसे एक दीर्घ कालक्षेप के पश्चात् अनुभव कर पा रहा हूँ...तुम समझोगे कभी...जानोगे इसका भी सुख।' नागदत्त आगे निकल गए।

अब त्रिलोचन का ध्यान चारुमित्रा की ओर गया। देखते ही वह चौंक से गए। अभी कुछ ही देर पहले जो धुँधली आकृति उनके चित्त में बन-मिट रही थी—लगभग इसी प्रकार की तो थी। सम्भ्रम में पड़े से त्रिलोचन ने हाथ जोड़ दिये, 'आप देवी चारुमित्रा हैं न?'

चारुमित्रा मुस्कुरा दी। एक छोटा-सा कौशेयपुटक उसके हाथ में भी लटका था। पीछे बड़ा-सा चर्म पिटक सिर पर धरे एक परिचारिका थी। पिटक निश्चय ही चारुमित्रा का होगा।

'लाइए, इसे मुझे दीजिए। आप देवी के हाथ का भार ले लीजिए!' त्रिलोचन ने परिचारिका को कहा।

'ना आर्य! देवी का भार सिर पर लेना ही मेरी आजीविका है। आप क्या मेरी जीविका में हस्तक्षेप करेंगे? वैसे इतना भार मुझे कष्टकर भी नहीं है।'

इस प्रगल्भ परिचारिका को त्रिलोचन क्या कहते। वह चारुमित्रा की ओर देखने लगे, जैसे उसी के निर्णय पर बात आ ठहरी हो!

'रहने दें भेषज्ञ! मेरा भार आप क्यों उठाएँ? आप देवी वसुंधरा को मार्ग दिखाइए—हम उनके पीछे चल लेंगे।' बोलते समय भी चारुमित्रा के ओठों पर वही मुस्कान ठहरी रही।

त्रिलोचन को इसका भी कोई उत्तर न सूझा। बस, वह आगे हो लिये, 'आइए... पधारिए...!'

कुछ ही पग की दूरी पर पर्णशाला है। इन सबके पहुँचने तक नागदत्त पटार के हत्थे की पेटिका भीतर रख प्रसन्नतापूर्वक पर्णशाला के आगे आ खड़े हुए थे। पार्श्व में चन्दन राय थे।

'आइए!'

आर्य नागदत्त के सम्बोधन के साथ ही चन्दन राय के लुंज हाथ भी मिलकर नमस्कार में कुछ ऊपर उठे। आश्रम के उद्यान, कृषिकर्म में संचालन के कारण उनके हाथों के लिए त्रिलोचन की औषधि प्रभावी होने लगी है और चन्दन राय के दाहिने हाथ में अब इतना जीवन आ गया है कि उँगलियाँ धीरे-धीरे जुड़ने-मुड़ने योग्य होकर ग्रास तोड़ने लगी हैं। हाथ मुँह तक आने लगा है। थोड़ा प्रयास करने पर दायें के सहारे बायाँ हाथ भी पेट से ऊपर हो जाता है। चन्दन राय का त्रिलोचन के प्रति आत्मीय वात्सल्य है। आश्रम का बड़ा परिवार पाकर वह अपने घर-परिवार को बिसार चुके हैं।

'ये इस आश्रम के विश्वकर्मा हैं चन्दन राय। आश्रम की शोभा और श्री इन्हीं के श्रम और कौशल से है और बन्धु चन्दन राय, यह मेरी पत्नी वसुंधरा। ये प्रख्यात गुणवन्ती चारुमित्रा और इनके साथ...' परिचारिका की ओर दृष्टि उठा नागदत्त ठहर गए।

'यह मृदुला है।' चारुमित्रा ने परिचय पूरा किया।

त्रिलोचन रोमांचित हो रहे थे—ओह, रूप, गुण, माधुर्य का अपूर्व संयोग, जैसे उर्वशी किसी शापवश देवलोक से पृथ्वी पर उतर आई हो!

'त्रिलोचन! आयुष्मती चारुमित्रा को चन्दन राय की कुटीर तक पहुँचा दो। इन्होंने उसे विश्राम योग्य सँवार दिया है। मधुपअर्क, फल, पाद्य, आचमनक की व्यवस्था देख लेना। इनके सत्कार का दायित्व तुम्हारा ही है।' आर्य नागदत्त ने समझाया।

फिर वह चारुमित्रा की ओर उन्मुख हुए, 'आयुष्मती! इस आश्रम को अपना पितृगृह मान लोगी तो असुविधाएँ सहज स्वीकार्य हो लेंगी। हम यहाँ नितान्त साधारण जीवन जीते हैं। और क्या कहूँ? स्वयं विदुषी हो तुम।'

यहाँ भी त्रिलोचन ने मृदुला के सिर का भार लेने को हाथ बढ़ाया तो उसने पुनः विनोद-भरी आँखों से बरज दिया।

अब चन्दन राय आगे हुए, पीछे त्रिलोचन तथा उनके साथ-साथ चारुमित्रा चल पड़ी। चन्दन राय की कुटीर आश्रम के उस टीले पर है जिसके नीचे बरसाती नाला आश्रम की सीमा बनाता है।

'मान्यवर! देवी चारुमित्रा क्या आपकी कुटीर में रह सकेंगी?' दो पग आगे बढ़ त्रिलोचन चन्दन राय से फुसफुसाए।

'हाँ, तुम स्वयं देखोगे कि मैंने कुटीर को कितना सुपासी बना दिया है। आयुष्मती चारुमित्रा के लिए मुंज रज्जु से बुनी खटोलिका है—उस पर आर्य नागदत्त द्वारा दिया हुआ गदेला बिछा है—अर्क की रुई से भरा सिराश्रय है।...सेविका के लिए पुआल बिछा है, बिछौना उस पर भी है।' चन्दन राय ने सुविधाओं का विवरण दिया।

'किन्तु वह जो आपके पड़ोस में रातभर वन्यजीवों की चौपाल जुड़ती है?' त्रिलोचन ने कुछ ऊँचे स्वर में कहा तो वह हड़बड़ा उठे।

'अरे-रे! उन्होंने ऐसा कुछ सुन लिया तो भयभीत हो वहाँ ठहरने से मना कर देंगी। यह जो है न चारू... यही नाम है न?'

'चारुमित्रा।'

'हाँ, वही। तो देखने में वह अत्यन्त कोमल प्रतीत होती है। तुमने इसकी ग्रीवा देखी?...कितनी लम्बी और सुडौल है किन्तु सिर पर जल का एक घट धरकर भी पनघट से नहीं ला सकती। ग्रीवा टूटे भले न, लचक अवश्य जाएगी।' चन्दन राय धीरे से खसखसी हँसी हँस दिये।

'अहा, सौन्दर्य के अन्तःपरीक्षण की कितनी दक्षता है आपमें!' त्रिलोचन भी विनोदपूर्वक बोले।

'ऊँह, दक्षता नहीं—अनुभव की सूझ है यह। जानते ही हो कि मैं उज्जयिनी से हूँ जहाँ कालिदास, भास, भवभूति, शूद्रक वीथियों में गाये, खेले जाते हैं।'

'कुछ हमें भी तो सुनाइए कि आप दोनों कालिदास आदि महामान्यों पर क्या चर्चा कर रहे हैं?' पीछे आती चारुमित्रा बोली।

त्रिलोचन के कानों में तीसरी बार यह जलतरंग से स्वर दौड़े थे, कहा, 'नहीं देवी, हम तो बस यूँ ही...' कहकर त्रिलोचन ने ग्रीवा पीछे को मोड़ी तो चारुमित्रा को अपनी ओर देखते पाया। पहली वाली मुस्कान अब भी उसके ओठों पर नाच रही थी।

त्रिलोचन ने उस मुस्कान के आगे स्वयं को शिथिल-सा होते पा झटके से ग्रीवा आगे की ओर की तथा सन्तुलित होते हुए यही कह पाए, 'देवी! आपके लिए निश्चित किया गया आवास बस थोड़ी-सी दूरी पर है।'

'मैंने आवास की दूरी तो नहीं पूछी भेषज्ञ!' धीरे से हँस दी चारुमित्रा।

त्रिलोचन के आसपास का वातावरण कोमल उल्लास से दीप्त हो उठा। अपूर्व आह्लाद से आवेष्टित वह बस अभ्यस्त कदमों से कुटिया की ओर चलते रहे।

'बन्धु त्रिलोचन! आयुष्मती चारु की विश्राम व्यवस्था देख लीजिए। कोई दूर की जा सकने योग्य त्रुटि हो तो बता दें।'

चन्दन राय के स्वर से कोमल उल्हास का प्रभाव छँटा फिर भी राग की तरंग में वह कुटीर में प्रवेश कर दृष्टि फेंक लौट आए।

'ठीक है न?' चन्दन राय ने जानना चाहा।

'देवी चारुमित्रा स्वयं ही देख-परखकर अपनी आवश्यकता कह देंगी,' कहकर त्रिलोचन ने सिर घुमाया तो उसे अपनी ओर देखता पा आँखें झुका लीं।

'आप भीतर पहुँचें। पीने के जल की व्यवस्था वहीं घड़े में है।'

'प्रक्षालन हेतु...' दृष्टि चन्दन राय की ओर घूमी।

'सो वहाँ है...कदली के पेड़ों के पीछे।...स्नान के लिए ओट कर दी है तथा भीतर दर्पण भी टाँग दिया है।' चन्दन राय ने बताया।

मृदुला ने चर्मपिटक सिर पर से उतार हाथों में सँभाल लिया क्योंकि कुटीर का द्वार इतना ऊँचा नहीं कि कोई नीचे की ओर झुके बिना प्रवेश कर पाए। चन्दन राय की सूचना समाप्त होते ही वह भीतर घुस गई। चारुमित्रा अभी वहीं खड़ी रही...।

'देवी, मैं आर्य नागदत्त की ओर जाता हूँ...कदाचित् उन्हें मेरी कुछ आवश्यकता हो। मान्यवर चन्दन राय यहाँ हैं। इन्हें सूचना देने पर मैं उपस्थित हो जाऊँगा।'

चर्मपिटक भीतर रखकर लौटी मृदुला ने चारुमित्रा के हाथ का कौशेयपुटक सँभाल लिया। घूमती-सी दृष्टि दोनों पर डाल त्रिलोचन उसी मार्ग पर लौट पड़े। चारुमित्रा कुछ क्षण वहीं खड़े रहकर त्रिलोचन को जाते देखती रही फिर विश्राम हेतु कुटीर में प्रवेश किया।

घड़ी भर में ही रात्रि भोजन के लिए बुलावा आ पहुँचा तो चारुमित्रा असहज हुई पर इसे प्रकट न होने दिया किन्तु मृदुला स्वयं को रोक न पाई। चन्दन राय के समक्ष ही व्यंजनापूर्वक मुस्कुराते हुए कह बैठी, 'यहाँ रहनेवाले सब जैन हैं क्या?'

सूचना लाने वाला एक किशोर था जिसकी माँ को उसके पति ने विक्षिप्त और कुंडली में अनिष्टकर योगवाली बताकर, पहले एक युवा धनवान विधवा को ब्याहकर घर ले आया फिर पत्नी को आठवर्षीय पुत्रसहित गृह से निर्वासित कर दिया। महाकाल के द्वार भीख माँगती अर्धविक्षिप्त, यौवन शेष प्रतीत होती स्त्री पर नागदत्त की दृष्टि पड़ी तो उसे आश्रम ले आए। वह जानते थे कि स्त्री का शेष यौवन ही उसका शत्रु बन जाएगा।

आज वही भिखारिन आश्रम की भोजन व्यवस्था सँभालती है। किशोर इन दिनों माँ का सहयोग करते हुए पठन--अध्ययन के साथ चन्दन राय से कृषि व उद्यानिकी के जतन-

जुगत सीख रहा है। नाम वही है जो उसे पिता की देहरी से मिला है—आनन्द। आनन्द की माँ को नागदत्त ने नया नाम दिया है—अन्नपूर्णा। नये नाम के साथ ही जैसे उस स्त्री का अतीत ही धुल गया है—बस, एक पुत्र है—कर्मफल की तरह अतीत से जोड़ता हुआ।

आनन्द सूचना देकर लौट गया तो दोनों कुछ ही क्षण पश्चात् चन्दन राय के साथ पाकशाला की ओर निकल लीं। पाकशाला आश्रम के पश्चिम में खपरैल छाकर बनाई गई है और पावस पूर्व ही टूटे तिरके-खपरों को बदलकर उनकी दशा सुधार ली जाती है।

अतिथियों में आज चारुमित्रा और मृदुला थीं। देवी वसुंधरा ने वहीं भोजन ग्रहण करना स्वीकार किया जहाँ उनके पति ग्रहण करते हों। मुनिश्री सदैव एकान्त आहारी हैं। कदली-पत्र पर परोसे गए भोजन में विशेष मात्र यही था कि गोरस के साथ गुड़ की डली रख दी गई। सत्कार के लिए यहाँ भी आर्य नागदत्त और त्रिलोचन खड़े थे।

आर्य नागदत्त ने चारुमित्रा से विनम्रतापूर्वक कहा, 'भद्रे! अल्प वित्त में कार्य चलाने के लिए कुछ कठोर तथा अप्रिय नियमों का अनुसरण करना पड़ा है। इन्हीं में से एक है अपनी आवश्यकताओं को सीमित कर लेना। इच्छाएँ, आवश्यकताएँ तो अनन्त हैं अत: उनकी ओर दौड़ने से मन को रोकने का अभ्यास पहले ही डाल लेना होता है, इसीलिए आश्रम में व्यंजन का चलन नहीं है। कुछ दिन ठहरने पर यही सामान्य आहार आपको भी रुचिकर लगने लगेगा। क्या कहूँ, यह रूखा उपलब्ध कराने के लिए क्षमा ही माँग सकता हूँ।'

चारुमित्रा ने नागदत्त के जुड़ते हाथ थाम लिये, 'ऐसा क्यों कहते हैं आर्य? अज्ञ होते हुए भी इतना तो जानती ही हूँ कि व्यंजन से अधिक स्वाद उन हाथों में होता है जो मन से पकाते, परोसते हैं। आप मुझे लज्जित न करें। मुझे तो इस आश्रम में प्रवेश के पश्चात् भाव ही भाव दिख रहा है—अभाव कहीं है ही नहीं। पितृगृह में अभाव कहाँ अनुभव होता है!'

'मैं आश्वस्त हुआ।'

'हाँ, त्रिलोचन, तुम भी इन्हीं के संग आहार ग्रहण कर लो!'

'मैं—ऐं?'

'अतिथि के साथ गृही की पत्तल...'

'आप भी तो ग्रहण करें आर्य!' चारुमित्रा ने कहा।

आर्य नागदत्त मुस्कुराए, 'बहुत समय पश्चात् मुझे वसुंधरा के निकट बैठकर भोजन पाने का अवसर मिला है। वह पाकशाला में हैं—अन्नपूर्णा के पास। हमें भी तो शीघ्र पर्णशाला पहुँचना है।'

यात्रा की क्लान्ति हो या इस बेला और ऐसे भोजन का अभ्यास न होना—आहार ग्रहण में अधिक समय न लगा। चारुमित्रा और मृदुला दोनों ने ही नाममात्र का आहार लिया। हाँ, केसर, इला आदि का चूर्ण न मिला होने पर भी गौ का दुग्ध स्वादिष्ट प्रतीत हुआ उन्हें। उनकी शीघ्रता से संकोच में त्रिलोचन भी अपना पूरा आहार न ले, इन्हीं के संग हाथ धोने खड़े हो गए।

'अब क्या आज्ञा है भेषज्ञ?' आँचल से हाथ पोंछती चारुमित्रा ने पूछा।

वही जलतरंग फिर से बजी कानों में। किन्तु त्रिलोचन ने सावधान-सा उत्तर दिया :

'देवी की जो इच्छा हो—चाहें तो विश्राम करें अथवा मुनिश्री के प्रवचन सुनें।'

'आप क्या करेंगे?'

'मुझे तो आर्य नागदत्त के सहयोग में उपस्थित रहना होगा। वहीं मुनिश्री की अमृतवाणी सुन पाने का सौभाग्य भी मिल जाएगा।'

'सोचती हूँ, यह सौभाग्य मैं भी क्यों न प्राप्त करूँ? राजपुरुषों, श्रेष्ठियों, प्रतापियों के सत्कार में रहते हुए हम जैसों को त्यागी महापुरुषों के सान्निध्य का अवकाश ही कहाँ रहता है?'

'तो चलिए, पर्णशाला ही चलते हैं सीधे।'

'हाँ, किन्तु अपनी रुचि को मृदुला के लिए बन्धनकारी क्यों बनाया जाए?'

'मैं समझा नहीं?'

'आप मुझे ले जाएँगे तो फिर विश्राम स्थल तक भी पहुँचाएँगे?'

'अवश्य ही। आश्रम अध्यक्ष ने आपके सुख-सुविधा की देखरेख का दायित्व ही तो छोड़ा है मुझ पर।'

'तो चलिए! पहले मृदुला को कुटीर पर छोड़ फिर आप जहाँ मुझे पहुँचाएँ।' चारुमित्रा मुस्कराई।

सकपकाकर त्रिलोचन ने आँखें झुका लीं, 'आइए!'

मृदुला को कुटीर पर छोड़ पर्णशाला पहुँचने तक मुनिश्री आसन पर नहीं आए थे। पर्णशाला के आगे काष्ठ के कुन्दों को पाये बनाकर, उस पर श्वेत पत्थर का पाट बिछा तल्प का रूप दे दिया गया है जो बैठने के साथ ही विश्राम के लिए भी उपयोग में ले लिया जाता है। आसन बिछाने पर यहीं गादी बन जाती है।

चारुमित्रा को देवी वसुंधरा ने अपने साथ बैठा लिया। आश्रमवासियों में से भी धीरे-धीरे आने लगे—कर्मकर, सहयोगी, बाल, वृद्ध, रोगी। चन्द्रसेन के साथ मुनिश्री के आने पर आश्रम अध्यक्ष ने उन्हें सादर आसन पर प्रतिष्ठित किया। चन्द्रसेन ने तल्प के कोने पर दीपाधार रख दीपक उजेरा जिससे मुनिश्री के उन्नत भाल वाला मुख सुदृश्य हो गया। मुनिश्री ने स्वस्ति की मुद्रा में दायाँ हाथ उठाया। वातावरण में शान्ति घुलने लगी।

मुनिश्री ने देशना का आरम्भ णमोकार मंत्र से किया :

> 'ॐ णमो अरिहंताणं णमोसिद्धाणं णमो उवज्झायाणं णमो आयरियाणं णमो लोए सब्बसाहूणां।'

क्षणभर के लिए ध्यानस्थ हुए तो चेहरे पर कोई स्वर्गीय आभा तैरने लगी।

मुनि ने आरम्भ किया :

'देवियो सज्जनो!

वस्तुतः जैनदर्शन मोक्ष का दर्शन है—मोक्ष अर्थात् सुख-दुख से मुक्ति। किन्तु मोक्ष अंतिम अवस्था है जो असम्भव तो नहीं किन्तु सामान्य मनुष्य के लिए दुर्लभ अवश्य है। मोक्ष में भी दुख से निवृत्ति ही प्रमुख है। इसीलिए मुझे लगता है कि मनुष्य औरों का जितना भी दुख कम कर पाएगा, उतना मोक्ष के अधिक निकट होगा। इस प्रकार मोक्ष भी कर्म की ही सिद्धि है।

अज्ञान का नाश ज्ञान से ही सम्भव है, अतः जैन-चिन्तक सम्यक् ज्ञान को आवश्यक मानते हैं।

सम्यक् ज्ञान तीर्थंकरों या मुक्तमहात्माओं के उपदेशों का मनन करने से प्राप्त होता है। और इसके लिए श्रद्धा भी आवश्यक है। श्रद्धा और ज्ञान का संयोग ही सम्यक् दर्शन है। कुछ लोगों में ज्ञान और श्रद्धा स्वभावतः विद्यमान होती है, मात्र उसे प्रबुद्ध करना होता है तो कुछ इसे विद्या और अभ्यास द्वारा अर्जित करते हैं।

सम्यक् दर्शन के प्रबोधन और अर्चन के लिए सम्यक् चरित्र आवश्यक है जिसमें मनुष्य को वासना, वचन, इन्द्रिय, मन तथा कर्म को संयत करना होता है। परिणाम में नये कर्मों का संचय बन्द होकर पुराने कर्म भी नष्ट हो जाते हैं। अन्त में उन पुद्गलों का भी नाश हो जाता है जिनके कारण जीव बन्धन में बँधा रहता है। इस प्रकार सम्यक् ज्ञान, सम्यक् दर्शन, सम्यक् चरित्र ही मोक्ष का मार्ग है—सम्यग्दर्शन ज्ञान चरित्राणि मोक्षमार्गः।'

इसके पश्चात् णमोकार मंत्र का पाठ करते हुए मुनिश्री ने नेत्र खोलकर स्वस्ति का हाथ उठाया। आर्य नागदत्त का अनुगमन करते सब भूमि पर सिर रखते हुए प्रणति हो गए।

रात्रि का प्रथम प्रहर बीतने को था। यद्यपि अभी पाकर के पेड़ पर बसनेवाला पहरुआ नहीं बोला पर चारों ओर शान्ति तथा रात्रि की विश्रांति फैल गई थी। दूसरे प्रहर रात्रि में यहाँ मात्र स्वाध्यायी जागते हैं। सत्र समाप्त होने पर सभी अपने-अपने शयन, विश्रामस्थलों की ओर चल पड़े।

चारुमित्रा को पहुँचाने का दायित्व निभानेवाले त्रिलोचन के दस पग आगे चन्दन राय लुंजे हाथ में ली हुई लकुट ठकठकाते, घसीटते चलने लगे। आश्रम की भूमि में सीर रहने के कारण प्रायः सर्प रेंगते रहते हैं। उन्हें मारने की मनाही है और आश्चर्य यह कि अभी तक कोई भी सर्पदंश से पीड़ित नहीं हुआ है।...तब भी रात्रि के समय आते-जाते हुए यहाँ लकड़ी ठकठकाकर या धमक देकर चलते हैं ताकि मार्ग वाले जीव-जन्तु इधर-उधर हो जाएँ।

वृक्षों के कारण पग-मार्ग का अँधेरा यद्यपि और भी घना हो जाता है किन्तु चन्दन राय के अभ्यस्त पाँव अपने क्षेत्र की ओंध नीच, संधि और बाधा पहचानते हैं। इन मार्गों पर त्रिलोचन को भी बरसों का अभ्यास है। हाँ, चारुमित्रा का एक दशक से रात्रि के अँधेरे से कोई सम्पर्क ही नहीं रहा है। वह तो दशक पूर्व से भी पहले का बालकाल था जिसमें ऐसे ही किसी भी अँधेरे को वह अपने ग्राम की गलियों में मृगशावक की भाँति कुलाचें भरते हुए सहज ही पार कर लेती थी।

बीता और भुलाया हुआ वह बालपन उसके चित्त में अनायास ही कौंधने लगा। वह अत्यन्त सावधानी से पग रखते हुए बढ़ रही थी फिर भी असमतल भूमि पर अनुमान की विफलता से डगमगाकर वह गिर पड़ने को हुई कि एक पग आगे चलते त्रिलोचन की भुजाएँ स्वतः फैल गईं।

क्षण-भर में ही त्रिलोचन समझ सके कि उनकी बाँहें देवी चारुमित्रा को बाँधे हुए हैं। उन्होंने तत्क्षण चारुमित्रा को मुक्त किया :

'देवी, क्षमाप्रार्थी हूँ। आपके लिए मार्ग अनजाना है और मेरा दायित्व है कि...'

इस समय चारुमित्रा कुछ भी न सुन पा रही थी। त्रिलोचन की बाँहों में उसे कोई नया अनुभव हुआ था—अनभ्यस्त कोरी बाँहों के सहेजते विश्वास का अनुभव!

8

सज्जन हों या असज्जन, सभी के द्वारा दो प्रकार का पाप बनता है। एक तो वह, जो कोई उद्देश्य मन में लेकर जान-बूझकर किया जाता है और दूसरा वह, जो अकस्मात् स्थितिवश हो जाता है।

आषाढ़ शुक्ल एकादशी से कार्तिक शुक्ल एकादशी तक विष्णुदेव भी बलि के द्वार पर पाताल में पहरा देते हैं। उनके बलि के द्वार से उठते ही स्थान-स्थान पर थमी व्यावसायिक, राजनीतिक हालडोल आरम्भ हो गई—सार्थवाहों ने सार्थ सहेजे, सेनापतियों ने सेनाएँ। कृषक तो शरद लगते ही भूमि-शोधन में जुट जाते हैं।

राज्य में सिर उठाती अनेक समस्याओं पर महाराज की उपस्थिति मात्र से ही विराम लग गया। कुमार विक्रम की उच्छृंखलता भी सीमित हुई। जो सामन्त तथा आस्पद आदि राज्याधिकारी नियंत्रणहीन हो उठे थे, उन्होंने कछुए की भाँति अंग समेटकर आगे घटनेवाली घटनाओं की प्रतीक्षा आरम्भ कर दी।

आमोद, दायित्व, व्यापार, धर्म और न्याय अपनी लीक पर आए तो महामात्य आश्वस्त दिखने लगे। उन्होंने महाराज भर्तृहरि की बहन मयनावती को पावस के पहले ही महाराज की अनुपस्थिति तथा कुमार विक्रम के उद्दंड षड्यंत्रों का विवरण पहुँचा दिया था। पालवंशीय बंगनरेश मानिक चन्द्र की मृत्यु के पश्चात् शासन-सूत्र सँभाले हुए मयनावती अपने पुत्र गोविन्द चन्द्र का भी पोषण-शिक्षण कर रही थीं। गोरखनाथ की शिष्या मयनावती की भ्रामरी विद्या में निष्णात् होने की ख्याति थी। विवाह के सत्रह वर्ष पश्चात् भी वह बंगदेश से मायके न आ पाईं। स्थितियाँ ही कुछ ऐसी बन गई थीं।

बंगदेश से अवन्ति का मार्ग भी लगभग एक माह का है। भर्तृहरि को बहन के आने का सन्देश मिला तो वह प्रसन्नता से भर उठे। उन्होंने दस वर्ष से बहन को देखा नहीं है।

विवाह के पश्चात् मयनावती के पति मानिक चन्द्र ने सोलह सुन्दरियों की भेंट लेकर अवन्ति के शत्रु चोलराज को अपना मित्र बना लिया था। तब से अवन्ति के प्रतिहारों में से एक बार भर्तृहरि के सिवा कोई न बंगदेश गया था, न पालवंश से कोई उज्जयिनी आया। यहाँ तक कि राजा मानिक चन्द्र ने मयनावती के मायके जाने पर भी रोक लगा दी थी।

मयनावती के लिए राजभवन में ही आवास की सज्जा की जाने लगी।

यह माघ शुक्ल दशमी थी जब महामात्य को राजपुरोहित भास्कराचार्य का सन्देश मिला। कहा गया था कि 'मैं अस्वस्थ हूँ, अशक्त भी, अन्यथा स्वयं आपके पास आता। चाहता हूँ कि आप ही समय निकालकर आने का कष्ट करें।'

महामात्य उलझन में पड़ गए—सन्देश मात्र से प्रयोजन का अनुमान न लग पा रहा था। अवन्ति में यों तो सब सामान्य है किन्तु वह जानते हैं कि राजनीति की गति वक्र है—वह समान धरातल पर भी सीधी रेखा में नहीं चलती। सिंहासन के पाये चाहे कितनी भी स्थिर भूमि पर क्यों न जमाए गए हों, उनके निकट शीघ्र ही महत्त्वाकांक्षा का लावा खदबदाने लगता है।

कुमार विक्रम उनकी स्थायी चिन्ता है। यों उसके आमोद-प्रमोद हेतु उन्होंने स्वयं पौष तथा इस माघ मास में भी सर्वाधिक मूल्यवाली दासियाँ क्रय की हैं, क्योंकि उनसे यह छिपा

नहीं कि कुमार की दृष्टि वयसिका पर है तथा वह वयसिका की दासीत्व से मुक्ति स्वीकार नहीं कर पा रहा है। वयसिका को पाने के लिए उसने महारानी पिंगला के समक्ष भी अपनी इच्छा प्रकट कर दी है किन्तु महारानी तो इस समय स्वयं ही...।

वयसिका से उन्हें ज्ञात हुआ है कि महाराज ने गत छह माह में एक भी रात्रि रानी पिंगला के शयनकक्ष में नहीं बिताई। राजनीतिक बिसात की एक से एक जटिल चाल के भविष्यत् का आकलन करने में पटु महामात्य बहुत सोचने पर भी इस वितृष्णा का रहस्य न समझ सके।

उन्होंने वयसिका से ही पूछा, 'ज्ञात किया कि इसके पीछे क्या है?'

'महाराज को भोजन महादेवी ही परोसती हैं...व्यजन डुलाती हैं किन्तु मैंने पाया है कि दूसरा प्रहर लगते ही महाराज निजकक्ष की ओर लौट जाते हैं।'

'मदपान?'

'रानी के प्रस्तुत करने पर अनिच्छा ही प्रकट करते हैं।'

'कोई दासी, सेविका रहती है सेवा में?'

'चम्पा रहती है।'

'और बालकुमार?'

'वह देवी के कक्ष में रहते हैं। महाराज के जाने के पश्चात् महादेवी धायमाता को वहीं बुला लेती हैं।'

'कुमार के प्रति महाराज का व्यवहार कैसा है?'

'वह क्षणमात्र कुमार के कपोल थपथपाकर गहरी दृष्टि फेंकते हुए आगे बढ़ जाते हैं। महादेवी ही गोद में लिये रहती हैं। यदाकदा कुमार को उनकी ओर बढ़ाती हैं तो वह औपचारिक चुम्बन लेकर पुनः महादेवी को लौटा देते हैं।'

'वयसिके! तुम कुमार को प्रतिदिन देखती हो—महाराज और कुमार के रंगरूप में कितना सादृश्य है?'

'उतना ही देव, जितना पिता-पुत्र में होता है...होना चाहिए। कुमार महाराज के ही अंश से तो हैं...।'

'वयसिके! तभी तो मुझे महाराज के महादेवी से दूर रहने की फाँस समझ में नहीं आ रही है और आश्चर्य कि तुमने भी इस पर विचार नहीं किया है...अथवा स्यात् कुछ है जो तुम मुझ पर प्रकट नहीं करना चाहतीं?' महामात्य की भेदती-सी दृष्टि वयसिका के मुख पर ठहर गई।

इस दृष्टि के आगे वयसिका ने स्वयं को अवश होते अनुभव किया पर वह तुरन्त ही सचेत-संयत हो गई, 'देव! यह प्रश्न महामात्य का है?'

महामात्य ने वयसिका के कन्धों पर हथेलियाँ टिका दीं, 'इस काल-विशेष में महामात्य बने रहना मेरी विवशता है वयसिका! जीवित रहते हुए मैं अवन्ति राज्य के सूर्य को अस्ताचल में डूबते नहीं देख सकता।'

'उदय और अस्त तो महाकाल की व्यवस्था है देव!'

'जानता हूँ, वयसिका, जानता हूँ, किन्तु वह जो एक लकीर इस मन की शिला पर पड़ चुकी है...'

'एक बात पूछूँ देव?'

'तुम कुछ भी पूछ सकती हो। तुम्हारे आगे यह स्वीकार करने में मुझे कोई संकोच नहीं है कि तुम न होतीं तो मैं इस कठिन समय का सामना कर ही न पाता।'

'आपने कभी अपने प्रति भी सोचा है?'

'मैं...मुझे स्वयं के लिए क्या सोचना?'

'यह भी तो कि इस राज्य के आप प्रथम या अंतिम महामात्य नहीं हैं, न ही कोई नरेश प्रथम वा अंतिम है।'

'सत्य है किन्तु मेरी देह इस भूमि के तत्त्वों से पुष्ट हुई है। इस राजवंश के प्रति अकलुष निष्ठा इन शिराओं में रक्त बनकर दौड़ रही है।'

'किन्तु...'

'इस विषय में किन्तु-परन्तु तो कहीं है ही नहीं। अवन्ति की निष्ठा का मूल्य मेरे प्राण हों तो भी मैं स्वीकार करूँगा।'

'प्राण.. ?' वयसिका हँस पड़ी, 'आप प्राण दे देंगे तो वयसिका का क्या होगा —सोचा है? उसे पुन: किसी पण्य में विक्रय के लिए खड़ा न कर दिया जावेगा?'

महामात्य ने आतुरता से वयसिका के ओठों पर अपनी सुपुष्ट हथेली रख दी, 'इस मुख से यह बात फिर कभी न निकालना। मेरे जीवन में अब दो ही अभिलाषा शेष हैं—महाराज भर्तृहरि के निष्कंटक राज्य में सुख पाती प्रजा और तुम्हारी प्रसन्नता।'

'जानती हूँ देव! यह भी कि मनुष्य का चाहा सदैव ही नहीं होता। कभी होता है, कभी नहीं भी। पुरुषार्थ भी काम आए तब भी इच्छित, परिकल्पित पूरी तरह नहीं होता।'

'कहना क्या चाहती हो?'

'देव! मैंने अनेक बार मनुष्य के सोचे व निर्धारित किए से अलग घटते देखा है। मेरी माँ मुझे क्या बनाना चाहती थी और समय की एक नगण्य-सी हिलोर ने मुझे मनुष्य से वस्तु बनाकर दासपण्य में खड़ा कर दिया। मेरे अंग-अंग को टटोला गया, प्रदर्शित किया गया और मैं अक्षत योनि रह गई।...कैसे?

'स्यात् इसलिए कि लुटेरों को मेरे कौमार्य विक्रय में अधिक लाभ पाने का लोभ रहा हो...अथवा उनकी दैहिक आवश्यकता के लिए उस समय कोई अन्य उपलब्ध हो...अथवा समय ने अवसर न दिया हो...अथवा... ?'

'तो क्या मनुष्य सब कुछ काल के निर्णय पर छोड़ दे?' महामात्य हँसे।

'काल तो अनन्त समुद्र है देव!...महासागर की अपनी मर्यादा होती है तथा अपनी व्यवस्था। मनुष्य के पास अपनी बुद्धि और भुजाओं का वैभव है जिससे वह समुद्र पर सामर्थ्य का सेतु बनाता है।'

'समझ नहीं पा रहा कि तुम समय को बली मान रही हो या मनुष्य को?'

अबकी बार वयसिका हँसी, 'महाकाल की सन्निधि में तो आप हैं देव!...जन्म से ही। मैं तो तृण की भाँति थपेड़ों के साथ इस तट पर आ लगी हूँ। यह जानने की इच्छा तो मुझे भी है कि मनुष्य और काल के मध्य श्रेष्ठ कौन है?'

महामात्य गम्भीर हो वयसिका की आँखों में झाँकते रहे फिर धीरे से बोले, 'मुझे लगता है कि मनुष्य की सृष्टि ही काल से होड़ लेने के लिए हुई है। मनुष्य के इतिहास में कुछ

महामानवों ने काल का प्रवाह मोड़ा है। जीता है काल को। और हारते भी उसी काल से हैं, पर आगे आनेवाले मनुष्य के लिए काल को जीतने के सूत्र छोड़कर। मत्स्यावतार से बुद्धावतार तक मनुष्य के कर्म और चिन्तन की शृंखला, काल के साम्राज्य में अपने होने का अर्थ प्रमाणित करना ही तो है। अवतार परम्परा में—मत्स्य, कूर्म, वराह, नृसिंह, वामन, परशुराम, राम, कृष्ण और बुद्ध में एक क्रमिक विकास का ही प्रकट-अप्रकट इतिहास है।'

वयसिका के माथे पर कुछ तनाव आया, भौंहें खिंचीं...बाईं मुष्टि कुछ ऐसे बँधी, जैसे कुछ संकल्प जन्मा हो! पल भर के लिए उसने आकाश की ओर देखा फिर दृष्टि महामात्य की ओर घुमाकर ओठों पर मुस्कान ले आई।

'मैंने कुछ असंगत, असम्यक् कहा क्या?' महामात्य ने जानना चाहा।

वयसिका के ओठों पर वही स्मित ठहरी रही।

'कुछ कहो तो! तुम नहीं जानतीं कि कुछ समय से मैं अपनी धारणाओं के प्रति शंकित होने लगा हूँ। बार-बार मन होता है कि किसी से पूछूँ, चर्चा करूँ। उससे, जो मुझे, मेरी स्थिति को समझे।

वयसिका, इस समय कोई नहीं दिखता जिसके साथ मैं अपनी अक्षमता, दुर्बलता भी बाँट सकूँ। किसी से कह भी दूँ मन खोलकर तो वह उसका जाने क्या अर्थ लगा ले? मेरे बन्धु-बान्धव, परिजन, यहाँ तक कि पुत्र-पुत्री के लिए भी पिता से अधिक मेरा पद हो गया है। मैं...मैं मात्र महामात्य होकर रह गया हूँ—मनुष्य जैसे हूँ ही नहीं।'

महामात्य पूर्णरथ की आँखों से छलछल आँसू बहने लगे। वयसिका स्तब्ध रह गई। विचलित हो उसने महामात्य के पुष्ट वक्ष को समेट एक हथेली पीठ पर रखी, दूसरे हाथ को ग्रीवा से लपेट लिया।

'यह वयसिका है न! जो कहना है, कहें मुझसे। मुझ पर विश्वास करें। भले ही मैं आपके प्रश्नों के उत्तर न दे पाऊँ...समझ भी न पाऊँ किन्तु प्रश्नों को मान दूँगी। उनकी शुचिता और आपकी सत्यनिष्ठा पर सन्देह को स्थान न दूँगी।'

महामात्य ने वयसिका के कन्धे पर सिर रख दिया—आँसू बाहुमूल को भिगोते हुए मर्मस्थल तक बह चले। वयसिका ने अब कोई प्रबोध न किया, वह मात्र बायाँ हाथ उनकी पीठ पर फेरती रही। इतने दिनों में वह जान गई थी कि इस कठोर व्यवहारी, रुक्ष, परुष व्यक्ति के भीतर सौम्य, स्निग्ध मन भी है। दीर्घकाल से तरल स्पर्श न पाने तथा दायित्व निर्वहन को शुष्क जीवनचर्या के अभिनय की आवश्यकताओं ने इस आदमी के सरस स्त्रोतों पर अभेद्य-सी परत जमा दी है। यह परत आँसुओं के खारीपन से ही गलकर बहेगी तथा महामात्य के भीतर पूर्णरथ की न सिर्फ स्वाभाविकता ही लौटेगी अपितु प्रकट भी होगी।

कुछ ही देर में महामात्य प्रकृतिस्थ हो तलमलाए तो वयसिका ने अपनी बाँहें उनकी पीठ और ग्रीवा से अलग कर लीं।

'क्षमा करना...मैं असावधान हो गया था वयसिका!' संकोच से सिकुड़ती महामात्य की आवाज निकली।

'नहीं देव! तन-मन की आरोग्यता के लिए कभी-कभी आँसुओं को भी बहने का मार्ग देना चाहिए। आप जानते ही हैं कि मैंने आँसू बहाकर ही किसी भी स्थिति का सामना करने की सामर्थ्य अर्जित की है।'

महामात्य आँसुओं के बीच ही हँस पड़े।

वयसिका के ओठ भी कुछ खुले-खिले पर तुरन्त ही संयत हो गई। उसे लगा कि कोई परछाईं-सी अभी झलक कर अदृश्य हुई है। महामात्य को उसी स्थिति में खड़े छोड़ वह बहुत सावधान सहजता से कक्ष के वातायन की ओर बढ़ी तथा झटके के साथ द्वारपटी हटा दी।

वयसिका की आँखों में अंगार उग आए, 'तुम... ? कौन... ? यहाँ कैसे पहुँची ?'

'...'

'उत्तर दो!'

महामात्य भी सजग हो गवाक्ष की ओर पहुँचे तो देखा कि थर-थर काँपती कोई परिचारिका सिर झुकाए खड़ी है। भय से सफेद हुए उसके माथे पर पसीने की बूँदें भर आई थीं।

'कक्ष में आओ!' महामात्य ने शुष्क, परुष आवाज में आज्ञा दी और लौटकर पीठ पर बैठ गए।

पीछे-पीछे वयसिका भी दो हाथ दूर खड़ी होने को थी, तब तक परिचारिका महामात्य के पाँवों पर आ गिरी :

'क्षमा, स्वामी, क्षमा!' वह पाँवों पर माथा रगड़ने लगी।

'अभिनय से पूर्णरथ को भरमाया नहीं जा सकता। अपने तथा परिजनों के प्राणों के मूल्य पर बताना ही होगा कि यहाँ तक तू कैसे पहुँची और क्यों ?...क्या कुछ देखा, सुना तूने ? जान ले कि असत्य के किसी भी अंश पर तेरे प्रत्येक सम्बन्धी की मृत्यु निश्चित है।' कुलिश कठोर निष्कम्प स्वर में महामात्य ने कहा।

स्त्री पाँवों पर सिर रगड़ती, घिघियाती रही, 'क्षमा, देव, क्षमा!'

'नहीं बताएगी तो आधी घड़ी में मधुभृंगों के मध्य खड़ी कर दी जाएगी। तब तू चीख-चीखकर शुक की भाँति सत्य पढ़ने लगेगी। स्त्री को प्रायः इतना नारकीय दंड मैं नहीं देता, पर विवशता है। ऐसे अपराध के लिए यही उपाय है और दंड भी। अपने प्राणों का मूल्य लेकर तूने सम्बन्धियों को किंचित् सुरक्षित भी कर दिया हो तो भी उनका त्राण नहीं है। मधुभृंगों के गुहा कक्ष में तू स्वयं ही उन्हें बिलबिलाते, तड़पते, छटपटाते देखेगी इसलिए अपना सच बोल...अतिशीघ्र!'

'देव! मैं दासी हूँ...' आँसू बहाती, हिचकियाँ भरती स्त्री ने घुटनों के बल बैठते हुए सिर उठाया।

'तो... ?'

'मैं तो कब की मृत हूँ इसलिए मृत्यु का भय नहीं मुझे...। मैंने स्वयं अनेक बार मृत्यु की कामना की है।'

'फिर क्षमा क्यों चाहती है ?'

'मेरी माँ भी दास्य जीवन जी रही है...एक भाई और बहन है—मैं इनको दास जीवन जीते नहीं देखना चाहती। मुझे देवी वयसिका की गुप्तचर्या करने के बदले माँ, भाई, बहन को दासत्व से मुक्त करने का वचन दिया गया है।'

'वह राजन्य है या राजपुरुष?'

'मैं राजपुरुष की सेवा में हूँ तथा जितना मैं जान पाई हूँ, उसके अनुसार कोई राजपुरुष ही मुझे यहाँ तक लाए हैं।'

'किसकी सेवा में है?' वही ठंडा काषाय स्वर।

'देव, नहीं बता सकती। मेरे परिवार के प्राण संकट में पड़ जाएँगे।' स्त्री हिलकने लगी।

काषाय स्वर और भी कटु हो आया, 'सत्य कहने पर स्यात् तेरे परिवार के प्राण बच भी जाएँ...चुप रहने अथवा असत्य भाषण पर तो सबकी दारुण मृत्यु निश्चित है स्त्री—वह भी तेरी आँखों के आगे।' महामात्य ने दो बार ताली बजाई, 'संवारक!'

आवाज की गूँज टूटने तक दौड़ता हुआ खड्गधर आकर सिर झुका खड़ा हो गया।

'इस स्त्री को गुप्त रूप से कूटागार ले जाकर जीवक को सौंप दो। कहना, महामात्य वहीं पहुँचेंगे।' महामात्य ने इतने शान्त और संयमित स्वर में आज्ञा दी, जैसे वह कोई दैनंदिन, सामान्य, व्यवहार-व्यापार हो। मुखाकृति उतनी ही प्राकृत जितनी स्नान करते हुए अभ्यास के अनुसार श्लोक उच्चारण करते होती है।

'तुम्हारा नाम क्या है संवारक?' महामात्य ने पूछा।

संवारक भी जानता है कि महामात्य, महाबलाधिकृत द्वारा किसी भी सेवक का नाम पूछे जाने का आशय होता है—पुरस्कार या दंड। वह भीतर से सिहर गया क्योंकि कोई राज पुरस्कार कभी भी उतना आश्वस्त नहीं करता जितना भय दंड का होता है। अपने आंतरिक भय पर नियंत्रण करते संवारक का सिर कुछ और झुक गया।

'नगण्य सेवक को पर्वत के नाम से पुकारते हैं देव!'

'मैंने जो कहा, वह स्मरण है?'

'अक्षरश: देव!'

भौंह के हल्के संकेत पर ही संवारक ने महामात्य के आगे झुकी स्त्री की कलाची गँस ली और झटकार कर खड़े होने को इंगित किया।

परिचारिका की ओर देख वयसिका विचलित हो गई। स्त्री की आँखों में वधस्थल की ओर ले जाए जाते जीव की विकल निराशा थी। जीव जो होने जा रहे को स्वीकार करने के अतिरिक्त कुछ नहीं कर सकता। पुतलियों पर सूखकर पपड़ाए आँसुओं के कारण दृष्टि जिसका साथ छोड़ देती है और गला रुँधने से आवाज भी।

संवारक लगभग घसीटते हुए—परिचारिका को ले भीतर की ओर चला गया। उसके जाने की सूचना देता सा मात्र द्वारपट ही अब घटना का साक्षी बना हिलडुल रहा था। कक्ष में पीठ पर बैठे महामात्य के मस्तक पर चिन्ता की रेखाएँ खिंच गई थीं। वह खड़े हो, भुजाओं को पीछे की ओर कसे कक्ष में घूमने लगे।

'कुछ कहूँ देव?' वयसिका थी।

'हूँ-ऊँ-ऊँ...' उसी मुद्रा में घूमते महामात्य का स्वर निकला।

'स्त्री को नग्न कर भृंगगुहा में खड़ा करना अनैतिक क्रूरता नहीं है क्या?'

'है।'

'तो फिर... ?'

महामात्य वयसिका के सामने खड़े हो गए, 'राजधर्म बहुत कठोर होता है, निर्दय भी। दंड व्यवस्था का अनिवार्य अंग है। दंड न हो तो शासन भी नहीं हो सकता। आचार्य कौटिल्य ने भी कहा है—दंडं शास्ति प्रजासर्वे दंडएवाभिरक्षिता। दंड शासन करता है—रक्षा भी। कर्तव्य के प्रति सजगता में भी उसकी केन्द्रीय भूमिका है।'

'दंड शक्तिशाली का साधन बन निर्बल पर प्रहार नहीं करता?...स्वतंत्रता नहीं छीनता?'

'स्वतंत्रता और उच्छृंखलता में अन्तर करना चाहिए वयसिके...! मनुष्य अन्य जीवों—पशु-पक्षी-कृमि-कीट की भाँति प्राकृतिक स्वतंत्रता का अधिकारी नहीं बन सकता। उस प्राकृतिकता में जीव ही जीव का भोजन है। छोटी मछली को बड़ी मछली खाती है...सर्प को सर्प निगलता है, सिंह आदि भी शावकों को मारकर खा जाते हैं। इतनी प्राकृतिकता मनुष्य पर लागू नहीं हो सकती। पशु के प्राकृतिक संस्कारों से छूटने के लिए मनुष्य ने सुदीर्घ कालपथ तय किया है। कितने ही तप-अनुसन्धान अन्वेषण किए हैं—जीवन की विधि सोची और कामना पर अंकुश रखने के उपाय खोजे हैं।'

'...और कोई भी शक्तिधर इन अन्वेषणों, अनुसन्धानों और विधियों का अपनी भूख व कामना के लिए उपयोग कर लेता है। यह साधारण स्त्री राजद्रोह का दंड भोगेगी—क्यों? इसलिए कि इसने अपने परिवार के लिए सामान्य मनुष्य की भाँति जीने की कामना की है? वे सिर सुरक्षित हैं जिन्होंने इसे साधन की भाँति प्रयुक्त किया है...'

'मुझे यह भी ज्ञात है।'

'फिर भी... ?' वयसिका ने महामात्य की आँखों में आँखें डाल दीं।

'मैंने कहा न, राजधर्म...'

'तो फिर यह धर्म मात्र छलना है जो मनुष्य को आँसुओं के प्रति अन्ध तथा विलाप के लिए बधिर बना देता है।' वयसिका उत्तेजना से भरकर काँपने लगी।

महामात्य ने वयसिका के हाथ अपने हाथों में लेकर कहा, 'तुम इस राज्य में दासी बनकर आईं...अनादर, उपेक्षा सही। आज भी अनेक आँखें तुम्हें ईर्ष्या और सन्देह से देखती हैं—तब भी क्या तुम अपने किसी व्यक्तिगत सुख या प्रलोभन में महारानी पिंगला को किन्हीं कठिन परिस्थितियों में छोड़कर जा सकती हो? अपने धर्मपिता भास्कराचार्य से मुँह मोड़ सकती हो? और तो और, वे सेवक, भृत्य, परिचारिकाएँ जो तुम्हारे विश्वसनीय तथा स्नेहपात्र बने हैं, उन्हें पीठ दे लोगी? निश्चय ही—नहीं।

मैंने तो इस पवित्र भूमि पर जन्म लिया है। इस धरती ने मेरा मल-मूत्र अनुरागपूर्वक सहा है। राज्य के सर्वोच्च पद पर बिठाया है मुझे। इस राज्य के विरुद्ध किसी भी गतिविधि, किसी भी दोषी के प्रति मैं सदय नहीं बन पाऊँगा। दया व्यक्तिगत स्तर पर वरेण्य है किन्तु राज्यस्तर पर असावधानी है।'

वयसिका अब तक सँभल गई थी, 'देव, मेरा एक निवेदन स्वीकार करेंगे?'

'कहो तो...!' महामात्य पूर्णरथ के मुख पर राग का उल्लास आ गया।

'मैं उस भृंग-गुहा को देखना चाहती हूँ जहाँ इस दासी को भेजा जाना है।'

'न देखो तो ही उचित है।'

'क्यों?'

'इसलिए कि अब तुम्हारी दृष्टि में मैं अपना अवमूल्यन न सह पाऊँगा। मैं कुछ नया तो न रच पाया क्योंकि राज्य को बचाए, बनाए रहने के द्वन्द्व में लगा रहकर कोई भी राजपुरुष कुछ भी नहीं रच पाता। पद और प्रतिष्ठा के सजग अभिमान से हटकर यदि समय उसे अनुमति दे, तभी वह किंचित् शुभकर रच सकता है अन्यथा वह मेरी ही भाँति कुछ भयावह रचेगा।

हाँ, तुम न जानती होगी, कि भृंग-गुहा इस पूर्णरथ की कल्पना है। हाँ! पदाधिकारी राज्य के हित में प्रायः क्रूर कल्पना करते हैं। उनकी दृष्टि प्रजा पर नहीं, राजा पर ठहरी होती है। वह प्रजाहित भी राजहित की तुला पर तौलते हैं। यद्यपि मैं मानता हूँ कि प्रजा के लिए सोचना राज्य की नींव दृढ़ करना है।' महामात्य ने आँखें झुका लीं।

'मैं आपकी क्रूर रचना भी देखना चाहूँगी।'

'न देख पाओगी। तुम्हारा हृदय इतना कठोर नहीं है।'

'मैंने अपना संसार उजड़ते देखा है। माँ की दुस्सह मृत्यु देखी इन आँखें ने...।'

'तो फिर चलो।' अपना लटकता उत्तरीय कन्धे पर फेंक महामात्य ने वयसिका की कलाची पकड़ ली।

अन्तःद्वार से निकल उन्होंने प्रांगण से लगी लम्बी अन्तरिका पार की। सतर्क सन्नद्ध रक्षक-रक्षिकाओं के अभिवादनों का उत्तर न देते हुए वह अन्तरिका के छोर से बाएँ मुड़ एक कक्ष को छोड़ दूसरे में प्रवष्टि हुए। यह स्नानागार था जिसमें बैठने के लिए गोल चौकी जुड़ी हुई थी।

महामात्य ने चौकी को तीन बार घुमाया तो भित्ति का प्रस्तर सरकने से दो हाथ की गोलाई का विवर दिखाई दिया।

'यह गुप्त मार्ग राजा सहित मात्र पाँच लोगों को परिज्ञात है। पंद्रह भटकावों वाले इस मार्ग के भीतर पहुँचा व्यक्ति सुरक्षित बाहर नहीं निकलता। निकल भी ले तो सिर खड्ग की धार के नीचे होगा। मैं पहले प्रवेश करता हूँ, तुम सीधे मेरे पीछे आकर हाथ पकड़ लेना—भीतर अँधेरे में दृष्टि नहीं, ज्ञान और अनुमान ही काम करता है। कोई भी भूल या प्रमाद हमें भटका सकता है।'

महामात्य बैठकर पाँव आगे पसार विवर में सरक गए। वयसिका ने भी अपने पैर विवर में डाल दिये। भीतर अभी उसी विवर से होकर कुछ प्रकाश पहुँच रहा था जिसमें महामात्य का बढ़ा हुआ हाथ दिखाई दिया। पलभर के संकोच के पश्चात् वयसिका ने बढ़ा हाथ पकड़ लिया।

'तुम काँप रही हो... ?' महामात्य की आवाज सुनाई पड़ी।

'मुझे लगा कि कम्पन आपके हाथ में है।' खड़ी होती वयसिका बुदबुदाई।

'हो कदाचित्...' कहते हुए महामात्य ने दूसरे हाथ से फिर कुछ घुमाया।

अब वे दोनों नीचे की ओर जाते हुए पहले सोपानक पर थे—निविड़ अन्धकार की ओर, 'तुम्हें भय तो नहीं?'

'आपके साथ होते हुए भय कैसा? चलिए!'

'ठहरो अभी !...मैं साँसों पर नियंत्रण नहीं कर पा रहा हूँ।' महामात्य का हाथ वयसिका के कन्धे से होकर वयसिका की पीठ पर पहुँच गया, 'रोमावली में फुरहरी, हृदय की गति तीव्र है। वयसिका, सुन रही हो?' महामात्य की आवाज बीच-बीच में टूटने लगी।

'हाँ, देव! देख भी पा रही हूँ।'

'बीस वर्षों से मुझे कोई आत्मीय आलिंगन नहीं मिला।' महामात्य की साँसें उष्ण हो गईं।

कोई उत्तर न देकर वयसिका ने महामात्य को आलिंगन में ले लिया। महामात्य की उष्ण साँसें कन्धे पर फिसलने लगीं। क्षण-भर के लिए काल ठहर गया और दिशाएँ लुप्त हो गईं। चेतना मात्र स्पर्श और ध्वनि ग्रहण कर पा रही थी।

कुछ पलों के पश्चात् वयसिका का बोध सक्रिय हुआ। महामात्य को उसी भाँति भुजपाश में लिए वह फुसफुसाई, 'देव, हम सोपानक पर हैं न?'

'हाँ, प्रिये...!'

'ये सोपानक ऊपर की ओर जाते हैं या नीचे की ओर?'

'आह वयसिका!...जाने किस पुण्य के फल से मिले मेरे ये क्षण प्रश्नोत्तरों में खंगड़ न होने दो।'

'देव! मैंने देखा नहीं, पर मुझे लगता है कि जिस सोपानक पर हम खड़े हैं—सँकरा है वह। पाँव इधर-उधर होने पर नीचे लुढ़क सकते हैं। आपने कुछ क्षण पहले ही कहा था कि इस गुप्त, अँधेरे मार्ग पर कोई भी भूल या प्रमाद हमें भटका सकता है...'

महामात्य ने वयसिका को वक्ष से कसकर अपने तप्त ओठ उसके ओठों पर रख दिये और एक प्रगाढ़ चुम्बन के साथ स्वयं को वयसिका से अलग किया।

'तुमने सही समय पर चेताया प्रिय! पूर्णरथ तुम्हारा ऋणी है...'

'इस अंधार में चलने के बीच यह ऋण का लेन-देन कहाँ से आ गया महामात्य? अभी तो हमें कहीं पहुँचना है न!' अँधेरी दीवारों और छत के बीच बन्दी आकाश में वयसिका की हँसी गूँज गई।

'तुम हँस रही हो... ?' महामात्य ने अँधेरे की हँसी से चौंककर वयसिका के कन्धे हिलाए।

'बहुत रो चुकी हूँ महामात्य—अनेक के आगे व निपट एकान्त में भी। इस अँधेरे की कृतज्ञ हूँ कि मुझे मुक्त होकर हँसने का अवसर उपलब्ध कराया। अँधेरे के ये क्षण बहुत मूल्यवान हैं—अब आगे चलें...हाथ बढ़ाइए।'

महामात्य के बढ़े हुए हाथ के सहारे वयसिका ने उनकी बाँह थाम ली। वह फिर से खिलखिलाई।

'विवाह के समय सप्तपदी होती है महामात्य!—संगच्छध्वं, संवदध्वं संवोमनासि जानताम्। साथ-साथ चलते हैं। वहाँ अग्नि साक्षी है, हमारा साक्षी यहाँ तिमिर ही सही।'

'मेरी और तुम्हारी वय में पूरी एक पीढ़ी का अन्तर है वयसिका!' अटकते हुए से बोले महामात्य।

'इस समय न मैं आपको देख पा रही हूँ, न आप मुझे। यहाँ न कृष्णकेशों का अस्तित्व है, न सितकेश ही दिखते हैं। त्वचा के वलय लुप्त हैं—आँखों की मदिरा व ओठों के मधु

का आमंत्रण अँधेरे में डूबा है। देह है कहाँ?...हम तो मन हैं। काल भी कहाँ है जो वय के बसन्त और हेमन्त का विभाजन करे?'

'ओह! मुझे इतना अभिभूत न करो कि अँधेरे के इसी साम्राज्य में समा जाने की इच्छा कर बाहर के समस्त व्यापार भूल जाऊँ। अभी मेरे कर्तव्य की इति नहीं हुई है। मेरे मन, कर्म और वाणी पर अभी महामात्य का गुरुतर दायित्व है। तुमने मेरी कल्पना-सृष्टि देखने की इच्छा प्रकट की थी तो यह भी सुनती-जानती चलो कि यह विवरमुख वाला भ्रामक मार्ग भी मुझ जैसे ही उच्चतम पदाधिकारी की कल्पना है।...मैंने इसमें भ्रमरगुहा की क्रूरता ही जोड़ी है। दोनों ही राजहित में लिये गए निर्णय हैं। भ्रामक या भ्रम मार्ग आपदा के समय राजन्य के बच निकलने का साधन है तो भृंग या भ्रमरगुहा षड्यंत्रों के रहस्य उगलवाती है। भ्रम और क्रूरता शासन के प्रमुख अस्त्र हैं।'

'राजनीति सिखा रहे हैं, महामात्य मुझे?' वयसिका की हँसी पुनः गूँजी।

'यह भी मान लो तो कोई हानि नहीं। मैं तुम्हें जो बता रहा हूँ, वह इस भ्रामक-मार्ग के दूसरे छोर पर पहुँचने की युक्ति भी है। यह मार्ग तीन-पाँच के आधार पर निर्मित है। कुछ आगे बढ़ने पर तीन मार्ग मिलेंगे—दक्षिण, वाम और सीधा सामने। इस पहले त्रिमार्ग पर हमें वाममार्गी होना है। आगे फिर त्रिमार्ग है—वहाँ हम दो बार दक्षिण मार्गी होंगे। तीसरे त्रिपथ पर चलते हुए तीन बार वाम मोड़ पकड़ेंगे तथा चौथे त्रिपथ से चार बार दक्षिण अथवा दाएँ चलना है। पाँचवें त्रिपथ पर न दाहिने मुड़ना है, न बाएँ—सीधे चलते जाना है। तुम भी इसे स्मरण रखो। हर मोड़ पर तुमसे पूछूँगा।...एक बार पुनः दोहराऊँ?'

'आवश्यकता नहीं। इस तीन-पाँच वाले जगत में अंतिम पड़ाव अर्थात् लक्ष्य के निकट पहुँच सीधे मार्ग को पकड़ लेना है। शेष स्थानों पर गणना अंकों के अनुसार बायें-दायें होते रहना है।'

वयसिका के इस उत्तर पर महामात्य का भी मन हँसने को हुआ पर वह अँधेरे में मुस्कुराकर रह गए।

'देव, मेरे कहे पर मुस्कुरा रहे हैं?'

'मैं...मुस्कुराना? निश्चय ही हँसी दबाकर मुस्कुराया हूँ पर तुमने कैसे जाना?'

वयसिका अब और भी मुक्त होकर हँसी से अँधेरा भेदने लगी :

'इसमें कुछ भी आश्चर्य नहीं महामात्य! प्रकृति ने स्त्री जाति को शारीरिक बल और परुषता में कम रखा है तो कुछ अतिरिक्त शक्तियों से सज्जित भी किया है। स्त्री किसी पुरुष की दृष्टि, चेष्टा., स्वर और स्पर्श से भी बहुत कुछ जान लेती है। मैं आपकी बाँह के स्पर्श में हूँ...साँसों का स्वर भी सुन रही हूँ।...पहला त्रिपथ आ पहुँचा महामात्य, हमें बायें चलना है।'

'हाँ, मैं मुड़ रहा हूँ देवी!'

'यहाँ दूसरा त्रिपथ है—अब क्रमशः दो बार दाएँ!'

आगे चलते हुए महामात्य ने कहा, 'वयसिका...!'

'यह तीसरा स्थल है—जहाँ से तीन बार वाम...' वयसिका बोली।

'फिर चतुर्थ और पाँचवाँ घुमाव।'

'पाँचवें पर आ गए हम!' वयसिका ने बताया।

'तो सामने का ऋजुमार्ग अपनाना है। मुझे आगे होने दो ताकि इस छोर का विवर खोल सकूँ। दस डग पश्चात् हम प्रकाश में होंगे।' महामात्य की आवाज में उजाले के बीच पहुँचने का उछाह था।

सामने के अँधेरे में सर्पाकर सीढ़ियाँ चढ़ते हुए वे गुप्त मार्ग के द्वार पर पहुँच गए। महामात्य ने अब दायें-बायें दोनों ओर चक्के घुमाए तो प्रकाश के फूटते झरने से आँखें चौंधिया गईं। विवर से निकल अब वे उपवन की छतरी में थे। वयसिका इधर-उधर देखती हुई स्थान पहचानने का प्रयास करने लगी तो महामात्य ने ही बताया, 'राजभवन के उपवन का ही भाग है यह भी।'

'और भृंग...भ्रमरगुहा?'

'अधिक दूर नहीं, कुछ ही क्षणों में पहुँचते हैं। राजभवन के ठीक नीचे ही तो है—वन-उद्यान से लगी हुई।'

'तो क्या वहाँ सिंह आदि हिंसक प्राणी हेतु विशेष से पाले हुए हैं?'

'राज्य, राज और राजा की सुरक्षा के लिए इन्हें पालना होता है—वे चाहे सिंह हों या सैनिक।'

वन उद्यान की प्राचीर के बगल से चलते हुए कुछ आगे जाकर महामात्य एक ढूह के निकट खड़े हो गए।

'उन छोटी-छोटी शिलाओं के मध्य से उड़ते मधुमृगों को देख रही हो? ये स्थान-स्थान पर गुहा की छत के छिद्र हैं जिनसे होकर प्रकाश भीतर पहुँचता है—भ्रमर आते-जाते हैं। चारों ओर वन भ्रमरवास के लिए आदर्शस्थल है।'

ढूह के पीछे पहुँचने पर द्वार दिखा। महामात्य कपाट खोलने लगे तो वयसिका के चेहरे पर भय तैर आया :

'यदि भ्रमर हमीं पर टूट पड़े तो?'

'इन कपाटों के पीछे छोटे-छोटे छिद्रों की जालिका है।' महामात्य ने कपाट धकेल दिये।

छिद्रों और द्वार से भीतर पर्याप्त प्रकाश हो गया। छत से अनेक मधुछत्ते लटक रहे थे। हर कोने में विशाल छत्ते चिपके थे और अनगिनत भृंगों की एकरस गूँज बाहर तक आने लगी थी।

'बस, एक पत्थर फेंकना होता है किसी छत्ते की ओर और मधुभृंग आक्रमण कर देते हैं। मनुष्य के निर्वस्त्र शरीर पर सहस्त्रों-सहस्त्र डंक एक साथ...रोम-रोम परडंक...मरणांतक पीड़ा...इससे भी अधिक अनेक जन्मों के मरण का दाह।'

'ओह! कल्पनातीत पीड़ा होगी वह—किसी भी अनुमान से परे!' वयसिका का चेहरा पीला पड़ गया।

'तभी तो, कोई कैसा भी कूट पुरुष हो—उसे सब कुछ बताना ही होगा। सत्य को छिपा न सकेगा कोई।' महामात्य के मुख पर कठोरता आ गई।

'और आप उस दासी पर भी यही प्रयोग करेंगे?'

'उसने रहस्य या सत्य न बताया तो विवशता है।'

'देव, मैं मानती रही हूँ कि कठोरता आपके पद की विवशता है किन्तु अनुमान न था कि आप ऐसा भी कर सकते हैं।'

'देवी ! मैंने कहा था न कि अवन्ति राज्य के लिए मैं कुछ भी कर सकता हूँ। प्राण भी दे...'

वयसिका चुप हो कुछ सोचती रही, फिर पूछा, 'मुझे भी त्याग देंगे ?'

'तुम तो मेरी प्राण हो वयसिका।' कहते हुए महामात्य ने भ्रमरगुहा के कपाट बन्द कर दिये।

9

**हर्ष से शोक बाधित होता है और शोक से हर्ष।
कोई दुख में पड़कर सुख की याद करना चाहता
है तो कोई सुखी होकर दुख का स्मरण करता है।**

मयनावती मदनोत्सव तक उज्जयिनी आ पहुँची थीं किन्तु अकेली ही। पुत्र गोविन्दचन्द्र उनके साथ न आए अलबत्ता दो योगिनी अवश्य साथ थीं। इस संवत्सर का मदनोत्सव भी बस औपचारिकता निभाने जैसा था। राजा भर्तृहरि न बसन्त की अगवानी में पहुँचे, न मदनपूजा पर उपस्थित हुए। अस्वस्थता के कारण महामात्य भी न पहुँच सके। उनका यह भी कहना था कि मदनोत्सव ब्रह्मचारियों, वानप्रस्थियों के योग्य नहीं होता।

महाराज की अनुपस्थिति में राजकुल का प्रतिनिधित्व कुमार विक्रम ने किया। सेनाध्यक्ष, महास्पद अवश्य सम्मिलित हुए। महाराज के न होने पर रानी पिंगला भी राजभवन से न निकलीं। मयनावती अपनी पूर्व की स्मृतियों को नव्य करना चाहती थीं अत: हुमक के साथ आयोजन में उपस्थित हुईं।

बंगाल के फेरुसानगर से दो योजन की दूरी पर सोमपुर राज्य के पर्वत प्रदेश में कृष्णपाद, जिन्हें लोग कानपा कहते हैं, उनकी ध्यानभूमि है। मयनावती के गुरुभाई हैं वह—काव्य और तंत्र के महान ज्ञाता माने जाते हैं। नखला, मेखला इन्हीं की शिष्याएँ हैं, जो इन्द्रजाल, जालंधरी, साँवरी विद्या की प्रबल ज्ञाता हैं तथा मयनावती के साथ आई हैं।

पुरुषदल का नेतृत्व करते हुए कुमार विक्रम खूब प्रसन्न व उत्साहित था। नरेश का अनुज होने से उसे औपचारिक मान भी दिया जा रहा था। प्रजा और राजन्य के मध्य अपना महत्त्व प्रदर्शित करने का अवसर मिला था उसे।

मयनावती महिलाओं के कक्ष की ओर त्वरित गति से बढ़ीं। महादेवी पिंगला के न आने से इधर का राजमंच सूना पड़ा था। इस ओर रक्षकों के दो घेरे थे—बाह्य मंडल में पुरुष रक्षक एवं नगर स्त्रियों के समूह पश्चात् महिला रक्षक थीं जिनकी सुरक्षा में राजन्य व श्रीमन्तों के कुल की स्त्रियाँ थीं। इसी विशेष राजन्य समूह की ओर बढ़ती मयनावती को एक तातारी रक्षिका ने रोक दिया :

'आगे राजकुल...' तातारी रक्षिका यहाँ की भाषा ऐसे ही टूटे-फूटे रूप में सीख पाई थी।

मयनावती ने लालिमायुक्त गौरवर्ण, लम्बे कद, छरहरी अंगयष्टि, लम्बी तीक्ष्ण नासिका एवं शिरस्त्राण के नीचे से झाँकते ताम्रवर्णी केशोंवाली रक्षिका को वैसी ही टूटी भाषा में बताया, 'मैं...राजकुल...नरेश की...भगिनी...।'

तातारी रक्षिका उन्हें देखते हुए सम्भ्रम में कुछ सोचती रही फिर संकेत से अन्त:पुर के षंडरक्षक को बुलाकर पूछा, 'नरेश...भगिनी ?'

संयोग से वह अन्त:पुरिक मयनावती को पहचानता था, अतः आदर से झुकते हुए बोला, 'ओह, वरमहिषी! पधारें! राजकुल के मंच पर पुष्पायुध आपकी प्रतीक्षा में हैं।'

कोई उत्साह, त्वरा प्रकट किये बिना वह मंच की ओर बढ़ गई। उनके मंच पर पहुँचते ही एक बार दोनों दलों को लगा कि महारानी आ पहुँचीं। हुंकार के साथ पुष्पयुद्ध और तीव्र हो गया। कुछ गुच्छ इस कौशल के साथ बनाए गए थे कि ऊपर पहुँचते ही उनसे अबीर-गुलाल झरने लगता। शिप्रा का आकाश एक बार पुन: रंगों से भर गया। वेश्याएँ अपने-अपने मंचों पर लहक-लहककर नृत्य करने लगीं। मदन-पूजा के उन्मत्त स्वरों में घड़ी भर के लिए महाकाल की घंटाध्वनि भी दबकर अनसुनी हो गई। लगता था, यहाँ, इस क्षण अवन्ति के नागरिक, नागरिकाओं को मात्र मदन ही काम्य है। अवन्ति के शासक-पालक-रक्षक— सभी इस प्रवाह में बहे जा रहे थे।

मयनावती इस क्रीड़ा की उद्दाम ऐन्द्रिकता देख खिन्न हो सोच रही थीं कि यह कुसुम-युद्ध व्यूह-रचना, रणनीति, आक्रमण और बचाव के साथ प्रहार का व्यावहारिक आधार लेकर ही मनोरंजन के लिए आरम्भ किया गया होगा जो अब नागरिकों में रोग बनकर स्थापित हो गया है।

मयनावती ने एक उच्छ्वास के साथ गुरु जालंधर नाथ को स्मरण किया—गुरु! परम शिव महानाथ के नगर में काम का कैसा प्रसार है यह? जिसे देखो, वही डूबा है! सब अधीर...सब चंचल! मैंने अपने पति को नरक-पथ पर जाते देखा है, पुत्र को भी उसी मार्ग पर चलते नहीं देखना चाहती। कामकांतार में भटकने से बचाने के लिए ही मैंने उसे विवाह की मर्यादा में बाँधा है। इस समय मैं उसके निकट नहीं, लौटते-लौटते कुछ और समय बीत जाएगा। गोपी को अपनी शरण, अपना संरक्षण प्रदान किए रहें प्रभु!—मयनावती ने अपनी भर आई आँखें पोंछीं।

दीपाधारों में जलते दीप जब धूम्र फेंकते हुए बुझने लगे तो लोग अपने-अपने गृह, आवासों की ओर लौट पड़े। मार्ग में गले में गेंदे की माला डाले, हाथों में गजरे पहने मदपायी स्थान-स्थान पर झूमते, हँसते, गाते उच्छृंखल आवाजें फेंकते चल रहे थे तो कुछेक अधिक मदपान के कारण मार्ग में ही पसरे बड़बड़ा रहे थे।

मदविक्रेता अभी भी मदभांड लिये फेरी लगाते हुए आकर्षित करने में लगे थे तो मार्ग के किनारे लेहन, चुंगन, फंकी विक्रेता भी तेल के दीये जला थाल सजाए बैठे थे जिनके आसपास उत्सव से लौटते क्रेताओं के झुंड तथा लेना-देना की किचकिच थी। जेबना के पटरों पर भी लगाभगी, भड़भड़ी मची हुई थी। आज रात्रिभर मार्गों पर ऐसी ही जाग रहेगी। नागरिकों की सुरक्षा-संरक्षा के विशेष प्रबन्ध होने पर भी यत्र-तत्र लूट, ठगी, अपहार वंचन, छेड़, बखेड़, विग्रह, दुर्घटना आदि उपद्रव हो ही जाते हैं।

मयनावती ने शिविका वाहकों से गति बढ़ाने को कहा। नखला, मेखला को किसी वाहन की आवश्यकता नहीं होती—दोनों ही दौड़ते शिविका वाहकों के साथ सहजता से चल रही थीं। वे परस्पर बातें भी प्राय: नहीं करतीं, संकेतों से काम चला लेती हैं।

राजभवन पहुँचकर नखला-मेखला को भोजन पश्चात विश्राम की कह वह अपने कक्ष में पहुँच गईं। रात्रि अपने तीसरे प्रहर में आ पहुँची थी। यहाँ आए उन्हें एक अठवारा बीतने

को है और महाराज से मात्र दो बार भेंट हो सकी है—पहली शिष्टाचार भेंट, तो दूसरी बार भर्तृहरि स्वयं ही उनकी व्यवस्था देखने आए थे। महामात्य अवश्य समय निकालकर उनके पास आ बैठते। उन्हीं से ज्ञात हुआ कि महाराज व महारानी के मध्य कोई फाँक है।...सम्बन्ध सामान्य नहीं हैं। राजकार्य में राजा रुचि नहीं लेते—बस, महाकाल की ही कृपा है कि व्यवस्था बनी हुई है और चल रही है। उन्होंने प्रातः ही महाराज से भेंट करने का निश्चय कर लिया।

मध्याह्न से राजसभा में बासन्ती-कुल होगा। महाराज उसमें अवश्य ही सम्मिलित होंगे क्योंकि कुल के सामने अपने कला-कौशल प्रदर्शन हेतु दूर-दूर से गुणी कलावन्त आते हैं। सम्भव है, वहाँ चारुमित्रा भी देखने को मिले! सोचते-सोचते मयनावती निद्रा की गोद में पहुँच गईं।

प्रातः दैनिक क्रियाओं—स्नान-ध्यानादि के पश्चात् नखला-मेखला को वहीं ठहरने या इच्छानुसार एकान्त विचरण को कह मयना राजभवन के अन्तःपुरिक भाग की ओर निकल पड़ीं। उन्हें आते देख अन्तःद्वार रक्षक, रक्षिकाएँ सावधान हो गए। वह सीढ़ियाँ चढ़ भीतर प्रवेश कर पातीं कि वयसिका ने अंजलि में लाए पुष्प बिखेरकर स्वागत किया :

'आपके आगमन से राजनिलय पवित्र हुआ भगवती! महाराज एवं महारानी अपने-अपने कक्ष में हैं—कहाँ सूचना दूँ?' वयसिका हाथ जोड़ विनत हो गई।

'सबसे पहले मैं अपने भ्रातेय से भेंट करूँगी जो निश्चय ही अपनी माता के कक्ष में होगा।' मयनावती स्मितमुख बोलीं।

अन्तःपुर की इस बुद्धिमती और विश्वस्त दासी के विषय में उन्होंने पूर्व से ही सुन रखा था। यहीं आकर ज्ञात हुआ कि वह अब स्वतंत्र होकर भी और अधिक समर्पण से राजपरिवार की सेवा में है। यद्यपि उन्हें यह कुछ उचित न लगा था कि कोई दासी इतना महत्त्व पा ले कि राजकार्य में सलाह देने के साथ-साथ श्रीमन्तों को चुभने, खटकने लगे किन्तु वयसिका के निश्छल व्यवहार ने गुरु जालंधरनाथ की इस शिष्या को अपनी मोहिनी में लपेट लिया था।

'राजकुमार तो अपनी उपमाता चम्पादेवी के कक्ष में होंगे। महादेवी स्नानगृह में हैं। सूचना होती तो वह प्रस्तुत मिलतीं...आप महादेवी की ओर ही पधारें, वहीं राजकुमार भी भगवती का वात्सल्य पाने आ जाएँगे।'

मयनावती को लगा कि वयसिका कुछ छिपाते हुए बात सँवार रही है। उन्होंने कहा, 'दो घड़ी पश्चात् राजसभा में कुल जुटेगा...महादेवी तैयार नहीं हुईं? रात्रि मदनोत्सव में भी न थीं वह?...तुम भी नहीं पहुँचीं?' मयनावती ने इस तरह देखा, जैसे जानना चाहती हों।

'कुछ समय से महादेवी अस्वस्थ अनुभव कर रही हैं। सांध्यकाल शंखवात से पीड़ित रहीं। शिर-शूल की औषधि का लेप करते हुए मैंने अनुभव किया कि मस्तक बहुत तप रहा था।' वयसिका ने किसी कूटनीति-सा उत्तर दिया।

मयनावती हँसने लगीं, 'वयसिके! मैं भी अपने राज्य की महारानी रही हूँ...राजमाता हूँ अब। अन्तःपुर के रोगों को मैं भी जानती हूँ। वैसे महारानी के स्वास्थ्य के प्रति असावधान न रहकर तुरन्त राजवैद्य को बुलाना चाहिए। महाराज को सूचना है...?'

'क्षमा करें भगवती! इस विषय में दोष मेरा ही है।...प्रमाद हुआ मुझसे। महादेवी ने भी ऐसी कोई आज्ञा न दी। अब आप ही...।'

'मैं बाह्य कक्ष में हूँ। अन्तःकक्ष में किसी को भी एकाएक नहीं पहुँचना चाहिए—है न?'

मयनावती को हँसते देख वयसिका भी मुस्करा दी। उन्हें बिठाकर एक परिचरी महारानी की ओर भेज वह स्वयं राजकुमार को लेने चम्पा के कक्ष की ओर निकल गई। जानती है कि रानी पिंगला को विलम्ब भी हो तो अपने भ्रातृज को दुलारते हुए मयनावती अप्रिय अनुभव न करेगी।

वयसिका के संग चम्पा भी चली आई। बालक को बूआ की गोद में डाल घुटनों से बैठ चम्पा ने अपना सिर मयनावती के पाँवों पर टिकाया।

'यश मिले...प्रसन्नता मिले' का आशीष पा चम्पा हाथ जोड़ खड़ी हो गई।

'देखो, कितना सुन्दर है मेरा भ्रातृज! मुखछवि पूर्णतः पिता की है। शिशु भर्तृहरि भी ऐसे ही दिखते थे।'

वात्सल्य प्रकट करती मयनावती कह रही थीं, फिर उन्होंने चम्पा को आग्रहपूर्वक निकट बैठा लिया, 'चम्पा, सुना है, तुम्हारी स्वामिनी अस्वस्थ हैं?'

'हाँ, भगवती।'

'कब से?'

'दो-तीन दिवस हुए कदाचित्...।'

'दो-तीन दिवस तो तुम ऐसे कह रही हो, जैसे वर्ष हों...?'

चम्पा चौंक पड़ी, 'भगवती...।'

'तुम्हारी स्वामिनी की अस्वस्थता का कारण क्या है?...नहीं, वयसिका! तुम भी यहीं रहो—मैंने जाने को नहीं कहा है तुम्हें। तुम दोनों ही इस अन्तःपुर की शुभचेता, संरक्षक हो। अन्तःपुर का रोग बहुधा राज्य के लिए घातक हो जाता है। तुम दोनों तो रोग का कारण जानती ही होंगी?'

'नहीं भगवती...' दोनों के मुँह से एक साथ निकला तो दोनों एक-दूसरे को देखने लगीं।

'महाराज रात्रि कहाँ बिताते हैं?'

'निज आवास में।' चम्पा को कहना पड़ा।

'अकेले?'

'प्रायः मुझे स्मरण कर लेते हैं।'

'अन्य कोई? गुणवती, गणिका अथवा...'

'नहीं भगवती! लौटे हैं, तब से कदापि नहीं। हाँ, निद्रा...स्वप्न के बीच कभी-कभी उनके अस्फुट स्वर में तीन नाम सुने हैं—शची, चारुमित्रा और महादेवी पिंगला का...'

'चारुमित्रा तो वही जनपद कल्याणी होगी किन्तु यह शची कौन है?...ज्ञात है तुम्हें?'

'चम्पादेवी को नहीं, मुझे ज्ञात है। गत प्रवास के आरम्भ में महाराज के कुछ दिवस सीमाग्राम पैठार में बीते थे। शची वहीं के ग्रामणी की युवा पुत्री है।' सिर झुकाए वयसिका ने बताया।

'उत्सव के लिए उसे निमंत्रण भेज दिया होता।...चारुमित्रा को गया था, सुना है।'

'मैंने भी सुना है भगवती! चारुमित्रा इन दिनों श्रेष्ठि नागदत्त के सेवा आश्रम में है। किसी अनिवार्य अभ्यास में संलग्न है वह।...यही कारण बताया है चारुमित्रा ने न आने का।

शची को बुलाने के लिए तो महामात्य ने सैनिक-रक्षित शिविका भेजी थी, जो इस सन्देश के साथ लौटा दी गई कि हमारे यहाँ बेटी की विदा पाहुने के साथ होती है—सैनिकों, शिविका के साथ नहीं।' वयसिका ने बताया।

'ओह, फिर तो मैंने उस ग्राम बाला को देखा है। प्रेतपुर के पश्चात् हमारा पड़ाव पैठार ग्राम में ही रहा था। संध्या से प्रातः पर्यंत मेरी सेवा में रही वह तरुणी ग्रामणी की पुत्री ही तो थी; किन्तु उसने, उसके पिता ने—किसी भी ग्रामवासी ने महाराज भर्तृहरि से किसी सम्बन्ध का संकेत तक न दिया! कन्द नामक एक किशोर अवश्य बार-बार कुछ कहने उद्यत होता था तो बरज दिया जाता। वयसिका, यह जानकर अब मुझे बहुत आश्वस्ति मिली है।'

'भगवती की आश्वस्ति हमारी प्रसन्नता का विषय है।' वयसिका ने प्रतिक्रिया दी।

'मैं राजोचित कूट औपचारिकता में नहीं कह रही वयसिका! यह मेरे अन्तस की ध्वनि है कि पैठार जैसा निरपेक्ष स्वाभिमान ही किसी राज्य का सम्बल बनता है। अपने लाभ-हानि के गणित में निपुण नागर-चातुरी प्रायः वार्ता-संघर्ष की अभ्यासी होती है। निर्णायक संग्राम में उसका एक बड़ा भाग प्राप्तव्य-दातव्य के समीकरण से ही अपना पक्ष निर्धारित करता है।'

परिचरी ने महादेवी के आने की सूचना दी तो चम्पा उठकर खड़ी हो गई।

'क्षमा चाहती हूँ नन्दाश्री...आपको प्रतीक्षा करनी पड़ी।' पिंगला ने आकर प्रणाम करते हुए कहा।

'सौभाग्य, सन्तति और समृद्धि से झोली भरी रहे! बैठो!' मयनावती ने उसी पीठ की ओर संकेत दिया जिस पर अभी चम्पा बैठी थी। 'चम्पा, तुम कुछ देर कुमार को सँभालो और वयसिका, तुमने तो प्राशन, पान को भी नहीं पूछा... ?'

मयनावती का आशय समझ दोनों चली गईं तो उन्होंने पिंगला का मुख हथेलियों में लेकर आँखों में झाँकते हुए पूछा, 'मुझसे कुछ छिपाओगी तो नहीं प्रजावती ?...वैसे भार्या और भर्तृ के मध्य की अनेक बातें, प्रसंग गोपनीय होते हैं और जिसका पति नरेश हो तो उसकी पीड़ाएँ और अधिक गोपन होती हैं। किन्तु यदि कोई फुंसी व्रण बनकर विगलन पैदा करने लगे तो उसे खोलकर दिखाना ही होता है। तुम्हें असमंजस में नहीं डालना चाहती क्योंकि महामात्य ने मुझे ऐसे ही किसी कार्य हेतु बुलाया है।' मयना ने पिंगला के कपोलों से हथेलियाँ हटा लीं, 'भर्तृहरि कितने दिन से तुम्हारी सेज पर नहीं आए ?'

'नन्दाश्री... !' पिंगला फफकने लगी।

'यह जानना मुझे आवश्यक है पिंगला! तुम्हारे लिए, अपने भाई के लिए, इस कुल और राज्य के भविष्य के लिए। गोपन रखने की आवश्यकता नहीं क्योंकि राजाओं, राजपरिवारों को कदाचित् मैं तुमसे अधिक जानती हूँ।'

हिचकियों के बीच पिंगला के ओठों से निकला, 'दो वर्ष से अधिक समय हुआ...'

'फिर यह कुमार ?'

'मेरा पुत्र है।' पिंगला ने आँसू पोंछते हुए सिर उठाया।

'निश्चय ही...पुत्र है तुम्हारा। राजा के अंश से उत्पन्न है। उसकी शिराओं में मेरे पूर्वजों का रक्त दौड़ रहा है। तुम माँ हो यद्यपि उसे जन्म देनेवाली कोख...।'

अधीर-सी पिंगला ने मयनावती की गोद में सिर रख दिया।

'इस रहस्य को कौन-कौन जानता है ?' मयना पिंगला का सिर सहलाने लगी।

'मैं, चम्पा, महामात्य और वयसिका...'

'तथा अब मयनावती भी। भर्तृहरि का स्नेह तो है न पुत्र पर ?'

'राजभवन में कदाचित वही उनका स्नेहभाजन है।'

'तो राजा का पिंगला के प्रति सन्देह का कारण ?'

पिंगला ने एक बार मयनावती की ओर देखा। मयना ने आश्वस्ति दी तो पहले पिंगला के आँसू बहे, फिर बोल निकले :

'सन्तान की कामना में मैंने गढ़कालिका का अनुष्ठान आरम्भ किया था।...प्रतिदिन जाती थी कालिका के मन्दिर। सुरक्षा सैनिकों की टुकड़ी का नायक बहुत ध्यान रखता था मेरा। हाँ, वह सुदर्शन, बलिष्ठ, प्रसन्नबदन भी था। निस्सन्देह सहानुभूति थी उसे मुझसे। मैं भी यदा-कदा उससे आत्मीयता प्रकट करती। नरेश की यौन-लालसा अमर्यादित थी उन दिनों और मैं राजा द्वारा मद और मदनिका के अत्यधिक सेवन को ही अपनी सूनी कोख का कारण मानने लगी थी। अपनी अवहेलना से दुखी थी मैं।

राजा ने मुझे एक उपहार दिया और मैंने जाने किस झोंक या कोप में वह उपहार उसी नायक को दे दिया। नायक ने उसे बड़े सम्मान और गर्व से ग्रहण किया था, बस... ! उसके दो दिन पश्चात् मेरा अनुष्ठान बन्द हो गया। उस नायक को भी अवन्ति में फिर कहीं न देखा गया। सम्भव है, उसे राज्य से बाहर निकाल दिया हो! सम्भव है कि...'

'उसका जीवन समाप्त कर दिया गया हो!' मयनावती ने पिंगला का वाक्य पूरा कर दिया, 'हाँ, पिंगला! यही होता है...यही सर्वाधिक उचित, सुरक्षित भी माना जाता है किन्तु तुमने उस नायक के प्रति प्रकट अनुराग क्यों दिखाया ?'

'मैं स्यात् अपने अस्तित्व के अपमान से आहत थी। अब सोचती हूँ तो लगता है कि मेरे मन में राजा के लिए यह प्रतिशोध था कि यदि ऐश्वर्य भोग के साधन जुटा सकता है तो सौंदर्य के लिए भी मार्ग बन्द नहीं है।'

'तुम्हें दोष न दूँगी। क्षमा करने की उदारता प्रदर्शित करने का भी कोई औचित्य मुझे नहीं लगता। तुम्हारी प्रतिक्रिया स्वाभाविक थी। पाँव से आहत होकर धूल भी उछलती है। वह अपमान पर चुप रहनेवाले मनुष्य से श्रेष्ठ है किन्तु स्त्री के दायित्व उसे इतना भी अधिकार उपलब्ध नहीं कराते। बन्धन भी कह सकती हो इन दायित्वों को। पिंगला! मैं तो यह समझ सकी हूँ कि स्त्री के बन्धन के मूल में न पुरुष है, न काल। इस शृंखला से तो वह एक ही संकल्प के साथ मुक्त हो सकती है।'

'अर्थात्... ?' पिंगला के सामने जैसे कोई नया रहस्य आ खड़ा हुआ हो!

'स्त्री के बन्धन का मूल है उसकी कोख। सृष्टि की चिरन्तन नूतनता के लिए परम शिव ने शक्ति के साथ संयोग का जो आनन्द विधान रचा है, नर ने उसे मात्र वैयक्तिक सुख में सीमित कर लिया है। माना कि रति सुख नर-नारी दोनों का काम्य है किन्तु नर अपना भाग पाकर सन्तुष्ट हो मुख मोड़ लेता है और दायित्व नारी की कोख को सहेजना पड़ता है। जीवन-भर बँधी रहती है वह इस दायित्व से...।

मेरे पति बंगनरेश मानिकचन्द्र ने भी तो अपने स्खलन का दोष मेरे ही मस्तक मढ़ दिया था—छह पत्नियों के होते हुए भी एक सौ साठ और...। व्यथा से आपन्न होकर मैंने विरक्ति या साधना के मार्ग में आश्वस्ति चाही तो मेरे गुरु के साथ मेरा नाम जोड़ मेरे चरित्र के प्रति ही सन्देह प्रकट कर दिया।

देह–गेह की निस्सारता जानकर भी मैंने अपनी कोख से उत्पन्न गोपीचन्द्र को पाला है। मुँह नहीं फेर पाई उससे।...कोख के कारण ही तो!

बस...! चलो, अब सभा का समय होने को है...नरेश पहुँचेंगे वहाँ—हम दोनों भी। पाकशाला में उपाहार तो सिद्ध हो ही गया होगा। मैं अब चलती हूँ...' मयनावती खड़ी हो गईं। दोनों को बासन्ती कुल में उपस्थित होना है।

सौध में आज की व्यवस्था भिन्न प्रकार से होती है। बाल और वृद्ध प्राय: इसमें भाग नहीं लेते। हाँ, कवि, कलावन्त को वय की परिधि में नहीं बाँधा जाता। आज के दिन श्रृंगार केन्द्रीय विचार होकर भी मर्यादित रहने को ही मान्यता है। आचरण और प्रदर्शन की शिष्टता अनिवार्य है। पटवस्त्रों से लेकर आभूषणों तक पीतरंग की प्रधानता रहती है। कनक, कनेर, सरसई, गेंदा, पीतकमल या स्वर्णराग आदि पुष्पों की माला, गजरे, वेणी, बाहुबन्ध से स्वयं सजकर गृह पर भी इनकी झालरों से सज्जा होती है। परस्पर उपहार में पीतरंग की वस्तुएँ दी जाती हैं।

कुमार विक्रम ने बीते दिवस तो राजकुल का प्रतिनिधित्व किया ही था, आज भी सदलबल नियत समय पर आ पहुँचे। उनका आसन नरेश के ठीक दाहिनी ओर था जिसके पश्चात् अमात्यों, सामन्तों, आस्पदों के आसन क्रमश: लगाये गए थे। प्रत्येक आसन पति–पत्नी अर्थात् युगल के लिए होता है।

विशिष्ट दौवारिक ने महाराज के आगमन की घोषणा की, 'महाकाल की कृपादृष्टि से रक्षित, प्रजा के प्रिय, अवन्ति नरेश, कामदेव के समान शोभासम्पन्न महाराज भर्तृहरि बासन्ती कुल में पधार रहे हैं।'

महाराज के आगमन की घोषणा होते ही सभी ने खड़े होकर गेंदे की पंखुरियाँ बरसाकर हर्षध्वनि के साथ स्वागत किया। महाराज के बैठ जाने पर कुलजन बैठने को ही थे कि महादेवी पिंगला के पधारने की घोषणा होने लगी। उनका स्वागत भी उसी भाँति हुआ।

सबके आसन ग्रहण करने पर महाराज भर्तृहरि ने एक दृष्टि फेरी और सम्बोधन देने लगे, 'कुसुमाकर कामदेव का अन्त कर काम के विशेष अधिकार को सर्वसुलभ करनेवाले अवन्तिपति भगवान महाकाल आप सबका कल्याण करें। राजा तो वही हैं, मैं निमित्त मात्र हूँ।'

सम्बोधन समाप्त करते हुए भर्तृहरि ने बाईं ओर बैठी पिंगला पर दृष्टि डालते हुए निकट ही रखी चंगेरिका से मुट्ठी भर पुष्प 'सभ्यमंच' की ओर उछाल दिये।

मृदंग पर थाप पड़ी...वीणा के तार झनझनाए...बाँसुरी के स्वर सौध में बहने लगे। स्वर–लहरियाँ थमने पर सभ्य ने काव्यकला प्रदर्शन हेतु तथागत का नाम लिया।

यह नाम पूरे अवन्ति में अपने दुस्साहसिक वक्तव्यों, राजन्य तथा व्यवस्था के प्रति असहमति, आलोचना के लिए अभिज्ञात है।...भद्रवर्ग के लिए अनभाती, अरोचक, किरकिरा, ऊचर नाम। श्रीमन्तों में फुसफुसाहट फैल गई।

एक स्वर कुछ तीक्ष्ण होकर उभरा, 'इसे किसने आमंत्रित किया?'

क्षणभर के लिए मौन छाया रहा।

'मैंने! अब वह हमारे संगती हैं।' कुमार विक्रम अपने आसन से खड़े हो गए, 'हाँ, मैंने ही बुलाया है—सादर...साग्रह...। वह एक कवि, नाट्यविद् और विदग्ध मनीषी हैं।

अवन्ति राज्य ने सदैव ही गुण को सम्मान दिया है। आप सब उनकी कला से रंजन का आनन्द लें।' कुमार विक्रम ने गर्वोन्नत ग्रीवा ओर से छोर तक घुमाई।

'तुम्हारा किया और कहा उचित, सामयिक हो सकता है विक्रम, किन्तु उसे व्यक्त करने की भंगिमा मर्यादा के अनुरूप नहीं है...अशोभनीय है।'

महाराज भर्तृहरि के इस अनख उपालम्भ पर सौध में भंकार खिंच गया। यह प्रभुतापूर्ण स्वर बरसों बाद सुना गया था। अलस भाव में कौतुकीय निस्पृहता से बैठे, खड़े लोग सचेत हो गए। कुमार विक्रम ने सकपकाकर महाराज की ओर देखा और ग्रीवा झुका ली।

'असावधानी के लिए क्षमा चाहता हूँ महाराज!'

भर्तृहरि ने कुमार को बैठने का संकेत करने के साथ ही सभ्य मंच को समारम्भ की आज्ञा दी तो सभ्य ने पुनः नाम पुकारा, 'तथागत...!'

कलामंडप से आगे आते व्यक्ति को देख सभा के साथ पिंगला भी विस्मय में पड़ गईं। सचमुच यह तो वही है जो उस उत्सव में रक्षकों, सैनिकों, राजकर्मियों का ताड़न सहते हुए भी प्रजा की पीड़ा कहने आगे बढ़ा था। उसके बिखरे केश, मस्तक व ओठों से बहते रक्तवाला धूलधूसरित दृढ़निश्चयी चेहरा पिंगला की आँखों के आगे आ ठहरा।

आज वही तथागत पीत कौशेय के परिधान में माला-गजरे से सज्जित सँवरे हुए केश व सुचिक्कण मुख के साथ श्रीमन्तों का वैभव, कामना प्रदर्शित करनेवाले उत्सव में उनका रंजन करने खड़ा है। उन्होंने महाराज की ओर देखा जो धीरे-धीरे पाँव बढ़ाते आते तथागत की ओर देख रहे थे। तथागत महाराज को राजोचित अभिवादन कर कुछ दूरी पर खड़ा हो गया।

भर्तृहरि ने हाथ से काव्यारम्भ का संकेत किया तो पुनः सिर झुकाकर तथागत ने कहा, 'देव! आप स्वयं महान कवि हैं। 'नीतिशतक' की ख्याति तो पहले ही थी, अब नये शतक के श्रृंगार-सिक्त पद जन-जन की जिह्वा पर आ रहे हैं। आज के अनुरूप कोई श्लोक, छन्द मैं नहीं बना पाया हूँ अतः सभा के रंजन हेतु मैंने एक अन्य कवि के छन्दों का अभ्यास किया है। आज्ञा चाहता हूँ—छन्द यों है :

अपना आरम्भ बसन्त यहाँ ऐसे करता है
प्रियतम के अंतर में व्याकुल पीड़ा भरता है,
करता है कोमल हृदय, जिसे अवसर पाकर
रति का पति कुसुम बाण से घायल करता है।'

तथागत के मुख से कोपकाव्य के स्थान पर श्रृंगारिक छन्द सुन लोगों को लगा कि जैसे यह कोई और है...पर सामने तथागत ही था, छन्द की पंक्तियाँ दोहराते हुए। अगले ही क्षण 'आह, ओह' वा 'विलक्षण, सुन्दर, सटीक' आदि शब्द सौध में उछलने लगे। तथागत ने आभारस्वरूप हाथ जोड़ दिये।

'तथागत! सुनो, मैं मृगांक दत्त...।' आवाज प्रशंसा के कोलाहल में दबकर रह गई।

सभ्यमंच से घोषणा होने लगी, 'श्रृंगार के पश्चात् हास्य...। आप सभी जानते ही हैं कि श्रृंगार हास्य करुण रौद्र वीर भयानकः। बीभत्स अद्‌भुत संज्ञौ चैत्याष्टो नाट्ये रसा स्मृता। अतः रस भी, नाट्य भी एवं हास्य भी...।'

भर्तृहरि की ओर नतमुख, सौध में उपस्थितों की दृष्टि से स्वयं को छिपाता-सा तथागत कलामंडप की ओर लौटने लगा, वहीं से सुन्दरियों की वेशभूषा में दो भाण सौध-मध्य की ओर निकले। दोनों ने ही अपनी स्थूल काया को कृत्रिम आभूषणों से सजा रखा था। धारण किये हुए वस्त्र और भाणों की छवि देखते ही सभा में हँसी फूट पड़ी।

एक स्त्री रूप भांड ने अपने साथ लाई हुई पीठिका जमाई और उस पर बैठ गया, फिर उसने चेष्टाएँ करते हुए ऐसा भाव बनाया जैसे किसी की स्मृति में डूबा हुआ और चिन्तामग्न हो! दूसरे भांड ने पूछा, 'अब क्या करना है?'

'वही जिसके लिए हम पैदा हुए हैं।' पीठ पर बैठे स्त्री-रूप ने विशेष प्रकार से ताली बजाई।

दर्शक फिर से हँसने लगे।

सभ्यमंच से सूचना दी गई कि किसी आवश्यक कार्य के कारण महाराज अधिक समय तक कुल-सभा की शोभा न बढ़ा पाएँगे, अतः अब मात्र एक कला और प्रदर्शित होगी।

दूरदेश से आया यह कलाकार महाकाल के इस नगर में महीनों की यात्रा कर पहुँचा है—तूर्यनाद के बीच मोरपंखी घुमाता, स्त्री के साथ एक ऐन्द्रजालिक महाराज की पीठ के आगे आ खड़ा हुआ। दोनों ने सिर झुका हाथ जोड़ प्रणति निवेदन किया।

स्त्री के कुहनी मारने पर ऐन्द्रजालिक कहने लगा, 'इन्द्रजाल के आदिचेता सुरेश इन्द्र के चरणों में प्रणाम एवं उन्हीं के विमात्र सर्वख्यात माया विद्याधीश्वर शंबरसुर को बारम्बार आनमन। महाराज की जय हो!

देव! मेरा एक निवेदन है कि काल के आगे कोई इन्द्रजाल नहीं ठहरता। यह तो महाकाल की भूमि है।

मैं वह खेल दिखाऊँगा जो मेरे पूर्वजों ने अनिंद्य सुन्दरी वासवदत्ता के वियोग से पीड़ित वत्सराज उदयन को दिखाया था। अब बताइए कि क्या भूमि के भीतर चन्द्र और व्योम में झूलते पर्वत दिखाऊँ? जल के मध्य जलती अग्नि या इस मध्याह्न में अर्धरात्रि बनाऊँ? मुख से क्या कहूँ...आप जिस-जिसको देखना चाहें, उसके दर्शन करा सकता हूँ।'

फिर जैसे कहीं शून्य में कुछ खोजते हुए अधमुँदी पलकों के साथ निकट ही खड़ी स्त्री से पूछा, 'प्रिये! नरेश क्या चाहते हैं?'

'प्रिय, नरेश प्रथम तो तुम्हारे कथन का प्रमाण चाहते हैं...।'

'तो ऐसा ही हो।' कह ऐन्द्रजालिक ने मोरपंखी ऊपर उछाल दी।

आश्चर्य कि मोरपंखी के धीरे-धीरे ऊपर चढ़ने के साथ-साथ आकाशीय छत्र तनता गया व नीचे आने के साथ-साथ 'आश्चर्य...आश्चर्य' के स्वर आने लगे, 'देखो!'

'आकाश में वह कमलस्थित ब्रह्मा हैं। वह चन्द्र को मस्तक पर धारण करते चन्द्रमौलि शंकर हैं। ये देखो, शंख-चक्र-गदा-पद्मधारी विष्णु...।'

'वहाँ तो देखो! गजराज ऐरावत पर सवार देवराज इन्द्र और नृत्यरत अप्सराएँ...'

'अद्भुत...आश्चर्य।' सौध गुंजायमान हो गया।

'किसी प्रिय को देखना चाहेंगे, जो आपके निकट नहीं है...जिसे देखे बहुत समय बीत गया है...जिसे देखने को उत्कट इच्छा है।' मंत्र-सम्मोहित दर्शकों ने सुना। यह स्त्री का स्वर था।

'तो दृष्टि को भ्रू और नासिका के मध्य त्रिकुटी पर लाकर उसके नाम और रूप का स्मरण करें—तीन पल नौ श्वास तेरह धड़कन...।'

भर्तृहरि को शची का स्मरण हो आया...उस स्मरण को ठेलती हुई चारुमित्रा की स्मृति...। त्रिपुटी पर दृष्टि ठहराए राजा को लगा, जैसे बगल में बैठी पिंगला बोल रही है—आश्चर्य है...आश्चर्य है।

सौध के बाह्य द्वार पर हल्ला, रामरौला हुआ तो त्रिपुटी से दृष्टि और ध्यान हटते ही भर्तृहरि ने देखा कि सौध में उपस्थित सब कोई किसी मोहिनी में आबद्ध स्वयं में डूबे हैं। रानी पिंगला कुछ बोलते-बोलते रुक गई हैं तथा सौध द्वार से एक कंथा कमंडलधारी अवधूत द्वार रक्षकों को ठेलता हुआ चला आ रहा है...।

अवधूत को आते देख ऐन्द्रजालिक जल्दी-जल्दी चारों दिशाओं में मोरपंखी घुमाने लगा। सभा जैसे किसी तन्द्रा से बाहर आई।

भर्तृहरि आसन से खड़े हो गए 'महाराज, आप?'

'महाराज तो तुम हो भर्तृहरि।' कड़कड़ हँसी के साथ औघड़ बोला।

'पधारें...आसन ग्रहण करें! बताएँ, किस सेवा योग्य हूँ?' राजा उसी साँस में थम-थमकर बोलते जा रहे थे।

'मुझे कोई सेवा नहीं चाहिए राजा! मैं तो मात्र तुझे स्मरण दिलाने आया हूँ कि कामिनी कंचन काया और माया...' हँसी कड़कड़ाई।

'महाराज, ये दैनिक व्यवहार हैं—काया के धर्म। आपके सहबन्धु मुझे नदी के तीर पर छोड़ गए थे। उस नदी को मैंने संसारी नाव से पार किया...देखता हूँ कि आगे क्या होता है। मैं अभी भी इस द्वन्द्व से घिरा हूँ कि क्या प्रामाणिक ज्ञान के साधन जैसे प्रत्यक्ष और अनुमान मनुष्य को धर्म का ज्ञान कराने में समर्थ हैं? गुरु के उपदेश का माध्यम शब्द है, तो शब्द की सत्ता क्या है?...मैं इस उलझन को न समझ पा रहा हूँ, न कह पा रहा हूँ।'

'तो गुरु की कृपा पाने का प्रयत्न कर राजा! माया के इस जाल से दूर खड़ा होकर देख! सब कुछ न सही, फिर भी बहुत कुछ स्पष्ट दिखाई देने लगेगा।'

'गुरु कहाँ मिलेंगे?'

'वह या तो स्वयं ही तुझ तक पहुँचेंगे अथवा तुझे उन्हें प्रयत्नपूर्वक पाना होगा...।'

दोनों की इस बतियार के बीच एकाएक मयनावती आ खड़ी हुईं। वही सामान्य रूप, सामान्य वेशभूषा किन्तु आँखें आग-सी जलती हुईं।

'कौन है रे तू, खेल को बिरमाने वाला?'

'अपने गुरु का ध्यान धर मयना!...जान जाएगी। अलख-अलख बोल, गोरख- गोरख जप। प्रेतपुर को मेट लिया तूने, अब संसार का फंद मेट के दिखा।' औघड़ वही डरावनी हँसी हँसने लगा।

'ओ, तो गुरु गोरखनाथ के सिष हो तुम?'

'और तुम गुरु जालंधर नाथ की।'

'नहीं! मैं जालिपा गुरु की शिष्या नहीं, शिष्यातुल्य हूँ। पूज्य हैं वह मेरे। मैंने उनसे तंत्र और रसायन-विद्या सीखी है। औघड़! हठयोग से मनुष्य शरीर को जीत सकता है किन्तु

परमगुरु को पाने के लिए जानना आवश्यक है। यह जानना कि जाननेवाला संसार से अलग नहीं। संसार माया है तो जाननेवाला भी उसी माया का लघुत्तम अंश है। लघुत्तम से गुरु होना इस पूरे सृष्टि-प्रपंच से ऊपर उठ जाना है।

मैं वह शक्ति नहीं अर्जित कर पाई। राजा भर्तृहरि तो गुरु के पास तक नहीं पहुँचा। फिर भी, देखती हूँ कि उसमें कुछ भिन्न-सा है—मानुष की काया में होकर भी मानुष से कोई अलग चिन्ता...राजा होकर भी राजा होने का प्रयास करता हुआ। जैसे महाकाश से छिटककर पृथ्वी और आकाश के आकर्षण में कभी नीचे आता, कभी ऊपर उठता कोई ज्वलनशील पिंड! अभी उसे धरती का ऋण चुकाना है...प्रजा को राजा की आवश्यकता है। तुम कैसे आए बासंतिकों के बीच?'

'स्मरण दिलाने योगमाता कि राजा भर्तृहरि मात्र अवन्ति के लिए नहीं है।'

'अपना नाम नहीं बताया औघड़ तुमने... ?'

'गुरु भगवान ने वज्रभैरव नाम दिया है मुझे।'

'अपने गुरु को दंड प्रणाम कहना मेरा।'

'अवश्य निवेदन करूँगा। इतनी सूचना तुमको भी देनी है कि जिस प्रेतपुर को तुमने तोड़ दिया है, वैसा अब भी कहीं बस सकता है। उस मायापुर को रचनेवाली कालरात्रि अपने विषधरों, कुकुरों और मायामोर के साथ अभी जीवित है...' औघड़ वही कड़कड़ हँसी हँसने लगा।

यह सूचना पाकर मयनावती के साथ-साथ भर्तृहरि भी चौंके। उन्हें मार्ग का वह दिन और उस गोधूलि बेला का स्मरण हो आया जब मयूर, सर्प और चंडचंडी नाम के श्वान-युगल की स्वामिनी के कंकाल हाथ का अग्रभाग देखा था। फिर बहाना बनाकर वहाँ भागकर प्राण बचाना...।

'आपने उसे देखा है औघड़?' सम्भ्रम में पड़े भर्तृहरि ने पूछा।

'मैंने ही नहीं, अनेक आँखों ने उसे यहाँ देखा है। सावधान! एक बार तुम उसके जाल से निकल भागे, दूसरी बार तुम्हारी बहन ने उसका जाल ही जला दिया। अवसर पाते ही वार करेगी।'

'कौन है यह?' भर्तृहरि व मयनावती के मुख से एक संग प्रश्न निकला।

'सो तो गुरु ही जानें...मैं मात्र इतना जानता हूँ कि यहाँ पहुँचकर वह तुमसे प्रतिशोध के प्रयास में है।'

10

जो मूर्ख न विद्या पढ़ते हैं, न तप करते हैं, न विहित विधि से सन्तानोत्पादन का प्रयत्न करते हैं और न अन्य सुख-भागों का ही अनुभव कर पाते हैं, उनके लिए न इस लोक में सुख है, न परलोक में।

वज्रभैरव की सूचना ने मयनावती की चिन्ता बढ़ा दी। उन्हें अवन्ति में कुछ ही दिन तक रहकर लौटना था किन्तु यहाँ पहुँच वह राजमहल के उलझाव में उलझकर रह गईं। कुमार

विक्रम को साम–दाम–भय—सब प्रकार से प्रबोधन किया और उनकी उच्छृंखलता पर अंकुश लगाने में किंचित् सफलता भी मिली है। बंगाल से चले वर्ष भर बीत चला। महामात्य से मंत्रणा कर सोचा गया है कि कुमार विक्रम यदि स्वयं को अनुशासित प्रमाणित करें तो उन्हें महाजनपद के दक्षिण मालव क्षेत्र का क्षत्रप बनाकर माहिष्मती भेज दिया जावे। दक्षिण की सीमा सुरक्षित होगी तथा अवन्ति से दूर भी रहेंगे।

श्रावण मास के आरम्भ में पैठार पहुँचकर भर्तृहरि शची को साथ ले आए। मयनावती ने स्वयं शची का स्वागत किया तो शची ने पिंगला को महारानी–सा मान दिया। वयसिका व चम्पा के समक्ष भी उसने राजा की प्रेयसी होने का कभी, कहीं दम्भ न दिखाया। नई रानी के रूप में उसे प्रजा ने मात्र तब जाना जब वह राजा की अर्धांगिनी बन महाकाल की अर्चना व आरती के लिए गई थी। कन्द को साथ रखा था शची ने, पर समय काटे न कट रहा था।

राजा प्रहर रात्रि बीते शयनागार में पहुँचते, पूछते, 'शची, कोई अभाव, कोई असुविधा तो नहीं?'

'नहीं देव, यहाँ असुविधा का प्रवेश भी नहीं।' शची कहती।

भर्तृहरि मुस्कुराते, 'किन्तु तुम्हारे मुख पर पैठार जैसी उत्फुल्लता नहीं मिलती?'

'देव! वहाँ मुझे हर समय कुछ करने को रहता था। कार्य करो और पाओ तो प्रसन्नता सी होती है। बार–बार करो, पाओ, प्रसन्न हो लो। स्यात् इसी प्रसन्नता की कह रहे हैं आप?'

'हाँ, कदाचित् यही उत्फुल्लता हो—फिर–फिर करके फिर–फिर पाना। तुमने मुझे एक नया सूत्र दे दिया शची कि शब्द का अर्थ जीवन के अनुभव में प्रकट होता है।'

भर्तृहरि ने प्रसन्नता में भरकर शची को गोद में उठा लिया। अयाचित् अनगिनत प्रसन्नचुम्बनों से वह चकित–सी हो गई।

पैठार में उसे सब कुछ समझ में आता था। चत्वर पर पहुँचा अवधूत समझ में आया, तो पैठार से विदा होता राजा भर्तृहरि भी किन्तु अवन्ति में वह यों ही चकित होती रहती थी। द्वार का कपाट खड़क जाए, कोई पात्र ही गिर या छूट पड़े—यहाँ तक कि मुँह की जम्हाई और छींक की भी आवाज बाहर पहुँचे तो दो–दो सेविकाएँ आकर सिर झुका खड़ी हो जाती हैं। एक बार तो उसे अन्तरंग क्षणों में स्मरण हो आया कि कुछ जोड़ी कान शयनागार की दीवारों से लगे हुए हमारे अभिसार की ध्वनियाँ भी सुन रहे हैं।

'देवी', 'स्वामिनी', 'रानी' के अतिरिक्त कुछ सुनने का मन बना रहता है। भर्तृहरि अवश्य उसे कभी 'प्रिया', कभी 'शची' कहकर पुकारते हैं। तब उसे बड़ा अपनापा लगता है। आज वह इसी उद्योग में थी कि राजा को कैसे सुख पहुँचाए किन्तु वह तो मुँह से औचक निकली बात पर ही यों खिल उठे हैं, जैसे कोई निधि हाथ लगी हो!

चुम्बनों की बौछार के पश्चात् राजा ने उसे हृदय से सटा लिया फिर चिबुक पर हथेली लगा मुख ऊपर उठाते कहा, 'तुम इस धरती पर कदाचित् मुझे सम्बल देने ही आई हो। तुम सहज ही कुछ ऐसा कर जाती हो जो बड़े प्रयत्न से भी सम्भव नहीं हो पाता। समझ नहीं पाईं?...आओ, बैठो!...बताता हूँ तुम्हें।'

भर्तृहरि ने शची को पर्यंक पर बिठा लिया, 'इन दिनों मैं कुछ ऐसी ही चिन्ता में हूँ। देखो, हम जो बोलने पर सुनते हैं, वह ध्वनि है। ध्वनि पृथ्वी, पवन और आकाश में विशिष्ट

हस्तक्षेप का परिणाम है। जल और अग्नि में हस्तक्षेप भी ध्वनि का कारक होता है। यह हस्तक्षेप किसी सम्भूत पंचतत्त्वीय पिंड द्वारा होने पर अर्थसंयुत हो जाता है। ध्वनि शब्दरूप है। अच्छा, तुमने वात्स्यायन का नाम सुना है?'

'वत्स अवश्य सुना है।' दुलार से राजा का मुख देखती शची ने कहा, 'हमारे यहाँ घर-घर गाएँ वत्स जनती हैं।'

भर्तृहरि हँसने लगे, 'फिर तो पतंजलि के लिए भी कोई न कोई ऐसा ही रोचक उत्तर होगा तुम्हारे पास?'

'रोचक भले न हो पर प्रत्येक नाम के पीछे कोई अर्थ, कोई कथा तो होती है। पतंजलि के पीछे भी होगी।'

'सत्य कहती हो तुम, पतंजलि की कथा है। जीवन तो वही वरेण्य है जो कथा बन सके। मुझे ही लो—मैं नरेश हूँ अवन्ति राज्य का। यहाँ जाने कितने नरेश आए- गए, कथा मात्र विक्रमादित्य या विक्रमार्क की शेष रही। उस नरेश से भी अधिक कथा शेष है उनके आश्रित, पद-धन-बल में नगण्य एक कवि की। उनका नाम है...।'

'कालिदास।' बताने से पूर्व ही शची बोल पड़ी।

'वही...वही। उनकी कथा...'

'जिस डाल पर बैठे थे, उसे ही काट रहे थे।'

'हाँ, शची, यह कथा बन गई उनकी। उनको मूर्ख प्रचारित करने के लिए दुर्बुद्धि पंडितों का षड्यंत्र रहा होगा। कोई कितना भी मूर्ख, बावरा ही क्यों न हो—अपना जीवन इस प्रकार संकट में नहीं डालता। अपना हित-अनहित पशु-पक्षी भी जानते हैं। कालिदास तो मनुष्य रहे—ईश्वर की सर्वश्रेष्ठ रचना।'

'फिर?' शची का अब तक बना आ रहा ज्ञान सम्भ्रम में आया।

'मैंने सोचने पर पाया कि ग्रामीण चरवाहा होने के कारण वह सभी प्रश्नों को जीवन से जोड़कर देखते थे। जीवन का सीधा सम्बन्ध सृष्टिकर्ता से है, शास्त्रकार से नहीं, इसलिए झूँझल शास्त्रियों ने उन्हें मूर्ख घोषित कर उनके सही उत्तरों को संयोग के साथ जोड़ दिया। शची, वह मूर्ख नहीं, भोले थे, जैसे तुम हो।...सहजतुष्ट औढर, विश्वासशील। पाटविक अर्थात् पटु या चाइयाँ लोग ऐसों को उपहास का पात्र बना अपना कूट-मार्ग प्रशस्त करते हैं। कालिदास काल की अनगिनत करवटों के पश्चात् वनांचल में भी कथा बनकर जीवित हैं—यही तो है मनुष्य की उपलब्धि।'

शची भर्तृहरि का मुँह देखती हुई उनका कहा समझने का प्रयास कर रही थी। कुछ समझ आता, कुछ उससे अबूझ रह जाता था। भर्तृहरि ने उसे आलिंगन में बाँधा :

'कुछ कहो न प्रिये?'

'मैं क्या कहूँ महाराज?...वन में जन्मी, पली, बढ़ी। मेरा वन यहाँ भी मुझसे नहीं छूट रहा। कन्द को साथ लिये हूँ। वह न होता तो स्यात् मैं आप पर भार हो जाती।'

'फिर ऐसा करो, हम दोनों तुम्हारे वनांचल की ओर ही चलते हैं। कदाचित् वहाँ मुझे कुछ नवीन जानने-सोचने का अवकाश मिले! अश्वत्थ के पत्र की तरह दोलायित विचार कहीं स्थिरता पा लें!'

'महाराज, फिर राजकाज कैसे चलेगा? सभी आपकी ओर देखते हैं। वयसिका बहन ने मुझे कहा है कि आपका चित्त प्रसन्न रखूँ।...यह दायित्व है मुझ पर और मैं उसके उपाय नहीं जानती। एक बार गए थे आप तो कितनी कुछ हानि हुई राज्य की... !' शची के स्वर में चिन्ता घुल गई।

भर्तृहरि पर्यंक की पीठ से टिक गए, 'तुमने भोजन ग्रहण किया?'

'आपकी बाट में थी...महारानी भी होंगी...।'

'हाँ, मुझे वहीं पहुँचना था। महामात्य इतना उलझा लेते हैं कि मैं कितनी ही बातें भूल जाता हूँ। सांध्य-प्राशन महारानी के अन्तर्वास में ही निश्चित है। उचित होगा कि तुम भी वहीं रहो। चम्पा तो महादेवी की छाया ही है।...और मेरी इच्छा है कि वयसिका भी हो वहाँ...हाँ, यही उचित है।'

शची किसी सेविका को पुकारती कि भर्तृहरि ने रोक दिया, 'हम अनायास, अनौपचारिक रूप से वहाँ पहुँचेंगे।'

'महारानी को असुविधा होगी महाराज! मेरा बिन बुलाए जाना...'

'शची, हमारा इतने दिनों का साथ है उनसे, अतः ज्ञात है कि वह संकुचित हृदय वाली नहीं हैं। आओ, चलें।'

शची का हाथ पकड़ भर्तृहरि कक्ष से बाहर आए तो द्वार सेविकाएँ हड़बड़ी में तत्पर हो खड़ी हो गईं। पंचद्वार के बाहर से रक्षिकाएँ दौड़ पड़ीं।

'तुम सब अपने-अपने स्थान पर रहो। हम देवी पिंगला के वास की ओर जा रहे हैं।' भर्तृहरि ने सुनाया।

दो द्वार-मंडप, चौक पार कर वे पिंगला के अन्तेवास में पहुँचे। महारानी प्रतीक्षा में थीं। महाराज को देखते ही गोद में लिये कुमार को पालने में पौढ़ाकर चम्पा जाने लगी तो राजा ने रोक लिया :

'ठहरो चम्पा! आज हम साथ रहना चाहते हैं।'

'देव की आज्ञा दासी ने सदैव कृपा मानकर सहेजी है, किन्तु...' चम्पा को कहना पड़ा।

'ओह, महारानी! चम्पा तुम्हारी अनुमति से भर्तृहरि की अंकशायिनी बनती आई है...इच्छा या अनिच्छा से भी, अथवा कहूँ कि इसकी कोई इच्छा रही ही नहीं। हो भी तो उसका धर्म... ? महादेवी आज इसे साथ रहने का अवसर देंगी तो मुझे सुख मिलेगा। हाँ, वह वयसिका...वह भी रहे तो...'

पिंगला ने महाराज की ओर देखा, 'चम्पा, ठहरो तुम और वयसिका को बुला लाओ। महाराज की इच्छा...आज्ञा के अनुसार।'

चम्पा तुरन्त जाकर वयसिका के संग लौटी। दोनों पिंगला के निकट नतनेत्र खड़ी हो गईं।

'बैठो तुम दोनों। हाँ, यह मेरी आज्ञा है। यह रानीवास है, यहाँ मेरी आज्ञा चलती है। मैं आज भी...अब तक महारानी हूँ।' कहते-कहते पिंगला रो उठीं :

'मेरा सिर काट दीजिए...गजपद के नीचे कुचले जाने का दंड दीजिए...शिप्रा में डुबोइए किन्तु आपसे उपेक्षित रहकर अब जीना कठिन है मेरे लिए। महाराज! मेरे होने न होने से

कहीं कोई अपक्षय नहीं होता। आप हैं तो सब रहेगा...कुमार को चम्पा पाल लेगी; मैं वयसिका से वचन ले लूँगी कि वह यहाँ रहकर मुझपर उपकार करे। यही शची है जो अकुंठ मन से समर्पित है आपके प्रति। बस, इनके समक्ष आप मेरा अपराध बता दीजिए। अपराध का प्रमाण न माँगूँगी। जानती हूँ कि किसी स्त्री को अपने पति से प्रमाण नहीं माँगना चाहिए। आपने मुझसे कभी कुछ नहीं छिपाया, मैंने भी। हाँ, मुझे अप्रिय रहा—जिस-किसी भी स्त्री के साथ आपका होना। रानी, उपरानी, दासी, वेश्या—कोई स्त्री कितनों को सौत सहेगी? भले ही वह राजा की स्त्री हो।' पिंगला घुटनों के बल हो राजा के पाँवों पर सिर पटकने लगीं, 'मुझे मृत्यु दो महाराज! अथवा मैं ही चुनती हूँ—प्रातः आप मेरा जीवित मुख न देखेंगे, आश्वस्त करती हूँ।'

कन्धे पकड़कर उठाते हुए भर्तृहरि ने रानी को निकट बैठा लिया और स्मित के साथ कहा, 'ऐसा नहीं हो सकता महारानी!'

'हाँ, देव! नरेश हैं आप। अभी इसी क्षण मुझे बन्दी बना मेरे आसपास परिरक्षक नियत कर सकते हैं जो मुझे मरने भी न देंगे। मेरे बस में न जीवन है, न मृत्यु।' पिंगला सिसक रही थीं।

'ओह, महादेवी, अभी कुछ क्षण पूर्व ही तो कह रही थीं कि यहाँ तुम्हारी ही आज्ञा सर्वोपरि है। मैं भी मानता हूँ कि यहाँ की शासिका तुम्हीं हो। स्वस्थ होइए अब...। मेरे पुरुष दम्भ को आघात लगा था तुम्हारे उस व्यापार-व्यवहार से...अब समझ पा रहा हूँ कि पुरुष की स्वेच्छाचारिता से खिन्न स्त्री भी तो प्रतिक्रिया कर सकती है।

मैंने तुम्हें विचित्र फल का उपहार अपनी ही प्रच्छन्न लालसा से दिया था कि तुम्हारा सौन्दर्य और बढ़े, स्थायी हो ताकि मैं जीवन-भर उसका उपभोग करता रहूँ। तुमने वह फल उसे दे दिया जिससे तुम्हें प्रसन्नता थी।...कौन जाने इस घटना में महाकाल की क्या इच्छा निहित है? जो हमारे वश में नहीं, उसे छोड़ हम क्यों न काल की गति के साथ चलने का प्रयत्न करें?

आज मैं शची को संग लेकर अपने द्वन्द्व के उपशमन हेतु निकला था कि तुम सबके साथ चर्चा में कोई सूत्र हाथ आए। मैं जानना चाहता हूँ कि इस जड़-चेतनमय विश्व में हमारे कहे-सुने की क्या भूमिका है? कैसे शब्द देश और काल पर प्रभाव डालता है? दृष्ट-अदृष्ट जगत की स्थिति रूप से है कि नाम से? नाम शब्द है तो क्या शब्द बिना रूप जड़ है?...शब्द ही चेतन है?...मुझे लगता है कि विश्व को प्रकट करनेवाली परमसत्ता शब्द रूप है।'

'देव! रात्रि का दूसरा प्रहर भी समाप्ति की ओर है, आपने भोजन...' धीरे से स्मरण दिलाया शची ने।

'ऐं...हाँ, तुम सबने भी तो ग्रहण नहीं किया...। अस्थि चर्ममय देह लेकर हम काल के जाल और भूख-प्यास के आल से मुक्त भी तो नहीं हो सकते। शची, हम यह रात्रि महारानी के कक्ष में बिताना चाहते हैं...।'

चम्पा, शची और वयसिका ने एक दूसरी की ओर देखा। वयसिका शची का हाथ पकड़ कक्ष से बाहर ले आई।

11

गुणों को न जानना ही गुणवान को न जानना कहलाता है और गुणों को जानना ही गुणवान को जानना है।

चातुर्मास समाप्ति तक मयनावती का बंगाल लौटना स्थगित ही था। बंग से अवन्ति तक आना-जाना वैसे भी अभियान जैसा हो जाता है। मार्ग में इतने नदी-नद, वन-पर्वत कि या तो कोई साधु-संन्यासी रमते-रमाते लम्बा पथ पार कर पाता है या सुसज्जित सार्थवाह ही।

अवन्ति से सीधा मार्ग पकड़ें तो दशार्ण देश के पश्चात् विंध्य से सतपुत्रा तक के मध्य व आसपास स्थित चेदिराज्य पार करना होता है। आगे प्राचीन कान्यकुब्ज, फिर कोशल प्रदेश के बाद बारह योजन के सुरक्षा परकोटे वाला तीन सौ योजन की चतु:सीमा का वाराणसी देश। मगध और अंग, तब कहीं बंग। सार्थवाहों, राजन्यों को इतने राज्यों से होकर जाने के लिए अनुमति तथा सुरक्षा लेनी पड़ती है। सामान्य व्यक्ति इस यात्रा का साहस नहीं करता। तस्कर, चोर, बटमार, वन्यपशु, रोग और प्रकृति के कोप से बचकर लौट आना अत्यन्त दुरूह है।

मयनावती के लिए यद्यपि इतनी मार्ग-बाधाएँ अपेक्षाकृत सहज हैं। उनकी विद्या और साधना कठिन को सहज बना लेती है पर इसमें वह क्या करें कि राजा भर्तृहरि फिर निकल गए हैं—किसी को कुछ कहे-बताए बिना कि कहाँ, किस ओर गए हैं। उस रात्रि वह रानी पिंगला के शयनागार में थे तथा पिंगला मात्र इतना बता पा रही थीं कि उन्होंने राजा को निद्रा के बीच बुदबुदाते सुना था रावण...त्रिकूट...पाणिनि...चन्द्राचार्य...परम्परा...शब्द... गुरु। 'अलख-अलख' कह वह चौंककर जागे भी थे।

पंजरा को लेकर मयनावती यों भी आशंकित थीं। इतना तो स्पष्ट है कि पंजरा अवन्ति नगर की सीमा में किसी का कोई अनिष्ट नहीं कर सकती। महाकाल के क्षेत्र में जादू-तंत्र की शक्तियाँ शिथिल हो जाती हैं। परकोटे से एक योजन दूर—जहाँ तक महाकाल के घंटे, डमरू, नक्कारे की ध्वनि पहुँचती है, वहाँ तक मारण मोहन उच्चारण वशीकरण की अनिष्ट करनेवाली क्रिया प्रभविष्णु नहीं होती। जादू भी मात्र एक खेल बनकर रह जाता है। उनकी चिन्ता का कारण यह था कि माया-क्रीड़ा से पंजरा यदि भर्तृहरि को महाकाल क्षेत्र से बाहर खींच ले गई तो वह संकट में पड़ जाएँगे। मयनावती की सूचना पाकर महामात्य तुरन्त आ पहुँचे थे।

महामात्य ने रानी पिंगला से सीधा प्रश्न किया, 'महादेवी, क्षमा करें, किन्तु यह जानना आवश्यक है कि रात्रि में वह कब तक आपके शयनागार में रहे?'

'ब्रह्ममुहूर्त तक तो निश्चित ही क्योंकि मन्दिर की प्रभाती का घंटा बज गया था। उससे पूर्व भी महालय की समयसूचक काष्ठकोकिला बोली थी तीन बार...।'

'तब महाराज जागे हुए थे अथवा...?'

'मुझे लगता है, वह निद्रा में थे। अत्तिका को भी मैंने बताया है कि निद्रा में कोई स्वप्न-सा देखते हुए चौंककर 'अलख-अलख' बोले थे। कुछ शब्द बदुबुदाए थे—रावण, त्रिकूट, पाणिनि आदि।'

'चौथे प्रहर तक क्या आप किंचित् भी नहीं सोईं?'

'अर्धरात्रि के बाद तक महाराज भी जागते रहे थे, फिर सो गए वह। प्रयास करने पर भी मेरी आँख न झपकी। ब्रह्ममुहूर्त के साथ-साथ कब सोई, पता ही न चला। दो घड़ी दिन चढ़े जब चम्पा ने कुमार को मेरे पर्यंक पर छोड़ा तब उसका रोना सुनकर नींद खुली। महाराज अपने कक्ष की ओर चले गए होंगे, सोचकर मैं व्यस्त हो गई।'

महामात्य हाथ पीछे पीठ की ओर बाँध कक्ष में इधर-उधर घूमने लगे, फिर बोले, 'मयनादेवी! मैं न किसी प्रेत से मिला हूँ, न उसकी किसी माया से मेरा सामना हुआ है। जादू-टोने वाले देखे हैं—यहाँ के श्मशान क्षेत्र में अनेक अघोरी कापालिक रहते हैं किन्तु कुतूहलजनक कृच्छ वेश और चेष्टाओं के बाद भी वे मनुष्य ही तो हैं। कोई उन्हें बाधा न दे तो अपकार नहीं करते किसी का।'

'महामात्य पित्ती! प्रेत अवस्था बहुत यंत्रणाभरी होती है—सदैव भूख, सतत प्यास। भोजन की, भोग की। कभी, कहीं तृप्ति नहीं। खाने-पाने के पश्चात् पल भर को शान्त और फिर से वही विकलता, वही दाह। लोलुप स्त्री-पुरुष इनके सुगम सुलभ आखेट बनते हैं। ये रात्रिबली हैं—तिमिरधर्मा, अतः सूर्य के प्रकाश में नितान्त निर्बल भी।

पुत्री मयनावती! हमें अभी आसन्न संकट की ओर देखना है। अवन्ति का सिंहासन, राज्य, प्रजा एक बार फिर से अनिश्चितता में हो रहे हैं। बिना बताए फिर निकल गए महाराज...' महामात्य निराशा में खिन्न हो बोले।

'पित्ती! राज्य, सिंहासन और प्रजा के सद्भाग्य से आप हैं तो निश्चय ही सुरक्षित हैं सब। मुझे चिन्ता महाराज की है। वज्रभैरव की सूचना और ऐन्द्रजालिक का अपनी सहायिका के साथ सभासौध से तुरन्त पलायन करना निश्चय ही चिन्ता का विषय है। प्रेतनी पंजरा यहाँ मेरे या भर्तृहरि अथवा दोनों के अनिष्ट की कामना में ही पहुँची है। महाराज ब्रह्ममुहूर्त्त के पश्चात् निकले हैं तो अभी सुरक्षित हैं। आप तो मुझे यह बताइए कि महाकाल मन्दिर से एक योजन से अधिक दूर वाला श्मशान वही महाभैरव वाला ही है न? आज कृष्ण पक्ष की चतुर्दशी है अतः पंजरा अवश्य ही रात्रि में माया की अर्चना और अभ्यास करेगी। आज रात्रि भर वह मानवी वेश धरकर रहेगी। आप मुझे दो विश्वसनीय बलिष्ठ कुशल और निर्भय सैनिक उपलब्ध करा दीजिए...जितना शीघ्र हो सके।'

'वह तो घड़ी भर में तुम्हारे पास आ जाएँगे। अन्य कोई सुरक्षा... ?'

'आप भली भाँति जानते हैं पित्ती कि हर स्थान, हर समय पर राज्यबल उपयोगी नहीं होता।' इस क्षण भी मयनावती मुस्करा दीं।

'हाँ, मैं भूल गया राजपुत्री!...वृद्ध हो गया हूँ।' महामात्य भी मुस्कुरा पड़े।

चौक तक साथ-साथ चलकर आँगन में आ तथा अगवारे में पहुँच सब अपनी-अपनी दिशा की ओर हो लिये।

मयनावती अपने विश्रामालय पहुँचीं तो नखला-मेखला को छज्जों से लटक-लटककर वानर-क्रीड़ा करते पाया। मयनावती को आते देख दोनों कूदकर खड़ी हो गईं।

'किसी चिन्ता में हैं माँ?' साँस पर काबू पाते मेखला ने पूछा।

'हमें शीघ्र ही भैरव श्मशान पहुँचना है। आज रात्रि में प्रेतनी पंजरा को मुक्ति देनी ही है। तुम दोनों सन्नद्ध हो जाओ। देख ही चुकी हो उसका जादू और माया। हमने उसका पूरा भ्रमजाल भस्म कर दिया पर वह बचकर निकल गई।

बस, अपने जादू का दंड और बटुआ सँभाल लो। मेखला! तुम्हें सती होनेवाली स्त्री का रूप धरना है। सरसों, सिन्दूर, जव, उड़द—सबकी पुड़ियाँ सहेज लो। पंजरा के हर जादू की काट होनी चाहिए।'

'ठीक है दीदी माँ!' कह दोनों चली गईं।

लौटीं तब तक महामात्य ग्रामीण कृषक से दिखते दो व्यक्तियों के संग आ पहुँचे। दोनों ने मयनावती को सादर प्रणाम किया। अभिवादन स्वीकार करती मयनावती ने दोनों को भेदी-दृष्टि से देखा और महामात्य से पूछा :

'पित्ती, मैंने जो बताया था...'

'ये दोनों उससे अधिक हैं राजपुत्री! उसी भाँति, जैसे मेरे शरीर के अंग।'

'नाम?'

'यह जीवक है और यह अनिरुद्ध।'

'तो ठीक है पित्ती! आप कल की प्रतीक्षा करें।'

महामात्य लौट पड़े।

मयनावती ने फिर दोनों को आँखों में तौला, फिर ओठों पर स्मित लाकर बोलीं, 'तुम दोनों में कौन दूसरे को आधा कोस तक पीठ पर लाद सकता है?'

दोनों ने परस्पर देखा और दोनों ही बोले, 'मैं देवी!'

मयनावती की मुस्कुराहट और भी बढ़ गई, 'अच्छा, मेखला! अब तुम कहो कि अपने मृत पति के रूप में किसे चुनोगी—जीवक या अनिरुद्ध?'

मेखला चुप रही, जैसे मयनावती के कहे का आशय समझने के प्रयास में हो।

मयनावती ने नखला-मेखला को समझाया कि अनिरुद्ध को शव तथा जीवक को डोम का रूप देना है।

घड़ी-भर के भीतर ही पाँचों राजमहालय के पिछवाड़े से उपवन पार कर गुप्तपथ से होकर पत्तनेश्वर मन्दिर के पीछे जा निकले। यहाँ से शिप्रा के बीहड़ों का प्रान्तर प्रारम्भ हो जाता है। इकला-दुकला आदमी इधर से नहीं गुजरता। व्याघ्र, वृक आदि तो इधर फिरते ही हैं, अघोरी, कापालिक, योगी, भैरवियों को भी यह जनशून्य एकान्तप्रिय है।

'शीघ्रतापूर्वक चलने में तुम्हें कष्ट तो होगा किन्तु महाभैरव क्षेत्र तक घड़ी-दो घड़ी दिन रहते पहुँचना आवश्यक है। जीवक, तुम अपनी गति बढ़ा सकते हो?' मयनावती ने पूछा।

'अवश्य ही आर्ये! जन्म से ही सेवाकर्म में रहा हूँ। योजन भर की दूरी एक ही धावन में पूर्ण कर लूँगा। अनिरुद्ध बनवासी-कृषक है—इसे भी उदरपूर्ति के लिए निरन्तर भागते रहने का अभ्यास है। हाँ, इन देवियों को कठिनाई होगी।' जीवक ने विनम्रतापूर्वक कहा।

'ना जीवक! ये मुहूर्त्त भर में पहुँच लेंगी। खगयोग सिद्ध है इन्हें। वायु को शरीर या काया में साधकर मनुष्य अपना भार कम कर ले तो उड़नशील हो जाता है! यों इस गति

से भी हम नियत समय तक पहुँच लेंगे। कुछ और आगे जा जीवक, तुम अनिरुद्ध को शव की भाँति पीठ या कन्धे पर ले लोगे और मेखला सती होनेवाली पतिव्रता पत्नी के अभिनय में होगी। शव को किसी जलती हुई चिता के निकट उतारना है। तुम्हारा मार्गदर्शन मेखला ही करेगी।

अब सावधान हो जाओ। सम्भव है, यहाँ पंजरा के श्वान घूम रहे हों! यदि कोई श्वान दिखे तो अनिरुद्ध, तुम्हें तुरन्त भूमि पर शव की भाँति लेट जाना होगा।'

श्मशान से आधा कोस की दूरी तक पहुँचते-पहुँचते सूर्य की किरणों का तेज मंद पड़ गया। अब सूर्यास्त से पूर्व पहुँचना सहज है। एक ढूह पर चढ़कर मयना ने आसपास का निरीक्षण किया। उतरकर मेखला जीवक व अनिरुद्ध को लीकवाला मार्ग दिखाकर स्वयं नखला को लिये चौपायों के चरने-घूमनेवाली अपेक्षाकृत सीधी पगडंडी पकड़ ली।

दोनों को दूर से देख कोई यही अनुमान लगाता कि मार्ग से भटककर बंजारिनें इधर निकल आई हैं। यह संयोग ही था कि निकटवर्ती गाँव से एक शव अभी-अभी दाह के लिए पहुँचा था। मान्यता है कि इस श्मशान में कृष्ण पक्ष की चतुर्दशी को किसी-न-किसी की मृत देह चिता पर सजने अवश्य ही पहुँचती है।

मयनावती ने दाहभूमि के आसपास का निरीक्षण किया—हींस, करील, करोंदा, बेर की झाड़ियों में फँसे-उलझे श्वेत, नील, रक्त, पीत, प्रेतपटों के टुकड़े फरफराकर विचित्र-सी ध्वनि उत्पन्न करते हैं। एक ओर अरथी के बाँसों का ढेर पड़ा था। कुछ दूर ईशान में छोटा-सा शिवाला और उससे लगी काँस-फूस की झोपड़ी है—जो निश्चय ही श्मशानपाल या चांडाल की होगी। अस्थियाँ, टूटे-फूटे मदभांड, सिन्दूर, रोली, कपालपात्र यत्र-तत्र बिखरे हुए हैं। शिवाले से कुछ दूरी पर कुआँ तथा उसकी जगत से नीचे शव-स्नान हेतु लम्बा-सा श्वेत पत्थर जमाया गया है। पश्चिम दिशा में सौ दंड भूमि को घेरकर फैले बरगद ने श्मशान के आधे भाग को छेंक रखा था।

अन्तशय्या या चिता के लिए इसी बरगद के नीचे की भूमि चुनकर ग्रामीण उसके संस्कार में जुट गए। कुएँ से जल लाकर चिताभूमि पर छिड़काव, फिर कुशा की कूँची से भूमि बुहारकर गोमय से लीपना—तब कहीं भूमि चिता योग्य होती है।

मृत संस्कार कराने वाला पंडित क्षौरिक (नाई) व चांडाल को व्यग्रतापूर्वक आदेशित करने लगा यद्यपि दोनों ही अपना-अपना कार्य शीघ्रता से ही करने में लगे थे। प्रतीत होता था कि इनका गाँव कोस-दो कोस की दूरी पर होगा और दाह-क्रिया करते-करते भी एक प्रहर का समय लगना तो निश्चित है—स्नान, मुंडन, हवन, प्रेतबलि, पिंड आदि से कपालक्रिया तक इतना समय लगता ही लगता है।

श्मशान क्षेत्र की परिक्रमा लगाते मयनावती ने और सूक्ष्मता से निरीक्षण किया। ग्रामीणों के संग चार-पाँच ग्रामश्वान भी चले आए थे। इन श्वानों के रहने तक पिंजरा के खेचरश्वान यहाँ प्रवेश न कर सकेंगे। सूर्यास्त होते ही नखला कन्धे पर लटके बटुए और दंड के साथ बरगद के दूसरे सिरे पर लटकी जटाओं के सहारे ऊपर चढ़ डालियों ही डालियों धीरे-धीरे चितास्थल की ओर बढ़ने लगी। इस प्रकार वृक्ष पर चढ़ने से पत्तों में घिरकर या घोंसलों में बैठे पक्षी पर फड़फड़ाकर कोलाहल अवश्य करते हैं किन्तु चितास्थल के आसपास की बातों व क्रियाओं

के बीच किसी का ध्यान वृक्ष की ओर जाने की आशंका न थी। नखला सरलतापूर्वक चिता के समीप वाले झुरमुट में स्थान बनाकर बैठ गई। मेखला, जीवक, अनिरुद्ध भी आ पहुँचे।

मयनावती को लगा कि पंडित के शीघ्रता करने पर भी अन्त्यकर्म में कुछ अधिक समय लग रहा है। वस्तुतः यह मृत्यु पंचक दोष में हुई अतः धनिष्ठा से रेवती पर्यंत पाँच नक्षत्रों के नाम से पुत्तलदाह भी किया जाना था। मान्यता है कि इस अशुभ का निवारण न करने पर कुल और ग्राम में पाँच की और मृत्यु होती है। घड़ी भर से अधिक समय इस पंचक-विधान में व्यय हो गया।

प्रहर रात्रि के पूर्व ही सभी ग्रामवासी लौट गए। श्मशानपाल भी मृतक के वस्त्र-अन्न-पात्र आदि समेटकर अपनी झोपड़ी में रख ग्रामवासियों के पीछे-पीछे निकल गया। अब चारों ओर की शान्ति में चिता की आग में जलती हड्डियों की चटचट और हवा की साँय-साँय थी। जलती त्वचा के भीतर से एकत्र वाष्प के निकलने पर कभी-कभी फट् की आवाज होती। अग्नि के शव तक पहुँचने से अग्नि शिखाओं के मध्य हरित नील धारियाँ दिखने लगीं।

इसी बीच बरगद के नीचे आकर एकत्र हुए शृगाल-शृगालियों के झुंड ने ऊपर की ओर मुँह उठा रोना आरम्भ कर दिया। उनमें से एक आगे बढ़ चिता की ओर गया, फिर आग और आँच से दूरी बना चिता में कुछ खोजता-सा परिक्रमा करने लगा। अपने दल में लौट उसने भी मुँह ऊपर की ओर उठाया और सार्वजनिक रुदन में सम्मिलित हो गया।

सिन्दूर-पुते मुख-मस्तक के ऊपर से काले केश फैलाए, रुद्राक्ष की मालाओं से भरे कंठवाली मयनावती की दोनों आँखों पर कज्जल का मंडल खिंचा था—कन्धे पर झोली और दाहिने हाथ में चिमटा। चिता के निकट हुंकार करते हुए उन्होंने चिमटे को धीरे से झनझनाया और मंत्र बुदबुदाती झोली में से कुछ निकाल-निकाल चिता पर फेंकने लगीं।

हुंकार व चिमटे की धीमी आक्रामक ध्वनि से सहमा शृगालदल रोना बन्द कर कुछ पीछे हट गया। अब मयनावती ने झोली से छोटा-सा कमंडल निकाला, उसे प्रेतघट के जल से भरा तथा दश पग उत्तर दिशा की ओर चलकर दक्षिण मुख हो बैठ गईं। जलती चिता अब ठीक उनके सामने थी।

मयनावती की दृष्टि सामने थी और दक्षिण दिशा से एक सुन्दरी चिता की ओर बढ़ी आ रही थी। उसके आगे दो श्वान थे—बगल में मयूर। वह बार-बार अपने हाथ में उठाए हुए सर्प का फन चूम लेती थी। सुन्दरी को देखते ही शृगाल दल में फिर से आक्रंदन हुआ। सुन्दरी ने शृगाल समूह की ओर देखा तक नहीं, श्वानों ने भी कोई प्रतिक्रिया प्रकट नहीं की। मयनावती पहचान गईं कि यही पंजरा है किन्तु वह अपने स्थान से तनिक भी न डिगकर मंत्र बुदबुदाती रहीं।

सुन्दरी ने चिता के निकट पहुँच हुंकार मारी तो चिता के उपले और काष्ठ धसकने से शव का अधजला हाथ खुल गया। आग से जलकर पिघला हुआ मांस चिता में टपकने से छन्न-छन्न सी हुई...हाथ सीध में तन गया। ठीक इसी क्षण सुन्दरी का दूसरा हाथ बढ़ा और बलि की आशा में खड़े शृगाल दल से एक शिशु पकड़ शव के हाथ पर रख दिया। शव का हाथ पुनः चिता की ओर मुड़ा। अब धधकती चिता में मानव शरीर के साथ

शृगाल-शिशु की गन्ध भी मिल गई! क्रंदन करती एक शृगाली चिता के चतुर्दिक चक्कर लगाने लगी।

सुन्दरी ने प्रेतघट का पूरा जल शव के सिरहाने उँडेल कर कपाल थपथपाया तो शव उठंगा हो गया। सुन्दरी उठे हुए कपाल के खुले मुँह में हड्डी के चमस से उसी के शव का जलता-पिघलता मांस डाल उठी। सर्प उसने कन्धे और कंठ पर पहुँचा दिया। अब वह धीरे-धीरे कोई मंत्र बुदबुदाते हुए जैसे-जैसे जौ के दाने चिता पर फेंकती, चिता का कंकाल और भी उठता जाता।

अब सुन्दरी अपने चेहरे पर चढ़ा मोम नोच-नोचकर फेंकने लगी। चिता के ताप से मोम यों भी पिघलकर बहने लगा था। कुछ ही देर में सुन्दरी कंकाल मात्र रह गई। चिता का अधजला शव उठकर बैठ गया था।

कंकाली पंजरा ने कुछ दाने चिता में फेंके, 'बता, राजा भर्तृहरि कहाँ है?'

कपाल आकाश की ओर उठ गोल-गोल घूमने लगा, 'इस समय वह माहिष्मती के मार्ग पर सूनी झोपड़ी में विश्राम कर रहा है।'

'वहाँ क्यों?'

कपाल फिर से घूमने लगा। एक बार चकरी की भाँति तेजी से घूमा और स्थिर हो गया।

पंजरा ने मंत्र पढ़ फिर से दाने फेंके, 'अकेला है?'

घूमते कपाल ने कहा, 'एक भैरव उसके पीछे दिखाई देता है।'

'तुझे भी देख लूँगी वज्रभैरव!...एक भी बाधा शेष न रहने दूँगी अपने मार्ग की।' पंजरा मिसमिसाई।

पंजरा के श्वान जोर-जोर से भूँकने लगे तो नाक की हड्डियाँ सिकोड़कर कुछ सूँघते हुए मयूर की ओर देखा, 'दुर्घट! निकट कहीं से जीवित मानुष रक्त की गन्ध मिल रही है। तुम अपना पिच्छल उतारो।'

दुर्घट ने पंख फरफराकर अपना चोला उतारा तो मनुष्य रूप में आ गया।

'जाकर देखो! आज प्रेतराज प्रसन्न लगते हैं। महामांस का भोग हमें स्वत: उपलब्ध होने वाला है। चांडाल की झोपड़ी में कुछ शव आच्छादन रखे होंगे—ले आओ ताकि मैं स्वयं को ढँक लूँ!'

'उधर एक भैरवी बैठी है पंजरा!...उलझ न बैठे।'

'नहीं, वह अपनी साधना में है—अपने संसार में मग्न। जब तक इनकी साधना में विघ्न न पड़े, ये न कुछ देखती हैं, न सुनती हैं।'

दुर्घट शीघ्र ही शव को ओढ़ाये जानेवाले दो वस्त्र ले आया तो पंजरा ने स्वयं को भली भाँति ढँक लिया। तब तक चिता की काँपती लौ के प्रकाश में दो आकृतियाँ स्पष्ट होने लगीं। आगे शिथिल, उदासगति से पाँव रखती हुई एक स्त्री थी तथा उसके पीछे कंधे पर कुछ लादे पुरुष। भूँकते-गुर्राते दो श्वान इनके साथ लग गए।

पुरुष ने चिता के निकट पहुँच पिच्छल के पास ही कन्धे का बोझ उतारा।

'धीरे से, देखो, इन्हें हचका न लगे...कष्ट न हो।' उन्मत्त आवाज थी स्त्री की।

पुरुष ने नीचे उतारे भार का आच्छादन सँवारते हुए कहा, 'देवी! अब यह संस्कार प्रात: ही होगा। श्मशानपाल चांडाल की झोपड़ी में भी अँधेरा है। उसके होने पर वहाँ चर्बी का दीपक जलता है। वह होता तो काष्ठ व उपलों के जलावन की व्यवस्था कर देता। आप चाहें तो अपने पति के निकट बैठें। मैं उधर बैठकर इस तुम्बी के सहारे रात्रि काटता हूँ—बहुत थक गया हूँ। आपके साथ होने से इस तुम्बी का मद भी न पी सका अन्यथा इतनी थकन न होती।' पछताते से पुरुष ने वस्त्रों के नीचे से मदिरा की तुम्बी निकाली।

'पुरुष, तुम कौन हो? यह स्त्री कौन है तथा इस असमय यहाँ क्यों पहुँचे?' आच्छादन से मुख छिपाए बैठी पंजरा ने पूछा।

'मैं तो भैरवगढ़ का डोम हूँ देवी। नहीं जानता कि यह स्त्री कौन है। मैंने पूछा भी था तो हिचकियों और विलाप के बीच इसने जो बताया तो उससे मैं इतना ही समझ पाया कि यह स्त्री पति के साथ सती होने श्मशान जाना चाहती है। इसने मुझे दो स्वर्णमुद्राएँ दीं। आज मेरे घर उत्सव हो गया। तीन दिन से परिवार भूख बैठा था। तुरत स्वर्णमुद्राएँ पत्नी की झोली में फेंकीं। पत्नी द्वारा लाए हुए जौ के चूर्ण को पानी में घोलकर आहार लिया तो शरीर में शक्ति लौट आई। बस, मदिरा में यह तुम्बी भरकर लवण की ढेलियाँ गाँठ में बाँध मैं इसके साथ आ गया। यहाँ का श्मशानपाल मेरा स्यालक है।...रात्रि भी अब आधी होने को है...बस, इसी मद के सहारे लवण चाटते हुए भोर कर लूँगा।'

'मद का साझा नहीं करेगा मुझसे?'

'आपकी इच्छा है तो अवश्य ग्रहण करें देवी। मुझे संकोच इसलिए है कि मद जूठा है और मैं डोम हूँ...।'

'दुर्घट! मदपात्र भर ले।'

दुर्घट ने दो मानव खोपड़ियाँ डोम के आगे रख तुम्बी ले ली और भरकर एक पंजरा की ओर बढ़ा, दूसरी स्वयं उठा ली। पंजरा ने आच्छादन से हाथ बाहर निकालकर हथेली का कंकाल मदिरा में डुबोया और मदिरा चिता पर छिड़क दी। जलते मांस की चिरायँध के साथ सड़न का भभूका-सा डोम के नथुनों से आ टकराया।

पंजरा ने मद से भरी खोपड़ी उठाकर मुँह से लगा ली और खाली कर सामने रखते हुए दुर्घट की ओर देखा। वह भी मद पी चुका था।

'दुर्घट! क्यों न हम आज माया की अर्चना, अभ्यास को स्थगित कर दें? कृष्ण पक्ष की चतुर्दशी प्रतिमास आती है। मदिरा और महामांस का संयोग यदा-कदा उपलब्ध होता है। इस स्त्री को सती होना ही है, क्यों न तू इसका उपभोग कर ले! यह डोम भी देख, कितना स्वस्थ बलिष्ठ है, तो क्यों न मैं इसका उपभोग करूँ! ले, भर मेरा और अपना पात्र!'

पंजरा के आधे से अधिक हटे आवरण से जीवक ने देखा कि उसके सामने स्त्री के स्थान पर कंकाल बैठा हुआ है। वह सिहर गया। मयनावती ने पूर्व में ही चेता दिया था कि कुछ भी देखो, कुछ भी सुनो—न भयभीत होना है, न विचलित।

अधखुला कंकाल देख शृगाल दल भी हुआँ-हुआँ चिल्लाने लगा।

'प्रहर भर का समय और बिता लो मरभुक्खो! उसके पश्चात् वृक, कुकुर बचा रहने दें तो तुम चार दिवस महामांस का भोज करते रहोगे।'

दुर्घट ने दोबारा खोपड़ियाँ भर लीं। मंजरा ने दूसरी बार खोपड़ी खाली की और खड़ी हो हड्डियों की खड़ताल बजा-बजाकर नाचने लगी। खड़ताल के संग उसका कंकाल भी खड़खड़ बजने लगा। दोनों की लय मिलाती पंजरा मुग्ध हो बीभत्स हँसी हँसने लगी।

अब तीसरी बार मद भरा गया जिसे खड़े-खड़े ही पीकर पंजरा ने खड़ताल खड़काई। सर्प अपना फन उठाकर उसे अपलक निहारने लगा। अब वह खड़ताल बजा नृत्य करती हुई चिता की फेरी लगा उठी। फेरी लगाते हुए उसे लगा कि डोम द्वारा लादकर लाए हुए शव का वक्ष ऊपर-नीचे हो रहा है। पंजरा देखने को झुकी ही थी कि मयनावती ने बाज की भाँति झपटते हुए खड़ताल वाले हाथ पर पूरी शक्ति से चिमटे का प्रहार किया। इसी क्षण नखला ऊपर से कूदी और हड्डी की खड़तालें अपने हाथ में उठा लीं। दुर्घट तेजी से पिच्छल के पास गया किन्तु उसे अनिरुद्ध ने.जलती चिता में झोंक दिया। मेखला ने बड़े कौशल से सर्प का फण दबोच लिया।

इस आकस्मिक आक्रमण से हतप्रभ पंजरा ने नखला से खड़तालें छीनने का प्रयास किया तो मयनावती ने चिमटे का वह प्रहार किया कि कंकाल की कलाई टूटकर दूर जा गिरी।

'मेरी खड़ताल मुझे दिला दे मयना! नहीं तो मैं तेरा सर्वनाश कर दूँगी।' पंजरा किटकिटाई।

'तू अब किसी का कोई बिगाड़ नहीं कर सकती। तेरी माया का खड़ताल नखला के पास है अब। पिच्छल के साथ ही देख ले कि इस दुर्घट की शक्ति भी चिता की आग में जल रही है। सर्प का संस्कार भी इसी चिता में होना है—मेखला! इस विषधर को मिट्टी के उस घट में बन्द कर ले।'

असहाय-सी हुई पंजरा ने एक बार चारों ओर अपनी रक्तमांसहीन ग्रीवा घुमाई और कटकटाकर अपनी झोली अपने ऊपर उलट ली। कुछ ही पल में पंजरा का कंकाल चट्टचटाता हुआ जलने लगा।

पिंजरा को जलता देख दुर्घट भागा तो जीवक ने दौड़कर खड्ग से उसका सिर काट लिया। मयनावती अपना चिमटा ताने पंजरा के जलते कंकाल के निकट सावधान खड़ी थीं और तब तक उसी भाँति खड़ी रहीं जब तक कंकाल राख में न बदल गया। मेखला ने सर्प को घट में बन्द कर खप्पर से ढँक रखा था और मयना की ओर देख रही थी।

'वह जो मृतक को दिया .गया आटे का पिंड पड़ा है न, उससे घट और खप्पर को चिपकाकर उलटा रख दे इसी चिता में।' मयना ने मेखला को कहा।

'बस, अब वे दो श्वान शेष हैं।' अनिरुद्ध ने कुछ दूरी पर चमकती दो जोड़ी आँखों की ओर उँगली उठाई।

'ये इस बीहड़ के वृक और श्वानों का विषय हैं। एक दिन भी जीवित न रह पाएँगे। पंजरा के साथ ही इनका बल जाता रहा। हमें रात्रि यहीं बितानी है। प्रज्वलित अग्नि वृक, व्याघ्र, ॠक्ष आदि वन्य जीवों को हमसे दूर रखेगी। प्रात: होने तक इसे यों ही प्रज्वलित रखना है। आसपास अधजला, खंडित, पूरा जैसा भी काष्ठ मिले, यहाँ एकत्र कर लो। चाहो तो क्रम से निद्रा भी ले सकते हो।...मुझे कोई बाधा न पहुँचाना। आज भैरवतंत्र साधने का अवसर कदाचित् महाभैरव ने ही उपलब्ध कराया है मुझे।'

मयनावती कुछ दूर पर कमंडल के जल से मंडल बनाकर पद्मासन बैठ, दृष्टि को नासाग्र पर केन्द्रित कर ध्यानमग्न हो गईं तथा पौ फटने के साथ ही खड़ी हो सबको साथ ले उसी मार्ग से लौट आईं।

मयनावती के आने तक राजभवन में यह समाचार फैल ही गया कि राजा भर्तृहरि पुनः किसी अज्ञातवास पर निकल गए हैं।

राजा के इस बार जाने पर पहले जैसी स्तब्धता राजभवन में नहीं थी।...चिन्ता अवश्य थी। नगर में भी समाचार फैला किन्तु अब इन अनुमानों पर जोर था कि राजा कितने समय में लौटेंगे और इस बार किस अनुष्ठान पर गए हैं?

राजा की उस लम्बी अनुपस्थिति ने जैसे प्रजा को भी राजा बिना जीने का अभ्यास करा दिया था। हाट, पेठ, व्यापार, उत्सव, जन्म-मुत्यु—सब कुछ लगभग वैसा ही घटित होता रहा था। इसी के साथ यह मान्यता और भी दृढ़ हुई कि अवन्ति राज्य का संचालन स्वयं महाकाल करते हैं...अन्यथा और कहीं राजा की इतनी उदासीनता और अनुपस्थिति से विप्लव मच गया होता।

विप्लव का प्रमुख स्वर तथागत अब कुमार विक्रम का सभासद है। उत्सवों में वह अब दर्शकों की भिंड में पीछे की ओर नहीं, प्रधान मंच के निकट आसन पाता है। मयनावती का स्नेहपूर्ण भय हो या तथागत की संगति, समय अथवा इन सबका सम्मिलित प्रभाव कि कुमार विक्रम की स्वेच्छाचारी, उद्दंडता अब कम हो गई थी। महामात्य से मंत्रणा करते समय मयनावती यदा-कदा विक्रम को भी साथ बिठा लेतीं।

अब यह सूचना भी एक ही दिन में नगर भर में फैल गई कि अवन्ति नगरी शीघ्र एक विशाल धर्म सम्मेलन की साक्षी बनने वाली है। देश-देश के आचार्य, धर्मशास्त्री, सिद्ध गुरुओं के दर्शन-प्रवचन का लाभ लेने की उत्सुकता सब कहीं दिखाई देने लगी। महाकालेश्वर मन्दिर सहित देवी हरसिद्धि, गढ़कालिका, मंगलनाथ, कालभैरव, शनिक्षेत्र शिप्रा आदि सभी धर्म, तंत्र स्थानों को सँवारने की आज्ञा तत्परता से प्रसारित हो गई। धर्मशाले, पांथागार, मार्ग, वीथियाँ, उपवन—सभी को आकर्षक बनाने का आग्रह हुआ।

धीरे-धीरे प्रजा धर्ममय होने लगी। महासम्मेलन के प्रचार व पूर्वाभ्यास में स्थान-स्थान पर लघुआयोजनों की रूपरेखा से प्रजा दैन्य, विपति, राज्य, राजा को विस्मृत कर धर्मआयोजनों, कर्मकांडों, प्रवचनों में सुख खोजकर ईश्वरीय शक्ति में त्राण अनुभव करने लगी। वेदाग्रही, पौराणिक, शेव, शाक्त, बौद्ध, जैन, पंडित व साधक अपने-अपने आचार-विचारों से स्वमत को श्रेष्ठ व विमत को हीन सिद्ध करने के लिए वाद-विवाद से लेकर बल-प्रयोग तक पहुँच जाते।

धर्म-सम्मेलन की योजना सेवाश्रम पहुँची तो श्रेष्ठि नागदत्त मुस्कुरा दिये। देवी वसुंधरा भी अब पति के साथ सेवा में रम गई थीं, पति को मुस्कुराते देख वसुंधरा ने पूछ लिया, 'आपके ओठों पर ऐसी कूटस्मित क्यों आई?'

'तुम नहीं जानतीं वसुंधरा, ये जो पूर्णरथ है न!—महामात्य—मेरे बालपन का मित्र व सहपाठी है...'

'जानती हूँ।'

'यह नहीं जानतीं कि वह राज्य के लिए किसी का भी उपयोग कर सकता है—धर्म का भी।

आचार्यों के विवाद असमाप्त हैं, और अनन्तकाल तक चल सकते हैं। पूर्णरथ ने इस समय प्रजा का ध्यान ऐसे ही विवादों और धर्म की ओर मोड़ दिया है। जब तक लोग इसमें व्यस्त-न्यस्त हैं तब तक राजा और राज्य की अनुपस्थिति से ध्यान बँटा रहेगा। वसुंधरा, अवन्तिका की परिस्थितियाँ इस समय ठीक नहीं हैं।'

'हमारा पुत्र जयदत्त वहाँ अकेला है स्वामी! ऐसी स्थिति के व्यवहार का अनुभव नहीं है उसे।' वसुंधरा के माथे पर चिन्ता की रेखाएँ उभर आईं।

नागदत्त मन-ही-मन मुस्कुराए कि वसुंधरा उनके साथ रहते हुए भी पुत्र के मोह से दूर न हो सकी है। इतने अल्पकाल में ऐसा सम्भव भी नहीं है। ये बन्धन अभ्यास से ही शिथिल होते हैं।

वह स्वयं भी कहाँ मुक्त हो सके हैं—पत्नी, पुत्र, परिजन, मित्र और अवन्तिका से। इतनी व्यस्तता के बीच भी स्मृतियाँ कौंधकर कसक जाती हैं।

'वसुंधरे! कुछ दिन के लिए अवन्ति हो आओ! त्रिलोचन को भी कुछ औषधियाँ लेने जाना है। चाहो तो उसी के साथ लौट आना।'

'देव! एक बात बहुत दिनों से कहना चाहती थी, यदि आप अन्यथा न लें...' वसुंधरा ने पति की आँखों में झाँका।

'कहने-जानने के लिए तुम्हें अनुमति की आवश्यकता है क्या?'

'ना!...वह बात कुछ अलग है।'

'बताओ तो...!'

'त्रिलोचन मुझे जय-सा ही प्रिय हो गया है।'

'मेरे लिए भी यह सुखद ही तो है।'

'वह सरल, निश्छल है।'

'निश्चय ही।'

'मुझे लगता है कि चारुमित्रा के प्रति उसकी अनुरक्ति बढ़ती जा रही है।'

'तुमने कैसे जाना?'

'हम स्त्रियों के पास एक अतिरिक्त ज्ञानेन्द्रिय होती है जो पुरुष की दृष्टि, स्वर, स्पर्श और संकेत का आशय जान जाती है।' वसुंधरा के मुख पर इस वय में भी लज्जा की लुनाई दौड़ गई।

'अच्छा! फिर?'

'चारुमित्रा निश्चय ही गुण, सौन्दर्यसम्पन्न है किन्तु मुझे लगता है कि प्रीति और विरोध समान के बीच ही होना चाहिए। बहुत सम्भव है कि चारुमित्रा इस समय त्रिलोचन की सरलता और यौवन की ओर आकृष्ट हो! यह भी है कि आश्रम में इस समय वही श्रेष्ठ युवा है। समर्पण, आकर्षण चारुमित्रा के लिए नित्य व्यवहार है। जिस सरलता से वह ग्रहण करेगी, उसी सहजता से वह छोड़ भी सकती है। यह उसका कर्म है और स्यात् धर्म भी। मुझे भय है कि त्रिलोचन उसकी उपेक्षा का आघात सह न पाएगा।'

'मैं कदाचित् देख नहीं पाया यह। जब से इस सेवा आश्रम का व्यसन लगा है तब से व्यावहारिक संसार के ऋण-धन मेरी पैठ से दूर होते जा रहे हैं।'

'मैं आपसे चारुमित्रा की चर्चा कर रही हूँ देव!'

'हाँ, चारुमित्रा का नाम सुन एक और सूत्र मिला। सुनो, वह है कि सरस्वती वेश्या के यहाँ वास करने से भी कलंकित नहीं होती।...अब कहो अपनी बात।'

'मैं त्रिलोचन को बचाना चाहती हूँ। चारुमित्रा को आश्रम से हटाना होगा।'

'जानती तो हो कि वह कोष्ठियों, अपंगों, अनाथ बाल, वृद्धों की सेवा में कितने मनोयोग से जुटती है...अपनी ओर से जाने के लिए कहना उसका और उसकी सेवा का अपमान है। हाँ, स्वयं जाना चाहे तो बन्धन नहीं है।'

वसुंधरा कुछ क्षण सोचती रहीं, फिर कहा, 'तो ऐसा कीजिए कि त्रिलोचन के साथ-साथ चारुमित्रा को भी मेरे संग भेज दें। अवन्ति में उसे अनेक श्रेष्ठि, सामन्त राज्याधिकारी मिलेंगे। आप ही आप उसकी रुचि त्रिलोचन से हट जाएगी। त्रिलोचन को दुख तो होगा पर मैं उसे समझा लूँगी।'

'यह भी ठीक है। कल प्रातः ही निकल जाओ, मैं दो शकटिकाओं की व्यवस्था किए देता हूँ।'

उषाकाल में ही निकल दो शकटिकाएँ गोधूलि बेला में दीपन पूर्व अवन्ति पहुँच गईं। दूसरे ही दिन मध्याह्न उपरान्त त्रिलोचन मृगांक दत्त के यहाँ पहुँचे तो उन्हें आश्चर्य हुआ कि चारुमित्रा के आने की सूचना नगर में फैल गई है। मृगांक दत्त ने वह तंत्र भी बताया कि ये सूचनाएँ मालिन, महारिन, नाइन आदि गृहकर्मियों द्वारा एक से दूसरे मुख होती हुई गृह, वीथि, पथ पार कर लेती हैं।

अपने मित्र का स्वागत करने के पश्चात् मृगांक का पहला प्रश्न था, 'चारुमित्रा तुम्हारे साथ ही आई है?'

'हाँ, क्यों? वैसे सत्य तो यह है कि वह देवी वसुंधरा के संग सेवा आश्रम गईं व उन्हीं के साथ लौटी हैं।' त्रिलोचन ने बताया।

'उज्जयिनी में कितने दिन का प्रवास है?'

'मुझे ज्ञात नहीं...मैंने पूछा भी नहीं।'

'मित्र त्रिलोचन! तुम क्या सदैव रस, औषधि, अवलेह, बूटी, वनस्पति, धातु के ही सहचर बने रहते हो कि कभी स्त्री के रस, गन्ध, रूप, वय की ओर भी ध्यान जाता है?...इतने दिन चारुमित्रा सेवा आश्रम रही है, यहाँ साथ आई है और तुम इतना भी न जान सके कि उसके उज्जयिनी आने का प्रयोजन क्या है? कितने दिन यहाँ रहना और कब चन्द्रपुर लौटना है? अच्छा, यह बताओ कि तुमने कभी चारुमित्रा के स्पर्श-सुख का लाभ लिया है?' उत्सुकतापूर्वक मृगांक दत्त ने पूछा।

'दिनभर में अनेक बार स्पर्श होता है।' त्रिलोचन के चेहरे पर व्रीड़ा घिर आई। 'सच यह है कि सुखद अनुभूति होती है किन्तु इसमें लाभ पाने जैसा कुछ नहीं।'

'इसके आगे कुछ, जैसे—चुम्बन, आलिंगन?' मृगांक के स्वर में उत्तेजना का कम्पन आ गया।

'किन्तु, तुम यह सब क्यों जानना चाहते हो?'

'ओह, क्या तुम जानते नहीं कि चारुमित्रा के दरश और स्पर्श के लिए सहस्रों पुरुष अपना कोष खोलकर सहस्रों स्वर्णमुद्राएँ निछावर करने को तत्पर हैं?'

'जानता हूँ। मैं ही क्या, सुदूर राज्यों तक उनके रूप, गुण और कला की ख्याति है। अनेक नरेश, स्वयं महाराज भर्तृहरि चारुमित्रा के प्रशंसक हैं।'

'तो मुझे कहो न, उसके इतने दिन सेवा आश्रम में किस प्रकार किसके साथ व्यतीत हुए?'

'यों वह प्रायः दिन भर ही चिकित्सा कुटीर में मेरे या चन्द्रसेन के साथ रहती हैं। आर्य नागदत्त को वह पितृवत् आदर देती हैं तो वह भी चारुमित्रा को पुत्री जैसा स्नेह देते हैं। एक बात और सुनो मृगांक! अब तो वह अनेक औषधियों के नाम, गुण तथा उनके प्रयोग की विधि भी जानने लगी हैं।' त्रिलोचन ने उत्साह में बताया।

'मित्र, तुम ज्ञानवृद्ध तो पहले से थे, लगता है, अब असमय ही वय-वृद्ध भी हो गए हो जो चारुमित्रा के प्रसंग बीच स्नेह, आदर, आर्य, नागदत्त, रोगी, औषधि ले आए। अच्छा, चलो, उधर बैठकर बात करते हैं। इस समय क्या रुचेगा तुम्हें—भक्ष्य भोज्य चोष्य लेह?'

'अरे, न-न! मैं तो तुमसे मिलने व कुछ औषधियों की उपलब्धता व मूल्य के विषय में जानने आया हूँ। चार अथवा पाँच दिवस के भीतर सेवा आश्रम लौटना है।'

मृगांक प्रहास के साथ बोले, 'क्या ही संयोग है कि बात घूम-फिरकर चारुमित्रा पर ही आ पहुँची अर्थात् पूछना पड़ेगा ही कि क्या वह भी सेवा आश्रम लौटेगी?'

'मैंने पूछा नहीं है।'

'तो आज ही पूछना तथा मेरा अभिन्न मित्र के रूप में परिचय देते हुए उससे अनुरोध करना कि मैं उनके दर्शन व सत्कार हेतु समुत्सुक हूँ...अपने निवास पर उनकी उपस्थिति से गौरवान्वित होना चाहता हूँ।'

'बन्धु! इतनी-सी बात के लिए शब्दों के इतने चातुर्य-भ्रष्ट प्रयोग की क्या आवश्यकता है? मुझे विश्वास है कि मैं जब कहूँगा कि मेरे मित्र के आवास पर चलना है तो वह अस्वीकार नहीं करेंगी।'

मृगांक दत्त त्रिलोचन के मुँह की ओर स्तब्धदृष्टि रह गए फिर सम्हलकर पूछा, 'तुम्हारे कहे वह आ जावेगी?'

'हाँ!...यूँ देवी वसुंधरा से भी पूछना होगा। चारुमित्रा उन्हीं की अतिथि व संरक्षण में हैं।'

मृगांक चुप होकर सोच में पड़ गए तो त्रिलोचन ने ही पूछा, 'तुम चिन्तित हो गए मृगांक?'

'इसलिए कि आर्या वसुंधरा वणिकपुत्री और श्रेष्ठि भार्या हैं। आर्य नागदत्त भले ही लाभ-हानि के गुणा-भाग छोड़ चुके हों किन्तु मेरे लिए यह मानना कठिन है कि उनकी पत्नी भी छोड़ चुकी होंगी। राजधानी के इतने वर्षों का अनुभव है यह मेरा।'

'किन्तु उनके विषय में मेरा अनुभव तुमसे भिन्न है। वह बहुत उदार व ममतामयी हैं।'

'तो फिर यों करो कि कल सायं तुम और चारुमित्रा अतिथि हो इस घर में। तुम जानते हो कि मैं अवसर का लाभ उठाने हेतु सदैव से प्रयत्नशील रहता हूँ। संयोग से चारुमित्रा से तुम्हारा परिचय है। उज्जयिनी के बड़े-बड़े धनिक पदाधिकारी मुँह बाये रह जाएँगे जब देखेंगे कि चारुमित्रा ने मेरे यहाँ आतिथ्य स्वीकार किया है। तुम अनुमान नहीं लगा सकते

कि राजधानी के उच्चवर्ग में मेरी ख्याति और प्रतिष्ठा कितनी बढ़ जाएगी। क्या तुम न चाहोगे कि तुम्हारे मित्र की प्रतिष्ठा बढ़े ?'

त्रिलोचन ने मृगांक का हाथ पकड़ लिया, 'मैं अवश्य चाहूँगा कि तुम्हारी प्रतिष्ठा बढ़े। हाँ, मैं लाभ उठाने वाले विचार से सहमत नहीं हूँ। तुम्हारे भीतर अभी भी एक सहज मनुष्य है जो जाने क्यों व्यवसायी बन जाता है ?'

'मेरे पास इसका स्पष्ट उत्तर है त्रिलोचन! तुम्हें पहले भी कह चुका हूँ कि निर्धन की कोई प्रतिष्ठा नहीं होती, भले वह कितना ही गुणी हो—सर्वे गुणाकांचनमाश्रयन्ति।...धन न हो तो पद हो।...और पद की प्रतिलब्धि भी क्या है ?...वही धन। धन से धर्म, धन से सुख। आज यहाँ कौन है जो पद और धन की प्राणांतक प्रतियोगिता में आगे रहने के महोद्यम में न जुटा हो ? मेरा क्रम कुछ भिन्न है। धन हो तो प्रतिष्ठा के लिए मन हुमकता है। अनेक हैं ऐसे धनपति जिनकी कोई सामाजिक प्रतिष्ठा नहीं, तो... ? कुमार विक्रम को जानते ही होगे ?'

'जानता नहीं, पर सुना अवश्य है कि महाराज भर्तृहरि के विपरीत चरित्र है उनका। लोग सम्मान से नहीं देखते उन्हें।' त्रिलोचन ने अपनी जानकारी दी।

'अग्रपंक्ति के श्रीमन्त हैं—महाराज के अनुज। धन, बल सब है उनके पास, पर प्रतिष्ठा नहीं, सम्मान नहीं। इन दिनों वह प्रतिष्ठा पाने के यत्न में हैं। तुम तो तथागत को जानते हो ?'

'वही चिर असहमत न—जिसके मुँह पर श्रेष्ठियों, श्रीमन्तों के लिए सदैव श्राप रहता है ?'

'वही। वही तथागत अब विक्रम का भृत्य, मित्र सब कुछ है। जिसकी जिह्वा पर विप्लव की आग रहती थी, उसी से शृंगार और प्रशंसा का पराग झरता है। तुम स्वयं देखोगे। मैं उन्हें आमंत्रित करूँगा।

न! दुविधा में न पड़ो। चारुमित्रा पुरुषों के मध्य अकेली स्त्री न होगी। सभी आमंत्रित श्रीमन्त श्रेष्ठि यहाँ सपत्नीक पधारेंगे। उज्जयिनी के पुरुष ही रसिक नहीं, स्त्रियाँ भी रसीली हैं।' कह मृगांक हँसने लगे।

'ऐसे समूह के मध्य लाने के लिए तो देवी वसुंधरा की अनुमति अनिवार्य होगी।'

'वह मेरे ऊपर छोड़ो। मैं अभी चलता हूँ तुम्हारे साथ। वहीं से हम कनकशृंगा की सांध्यश्री का आनन्द लेने निकल चलेंगे।'

त्रिलोचन जाने किस सोच में पड़ गए। सोच में ही वह मृगांक के साथ रथ पर सवार हुए और दोनों श्रेष्ठि जय के आवास पहुँचे।

मृगांक ने देवी वसुंधरा से कुछ बेर एकान्त में चर्चा की और उन्होंने मात्र अनुमति ही न दी अपितु इस भद्रजन गोष्ठी में भाग लेने हेतु चारुमित्रा को प्रोत्साहित भी किया और उसकी सहमति ले ली।

दूसरे दिन नियत समय पर त्रिलोचन और चारुमित्रा एक ही वाहन से साथ-साथ पहुँचे तो त्रिलोचन मृगांक के आवास की सज्जा देख विमुग्ध रह गए। प्रवेशद्वार को केतकी, पाटल, गेंदा, कमल, कदम्ब, मालती, मल्लिका आदि सुगन्धित, सुदर्शन पुष्पों की मंजरियों से सुशोभित किया गया था। प्रांगण में नववल्लरियों के तोरण तथा पताकाओं का

अलंकरण था। धूम्रआधारों में अगरु-चन्दन की सुगन्ध भरी थी। रथ के प्रवेश करते-करते नक्कारे बजने लगे, जैसे उन्हीं की प्रतीक्षा की जा रही हो! रथ रुकते ही दो परिचारिकाएँ चारुमित्रा को उतारने के लिए त्वरित गति से निकट जा पहुँचीं। उतनी ही शीघ्रता से मृगांक दत्त भी आए।

'सौन्दर्य की देवी का इस अकिंचन के गृह में स्वागत है।' हर्षातिरेक में डूबे मृगांक विनम्रता से झुककर दोहरे हो गए तथा चारुमित्रा के उतरते ही मार्ग दिखाते साथ-साथ चलने लगे।

आगे अपने दम्भ की गरिमा ओढ़े उज्जयिनी के अतिविशिष्ट दंपतियों का उत्सुक गोल था। उसके पीछे कुछ दूरी बनाये खड़े थे—कुमार विक्रम और कवि तथागत। श्रीमन्तों में कुछ ने चारुमित्रा का हाथ जोड़कर अभिवादन किया, कुछ ने मुस्कुराते हुए।

नारियों ने प्राय: स्मित से स्वागत किया—यद्यपि उन सभी की आँखों में प्रश्न-सा था कि इस सुन्दर-सी दिखती स्त्री में ऐसा क्या है जिसे देखने उनके पति इतने उत्कंठित थे? इस चारुमित्रा के पास न अमूल्य आभूषण हैं, न इसने बहुमूल्य वस्त्र ही पहने हैं। हाँ, जो वस्त्राभूषण हैं, उनमें सुरुचि अवश्य दिखती है। रूप-रंग आकर्षक मानना पड़ेगा तथा अधरों पर मृदु हास भी कमनीय तो है।

चारुमित्रा अब छोटे से समूह में घिर गई। मृगांक उसे भीतरी आँगन की ओर ले जा रहे थे जहाँ समागति या मिलन-परिचय की व्यवस्था थी।

मृगांक ने चारुमित्रा को पूर्वमुखी आसन की ओर ले जाकर बैठने का आग्रह किया तो उसने ग्रीवा घुमाकर आसपास देखा। श्रीमन्तों, सामन्तों में त्रिलोचन कहीं पीछे छूटकर रह गए थे। आँगन में त्रिलोचन को न देख चारुमित्रा के मस्तक पर चिन्ता उभरी पर मृगांक के पुन: अनुरोध पर वह आसन पर बैठ गई।

कुमार विक्रम भी उसके निकट ही आसन पर बिठाए गए थे। चारुमित्रा ने चोर दृष्टि से देखा तो लगा कि यह व्यक्ति उतना उद्दंड, दम्भी प्रतीत नहीं होता जितना सुना गया है। उसे त्रिलोचन की चिन्ता करते समय आभास भी हुआ था कि यही व्यक्ति उसका भद्रता से अभिवादन भी कर रहा था।

सेवक अतिथियों को यथारुचि पेय प्रस्तुत करने लगे तो परिचय का क्रम आरम्भ हुआ। आयोजन का प्रमुख उद्देश्य भी यही था। बस, इसी को कुछ अधिक मनोरंजक बनाने के लिए तथागत से अवसरोचित काव्य-अंश सुनाने की अपेक्षा अवश्य की गई थी। व्यवस्था की व्यस्तता में इधर-उधर आते-जाते मृगांक दत्त से चारुमित्रा कुछ पूछना चाहती थी कि निकट बैठे कुमार विक्रम चारुमित्रा की ओर झुककर फुसफुसाने लगे :

'देवी! आपको स्मरण होगा कि आपका यह प्रशंसक चन्द्रपुर में भी तीन बार आपके दर्शन और परिचय का सुख प्राप्त कर चुका है।'

चारुमित्रा को ऐसा कुछ स्मरण नहीं है। छोटे-बड़े राज्यों के अनेक कुमारों से वह शिष्टता से भेंट करती रहती है, करनी होती है। चारुमित्रा उतनी व्यवसाय-पटु नहीं है कि इन्हें स्मरण में बनाए रख सके। उसने शिष्टता में मुस्कुराकर कुमार के कहे की हामी भरी और पुन: आँगन में दृष्टि घुमाने लगी।

'देवी, किसी की प्रतीक्षा में हैं?' कुमार ने फुसफुसाया।

'आर्या वसुंधरा ने शीघ्र लौटने को कहा है और मेरे साथ आए...'

बात पूरी होने से पहले ही कुमार बोल पड़े, 'देवी! आप उज्जयिनी में हैं—सम्माननीय अतिथि हैं राज्य की। कुमार विक्रम की उपस्थिति का अर्थ आप इससे ही समझ सकती हैं कि महाराज भर्तृहरि अभी नगर से बाहर हैं। आप किंचित् अधीर, आतुर प्रतीत होती हैं। निश्चिन्त हों कि जब भी आप जाना चाहेंगी, राजकीय सुरक्षा में पहुँचा दिया जाएगा। अभी तो आप इस मोद-विनोद का आस्वाद लीजिए जो आपके ही स्वागत में समुद्दिष्ट है।

यहाँ कवि तथागत है जो अपनी परिस्थिति के कारण अभाव की असमृद्ध भावुकता में प्रजा का प्रवक्ता होने का भ्रम पाल बैठा। मैंने उसे सहायता देकर कुछ विलक्षण रचने का अवसर दिया है। आप सुनकर पाएँगी कि उसके काव्य में भाव और भाषा का विलक्षण चमत्कार है।' विक्रम ने तथागत को काव्य पाठ हेतु संकेत दिया।

भद्र नागरी वेशभूषा में सजे तथागत ने आसन से खड़े होकर चारुमित्रा का अभिवादन करते हुए कुमार विक्रम के कृपालु गुणग्राहक व्यक्तित्व की प्रशंसा भरे कुछ वाक्य कहकर रसिक जनों से काव्य पद सुनाने की अनुमति माँगी।

'अवश्यमेव...अवश्यमेव' ध्वनि का समर्थन पाकर तथागत ने कन्धे का उत्तरीय सँवारा व सिरपेच सही करते हुए निवेदन किया :

'मैंने इस अवसर पर आपको आनन्द अनुभव कराने हेतु काव्य के विशाल सागर से कुछ माणिकों का चयन किया है। इनमें से कुछेक तो मैंने सारिका के मुख से सुनकर सँजोये हैं। हाँ, शरदोत्सव में एक व्यक्ति सारिका के साथ आता है! अद्भुत है वह सारिका—गाथिका अथवा पद गाती है वह। प्रथमत: वही सुनें :

दुर्लभ जन से प्रीति जुड़ी है मन लज्जा में भारी
देह अधीन भर्तृ के...
प्रिय से सुख की मिले न बारी,
प्रेम पर संकट छाया
सखि!
अब तो मात्र मरण ही एक उपाय बचा है।'

'आह, विलक्षण अर्थ-प्रतीति है! धन्य है, धन्य है! आपका पदान्वय विलक्षण है!' जैसे वाक्य गूँजने लगे।

चारुमित्रा को बोलना ही पड़ा, 'मान्यवर! मैंने पूर्व में निवेदन किया था कि यात्रा की क्लान्ति से अस्वस्थता है कुछ...। मेरे साथ भेषज्ञ त्रिलोचन आए थे, वह यहाँ नहीं दिखाई दे रहे!'

'निश्चिन्त रहें देवी! आपको कदाचित यह न ज्ञात होगा कि अवन्ति के श्रेष्ठ व विशिष्ट भेषज्ञ के यहाँ जा रही हैं—इसीलिए एक चिकित्सक साथ लाई होंगी। वह यहीं कहीं होगा। मृगांक को बुलाया जाए...'

'नहीं कुमार, मेरा यह आशय नहीं है।'

चारुमित्रा को खड़ी होते देख मृगांक शीघ्रता से निकट पहुँच आदर में झुकते हुए कान लगाकर सुनने या जानने की मुद्रा में हो गए।

'आपके मित्र दिखाई नहीं दे रहे भेषज्ञ?' धीरे से पूछा चारुमित्रा ने।

'सभी यहीं तो हैं देवी!'

'मेरा आशय भेषज्ञ त्रिलोचन से है।'

'ओह, वह?...उसे यहीं कहीं होना चाहिए। संकोची भी है वह। अभिज्ञात, श्रीमन्तों के मध्य असहज अनुभव करता है। मैं टोहता हूँ उसे...बाहर बैठ रहा होगा कहीं।'

'रहने दीजिए! मैं उन्हें बाहर ही देख लूँगी। अब आज्ञा चाहती हूँ।'

मृगांक भ्रांत से हो उठे, 'देवी, अभी तो रात्रि का पहला प्रहर भी नहीं बीता। आपके सान्निध्य में यथारुचि भोज का भी आयोजन है।'

'क्षमा करें, मुझे इतने विस्तारित आयोजन की सूचना नहीं थी। आपने नगर के अभिजात श्रीमन्तों-सामन्तों के बीच मुझे बुलाया, परिचय कराया, आपकी कृतज्ञ हूँ।' कह अतिथियों से मृदु मुस्कान के साथ हाथ जोड़कर आज्ञा लेती चारुमित्रा द्वार की ओर बढ़ गई।

चारुमित्रा का एकाएक चले जाना लोग न समझ पाए, न सहजता से ले पा रहे थे। मृगांक दत्त मुँह की ओर देखते हुए से साथ-साथ द्वार की ओर आए। हलचल से भरी गण्यमान्य सभा को भीतर छोड़ चारुमित्रा बाहर निकली तो त्रिलोचन उसके निकट आ पहुँचे।

12

यदि आप संकल्प मात्र से विषयों का
यथार्थ अनुभव करने की शक्ति रखते हैं,
तो जरा नाक के द्वारा
रूप का अनुभव कीजिए।
आँख से रस का स्वाद
लीजिए और कान द्वारा गन्ध
ग्रहण कीजिए। जीभ से
स्पर्श तथा त्वचा द्वारा शब्द का अनुभव
तो कीजिए।

रानीवास से निकलकर भर्तृहरि अपने कक्ष में गए और वहाँ पूर्व से ही तैयार कर रखी झोरी कन्धे पर टाँग तीनों द्वार पार कर राजमार्ग पर आ पहुँचे। पहले द्वार के प्रहरियों ने उन्हें ज्योंही सुरक्षा-वृत्त में लिया, उन्होंने सबको अपने-अपने स्थान पर खड़े रहने की आज्ञा सुना दी। प्रांगण से आगे दूसरे द्वार के प्रहरियों की सुरक्षा कठोरता से अस्वीकार कर दी। महालय की महापौर का नायक महाराज को अकेले आते देख चार सैनिकों के साथ त्वरित गति से जा पहुँचा। इस समय दीपाधारों पर राग समाप्ति पर होने से दीपकों की लौ झपकियाँ-सी लेते हुए पौ फटने की प्रतीक्षा में थी।

'नायक!' भर्तृहरि का आज्ञादीप्त स्वर निकला।

'आज्ञा देव!' पौर नायक सैनिक मर्यादा के साथ झुक गया।

'सूर्योदय तक हमारे निकलने की सूचना न हो किसी को और न कोई भी महालय से बाहर निकले।'

'देव!'

'तथा कोई प्रश्न नहीं।'

'हाँ, देव!' नायक डूबते से स्वर में बोल पाया।

भर्तृहरि ने सीधा महाकाल मन्दिर का मार्ग पकड़ा। ब्रह्ममुहूर्त की घंटा-ध्वनि के साथ ही प्रतिदिन साधु-संन्यासियों के दल महाकाल को प्रणाम कर अपने स्थानों की ओर या अपनी यात्रा पर चल देते हैं। पौर से निकलते ही भर्तृहरि ने गैरिक वस्त्र ओढ़ लिया। सिर पर भी पीत वस्त्र लपेटा और सरलता से संन्यासियों के उस दल में जा मिले जो दक्षिण की ओर जा रहा था। इस दल में कोई उन्हें पहचानता भी न था।

'किस अखाड़े से हो महात्मा?' दल के एक संन्यासी ने पूछा।

'अभी विधिवत् दीक्षा नहीं हुई है महात्मन्, अभ्यास में हूँ।' भर्तृहरि ने बताया।

'तब तो और भी अच्छा है—हमारे गुरुमहाराज की शरण में आ जाओ!'

'महात्मन्, आपके गुरु के दर्शन सुखद होंगे मेरे लिए। कदाचित् उनसे कुछ प्रश्नों के उत्तर मिल सकें।'

संन्यासी हँसा, 'महात्मा, संसार के आवागमन से मुक्ति चाहते हो या प्रश्नों के उत्तर?'

'संसार को जाने बिना इससे मुक्ति कैसे सम्भव है महात्मन्?'

'कुछ समझ में नहीं आई तुम्हारी बात... ?' एक अन्य संन्यासी भी चलते-चलते वार्ता में सम्मिलित हो गया।

'सरल-सी बात है महाराज, जो गाँठ खोलनी है, उसकी गिरह जाननी पड़ेगी।'

'सत्य कहा साधक तुमने! पाने या त्यागने के लिए उस वस्तु का ज्ञान होना चाहिए। बिना ज्ञान के हीरा भी किसी को मिल जाए तो वह उसे पत्थर समझकर फेंक सकता है। यह भी कि किसी चमकीले पत्थर को हीरा मान गले में लटकाए घूमता रह सकता है। अज्ञानी ढोंगी को गुरु और भूत को भगवान मान बैठता है।'

इस दल के अधिकांश साधु-संन्यासी अशिक्षित थे और सांसारिक दायित्वों से त्रस्त-पस्त विचलित होकर इस मार्ग को पकड़ लिया था। माता-पिता, पत्नी, पुत्र, कलत्र आदि के दायित्व की दुखद असफलता उन्हें समाज से विमुख कर संसार की असारता के उपदेश की शीतल प्रतीति देती छाँव में ले आई थी।

यह दल भर्तृहरि ने माहिष्मती के मार्ग में छोड़कर दक्षिणापथ का मार्ग पकड़ लिया था। रात्रि एक झोपड़ी में बिताकर दूसरे दिन साधुओं का दूसरा दल मिल गया। इन वैरागियों के संग उदरपूर्ति में कोई बाधा न पड़ती थी। ये भिक्षाजीवी कोदों, सँवा, चावल, चून जो भी मिले, उसे अपनी झोली में धर लेते। भूँजने, पकाने को हर ओर काष्ठ, तृण, उपले बिखरे हैं और पग-पग पर जल। सुरक्षा की इन्हें चिन्ता नहीं—कौन, क्या लूटेगा? अत:

उदरपूर्ति कर काया-रक्षा के अतिरिक्त इनके लिए सोचने को कुछ है ही नहीं। भर्तृहरि इस दल के साथ होकर भी अलग ही थे।

—इन लोगों ने स्त्री की मृत्यु हो जाने, दरिद्रता अथवा दायित्व के त्रास में घर छोड़ा है—तुमने क्यों छोड़ा है भर्तृहरि ? भागे तो तुम भी हो। किससे भागे हो—ऐश्वर्य से, सौन्दर्य से, प्रवंचना या आत्मवंचना से ?—एक वृक्ष की छाँव में अकेले बैठे भर्तृहरि यही सोच रहे थे।

उनके मस्तिष्क-पटल पर क्रमशः अनेक आकृतियाँ उभरने लगीं :

अरे, मेरा मन फिर भटकने लगा ? चित्त की यह आकुलता! हे देव! क्या मैं पिंगला के प्रति अभी तक निर्ग्रंथि नहीं हो पाया ? वह अमरफल क्यों मेरे जीवन की श्वासनलिका में फँसकर रह गया है ? उस अमरफल को मैं कब का खंड-खंड कर महाकाल के जटा-बिन्दुओं से पवित्र शिप्रा में बहा चुका हूँ, फिर भी वह क्यों वक्ष में धँसे तीर की नोक-सा कसक उठता है ?

पिंगला, मैं तुम्हें चिरयौवना बनाकर सदैव ही तुम्हारे निकट रहना चाहता था।

यह कामना अब तक मरी क्यों नहीं है ? मैं तो सदैव के लिए भागा था अवन्तिका से। दूर—बहुत दूर जाना चाहता था तुमसे—तुम्हारे अस्तित्व से—तुम्हारी स्मृति से। आश्चर्य है कि लौट पड़ा अवन्तिका की ओर। कहीं यह तुम्हारी ही ओर लौटना तो नहीं था ? मेरे होने के लिए तुम इतनी आवश्यक क्यों हो पिंगला... ?

इन्हीं विचारों में खोए तथा भूख-प्यास के साथ देश-काल भूले भर्तृहरि को सामने कुछ दूर धूल उड़ती दिखी और क्षणभर में ही वृक्ष की डाल पर सवार वज्रभैरव आ खड़े हुए। किसी अश्वारोही की भाँति डाल से उतर अपनी उसी कड़कड़ हँसी के साथ कहा, 'फिर भाग आया राजा ?'

भर्तृहरि के चित्त पट से सभी आकार पुँछ गए और ओठों पर स्मित फूट पड़ी, 'मैं तो राज्य, रानी के रणक्षेत्र से भागा हूँ भैरव! किन्तु तुम्हारे यहाँ तक भागते आने का क्या प्रयोजन है ?'

'जानते तो हो, वही गुरु की आज्ञा।'

'कितने दिन साथ रहोगे ?'

'जब तक गुरु की इच्छा होगी। वैसे तुम्हें कहाँ जाना है ?'

'मैंने शब्दब्रह्म के बारे में सुना है। उसका रूप, रंग, गति और प्रभाव जानने को मन विकल हुआ है। सुना है, शब्द-ज्ञान की शिक्षा एक ब्रह्मराक्षस ने रावण से प्राप्त कर असुरों के गुरु चन्द्राचार्य को सौंपी थी। चन्द्राचार्य ने स्वयं विषय पर गम्भीरता से विचार कर एक ग्रन्थ का प्रणयन किया जो वह दक्षिण में अपने शिष्यों को सौंप गए। मैं उसी की खोज में निकल आया हूँ।'

वज्रभैरव की कड़कड़ हँसी फूट पड़ी। वह मौज में आ अपनी भारी आवाज में गाने लगे :

'गुर कीजे गहिला निगुरा न रहिला
गुर बिन ज्ञान न पाईला रे भाईला।

राजा, ज्ञान के लिए गुरु को धारण कर। निगुरा मत रह। गुरु के बिना ज्ञान प्राप्त नहीं होता रे भाई!'

'तो मेरी गुरु से भेंट करा दो भैरव!' राजा ने आग्रह किया।

'गुरु गोरखनाथ कदलीवन की ओर प्रस्थान कर गए हैं। उनकी इच्छा होगी तो तुझे स्वयं ही बुला लेंगे। हाँ, मैं इतना अवश्य कर सकता हूँ कि उनसे उस विद्या का पता पूछकर तुझे बता दूँगा, जिसकी खोज में तू निकला है। तू दक्षिण दिशा की ओर चलता रह। मैं आठ दिन बाद तुझे तेरे ही मार्ग पर कहीं आ मिलूँगा।'

'मुझे ले लो अपने साथ। गुरु से भेंट कर मैं स्वयं जान लूँगा उनसे वह पता।'

'ना, साथ नहीं ले सकता। एक तो गुरु की आज्ञा नहीं है; दूसरे, मैंने खग-साधना की है—पखेरू की गति से चल सकता हूँ। तू तो अपने मन के घोड़े की लगाम सँभाल—बहुत चंचल लगता है।'

'पिंगला का अपकर्म हृदय को सदैव सालता रहता है। कहीं भी जाऊँ, वह पीछा नहीं छोड़ता।' भर्तृहरि के स्वर में दीनता भर गई।

इस बार हँसे नहीं वज्रभैरव। उनके चेहरे पर गम्भीर शान्ति आ बैठी।

वज्रभैरव डाल पर सवार हुए और अपने पीछे धूल-बवंडर छोड़ते हुए आँखों से ओझल हो गए।

13

जो वस्तु माँगी जाए,
वही देनी चाहिए। अनचाही वस्तु देने से
प्रसन्नता नहीं होती।
बाढ़ में बहते हुए को
पानी देने से क्या प्रयोजन ?

धर्म-सम्मेलन स्थगित करना पड़ा। दो कारण प्रमुख थे इसके—राजपुरोहित भास्कराचार्य का निधन और महामात्य पूर्णरथ की अस्वस्थता। भास्कराचार्य के शव-संस्कार पश्चात् श्मशान से लौटते ही महामात्य ने शरीर में आलस्य और ताप का अनुभव किया था। वह राजपुरोहित के आतुरकाल की सूचना मिलने पर तुरन्त उनके आवास पहुँचे थे। वयसिका को भी उन्होंने अविलम्ब बुलवा लिया था।

दैवज्ञ की अधमुँदी आँखों की कोर से आँसू ढुलक आए। आवाज साथ छोड़ने लगी थी, अत: उसे प्रयत्नपूर्वक सामान्य बनाते उन्होंने कहा था :

'शनि की तृतीय महादशा है मुझ पर पुत्री। आयुस्थान को क्रूर ग्रह देख रहे हैं...वृहस्पति शत्रु क्षेत्र में फँसे हैं। काल के इस कूटपाश का मात्र महाकाल ही निवारण कर सकते हैं पर महाकाल भी क्यों विधि के विधान में हस्तक्षेप करेंगे ?'

'ऐसा न कहें पितृव्य!...मुझे फिर से अनाथ न करें।' फफककर वयसिका ने उनके वक्ष पर सिर रख दिया था।

'आह पुत्री! बहुत शान्ति मिल रही है मुझे। मैं जानता ही न था कि पुत्री का स्पर्श इतना शीतल प्रशामक होता है!' दैवज्ञ वयसिका का सिर सहलाने लगे थे।

वह पूरी रात्रि वयसिका ने दैवज्ञ के सान्निध्य और शुश्रूषा में बिताई थी। पुरोहित कुमार, मानसी, यहाँ तक कि वामदेव को भी उसने विश्राम करने भेज दिया क्योंकि ये अनेक दिन से जाग रहे थे।

यह भी कि उस रात प्रशम होकर सोए थे भास्कराचार्य। मात्र एक बार जल माँगा तथा एक बार वयसिका ने जगाकर उन्हें औषधि पिलाई।

अविलम्ब आने की सूचना सुन यह सब वयसिका के मष्तिष्क में घूम गया। आकुल वयसिका जब राजपुरोहित की शैया के पार्श्व में पहुँची तब उस कक्ष में चार की ही उपस्थिति थी—आँखों से बहते आँसुओं के साथ श्वसुर के वक्ष पर हाथ फेरती मानसी...पिता के ठंडे पड़ते तलुवे सिहराकर किंचित् ऊष्मा पहुँचाने को प्रयासरत पुरोहित कुमार...हाथ में कलाची पकड़ कान लगा नाड़ी का स्पंदन सुनते, भाँपते भेषज्ञ त्रिलोचन एवं वक्ष पर हाथ बाँधे राजपुरोहित के चेहरे पर टकटकी लगाए खड़े महामात्य।

झपटती हुई सी पहुँची थी वयसिका—फिर जैसे कक्ष में गूँजती घर्र-घर्र! वहाँ उपस्थित लोगों के मुख पर लिखी विकल असहायता के आत्मधिक्कार के भाव से ही जान गई कि अब कोई चमत्कार ही उसके पितृव्य की साँसें निरन्तर रख सकेगा। फिर भी उसने त्रिलोचन से प्रश्न किया :

'क्यों त्रिलोचन... ?'

'दीदी, अब तो हमें प्रार्थना और प्रतीक्षा करनी है।'

कक्ष में कुछ क्षण के लिए अबूझ-सा मौन पसरकर रह गया। सबकी ओर दृष्टि फेंक वयसिका ने ही मौन भंग किया, 'प्रतीक्षा जीवन की या...'

'मनुष्य तो आशा में ही प्रतीक्षा करता है दीदी!...यों मृत्यु भी नये जीवन का? जातस्य हि ध्रुवोर्मृत्युं ध्रुवोर्जन्म मृतस्य च।' वयसिका की दृष्टि से बचते त्रिलोचन ने संकेत किया।

'अर्थात्... ?' प्रश्नाकुल दृष्टि त्रिलोचन के पश्चात् महामात्य पर जा पहुँची।

पुरोहित कुमार ने वामदेव को भीतर बुलाया और धीरे से कहा, 'गोदान के लिए कुश और जल ले आओ। तुलसीदल, चन्दन भी। तुलसी-पत्र पूजाग्रह में होंगे।' निराश से पुरोहित कुमार पिता के पैताने खड़े हो गए।

वयसिका राजपुरोहित भास्कराचार्य के पैरों पर सिर धरकर रह गई, 'अभी तो मैंने पिता का स्नेह भली भाँति अनुभव भी नहीं कर पाया है पितृव्य!...मैं हतभाग...एक चिन्ता अपनी और लगा दी आपको।'

पुरोहित कुमार ने धीरे से हाथ रखा वयसिका के सिर पर, 'पिता की इच्छा पुत्र का कर्तव्य है। ज्येष्ठ भ्राता का दायित्व पिता से कम नहीं होता।' पुरोहित कुमार की दृष्टि एकाएक ही महामात्य की ओर चली गई। उन्होंने मानसी की ओर दृष्टि घुमाई जो महामात्य की ओर ही देख रही थी।

चेतनाहीन राजपुरोहित भास्कराचार्य के ओष्ठ हिले, नासिका से गों-गूँ जैसे कुछ स्वर निकले। अधमुँदी पलकें फड़ककर खुलीं, आँखों की पुतलियाँ एक बार सभी दिशाओं में घूमीं और चेहरे पर शान्ति आ बैठी।

पुरोहित कुमार ने खुले ओठों में आचमनी से जल और तुलसी-पत्र डाल दिये।

'गोदान करेंगे पितृव्य ?' विगलित कंठ को नियंत्रित करते पुरोहित कुमार ने पुनः कान में पूछा।

दैवज्ञ भास्कराचार्य के प्रशान्त मुख की स्थिर आँखों वाली पलकें स्वीकृति में झपक गईं।

'किसे अर्पित करना चाहेंगे ?'

राजपुरोहित के ओठ जाने क्या कहने फड़के और शब्द के मुख-कंठ-सम्बन्ध से परिचित पुरोहित कुमार को यह जानने में कोई सन्देह न था कि वह वयसिका का नाम ले रहे हैं। उन्होंने पिता के निश्चेष्ट पड़े दाहिने हाथ में त्रिकुश रखकर देश, काल, नाम, गोत्र का उच्चारण करते हुए वयसिका को दैवज्ञ के हाथ से कुश-जल ग्रहण करने का संकेत किया।

कपोलों पर बलात आते आँसुओं को आँचल के छोर से पोंछती वयसिका असमंजस में हो गई क्योंकि यह दान तो नितान्त नैष्ठिक, उत्तमकुल सुपात्र ब्राह्मण सन्तति के लिए विहित है। बोल पड़ी, 'मैं तो कलाधर...'

'तुम राजपुरोहित की पुत्री हो, मेरी बहनी..। हमारे पितृव्य की यही इच्छा है।'

पति का मन्तव्य समझ मानसी ने वयसिका की हथेलियाँ श्वसुर के दाहिने हाथ की ओर बढ़ा दीं और गोदान के कुशत्रय वयसिका की हथेलियों पर रखकर बोली, 'कहो ग्रहणामि!'

वयसिका की अश्रुपूर्ण आँखों ने मानसी की ओर देखा तथा भरे गले से कहा, 'गृहणामिति।'

दैवज्ञ की पलकें मुँद गईं। वक्ष पर साँसों का चढ़ना-उतरना अभी शेष था। वामदेव की व्यग्र भगाभगी देख गृह के सभी सेवक-सेविकाओं में दैवज्ञ की आसन्न मृत्यु की आहट पहुँच गई और वे सभी मौन, उद्विग्न कक्ष के बाहर एकत्र होने लगे। ज्योतिष्पीठ के आचार्य व विद्यार्थी भी आ गए।

वरिष्ठ आचार्य ने मरणासन्न कृत्य का दायित्व सँभालते हुए भूमि शुद्ध कर गोबर गोरज से लीपकर बनाए गए मंडल पर तिल-कुश बिखेरकर नवीन श्वेत-पट बिछवा दिया। त्रिलोचन ने क्रमशः मन्द होती नाड़ी की गति का आकलन कर धीरे से बताया, 'दैवज्ञ के महाप्रस्थान का समय आ गया।'

राजा अनुपस्थित, महामात्य अस्वस्थ, फिर भी नाम के सहारे अवन्ति राज्य चल रहा था। अपने गृह लौटने को समुद्यत मयनावती को कुछ दिनों के लिए फिर से रुकना पड़ा। महामात्य ने ही उनसे अनुरोध किया था :

'राजपुत्री! महाराज पुनः बिना बताए चले गए। पहली बार तो इन बूढ़े कन्धों ने राज्य का भार सह लिया किन्तु अब मैं स्वयं को सक्षम नहीं पाता। मेरी अस्वस्थता देख ही रही हो। मेरे लिए आशा की किरण एक ही है कि तुमने बारह वर्ष पालवंश के राज्य की धरोहर

सँभाल कर गोपीचन्द्र को युवा बनाया है, अत: जैसे भी हो, कुछ दिन और ठहरकर महारानी पिंगला को राजकार्य में दक्ष और दृढ़ बना दो।'

'पित्ती, मैं आपका कहना मान कुछ समय और भी ठहर लूँ, तब भी मुझे प्रतीति नहीं कि महादेवी पिंगला राजकाज में मन लगा सकेंगी क्योंकि शासन के लिए आत्मशक्ति की आवश्यकता होती है। लगता है कि महाराज तथा महारानी के बीच दुराव की कोई ग्रंथि है जिसके अपराध की स्मृति उनके भीतर धुँधुआती रहती है। रानी पिंगला बाहर से प्रकट कुछ भी करें किन्तु इस धुएँ में घुटती रहती हैं वह। आप महामात्य हैं इसलिए मुझे मानना होगा कि आप उनकी फाँस और त्रास से अपरिचित नहीं होंगे... ?' मयनावती ने महामात्य के थके चेहरे पर आँखें गड़ा दीं।

दृष्टि का सामना करने में असमर्थ हो आँखें बन्द कर हारी-सी हँसी के साथ महामात्य कहने लगे, 'राजपुत्री, यह तो सच है कि महारानी की भूल अथवा उनके दोष का मुझे उतना ही परिज्ञान है जितना महाराज को। महाराज ने अत्यन्त वेदना के साथ बताई थी मुझे वह चरित-कथा। महारानी से तो मैं कुछ पूछ नहीं सकता था, अत: मैंने तत्क्षण उस नायक को बन्दी बनाने का निर्णय लिया था।

इस क्षण भी मैं वह पूरा दृश्य स्मरण कर सकता हूँ जब नायक मेरे सामने बन्दी बना खड़ा था।'

'आपने उससे पूछा था ?'

'राजपुत्री, क्या मैं एक सामान्य नायक से महारानी विषयक अन्तरंगता का प्रश्न पूछ सकता था... ?'

'तो ?'

'मैंने पूछा था कि महारानी ने उसे वह विशेष फल दिया था ?'

'तब क्या कहा उसने ?' मयनावती जानने को व्यग्र हुई।

'उसने सीधा सा उत्तर दे दिया—हाँ।'

'ओह, बहुत धृष्ट होगा वह।'

'नहीं, उसने सहज विनम्रता से उत्तर दिया था,' कहते हुए महामात्य ने आँखें खोलीं।

'आप उसे धृष्ट नहीं मानते ?' मयनावती का स्वर कुछ ऊँचा हो गया।

'मैं स्तंभित और कुछ क्षण के लिए निर्वाक् था उसकी सहज स्वीकृति के आगे। मैंने उससे पूछा कि इतना विशिष्ट, ऊर्जावान फल तुमने स्वयं न खाकर एक वेश्या को दिया—क्यों ?'

'उसे चिरकाल तक रूप-यौवन-सम्पन्न बनाने के लिए।—कहा उसने। आगे जोड़ा कि फल देते हुए महादेवी ने मुझे यही गुण बताया था उसका। वेश्या को फल देने के दो कारण थे—पहला यह कि मैं उसे चाहता हूँ तथा दूसरा यह कि वह रूपाजीवा है। रूप-यौवन के बने रहने पर उसे किसी के आगे दीन होकर हाथ न फैलाना पड़ेगा।

यह पूछने पर कि महादेवी ने तुझे यह फल क्यों दिया ? तो उसने कहा कि महादेवी ही जानें यह तो...।

महादेवी से तुम्हारा क्या सम्बन्ध है ?—राजपुत्री ! हृदय पर पत्थर रखकर मुझे यह पूछना ही पड़ा था और उसने उतनी ही सहजता से कहा—सेवक हूँ। स्वामी या स्वामिनी द्वारा दिया हुआ कृपापूर्ण उपहार या उनकी आज्ञा की अवहेलना नहीं कर सकता।

तुम्हीं बताओ, ऐसे उत्तर से किसी निर्णय पर पहुँचा जा सकता है ? मैंने अनेक विध पूछा। नरक से भी दारुण भृंगगुहा में पहुँचकर भी उसने रानी पिंगला की कामना का रहस्य अनावृत नहीं किया।

जनापवाद के भय एवं राजकुल की मर्यादा में आविष्ट होकर उसे दंड देते हुए मुझे ग्लानि हुई थी क्योंकि यह तो असंदिग्ध है कि उसने सेवक-धर्म निष्ठापूर्वक निभाया था।' ओठों पर अधपकी घनी मूँछों और माथे पर खिंचाव के साथ आत्मग्लानि में डूबे से महामात्य की साँसें कक्ष में बोलती रह गई थीं।

'मेरा अनुमान है कि महाराज स्वत: ही लौटेंगे। अब तो यही करणीय है कि उनकी प्रतीक्षा करें। हाँ, अबकी बार लौटते ही मैं महामात्य का शीर्षपट सिंहासन के पाए पर रख दूँगा। फिर वह जिसके सिर चाहें, रख दें। अब इसका भार नहीं सधता मुझसे।'

'आप कैसे जानते हैं कि भर्तृहरि फिर से लौटेंगे ?' मयनावती ने मुस्कुराकर पूछा।

'राजपुत्री ! हर पुरुष अपनी सफलता, सुकर्म का प्रतिबिम्ब अपनी प्रेयसी की आँखों में झाँककर देखना चाहता है। ये सुफल, सुकर्म बासी हों तब भी प्रेमिका की काँपती पलकों से झूलती सन्तुष्टि की झालरें पुरुष के आत्म को बोध-दीप्त करती हैं। कांता की प्रफुल्ल दृष्टि का आश्वासन पाने वह लौटता ही है—कहीं से भी। मुझे अब भी लगता है कि महारानी पिंगला उनके चित्त में सबसे प्रमुख स्थान पर आधिपत्य किए हैं... ।'

14

वाक् ही अर्थ को देखती है, वाक् ही स्वयं
बोलती है और वाक् ही स्वयं शब्दों में निहित
अर्थ का विस्तार करती है। शब्दों में संसार के
विभिन्न पदार्थों का जन्म उन्हें
देखने वाले मनुष्य की भाषा और
विचारों से होता है।

वज्रभैरव के जाते ही भर्तृहरि फिर से अकेले हो गए। एक विचार तो यह भी आया कि लौट लें उज्जयिनी की ही ओर... । वहाँ से कुछ आचार्यों को वृत्ति देकर शब्द के अनुशासन और रहस्य की खोज में पहुँचा दें। वृत्ति-लोभी ब्राह्मणों की कमी नहीं है। किसी महती कार्य या विचार की ओट मिले तो आचार्य धन और तन भी कोई अच्छा सा नाम देकर स्वीकार कर लेते हैं।...किन्तु अवन्तिका में वह पहुँचेंगे तो उसी महालय में...उसी दैनिकी के मध्य जहाँ वह मनुष्य से नरेश बन जाते हैं।

उन्होंने जाना है कि अवन्ति के महालय में उनके वक्ष से लिपटती शची में वह मुक्त आवेग और ऊष्मा नहीं थी जो उन्हें पैटार में अनुभव हुई थी। चारुमित्रा ने तो स्पष्ट कह

ही दिया था कि नरेशों, धनेशों से तो मेरा नित्यप्रति का परिचय है, मैं उस भर्तृहरि की काया के संस्पर्श को उत्कंठित हूँ जिसमें काव्य के स्रोत फूटते हैं।

ऊहापोह-भरे भर्तृहरि ने लम्बी साँस खींचते हुए आकाश की ओर देखा। वहाँ दो सारस अपने बड़े-बड़े पंखों से वायु की लहरें चीरते हुए उसी दिशा की ओर बढ़े जा रहे थे, जिस ओर उनका भी मार्ग है। सुना है कि अमरावती में ऋक्, यजु, साम—तीनों वेदों में निष्णात कृष्णपाद स्वामी नाम के एक वृद्ध ब्राह्मण हैं।...बालकों को वेद की शिक्षा देते हैं। इस वय में भी शब्द के आरोह, अवरोह, कम्पन और नाद पर उनका अद्‌भुत नियंत्रण है।

भर्तृहरि को प्रत्याशा बनी है कि वहाँ कदाचित् शब्द के उस रहस्य को जानने का सूत्र मिले जो अर्थ को प्रकट या प्रकाशित करता है। शब्द ब्रह्म है तथा वेद ब्रह्म के मुख से समुद्‌गत शब्द-समाहार—इस प्रकार शब्द-समाहार ही वाक् हुआ। वाक् में ही अर्थ प्रतीति है।

नाद, शब्द, वाक् और अर्थ का रहस्य भर्तृहरि के चित्त पर लहरों पर पड़ती छाया की भाँति काँपकर आभासित हो अदृश्य हो जाता है। चित्त की यह उद्विग्नता अशान्त, अस्थिर कर देती है उन्हें। अशान्ति को झटकते वह खड़े हो गए। चलना तो है ही—वर्णमाला में सोलह स्वर हैं...सोलह कोस यात्रा करना है प्रतिदिन...।

योगी का वेश ही फिर से भर्तृहरि के काम आया। केश स्वत: ही जटा होने लगे थे—कंठ में रुद्राक्ष की माला और हाथ में तुम्बी का कमंडल। कन्धे पर झोली डाल शची की दी हुई लकुट के साथ पृथ्वी को पैरों से नापना उनके अभ्यास में आ गया था। शीत, घाम एवं मार्ग के पशु-पक्षी, वन-पर्वत उनके सहचर होते गए। इस प्रकार बिना किसी विशेष व्यवधान के वह अमरावती पहुँच गए।

वहाँ पहुँचते बानी, पानी, खानी बदलने पर भी असुविधा न हुई। लाभ यह कि उनकी अपनी भाषा में अनेक शब्द जुड़ते गए। जहाँ पहुँचते, वहाँ की भाषा समझते और अंगड़-खंगड़ बोल भी लेते।

स्वामी कृष्णपाद का आवास नगर के बाह्य भाग में ही था। गदह, गदहियों पर लादकर मिट्टी के बासन विक्रय को ले जानेवाले कुम्भकार ने उन्हें कृष्णपाद स्वामी के द्वार पर ही छोड़ दिया।

इधर-उधर देख उन्होंने बाँस के पट खटखटाए पर आवास की ओर से कोई प्रतिक्रिया न मिली। वह असमंजस में खड़े थे कि मार्ग पर साक-भाजी से भरी शकटिका ठहर गई। शाकटिक ने द्वार के निकट कदली-पत्र बिछाया और उस पर केला, कंटफल, कूष्मांड, गर्जर, तरोई, बाथू आदि जमाकर शकटिका हाँक ले गया। इसी भाँति एक अन्य शकट से धान से भरा डाला उतारकर रखा गया।

अब राजा जान गए कि नगर के पणि की ओर आनेवाले ग्रामजन, कृषक अपने उत्पाद का छोटा-सा एक अंश यहाँ छोड़ते हैं कि स्वामी कृष्णपाद को जीवन-निर्वाह में कठिनाई न हो। द्वार खटखटाकर उन्होंने पुन: आवाज दी, 'कोई है?'

कुछ ही क्षणों में नंगे बदन पर यज्ञोपवीत धारण किये कंठ में अंगवस्त्र लपेटे श्वेतकेशी वृद्ध आते दिखाई पड़े। भर्तृहरि ने अनुमान लगाया कि वह कृष्णपाद स्वामी ही हो सकते हैं। अत: द्वार खुलते ही भूमि पर माथा टेक उन्हें प्रणाम किया।

'अरे-रे, क्या करते हो युवा योगी ? वानप्रस्थी हूँ। यहाँ भार्या के साथ रहता हूँ। भोजन प्राप्त हो जाएगा तुम्हें। इस द्वार से भिक्षा नहीं दी जाती क्योंकि इस गृह की जीविका ही भिक्षा से चलती है। भोजन हेतु अपराह्न में आ जाना।'

'मैं योगी नहीं हूँ आचार्यपाद!...भिक्षुक भी नहीं। हाँ, उपलब्ध होने पर आहार अवश्य ग्रहण कर लूँगा पर इस द्वार पर मैं आहार के लिए नहीं आया।'

'फिर इस वृद्ध ब्राह्मण के पास तुम्हें देने को क्या है ? वेद विद्या सीखने की वय भी नहीं है तुम्हारी। ब्राह्मण हो ?' आँखों से मापते हुए कृष्णपाद स्वामी ने पूछा।

'नहीं देव! क्षत्रिय कुल में जन्म हुआ है मेरा..।'

'तब तो तुम्हें शस्त्राग्रही होना चाहिए। परशुराम और द्रोण के पश्चात् अब कोई शस्त्र-साधक ब्राह्मण भी तो नहीं, जिसके पास तुम्हें भेजूँ... ।' कृष्णपाद स्वामी श्वेत मूँछों के भीतर हँसे।

'पूज्यवर! मुझे शस्त्रविद्या नहीं चाहिए।' भर्तृहरि ने विनत होकर कहा।

स्वामी के माथे की झुर्रियाँ सिमट गईं, भौंहें धनुषाकार हो तनीं—शस्त्र-विद्या चाहिए नहीं, वेद विद्या न तुम्हारे कुल के अनुकूल है न वय के। अनुरूप तो तुम्हें यह वेश भी नहीं है, 'आए कहाँ से हो ?'

'मालव राज्य में महाकाल की नगरी उज्जयिनी से आया हूँ देव!'

'ओ, इतनी दूर से, तब तो अति श्रांत, क्लान्त होगे। आओ, पर्णकुटी में बैठ विश्राम कर लो। मैं ब्राह्मणी को बुलाता हूँ। अतिथि के मधुप्राशन योग्य वह सदैव कुछ न कुछ रखती है। आज सभी बाल बटुक वेदपाठ के लिए वेदमन्दिर गए हैं। सांध्यअर्चन के पश्चात् ही लौटेंगे। वहाँ उनका अभ्यास भी होगा और भोजन-वस्त्र भी उपलब्ध होगा। आज मेरी भार्या और पुत्री विश्राम पा लेंगी। उन्हें सबके लिए आहार पकाना होता है न! पंच बीस से अधिक सदस्य हैं इस घर के। तीन हम, बारह छात्र, दो गव, दो वत्स—शुक सारिका के साथ नवल, वानर, मयूर और नागदेव भी।' बताकर वृद्ध वेदज्ञ मुस्कुराने लगे।

इसी क्षण उनकी दृष्टि द्वार पर रखी सामग्री पर पहुँची, 'अरे! अब तो इसे भी सहेजना होगा।' वृद्ध वेदज्ञ ने भीतर की ओर पुकारा, 'नन्दिनी! इधर आओ पुत्री! अपनी माँ को भी साथ लिये आना। द्वार पर अतिथि हैं तथा कुछ उपहार सामग्री भी।'

'आती हूँ पितृ! माँ अभी मंडल बना रही हैं।'

लता गुल्म की ओर से निकलती स्त्री को देख भर्तृहरि ने नेत्र झुका लिये।

'अतिथि का स्वागत है!' शान्त, निर्वेद वाक्य सुना भर्तृहरि ने।

इतना बोलकर वेदज्ञ की पुत्री द्वार पर रखे शाक-पत्रादि सहेजने लगी। वेदज्ञ ने मिट्टी का घट उठा लिया।

'अब चलें योगी!...भूमिपाल...विराज...बाहुज अथवा क्या सम्बोधन दूँ तुम्हें ?' कृष्णपाद ने भर्तृहरि की ओर देखा।

'भर्तृहरि।'

दुहराते हुए कृष्णपाद स्वामी चलने को उद्यत होने पर भी खड़े रह गए, 'रोचक नाम है तुम्हारा। तुम एक ही साथ विष्णु संज्ञा हो और गर्दभों के स्वामी भी। वानराधीश और वरुण भी हो। सुकल्पित, ललाम नाम है तुम्हारा।...किसने सुझाया है ?'

'उज्जयिनी में दैवज्ञ भास्कराचार्य पुरोहित हैं हमारे।'

'भास्कराचार्य?' कृष्णपाद स्वामी चौंक पड़े। हाथ में गहा घट फिसलकर नीचे गिर गया।

झोली में शाक भरती नन्दिनी की दृष्टि आवाज के साथ ही घट की ओर गई तो शाक को केले के पत्र पर ही उलटकर घड़ा उठा उलट-पलटकर देखने लगी। तर्जनी टेढ़ी कर घड़ा टकोरा तो उसके माथे पर घट के साबुत होने की आश्वस्ति लौट आई। खूब पकी मिट्टी की मोटी परतवाला घट गिरने का आघात सह गया था।

'पितृ, मैं सहेज लूँगी न!...आप वृथा ही...' नन्दिनी झुँझलाई।

'नहीं, वह बात नहीं।...ये भास्कराचार्य मेरा सहपाठी रहा है। एक ही गुरुकुल में आठ वर्ष साथ रहे हैं हम। उसकी ज्योतिर्विज्ञान में रुचि थी, मेरी वेद में। अरे, आओ-आओ, बैठकर समाचार कहो भास्कर के! वह भी तो मेरी भाँति जरठ हो गया होगा!' कृष्णपाद हर्षोत्तेजना में भर्तृहरि का हाथ पकड़ पर्णशाला की ओर ले चले।

वृद्ध वेदज्ञ किसी बालक की सी उत्कंठा से सुनने लगे—अपने सहपाठी के बारे में। जब भर्तृहरि ने यह बताया कि इन दिनों वह अस्वस्थ हैं तथा उनकी श्रवण शक्ति भी क्षीण हो रही है तो कृष्णपाद बोल पड़े :

'सुनता तो वह तब भी कम ही था—बस, अपनी कहे जाने का रोग था उसे। वैसे भी अब तो यह शेषावस्था है। जरा और जीर्णता सहभागा हैं इसकी।'

इस बीच नन्दिनी बाँस की बुनी छाबड़ी में केले के फल व तंडुल के मोदक लेकर आ पहुँची। सुरुचिपूर्ण ढंग से कटे केले के पत्तों पर दोनों के लिए प्राशन रखकर लौटी। कृष्णपाद उसे जाते हुए देखते रहे।

'मेरी पुत्री है—नन्दिनी।'

'हाँ, देव! आपने इन्हें ही पुकारा था पुत्री कहकर।' भर्तृहरि ने स्मरण दिलाया।

'ओ! विस्मरण की व्याधि मुझे भी रासने लगी है। अच्छा, तुम मधुप्राशन करो।'

'पूज्यवर! मैं एक आशा के साथ आप तक पहुँचा हूँ।'

'प्राशन करो, तब बताना। खाते समय बोलना नहीं चाहिए।' बालकों की सी स्मित के साथ कृष्णपाद ने कहा।

केले के फल, तंडुल के मोदक खाकर भर्तृहरि ने आचमन के लिए जल का कांस्य पात्र उठा लिया।

'यह भी तो तुम्हारे लिए है।' कृष्णपाद स्वामी ने दूसरे पत्ते पर रखे मोदक व कदली फलों की ओर तर्जनी की।

'देव, यह आपका भाग रखा गया है।' संकोच में भर्तृहरि ने कहा और मुख प्रक्षालन के लिए पर्णकुटी से बाहर हो गए।

कृष्णपाद स्वामी ने स्वयं के लिए रखे गए फल व मोदक पत्र में लपेट छावड़ी में ही रख दिये।

पर्णकुटी में लौटे भर्तृहरि ने कहा, 'देव! इतनी दूर की यात्रा करके आया हूँ। आपकी कृपा चाहता हूँ —वाक् का रहस्य जानने की उत्कट जिज्ञासा है मन में। आपका बड़ा यश सुना है।'

कृष्णपाद स्वामी की मुस्कान चौड़ी हो गई, 'जिस वांछा के लिए इतनी दूर से इतने दिवस की यात्रा की है, उसे तुरन्त पाना चाहते हो ?...अभी विश्राम लो। चाहो तो मध्याह्न तक नगर भ्रमण कर लौट आओ।

भर्तृहरि! वैसे मैं तुम्हारे वेश, कुल, वय और जिज्ञासा के मध्य कोई सम्बन्ध-सूत्र नहीं खोज पा रहा हूँ। इतना मैं जानता हूँ कि वेद या ज्ञान ही वाक् है। मेरा जानना उचित और आवश्यक भी है।...वेदपाठी हूँ। किन्तु तुमने स्वयं को क्षत्रिय बताया है और हाँ, भास्कर को अपना पुरोहित भी। सच-सच कहो कि तुम हो कौन ?' कृष्णपाद की आँखों में सन्देह झाँकने लगा।

'देव, मैंने सच ही कहा है। मात्र इतना ही बताना शेष रहा कि काव्य में रुचि है मेरी तथा यह मान्यता भी कि जिसको सुन्दर कविता करने की शक्ति है, उसके आगे राज्य क्या है—सुकवितां यद्यास्ति राज्येन किम् ?'

'मान्यता अत्यन्त श्रेष्ठ है। इससे काव्य का महत्त्व प्रतिपादित होता है, कवि का अकिंचन-दर्प भी बना रहता है। काव्य का रस तो नरेश भी लेते हैं। पुराणों में अनेक आख्यान हैं जिनमें राजाओं ने अन्यान्य कारणों से सिंहासन छोड़ा है किन्तु कविता के लिए छोड़ना नहीं सुना। तुम्हारी बात से मुझे वर्षों बाद आह्लाद मिला—वेदपुरुष भी तो काव्यमय ही है। यज्ञ, यजन—सभी में काव्य का प्राजापात्य सृजन...सहस्र शीर्षा पुरुष सहस्राक्षः सहस्रपात्। देखो तो, मैं विस्मृत कर गया न कि तुम दूर से आए हो! विश्राम कर लो। कुछ आवश्यकता पड़े तो नन्दिनी को पुकार देना।'

भर्तृहरि ने विचार किया कि उनके पास मध्याह्न तक का समय है। दिवा विश्राम के वह न अभ्यस्त हैं, न उन्हें रुचिकर है, अतः नगर भ्रमण ही कर लिया जावे। ऐसा सोच वह झोली टाँग, लकुट हाथ में ले आवास से बाहर निकल आए।

कुछ पण्य देख दो देवमन्दिर के दर्शन कर वह लौटे तो कृष्णपाद स्वामी प्रतीक्षा में मिले। भोजन पश्चात् पर्णशाला में लौट उन्होंने आचार्य के आगे पुनः अपनी विनम्र जिज्ञासा रखी।

आचार्य ने अपनी शिखा पर हथेली फेरी, 'भर्तृहरि! इस विषय में मैं तुम्हें तदर्थ, इत्यलम् ज्ञान ही दे सकूँगा क्योंकि यह वैयाकरण आगम का विभाग है और मैंने वेदशाखा का अध्ययन-मनन किया है। हाँ, इस विषय की निष्णात आचार्य का मुझे पता अवश्य ज्ञात है—यदि तुम वहाँ तक पहुँच सको!'

'देव, यहाँ तक पहुँचा हूँ तो वहाँ तक भी पहुँच लूँगा—बताने की कृपा करें।'

वृद्ध आचार्य किंचित् सोच में पड़े, 'वत्स, वह एक स्त्री है।'

'वह तो हर गेह में होती है आचार्य! होना भी चाहिए, होना ही है।' भर्तृहरि आश्वस्त से बोले।

'वेश्या है वह।' वेदज्ञ की आवाज में वेदना भर आई, 'तब भी जाना चाहोगे ?'

एक बार चौंके तो भर्तृहरि भी किन्तु उन्होंने शान्तचित्त उत्तर दिया, 'देव, शास्त्र वचन और मेरा अनुभव भी है कि स्त्री प्रथमतः और अन्ततः जननी होती है। वेश्या या ब्राह्मणी के आरोप तो काल और स्थितिगत अवस्थाएँ हैं।'

कृष्णपाद स्वामी के मुख पर प्रसन्नता झलक आई, 'सुपात्र हो तुम विद्या के लिए। यह विद्या लुप्त हो रही है क्योंकि शुष्क और कठिन है। वैयाकरण अब विषय के प्रभुत्व की अपेक्षा संक्षेपों की ओर मुड़ गए हैं। इस गम्भीर व प्रसन्न विषय को समझने का प्रयास मैंने भी किया था किन्तु साध नहीं सका। लम्बी कथा है जिसे सुनाकर तुम्हारा समय नष्ट नहीं करूँगा। जो आवश्यक है सो कहे देता हूँ :

वाक् के तीन उल्लास अथवा वृत्तांत हैं—आगम, वाक्य और प्रकीर्ण। मैंने गुरुकृपा से आगम में अधिकार प्राप्त किया था, तुम्हें उसका अभ्यास करा सकता था किन्तु अब तो कुछ स्मृत है, कुछ विस्मृत। सुयोग्य पात्र को सौंपे बिना विद्या नष्ट हो जाती है। अपने साथ ही लेकर मर जाने पर गुरु-ऋण शेष रह जाने का पाप लगता है, ऐसा विचार कर मैंने अपने एक योग्य शिष्य को 'आगम' में पारंगत किया।' वेदज्ञ स्मृतियों में चले गए। 'जानना चाहोगे, वह शिष्य कौन था?'

'अवश्य ही देव!'

कृष्णपाद ने एक गहरी साँस छोड़ी, 'वह मेरा दामाद, मेरी पुत्री नन्दिनी का पति है। आठ वर्ष पूर्व 'वाक्' के दो अन्य उल्लासों का अवगाहन करने श्रीपुर गया था और वहाँ पहुँच हीरा नाम की वेश्या का दास बन उसके खूँटे से बँध गया। नन्दिनी आठ वर्ष से प्रतीक्षा कर रही है पति के लौटने की। अत्यन्त गुणी, प्रतिभाशाली है...। वेदत्रयी कंठस्थ है उसे। मंत्रों, ऋचाओं का चारुभाष्य कोई सुने उसके मुख से...। छात्रों को वही शिक्षा देती है, मैं तो अब निमित्त मात्र हूँ।

हीरा पारंगत है—आगम, वाक्य, प्रकीर्ण, तीनों में।' कहते हुए आचार्य सूनी आँखों से कहीं दूर देखने लगे।

'आपने अपने जामातृ को लौटाने का प्रयास नहीं किया?' पूछा भर्तृहरि ने।

'किया था। कैसे न करता? हीरा से भेंट की थी मैंने। उसने मुझे जामातृ से भी मिलवाया था...द्वार पर ही तो बैठा था वह। चुपचाप देखता रहा मुझे—न बोला, न बात की। क्या-क्या आग्रह-अनुरोध नहीं किए मैंने किन्तु उसकी कोई भी प्रतिक्रिया न दिखी। जैसे उसकी डोर हीरा के हाथों में हो!'

'हीरा ने क्या कहा?'

'यही कि जाना चाहे तो ले जाओ। मैं न किसी को बुलाती हूँ, न रोकती हूँ। अपने अभिचार से उसने जामातृ को मायाबद्ध कर रखा है। उसके तंत्र का प्रतियोग कोई महातांत्रिक ही कर सकता है।

हीरा से ज्ञान प्राप्त करना बहुत कठिन है फिर भी तुम जाना चाहो तो प्रात: किसी दल के साथ हो जाना। बावन योजन दूर है श्रीपुर। सार्थ, विपणक, यात्री दल इसी मार्ग से होकर जाते हैं। तुम उज्जयिनी—महाकाल के क्षेत्र से हो। योगिराज कृष्ण ने शिक्षा ग्रहण की है वहाँ। तुम्हारे पास बोध है, धैर्य और विनम्रता भी। कष्ट सहने की क्षमता स्पष्ट है। यह वृद्ध ब्राह्मण तुम्हारी सफलता के लिए सदैव प्रार्थनारत रहेगा। मेरा भी स्वार्थ है कि कदाचित् तुम्हीं मेरे जामातृ का उद्धार कर सको। 'आगम' का ज्ञान भी पा सकोगे तुम उससे।'

रात्रि विश्राम के लिए कुशासन, सांथरी का बिछावन लेकर आई नन्दिनी ने नतशिर भरे कंठ से कहा था, 'बन्धु! श्रीपुर में वह मिलेंगे तुम्हें। उनसे कहना कि नन्दिनी नित्यप्रति उनकी प्रतीक्षा करती है। हीरा से भी कहना कि मुझे मेरे पति की भिक्षा दे दे।' फफकती नन्दिनी घर के अँधेरे की ओर लौट गई।

प्रातः वह द्वार पर श्रीपुर जानेवाले दल की प्रतीक्षा में खड़े भर्तृहरि के पास पुनः आई व छोटी-सी पोटली सौंपते हुए कहा, 'कुछ पाथेय है इसमें, झोली में रख लो...और यह लकुट भी स्यात् तुम्हारी ही है। शय्या के निकट छूट गई थी। तुम्हारी यात्रा फलवती हो।' नन्दिनी ने भर्तृहरि के लिए शुभ की कामना प्रकट की।

भर्तहरि को शीघ्र ही धर्मपुर जाने वाला तीर्थयात्री दल मिल गया

अब उन्हें जलमार्ग से यात्रा करनी है जिसके लिए एक नाविक ने उन्हें सहर्ष अपनी पालनौका पर स्थान दे दिया—यहाँ नाविक भी मानते हैं कि यती, व्रती, सती को स्थान देने से नाव दैविक तथा भौतिक विघ्नों से बची रहती है। दो दिन पश्चात् नाविक ने उस स्थान पर उतार दिया जहाँ से गोदावरी पार कर कुछ ही समय में श्रीपुर पहुँच जाते हैं।

श्रीपुर की स्थिति ऐसी है कि यहाँ से तीन ओर के व्यावसायिक भूमार्ग खुलते हैं। सार्थवाहों, विपणकों के लिए पड़ाव स्थान या चावड़ी है यह लघुनगर। महीनों से घर छोड़कर निकले हुए नाविक, विपणक, चर, रक्षक दो-चार दिन यहाँ ठहरकर गतश्रम होते मनोरंजन करते हैं। मद, माछ, मर्दन, मदन, माला मालिन का विचित्र स्थल बन गया है श्रीपुर जिसमें एक ही षटपथ पर सभी विपणि और वीथियाँ मिलती हैं अथवा षटपथ से ही सब ओर प्रवेश होता है।

नगर की पूरी जीविका ही यहाँ आने-जाने वालों पर निर्भर है। इसी षटपथ से वेश्मवीथि निकलती है जिसमें कलकूजा नर्तकी, कांकिणी, कल्याणी—सभी प्रकार की वेश्याओं के आवास हैं। वीथि में हर समय बन्धुल, चेटक, कुटनी, विट, वेशिकों की चहाचही बनी रहती है।

षटपथ पर इधर-उधर देखते हुए भर्तृहरि ने एक मालिन से पूछा, 'आप महिषी हीरा के गृह का मार्ग बता सकती हैं?'

मालिन ने सामने खड़े योगी को भरपूर दृष्टि से देखा, 'मार्ग क्या बताना, मैं आपको उनके द्वार तक पहुँचा सकती हूँ किन्तु शुल्क देना होगा।'

'मेरे पास तो कौड़ी कांकिणी भी नहीं है।'

मालिन खिलखिलाकर हँस पड़ी, 'दाहिनी ओर यह वेश्मवीथि है। नासिका की सीध चले जाइए। सबसे अन्त में उत्तरमुखी धवल सौध दिखेगा जो चारों ओर उपवन से घिरा है।...बस, उसी में प्रवेश कर जाइए। बिना बनाव-श्रृंगार किए मात्र मोगरे की वेणी से केश सजाए जो स्त्री दिखे, समझ लो, वही आपकी महिषी है।'

मुड़कर चलने को उद्यत भर्तृहरि को फिर टोका, 'हीरा के आवास तक पहुँचने में रूप के अनेक द्वार पार करने पड़ेंगे योगी! कहीं सुस्थ होने न बैठ जाना। रूप की चिकनाई पर योग फिसल जाता है।'

प्रगल्भ मालिन पर दृष्टि फेंक भर्तृहरि बढ़ लिये। मार्ग पर चलते भर्तृहरि जान रहे थे कि इस पणि में वह कुतूहल का विषय हैं। क्रेता, विक्रेता, दल्ला—सभी की दृष्टि ठहर जाती

थी उन पर। घड़ी भर में उन्होंने वेशमवीथि पार कर ली। छोटी-सी वह वीथि उन्हें बहुत लम्बी लगी थी।

आगे की घूम पर मालिन के बताए अनुसार उपवन के बीच से उठता, झाँकता-सा धवल सौध था। पक्की परिधि के प्रवेशद्वार पर कलश के कंगूरे और स्वस्तिक चिह्न बने थे। कपाट खुले हुए और द्वार पर कोई रक्षक, सेवक नहीं।

शृंखला बजाते हुए भर्तृहरि ने कपाट खटखटाये—एक बार...दो बार...तीन बार। कुछ प्रतीक्षा कर फिर से खटखटाने के पश्चात वह भीतर चले गए। भवन सौध तक पहुँचाने वाला मार्ग सीधा न होकर तिर्यक बना हुआ था जो अधिवास के कोने पर पहुँचाता है। उठान या आसन देकर बनाये गए भवन के अगास तक पहुँचने के लिए कोने से बाएँ मुड़ना होता है। तिर्यक मार्ग के इस छोर पर छोटे से कूप की सुन्दर जगत है। घाट पर चरखी चढ़ी थी तथा वहीं लेजुर से मुँह बँधा पीतल का कुम्भ रखा था। कुएँ के शेष भाग में नारिकेल के तंतुओं से बँटी रस्सी में चौड़े मुँहवाले मिट्टी के घड़े फँसाकर घड़िका यंत्र बना था जिससे निश्चय ही उपवन की सिंचाई की जाती होगी।

कुएँ से जल खींच हाथ-पाँव-मुँह प्रक्षालन के पश्चात् जल पीकर भर्तृहरि अगास की ओर बढ़ गए। अगास के कपाट भी खुले थे किन्तु भीतर कोई हलचल न दिखी। एक प्रकार का शान्त सूनापन वहाँ हर ओर पसरा था। अगास के पार्श्व में बने चत्वर पर बैठ किसी आहट के आने-जाने की प्रतीक्षा करने लगे कि गवाक्ष से मदिर मधुर स्त्री स्वर सुनाई दिया :

'कौन देस से आए जोगी कहाँ तुम्हारा भाव।
कौन तुम्हारे सगे सहारे कहाँ धरोगे पाँव॥'

भर्तृहरि ने ऊपर की ओर सिर उठाया तो गवाक्ष से झाँकती सुन्दरी का मुख दिखाई दिया। अनुमान लगाया कि यही हीरा हो सकती है सो उसी लय में उत्तर दिया :

'उत्तर देस से आए जोगी तत्त्व हमारा भाव,
धरती हमारी सगी सहेली माया के सिर पाँव।'

'योगी! प्यास लगी हो तो अलिंद पार कर अन्तरिका से होते हुए आँगन में आ जा। मैं महला से उतरकर आती हूँ।' कहने के साथ ही गवाक्ष से झाँकता सुन्दर मुख अदृश्य हो गया।

भर्तृहरि ने भीतर पहुँच दृष्टि फेरी तो आँगन बीच लताकुंज में दो चौकियाँ दिखीं—एक ऊँची, दूसरी उससे नीची। वह नीची चौकी पर जा बैठे।

बैठे हुए उन्हें आधा घड़ी बीत गई किन्तु हीरा अभी तक ऊपर से न उतरी थी। प्रतीक्षा की ऊब से बचने वह खड़े हो आँगन का चारों कोने निरीक्षण करने लगे तो आँगन के त्रिद्वार से टिके एक व्यक्ति पर दृष्टि गई।

वह भी एक उचटती-सी दृष्टि योगी पर फेंक तटस्थ हो गया। आँगन की फेरी लगा भर्तृहरि पुनः चौकी पर जा बैठे, तभी हाथ में पात्र लिये सुन्दरी सोपान उतरती दिखाई दी। योगी को देख वह लताकुंज में आ गई। भर्तृहरि उसके सम्मान में खड़े हो गए।

'योगी! हीरा के गेह में स्वागत है तुम्हारा।' वही मदिर मधुर स्वर। 'बिराजें...!'

भर्तृहरि तीसरी बार उसी चौकी पर बैठे। मस्तक से पद तक योगी को आँखों में भरती हुई हीरा ने दूसरी चौकी पर बैठ हाथ का पात्र आगे बढ़ा दिया।

'अर्घ्य ग्रहण करें।'

'आपके कूप का जल बहुत आस्वाद्य है महिषी। मैं कृतकार्य हूँ।'

'मैं इस वेश्या के यहाँ तुम्हारे आने का प्रयोजन जानने को उत्सुक हूँ। यदि किसी गुरु ने तुम्हें काम के आसंग की व्यर्थता का अनुभव पाने भेजा है तो न यह गेह तुम्हारे अनुकूल है, न देह।'

'महिषी! मैं यहाँ देह के नहीं, 'वाक्' के अंगों का अवगाहन करने आया हूँ। मैं शब्द में अर्थ की प्रतीति के संयोजन-सूत्र जानना चाहता हूँ। जानने की विकलता ही मुझे यहाँ तक खींच लाई है।'

'तो तुमसे अर्थ-लाभ की आशा करना भी व्यर्थ ही है! तुम भी वंचक निकले।' हीरा कुछ आवेश में आ गई, 'उधर देखो! वह जो पुरुष बैठा है—तुम्हारी ही भाँति आया था। तुम योगी बनकर आए हो, वह ब्राह्मण बनकर पहुँचा था—मेरी अर्जित थाती का वाहक बनने।...बन्धक है मेरा। यह ज्ञान मैंने अनेक आचार्यों को सन्तुष्ट करने के पश्चात् अर्जित किया है। योगी, तुम पुरुष हो...नहीं जान सकते कि गिलगिलाती वृद्ध वासना को सहना कितना कठिन होता है। किन्तु मैं दोष नहीं देती उन्हें। उनसे मुझे संसार की श्रेष्ठ निधि प्राप्त हुई है।' हीरा के स्वर में गर्व आ गया।

स्वयं को संयत करती हीरा ने कहा, 'मुझे भी अपने ज्ञान का मूल्य चाहिए।'

'बहुत अधिक तो नहीं, फिर भी पर्याप्त राशि है मेरे पास। अपनी जंघा में छिपाकर दो बहुमूल्य रत्न लाया हूँ जिनका विक्रय कर तुम ऐश्वर्यपूर्ण जीवन बिता सकती हो।'

'योगी के पास रत्न... ? योगी के लिए उसका क्या मूल्य, और तुम ऐसी अकारथ, निर्मूल्य वस्तु देकर इतनी बड़ी निधि चाहते हो ? योगी, बहुत बड़े व्यापारी हो तुम तो... !' व्यंग्य से बोली हीरा।

'तो क्या मूल्य चाहिए तुम्हें ? मेरे पास जो भी है, देने को प्रस्तुत हूँ।' याचना की भर्तृहरि ने।

'वह जो ब्राह्मण बन्धक है न, गुणनिधि नाम है उसका। अमरावती के बड़े प्रसिद्ध वेदाचार्य कृष्णपाद स्वामी का जामातृ है। इसकी पत्नी को भी रूप-शील-सम्पन्न विदुषी सुना है। बेचारी भाग्य का लेख भुगतती हुई मुझ पर दोष रख रही होगी। किन्तु ऐसे दोष हम वेश्याओं के लिए सामान्य हैं। हाँ, तो मैंने जो अनुबन्ध इसे सुनाया था, वह तुम भी जान लो।

वाक् का सर्वांग ज्ञान मैंने आचार्यों को सन्तुष्ट करते हुए पाया है। उनकी सेवा और सन्तुष्टि के लिए मैंने न वय पर विचार किया, न रूप ही देखा। इसी अनुबन्ध पर मैं अपने ज्ञान का विनिमय कर सकती हूँ। यह मनोजगत का आत्मरमण नहीं है योगी!...प्रत्यक्ष, भौतिक साधना है। बालसुलभ कौतुक क्रीड़ा भी नहीं है देह और मन, दोनों को सन्तुष्ट कर पाना। असफलता तुम्हें इसी ब्राह्मण की भाँति यहीं बाँध-कर रख छोड़ेगी।'

भर्तृहरि की ओर कुछ पल देखती रहकर हीरा खड़ी हो गई, 'आज का शेष दिन और पूरी रात्रि है तुम्हारे पास विचार के लिए। आज के दिन तुम मेरे अतिथि हो। यथासम्भव

सत्कार करूँगी। कल प्रात: ही मुझे उत्तर चाहिए। तुम चले जाओगे तो उत्तर स्पष्ट है, ठहरे रहोगे तब भी। बाहर दाहिने कोने पर पर्णमंडप है।...विश्राम करो वहाँ।'

'कल जो भी भविष्यत् बने किन्तु आज...प्रत्युत अभी मुझे दो सन्देश कहने की अनुमति दीजिए।'

'कहो।' जाने को तत्पर हीरा रुकी।

'देवी! मैं यहाँ अमरावती होकर पहुँचा हूँ। वेदाचार्य कृष्णपाद स्वामी की पुत्री और तुम्हारे बन्धक गुणनिधि की पत्नी नन्दिनी ने तुमसे अपने पति की भिक्षा चाही है और उसका तुम पर कोई लांछन नहीं है।'

हीरा की भौंहें खिंची। अधरों पर कुटिल मुस्कान आ गई। आँखें नचाते हुए उसने पूछा, 'और दूसरा सन्देश?'

'दूसरा भी नन्दिनी का ही है देवी—अपने पति के लिए।'

'यही होगा न, कि मृत्युशय्या पर हूँ...मुख देखना हो तो लौट आओ। शास्त्र वचन है कि पति के हाथों मुखाग्नि न मिली तो नरक में भी ठौर न मिलेगा। मेरे लिए न सही, एक दिन के लिए धर्म-पालन को ही आ जाओ। सुनो योगी, वेश्या के व्यापार में ऐसे सन्देश, अनुरोध, शाप नितांत सामान्य हैं। प्रतिदिन अनेकश: कहे-सुने जाते हैं। चलो, तुम भी कह दो।'

हीरा ने ताली बजाकर गुणनिधि का ध्यान आकृष्ट करते हुए बुलाया। मंत्रबिद्ध-सा गुणनिधि आकर खड़ा हो गया।

'कह दो...।' हीरा बोली।

भर्तृहरि गुणनिधि की आँखों में देखने लगे, 'कैसे हो विख्यात वेदज्ञ आचार्य कृष्णपाद स्वामी की रूप गुणशीला विदुषी पुत्री नन्दिनी के पति गुणनिधि?'

गुणनिधि की ठंडी पड़ी आँखों में स्मृति की चिंगारी-सी चमकी तो भर्तृहरि बोले, 'मैं अमरावती होकर आया हूँ।'

हीरा सावधान हुई, 'मैंने सन्देश की अनुमति दी है योगी, वार्ता सुनाने की नहीं। तुम्हें वचन दे चुकी हूँ अन्यथा अब तक यह अपने स्थान पर पहुँच चुका होता।'

'क्षमा चाहता हूँ देवी!'

'मैं तुमसे तीन बार देवी-देवी सुन चुकी हूँ योगी। स्मरण रहे कि मैं देवी नहीं, वेश्या हूँ—हीरा नाम से जानी जाती हूँ।' हीरा उद्विग्न हो उठी थी।

'ओह, कदाचित् धृष्टता हुई मुझसे...। अनेक आचार-व्यवहारों से मैं अनभिज्ञ हूँ। अब से मैं कल्याणी सम्बोधन करूँगा।'

'योगी! किसी भी छलिया सम्बोधन पर प्रतीति नहीं है मुझे। सीधे वेश्या कहो या हीरा।'

भर्तृहरि पहली बार ऐसी स्पष्ट स्त्री के सामने थे। शची के यहाँ भी कोई दुराव नहीं है, छद्महीनता है किन्तु हीरा की स्पष्टता वक्र भी है और तीक्ष्ण भी। ऐसी स्त्री की थाह पाना कठिन है—भर्तृहरि ने सोचा।

'हाँ, गुणनिधि! तुम्हारी विदुषी पत्नी नन्दिनी ने तुम्हारे लिए सन्देश पहुँचाया है कि वह नित्यप्रति तुम्हारी प्रतीक्षा करती है।'

गुणनिधि के मस्तक पर खिंचाव आया। नासिका थरथराई। कुछ कहने के लिए मुँह खुला, दाहिना हाथ स्कन्ध की सीध तक उठकर पुन: नीचे ढुलक गया।

'चलो गुणनिधि!' हीरा उसे अपने साथ सीढ़ियाँ चढ़ा ले गई।

दिन बिताना भर्तृहरि को भारी होने लगा। विचार आया कि श्रीपुर का भ्रमण कर लिया जावे किन्तु यह वेश सबका ध्यान आकर्षित करता है। दक्षिण का व्यावसायिक द्वार श्रीपुर देह और मन की क्लान्ति से विश्राम पाने की थाँह है। उन्हें अपूर्णकाम लौटना नहीं है। हीरा से पार पाना भी एक चुनौती है...उसे स्वीकार करना ही है।

दूसरे प्रात: हीरा आँगन में आई तो योगी को लतागृह में बैठा पाया।

'तो तुम्हारा भाग्य भी गुणनिधि से मेल खाता है?' हँसी हीरा।

भर्तृहरि ने भी हँसकर उत्तर दिया, 'पुरुष के भाग्य को कोई नहीं जानता।'

'त्रिया चरित्र को भी...। यह भी कहा गया है न?'

'हाँ, मैंने सुना है। कुछ अनुभव किया है, कुछ भोगा भी है।'

भर्तृहरि का हाथ पकड़ हीरा आँगन के बीच ले आई, 'अब ध्यान से सुनो! तीन माह मैं तुम्हारी पात्रता की परीक्षा करूँगी। इस अवधि में तुम्हें मेरा पूरा उपवन उर्वर, अम्लान, श्यामल बनाना है। यदि तुम सफल रहे तो त्रिमासी के क्रम में तुम्हें आगम, वाक्य और प्रकीर्ण में पारंगत कर दूँगी।

मैं नापित को बुलाती हूँ। यह वेश त्यागना है तुम्हें। योगी से रति की संगति नहीं बनती। मेरी वय तुमसे दसियों वर्ष अधिक है। यह भी स्मरण रखो कि यह वेश्या का घर है—वचन-भंग और विश्वासघात को छोड़कर इस वेश्म में कुछ भी वर्जित नहीं।'

हीरा भर्तृहरि की बाँह पकड़े हुए सीढ़ियों की ओर बढ़ गई।

15

धर्म-अधर्म का विचार नहीं करनेवाला
सर्वभक्षी अज्ञानी सुखी रहता है किन्तु धर्मोचित
वृत्ति की खोज करनेवाला और निर्दोष पदार्थों
को खाने वाला दुखी रहता है।

महामात्य रोग से उबर गए पर चिन्ता से न उबरे—महाराज लौटेंगे, लौटना ही है उन्हें। पहले की भाँति फिर लौटेंगे क्योंकि राज्य अरक्षित है। राज्याधिकारियों में प्रमाद सिर उठा रहा है। यद्यपि कुमार विक्रम की ओर से कोई विघ्न उपस्थित नहीं हुआ है पर स्वयं उनकी अस्वस्थता ने स्वार्थवादियों को अवसर प्रदान किया है—सोच रहे थे महामात्य।

उनका आरोग्य लाभ वयसिका की सेवा और त्रिलोचन के उपचार का सुफल है। महामात्य की पुत्रवधू को सन्देह है कि दासी वयसिका उसके श्वसुर की कामनाएँ सहलाकर उनका धन, स्वर्ण हस्तगत करने के फेर में है। वह पसीने में भीग गई जब उसने रोगग्रस्त महामात्य को वयसिका का चुम्बन लेते देखा।

देवी वसुंधरा महामात्य की कुशलक्षेम जानने पहुँचीं तो वयसिका ने बहुत आदर व विनय से सत्कार किया।

'तुम भेषज्ञ त्रिलोचन की भगिनी...अग्रजा हो न?' पूछा वसुंधरा ने।

'हाँ, आर्या!' संक्षिप्त उत्तर वयसिका का।

'सर्वथा सुयोग्य और सरल है तुम्हारा अनुज। मैं उसे पुत्रवत् मानती हूँ।'

'यह कोई पुण्ययोग ही है कि उस मातृहीन को आपके मातृत्व की छाँह प्राप्त हुई है। वह सचमुच ही सरल चित्त है।'

पूर्णरथ की विश्राम पीठिका के निकट बैठी वसुंधरा ने अधटिके महामात्य की ओर देखते हुए कहा, 'महामात्य! मैं वयसिका से कुछ बात करना चाहती हूँ—अलग, एकान्त में।'

'आपको मुझसे अनुमति लेने की आवश्यकता कब से पड़ने लगी भावज? सेवा आश्रम में नागदत्त के साथ रहकर आप कुछ अधिक शिष्ट होने लगी हैं।' परिहास करते हुए पूर्णरथ बोले।

यद्यपि इसके साथ ही उन्हें खुटका हुआ कि वसुंधरा को कहीं उनके और वयसिका के सम्बन्ध की भनक तो नहीं लग गई? लगता है, परिजनों ने ही इन तक भेद पहुँचाया है। एकान्त वार्ता का इससे अलग क्या आशय हो सकता है? सम्बन्धों को सूँघने में स्त्रियाँ स्वभावत: पटु होती हैं।

'किस चिन्ता में पड़ गए देवर जी? वयसिका को मैं तुम्हारे यहाँ से भगाकर नहीं ले जा रही।'

परिहास का बाँकपन लिये इस विनोद ने सन्देह और गहन बना दिया।

'आप वयसिका को जहाँ चाहे ले जा सकती हैं। जहाँ चाहे, जाए वयसिका। वह राजमहालय से भी स्वतंत्र है।' महामात्य अपने हृदय के तीव्र होते कम्पन पर नियंत्रण पाते हुए हँसे।

'अच्छा, जाने दीजिए...आपसे कैसा दुराव! मैं त्रिलोचन के विषय में कुछ कहना चाहती हूँ।

उसने आपको आरोग्य लाभ कराया है। निश्चय ही वह महान चिकित्सा-शास्त्रियों की परम्परा को आगे बढ़ाएगा। इसलिए भी कि धन की लिप्सा से न उसका परिचय है, न धन उसे आकर्षित कर पाया है।' महामात्य की ओर देखती वसुंधरा ने दृष्टि वयसिका की ओर घुमा दी, 'इस पीढ़े पर बैठ जाओ वयसिका! तुम्हारा इस प्रकार विनत खड़े रहना मुझे अपनी बात कहने में अवरोध बनेगा।'

'मैं सम्यक् सुसंगत हूँ आर्ये!' विनम्र वयसिका ने कहा।

'मैं स्वीकार नहीं कर पा रही। आकर बैठ जाओ।'

वयसिका के बैठने पर वसुंधरा ने आरम्भ किया, 'कह चुकी हूँ कि त्रिलोचन मेरे लिए पुत्रवत् है। तुम्हारे सहपाठी मित्र श्रेष्ठि नागदत्त की आँखों में भी मैंने त्रिलोचन के लिए अति आत्मीयता देखी है। बात की भूमिका के विस्तार का भय होते हुए भी इतना कहना आवश्यक था।...तो मेरी चिन्ता त्रिलोचन को लेकर है।'

'क्या वह अपनी विद्या और कौशल को धन, वैभव से विनिमय की ओर उन्मुख हुआ है?' पूछने से स्वयं को रोक न पाई वयसिका।

वसुंधरा शीघ्र ही बोलीं, 'ना वयसिके! मेरा आशय यह नहीं है।'

'क्या उसने अपनी विद्या को विशेष लोगों के लिए सुरक्षित किया है? वह अकिंचन और सम्पन्न की पीड़ा में भेद करने लगा है?'

'यह नहीं वयसिका! बात और है। ओह, मैं कैसे कहूँ?...हाँ, पूर्व में मेरा अनुमान था किन्तु अब सन्देह नहीं कि त्रिलोचन चारुमित्रा के आकर्षण में प्रेमानुरक्त है।' वसुंधरा ने चिन्ता प्रकट कर दी।

कक्ष में कुछ क्षण के लिए मौन छा गया।

'तुम कुछ कहो वयसिका!' वसुंधरा अपनी बात पर अनुकूल प्रतिक्रिया की प्रतीक्षा में थीं।

वयसिका के मुख पर प्रहास्य फैल गया, 'प्रेम और अनुरक्ति पर मैं क्या कहूँ आर्ये! त्रिलोचन जिस वय में है, उसमें स्वाभाविक है यह।'

'किन्तु पात्र-अपात्र का ध्यान तो रखना होगा। चारुमित्रा वय में उससे कहीं अधिक है। वह धनिकों, श्रीमन्तों के रंजन की पुत्तलिका है। भ्रम रच रही है त्रिलोचन से। कुछ दिन क्रीड़ा कर जीर्णशीर्ण पुतले को किसी अँधेरे कोने में फेंक देगी।' वसुंधरा की चिन्ता आवेश में बदल गई।

'आर्य श्रेष्ठि से चर्चा नहीं की आपने?' वयसिका ने पूछा।

'की थी। कैसे न करती? किन्तु उन्होंने कब किसी की सुनी है। कहने लगे— तुम्हारे कहने से मैं एक बार चारुमित्रा को सेवा आश्रम से विलग करने का प्रयास कर चुका हूँ किन्तु वह उस वैभव विलासपूर्ण जीवन के आडम्बर से पुनः अशक्त, अकिंचन पीड़ितों की सेवा में लौट आई है तो स्वागत करने के स्थान पर मैं उसे हकाल तो नहीं सकता।'

'मैं सोच रहा था कि नागदत का ऐसा ही कुछ उत्तर रहेगा किन्तु आप उसे समझातीं तो...' कूट गम्भीर हो महामात्य ने कहा।

'मैंने उन्हें समझाया कि इस बार चारुमित्रा आश्रम में सेवा के लिए नहीं, त्रिलोचन के लिए आई है।...किसी दिन उसे भी ले जाएगी तो हाथ मलते रह जाओगे।'

'फिर...?'

'उनका कहना था कि संसार हमारे कहने-सोचने पर नहीं चलता कि ऐसा होगा तो वैसा होगा। एक त्रिलोचन चला जाएगा तो दूसरा कोई आएगा। नागदत्त के जाने पर भी किसी अन्य को आना है—कहकर मुझसे बचते हुए वह पाकशाला की ओर चले गए। इसीलिए मैं चाहती हूँ कि वयसिका अपने भाई को समझाए कि पण्यकामिनी कभी स्वकीय नहीं होती। उसके हृदय की थाह पाना असम्भव है।'

एक बार पुनः तीनों के मध्य मौन आ बैठा।

असह्य होने पर वसुंधरा ही बोली, 'आप ही बताएँ महामात्य कि सम्बन्धों में कुल और वय का विचार रखना होगा न?'

महामात्य ने आँखें बन्द कर सिर पीछे टिका लिया, जैसे कुछ सोच रहे हों।

'वयसिका, ये दोनों मित्र तो बात टालने के विशेषज्ञ हैं। मैं तुम्हारे ही पास आई हूँ कि तुम कुछ करो।'

'मैं कुछ भी नहीं समझ पाती आर्ये! समय ने हम भाई-बहन को अलग कर दिया था और संयोग ने मिलाया। कुल की क्या कहूँ ?...वह भेषज्ञ न होकर मेरी ही भाँति दास के रूप में बिक जाता तो ? मैं संयोग से महारानी पिंगला की सेवा में आ गई, कोई वारवनिता मुझे क्रय कर लेती तो मैं भी कहीं वेश्म सजा रही होती।

रहा वय का प्रश्न तो परस्पर प्रेम का...राग का वय से विशेष सम्बन्ध नहीं है। इसी नगर में ऐसे अनेक उच्चकुलीन युगल हैं जो मात्र मर्यादा और धर्म के बन्धन का निर्वाह किए जा रहे हैं। आप अधिक जानती हैं मुझसे... ।'

'अर्थात् उन दोनों के सम्बन्ध से तुम सहमत हो ?' यशोधरा ने खिन्न स्वर में पूछा।

'नहीं आर्ये! सत्य तो यह है कि मुझे इस सम्बन्ध के बारे में कुछ भी ज्ञात नहीं। चारुमित्रा को दूर से ही देखा है। त्रिलोचन के साथ रहने का अवसर महामात्य के अस्वस्थ होने के कारण मिला। उसने कभी चारुमित्रा की चर्चा नहीं की। पता नहीं, उनके क्या सम्बन्ध हैं...कहाँ तक हैं...कहाँ पहुँचेंगे ? यदि उनके सम्बन्ध कर्तव्य में बाधक नहीं बनते तो सब कुछ उन्हीं पर छोड़ देना चाहिए। समय सब कोने झाड़-बुहार लेता है। त्रिलोचन भाग्यवान है कि उसे आपकी ममता का प्रसाद मिला है अन्यथा उसकी इतनी चिन्ता कौन करता ? जीवन की ऊँची-नीची लहरों में डूब-उतरा कर बड़ा हुआ है वह। चारुमित्रा की लहर कितनी ही वेगवान क्यों न हो, उसे डुबा नहीं पाएगी।'

दोनों का ध्यान गया कि प्रतिहारी आवश्यक सूचना देने के लिए अपना दंड तीन बार ठकठका चुका है। वयसिका खड़ी हो प्रतिहारी की ओर बढ़ गई।

'देवी! कुमार विक्रम महामात्य से भेंट पाने की प्रतीक्षा में हैं।' झुककर निवेदन किया प्रतिहारी ने।

'कुमार...यहाँ ? अच्छा, तुम ठहरो।' कह वयसिका शीघ्रतापूर्वक महामात्य के निकट पहुँच धीरे से बोली, 'देव! कुमार विक्रम आपसे भेंट करने आए हैं।'

आश्चर्य में महामात्य के मुख से भी वही शब्द निकले, 'कुमार, यहाँ ?...हाँ, भेंट तो करनी ही होगी।

दैवज्ञ के आवास पर हुई संक्षिप्त भेंट में उसने मुझसे महादेवी के साथ तुम्हारी भी कुशलक्षेम पूछी थी।...यहीं मिलना उचित रहेगा। प्रतिहारी को सादर ले आने के लिए कह तुम यहाँ सत्कार की व्यवस्था कर दो।'

फिर वह देवी वसुंधरा को उन्मुख हुए, 'क्षमा चाहता हूँ भावज! माहिष्मती से महाराज के अनुज कुमार विक्रम आए हैं। अवश्य ही कुछ मंत्रणा करनी होगी। आप अन्तेवास में पुत्रवधू की सेवा ग्रहण करने का अनुग्रह करें।'

वयसिका के संग वसुंधरा के जाते ही महामात्य व्यस्त से हो उठे। अस्त-व्यस्त पड़े अर्धश्वेत केश उँगलियों से सँवार, शिखा को व्यवस्थित कर, अंगवस्त्र के वलय सम करते हुए स्वस्थ चित्त से बैठ गए।

कक्ष में प्रवेश करने के साथ ही कुमार का विनम्र अभिवादन और भी चकित करने वाला था।

महामात्य स्मित के साथ इतना ही कह सके, 'आइए कुमार! स्वागत है।...आसन ग्रहण कीजिए।' महामात्य ने अपनी पीठ से खड़े होने का उपक्रम किया।

'अरे-रे, आप समादरणीय हैं हम सबके। कृपया बैठे रहें। आपको स्वस्थ देखने की प्रबल इच्छा थी किन्तु आत्मग्लानि बाधा बनती रही। मैंने बहुत उद्दंडता की है। कुल और बल का दम्भ ही रहा होगा इसके पीछे। अब समझ पा रहा हूँ कि इसी दम्भ ने महाबली रावण की स्वर्ण लंका ही पूरे परिवार सहित नष्ट कर दी थी। आप इस राज्य और राजकुल के संरक्षक हैं...क्षमा माँगने का अधिकार तो मुझे देंगे ही...।

हाँ, तभी मैं बैठ सकूँगा अन्यथा लौट लूँगा। आपको स्वस्थ देख लिया, बस।' कुमार ने हाथ जोड़ लिये।

इस विनय पर सन्देह में पड़ते महामात्य सजग हुए।—दुष्ट प्रकृति वालों का झुकना प्राय: दुख ही पहुँचाता है—अंकुश, धनुष, सर्प और विलाव की तरह।—वह तुरन्त कूटनीतिक औपचारिकता में आ गए।

'कैसी बात कहते हैं कुमार! सत्य है कि धन, यौवन, राजमद मनुष्य को भ्रम से भरता है किन्तु कुल-संस्कार उसे उबार भी लेते हैं। आपने दक्षिणी सीमा के दस्युओं का जिस कौशल से उन्मूलन किया, उससे मुझे अतीव प्रसन्नता हुई। अस्वस्थ न होता तो साधुवाद देने माहिष्मती ही पहुँचता।'

'महाराज की अनुपस्थिति का समाचार फैलने से अवन्ति के शत्रु लाभ लेने के अवसर की खोज में हैं। दस्युदल में चालुक्यों के कुछ सैनिक सम्मिलित थे। दो सैनिकों को हमने बन्दी बनाया है। प्रतीत होता है कि कलचुरि भी अभी तक माहिष्मती पर अपने अधिकार को भूल नहीं पाए हैं। सूचना मिली है कि अवन्ति और विदिशा के मध्य विवादित वेत्रवती क्षेत्र नागभट्ट के वंशजों ने अतिक्रमित किया है। इस सम्बन्ध में महादेवी से चर्चा की तो उन्होंने आपका और वयसिका का नाम लिया। यों भी मैं आपसे भेंट करने आना ही चाहता था।'

कुमार विक्रम की बात सुनते हुए महामात्य उलझते जा रहे थे—दस्यु उन्मूलन, चालुक्य, कलचुरि, नागभट्ट तथा अवन्ति राज्य की चिन्ता। यह राज्य और राजा के प्रति दायित्व की भावना है अथवा राजसत्ता हस्तगत करने की भूमिका? महारानी पिंगला इन दिनों आर्त हैं ही। मयनावती से सहयोग मिलता पर उसके अपने राज्य और परिवार की भी तो समस्याएँ हैं—यहाँ कब तक रहती...!

महामात्य को ध्यान आया कि कुमार विक्रम अब तक उसी भाँति खड़े हैं तो संकोच में डूबते वह खड़े हो गए, 'अभी तक खड़े ही हैं कुमार। इस शिथिलता में मैं उचित सत्कार भी तो नहीं कर पाता।'

कुमार विक्रम ने महामात्य के कन्धे पकड़ उन्हें पीठ पर बैठाया तथा स्वयं भी बैठ गए।

'तुम्हारा आना मेरे लिए सुखद हुआ कुमार! अस्वस्थ होने के पश्चात् यह प्रथम बार

है कि बिना किसी का आश्रय लिये मैं अपना भार अपने पाँवों पर सँभाल पा रहा हूँ।' महामात्य के मस्तक पर उल्लास आया।

परिचारिका रजतपात्र में पाटल अर्क ले आई।

'ग्रहण करें कुमार।' महामात्य ने आग्रह किया, 'मैं तो इन दिनों पथ्य भोग रहा हूँ।' कहकर हँसे महामात्य।

'मेरे एक सहयोगी बाहर खड़े हैं। वह आपके दर्शन करना चाहते हैं। कवि हैं, तथागत नाम है।'

'साथ लिये आते उनको भी...।'

'वह आपके साथ-साथ देवी वयसिका से भी मिलना चाहते हैं।'

'वयसिका से क्या परिचय है उनका?' महामात्य की एक भौंह धनुष की तरह तनी और पूर्ववत हो गई।

'वह उनका प्रशंसक है। बताता है कि एक बार राज्याधिकारियों की अनिच्छा, अवहेलना होते हुए भी वह प्रजा की पीड़ा महारानी तक पहुँचाने को सेतु बनी थीं। इससे अधिक मुझे ज्ञात नहीं कि वह क्यों देवी वयसिका के कौशल व सहृदयता को प्रतिष्ठा देता है। महादेवी पिंगला ने भी तथागत को देवी वयसिका से भेंट करने अनुदेशित किया है।'

पूर्णरथ वयसिका का नाम सुनकर ही चौंक पड़े थे। क्या महाकाल ने आज का दिन उन्हें चकित करने, चौंकने के लिए ही नियत किया है? महाश्रेष्ठि की भार्या वसुंधरा वयसिका का सहयोग माँगती हैं। स्वयं उन्हें अपना प्रथम शत्रु माननेवाला कुमार विक्रम उनकी कुशल-क्षेम पूछने आता है। आज वह धृष्ट है, न प्रगल्भ अपितु सुविनीत सामने बैठा है। तीन मास से रोगशय्या पर पड़े रहकर उबरे पाँव आज भार सँभालने योग्य सबल हो गए। इसके पश्चात् फिर वही वयसिका। यह वयसिका कहीं महाकाल की महामाया का प्रश्नपूर्ण परसर्ग तो नहीं? महामात्य के मुख से हठात् निकला, 'ओह...!'

'क्या हुआ आर्य? कुछ कष्ट है क्या? आपको इस प्रकार खड़े न होना चाहिए था। अच्छा, तथागत से भेंट रहने दीजिए। किसी को बुलाऊँ?'

आकुलता से खड़े हुए कुमार ने अपनी हथेली महामात्य के मस्तक पर रखी। इसी क्षण पार्श्वद्वार से बाघ की सी सावधान किन्तु सहज गति में एक स्त्री आ पहुँची।

'आप अपने आसन पर बिराजें कुमार! थकित होने पर इन दिनों महामात्य के मुख से प्राय: 'ओह, आह' जैसे स्वर निकल जाते हैं।' महामात्य के कपोल थपथपाते हुए भी वह कुमार की ओर से सजग थी।

'देवी वयसिका...!' कुमार के मुख से निकला।

'सेविका कुमार का अभिवादन करती है।...महामात्य स्वस्थ हैं।'

महामात्य ने आँखें खोलकर वयसिका व कुमार पर दृष्टि डाली।

'आर्य, अनुमति दें तो कवि तथागत को बुलवा लूँ? एक बार मैंने उन्हें प्रजा के आन्दोलन की भंगिमा बनते देखा है। अब कैसे हैं, देखना चाहूँगी।' वयसिका ने कहा।

महामात्य ने तथागत को बुलाने का संकेत दे दिया।

16

जिसका क्रोध और तपस्या निष्फल होते हों, ऐसा बनने की मेरी इच्छा नहीं है।

बीस माह पश्चात् लौटते भर्तृहरि अब माहिष्मती के मार्ग पर थे। कन्धे पर वही झोली, हाथ में वही लकुट, कंठ में रुद्राक्ष-माला, बढ़े हुए नख, केश। हाँ, वस्त्रों में अवश्य परिवर्तन था—कंथा के स्थान पर जीर्ण होता रेशमी बगलबन्ध तथा वैसी ही जीर्ण धोतिका। पाँवों की पगतरी अवश्य अब तक अभंग बनी थी।

अमरावती से ही उन्हें माहिष्मती तक आता हुआ सार्थ मिल गया था और सार्थवाह ने उन्हें ब्राह्मण मानकर साथ ले लिया। यात्रा के समय ब्राह्मण और वेश्या का दर्शन शुभ माना जाता है।

सार्थ के विश्राम करते समय भर्तृहरि भी अपनी झोली खोल पोथी-पत्र सँवारते रहते। यदा-कदा पुराण कथाएँ या वाल्मीकि, कालिदास, भवभूति आदि के छन्द सुनाते। स्वयं उनके ही नीति व श्रृंगार शतक वाले कुछ श्लोक तो कुछ लोगों को कंठस्थ हो गए थे। संध्याकाल में सार्थ माहिष्मती पहुँचा और प्रातः होते ही सार्थवाह को आभार ज्ञापित कर वह अवन्ति के मार्ग पर आ गए। मध्याह्न से पूर्व वह एक आम्रवन से लगी पनसार पर जल पीने के लिए ठहरे तो वेशभूषा देख एक गृहस्थ ने उनसे निवेदन किया :

'विप्रदेव! कुछ देर यहीं आम्रकुंज में विश्राम करने की कृपा कीजिए। उसके पश्चात् भोजन ग्रहण करके ही प्रस्थान करें। अन्य विप्रदेव भी ग्राम से आने को ही हैं।'

बातें कर समय बिताने के बीच एक-एक, दो-दो कर ब्राह्मण आने लगे। एक पथिक और भी आया जिसने एक कन्धे से वस्त्र में लपेट मृदंग टाँगा हुआ था व दूसरे कन्धे से झोली। पनसार के निकट पहुँच, दोनों भार कन्धों से उतारकर उन्हीं से पीठ टिका, पाँव पसारकर बैठ वह मस्तक के स्वेद कण पोंछने लगा।

'जल पी लो पथिक! शीतल सुस्वादु है, क्लान्ति दूर होगी।' पनसार वाले ने कहा।

'हाँ, बन्धु! जल अवश्य ही पीना है, बस, मुठिका भर चबैना निकाल लूँ। नहार मुँह जल पेट में धमाल मचा देता है।' पथिक ने मुस्कुराकर कहा।

'अपना चबैना आगे कहीं उपयोग में ले लेना। भूस्वामी ने चबैना भी रखा है। पनसार में।'

पथिक ने खड़े हो चबैना लिया और खाकर जल पी अपनी झोली व मृदंग से आ टिका। आँखें बन्द कीं—धीरे-धीरे कुछ गुनगुनाने लगा।

भर्तृहरि पहचान गए—यह तो बसन्त है—लोकगायक...वृन्दा का भाई। वह बसन्त के निकट पहुँच कन्धों पर हाथ रख बोले, 'अपनी वाणी खोलो बन्धु!...तो हमें भी कुछ विश्राम मिले।'

स्वरसाधक बसन्त को यह कंठस्वर कुछ परिचित-सा लगा तो आँखें स्वतः खुल पड़ीं। फिर कुछ स्मरण करता-सा बोला, 'अवधूत महाराज... ? नहीं, वह तो स्वयं महाराज भर्तृहरि...'

भर्तृहरि ने हथेली से बसन्त का मुँह बन्द कर दिया, 'बन्धु! तुम भले ही बसन्त हो किन्तु मैं यहाँ अभी एक ब्राह्मण हूँ। भेद खुलने पर भोजन हाथ से चला जाएगा। भूखे रहकर राजा कहलाना मूर्खता ही होगी।'

'आप आकर फिर चले गए?'

'फिर लौट पड़ा हूँ। अच्छा, यह कहो कि पैठार कब गए थे? वहाँ सब लोग कैसे हैं?'

'एक समाचार आपके योग्य है! शची ने सुन्दर-सी पुत्री को जन्म दिया है।' मुग्ध होते बसन्त ने बताया।

भर्तृहरि कुछ पल बसन्त की ओर देखते रहे फिर उसे बाँहों में भर लिया, 'तुमने मुझे अत्यन्त आह्लाददायक समाचार दिया है गायक!...कब गए थे उज्जयिनी?'

'शची उज्जयिनी में नहीं, पैठार में है। आपके जाने पर कुछ ही दिनों में वह लौट आई थी अपने गाँव।'

'कोई असुविधा हुई राजभवन में उसे?'

'यह नहीं बताया शची ने। कदाचित् इस कारण लौटी हो कि हम वनवासियों को भवनों की सुविधा का अभ्यास नहीं है।' बसन्त ने सरल-सा उत्तर दिया।

भर्तृहरि बसन्त की ओर देखते रह गए। यह एक अलग प्रकार के जीवन-बोध का सूत्र मिला उन्हें।

भोजन के पश्चात् अब वह मार्ग में साथ-साथ थे। मार्ग में एक निर्जन स्थान पर वट की छाँह देख उन्होंने बसन्त की बाँसुरी सुनी, पद सुने। रात्रि बिताकर अगले दिन बसन्त ने भर्तृहरि द्वारा उज्जयिनी चलने का प्रस्ताव विनम्रतापूर्वक अस्वीकार कर दिया।

'तब कहाँ पहुँचना है गायक?'

'देव, मुझे देवी चारुमित्रा का सन्देश मिला है। कुछ पद हैं उनके पास—मुझे समझाने को। शीघ्र मिलने को कहा है।'

'मेरा भी तो आग्रह है, दिवस भर के लिए अवन्ति राज्य का आतिथ्य उपभोग कर चले जाना। वहाँ से जैसा चाहोगे, वैसे त्वरित वाहन की व्यवस्था हो जाएगी।'

'तब आप क्यों पादचारी बने हैं महाराज? ज्ञात आपको भी है कि वाहनादि का सुख प्रिय की ओर जाने के सुख के आगे तिनके के समान है।'

भर्तृहरि खड़े होकर बसन्त को एकटक निहारते रहे और बोले, 'तो तुम्हारी यात्रा शुभ हो गायक। हाँ, इतना सुनते जाओ कि प्रिय से मिलने के जिस सुख की ओर तुमने संकेत किया है, उसका मर्म जानना राजे-महाराजों के लिए दुर्लभ है। सम्भव हो तो चारुमित्रा के यहाँ से लौटते हुए उज्जयिनी होकर जाना। अभी अपनी भेंट अपूर्ण है।

जाते-जाते एक बात और बता जाओ बसन्त!...तुम चारुमित्रा के प्रेम में हो कि आदर में? उसने मुझसे भी तुम्हारी चर्चा बहुत आत्मीय जन के रूप में की थी।'

बसन्त ने हाथ जोड़ सिर झुका दिया, 'देव! आपसे असत्य न बोलूँगा...असत्य से कोई प्रयोजन भी नहीं। चारुमित्रा मेरी साँसों की गति है—उसे आप प्रेम नाम दें अथवा प्रमाद,

उन्माद। उसकी स्मृति के साथ जब मैं चलता हूँ तो न पाँवों में थकन होती है, न भूख-प्यास, शीत और घाम ही प्रभावी हो पाते हैं।'

'चारुमित्रा भी तुम्हें चाहती है?'

'निश्चय ही महाराज! अन्यथा मुझे बुलावा क्यों भेजती?'

'यह तुम्हारी कला के प्रति सम्मान, आदर हो सकता है। इससे तुम्हारे लिए प्रेम सिद्ध नहीं होता।' भर्तृहरि मुस्कुराने लगे।

'देव! प्रीति-प्रतीति के इतने बाँट-बखरे मैं नहीं जानता। इनकी आवश्यकता स्यात् तब होती है जब प्रेमी से कुछ पाने की इच्छा हो। मैं चारुमित्रा की अपनी चाह के साथ ही सन्तुष्ट हूँ। मुझे न उसके रूप की कामना है, न धन की। साथ जितना मिल जाए, वही निधि है मेरी। मुझे तो लगता है कि प्रिय के साथ का क्षणभर भी पूरा जीवन जीने के लिए पर्याप्त है।'

बसन्त के मुख से प्रेम की व्याख्या सुनते हुए भर्तृहरि आश्चर्यचकित थे। सोचा—यह भी तो मनुष्य ही है जो दर्शनमात्र में प्रेम की पूर्णता पा लेता है...।

'तो मैं चलूँ देव?' कह बसन्त अपने मार्ग पर मुड़ गया।

भर्तृहरि भी अवन्ति की ओर चल दिये।

शिप्रा के दर्शन करते लगा, जैसे कोई वत्स माँ के पास आ पहुँचा हो! वह बड़ी देर तक देह मल-मल कर सिर पर जल उँडेलते रहे, उसके पश्चात् मन्दिर पहुँच महाकाल के आगे नेत्र बन्द कर खड़े हो गए। वह कुछ माँगना चाहते थे देवाधिदेव से पर ज्योतिर्लिंग पर दृष्टि पड़ते ही पलकें स्वयमेव मुँद गई थीं—मन शरणागत हुआ और कामना विस्मृत। कानों में बजती घंटाध्वनि के साथ जाने कहाँ से डमरू का नाद आ जुड़ा था। आरती, घंटा, डमरू, मंत्र—सभी के स्वर मिलकर किसी महानाद में एकाकार हो रहे थे। इस काल में न कहीं इच्छा थी, न ज्ञान, न क्रिया। दसों दिशाओं में तरल आनन्द झर-झर झरने लगा था।

बड़ी देर से अविचल, निष्कम्प ध्यानमग्न खड़े इस ब्राह्मणवेशी साधु की ओर धर्मोपाध्याय का ध्यान गया तो वह चौंक पड़ा। 'ये तो महाराज भर्तृहरि सा...' धर्मोपाध्याय के ओठ बुदबुदाये। उसने दूसरे उपाध्याय को संकेत कर अपने अनुमान की पुष्टि चाही।

'हाँ, महाराज ही तो हैं।' उपाध्याय ने पुष्टि की।

गर्भगृह के पाँचों पुजारियों ने ध्यानमग्न भर्तृहरि की पहचान में स्वीकृति स्वरूप सिर हिलाया। सूचना गर्भग्रह की सीढ़ियाँ चढ़ तुरन्त ही नगर-भर में दौड़ गई।

'महाकाल की जय हो! महाराज की जय हो! महादेव की शरणागति में महाराज का स्वागत है!' धर्मोपाध्याय के इन वाक्यों के साथ ही गर्भगृह में महाराज के लिए स्वस्तिवाचन होने लगा।

मन्दिर से एक धावक सूचना देने महालय की ओर दौड़ाया गया। हाँफते हुए धावक की सूचना पाकर पौर प्रमुख महालय के आस्पद कक्ष की ओर भागा। उसे वहीं

पहुँच स्मरण आया कि आस्पद महोदय तो अभी आवास पर ही होंगे तो वह अन्तेवास की ओर मुड़ा।

'महादेवी को सूचना पहुँचाओ कि महाराज महाकाल के मन्दिर में हैं...।'

परिचारिका भीतर की ओर लपकी। द्वार प्रहरी स्वतः सावधान हो गए। अन्तेपुर जाग पड़ा। मयूर ने ग्रीवा इधर-उधर घुमा कुछ जानने का प्रयास किया और केकारने लगा। शुक-सारिका अपने पिंजरों में पंख फड़फड़ाकर रोर कर उठे। वयसिका महादेवी के कक्ष में जा पहुँची, 'स्वामिनी, महाराज के आ जाने की सूचना है। महाकाल की अर्चना में हैं वह।'

पिंगला के मुख पर आह्लाद का आलोक फैल गया, 'वहीं पहुँचकर महाराज का स्वागत करें वयसिका।...तैयार हो जाओ!'

वयसिका चुप हो खड़ी रही।

'वयसिका, तुमने सुना नहीं? मैं सोचती हूँ कि महाकाल मन्दिर पर ही उनका स्वागत करूँ। प्रसन्नता होगी उन्हें।'

'स्वामिनी! मेरे मत से आपको महाराज के यहाँ आने की प्रतीक्षा करनी चाहिए।'

'इसे मेरी धृष्टता मान वह रुष्ट न हो जाएँगे?'

वयसिका मुस्कुरा दी, 'रुष्ट को मनाना होता है। वह अपने कक्ष में आएँ तब तक आप प्रतीक्षा कीजिए। मैं वहाँ से सभी परिचर, परिचारिकाएँ हटा देती हूँ। महाराज किसी को भी आवाज दें, सामने आप ही पहुँचेंगी। वह जो भी माँगें, आप ही प्रस्तुत करेंगी।'

'मैं समझ नहीं पा रही कि यह...।'

इस बार हँस पड़ी वयसिका, 'इतने वर्षों से महारानी हैं आप।...एक दिन दासी का दायित्व निभा लीजिए। संकोच में न पड़िए। महारानी हो या दासी, स्त्री ही रहेगी वह।'

रक्षिका ने सूचना दी—द्वार पर जीवक देवी वयसिका की प्रतीक्षा में है।

वयसिका ने हँसती आँखें पिंगला पर लीं, 'महादेवी! आप अपने कक्ष में रहेंगी। आपको नहीं पता है कि कोई आया है। हाँ, तत्पर रहिए। महाराज ही कहीं बुलाते हैं तो आपको जाना होगा।'

वयसिका शीघ्रतापूर्वक अन्तेवास के द्वार पर आई। जीवक ने अभिवादन किया।

'कहो बन्धु! क्या आज्ञा लाए हो, महामात्य की?' पूछा वयसिका ने।

'नरेश महाकाल मन्दिर में हैं। महामात्य स्वयं उस ओर निकल गए हैं, मुझे आपको सूचित करने भेज दिया कि महादेवी...'

'महादेवी यहीं भेंट करेंगी महाराज से।' वयसिका ने जीवक की बात पूरी न होने दी।

'किन्तु महामात्य ने कहा है कि...'

'यह महारानी ने कहा है, महामात्य को बता देना। इसके पश्चात् उनकी जो आज्ञा हो। रथनायक से कहो कि महाराज का चातुरक लेकर पहुँचे वह। अथवा रुको, मैं ही किसी को रथशाला पहुँचाती हूँ। तुम जाओ और महामात्य से कहना कि सब व्यवस्थित है...।'

जीवक का अश्व भी लौटकर महाकाल के मार्ग पर दौड़ गया था। इस समय वह महामात्य के लिए पुत्र से भी अधिक विश्वस्त था। महामात्य और वयसिका का सम्बन्ध

वह कुछ समझ पा रहा था तो बहुत कुछ अबूझ था। वह सम्बन्धों की ऐसी ही भूलभुलैयों के बीच पला है।

जीवक के पहुँचने तक कुछ अन्य अमात्य एवं बलाधिकृत भी मन्दिर आ गए थे। संयोग से महामति भद्रसेन भी उपस्थित थे जो प्राय: शोभा के ही रूप में लिये जाते हैं। जीवक को देखते ही महामात्य आगे बढ़ आए तो जीवक ने धीरे से वयसिका के शब्द दोहरा दिये और दूर हटकर खड़ा हो गया। महामात्य उपाध्यायों से घिरे, महाकाल को प्रणत, प्रार्थना बुदबुदाते भर्तृहरि की ओर बढ़ गए। विग्रह के पाद प्रान्त में पत्रों की वह पोथी थी जिसके लिए भर्तृहरि ने श्रीपुर तक की भूमि मापी थी।

प्रार्थना समाप्त करते हुए भर्तृहरि ने निराबद्ध पत्रों की वह पोथी विद्वत् समाज के विचारार्थ धर्मोपाध्याय के हाथों में सौंप दी। भगवान महाकाल को अर्पित ग्रन्थ पर उत्सुक दृष्टि डालते धर्मोपाध्याय ने पूछा :

'इसे किस नाम से अभिहित किया है महाराज?'

'नटराज के वाद्यनाद से उत्पन्न शब्द के रूप, प्रभाव, प्रतीति के संयोजन की प्रार्थना का प्रसाद है यह। तो...'वाक्य पदीयम्' कह लीजिए। अथवा आप विद्वज्जन इसे जो नाम उचित समझें।' विनयपूर्वक कहा भर्तृहरि ने, फिर महाकाल को नमन कर वह महामात्य पूर्णरथ की ओर घूमे।

'बहुत कृशकाय, शिथिल दिख रहे हैं, आदरणीय महामात्य!...कुशल तो है?'

'महालय की ओर पधारें महाराज!...सब बताऊँगा।' महामात्य ने निवेदन किया।

जिज्ञासा और चिन्ता के साथ भर्तृहरि खड़े हो गए।

17

**वे वायु पीते और निराहार रहते थे,
इसलिए दिन-दिन सूखते जाते थे।
एक दिन उन्होंने पितरों को देखा जो
नीचे मुँह किये एक घोर कूप में लटक रहे थे।
उन्होंने खस नामक घास के समूह को
पकड़ रखा था, जिसकी उखड़ती जड़ में
केवल एक तंतु बचा था और
उस बचे हुए तंतु को भी
वहीं बिल में रहनेवाला चूहा
धीरे-धीरे खा रहा था।**

'वाक्य-पदीयम्' ने आचार्यों के मध्य नये प्रश्नों, नये तर्कों को जन्म दे दिया था। पंडित सभाओं में चारों ओर भर्तृहरि की चर्चा थी। श्रेष्ठ सृजन वह भी नृप करे तो प्रशंसा क्यों न हो?

कुमार विक्रम को बार-बार अवन्ति आना पड़ता। कभी महामात्य बुलाते तो कभी वह स्वयं ही आ जाते। भर्तृहरि न होते तब भी वह महालय जाकर अन्तेवास की आवश्यकताओं,

सुविधाओं के बारे में पूछताछ कर महामात्य के यहाँ जाते। राजकाज की गोपन मंत्रणाओं में सेनापति के साथ ही वयसिका को भी सम्मिलित किया जाता। कुमार विक्रम की उद्दंडता शान्त थी अब।

तथागत ने अपना नाट्यदल बना लिया था तथा इन दिनों वह स्वयं के लिखे नाटक द्वारा दास हट्टियों में मनुष्य को पशुओं की भाँति क्रय-विक्रय के विरोध में आवाज उठा रहा था। अवन्ति राज्य अपने सुख-दुख वाले दोनों पहियों पर आगे ढरकने लगा था।

वह चैत्र शुक्ल की पूर्णिमा थी। भर्तृहरि रात्रि के दूसरे प्रहर में विद्वत् सभा से पूर्णयश हो लौटकर कोई सूत्र गुनगुना रहे थे...वस्त्र परिवर्तन में सहायता करने चम्पा आ गई।

'महादेवी कहाँ हैं?' रत्न कटिबन्ध खोलते भर्तृहरि ने पूछा।

'अपने कक्ष में स्वामी की प्रतीक्षा कर रही हैं।' उत्तरीय एक ओर रखती चम्पा ने बताया।

'चम्पा! तुमने कभी कुछ माँगा नहीं हमसे... ?'

चम्पा उतारे हुए वस्त्रों के वलय सँवारने लगी।

'हम पूछ रहे हैं चम्पा कि तुमने हमसे कभी कुछ चाहा नहीं?' भर्तृहरि ने अपने शब्दों पर बल दिया।

'दासी को बिना माँगे ही स्वामी की अकल्पनीय कृपा मिली है।' नेत्र नीचे किये चम्पा ने कहा।

'हमारी ओर देखो चम्पा!...क्या तुम्हें सचमुच कुछ नहीं चाहिए?'

'हाँ, देव!'

भर्तृहरि ने चम्पा को अंक में ले लिया, 'तुमने मेरी सन्तुष्टि में सदैव ही अपनी इच्छाओं का होम किया है—है न?'

'वही तो दासी का धर्म है देव!' क्षण-भर को भर्तृहरि की ओर उठाकर चम्पा ने फिर आँखें झुका लीं।

'ना, ना! मेरी ओर देखो। आज मैं तुमसे कुछ पूछना चाहता हूँ—मात्र दो प्रश्न। जानता हूँ कि मुझसे असत्य न बोलोगी किन्तु यह भी चाहता हूँ कि सत्य-असत्य के बीच मौन का शून्य खड़ा कर प्रश्न को निस्तेज, निर्वीर्य न बनाओगी।'

चम्पा भय और आशंका में स्तब्ध होकर रह गई। उसका प्रश्नों से सामना ही कब हुआ कि उनका आशय समझ समुचित उत्तर दे सके। स्वामी ने पूरे जीवन में एक रात्रि ही तो महादेवी और शची के साथ अपनी चर्चा में शामिल किया था। वयसिका भी थी उस कक्ष में...। किन्तु महाराज के प्रश्नों का उत्तर तब भी कौन दे सका था? वह तो समझ भी न पाई थी उन प्रश्नों को!...और उसी रात महाराज अज्ञातवास पर चले गए थे। कहीं आज भी कोई वैसी ही भूमिका तो नहीं है?

क्षण मात्र में इतना सोच गई चम्पा और उसके माथे पर स्वेद कण आ गए। स्वामी की आज्ञा के पालन में कुछ कहने को थी पर आवाज कंठ में ही दबकर रह गई।

'क्या हुआ चम्पा?' भर्तृहरि चम्पा की डूबती आवाज भाँप गए।

चम्पा की आँखों से आँसू चू पड़े, 'मैं आपके चरणों की रज होने योग्य भी नहीं...अपनी स्वामिनी की इच्छा मात्र हूँ। इच्छा की भी क्या इच्छा होगी? कभी रही भी हो तो उसका क्या मूल्य? मेरी प्रार्थना है कि जो पूछना हो, वह स्वामिनी से ही पूछें। आपको सत्य न बूझ सकी तो मर जाऊँगी मैं। मुझे मृत्यु का भय नहीं—बस, यही चिन्ता है कि तब आपके पुत्र कुमार को दूध कौन पिलाएगा? स्वामिनी को तो दूध उतरता नहीं।'

भर्तृहरि ने चम्पा को वक्ष से कस लिया, 'तो मेरा अनुमान सत्य है कि कुमार तुम्हारी कुक्षि से उत्पन्न हुआ है? एक प्रश्न का उत्तर मिल गया चम्पा, दूसरा यह कि...'

'कृपा करके स्वामिनी के बारे में मुझसे कोई प्रश्न न करें देव! मैंने आज तक स्वामी से कुछ नहीं माँगा, बस, इतनी ही कृपा मेरी झोली में डाल दीजिए।' भर्तृहरि के वक्ष में सिर छिपा चम्पा सिसकने लगी।

भर्तृहरि ने पीठ थपथपाकर चम्पा को सान्त्वना दी, 'ओह, तुम्हारा ऐसा समर्पण! यह दुर्लभ निधि जिसे भी प्राप्त हो जाए—अपने होने का अहं उसके निकट भी न ठहरे। अब कुछ न पूछूँगा। तुम जानती ही हो कि मुझे पिंगला से अतीव राग है...प्रबल आकर्षण है। पिंगला मेरे लिए नाम भर नहीं, स्त्रीत्व की समग्र अभिलाषा है। उसके प्रति सन्देह का जो बीज मेरे चित्त की भूमि पर पड़ा है, वह भीतर बैठा-बैठा आँखें झपकाता रहता है। विकलता बढ़ाकर दूर भागने को प्रेरित करता है—अनुराग से, अभिलाषा से।

बार-बार भागता हूँ मैं, और लौटता हूँ बार-बार...सम्बन्धों की उसी भूमि पर। जलता रहता हूँ स्वयं अपना ही स्नेह सोखता हुआ। आज मैं प्रशंसा और यश में लिथड़कर लौटा हूँ! कितनी चतुर सांसारिकता है कि पता ही नहीं लगने देती कि राजा की प्रशंसा हो रही है या रचना की?

मनुष्य कैसे-कैसे भ्रमों के साथ जीता है! तुम जो सन्देहरहित हो—वह है अस्तित्वहीन और जो संशय के वृत्त में है—वह शासिका, स्वामिनी है। और मैं? मैं भी कहाँ प्रतिष्ठा दे पाता हूँ सत्य को? संकल्प लेकर गेह से निकलता हूँ और देह की कामना हो लौट आता हूँ। कोई बात तो है चम्पा, जो इन सुख-साधनों के बीच भी एक विकलता मेरे आसपास साँसें भरती रहती है। लगता है...लगता है...ओह, जाने क्या-क्या तो लगता है!'

भर्तृहरि की भुजाओं का बन्धन शिथिल हुआ। वह उद्विग्न, विवश से कक्ष में घूमने लगे।

'स्वामी, महारानी के शयनागार में चलें, स्यात् वहाँ आश्वस्ति मिले।...वहाँ पुत्र है आपका...महादेवी हैं...मद है।' सिमटी-सी खड़ी चम्पा ने कहा।

'ऊँ... ?...हाँ। स्यात् वहीं कुछ सूझ सके। किन्तु ठहरो चम्पा! यहाँ निकट आओ मेरे। उसी भाँति मेरे वक्ष में अपना सिर टिका लो। तुम्हारी पीठ पर हाथ का स्पर्श करते समय मुझे किसी उपरति-सा अनुभव हुआ था। मस्तिष्क में कहीं कुछ कौंधा था।' भर्तृहरि ने चम्पा को वक्ष से सटा लिया।

'भोगा न भुक्ता वयमेव भुक्ता...भोगा न भुक्ता वयमेव भुक्ता,' कहीं दूर देखते से भर्तृहरि यही वाक्य बारम्बार बड़बड़ाने लगे।

उनकी दशा देख विस्मय में पड़ी चम्पा की उपस्थिति भी वह भूले से प्रतीत होते थे :

'भोगा न भुक्ता वयमेव भुक्ता स्तपो न तप्तं वयमेव तप्ताः।
कालो न यातो वयमेवयाता स्तृष्णा न जीर्णा वयमेव जीर्णा॥'

भर्तृहरि ने चम्पा को भींच लिया, 'यही तो था जो विकल किये था मुझे। धुँधला था तब, अब स्पष्ट हुआ है। अच्छा, चम्पा, तुम कभी पिंगला को ध्यान से देखना—उसका लावण्य सूखता जा रहा है। पाटल से कपोलों की त्वचा में संकुचन की रेखाएँ आ गई हैं। मैंने लक्ष्य किया था कि एक दिन मेरे द्वारा चुम्बन लिये जाते समय उसके माथे पर उलझन आई...आँखों में अस्वीकार-सा था अर्थात्... ? अर्थात् यह कि मेरे मुख में भी उम्र की उबास आने लगी है...स्वेद की सुगन्ध हीकने लगी है।

'चम्पा! भोगों को हमने नहीं भोगा, भोगों ने ही हमें भोग लिया। हमने तप नहीं किया, त्रितापों ने तपा दिया हमें। समय नहीं बीता, हम स्वयं बीत रहे हैं...तृष्णा न बुढ़ाई, बूढ़े हुए हम ही।...जाओ चम्पा! अपनी स्वामिनी के पास जाओ। उन्हें कह दो कि अब वह निर्वाह की यातना भोगने से मुक्त मानें स्वयं को।' कहते हुए भर्तृहरि ने बन्धन खोल दिया।

'देव, मद्यपात्र को यहीं ले आऊँ?' विमूढ़ होती चम्पा ने झिझकते हुए पूछा।

'चहुँओर मद ही मद है—राजमद, धनमद, यश का मद। कुछ ही पहले तो मैं यश के मद में ऊभ-चूभ होता आया था। कहीं पाँव रखता तो कहीं पड़ रहे थे। मदिरा का मद तो नगण्य है उसके समक्ष। आत्माभिमान का भिन्न स्वाद है यश में।...फिर भी ले आओ मदिरा भी। सम्भव है, यह यश के मद से त्राण दे मुझे या तुम्हें ही सन्तुष्टि हो—भोगा न भुक्ता वयमेव भुक्ता...' कहते भर्तृहरि रजतपीठ पर बैठ गए।

चम्पा ने मदिरा सजा दी।

पूरी रात्रि चम्पा ने शयनकक्ष के कपाटों से कान लगाकर बिताई। स्वामी उद्विग्न हैं। उन्हें जाने कब, क्या आवश्यकता हो? परिचरों, दासियों से वह प्रकट करें, न करें। रात्रि दो प्रहर बीत चली और अब जाग रहे हैं। कपाट से लगी भूमि पर ही बैठी चम्पा ने धीमी-धीमी पुकार-सी सुनी, 'मुझे दर्शन दो गुरु!...अपनी शरण में ले लो मुझे! देख-बूझ लिया यह संसार मैंने। स्वार्थ के ताने-बाने का भ्रमजाल है सब। सब सम्बन्ध तृष्णा की लार से लिसलिसाए हुए। मैं और मेरे की माया में फँसा हुआ मैं। मुझे मुक्ति का मार्ग दिखाओ नाथ!...अलख...अलख!'

चम्पा बैठे-बैठे जाने कब सो गई थी और महाराज निद्रा या स्वप्न में जाने किसे पुकार रहे हैं? चम्पा चैतन्य हुई। मन्दिर से नीराजन के पश्चात् की शंखध्वनि उठ रही थी। वह भीतर झाँकी। स्वप्न से जागकर भर्तृहरि 'अलख-अलख' बुदबुदा रहे थे।

कपाट पूरे खोल चम्पा भीतर पहुँची, 'कोई आज्ञा स्वामी... ?'

'अरे तुम रात्रिभर द्वार पर ही रहीं क्या?'

'महाराज कुछ कह रहे थे?'

'कुछ कहा मैंने?...हाँ, वह स्वप्न था...स्वप्न में ही कहा होगा कुछ।'

'सुनते हैं, भोर का स्वप्न सच होता है देव?'

'महाकाल की शंखध्वनि सुनाई पड़ रही है। वज्रभैरव जाने कहाँ होंगे! उन्होंने बहुत दिन से सुधि नहीं ली...' भर्तृहरि कह रहे थे।

भर्तृहरि की रुचि राजकाज में यों भी कम हो गई थी, अब वह पूर्णत: उदासीन, निरपेक्ष हो गए। आवश्यकता होने पर महामात्य स्वयं आते। वह खिन्नता प्रकट भी कर देते। ग्रीष्म, पावस के पश्चात् शरदोत्सव में भी सम्मिलित न होने पर महामात्य की पीड़ा फूट पड़ी :

'नरेश! मुझे विषाद के साथ कहना पड़ रहा है कि आप प्रजा के प्रति दायित्व से पराङ्मुख हो रहे हैं।'

भर्तृहरि हँसने लगे, 'प्रजा को चाहिए कि वह अयोग्य राजा को हटाकर अपना दूसरा राजा चुन ले।'

'क्या कह रहे हैं आप ?' महामात्य का मुँह खुला का खुला रह गया।

'सत्य को सविस्मय न देखें आर्य! पूज्य पिता के समय से आप राज्य और राजपरिवार के शुभचेता संकटमोचक रहे हैं। आपके पुत्रवत् नरेश भर्तृहरि में शासन की इच्छा शेष है, न सामर्थ्य।

अब तक वह जाने क्यों इन भवनों-अट्टालिकाओं के अँधेरे में लटका रहा है।'प्रजानं विनयाद्दानात् रक्षणात् भरणादपि' दायित्व मुझे बन्धन प्रतीत होता है...गुरु के दर्शन और आज्ञा की प्रतीक्षा है मुझे।'

'तो क्या राजा भर्तृहरि योगी, संन्यासी होना चाहते हैं ?'

'आर्य! आपने भी तो देखा है वज्रभैरव को। मैंने उन्हें गाते सुना है—कनक कामिनी त्यागें दोइ, सो जोगेस्वर निरभै होइ। योगी होना निर्भय होना है—जन्म से, यश-अपयश से, आस और त्रास से।

सैकड़ों राजा जिसको अपनी-अपनी मानकर मर गए परन्तु जो किसी से भी नहीं भोगी गई, ऐसी पृथ्वी का राजा बनने का भी क्या अभिमान! हास्यास्पद तो यह है कि इस भू से लघुतर अंश को भी पाकर लोग स्वयं को भूपति मान आनन्दित हो लेते हैं—इससे बड़ी मूर्खता क्या है ?'

महामात्य भर्तृहरि को समझाने का प्रयास करते तो भर्तृहरि विराग का कोई न कोई तर्क, पक्ष सामने रख देते, फिर भी महामात्य ने महाराज के लिए प्रयास कम नहीं किया।

एक दिन महामात्य के आते ही वह हाथ जोड़ खड़े हो गए :

'आर्य! अब रहा नहीं जाता। मेरे लिए दो ही मार्ग शेष हैं—आत्मग्लानि में मृत्यु का वरण करूँ अथवा गुरु गोरखनाथ की कृपा पाकर संसार को मृत्यु के भय और कष्टों से उबारने का प्रयत्न करूँ। आपके अनेक उपकार हैं मुझपर। मुझे अवसर मिला तो अपने अपराध के लिए सबसे क्षमा माँगूँगा। पिंगला, चम्पा, शची, चारुमित्रा से भी। भाग्यहीना वयसिका को क्या कहूँ जिसका दुर्भाग्य इस महालय के लिए महौषधि बन गया। अब राज्य को जैसे भी सँभालें आप...'

'कहाँ हैं गुरु गोरखनाथ ?' हताश से महामात्य ने पूछा।

'वज्रभैरव ने बताया था कि वह कामरूप की ओर गए हैं।'

'कामरूप कहाँ है ?'

'ब्रह्मनद और कदलीवन के बीच सुना जाता है कहीं...'

'तो मेरा एक आग्रह स्वीकार कर लें—जीवक रहेगा आपके साथ। गंगातट से बंगदेश के लिए सार्थवाहों की पोतनौकाएँ मिलेंगी। एक बार राजपुत्री मयनावती से भेंट कर लें। मयना को निश्चय ही कामरूप का मार्ग ज्ञात होगा।'

'जीवक तो विश्वस्त अनुचर, रक्षक है आपका। उसके बिना अरक्षित न हो जाएँगे आप ?'

महामात्य पथरायी हँसी के साथ बोले, 'प्राणांतक रोग ने ग्रस लिया था तब भी बचा रहा मैं। पता नहीं, त्रिलोचन की औषधियों ने बचाया या वयसिका की सुश्रूषा ने या दोनों ने ही! महाकाल की इच्छा न होती तो ये भी क्या बचा पाते ? हाँ, जीवक अत्यन्त विश्वसनीय अवश्य है। मृत्यु के जिस भय से ज्ञानी भी कदाचित् ही मुक्त हो पाते हों, वह सहजमुक्त है।...अपनी स्वामिभक्ति के कारण। मयना के यहाँ आपको छोड़ वह लौट आएगा। आगे आप होंगे और आपका मार्ग।'

महामात्य का अंतिम आग्रह मान भर्तृहरि इस पर 'ना' न कह सके। महामात्य और कुछ न कह पाए। उनके पाँवों में लौटने की शक्ति भी न बची थी। अपने एकाश्वी कपोतवाहन तक वह ज्यों-त्यों ही पहुँच पाए।

जीवक मुहूर्त भर में दो अश्वों के साथ उपस्थित हो गया। कुछ ही देर में सिंहद्वार के सावधान रक्षकों ने राजा भर्तृहरि को तीव्रगति से निकलते देखा। उनके शरीर पर न राजवस्त्र थे, न शीश पर राजचिह्न युक्त उष्णीष। ग्रीवा के आसपास झूलते अधखुले केशों पर शीर्ष-पट मात्र लिपटा हुआ था। जीवक की भूषा भी रक्षक या सैनिक-सी न थी। हाँ, कटि से खड्ग अवश्य लटकती दिखी। कुछ ही समय पूर्व महामात्य निकलकर गए थे। द्वारपाल व रक्षक अधिक सजग हुए कि आज जाने कौन-कौन आए-जाए!

उज्जयिनी के नागर वन-उपवनों को पार कर भर्तृहरि ने रुककर अश्व का मुँह उज्जयिनी की ओर फेरा और दूर चमकती धवल अट्टालिकाओं, स्वर्ण शिखरों को प्रणाम किया। अश्व को फिर से आगे मार्ग की ओर मोड़ एड़ लगा वह जीवक के पार्श्व में आ गए।

'जीवक! न मैं अब राजा हूँ, न तुम सेवक।'

अपने अश्व को नितान्त जीवक के पार्श्व में ले भर्तृहरि ने जीवक के कन्धे को स्पर्श किया, 'बंगाल के पाल राज्य तक तुम जो कहोगे, मैं वही मान्य करूँगा।'

जीवक मुस्कुरा दिया।

दोनों के अश्व सधी गति से मार्ग तय करने लगे। लम्बी यात्रा में अश्व को दौड़ाकर थकाया नहीं जाता—कदमचाल अर्थात द्रुतगति से चलाया जाता है। प्रयाग पहुँच अश्व छोड़ दिये गए। अब जलमार्ग ही उपयुक्त था। काशी में महाकाल के वरद विग्रह विश्वनाथ के दर्शन कर आगे गया में बोधिवृक्ष व विष्णुपद के अर्चन पश्चात पितृ-तर्पण करते हुए आधी से अधिक यात्रा सम्पन्न हो गई। इसके पश्चात दुर्गम प्रदेश है अत: पाटलिपुत्र जाकर जलमार्ग ही पुन: पकड़ना पड़ा और दोनों पाल राज्य के राजद्वार तक पहुँच गए।

अनुज के आने पर मयनावती इतनी मगन हुईं कि अष्टवार भर उत्सव मनाया जाता रहा किन्तु जब मयनावती ने भर्तृहरि के आने का कारण सुना तो कामरूप जाने के उद्देश्य पर वह चिन्तित हो गईं :

'गुरु गोरखनाथ ने स्वयं बुलाया है तुम्हें ?'

'नहीं, मुझे स्वयं ही पहुँचना है गुरु तक। वज्रभैरव ने कहा था कि वह कामरूप की ओर गए हैं।'

'वज्रभैरव कहाँ है ?'

'तब के बाद भेंट न हो सकी। कठिन समय पर वह सदैव एकाएक ही आकर मिलते रहे हैं। किन्तु इस बार जाने कहाँ लोप हो गए ?'

'कामरूप कामना की उमंग भूमि है भर्तृहरि!...साधना का निकष है। गुरुमुख से सुना है कि वहाँ लालसा के स्रोत फूटते हैं, बसन्त खिलता है। भगवान शिव का तपभंग करने के लिए कामदेव ने वहीं अपनी माया रची थी इसलिए वहाँ आनन्द के ऊँचे शिखर हैं तो पश्चात्ताप की गहरी खाइयाँ भी हैं। जलने से भस्म हुए कामदेव की स्त्री रति को वहीं शिव ने काम के अनंग होने का वर दिया था।

कामदेश में वेद-विधि छिन्न-भिन्न हो जाती है। ज्ञान, वैराग्य, संयम, नियम, सदाचार ग्रन्थों में लिखे रह जाते हैं। सिद्ध विरक्त महामुनि, महायोगी भी स्त्री की इच्छा में तपने लगते हैं। मनुष्य तो क्या, लता को देख वृक्ष अपनी शाखाएँ बढ़ा देते हैं...नदियाँ नद की ओर आतुर होकर दौड़ती हैं। इस देश में पुष्पित वृक्षों के सघन वन, उपवन, वापी तड़ागों में खिलते कमलों पर भ्रमरों का गुंजन, शीतल मन्द सुगन्धित पवन का प्रवाह, राजहंस मयूरों का मदन नृत्य—सभी कुछ तो मनुष्य को बाँध रखने के उपक्रम हैं।

सबसे अधिक मायावी वहाँ की स्त्रियाँ हैं। उनका गौरवर्ण सुदीर्घ ग्रीवा, उन्नत मस्तक, सरोवर के पद्म से नयन, सुचिक्कन केश तथा मृदु मुस्कान की माया के पाश से पुरुष का बचना असम्भव है। गुरु ने बताया है कि गोरखनाथ के गुरु मछेन्द्रनाथ भी कामरूप पहुँचकर इस माया के बन्दी हो जोग-तप बिसार बैठे थे। उन्हें गुरु गोरखनाथ ही बचाकर लाए थे।

इसलिए मेरा कहा मान, उधर मत जा। उज्जयिनी नहीं तो यहीं ठहरकर गुरु की प्रतीक्षा कर। तुझ पर उनकी इतनी कृपा है तो मुझे विश्वास है कि तेरा ध्यान भी होगा उन्हें। वह तेरी श्रद्धा और लगन का निरादर नहीं करेंगे, अवश्य मिल जाएँगे।'

'अब और प्रतीक्षा नहीं कर पाऊँगा बहन! मैं जान गया हूँ कि भोग मेघों के समूह में चमकती हुई विद्युत की भाँति चंचल हैं। आयु-वायु के आघात से छिन्न-भिन्न होती मेघमाला में लीन जल के समान क्षणभंगुर है और यौवन मात्र एक हिलोर; अतः योग में ही रमने का निश्चय है।'

'तो जैसी आदिनाथ की इच्छा...तू जा। किन्तु वहाँ पहुँचकर गुरु गोरखनाथ का पता कैसे पाएगा ?...हाँ, मैं इसमें किंचित सहायता कर सकती हूँ। ब्रह्मनद के पवित्र जल को स्पर्श करते खड़े गिरि की गुहा में एक सिद्ध तांत्रिक निवास करते हैं—वही देंगे गोरखनाथ का पता। नखला-मेखला तुम्हें वहाँ तक पहुँचा सकती हैं—शीघ्रतापूर्वक।...किन्तु उन्हें पर्वत दूर से ही दिखाकर लौटना होगा। सिद्ध के क्षेत्र में कोई स्त्री प्रवेश नहीं कर सकती...गुहा के द्वार पर एक सिंह पहरा देता है। यह भी जान ले।'

वहाँ से विदा लेकर अब अकेले थे भर्तृहरि।

दो दिवस की यात्रा के पश्चात् सूर्यास्त के समय गोधूलि बेला में दूर धुआँ उठता दिखा तो भर्तृहरि की आशा जगी—अवश्य ही वहाँ मनुष्य होना चाहिए। दावाग्नि होती तो गाढ़े धूम्र के साथ लपटें भी दिखाई देतीं। पशुपक्षी अग्नि जला नहीं सकते।

भर्तृहरि तुरन्त धूम्र की ओर चल दिये।

दाहिने ब्रह्मनद का विस्तार और बायें पर्वतीय प्रदेश का समृद्ध वन। गोधूलि का प्रकाश घड़ी भर ही ठहरता है, अब आकाश में नक्षत्र टिमटिमाने लगे थे। नद का जल नील से कृष्ण हो गया। घुरघुराते दो श्वान भर्तृहरि के पास आ पहुँचे।

श्वान जितनी उत्तेजना के साथ आक्रामक होकर हिल रहे थे उतनी आवाज नहीं थी उनकी। भर्तृहरि के हाथ में लकुट देख वे कुछ दूरी बनाते हुए और भी आक्रामक होते पीछे हटने लगे।

तभी एक पुरुष आगे आया, 'ठहरो बन्धु! इस गहन, दुर्गम वन में एकाकी तुम कौन हो?'

'मैं एक पथिक हूँ बन्धु!...किसी को खोजता हुए निकला हूँ। अग्नि के संकेत से आश्रय पाने चला आया हूँ।'

पुरुष ने उपालम्भ के साथ श्वानों को घुड़का तो वे पूँछ हिलाते हुए कूँ-कूँ करने लगे। 'इधर आ जाओ बन्धु! निश्चिन्त हो अग्निदेव के पास स्थान ग्रहण करो किन्तु इस ओर से तो कहीं के लिए भी कोई मार्ग नहीं जाता!' पुरुष की वाणी में सन्देह झलक रहा था।

'मध्याह्न से बैठा था—न मार्ग दिखा, न कोई मार्ग दिखानेवाला। अग्निदेव का संकेत मिला तो आपसे भेंट हो गई।...इनसे भी।' भर्तृहरि ने पूँछ हिलाते श्वानों की ओर संकेत किया।

भर्तृहरि को पुरुष कुछ अलग हटकर बैठे वृद्ध व्यक्ति के निकट ले जा पहुँचा जो वहाँ रखे काष्ठ के ढेर से अग्नि को प्रज्वलित कर रहा था। उसके आगे तुम्बी थी और बाँस का एक चसक भी। प्रकट था कि वृद्ध मदपान में संलग्न है। आगंतुक को देख वृद्ध ने श्वेत वल्लरी वाली आँखें झपकाईं। कुछ पल देखा फिर तुम्बी, चसक एक ओर सरकाकर हाथ जोड़ खड़ा हो गया।

'पधारें देव! और क्षमा करें, मैं पहचान नहीं पा रहा कि आप ब्रह्मचारी हैं—परिव्राजक या साधु वैरागी। लज्जा का कारण यह भी है कि इस व्याध परिवार के पास आपके सत्कार योग्य कुछ भी तो नहीं। हाँ, सुखाया हुआ मृगचर्म अवश्य होगा—आपके आसन योग्य। उसमें कुछ गन्ध अब भी हो सकती है किन्तु विवशता है... ।' वृद्ध ने वहाँ लानेवाले पुरुष को जो सम्भवतः उसका पुत्र ही था, मृगचर्म लाने का संकेत किया।

'चिन्तित न हों वृद्धवर! इससे बड़ा सत्कार क्या होगा कि ऐसी जनशून्य गहन अटवी में रात्रि बिताने को संग-सहाय मिल गया, अन्यथा नरभक्षी प्राणियों की कमी तो होगी नहीं?' भर्तृहरि ने हँसकर कहा।

पुरुष ने लाकर मृगचर्म बिछा दिया।

वृद्ध विनयपूर्वक कहने लगा, 'हम शूद्रातिशूद्रों के पास आपके प्राशन योग्य और तो कुछ नहीं है, मधु अवश्य होगा।...वनफल भी होंगे, इच्छा हो तो... । हम अस्पृश्य अवश्य हैं किन्तु हमारा छुआ हुआ मधु और मांस वर्जित नहीं है।'

'आपके हाथों जो उपलब्ध होगा, ग्रहण कर लूँगा वृद्धवर! अलख की सृष्टि में भेद नहीं, अभेद है। आप आश्वस्त हों और उस तुम्बी व चसक का भी निरादर न करें। संकोच हो तो मैं उधर जाकर बैठता हूँ...'

'देव! जहाँ पशु-पक्षियों, कीट-पतंगों के अतिरिक्त कोई नहीं आता, वहाँ आप कैसे पहुँचे?'

भर्तृहरि जैसे इसी प्रश्न की प्रतीक्षा में थे, अतः वृद्ध की ओर झुक आए, 'मेरे गुरु कामदेश में कहीं हैं, जिनका पता मात्र उधर एक विकट गिरि की गुहा में साधना करनेवाले सिद्ध ही बता सकते हैं। सागर-सा विस्तृत यह महानद मेरे और उस पर्वत के मध्य फैला है। मेरे पास न इसे पार करने की युक्ति है, न वहाँ तक पहुँचने का कोई अन्य मार्ग मिल रहा है। वृद्धवर, आप कोई उपाय जानते हों तो बताएँ।' भर्तृहरि ने वृद्ध व्याध के मुख की ओर देखा।

पकी हुई अनवस्थ उलझी मूँछों में मुस्कुराया वृद्ध, 'महाराज! देव ग्यात आपके अनुकूल है तभी हमारी भेंट का संयोग बना। इस महाअटवी के संचरण मार्ग वन्यजीवों और व्याध के अतिरिक्त कौन जान सकता है...!'

भर्तृहरि ने वृद्ध के हाथ थाम लिये, 'मुझे बताओ वृद्धवर! गुरु का पता पाने मुझे विकट गिरि के सिद्ध तक पहुँचना आवश्यक है मेरे लिए। गुरु से मिले बिना लौटना नहीं है...इसी नद में कूदकर प्राण दे दूँगा।'

'प्राणों का खेल तो हम प्रतिदिन खेलते हैं वैरागी महाराज!...और हमारे प्राण भी सदैव संकट में होते हैं। मैं जीवन में अनेक बार उस गुहा में गया हूँ और सिद्ध महाराज मुझे सदैव ध्यानमग्न मिले हैं। मैंने सदैव उनकी सेवा में मधु के साथ वनफल अर्पित किये हैं...।'

'कहते हैं कि गुहाद्वार पर सिंह पहरुआ है?'

'है। उससे बचने का उपाय भी बताऊँगा। प्रातः साथ ही चलूँगा। सिद्ध महाराज के दर्शन करूँगा।'

प्रातः वचन के अनुसार व्याध ने कुछ वनफल बाँधे व मधु का एक अन्य तुम्बा कन्धे से टाँगकर कुठार हाथ में ले गिरि गुफा की ओर निकल पड़ा था। दोनों ब्रह्मनद की धारा के ऊपर की ओर बढ़ते गए। कोई योजन भर चलने के पश्चात् दोनों उस स्थान पर पहुँच गए जहाँ तीन ओर से विकट गिरि को घेरकर बहते महानद का मोड़ है।

अब महानद दाहिने छूट गया और पर्वत-प्रान्तर आरम्भ हो गया। चढ़ाई के साथ ही वन निरन्तर घना और दुस्तर बनता जा रहा था। वृक्ष गुल्मों से झिरता सूर्य का प्रकाश मात्र अँधेरा मिटाने भर ही पृथ्वी तक आ पा रहा था, ऐसे में मार्ग की पहचान बनाये रखना सचमुच ही अत्यन्त कठिन है। भर्तृहरि सुगमता से बढ़ते वृद्ध के पीछे-पीछे थे। मध्याह्न पूर्व अभिजित समय तक दोनों अपेक्षाकृत कुछ खुले से स्थान पर पहुँचे। यहाँ सिन्दूर से पुती एक नील शिला को वृद्ध ने जानु के बल बैठ पृथ्वी पर शीश लगा प्रणत किया तो भर्तृहरि ने भी अनुसरण किया।

यहाँ से पगपथ दिखाई देने लगा। सुवास से गन्धित वातावरण में भर्तृहरि का श्रम जाता रहा। ध्यान से देखने पर पाया कि यहाँ चन्दन के वृक्षों की पंक्तियाँ हैं।

वृद्ध भर्तृहरि को वृक्ष गुल्म से घिरी एक शिला की ओट में ले जा पहुँचा, 'अब हमें यहाँ रुककर सिंह के उतरने की प्रतीक्षा करनी होगी। वह इसी मार्ग से उतरेगा!' वृद्ध ने बताया।

'हम उसके मार्ग से इतने निकट हैं तो वह अवश्य ही हमारी गन्ध पा लेगा?' भर्तृहरि ने सावधानी प्रकट की।

'वह हमारी गन्ध न पा सकेगा क्योंकि एक तो पूरा स्थान चन्दन से सुरभित है, दूसरे, वायु का प्रवाह महानद की ओर से है। हम ऊँचे स्थान पर और विपरीत दिशा में हैं। बस, हमें कोई ध्वनि, आहट नहीं होने देना है।' वृद्ध निश्चिन्त था।

दोनों को अधिक प्रतीक्षा नहीं करनी पड़ी। सिंह अपनी सतर्क ठवनि के साथ धीरे-धीरे उतरता हुआ शिला के नीचे से होकर निकल गया। कुछ समय पश्चात् ये दोनों भी पगपथ पर ऊपर की ओर चढ़ गुफा में पहुँचे।

'आओ व्याधराज! अवन्ति के राजा भर्तृहरि को साथ लाए हो?' धीर-गम्भीर प्रसन्न ध्वनि गुफा में गूँजी।

निश्चय ही यह सिद्ध की आवाज थी। वह सामने एक शिलापट पर आसन लगाये दिखे।

व्याधवृद्ध आगे बढ़ कन्धे का तुम्बा और वनफलों की गाँठ शिला पर रख दंडवत हुआ तो भर्तृहरि भी साष्टांग हो गए। फिर करबद्ध खड़े हो निवेदन किया, 'राजा नहीं, महात्मन की कृपा का याचक भर्तृहरि है आपके सामने...।'

सिद्ध हँसे, 'अच्छा है...वाणी के धनी हो। शीश उठा मेरी ओर देखो भर्तृहरि...गोरखनाथ को गुरु बनाने निकले हो!...यह भी अच्छा है किन्तु अत्यन्त कठिन भी। अरे, तुम्हें ज्ञात नहीं कि मैं उसका ज्येष्ठ पन्थी हूँ। अन्तर मात्र इतना है कि मैंने आत्ममुक्ति का मार्ग चुन शैलवन का आश्रय लिया है और वह सबकी मुक्ति का व्रत ले बैठा है।'

भर्तृहरि को सिद्ध तापस की ओर देखते हुए कुछ विचित्र-सा लग रहा था—सिद्ध की आँखें किसी नक्षत्र की भाँति चमक रही थीं। गुहा में स्यात् इन्हीं आँखों का आलोक था जिसमें वह सभी चीजें स्पष्ट देख पा रहे थे।

'सुनो भर्तृहरि! कुछ ही समय में मेरा द्वार प्रहरी लौटेगा। उसके प्रकृत नियम में मेरा हस्तक्षेप उचित नहीं है। प्रकृति को साधना एक बात है भर्तृहरि, प्रकृति को बाँधना अलग। नाथना तो भयावह है। बेचैन प्रकृति जब कसमसाती है तब विनाश का वह वेग उठता है कि मनुष्य असहाय, दीन बनकर रह जाता है।

वनराज के लौटने से पूर्व ही तुम व्याधराज के साथ निकल जाओ। यह तुम्हें गोरखनाथ तक पहुँचाने वाले मार्ग पर छोड़ देंगे। अब ध्यान से सुनो कि कामरूप की दक्षिण-पूर्व की दिशा तथा कदलीवन के उत्तर में वामा क्षेत्र है। वहाँ नारी शासक है और पुरुष उसका अनुचर। यह क्षेत्र कामदेश का अंग होने से वहाँ स्त्रियों का अबाध विचरण है।

तूने राज्य का मोह छोड़ दिया...परिजन-पुत्र-कलत्र आदि से पीठ फेर ली। अस्ति का अहम भुला दिया किन्तु अभी तुझे सबसे प्रबल बाधा से जूझना है। वह है काम और कामना। इस बाधा को पार करते ही तेरी गुरु से भेंट हो जाएगी। गोरखनाथ तेरी परीक्षा

लेने ही वामाक्षेत्र में जा बैठे हैं क्योंकि काम पर विजय पाकर ही कोई योग धरने की योग्यता प्राप्त करता है। ध्यान रख कि काम सृष्टि के लिए अनिवार्य है। काम का सुख सृष्टि का सुख है, भोग का नहीं। सृष्टि है रचना—रचने में तृप्ति का आनन्द है और भोगने में तृष्णा का दाह।

कामदेश में शिव की शक्ति योनिरूपा होकर निवास करती हैं। कारण कि समस्त चर-अचर सृष्टि योनिज ही तो है। अयोनिज मात्र महाशिव और शक्ति हैं। अत: सर्वप्रथम तू नतनेत्र हो जगत जननि योनिरूपा माँ कामाख्या से अनुमति लेकर उसके प्रदेश में प्रवेश करना। उनकी कृपा से तुझे काम न व्यापेगा और कामना पूरी होगी।

मार्ग में तुझे अप्सराओं-सी सुन्दर स्त्रियाँ मिलेंगी। सबको माँ सम्बोधित करना—चाहे वह कुमारी हो, युवती या प्रौढ़ा। 'माँ' शब्द सुनकर कामोतप्त स्त्री भी संकुचित हो तुझे वात्सल्य भाव से देखने को बाध्य होगी।

महाशक्ति अपने स्वरूप में मस्तक पर नाग, लिंग तथा योनि एक साथ धारण करती हैं—नागं लिंगं च योनिं च विभ्रती नृप मूर्धनि। इसका आशय अपने गुरु गोरखनाथ से जान लेना। बस, अब निकल जा क्योंकि वनराज लौट पड़ा है।' कह सिद्ध ने नक्षत्रों-सी चमकवाली आँखें पलकों से ढाँप लीं।

सिद्ध को प्रणाम कर वे लौट पड़े। वृद्ध व्याध ने उन्हें फिर उसी गुल्माच्छादित शिला की ओट में रोक लिया क्योंकि अब उन्हें सिंह के मार्ग से होकर ही आगे बढ़ना था। सिंह के लौटने पर वनमार्ग पकड़ दोनों वहीं आ उतरे जहाँ से उन्होंने पर्वत की चढ़ाई आरम्भ की थी।

अभी प्रहर-भर दिन शेष था। आगे का मार्ग तथा सावधानियाँ बताकर विदा होते वृद्ध को भर्तृहरि ने हृदय से लगा लिया, 'आपका उपकार सदैव स्मरण रहेगा व्याधराज!'

'गोरख महाराज को मेरी ओर से प्रणाम निवेदन कर देना महाराज!' कह व्याधराज ने अपने डेरे का मार्ग पकड़ लिया।

भर्तृहरि कामाख्या पर्वत की ओर चल पड़े।

गुरु से मिलने की धुन में भूख-प्यास विस्मृत कर चलते-चलते वह कामाख्या की कृपाभूमि में पहुँच गए। देवी का विग्रह अप्रत्यक्ष अमूर्त है यहाँ। प्राकृतिक रूप से निर्मित शिलामन्दिर के गर्भगृह में शक्ति विग्रह है देवी का। पूरा पर्वत गोद है उनकी। गर्भगृह के निकट सौभाग्यकुंड में स्नान करते ही भर्तृहरि गतश्रम हो दिव्य अनुभूति की तीव्र ऊर्जा से भर उठे। शिला मन्दिर की परिक्रमा कर उन्होंने पुरोधा के बताए अनुसार गर्भगृह में प्रवेश कर मातृ-अभ्यर्थना की और नेत्र बन्द कर वहीं बैठकर रह गए।

प्रात: से मध्याह्न तक गर्भगृह से बाहर न आने पर पुरोधा को चिन्ता हुई। वह भीतर उतरे तो भर्तृहरि को समाधिस्थ पाया। पुरोहित लौट आए। प्रहर भर बाद पुन: गए तो भर्तृहरि की वही अवस्था। धीरे-धीरे संध्या हुई। अब पुरोहित को पर्वत से नीचे उतर अपने निवास पर पहुँचना था।

रात्रि में यहाँ देव, दनुज, किन्नर, गन्धर्व आदि अपनी शक्तियों सहित देवी की अर्चना के लिए आते हैं। अर्धरात्रि में प्रहर भर भूत, बेताल, प्रेत, पिशाच, डाकिनी, शाकिनी, योगिनी,

भोगिनी, भैरवी का तंत्र जुटता है। ऐसे में कोई मनुष्य वहाँ नहीं रह सकता। बड़पुरोधा रंजन शर्मा की चिन्ता बढ़ गई। भर्तृहरि को झकझोरते हुए वह उनके कानों में चीखे, 'गुरु गोरखनाथ अभी आत्मसाधना के एकान्त वास में हैं, फिर भी मैं तुम्हें उनका पता दूँगा। अब तुम सहज अवस्था में आकर मेरे साथ पर्वतधाम से नीचे चलो। रात्रि साधना यहाँ मनुष्येतर योनियों के लिए विहित है और ब्रह्ममुहूर्त से संध्याकाल तक मनुष्य के लिए।...जागो साधक! खड़े हो जाओ!'

भर्तृहरि ने त्रिपुटी पर ठहरी दृष्टि धीरे-धीरे सामान्य करते हुए पलकें फड़फड़ाईं, 'मुझे गुरु गोरखनाथ से मिलना है पुरोहित...।'

'हाँ, मैं तुम्हें पता दूँगा...पहुँच जाना भेंट करने।' रंजन शर्मा ने वचन दिया।

'मुझे माँ की गोद का सुख लेने दो पुरोहित, तुम जाओ। माँ की गोद में मेरा कोई अनिष्ट न होगा।...पुत्र कुपुत्र हो जाता है, माता कुमाता कभी नहीं होती।'

'हठ न करो, खड़े हो जाओ! मैं स्वयं तुम्हें गुरु के पास ले चलूँगा। अब तो ठीक है... ?' गर्भगृह के बाहर बढ़ते अन्धकार की आशंका से पुरोहित की आतुरता बढ़ने लगी।

'हाँ, पुरोहित, हठ ही सही। अब तो गुरु गोरखनाथ के प्रबोधन पर ही यह आसन छूटेगा। देखना, वह स्वयं आएँगे।' कह भर्तृहरि ने अपनी दृष्टि आरती के दीपक की लौ पर स्थिर कर दी।

'किन्तु तुम गुरु के आने तक जीवित न रह पाओगे। अपने काल में हस्तक्षेप से क्रुद्ध देव दनुज यहीं तुम्हारी बलि चढ़ा देंगे। संयोग या दयावश उनसे भी बच रहे तो भूत, प्रेत, पिशाच अस्थि-मज्जा सहित चबा जाएँगे।'

भर्तृहरि ने कोई उत्तर न देते हुए अपनी पलकें बन्द कर लीं।

'मैं कहता हूँ, बन्धु, उठो! नीचे पहुँचते-पहुँचते तीन घड़ी रात्रि घिर आएगी। ब्रह्मभूमि के इस कामगिरि पर प्रातः शीघ्र होती है तो भरतभूमि के अन्य स्थानों की अपेक्षा रात्रि भी पहले आती है।'

भर्तृहरि मौन रहे।

'काल को स्वयं ही पुकार रहे हो तो मैं क्या कर सकता हूँ...जैसी माँ की इच्छा!' बड़बड़ाते हुए दीप में स्नेह भरकर बाती सँवार रंजन शर्मा गर्भगृह की प्रस्तर सीढ़ियाँ चढ़ गए।

नीचे निजवास में पहुँचने तक रात्रि घनी हो गई थी। पत्नी ने आहार परोसा तो वह भी खाते न बना। ब्राह्मणी ने पूछा तो फिर बड़बड़ाने लगे, 'मैंने तो पूरा प्रयास किया। न माना। माँ नरबलि चाहती हैं तो कोई क्या कर लेगा?' उन्होंने संक्षेप में वृत्तांत सुना दिया।

दुख और सहानुभूति प्रकट कर ब्राह्मणी शयन करने लगी। दिनभर बहुत काम हैं—घास लाना, काष्ठ बटोरना, गो की सेवा-व्यवस्था, बच्चों का पालन-पोषण। पर्वतीय प्रदेश में खानपान की व्यवस्था सहित सकल गृहकार्य स्त्री को ही सँभालने होते हैं।

रंजन शर्मा रातभर उन्निद्र रहे। वह प्रातः सूर्योदय के पश्चात् ही पर्वत चढ़ते हैं किन्तु आज भोर के धुँधलके में ही गृह से निकल लिए। अपराध-बोध से ग्रस्त कभी माँ कामाख्या का स्तोत्र गुनगुनाते, कभी 'दुर्गानाम शताष्टक' जपते। वह सूर्य की प्रथम किरण के साथ ही प्रांगण में पहुँच गए।

प्रांगण देव सुन्दरियों के पाँवों से छूटे आलक्तक, कुमकुम, मणिराग से रक्तिम हो रहा था। प्रसाधन हेतु उपयोग किये गए अंगराग, बिन्दुली, तिलक, अंजन, रंजन की सामग्री, तांबूल, पुंगीफल, एला, लवंग यत्र-तत्र छिटकी हुई थीं...। देवपुष्पों की मालाएँ, मल्लिका मालती के कर-कंकण, टूटी हुई वेणियाँ भी थीं।

इनके अतिरिक्त सिन्दूर, मद्यभांड, अर्क पलाश के पुष्प, मीन मांस के खंड भी प्रायः की भाँति थे।...अर्थात् रात्रि के सभी अर्चक आज रात्रि भी आए थे। पुरोहित सर्वप्रथम रात्रि के यही अछोर या भंगार बुहार कर, सौभाग्य कुंड का जल छिड़क प्रांगण को परिष्कृत करने के पश्चात ही स्वयं स्नान करते हैं।

यह सब दैनिक कार्य करते हुए उनके मन में अवसाद था कि एक व्यक्ति ने अनावश्यक ही प्राण गँवा दिये। कुंड में स्नान कर वहाँ प्रतिष्ठित गणनायक की पूजा कर उन्होंने गर्भगृह में प्रवेश किया तो उनकी आँखें फटी रह गईं—भर्तृहरि अपने स्थान पर उसी मुद्रा में समाधिस्थ बैठे थे, जैसा छोड़कर गए थे वह। दीपक भी उसी भाँति जल रहा था—स्नेह लेशमात्र भी कम न हुआ था।

हड़बड़ाए से पुरोहित ने अपना मस्तक भूमि पर टिका दिया, 'आप निश्चय ही माँ के वरद पुत्र हैं। माँ के प्रति अनुपम है आपकी निरघ आस्था...। मैं समझ न पाया। इस ब्राह्मण को क्षमा करें।'

भर्तृहरि की आँखें खुलीं, पद्मासन की मुद्रा में पद्म या पद्मवत् रखी हथेलियाँ अलग करते हुए उन्होंने पुरोहित को कन्धों से उठाया, 'क्या कर रहे हैं विप्रवर? मैं इस योग्य नहीं हूँ। आप स्वस्थ होइए...।'

'पहले आप मुझे क्षमा कर दीजिए कि मैंने आपको व्रत से विरत करने का प्रयास किया था।'

'दीन न बनो विप्र...! तुम जगज्जननी के सेवक हो...अपना कर्म कीजिए!'

'जैसी आपकी इच्छा। मैं अब आपकी साधना में विघ्न न डालूँगा।' रंजन शर्मा पत्र-पुष्पादि से पूजा-आरती में लग गए।

'अलख-अलख' कह आँखें बन्द कर लीं भर्तृहरि ने। तीन दिवस-तीन रात्रि वहीं बैठे रहे वह। गर्भगृह में न भूख की व्याप्ति, न प्यास की। न क्लान्ति, न ऊब। चौथे दिवस पुरोहित के पूजा-आरती पश्चात् बाहर जाने के कुछ ही समय बाद गर्भगृह अलौकिक सुगन्ध से भर उठा। भर्तृहरि ने अपनी पीठ पर किसी का हाथ अनुभव किया। लगा कि कोई पवित्रशीलता मन और देह को आह्लाद से भर रही है और फिर अमृतवाणी सुनाई दी :

'आँखें खोलो भर्तृहरि! मैं आ गया। मन की वृत्ति को गुरु की ओर ले आओ। तुम अब नाद और बिन्दु, दोनों को बजाने योग्य हो गए हो। परम शिव की आदि- शक्ति से आज्ञा लेकर अब बाहर निकलो।'

भर्तृहरि के नेत्र खुल गए। देखा—आसपास कोई नहीं...हाँ, अलौकिक सुगन्ध अवश्य व्याप्त है।

'आ जाओ भर्तृहरि!...लेने आया हूँ तुम्हें।' ध्वनि पुनः सुनाई दी।

माँ को प्रणाम कर बाहर आए तो पाया कि अनेक सिद्ध साधकों के साथ गुरु गोरखनाथ खड़े हुए हैं। माँ की जय के साथ गुरु गोरखनाथ की जय हो रही है।

हर्षातिरेक से भर सजल नेत्र वह गुरु के चरणों में गिर पड़े।

18

जिसके प्रति किया हुआ उपकार
उसका बदला चुकाए बिना
नष्ट नहीं होता
वही पुरुष है और
उसका पौरुष है कि
दूसरा मनुष्य उसके प्रति
जितना उपकार करे,
वह उससे भी अधिक उस
मनुष्य का प्रत्युपकार कर दे।

महाकाल के प्रांगण में भारी भीड़ जुटी थी। आदिनाथ शिव के अंशावतार गुरु गोरखनाथ स्वयं महाकाल के दरबार में उपस्थित हुए थे। प्रांगण में पाँव टिकाने को स्थान न बचा। लगता था, जैसे पूरी अवन्तिका ही गोरखनाथ के वचन सुनने सिमट आई हो! परिचरों, परिचारिकाओं की अनुपस्थिति से द्वार, भवन सूने हो गए।

राजा को छत्र, चँवर, दंड, मुकुट के साथ देखने की अभ्यस्त आँखें—उसी को योगी के वेश में मूँज की मेखला कसे, कर्णमुद्रा पहने, नंगे पाँव, एक हाथ में लकुट दूसरे में कांसे का भिक्षापात्र लिये, काले भेड़ की ऊन के जनेऊ से शृंगी लटकाये, कंठ में रुद्राक्षमाला पहने देखकर घटाओं-सी उमड़-घुमड़ बूँदे बरसा रही हैं। गुरु गोरखनाथ चत्वर पर खड़े होकर उपदेश कर रहे हैं :

'एकटी अर्थात् इड़ा और बिकुटी माने पिंगला का जब त्रिकुटी यानी सुषुम्ना से मेल होता है और सुषुम्ना मार्ग में पवन का निरोध हो जाता है तब साधक अमर हो जाता है।

जीव और सीव अर्थात् शिव एक ही स्थान के वासी हैं इसलिए जीवहत्या करके रुधिर और मांस नहीं खाना चाहिए। अपने बच्चे को देखो! अन्य जीव भी तुम्हारे बच्चे के ही समान हैं इसलिए जीव के स्थान पर द्रोही मन को मारो।

आज इस नगरी का पुत्र भर्तृहरि अमृतपान करने निकल रहा है इसलिए गीत गाओ, उत्सव मनाओ।'

भीड़ की आँखों से आँसू झर-झर झरने लगे। हिचकियाँ बँध गईं। अनेक स्त्री-पुरुष भावातिरेक में विह्वल हो अचेत हो गए।

'जाओ जोगी भर्तृहरि! रानी पिंगला से भिक्षा माँगकर लाओ। मन में जो राग-द्वेष शेष हो, यहीं महाकाल के चरणों में अर्पित कर दो। रानी पिंगला से भिक्षा पाए बिना तुम अमृत के अधिकारी न हो सकोगे। मैं यहीं तुम्हारी प्रतीक्षा करूँगा।'

गुरु की आज्ञा पा भर्तृहरि राजमहालय की ओर चल दिये। उनके पीछे-पीछे अथाह नर-नारी चल पड़े। दो घड़ी में यह जन-समुद्र महालय के द्वार जा पहुँचा। सबको ज्ञात हो गया कि राजा भर्तृहरि अब इन महलों में नहीं लौटनेवाले। उनके दर्शन करने रनिवास के मृग-मोर तक द्वार पर आ खड़े हुए।...गोद में अपनी पुत्री को लिये शची, पुत्र की उँगली पकड़े चम्पा और अवसाद की मूर्ति बनी खड़ी रानी पिंगला।...कुछ हटकर खड़ी वयसिका।

वहीं एक ओर थे—महामात्य पूर्णरथ तथा कोने में सिमटे-सकुचे कुमार विक्रम।

भर्तृहरि ने भिक्षापात्र और हाथ की लकुट भूमि पर रख सबको हाथ जोड़े, 'मैंने कृत-अकृत, कथित-वांछित द्वारा आप सबको जो भी कष्ट पहुँचाया हो, उसके लिए क्षमा की भिक्षा माँगता हूँ।'

उन्होंने हथेलियों का करपात्र बना हाथ आगे बढ़ा अपना मस्तक झुका दिया।

इसके पश्चात् भूमि से लकुट उठाकर शची की ओर बढ़ाई, 'हर कठिनाई, आपत्ति, एकाकीपन में रक्षक बनी तुम मेरे साथ रहीं—बिना कुछ माँगे, बिना कुछ चाहे। यह शरीर उससे उऋण न हो सकेगा। मेरे पास तुम्हें देने को कुछ नहीं है, बस, यह लकुट ही लौटा पा रहा हूँ।

'चम्पा! तुम सदैव वह छाया बनी रहीं जो सुख में काया के साथ-साथ चलती है और दुख के समय काया का कवच बन जाती है। तुम्हारे जैसा आत्मविसर्जन योगी के लिए भी दुर्लभ है।'

भर्तृहरि की दृष्टि वयसिका पर पहुँची, 'अवन्ति महालय के लिए तुम महाकाल की कृपा बनकर आईं...भर्तृहरि तुम्हारा कृतज्ञ है।

'कुमार विक्रम! विगत को विस्मृत कर दो। मुझे तुम्हारे प्रति कोई अभियोग नहीं।'

इसके पश्चात् वह भिक्षापात्र उठाकर डबडबाई आँखों वाले महामात्य की ओर बढ़े, 'आर्य! मैंने आपकी आँखों में कभी आँसू नहीं देखे। उज्जयिनी की प्रजा, राजा और राज्य के अतिरिक्त आपने और कुछ न सोचा। आप न होते तो स्यात् न यह राज्य रहता, न राजपरिवार। आपको देख-सुनकर ही मुझे संसार को जानने की बुद्धि मिली। अब आज्ञा दीजिए।'

रुँधे स्वर से कहा महामात्य ने, 'रोकना व्यर्थ है नरेश आपको क्योंकि अब न रुकेंगे आप...। पर मैं इतना अवश्य कहूँगा कि संन्यास से संसार नहीं चलता। भूख, प्यास, प्रेम, क्रोध, राग, भय आदि प्रकृति-प्रदत्त हैं। योगी इन पर विजय पा सकता है, इन्हें मेट नहीं सकता।

आपके योग धारण से प्रजा योगी नहीं हो जाएगी। वह रहेगी...। उसे बने रहने के लिए शास्ति चाहिए। सहस्रों वर्षों का अनुभव तो यही है कि शास्ति के बिना प्रजा तो नष्ट होती ही है, धर्म भी नष्ट होता है। राजाहीन प्रजा निरंकुश, अनियंत्रित हो आत्महंता बन जाती है। राजन्! आप अपनी प्रजा को अरक्षित छोड़कर जा रहे हैं।'

'देव की यही इच्छा हो तो मनुष्य क्या कर सकता है आर्य?'

'आप कर सकते हैं राजन्! कुमार अभी शिशु हैं...उनके समर्थ होने तक राज्य और प्रजा के हित की रक्षा के लिए आपको आज्ञा देनी होगी—अपनी अंतिम आज्ञा।'

भर्तृहरि कुछ सोचते हुए से क्षणभर शान्त रहे, 'तो यही सही। आप क्या चाहते हैं?'

'मैं वयसिका के लिए आपकी आज्ञा चाहता हूँ।'

'वयसिका क्या अब भी मेरी आज्ञा स्वीकार करेगी?'

वयसिका ने भर्तृहरि के नंगे पाँवों पर अपना सिर रख दिया, 'वयसिका का रोम-रोम आपका और महादेवी पिंगला का ऋणी है देव! यह जीवन उपनिधि है आपकी।'

'तो आर्य, आप जो कहना चाहते हों, वह मेरी ओर से वयसिका को कह दें।' भर्तृहरि शान्त स्वर में बोले।

निमिष-भर के लिए महामात्य के मस्तक पर पीड़ा नाच गई, फिर दृढ़ता आ बैठी, 'प्रजा और राजपरिवार के हित में वयसिका कुमार विक्रम का वरण करे।'

वयसिका को अपने कानों पर विश्वास न हुआ। करुण सजल नेत्रों से उसने महामात्य की ओर देखा। उनकी आँखें झुकी हुई थीं।

भर्तृहरि ने अपना भिक्षापात्र वयसिका की ओर बढ़ा दिया।

वयसिका ने महामात्य पर आहत दृष्टि डाली, फिर सकुचे खड़े कुमार विक्रम की ओर देख अपने आँसू भीगे हाथ भिक्षापात्र में रख दिये।

एकाएक हुई इस घटना से सब स्तंभित थे—अवाक्...निष्कम्प। तभी भर्तृहरि की पुकार सुनाई दी :

'जोगी को भिक्षा दे, माता पिंगला!'